Stendhal (d. i. Henri Beyle), geboren am 23. Januar 1783 in Grenoble, ist am 23. März 1842 in Paris gestorben.

Stendhals Buch »Über die Liebe« (De l'Amour) stammt aus dem Jahr 1822, aus einer Zeit also, in der seine großen Romane wie »Rot und Schwarz« und »Die Kartause von Parma« noch nicht erschienen waren. Stendhals Theorie von der Liebe »ist durchaus keine methodische und systematische Lehre, die den Gegenstand zu erschöpfen versucht, sondern der unerschöpfliche wird auf wenige Grundelemente zurückgeführt und ganz frei, aphoristisch ungezwungen, fragmentarisch, oft sehr kapriziös und stets mit kritischer Ehrlichkeit behandelt. In dieser wechselreichen Weise nun entwickelt der Autor seine Anschauungen von den Arten der Liebe, ihrem seelischen Ablauf, ihren typischen Erscheinungsphasen, ihren Symptomen, ihren charakterpsychologischen Bedingungen, ihren klimatischen, nationalen, gesellschaftlichen Bedingungen usw. Zahllos sind die erstaunlichsten, subtilsten Beobachtungen und Betrachtungen, mit deren Fülle er sein Theorem belebt...« *W. Hoyer*

»Er schrieb für niemand – und er schrieb für die Zukunft.« *Stendhal*

insel taschenbuch 124
Stendhal
Über die Liebe

STENDHAL ÜBER DIE LIEBE

VOLLSTÄNDIGE AUSGABE
AUS DEM FRANZÖSISCHEN UND
MIT EINER EINFÜHRUNG
VON WALTER HOYER
INSEL VERLAG

Umschlagabbildung: Michele Desubleo,
La Madonna della rosa. Öl auf Leinwand,
um 1650. Detail. Privatsammlung.

insel taschenbuch 124
Erste Auflage 1975
Lizenzausgabe mit freundlicher Genehmigung
der Dieterich'schen Verlagsbuchhandlung zu Leipzig
Vertrieb durch den Suhrkamp Taschenbuch Verlag
Umschlag nach Entwürfen von Willy Fleckhaus
Satz: Gutfreund & Sohn, Darmstadt
Druck: Nomos Verlagsgesellschaft, Baden-Baden
Printed in Germany

7 8 9 10 11 12 – 99 98 97 96 95 94

ZUR EINFÜHRUNG

Stendhals Versuch »De l'Amour« hatte in den ersten zwanzig Jahren nach seinem Erscheinen (1822) einen beispiellosen Mißerfolg. Diese Erfahrung beschäftigte den Autor wiederholt und sehr lebhaft. In zwei Entwürfen zu einem neuen Vorwort für das Werk, wahrscheinlich 1826 und 1834 geschrieben, geht er den Gründen ernstlich nach. Er fragt nicht ins Allgemeine hin, wie es möglich sei, daß ein Thema von derart entscheidender Wichtigkeit im Leben eines jeden Menschen wie die Liebe keinen Käufer anzureizen vermochte. Sondern er legt sich die eindeutige, psychologische Frage vor: welcher Art von Lesern sein Buch überhaupt zugänglich sei.

Die bekannte überspitzte Antwort lautet: »Ich schreibe allein für hundert Leser, und zwar für jene unglücklichen, liebenswerten und anziehenden Gemüter, die ein Leben frei von Heuchelei und Vorurteilen führen. Sie, deren ich kaum eines oder zwei kenne, möchte ich ansprechen.« Wer darum seinen Versuch verstehen wolle, dessen Herz müsse die Liebe, die Leidenschaft schon irgendwie in sich tragen. »Ich selbst kann sie nicht einzeichnen.« »Trotz aller Bemühungen, klar und deutlich zu sein, vermag ich keine Wunder zu wirken, kann ich weder Taube hörend noch Blinde sehend machen. Finanzleute, grobe Genußmenschen, die jährlich hunderttausend Franken verdienen, mögen das aufgeschlagene Buch nur schleunig wieder zuklappen, besonders wenn es sich um Bankiers, Fabrikanten und andere ehrbare Geschäftsleute, das heißt bloße nüchterne Verstandesmenschen handelt. Dagegen wird einem, der sein Geld auf der Börse oder in der Lotterie gewinnt, das Buch weniger verschlossen sein. Denn diese Art von Gelderwerb verträgt sich sehr wohl mit der Gewohnheit, stundenlang einer Träumerei nachzuhängen und sich Empfindungen zu überlassen, wie sie ein Gemälde Proudhons, eine Melodie Mozarts oder auch ein gewisser unbeschreiblicher Blick der Frau hervorruft, um die sich unsere Gedanken unaufhörlich bewegen. Menschen dagegen, die wöchentlich zweitausend Arbeiter ablohnen, verschwenden ihre Zeit niemals an dergleichen; ihr Sinn ist auf das Praktische und Nützliche gerichtet. Der Träumer, den ich meine, ist ein Wesen, das von ihnen, sofern es ihre Zeit zuläßt, gehaßt und mit Vorliebe zur Zielscheibe billiger Witze gemacht wird. Weil der millionenschwere Unternehmer dunkel fühlt, daß dergleichen Menschen einen Gedanken viel höher bewerten als einen Beutel mit tausend Franken.« An anderer Stelle: »Wenn du nie unglücklich warst wegen dieser Schwäche starker Seelen [der Leidenschaft], wenn du nicht – eine Ausnahmeerscheinung – gewöhnt bist, beim Lesen zu denken, wird dich das Buch gegen den Autor einnehmen; denn es dürfte dir die Ahnung erwecken, daß es ein Glück gibt, das du nicht kennst, das aber eine Julie von Lespinasse gekannt hat.«

So macht Stendhal das Verständnis seines Buches ausdrücklich von einer Voraussetzung abhängig. Von der Voraussetzung, daß der Leser, was er literarisch erleben will, dem Wesen nach zuvor selbst, wirklich erlebt haben oder mindestens es zu erleben geschaffen sein müsse. Er erklärt, sein Buch nur für Liebende, genauer noch *für vorbehaltlos leidenschaftlich Liebende* geschrieben zu haben, einen Typus, der uns in seinem Buche in verschiedenen Abwandlungen fortwährend begegnet. Nur für diese, d. h. nur für seinesgleichen, für unentwegte Menschen, die sich durch die gesellschaftlichen Zwänge nicht zur Selbstaufgabe und Lauheit bewegen lassen. Aber er veranschlagt die Zahl derer, die großer und wahrhaftiger Leidenschaften fähig sind, außerordentlich niedrig.

Man darf indessen nicht übersehen, daß Stendhal eine zweite Bedingung hinzugefügt hat – bezeichnenderweise beiläufig, weil sie ihm eine ganz selbstverständliche

Forderung ist –, daß man denn auch fähig sein müsse, *beim Lesen zu denken.* Selbstredend hat er bemerkt, wie die »vier- oder fünfhundert feinen, wechselnden und so schwierig zu benennenden Empfindungen, aus denen sich jene Leidenschaft zusammensetzt«, in Büchern wie Rousseaus »Neuer Héloise«, den Briefen des Fräuleins von Lespinasse und Abbé Prévosts »Manon Lescaut« schon erfaßt sind. Indessen legt Stendhal offenbar der Tatsache wenig Gewicht bei, daß unzählige Menschen solche episch vorgetragene Gestalten und Schicksale gefühlsmäßig, und sogar tief empfindend, nacherleben. Das gilt ihm anscheinend nur als die eine, unbewußte Hälfte der Ergriffenheit, nur als die Voraussetzung völligen Erlebens. Er verlangt, daß es auch bewußt in der Ebene des Geistes reflektiert und objektiviert werde. Davon handelt der Versuch über die Liebe. Er will nicht die Phantasie mit romanhaften Mitteln beschäftigen, sondern stellt – noch bevor der Autor selbst einen seiner Romane geschrieben hat – eine »philosophische« Untersuchung an, um, wie er sagt, die verschiedenen einander ablösenden Gefühlszustände, deren Ganzheit die Leidenschaft der Liebe heißt, klar, begreiflich, »sozusagen mathematisch« in ihren Gesetzmäßigkeiten zu bestimmen. Dem Leser wird damit die Voraussetzung eigener empfindender Erfahrung keineswegs erlassen, wie auch der Autor immer wieder zu den Quellen seines Erlebens zurückkehrt. Nur gibt er sich mit der Gefühlserfahrung nicht zufrieden, nur läßt er sie nicht in sich beruhen, sondern stört sie auf, verfolgt sie mit den scharfen Augen und Waffen des Jägers bis ins Äußerste und zwingt ihr den Übertritt in das Gebiet der geistigen Erkenntnis ab, wo sie ihre Hüllen fallen lassen und die nackte Wahrheit preisgeben muß. Es ist dies ein gefährliches Unterfangen, das den meisten Menschen nicht behagt, weil sie fürchten, das Gefühl selbst werde dabei zerstört oder mindestens versehrt. Oder weil sie die ungeschminkte Wahrheit scheuen, weil sie nicht mutig und ehrlich genug zu sein wagen, das zu tun, was Stendhal fordert: zu denken, aufrichtig, unbeirrbar bis in die letzten feststellbaren Zusammenhänge und Gründe. Wir brauchen das Wort Denken nicht gerade philosophisch aufzufassen. Der Autor spielt sich manchmal ein wenig auf. Er meint nicht das trockene, unpersönliche, bloß begriffliche Denken der Wissenschaft, sondern das klare Erfassen der Gefühlsvorgänge durch den wachen Geist und ihre Rückführung auf Naturgesetze in der menschlichen Seele. In der modernen Welt, in die wir gestellt sind, reicht der naive Instinkt nicht aus, uns zurechtzuführen. Es gilt, die Verlorenheit unserer Gefühlswelt geistig zu bewältigen, ohne sie zu vernichten, ein Unternehmen, das ein ehrliches Herz, ein nicht zu täuschendes Auge und eine gewaltige Willenskraft verlangt. Wie selten ist ein Mensch hierzu fähig! Und wie selten sind sogar die anderen, die sich bereit finden, ihm bei seinem abenteuerlichen Weg vom Herzen zum Kopf, von der Regung der Leidenschaft bis zum Wissen um sie auch nur zuzuhören. Es liegt in der menschlichen Natur, daß solche sich in der Minderheit befinden.

Trotzdem, auch diese Erwägung reicht nicht aus, zu erklären, weshalb sich in zehn Jahren nur siebzehn Käufer für »De l'Amour« fanden. Denn sie fanden sich ja nach fast zwei Generationen, die Leser, obwohl die erwähnten Einschränkungen bestehenblieben. Also müssen noch andere Umstände im Spiel gewesen sein. Stendhal hat in späterer Zeit, nämlich in dem Vorwort zu der beabsichtigten zweiten Auflage seines Versuches, das er 1842, kurz vor seinem Tode, niederschrieb, die gewichtigsten, in den äußeren Verhältnissen liegenden selbst aufgegriffen. Wir brauchen sie nicht im einzelnen zu wiederholen, weil das Vorwort mit gutem Grund unserer Ausgabe einverleibt ist. Aber wir wollen, vieles auf einen einfachen Nenner bringend, zwei Einsichten herauslösen, die heute viel sichtbarer zutage liegen als zu Stendhals Lebzeiten und die auch viel eindeutiger geworden sind, als er sie selbst aussagte: *Er schrieb für niemand; – und er schrieb für die Zukunft.*

Zum ersten. Es trifft im wörtlichen Sinne nicht zu, daß Stendhal bei der Niederschrift seine hundert leidenschaftlichen, denkenden, der Gesellschaft gegenüber kompromißlosen Leser im Auge gehabt habe. Wir müssen seine Worte vielmehr so verstehen, daß es nur soviel so geartete Leser zu seiner Zeit gegeben zu haben scheine, die imstande waren, ihn wirklich zu verstehen. Geschrieben hat Stendhal im Grunde für niemand oder, anders bestimmt, *nur für sich.* Nicht für ein literarisches Publikum, nicht im Strom einer literarischen »Richtung«, nicht in der Berechnung auf einen Erfolg. Dazu war er zu ehrlich. Es kam ihm auf eine Sache, auf ihre Wirklichkeit, auf ihre Wahrheit an. Dieser ohne Zugeständnis, Vorbehalt und Illusion auf den Grund zu kommen, war sein oberstes Anliegen, seine Daseinsfrage. Die Sache aber war unmittelbar er selbst, das Leben, sein Leben. Er fragte es nach seinen Triebkräften, seinen Zwecken und nach dem Inhalt für sein eigenes Ich. Deshalb ist auch die weitere Behauptung keineswegs verstiegen, er habe nicht nur für sich, sondern auch *überhaupt nur von sich geschrieben.* Zwar tut jeder Autor dies zweite mehr oder weniger sichtbar stets, doch selten einer so radikal und rücksichtslos wie Stendhal. Hieraus erklärt sich seine trotz aller stilistischen Bemühung um die sachliche Sprachgebung großzügige Vernachlässigung der gewohnten literarischen Formen, seine Unbekümmertheit in der Komposition, seine Mißachtung aller rein formalästhetischen Ansprüche und sogar eine gewisse Gleichgültigkeit gegen das einmal Geschriebene. Wie unvermittelt lösen in unserem Buch Tagebuchnotiz, Erzählung, Theorie, Belegstelle, Zitat, Erläuterung und Aphorismus einander ab, und wie vieles hat selbst heute noch den Anschein des Fragmentarischen oder der Willkür. Nicht einmal den hundert Lesern, die zu ihm finden konnten, machte es Stendhal leicht.

Doch vernehmen wir erst, was *von dem Manne, seinem Lebensgang und der Geschichte unseres Buches* zu wissen nötig ist.

Henri Beyle, wie der Autor mit seinem Geburtsnamen heißt – sein Pseudonym legte er sich aus Bewunderung für Winckelmann, aus Stendal gebürtig, zu –, stammt aus der Dauphiné. Er wurde am 23. Januar 1783 als Sohn eines wohlhabenden, legitimistisch gesinnten Advokaten in Grenoble geboren. Schon im sechsten Jahr verlor er die geliebte Mutter. Die strengen Erziehungsgrundsätze des Vaters, die Frömmelei einer alten Tante und die Heuchelei eines Priesters brachten Stendhals Jugend um Frohsinn und Offenheit. Zeitig erwachten in dem unter Zwang gehaltenen und tief verletzten Gemüt Widerspruch und entschlossene Aufsässigkeit. Desto nachhaltiger prägten sich die Ereignisse der Französischen Revolution dem frühreifen Knaben ein, der im übrigen reizbar und büchergierig seinen eigenen Weg suchte. Stendhal gesteht, daß im Alter von zehn Jahren die Begegnung mit »Don Quichotte« die nachhaltigste Wirkung auf sein Leben gehabt habe.

1799 begann er in der École Polytechnique in Paris zu studieren, folgte aber schon 1800 – als Siebzehnjähriger – der französischen Armee nach Italien, wo er sich ein Patent als Dragonerleutnant verschaffte und bis 1802 diente. Es folgt ein zweiter Studienaufenthalt in Paris, an dessen Ende ihn eine Liebesaffäre nach Marseille treibt. 1806 verpflichtet er sich als Beamter der Kaiserlichen Militärverwaltung und kommt in dieser Funktion gelegentlich in die Nähe des bewunderten Napoleon. Die folgenden Jahre – er ist Kriegskommissar in Braunschweig – machen ihn mit Deutschland bekannt. Der Feldzug von 1809 führt ihn nach Österreich. 1810 wird er Staatsrat und Generalinspekteur der kaiserlichen Mobilien. 1812 nimmt er im Hauptquartier an dem Zug nach Moskau und an dem Rückzug teil. In diesen bewegten, umstürzenden Jahren lernt er Geschichte und Gegenwart als Vorgänge, als Entwicklungen im Menschen und in den Völkern betrachten. Dem pulsenden Leben, den großen bahnbrechenden Tendenzen der Jahrhundertwende leidenschaftlich hingegeben und gleichwohl alle Erscheinungen hellen Geistes in sich reflektierend, sammelte Stendhal damals einen großen Reichtum an Stoff und Erfahrung, davon er lange zehren konnte.

Als er im Gefolge der politischen Wendungen 1814 seine Stellung verlor, wählte Stendhal als neue Heimat Italien, das ihn stets ungemein angezogen hatte. Hier ruhte er in glücklichen, nie vergessenen Jahren aus, und hier kam er erst ganz zu sich selbst. Mit Wonne überläßt er sich der italienischen Lebenskunst, die seinem Temperament so sehr entspricht. Er kommt in Verbindung mit den Dichtern und Führern der italienischen Freiheitsbewegung, treibt Studien über Musik, bildende Kunst, Literatur, Philosophie, Geschichte und vertieft sich in die Kultur der Renaissance, deren Menschen er sich verwandt fühlt.

Und hier formt sich auch *seine Lebensphilosophie* zu jenen Grundgedanken aus, die aus jeder Seite des Buches über die Liebe sprechen. Stendhals Anschauungen gründen sich zu einem guten Teil auf Montaigne und die französischen Moralisten des 17. und 18. Jahrhunderts, besonders auf La Rochefoucauld, Helvetius, Cabanis und die Theorie der »Selbstbehauptung«, des »Egoismus«. Darüber hinaus bekennt er sich zu dem zeitgenössischen

»Ideologismus« Destutt de Tracys und anderer, in welchem der Sensualismus Condillacs zur Psychologie und zur Erkenntnis ihrer Umweltbedingtheit weitergeführt und ein psychophysischer Mechanismus gelehrt wird. In der Auffassung des egoistischen Luststrebens als der eigentlichen menschlichen Bewegkraft ist also Stendhal keineswegs original, wohl aber in der besonderen Ausprägung als der »chasse au bonheur«, der gesteigerten und mit Geist gekosteten Jagd nach dem Glück. Das ist der von ihm selbst schon bisweilen so bezeichnete »Beylismus«, der die Leidenschaft und insonderheit die Leidenschaft der Liebe als eine höchste Realität und als eine ursprüngliche, urgewaltige Lebenskraft setzt.

In Mailand erlebte schließlich der immer Verliebte *seine große Liebe*. Das angebetete Wesen war Métilde Viscontini, Gemahlin des von ihr getrennt lebenden napoleonischen Generals Dombrowsky. Seit 1818 und noch weit über seine Rückkehr nach Frankreich hinaus – er hatte 1821 aus Furcht, als ein Carbonaro verhaftet zu werden, die Lombardei flüchtend verlassen – stand Stendhal völlig im Banne dieser schönen Frau, die allen Zeugnissen zufolge eine große Seele gehabt haben muß. Wir wissen heute, daß die Liebe zu Métilde Dombrowska die einzig wirklich große Leidenschaft seines Lebens und wahrscheinlich überhaupt das folgenreichste Erlebnis seines Herzens gewesen ist, und daß sie freilich unglücklich war; Stendhal wurde nicht wiedergeliebt und nicht erhört. Vielleicht haben wir seine Flucht auch als die letzte Rettung vor dem Selbstmord anzusehen. Durch eine Reise in England sucht er sein Herz zu betäuben. Die Geliebte starb 1825.

Diese Métilde also ist die M. oder Leonore oder L. oder Comtesse Chigi oder Nella unseres Buches, indessen Stendhal selbst sich hinter den Gestalten Lisio Visconti, Salviati, Delfante und anderen verbirgt. Sobald man das weiß, wird man sich in den verschiedenartigen Bestandteilen, die sich bald ungezwungen, bald spröde zu dem Buche »De l'Amour« zusammenfügen, leichter zurechtfinden. Denn im Eigentlichen schreibt Stendhal wirklich von sich selbst. Wir haben es also, wenigstens in einem Betracht, mit einem mannigfach verhüllten oder übermalten, jedenfalls höchst bedeutsamen und folgenreichen *Abschnitte aus Stendhals eigener Lebensgeschichte* zu tun. Unschwer lassen sich die zahlreichen, offenbar sofort als intime Tagebuchnotizen niedergeschriebenen äußeren und inneren Erlebnisse Stendhals herausfinden, aus den Aphorismen ebenso wie aus den Kapiteln der ersten beiden Bücher. Ist die Zeitfolge nicht gewahrt, so immerhin die Datierung vielfach beibehalten. Unschwer spürt man, wie seine Empfindungen noch brennend, schmerzend zutage liegen, wie die Gefühlserfahrung noch nicht verwunden ist und doch schon zündende Energiefunken in die Nerven eines höheren Bewußtseins überschlagen. Das ist, echt stendhalisch, der lust- und leidvolle Kampf des Mannes von Geist mit seiner geliebten Leidenschaft, die ihn zu versengen droht und aus der er doch Energien zu neuem stärkerem Sein und Wissen gewinnt. In einer solchen biographischen Betrachtung muß das Buch von der Liebe hinter das »Leben des Henri Brulard«, die Widerspiegelung von Stendhals Jugend, und hinter das Reise- und Tagebuch »Rom, Neapel und Florenz im Jahre 1817« geordnet werden, und vor die »Bekenntnisse eines Ichmenschen«, wie man die zeitlich sich ungefähr anschließenden »Souvenirs d'Égotisme« übersetzt hat. Nicht zu vergessen Stendhals Briefwechsel, besonders seine Briefe an Métilde, die das vorliegende Werk vielfach erhellen.

Neben den biographischen sind ebenso deutlich andere, selten mit jenen verschmolzene Teile erkennbar, wo der belesene Autor fremde Stoffe, Beispiele, Belege, Beobachtungen und Aussagen beizieht, bald um sein Eigenes zu bestätigen und seine Gründe zu verstärken, bald auch, um selbst dahinter in Deckung zu bleiben. Geordnet, oder besser, thematisch zusammengehalten, wird nun das Ganze durch *Stendhals Theorie von der Liebe*. Aber das ist durchaus keine methodische und systematische Lehre, die den Gegenstand zu erschöpfen versucht, sondern der unerschöpfliche wird auf wenige Grundelemente zurückgeführt und ganz frei, aphoristisch ungezwungen, fragmentarisch, oft sehr kapriziös und stets mit kritischer Ehrlichkeit behandelt. In dieser wechselreichen Weise nun entwickelt der Autor seine Anschauungen von den Arten der Liebe, ihrem seelischen Ablauf, ihren typischen Erscheinungsphasen, ihren Symptomen, ihren charakterpsychologischen Bedingungen (nach Cabanis' Lehre von den Temperamenten), ihren klimatischen, nationalen, gesellschaftlichen Bedingungen usw. Zahllos sind die erstaunlichsten, subtilsten Beobachtungen und Betrachtungen, mit deren Fülle er sein Theorem belebt. Hat sich der Leser an die eigenwillige Form erst einmal gewöhnt, so wird er auch den eigenen Reiz schätzen, mit dem das Buch dadurch so unmittelbar anspricht. Es entstand im wesentlichen während der ersten neun Monate des Jahres 1820, erschien aber, weil das Manuskript eine Zeitlang verschollen war, gedruckt erst 1822 in Paris, und zwar in 1100 Exemplaren.

Das erste Jahrzehnt nach seiner Flucht aus Italien verbrachte Stendhal vorwiegend in Paris, das zweite – er war nach der Juli-Revolution zum französischen Generalkonsul beim Kirchenstaat mit dem Sitz in Civitavecchia ernannt worden – vorwiegend wieder in Italien. 1831 veröffentlichte er den Roman »Le Rouge et le Noir«. Es blieb das einzige Werk, das zu seiner Zeit ein wenig Aufsehen erregte, vorzüglich seiner stofflichen Sensation wegen. Die 1839 herauskommende »Kartause von

Parma« fand zwar ein Lob Balzacs, aber sonst ebensowenig Beachtung wie die seit 1837 unvollständig erscheinenden »Italienischen Novellen«.

Fast alle anderen Arbeiten, fertige und unvollendete, waren im Schreibtisch verwahrt geblieben und wurden erst nach Stendhals Tode bekannt, viele erst gegen Ende des Jahrhunderts, wie eine Erfüllung seiner eigenen Voraussage, daß man ihn dann erst verstehen werde. Als am 23. März 1842 ein Schlaganfall mitten auf einer Straße von Paris seinem Leben ein Ende setzte, war er beinahe unbekannt.

Stendhal ist *eine sehr komplizierte Natur*. Bei erster Bekanntschaft scheint er voller unvereinbarer Widersprüche zu stecken. Und freilich sind in ihm größte innere Gegensätze miteinander verbunden, zwischen denen Abgründe klaffen. Goethe fühlt das deutlich, wenn er nach der Lektüre von »Rom, Neapel und Florenz im Jahre 1817« bemerkt: »Er zieht an, stößt ab, interessiert und ärgert, und so kann man ihn nicht loswerden.« Paul Bourget, einer der Apostel des wiederentdeckten Stendhal und des »Beylismus«, faßt das Extreme dieses Geistes in die Worte: »Kühn wie ein Dragoner, spitzfindig wie ein Kasuist, empfindsam wie eine Frau«, und charakterisiert den kleinen massigen Mann mit dem kugelrunden dunklen Kopf als eine Mischung von Philosoph und Soldat, Künstler und Diplomat, Kind und Freigeist, Roué und Einsiedler. Wir begegnen ihm in dem Buch von der Liebe in allen diesen Gestalten, ohne daß wir immer wissen, wieweit er sich offen zu erkennen gibt und wieweit er sich maskiert hat. Bald ist er der Diesseitsmensch, der nüchterne atheistische Materialist, der die Erscheinungen kritisch, zynisch durchschaut und sich mit bitterem Stolz verwahrt, bald ein Träumer und Schwärmer, der nach Schönheit, Innigkeit, Seele dürstet; bald der unpersönliche, auf das Unwägbarste reagierende Beobachter, der fühlend denkt und denkend fühlt, bald der besinnungslos von der Leidenschaft überwältigte Liebhaber, bald der sezierende Anatom seines Herzens und Theoretiker seines Gefühls. Auf die kürzeste Formel gebracht: ein vielfach überlagertes Wesen, halb Jakobiner, halb Aristokrat, halb Werther, halb Don Juan.

Ein Mensch, der irgend etwas nur für sich schreibt, kann leicht in die Versuchung geraten, sich hinter einer erdachten Welt vor der wirklichen zu verstecken. Wenn er aber zugleich nur von sich selbst schreibt, was einen stärkeren Geist voraussetzt, so darf man annehmen, daß er ehrlich ist, wenigstens für seine Person ehrlich; denn indem er Rechenschaft über sich zu gewinnen sucht, hat er keine Rücksicht auf andere nötig. Und wenn er schließlich so reich und kompliziert ist wie Stendhal und die Mittel der Sprache beherrscht, so mag er sogar interessant werden. Ob er aber etwas zu sagen hat, ob er nicht bloß subjektiv ehrlich ist, sondern auch allgemeingültige Wahrheit in sich birgt, ob er einen privaten Fall oder ein beweiskräftiges Beispiel vorstellt, ob er einer Laune gehorcht oder ob er Ernst macht, das erweist erst die Geschichte durch die Nachwelt. Ein Autor ist dann groß, wenn sein Werk in der Mitte des lebenden Lebens der Menschheit steht und auf seinen Fortgang fruchtbar einwirkt. Hier sind wir nun berechtigt, ein letztes Paradoxon festzustellen: Stendhal schrieb gleichwohl nicht nur von sich und für sich, sondern indem er dies tat, schrieb er wahrhaftig *von seiner Zeit,* und da ihn diese nicht hören konnte und wollte, *faktisch für die Zukunft.*

Damit gewinnen wir unsere zweite Einsicht in die Erscheinung Stendhal und wenden uns von seiner Person dem *geschichtlichen Raum seines Daseins* zu. Er reicht noch in das Ancien Régime, das in Stendhals Vaterhaus auch über 1789 hinaus fortwirkte, und erstreckt sich über die große Revolution, über das Kaiserreich, über die Restauration und über die Juli-Revolution bis in das Juste-Milieu unter Lous-Philippe. Das war eine Epoche großer, ganz Europa aufrüttelnder Krisen und Wandlungen von nicht nur politischer, sondern sozialer und geistiger Natur. Der französische Absolutismus ging in Trümmer, das Bürgertum und bald das Großbürgertum trat seine Herrschaft an. Stendhal betrachtete sich keineswegs als eine isolierte Existenz, sondern erkannte den historischen und gesellschaftlichen Rahmen, in den er als Individuum gespannt war. Feinnervig reagierte er unmittelbar auf die Entwicklungen, die der großen Revolution folgten, auf die sozialen Umschichtungen, die Herrschaft des Kapitals, die Folgeerscheinungen der Industrialisierung, auf die geistige Wendung in die Romantik, in die Reaktion, in den Besitz-Materialismus, und auf die tiefen Widersprüche, in die der Mensch dabei getrieben wurde. Er mißtraute den herrschenden Tendenzen des 19. Jahrhunderts. Nicht wie Balzac berauschte er sich an der sozusagen fleischlichen Erscheinung jener Epoche, sondern er drang scharf sezierend in den Körper selbst ein und suchte in schonungslosem Wahrheitsstreben dessen innere Funktion zu erforschen. So stieß er auf den unlösbaren Zwiespalt zwischen Mensch und Umwelt, wie er ihn tief enttäuschend an sich selbst erlebte, zwischen den Forderungen der Seele und der Macht einer Gesellschaftsordnung, die ihr Gewalt antut. Erbarmungslos entlarvt er alsbald die Lüge und Heuchelei des Zeitalters, die gerissene wie die angstgetriebene. Und er sieht sich, wenn er sich selbst nicht preisgeben will, zum innersten bitteren Widerstand verdammt, oder in die Einsamkeit, bis an den Abgrund des Nihilismus verbannt.

Dies war Stendhals persönliche Situation. Er hat sie sachlich, nicht so sehr desillusioniert als vielmehr illu-

sionslos, unparteiisch, »wissenschaftlich«, wie er meinte, analysiert. Parteiisch nur für eines: für den Menschen,
für den hochgesinnten Menschen, für menschliche Werte, die sich im Individuum verwirklichen wollen. Darum
war Stendhals so erkannte Situation *nicht subjektiv, sondern in höchstem Maße exemplarisch.* Er war selbst dieser in
seiner Humanität bedrohte Mensch der Epoche, der die
Energie des Widerstrebens und des Willens zur menschlichen Selbstbehauptung aufbrachte.

Als daher der Schriftsteller Stendhal auch die Fabel zu
seiner Situation fand und ihr in den Helden seiner Romane Ausdruck gab, schrieb er tatsächlich die »Chronik
des 19. Jahrhunderts«, wie der Untertitel von »Rot und
Schwarz« lautet. Julien Sorel, Sohn eines Zimmer-
manns, arm und begabt, Idealist und innerlicher Rebell,
bahnt sich aus eigener Kraft den Weg in die obere Gesellschaft. Er wird Hauslehrer in einem Bürgerhaus, gewinnt, weil es seinen Zwecken nützt, die Liebe der Haus-
frau, lernt im Priesterseminar den Zynismus der Anpas-
sung und Verstellung, wird Erzieher in einem adeligen
Hause, wirbt in einer Haßliebe um die Tochter, eine ihm
ebenbürtige, außergewöhnliche Frau, und hat schon den
Adelstitel erlangt, als die Katastrophe durch die Eifersucht jener ersten Frau herbeigeführt wird; er erschießt
sie in ihrem Kirchenstuhl. Im Gefängnis zieht er das Fazit
seines Lebens: die Welt, diese so beschaffene Menschen-
welt ist wertlos; als einzig Positives bleibt die Erfahrung
der echten Liebe bei jener ersten, ermordeten Frau. Das
Verbrechen eines hochveranlagten Menschen findet so
seine historische, soziale, psychologische Deutung. Enttäuscht von einer schmutzigen Wirklichkeit, der er seine
Moral, seine menschliche Echtheit und Ganzheit geop-
fert hat, geht er stoisch dem Schafott entgegen. Dieses
Thema des hochgesinnten, kämpferischen, an der Wirklichkeit der Verhältnisse scheiternden Menschen –

Stendhals Helden sind, wie gesagt, allesamt er selbst in jeweils neuer Maske – kehrt in den zwei anderen großen Romanen wieder, in »Lucien Leuwen« (1834 begonnen, 1855 veröffentlicht), der im politisch-gesellschaftlichen Juste-Milieu, und in der »Kartause von Parma« (1839), die, mit einer heiteren Wendung, im Milieu spätabsolutistischer Zustände in Norditalien spielt.

Aber selbstverständlich ist es nicht der Gegenstand und die in ihm ausgesprochene Idee allein, die Stendhals Werken exemplarische Bedeutung gibt, sondern gleicherweise ihre Form. Denn der neuen Sicht können die alten Gestaltungsmittel nicht genügen. Mit »Le Rouge et le Noir« beginnt darum auch eine *neue Epoche des europäischen Romans im 19. Jahrhundert*. Stendhal hat zugleich mit der neugestellten Aufgabe die ersten Beispiele einer Lösung gegeben. Die phantastischen Unbestimmtheiten, die aus der Dichtung der Empfindsamkeit in die Romantik überwechselten, das Phantomhafte der epischen Gestaltung, wie man sagen darf, hatte vor den Problemen der Epoche immer mehr versagt. Die Beziehungslosigkeit der romantischen Figuren und Fabeln dem wirklichen, unentrinnbaren Leben gegenüber konnte nur noch irreführen. Ein Roman, fordert Stendhal, sei ein die große Straße entlanggehender Spiegel; gleicherweise werfe er die Bläue des Himmels wie den Morast der Erde in unser Auge zurück. Durch seine reale Sicht des Gegenstandes, seine – richtig zu verstehende – Wissenschaftlichkeit der Arbeitsweise und die dokumentarische Gestaltgebung hat Stendhal die innere Form des modernen Romans begründet. Nur auf diesem Weg konnte nunmehr die Wahrheit über den Menschen, über seine echte Natur und seine gesellschaftlichen Bedingtheiten aufgedeckt, die Problematik des Individuums und des Zeitalters sichtbar gemacht und auf das menschliche Ziel gedeutet werden – wie auch immer die poetische

Phantasie den Kampf der Figuren verlaufen lassen, mit welchen persönlichen Leidenschaften sie ihn verflechten mochte. Dann mußte epische Kunst werden, was sie ihrer Funktion nach immer gewesen ist: menschliches Selbsterkennen in gültiger Selbstgestaltung. »Man kann der Wahrheit«, äußert sich Stendhal einmal, »nirgends näherkommen als im Roman. Ich sehe täglich deutlicher, wie alles andere auf Selbstbetrug hinausläuft.«

Wer wird sich noch wundern darüber, daß dieser Künstler im Zeitalter der Romantik kein Echo fand? Wenige Züge teilt er mit ihr; sein Gefühlsleben war ihr fremd, seine Gedanken verstand sie nicht, sein nüchterner Stil mißfiel ihr. Er, der seine Ahnen unter den starken Naturen der Renaissance, des 17. und 18. Jahrhunderts hatte und in dessen Adern das Blut des werdenden Jahrhunderts pulste – er war *durchaus unzeitgemäß*. Er war ein Typ, der das fortschreitende Leben vor-ankündigte und vorausnahm. Die Geschichte als die größere und unbeirrbare Kritikerin hat seine Bahn bestätigt. In der zweiten Hälfte des 19. Jahrhunderts beginnt Stendhal eine starke Wirkung auf Leben und Literatur auszuüben. Der Realismus, der Naturalismus, der Impressionismus und der Psychologismus konnten auf ihm aufbauen. Tolstoi, um nur das Zeugnis eines der Größten anzuführen, bekennt zum Beispiel: »Ich bin Stendhal wie kaum einem anderen verpflichtet: ich verdanke ihm die Kenntnis des Krieges. Wer vor ihm hat den Krieg so geschildert, nämlich wie er wirklich ist?« (Gemeint ist die Schilderung der Schlacht bei Waterloo im ersten Teil der »Kartause von Parma«.)

Gegen Ende des Jahrhunderts kam in Frankreich sogar ein *Kult des* »*Beylismus*« auf, der Stendhal freilich etwas einseitig, vor allem als Psychologen feierte. In Deutschland war er vielen Geistern nicht unbekannt geblieben, fand hier aber begreiflicherweise erst durch gute Übersetzungen ein stärkeres Echo. Eine verdienstvolle Übertragung des Buches über die Liebe brachte Arthur Schurig schon 1903 bei Eugen Diederichs heraus. Inzwischen hatte auch die kritische und historische Forschung das Bild der einzigartigen Erscheinung Stendhal bedeutend ergänzt und seinen Platz in der Entwicklung der neuen Literatur auszumachen gesucht. Die Leser aber, um auf unsere alte Frage zurückzukommen, die dem Unzeitgemäßen einst gefehlt hatten, stellten sich jetzt zahlreich ein; und man mag darüber streiten, ob neu heranwachsende Generationen sie ihm ohne weiteres zuführten oder ob er sie sich jetzt selbst erobert hat.

Bedarf die neue Übertragung des Versuches »Über die Liebe« noch einer Rechtfertigung? Stendhal hat ihn nach dem Zeugnis seines Freundes und späteren Herausgebers Colomb stets als seine wesentlichste Arbeit bezeichnet. Heute, wo Leben und Werk vor uns offenliegen, kann daran nicht mehr gezweifelt werden. Sein Buch über eines der schwierigsten menschlichen Themen ist nicht nur, wie gesagt, ein wichtiges Spiegelbild des Autors selbst, sofern es das Ganze seines Gefühlslebens und das Ganze seiner Lebensphilosophie vorstellt, sondern es ist zugleich für seine epische Kunst das maßgebende Vorstudium der menschlichen Seele und jener tiefen ursprünglichen Regung geworden, die Liebe heißt. Auf die theoretischen und praktischen Lehren dieser Untersuchung gründet sich zum nicht geringen Teil die innere Wahrheit seiner folgenden Werke. »De l'Amour« ist geradezu der Schlüssel zu ihnen.

Zudem haben wir hier den ersten modernen Versuch vor uns, eine eingehende Naturbeschreibung der Liebe, ja sogar ihre Naturgeschichte, zu entwerfen. Er nimmt sich nichts Geringeres vor als die beim kultivierten Menschen so komplizierte Verflochtenheit von Fleisch und Geist, welche durch die Phantasie meistens bis zur völligen Selbsttäuschung verschleiert wird, zu enthüllen. Bestimmte Elemente rücken unter die Lupe; eine Struktur des Ganzen zeichnet sich ab. Daß hierbei Stendhal viele Gedanken von anderen, vorzüglich von älteren französischen Autoren, aufgreift, braucht nicht zu verwundern. Er führt sie gleichsam zu einem Abschluß, und die Zusammenschau bleibt sein unstreitiges Verdienst. Natürlich lassen sich auch Einwände gegen Stendhals Theorie erheben und sind erhoben worden. Wir können sie an dieser Stelle nicht erörtern. Ihr stärkster weist darauf hin, daß die Liebe nicht eigentlich in ihrem vollständigen Begriffe erfaßt wird, sondern nur eine kritische, wennschon höchst bedeutsame Phase, nämlich die leidenschaftliche Entflammung – um den unzureichenden Ausdruck Verliebtheit zu vermeiden –, das Frühstadium also, auf welches die Verwandlung in den eigentlichen, dauernden Wirkungszustand der Liebe folgt. Aber darum behalten doch die Fülle des Materials, die subtilen Beobachtungen, die geistreichen Formulierungen ihren Wert und ihre Wahrheit. »De l'Amour« ist immer noch ein Buch für Liebende oder vielmehr für solche, die geliebt haben oder lieben werden, und immer noch ein Buch, das beim Lesen zum Denken herausfordert.

Auch manche Unstimmigkeiten, Mängel, Lücken, die eine historische Betrachtung findet, brauchen uns nicht zu stören. Es muß uns freilich auffallen, wie das geistige Leben Deutschlands im beginnenden 19. Jahrhundert auf ziemlich bequeme Weise verzeichnet wird. Dennoch ist sogar hierbei noch viel Typisches getroffen, wie viel mehr also dort, wo die Sprachkenntnis Stendhal eine größere Vertrautheit mit den Verhältnissen ermöglichte. Aber lassen wir getrost Unzulängliches der Einzelheiten und halten wir uns an das Beispielhafte, wie nämlich ein Autor einem Lebensproblem, das für jede Generation immer neu gegeben ist, mit unbedingter Ehrlichkeit zu

Leibe rückt. Denn unter den veränderten Bedingungen, die die Geschichte schafft, will alle Wahrheit stets wieder erprobt sein. Stendhal hat die Liebe, wie sie sich im Leben seines Zeitalters abspielte, einzigartig diagnostiziert. Wer wird nach den ungeheuren Veränderungen, die die Wirklichkeit seit hundert Jahren erfahren hat, wer wird schon allein nach dem tiefgehenden Wandel in der gesellschaftlichen, wirtschaftlichen, rechtlichen Stellung der Frau die neue Wahrheit über die immer fortwirkende Kraft der Liebe aussprechen?

W. H.

ÜBER DIE LIEBE

Einige Erläuterungen des Übersetzers
sind in [ ] eingeschlossen

VORWORT DER ERSTEN AUSGABE

Es fruchtet nichts, wenn ein Autor die Nachsicht des Publikums erfleht; die geschehene Veröffentlichung entlarvt seine vorgespielte Bescheidenheit. Er tut besser, sich dem Urteil, der Gunst und der Unparteilichkeit seiner Leser zu empfehlen. Vor allem die zweite Eigenschaft ruft der Verfasser des vorliegenden Werkes an. Denn da er in Frankreich so viel von *wahrhaft französischen* Schriften, Gesinnungen und Gefühlen vernimmt, hat er wohl Grund, zu befürchten, daß, weil er die Tatsachen so nackt hinstellt, wie sie sind, und allein solche Empfindungen und Meinungen zum Ausdruck bringt, die *in jeder Hinsicht wahr* sind, er jene engherzige Leidenschaft herausfordern wird, die seit einiger Zeit als Verdienst gilt, obwohl ihr Wert sehr zweifelhaft ist. In der Tat, was wird aus Geschichte, Moral, ja Wissenschaft und Literatur, wenn sie, sobald man den Rhein, die Alpen oder den Kanal überschreitet, auf einmal wahrhaft deutsch, wahrhaft russisch oder italienisch oder spanisch oder englisch sein sollen? Was soll man von diesem Urteil, von dieser geographischen Feststellung halten? Wenn wir Ausdrücke wie *»echt spanische Treue«, »echt englische Tugenden«* in den Schriften ausländischer Patrioten mit Nachdruck verwendet finden, wird es höchste Zeit, gegen ein Gefühl Verwahrung einzulegen, das vermutlich anderwärts etwas Ähnliches hervorruft. In Konstantinopel wie bei allen barbarischen Völkern ist diese blinde, engherzige Voreingenommenheit für das Vaterland eine im Blute steckende Wildheit. Bei gebildeten Völkern ist sie eine schädliche, unglückselige, unverträgliche und bei der geringsten Kränkung des äußersten bereite Eitelkeit.

Aus dem Vorwort der »Schweizer Reise« von Simon.

VORWORT FÜR DIE GEPLANTE ZWEITE AUFLAGE
1842 geschrieben

Ich bitte den Leser um Nachsicht wegen der sonderbaren Form dieser *Physiologie der Liebe*.

Vor zwanzig Jahren zwang mich der Umschwung, der auf Napoleons Sturz folgte, meine Stellung aufzugeben. Zwei Jahre zuvor hatte mich, unmittelbar nach dem schrecklichen *Rückzug aus Moskau*, der Zufall in eine liebliche Stadt verschlagen, in welcher ich mein Leben zu beschließen gedachte. Zu meinem Entzücken, denn in der gesegneten Lombardei, in Mailand, in Venedig richtet man sein Bestreben letztlich, oder besser gesagt, ausschließlich darauf, das Leben zu genießen. Hier achtet man nicht auf das Tun und Treiben seines Nächsten; man macht sich kaum Gedanken über das, was einen selbst angeht. Wenn man das Vorhandensein eines anderen Menschen bemerkt, denkt man auch nicht gleich daran, ihn zu hassen. Man nehme einmal einer französischen Kleinstadt die Freude am Klatsch, was bleibt da? Diesem unerträglichen, boshaften Laster zu entgehen, macht unbestreitbar einen Teil des Glücks aus, das viele Provinzler in Paris suchen.

Nach den Maskenbällen des Karnevals von 1820, die prachtvoller als gewöhnlich waren, wurden in der Mailänder Gesellschaft fünf oder sechs ganz verrückte Begebenheiten ruchbar, und obgleich man in diesem Lande an Dinge gewöhnt ist, die in Frankreich unmöglich wären, beschäftigte man sich einen vollen Monat damit. Bei uns würde man derartig seltsame Handlungsweisen aus Furcht, sich lächerlich zu machen, gar nicht wagen. Ich muß mir ein Herz fassen, um auch nur davon zu sprechen.

Eines Abends, als man bei der liebenswürdigen Frau Pietragrua, die ausnahmsweise an keiner der Tollheiten beteiligt war, deren Ursachen und Folgen man des langen und breiten besprach, fiel mir ein, daß ich nach einem Jahre wahrscheinlich nur noch eine sehr undeutliche Erinnerung an diese seltsamen Geschehnisse und die Ursachen haben würde, denen sie entsprangen. Ich nahm ein Konzertprogramm und schrieb mir etliches mit Bleistift auf. Man schlug ein *Pharaospiel* vor. Wir saßen unser dreißig um den grünen Tisch; aber die Unterhaltung war derart erregt, daß niemand ans Spielen dachte. Gegen Ende der Abendgesellschaft tauchte dann Oberst Scotti, einer der blendendsten Offiziere der italienischen Armee, auf. Man fragte ihn, was er seinerseits über die besonderen Umstände der sonderbaren Geschehnisse wüßte, die uns beschäftigten. Er wußte uns tatsächlich Dinge zu erzählen, die ihm der Zufall entdeckt hatte und die nun ein ganz anderes, neues Licht verbreiteten. Ich nahm mein Konzertprogramm wieder vor und hielt diese neuen Umstände fest.

Diese Notizen einzelner Beobachtungen über die Liebe schrieb ich fortlaufend in der nämlichen Weise mit Blei auf Papierfetzen aus den Salons nieder, wo ich die Geschichten erzählen hörte. Sogleich suchte ich nach einem allgemeinen Gesetz, nach welchem sich die verschiedenen Zustände der Liebe bestimmen ließen. Zwei Monate später nötigte mich die Besorgnis, für einen *Carbonaro* zu gelten, nach Paris zurückzukehren, nur auf ein paar Monate, wie ich glaubte; aber ich bekam Mailand, wo ich sieben ganze Jahre verbracht hatte [1814 bis 1821], nie wieder zu Gesicht.

In Paris starb ich vor Mißbehagen. Da verfiel ich auf den Gedanken, mich mit dem gesegneten Lande weiterhin zu befassen, aus dem mich die Furcht vertrieben hatte; ich heftete meine Zettel zusammen und machte einem Verleger ein Geschenk damit. Aber jetzt tauchte eine Schwierigkeit auf: der Drucker erklärte, daß er unmöglich nach Bleistiftaufzeichnungen setzen könne. Ich merkte natürlich, daß er diese Art Manuskript unter seiner Würde fand. Der junge Lehrling, der es mir zurückbrachte, war ganz verlegen wegen der garstigen Botschaft, die man ihm aufgetragen hatte. Da er schreiben konnte, diktierte ich ihm die Bleistiftnotizen.

Ich war auch darüber klar, daß ich Rücksichten zu nehmen hatte, und veränderte darum die Namen und stutzte die Anekdoten zurecht. Obwohl in Mailand so gut wie nicht gelesen wird, konnte dieses Buch dennoch hingelangen und hätte dann wie eine ausgefeimte Bosheit ausgesehen.

Es war wirklich ein Unglücksbuch, was ich herausbrachte. Ich will dreist eingestehen, daß ich zu jener Zeit die Kühnheit hatte, den eleganten Stil zu verachten. Ich bemerkte, wie mein Lehrling die Satzschlüsse und barock anmutenden Wortfolgen verkürzte. Dagegen machte er sich nicht die Mühe, immer wieder schwierig auszudrückende Tatbestände zu verändern: Selbst ein Voltaire scheute die schwer zu sagenden Dinge.

Mein *Versuch über die Liebe* konnte einen Wert erst durch die zahllosen kleinen Gefühlsnuancen gewinnen, deren Richtigkeit ich den Leser bitten muß, aus seiner Erinnerung zu bestätigen, falls er in dieser glücklichen Lage sein sollte. Aber es kam noch Schlimmeres dazu. Ich war damals wie immer in literarischen Geschäften sehr wenig erfahren. Der Verleger, dem ich das Manuskript übereignet hatte, druckte es auf schlechtes Papier und in einem lächerlichen Format. Dazu sagte er mir nach einem Monat, als ich ihn fragte, wie das Buch ginge: »Man darf sagen, daß es unantastbar ist, denn niemand rührt es an.«

Es kam mir nicht in den Sinn, etwa durch Zeitungsartikel zu werben; dergleichen wäre mir schändlich vorgekommen. Und doch ist bei keinem Werk dringender vonnöten, dem Leser Geduld anzuempfehlen. Denn auf die Gefahr hin, schon mit den ersten Seiten unverständlich zu erscheinen, mußte ich den Leser bewegen, den neugeprägten Begriff der *Kristallisation* anzunehmen, der jene Ganzheit seltsamer Wahnvorstellungen anschaulich bezeichnen will, welche man in der geliebten Person als wirklich und ganz unzweifelhaft begründet sich einbildet.

Ganz erfüllt, ganz berauscht von den geringsten Begebenheiten, die ich eben in meinem über alles geliebten Italien beobachtet hatte, sperrte ich mich bewußt gegen jedes Zugeständnis, gegen stilistisches Entgegenkommen, das dem *Versuch über die Liebe* das ausgesprochen Barocke in den Augen der Literaten hätte nehmen können.

Überhaupt machte ich es der Leserschaft in keiner Weise leicht. Das war in jener Zeit, wo unsere Literatur, unter der Last der gewaltigen und noch immer nicht verwundenen Schicksalsschläge, keine andere Bestimmung zu kennen schien, als unsere unglückselige Eitelkeit zu trösten; sie reimte *Gloria* auf *Viktoria, Kriegsheer* auf *Lorbeer* usw. Das langweilige Schrifttum dieser Zeit scheint nie den wirklichen Hintergründen der Gegenstände nachgegangen zu sein, die sie angeblich gestaltete. Sie suchte nur eine Gelegenheit, diesem Modesklaven von Volk zu schmeicheln, das ein großer Mann [Napoleon] die »große Nation« genannt hatte, wobei man aber vergaß, daß es nur mit ihm an der Spitze groß war.

Die Folge meiner Unerfahrenheit mit den Bedingungen auch des bescheidensten Erfolges war, daß sich von 1822 bis 1833 nicht mehr als siebzehn Käufer einfanden; so hatte im Laufe von zwanzig Jahren der *Versuch über die Liebe* nur eben rund hundert Liebhaber. Einige davon brachten die Geduld auf und verfolgten die verschiedenen Stadien jener Krankheit an davon befallenen Personen ihrer Umgebung; denn um jene Leidenschaft begreiflich zu machen, die aus Furcht vor der Lächerlichkeit bei uns seit dreißig Jahren so sorglich verborgen gehalten wird, muß man über sie wie über eine Krankheit sprechen; nur auf diesem Wege läßt sich manchmal ihre Heilung erreichen.

Tatsächlich beginnt erst nach einem halben Jahrhundert voller Umwälzungen, die unsere Aufmerksamkeit nacheinander beansprucht haben, nämlich erst nach fünfmaligem vollständigem Wechsel in der Verfassung und den Zielsetzungen unserer Regierungen, die Revolution auch in unsere Gesittung einzudringen. Die Liebe, oder das, was meistens ihre Stelle vertritt und ihr den Namen entlehnt, die Liebe vermochte in dem Frankreich Ludwigs XV. alles: die Hofdamen machten etwa Obersten; diese Aufgabe war keineswegs die angenehmste im Lande. Fünfzig Jahre später besteht kein Hof mehr, und Frauen, die im herrschenden Bürgertum oder bei dem grollenden Adel das höchste Ansehen genießen, sind nicht imstande, auch nur einen Tabakladen im letzten Marktflecken zu vergeben.

Man muß zugeben: die Frauen gelten nicht mehr viel. In unseren glänzenden Salons drängt es die jungen Leute durchaus nicht, mit ihnen ein Gespräch zu führen; sie gesellen sich lieber zu einem Großsprecher, der in seiner provinzhaften Aussprache die Streitfrage von *Kapazitäten* vorträgt, und versuchen, hier ein Wort mit einzuflechten. Die reichen jungen Leute aber, die sich befleißigen, frivol zu erscheinen, um den Anschein zu erwecken, als führten sie die ehemalige gute Gesellschaft weiter, ziehen ein Gespräch über *Pferde* oder ein hohes Spiel in *Klubs* vor, wo keine Frauen zugelassen sind. Bei dem tödlichen Frost, der in den Beziehungen der jungen Männer zu den fünfundzwanzigjährigen, von der Langeweile der Ehe in die Gesellschaft getriebenen Frauen vorzuwalten scheint, wird eine peinlich genaue Beschreibung der stufenweisen Entwicklung jener allgemein Liebe genannten Krankheit vielleicht nur ein paar klugen Köpfen willkommen sein.

Die unglaubliche Veränderung, die uns in die gegenwärtige Trostlosigkeit gebracht und kein Verständnis für die Gesellschaft von 1778 erlaubt, wie wir ihr in den Briefen Diderots an Fräulein Voland, seine Geliebte, oder in den Memoiren der Frau von Epinay begegnen, könnte zu einer Untersuchung anregen, welche der einander ablösenden Regierungen denn bei uns die Fähigkeit zur Freude abgetötet und uns dem trübseligsten Volk der Erde [den Engländern] ähnlich gemacht hat. Wir verstehen ja nicht einmal sein *Parlament* nachzumachen und die Anständigkeit seiner Parteien, das einzige Annehmbare, was es hervorgebracht hat. Dagegen will die dümmste seiner traurigen Eingebungen, das Gespenst der Würde, unsere französische Heiterkeit verdrängen, die man schon nirgends mehr antrifft als auf den fünfhundert Tanzsälen des Pariser Weichbildes oder in Südfrankreich jenseits Bordeaux.

Aber welche unserer wechselnden Regierungen hat uns so schmählich zu *anglisieren* vermocht? Soll man der kraftvollen Regierung von 1793 die Schuld geben, die die Ausländer verhindert, sich auf dem Montmartre einzunisten, diese Regierung, die uns in einigen Jahren heldenhaft erscheinen wird und die das würdige Vorspiel derjenigen war, die unter Napoleon unseren Namen in alle Hauptstädte Europas trug?

Wir wollen die vom Direktorium gutgemeinte und durch die Leistungen Carnots und des unsterblichen italienischen Feldzuges von 1796 bis 1797 berühmt gewordene Eselei vergessen.

Die Verkommenheit unter der Regierung *Barras* rief die Heiterkeit des vergangenen Regimes noch einmal ins

Leben; die Haltung der Madame Bonaparte bezeugt, daß wir damals keine Vorliebe für die englische Mißlaunigkeit und Dünkelhaftigkeit besaßen.

Die hohe Achtung, die wir trotz der Mißgunst des Faubourg-Saint-Germain der Regierungsweise des Ersten Konsuls nicht versagen können, und die höchst verdienten Männer, die die Pariser Gesellschaft damals zierten, erlauben nicht, dem Kaiserreich die Schuld an der bedeutsamen Veränderung des französischen Charakters zuzuschreiben, die in der ersten Hälfte des 19. Jahrhunderts vor sich ging.

Es erübrigt sich, meine Untersuchung weiter auszudehnen: der Leser wird sie selbst weiterführen und seine Schlüsse zu ziehen wissen…

ERSTES BUCH

ERSTES KAPITEL
LIEBE

ch suche Klarheit über diese Leidenschaft zu gewinnen, deren echte Entfaltung stets eine gewisse Schönheit hat.
Es gibt viererlei verschiedene Liebe.
1. Die leidenschaftliche Liebe,
wie die der Portugiesischen Nonne, wie die der Héloïse zu Abélard, wie die des Hauptmanns von Wesel, des Gendarmen Cento.
2. Die gepflegte oder galante Liebe (l'amour goût), die in Paris um 1760 überwog. Man findet sie in den Memoiren und Romanen dieser Zeit, bei Crébillon, Lauzun, Duclos, Marmontel, Chamfort, Frau von Epinay und vielen anderen.
Sie gleicht einem Bild, auf dem bis in die Schatten hinein alles in rosigen Farben gemalt sein muß und auf dem unter keinen Umständen etwas unschön erscheinen oder gegen die Sitte, den guten Ton, das Feingefühl usw. verstoßen darf. Ein wohlerzogener Mann weiß von vornherein, welche verschiedenen Phasen diese Liebe durchläuft und wie er sich in einer jeden zu verhalten hat. Weil dabei keine Leidenschaften und Überraschungen zu erwarten sind, hat sie oft mehr Feinheiten als die wirkliche Liebe, denn sie behält stets ihre geistige Überlegenheit. Neben einem Gemälde der Carracci ist diese Liebe nur eine zarte, niedliche Miniatur; so sehr die leidenschaftliche Liebe unseren Vorteil außer acht läßt, so gut weiß die gepflegte Liebe ihn zu berechnen. Wahrhaftig, zieht man von dieser armseligen Liebe die Eitelkeit ab, so bleibt herzlich wenig übrig; sobald ihre Hülle fällt, ist sie nur noch ein mühsam sich hinschleppender Schwächling.
3. Die rein sinnliche Liebe.
Auf der Jagd einem hübschen frischen Landmädchen

nachstellen, das in den Wald flüchtet. Jedermann kennt die Lust einer solchen Liebe; wie blöd und ungeschickt ein Mensch auch sei, mit sechzehn Jahren fängt er damit an.
4. Die Liebe aus Eitelkeit.

Die allermeisten Männer, besonders in Frankreich, begehren oder besitzen eine schöne Frau als ein zum Luxus erforderliches Ding, so wie man sich ein schönes Pferd hält. Die mehr oder weniger geschmeichelte, mehr oder weniger herausgeforderte Eitelkeit stellt diesen Anspruch. Manchmal ist sinnliche Liebe mitbeteiligt, nicht immer; oft gewährt diese Liebe nicht einmal körperlichen Genuß. »Für einen Bürger ist eine Herzogin nie älter als dreißig Jahre«, bemerkte die Herzogin von Chaulnes; und die Hofleute des vortrefflichen Königs Ludwig von Holland denken noch mit Vergnügen an eine hübsche Frau aus dem Haag zurück, die einen Mann unmöglich reizlos finden konnte, der Herzog oder Prinz war. Sowie freilich ein Prinz bei Hofe erschien, ließ sie – dem monarchischen Prinzip getreu – den Herzog fallen; sie war gleichsam das Rangabzeichen innerhalb des diplomatischen Korps.

Der glücklichste Fall eines solchen oberflächlichen Verhältnisses tritt ein, wenn der sinnliche Genuß sich durch die Gewöhnung steigert. Die Phantasie gleicht es dann der Liebe ein wenig an. Man fühlt sich gekränkt und betrübt, wenn man verlassen wird. Romanhafte Gedanken überfallen einen, und man glaubt, verliebt und schwermütig zu sein, weil uns unsre Eitelkeit eine große Leidenschaft vortäuscht. Sicher ist, daß die Lust, aus welcher Art der Liebe sie auch entspringt, stärker wird und fester in der Erinnerung haftenbleibt, sobald eine seelische Erregung hinzutritt; und in einer solchen Leidenschaft scheint, im Gegensatz zu vielen anderen, die Erinnerung an das Verlorene alles zu überstrahlen, was man sich von der Zukunft verspricht.

In der eitlen Liebe führt manchmal die Gewohnheit oder die Aussichtslosigkeit, etwas Besseres zu finden, zu einer gewissen, wenn auch nicht sehr wertvollen Freundschaft; diese rühmt sich ihrer Beständigkeit usw.[1]

Die Sinnenlust ist etwas jedermann Vertrautes, denn sie liegt in der Natur; in den Augen einer zärtlichen und leidenschaftlichen Seele spielt sie jedoch nur eine untergeordnete Rolle. Mögen solche Menschen auch in der Gesellschaft etwas lächerlich erscheinen, mögen sie oft infolge der Niedertracht der großen Welt ins Unglück stürzen, so werden ihnen dafür Freuden zuteil, die jenen, deren Herz allein die Eitelkeit oder das Geld zum Schlagen bringt, ewig unerreichbar bleiben.

Manche tugendhaften, feinfühligen Frauen haben kaum eine Vorstellung von der Sinnenlust; sie geben sich ihr selten preis, wenn man überhaupt so sagen darf, und selbst dann übertäubt das Fieber der Leidenschaft zumeist die körperliche Lust.

Manche Menschen sind von einem teuflischen Hochmut besessen, einem Stolz, wie er Alfieri plagte. Solche Menschen, die vielleicht darum grausam sind, weil sie gleich Nero in unausgesetzter Furcht leben und alle anderen nach sich selbst beurteilen – solche Menschen, meine ich, vermögen den sinnlichen Genuß nur dann zu erreichen, wenn er mit der letzten Befriedigung ihres Hochmutes verbunden ist, das heißt, wenn sie während des Genusses Grausamkeiten begehen können. Daher die Abscheulichkeiten in [Marquis de Sades Roman] »Justine«. Das Gefühl der Sorglosigkeit lernen dergleichen Menschen nie kennen.

Übrigens lassen sich an Stelle der vier unterschiedenen

---

1 Der bekannte Dialog am Kaminfeuer zwischen Pont-de-Veyle und Madame du Deffand. [»Warum haben wir uns in den vierzig Jahren, die wir zusammen sind, eigentlich nie gezankt?« – »Ich weiß nicht.« – »Wahrscheinlich haben wir einander gar nicht geliebt.«]

Arten von Liebe sehr wohl acht oder zehn Abarten aufstellen. Wahrscheinlich bestehen unter den Menschen ebensoviel Weisen zu fühlen, wie es Weisen zu sehen gibt. Unterschiedliche Benennungen ändern indes nichts an den folgenden Betrachtungen. Jede Liebe, die man hienieden entstehen, leben, sterben oder zur Unsterblichkeit sich erheben sieht, folgt den gleichen Gesetzen[1].

ZWEITES KAPITEL
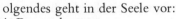
DIE ENTSTEHUNG DER LIEBE

Folgendes geht in der Seele vor:
1. Bewunderung.
2. Man sagt sich: »Welche Lust, sie zu küssen, von ihr geküßt zu werden! usw.«
3. Hoffnung.

Man sucht nach Vollkommenheiten; in diesem Stadium sollte sich eine Frau ergeben, um den größtmöglichen Sinnengenuß zu erlangen. Selbst bei sehr zurückhaltenden Frauen funkeln die Augen in einem solchen Augenblick vor Erwartung; ihre Leidenschaft ist so stark, ihre Lust so erregt, daß sie sich durch deutliche Zeichen verrät.

4. Die Liebe ist geboren.

Lieben ist die Wonne, ein liebenswertes und uns selbst liebendes Wesen mit allen Sinnen und so innig als möglich zu betrachten, zu berühren, zu fühlen.

5. Die erste Kristallisation beginnt.

Wir gefallen uns darin, eine Frau, deren Liebe wir gewiß

---

1 Dieses Buch ist die freie Übersetzung einer italienischen Niederschrift des Lisio Visconti, eines sehr hochstehenden jungen Mannes, der soeben in Volterra, seiner Vaterstadt, gestorben ist. Am Tage seines plötzlichen Todes gab er mir die Erlaubnis, seinen Versuch über die Liebe zu veröffentlichen, falls ich die Möglichkeit sähe, ihn in eine anständige Form zu bringen. Schloß Fiorentino, am 10. Juli 1819.

sind, mit tausend Vorzügen zu schmücken; wir malen uns unser großes Glück bis in die letzte Einzelheit aus. Das geht so weit, daß wir das köstliche Geschenk überschätzen, das uns der Himmel in den Schoß wirft, das wir noch nicht kennen und dessen Besitzes wir schon sicher zu sein glauben.

Im Hirn eines Liebenden, das vierundzwanzig Stunden hindurch in Aufruhr ist, geht vergleichsweise folgendes vor:

In den Salzburger Salzgruben wirft man in die Tiefe eines verlassenen Schachtes einen entblätterten Zweig; zwei oder drei Monate später zieht man ihn über und über mit funkelnden Kristallen bedeckt wieder heraus; selbst die kleinsten Zweiglein, nicht größer als die Krallen einer Meise, sind überzogen mit zahllosen schillernden, blitzenden Diamanten; man erkennt den einfältigen Zweig gar nicht wieder.

Ich bezeichne als Kristallisation die Tätigkeit des Geistes, in einem jeden Wesenszuge eines geliebten Menschen neue Vorzüge zu entdecken.

Ein Reisender erzählt etwa von der Kühle der Orangenhaine inmitten der Sommerglut der Küste von Genua: Welche Wonne, könnte man diese Kühle mit der Geliebten genießen!

Einer unserer Freunde bricht auf der Jagd den Arm: Welche Seligkeit, von der geliebten Frau gepflegt zu werden!

Immer mit ihr zusammen zu sein, sich ununterbrochen von ihrer Zuneigung zu überzeugen, müßte den Schmerz geradezu in Wonne verwandeln; und so kommst du über den gebrochenen Arm deines Freundes zu dem festen Glauben an die engelhafte Güte deiner Geliebten. Mit einem Wort, es genügt, an eine Vollkommenheit zu denken, und alsbald entdeckt man sie an dem geliebten Geschöpf.

Diese Erscheinung, die ich also *Kristallisation* nennen

möchte, entspringt unserer Natur, die das Verlangen nach Lust in uns gelegt hat und unser Blut mit dem Gefühl zum Kopfe treibt, daß die Vollkommenheit der Geliebten unsere Lust erhöhen wird, und mit dem Bewußtsein: sie ist mein. Der Wilde hat nicht Zeit, sich so weit über die erste Regung zu erheben. Er spürt die Lust, aber seine Gedanken folgen bereits dem durch die Wälder fliehenden Damhirsch nach, mit dessen Fleisch er sich möglichst schnell neue Kräfte verschaffen muß, wenn er nicht der Axt seines Feindes erliegen will.

Das andere Extrem der Kultur stellt zweifellos die feinnervige Frau vor, die einen sinnlichen Genuß allein bei dem Manne ihrer Liebe findet[1]. Sie ist das Gegenstück zum Wilden. Bei den zivilisierten Völkern hat die Frau viel Muße; der Wilde dagegen ist so von seinen Nöten bedrängt, daß er sein Weib als Lasttier gebrauchen muß. Die Weibchen vieler Tiere sind da sogar günstiger gestellt, weil der Lebensunterhalt ihrer Männchen gesicherter ist.

Doch kehren wir aus dem Urwald nach Paris zurück. Der entflammte Mann sieht alle Vollkommenheiten in seine Geliebte hinein; indessen kann die Anziehungskraft wieder nachlassen, weil nämlich die Seele alles Gleichförmigen leicht überdrüssig wird, selbst eines vollkommenen Glückes[2].

Um die Anziehung zu verstärken, tritt noch folgendes hinzu:

6. Es erhebt sich der Zweifel.

Nach zehn oder zwölf Begegnungen oder einer Reihe anderer blitzartiger oder über ganze Tage sich hinziehender Erlebnisse, die zunächst Hoffnungen erweckt

1 Wenn sich dieselbe Eigenheit beim Manne nicht zeigt, so liegt der Grund darin, daß er kein Schamgefühl zu überwinden braucht.
2 Das bedeutet, daß dieselbe Nuance des Seins immer nur einen Augenblick völligen Glückes gewährt, die Art und Weise des Seins also bei einem leidenschaftlichen Menschen zehnmal des Tages wechselt.

und sodann bestätigt haben, überwindet der Liebhaber die anfängliche Befangenheit, und an Erfolg gewöhnt oder von einer Allerweltsansicht verführt, die aber nur im Umgang mit leichtfertigen Frauen Gültigkeit besitzt, verlangt er zwingende Beweise und möchte sein Glück ergreifen.

Wenn er zu siegesgewiß auftritt, begegnet er Gleichgültigkeit[1], Kälte oder selbst zorniger Abweisung. In Frankreich legt man eine gewisse Ironie an den Tag, die sagen will: »Du glaubst weiter zu sein, als du bist.« Die Frau verhält sich so, entweder weil sie aus einem augenblicklichen Rausch erwacht und ihrem Schamgefühl folgt, das sie verletzt zu haben fürchtet, oder einfach aus Klugheit oder Koketterie.

Der Liebhaber beginnt an dem erhofften Erfolg zu zweifeln; er sinnt über die Gründe nach, die ihn zu seiner Hoffnung verleiteten.

Er möchte sich wieder den anderen Erfreunissen des Lebens zuwenden: aber *er findet sie nichtig.* Das Bewußtsein eines entsetzlichen Jammers ergreift ihn und damit zugleich ein tiefes Verlangen.

7. Zweite Kristallisation.

Nun beginnt die zweite Kristallisation und erzeugt wie Diamanten die Bestätigungen des einen Gedankens: Sie liebt mich.

In den auf neugeborene Zweifel folgenden nächtlichen Stunden, nach Augenblicken tiefster Niedergeschlagenheit, sagt sich der Liebende: »Dennoch! Sie liebt mich!«

---

1 Was die Romane des 17. Jahrhunderts den *Blitzschlag* nennen, der über das Schicksal des Helden und seiner Geliebten entscheidet, ist ein seelischer Vorgang, der, trotzdem ihn zahllose Schmierfinken ganz falsch dargestellt haben, dennoch im Leben besteht; er tritt ein, wenn jene Regung der Verteidigung nicht zustande kommt. Die liebende Frau findet in dem Gefühl, das sie überkommt, ein so übermäßiges Glück, daß sie es einfach nicht verbergen kann; der leidigen Bedenklichkeiten überdrüssig, läßt sie alle Vorsicht fallen und liefert sich blindlings der Seligkeit aus, zu lieben. Mißtrauen schließt den Blitzschlag aus.

und die Kristallisation bringt neue Reize hervor; danach naht wieder der Zweifel mit entgeisterten Augen, bemächtigt sich des Liebenden und läßt ihn aus dem Schlafe aufschrecken. Der Atem stockt in seiner Brust; er fragt sich: »Liebt sie mich wirklich?« Und in einem freud- und leidvollen Wechselspiele fühlt der arme Liebhaber deutlich: Sie könnte mir Freuden gewähren, wie auf der ganzen Welt allein sie welche zu vergeben hat.

Die offenbare Tatsache dieses Wandelns am Rande eines schrecklichen Abgrundes, während das vollkommene Glück greifbar vor einem schwebt, verleiht der zweiten Kristallisation ihren großen Vorrang vor der ersten.

Der Liebende irrt zwischen drei Gedanken unaufhörlich hin und her.

1. Sie besitzt alle Vorzüge;
2. Sie liebt mich;
3. Was muß ich tun, um den überzeugendsten Beweis ihrer Liebe zu erringen?

In einen ganz niederschmetternden Zustand gerät die junge Liebe, wenn sie sich einer falschen Schlußfolgerung bewußt wird und ein Teil der Kristallbildung wieder vernichtet werden muß.

Man zweifelt an der Kristallisation selbst.

DRITTES KAPITEL
ÜBER DIE HOFFNUNG

chon ein kleiner Hoffnungsschimmer kann die Liebe erwecken.

Mag die Hoffnung danach auf Tage wieder schwinden, die Liebe wird nicht mehr davon berührt.

Für einen festen, kühnen, ungestümen Charakter, für eine in den Wechselfällen des Lebens gehärtete Einbildungskraft mag der Hoffnungsschimmer getrost zusammenschrumpfen, er darf sogar vollständig verschwinden, ohne daß die Liebe stirbt.

Wenn der Liebende schon Unglück erfahren hat, wenn er von zärtlichem, nachdenklichem Wesen ist, wenn er an anderen Frauen verzweifelt, wenn er eine heftige Bewunderung für die hegt, um die er sich bemüht, wird ihn keinerlei gewöhnliche Lust von der zweiten Kristallbildung ablenken. Er träumt lieber von der ganz ungewissen Aussicht, ihr eines Tages doch zu gefallen, als daß er selbst die restlose Hingabe irgendeiner anderen Frau annähme.

Er muß freilich darauf gefaßt sein, daß die von ihm geliebte Frau in diesem Stadium – wohlgemerkt nicht später – seine Hoffnungen in einer plötzlichen Anwandlung vernichtet und ihm mit so sichtbarer Mißachtung begegnet, daß er sich in ihrer Nähe nicht mehr blicken lassen kann.

Die sich entfaltende Liebe läßt zwischen den einzelnen Phasen auch sehr viel längere Zwischenräume zu.

Bei gelassenen, phlegmatischen, nachdenklichen Naturen muß die Hoffnung bedeutend stärker und ausdauernder sein. Ebenso verhält es sich bei älteren Leuten.

Die Beständigkeit einer Liebe wird erst durch die zweite Kristallisation entschieden, weil man sich in jedem Augenblick bewußt ist, daß es jetzt darum geht, entweder geliebt zu werden oder sterben zu müssen. Wie sollte man in dieser stets gegenwärtigen, während vieler Monate befestigten Überzeugung auch nur den Gedanken ertragen, nicht mehr zu lieben? Je stärker ein Charakter ist, desto weniger wankelmütig wird er sich zeigen.

Diese zweite Kristallisation fehlt fast gänzlich bei den Liebschaften mit Frauen, die sich leicht erobern lassen.

Sobald die Kristallbildung, vor allem die zweite, weitaus stärkere, vor sich gegangen ist, ist der alte Zweig von gleichgültigen Augen nicht wiederzuerkennen:

Denn erstens ist er mit Vorzügen oder Diamanten geschmückt, die sie gar nicht sehen;
zweitens ist er mit Reizen behaftet, die in ihren Augen keine sind.

Die Vollkommenheit gewisser Reize, von denen ihm ein alter Freund seiner Schönen spricht, und ein bestimmtes Aufleuchten, das Del Rosso dabei in dessen Augen bemerkt, fügen seiner Kristallisation[1] einen neuen Dia-

1 Ich habe meinen Versuch eine Ideologie genannt. Damit wollte ich andeuten, daß es sich, obwohl das Buch »Über die Liebe« betitelt ist, um keinen Roman handelt, und vor allem, daß es nicht unterhaltsam wie ein Roman ist. Die Philosophen mögen verzeihen, daß ich die Bezeichnung *Ideologie* gebrauche. Meine Absicht ist gewiß nicht, mir einen Begriff anzueignen, auf den ein anderer Rechte hat. Wenn unter Ideologie eine analysierende Darstellung von Ideen gemeint ist und aller Elemente, durch die sie bestimmt werden, dann ist das vorliegende Buch eine bis ins kleinste analysierende Darlegung sämtlicher Gefühle, die im ganzen jene als *Liebe* bezeichnete Leidenschaft ergeben. Aus dieser Darlegung entwickle ich weiterhin einige Folgerungen, zum Beispiel wie Liebe geheilt werden kann. Ich wüßte kein Wort, welches Abhandlung über Gefühle ebenso trefflich bezeichnete wie Ideologie Abhandlung über Ideen bezeichnet. Ich hätte wohl mit Hilfe eines meiner gelehrten Freunde eine neue Benennung erfinden können, aber ich bin schon genug angegriffen worden, weil ich mir erlaubte, das Wort *Kristallisation* in einem neuen Sinne anzuwenden, und es kann leicht geschehen, daß die Leser, falls dieser Versuch welche findet, der übertragenen Bedeutung des Wortes nicht zustimmen wollen. Ich gestehe, daß literarisches Talent vonnöten ist, wenn man diesen Begriff vermeiden will; ich habe mich vergeblich bemüht. Ohne ihn, der meiner Meinung nach das Grundphänomen der Liebe genannten Torheit ist – indessen einer *Narrheit,* die dem Menschen die höchsten Freuden verschafft, welche einem Wesen seiner Art auf Erden zu kosten verstattet sind –, ohne den Gebrauch dieses Wortes, das immer wieder durch eine langatmige Umschreibung ersetzt werden müßte, würde die Erklärung, die ich für das finde, was im Kopf und im Herzen eines verliebten Menschen vorgeht, dunkel, schwerfällig und langweilig werden, sogar für mich als den Autor: wieviel mehr für den Leser.

Ich gebe deshalb dem Leser, der sich allzusehr an dem Begriff *Kristallisation* stößt, den guten Rat, das Buch beiseite zu legen. Ich gehe Gott sei Dank nicht darauf aus, viele Leser zu gewinnen. Es täte mir aber wohl, den Beifall von dreißig oder vierzig Menschen in Paris zu finden, die ich nie sehen werde, die ich aber ganz närrisch liebe, auch wenn ich sie nicht kenne. Zum Beispiel irgendeine junge Madame Roland, die heimlich einmal den Band liest und beim geringsten Geräusch schnell in einer Schublade der Werkbank ihres Vaters versteckt, der Uhrgehäuse graviert. Eine der Madame Roland verwandte Seele wird mir, so hoffe ich, nicht allein das Wort *Kristallisation* als Bezeichnung für jenen Akt der Narrheit verzeihen, der uns alle Schönheiten, alle Vollkommenheiten an der Frau, die wir zu lieben beginnen, sichtbar macht, sondern auch einige sehr kühne Auslassungen. Man braucht nur den Stift zu nehmen und die fünf oder sechs fehlenden Worte zwischen die Zeilen zu schreiben.

manten hinzu. Solche bei der Abendgesellschaft gemachten Beobachtungen beschäftigen seine Träume die ganze folgende Nacht.

Eine aufschlußreiche Antwort, die mir tiefe Einblicke in eine zärtliche, edle, feurige oder, wie man gemeinhin sagt, *romantische*[1] Seele gewährt, welcher das harmlose Vergnügen, mit ihrem Geliebten allein zur Mitternacht durch den Park zu wandeln, mehr bedeutet als die Herrlichkeit eines Königs, liefert mir gleicherweise Stoff zu den Träumereien einer ganzen Nacht[2].

Wer sagt, meine Geliebte sei prüde, dem erkläre ich die seine für eine *Dirne*.

VIERTES KAPITEL

In einer völlig unberührten Seele – etwa einem jungen Mädchen, das in einem einsamen Schlosse auf dem Lande lebt – vermag schon ein geringer Eindruck in eine leichte Bewunderung überzugehen und, sobald die leiseste Hoffnung hinzukommt, Liebe und Kristallisation zu erzeugen.

In diesem Falle erscheint die Liebe zunächst wie ein Zeitvertreib.

Die Anteilnahme und die Erwartung werden durch Liebesverlangen und Schwermut, wie man sie mit sechzehn Jahren hat, wesentlich unterstützt. Wir wissen genugsam, daß die Unruhe dieses Alters ein Liebesdurst ist,

---

1 »Alle seine Handlungen hatten für mich stets jenen göttlichen Zug, durch den ein Mensch sofort als außergewöhnlich und vor den anderen hervorgehoben erscheint. Ich vermeinte in seinen Augen jenen Durst nach einem edleren Glück zu lesen, jene uneingestandene Schwermut, die nach Höherem strebt, als die Erde bietet, und die in jeder Lage, in die Schicksal und Wechselfälle eine romantische Seele stürzen, / ... folgt dem überird'schen Bild, / für das wir leben oder sterben müssen.« (Letzter Brief Biancas an ihre Mutter. Forlì 1817.)

2 Um die seelischen Vorgänge *so einfach wie möglich* darzustellen, schildert der Verfasser einige Empfindungen, die ihm fremd sind, gleichwohl in der *Ich*-Form. Persönliches über ihn selbst zu erwähnen lohnt sich nicht.

und es ist dem Durst eigentümlich, daß er sich einem vom Zufall dargebotenen Trank gegenüber nicht allzu wählerisch verhält.

Wiederholen wir die sieben Stufen der Liebe; sie heißen:

1. Bewunderung.
2. Welche Lust usw.
3. Hoffnung.
4. Die Liebe erwacht.
5. Erste Kristallisation.
6. Zweifel tauchen auf.
7. Zweite Kristallisation.

Zwischen 1 und 2 kann ein ganzes Jahr vergehen.

Zwischen 2 und 3 ein Monat; wenn die Hoffnung nicht bald auftaucht, verzichtet man nach und nach auf 2, weil es nur unglücklich macht.

3 und 4 sind nur durch die Zeitspanne eines Augenblicks getrennt;

4 und 5 durch überhaupt keine. Sie unterscheiden sich bloß durch die Hingabe.

Entsprechend den mehr oder weniger ungestümen und kühnen Charakteranlagen werden zwischen 5 und 6 einige Tage vergehen; 6 und 7 trennt wieder kein Zwischenraum.

FÜNFTES KAPITEL

Der Mensch ist außerstande, etwas zu unterlassen, was ihm mehr als alle anderen Dinge Lust erzeugt[1].

Die Liebe gleicht einem Fieber; sie überfällt uns und schwindet, ohne daß der Wille im geringsten beteiligt ist. Hier unterscheidet sich grundsätzlich die gepflegte von der leidenschaftlichen Liebe,

---

1 Gute Erziehung erregt Gewissensbisse vor Missetaten und schafft damit ein vorbeugendes Gegengewicht.

und wenn das geliebte Wesen wirklich gute Eigenschaften besitzt, so verdankt man es bloß einem glücklichen Zufall.

Schließlich tritt die Liebe in jedem Alter auf; man denke nur an die Leidenschaft der Frau von Deffand für den nicht gerade ansehnlichen Horace Walpole. Vielleicht fällt den Parisern auch ein neueres und womöglich erfreulicheres Beispiel ein.

Als Beweis für große Leidenschaft lasse ich nur gelten, was in ihrem Gefolge lächerlich wirkt. So ist zum Beispiel Schüchternheit ein Zeugnis für Liebe; wobei ich nicht an die alberne Schüchternheit des Abiturienten denke.

SECHSTES KAPITEL
DER SALZBURGER ZWEIG

Die Kristallisation setzt während einer Liebe fast nie aus. Betrachten wir den Verlauf. Solange man dem geliebten Wesen noch nicht nahegekommen ist, wirkt die Kristallisation im Bereiche der *Phantasie.* Nur die Einbildungskraft versichert uns, daß die geliebte Frau jene Vollkommenheit besitzt. Nach der Eroberung werden die immer wieder auftauchenden Zweifel durch sichtbare Beweise beschwichtigt. Darum kann, außer am Beginn, das Glück nie eintönig sein. Jeder Tag treibt neue Blüten.

Wenn die geliebte Frau sich ihrer Leidenschaft überläßt und den großen Fehler begeht, ihre Zweifel durch die Heftigkeiten ihrer Hingabe[1] zu betäuben, setzt die Kristallisation einen Augenblick aus. Aber wenn die Liebe ihre Heftigkeit, das heißt ihre Furcht ablegt, gewinnt sie den Reiz der vollkommenen Selbstaufgabe, eines gren-

1 Diana von Poitiers in der »Prinzessin von Cleve« [von Frau von Lafayette].

zenlosen Vertrauens; süße Gewohnheit tritt an die Stelle der Mühseligkeit des Lebens und erhöht seine Freuden.

Hält sich die Geliebte von dir zurück, so beginnt die Kristallisation von neuem; und jede einzelne Regung deiner Bewunderung, die Vorstellung von dem Glück, das sie dir gewähren könnte und an das du nicht mehr glauben darfst, endet mit der qualvollen Erkenntnis: »Dieses zauberhafte Glück wird mir nun *nie wieder* zuteil; durch meine eigene Schuld hab' ich es verloren.« Suchst du aber dein Heil in irgendwelchen anderen Erlebnissen, so versagt sich dein Herz. Deine Phantasie malt dir wohl irgend etwas aus, sie läßt dich auf schnellem Rosse durch die Wälder Devonshires jagen[1], aber du siehst und fühlst deutlich, daß du keine Freude daran haben kannst. Eine solche Verwirrung der Sinne bringt es fertig, einem die Pistole in die Hand zu drücken.

Glücksspiel ruft auch eine Kristallisation hervor durch die Vorstellung, wie das gewonnene Geld verwendet werden kann.

Wenn der Adel wünscht, unter dem Mantel der Legitimität seine Jagd nach dem Glück bei Hofe wieder aufzunehmen, so läßt er sich lediglich durch Kristallisation reizen und verführen. Das ist kein Höfling, der nicht von dem ungeheuren Glück eines Luynes oder Lauzun träumt, und keine Kurtisane, der nicht die Herzogskrone der Frau von Polignac vorschwebt. Keine anständige Regierung wird eine derartige Kristallisation wieder zulassen. Dagegen kann man sich nichts Phantasiefeindlicheres als die Vereinigten Staaten von Amerika vorstellen. Daß ihren Nachbarn, den Wilden, die Kristallisation nahezu unbekannt ist, haben wir schon festgestellt. Die

---

1 Doch wenn du dabei Glück empfinden willst, muß zuvor deine Geliebte durch die Kristallisation das alleinige Vorrecht erhalten, dir dieses Glück zu gewähren.

Römer hatten außerhalb der sinnlichen Liebe überhaupt keinen Begriff davon.

Auch der Haß weist eine Kristallisation auf; sowie jemand Rache nehmen zu können hofft, beginnt er zu hassen.

Wo der Glaube an *Unsinniges* und *Unglaubliches* sich zu leicht in den Köpfen vieler alberner Leute einnistet, handelt es sich auch um einen Vorgang von Kristallisation.

Sogar in der Mathematik (man denke an die Parteigänger Newtons im Jahre 1740) vollzieht sich Kristallisation in solchen Köpfen, die nicht allzeit sämtliche Stücke ihrer Beweisführung beherrschen.

Man betrachte in diesem Zusammenhang das Schicksal der großen deutschen Philosophen, deren oft verkündete Unsterblichkeit nie länger als dreißig oder vierzig Jahre dauerte.

In Musikdingen wird sogar der vernünftigste Mann zum Schwärmer, weil über das *Warum* der Gefühle keine Rechenschaft abgelegt werden kann. Er läßt sich auf keine Weise von seiner Meinung abbringen.

SIEBENTES KAPITEL
UNTERSCHIEDE IN DER ENTWICKLUNG DER LIEBE BEI DEN GESCHLECHTERN

Frauen binden sich durch gewährte Gunst. Wenn neunzehn Zwanzigstel ihrer gewöhnlichen Träumereien von der Liebe handeln, so drehen sich ihre Träumereien nach der Hingabe überhaupt nur um ein einziges: sie suchen jenen ebenso gewagten wie entscheidenden, die Schamhaftigkeit verletzenden Schritt zu rechtfertigen. Diese Not haben die Männer nicht; dafür kostet die weibliche Phantasie auch jene süßen Augenblicke in allen Einzelheiten immer wieder aus.

Weil die Liebe an den gewissesten Dingen Zweifel hegt, so fürchtet dieselbe Frau, die vor der Hingabe überzeugt war, ihr Geliebter sei über alles erhaben, daß er, nachdem sie ihm nichts mehr zu versagen hat, nur eine Frau mehr auf die Liste seiner Eroberungen habe setzen wollen.

Danach erst tritt die zweite Kristallisation ein, die, weil sie von Furcht erfüllt ist, weitaus stärker wirkt[1].

Die Frau fühlt sich aus einer Königin zu seiner Sklavin erniedrigt. Diese seelische und geistige Verfassung wird durch nervöse Rauschzustände aufrechterhalten, welche, je seltener sie auftreten, desto feinere Genüsse bereiten. Schließlich träumt eine Frau bei ihrer Stickerei, dieser geistlosen, nur die Hände beschäftigenden Arbeit, von ihrem Geliebten, indes dieser mit seiner Schwadron über die Ebene galoppiert und ihm Arrest droht, wenn er eine falsche Bewegung ausführen läßt.

Ich möchte darum glauben, daß die zweite Kristallisation bei der Frau viel stärker, weil ihre Furcht viel reger ist; ihr Ansehen, ihr guter Ruf steht auf dem Spiel, zumindest fällt es ihr sehr schwer, von diesen Gedanken loszukommen.

Eine Frau gewöhnt sich nicht daran, der Vernunft zu gehorchen, wie ich als ein Mann, der sich in seinem Büro täglich in sechsstündiger Arbeit mit nüchternen, verstandesmäßigen Dingen abgeben muß. Auch abgesehen von der Liebe neigen die Frauen dazu, sich ihrer Phantasie, ihren gewohnten Schwärmereien zu überlassen; darum übersehen und vergessen sie die Fehler des Geliebten so rasch.

Frauen schätzen das Gefühlserlebnis höher als den Verstand. Das kommt daher: Weil sie unseren gedankenlosen Sitten zufolge in Familienangelegenheiten nichts zu sagen haben, *war ihnen ihr Verstand auch nie von Nut-*

---

1 Sie fehlt bei den lockeren Frauen, denen solche romantischen Ideen meistens abgehen.

zen. Sie können ihn ja bei keiner Gelegenheit bewähren.

Er macht sich ihnen ganz im Gegenteil *stets nachteilig* spürbar; denn er meldet sich nur, um die gestern genossenen Freuden vorzuhalten und die in Aussicht stehenden zu versagen.

Überlaß einmal deiner Frau die Geschäfte mit den Verwaltern von zweien deiner Landgüter: ich wette, deine Bücher werden genauer geführt werden als von dir selbst; und dann hast du kläglicher Despot wenigstens ein *Recht,* zu beklagen, daß du nicht einmal verstehst, dich angenehm zu machen. Sobald die Frauen allgemeine Aufgaben in die Hand nehmen, tun sie es ohne besondere Absicht mit Liebe. Sie setzen ihren Stolz darein, in den Kleinigkeiten gewissenhafter, genauer zu sein als die Männer. Die Hälfte des Kleinhandels ist den Frauen anvertraut, und sie werden damit besser fertig als ihre Männer. Es ist eine bekannte Tatsache, daß man nicht genug aufpassen kann, wenn man mit Frauen geschäftlich zu tun hat.

Weil sie eben immer und überall auf Erregungen begierig sind. Ich verweise auf die Leichenfeiern in Schottland [eine Mischung von Trauerbezeigung und Lustbarkeit].

ACHTES KAPITEL

*Dies war das Feenreich ihrer Wünsche, hier
baute sie sich Wolkenschlösser auf. Scott, »Die
Braut von Lammermoor«*

in achtzehnjähriges Mädchen ist noch keiner völligen Kristallisation fähig und seiner geringen Lebenserfahrung wegen in seinem Verlangen noch nicht so weit entfaltet, als daß es mit derselben Leidenschaft lieben könnte wie eine achtundzwanzigjährige Frau.

Heute abend, als ich diese Behauptung aufstellte, vertrat eine geistreiche Frau gerade das Gegenteil. »Weil die Einbildungskraft des jungen Mädchens noch durch keine schlechte Erfahrung behindert ist und das Feuer der ersten Jugend noch hellauf lodert, vermag sie sich von irgendeinem Mann ein verklärtes Bild vorzugaukeln. Jedesmal, wenn sie ihrem Geliebten begegnet, entzündet sie sich, nicht an seinem eigentlichen Wert, sondern an jenem herrlichen Bild, das sie sich selbst schuf.

Später, wenn sie von dem Geliebten und allen Männern enttäuscht ist, setzt die Erfahrung einer kläglichen Wirklichkeit ihr Kristallisationsvermögen herab; das Mißtrauen stutzt die Schwingen der Phantasie. Von keinem Manne, und sei er ein Ausbund, vermag sie sich wieder ein so hinreißendes Bild zu malen, darum kann sie nicht mehr mit demselben Feuer lieben wie in der ersten Jugend. Und weil man in der Liebe allein von Illusionen lebt, die man sich selbst erzeugt, hat die Vorstellung, die wir uns im Alter von achtundzwanzig Jahren von einem Manne machen, nicht mehr den Glanz und die Weihe des Bildes, das aus der Liebe der Sechzehnjährigen erwuchs. Die zweite Liebe wird stets der ersten nachstehen.« –

»Nein, gnädige Frau, die Beimischung von Zweifel, die bei der Sechzehnjährigen fehlt, gibt der zweiten Liebe gerade ihre besondere Färbung. In der frühen Jugend gleicht die Liebe einem alles mit sich fortreißenden Strom, und man weiß, daß sich gegen ihn nicht ankämpfen läßt. Eine feinsinnige Frau von achtundzwanzig Jahren dagegen kennt sich genau. Sie weiß, daß, wenn für sie noch ein Glück auf dieser Welt vorhanden ist, sie es in der Liebe suchen muß. So entbrennt in einem solchen armen gequälten Herzen ein schrecklicher Widerstreit zwischen Liebe und Mißtrauen. Die Kristallisation macht nur langsame Fortschritte; wenn sie aber aus dieser grausamen Prüfung, wo die Seele im Bewußtsein der höchsten Gefahr ihrem Hange nachgibt, sieghaft hervorgeht, ist sie tausendmal herrlicher und gediegener als die Kristallisation der Sechzehnjährigen, wo – ein Vorrecht dieses Alters – alles in Fröhlichkeit und Glückseligkeit getaucht ist.

Darum gehört zur Liebe weniger Heiterkeit und mehr Leidenschaft[1].«

Dieses Gespräch (in Bologna am 9. März 1820), das einen Punkt in Frage stellte, der mir ganz klar zu sein schien, ließ mich noch oft bedenken, daß der Mann über das, was im Herzen einer feinfühligen Frau vor sich geht, kaum etwas Gültiges sagen kann. Anders, wenn es sich um eine Kokette handelt; denn wir Männer sind genau so sinnlich und eitel wie diese.

Der unterschiedliche Ursprung der Liebe bei den beiden Geschlechtern mag von der verschiedenartigen Hoffnung bestimmt sein. Die eine Seite greift an, die andere verteidigt, die eine begehrt, die andere verweigert, die eine ist kühn, die andere furchtsam.

Der Mann fragt: »Werde ich ihr gefallen? Wird sie mich lieben?«

Die Frau dagegen: »Sagt er etwa nur im Scherz, daß er mich liebt? Ist er verläßlich? Kann er für die Dauerhaf-

---

1 Epikur sagt, um genießen zu können, müsse man Urteil besitzen.

tigkeit seiner Gefühle bürgen?« Darum betrachten viele Frauen einen jungen Mann von dreiundzwanzig Jahren als ein Kind, wenn er aber sechs Feldzüge mitgemacht hat, ändert sich alles zu seinen Gunsten: er ist ein junger Held.

Beim Manne hängt die Hoffnung lediglich vom Verhalten der Geliebten ab, und nichts ist leichter zu deuten. Bei den Frauen fußt die Hoffnung auf inneren Überzeugungen, die sich sehr schwer bestimmen lassen. Die meisten Männer fordern ein Liebeszeichen, um jeden Zweifel zu verscheuchen. Die Frauen geben sich mit einem derartigen Beweis noch nicht zufrieden. Es gehört zur Unvollkommenheit des Lebens, daß, was Zufriedenheit und Glück bei dem einen Liebenden begründet, dem anderen Gefahr, sogar Erniedrigung bringt.

Die Männer laufen bei der Liebe allenfalls Gefahr, ihr Herz heimlich zu verwunden. Die Frauen setzen sich der öffentlichen Schmach aus; sie sind besorgter, ihr Ansehen bedeutet für sie sehr viel. Darum: *Handle unter allen Umständen bedacht*[1]!

Sie haben, wenn sie sich einmal eine Blöße gegeben, keine Aussicht mehr, ihren Ruf wiederherzustellen.

Die Frauen müssen also sehr mißtrauisch sein. Ihrem weiblichen Wesen entsprechend sind alle seelischen Vorgänge, welche den Stufengang der Liebe widerspiegeln, zarter, schüchterner, langsamer, unbestimmter. Sie neigen darum mehr zu Beständigkeit; sie lösen sich darum von einer begonnenen Kristallisation nicht leicht wieder los.

Bei einer Frau überstürzen sich die Gedanken, sobald sie den Geliebten sieht, oder sie überläßt sich auch ganz dem

---

1 Man denke an Beaumarchais' Rat [in »Figaros Hochzeit« I,4]: »Die Natur gibt der Frau ein: Sei schön, wenn du kannst, klug, wenn du willst, aber handle in jeder Lage bedacht.« Ohne Ansehen ist in Frankreich keine Bewunderung und folglich keine Liebe zu erlangen.

Glücksgefühl der Liebe, einem Zustand, aus dem sie peinvoll aufgestört wird, wenn er die geringste Annäherung versucht, denn sie muß nun von ihrer Lust ablassen und sich zur Wehr setzen.

Die Rolle des Liebhabers ist einfacher, er hängt an den Augen des geliebten Wesens. Ein einziges Lächeln hebt ihn auf den Gipfel des Glücks, und unentwegt sucht er es zu erhaschen[1]. Eine langdauernde Belagerung ist für den Mann beschämend, die Frau dagegen sieht ihren Ruhm darin.

Eine Frau bringt es fertig, zu lieben und doch während eines ganzen Jahres keine zehn oder zwölf Worte mit dem Manne zu sprechen, den sie erwählt hat. Ihrem Herzen prägt sich genau ein, wie oft sie ihn gesehen hat: zweimal war sie zugleich mit ihm im Schauspiel; zweimal begegnete sie ihm an der Tafel; dreimal hat er sie auf der Straße gegrüßt.

Eines Abends küßt er ihr beim Spiele die Hand; seitdem erlaubt sie unter keinen Umständen mehr, selbst auf die Gefahr, für sonderlich zu gelten, daß man ihre Hand küßt.

Bei einem Mann müßte man ein solches Liebesverhalten weibisch nennen, erklärte Leonore.

NEUNTES KAPITEL

ch bemühe mich, *sachlich* zu sein. Ich lasse mein Herz schweigen, das viel zu sagen hätte. Ich fürchte bereits, nur Seufzer niedergeschrieben zu haben, wo ich Wahrheiten festzustellen glaubte.

---

1 Die eine Stelle war's, die uns besiegte. / Dort, wo wir lasen, wie der Held der Liebe / Das holde Lachen ihr vom Munde küßte. / Da küßt' er, der ewig mir gehört, / Am ganzen Leibe zitternd mir den Mund. Francesca da Rimini. Dante [»Göttliche Komödie«, Inferno V.]

ZEHNTES KAPITEL

Als Beispiel einer Kristallbildung soll die folgende Anekdote genügen.

Ein junges Mädchen hört erzählen, Eduard, ein Verwandter von ihr, der von der Armee zurückkehrt, sei ein ausgezeichneter junger Mann. Man versichert ihr, er liebe sie bereits vom Hörensagen, aber er wolle sie natürlich erst sehen, bevor er sich erkläre und bei ihren Eltern um sie anhalte. In der Kirche bemerkt sie einen jungen Fremden; sie hört, wie man ihn Eduard ruft; von nun an denkt sie nur noch an ihn; sie liebt ihn. Acht Tage später trifft der wirkliche Eduard ein; es ist nicht der aus der Kirche. Sie wird bleich, und sie würde auf immer unglücklich werden, wenn man sie zwingen wollte, ihn zu heiraten.

Von geistlosen Köpfen wird dergleichen als die Unvernunft der Liebe bezeichnet.

Ein großzügiger Mann erweist einem armen jungen Mädchen höchst zartfühlend eine Reihe von Aufmerksamkeiten. Niemand hat größere Vorzüge aufzuweisen als er, und schon beginnt die Liebe zu keimen. Aber er trägt einen schlecht gebügelten Hut, und sie bemerkt, wie er sich unvorteilhaft im Sattel hält. Das junge Mädchen muß sich seufzend bekennen, daß sie die Neigung, die er ihr entgegenbringt, nicht zu erwidern vermag.

Ein anderer Mann macht einer sehr achtbaren Weltdame den Hof; sie erfährt, daß er eine lächerliche körperliche Mißbildung an sich hat; gleich wird er ihr unerträglich. Und dabei hatte sie nie daran gedacht, ihm zu gehören, auch tat sein verborgenes Gebrechen weder seinem Geist noch seiner Liebenswürdigkeit Abbruch. Hier war die Kristallisation einfach gar nicht möglich.

Erst dann kann sich ein Mann der Wonne hingeben, das

geliebte Wesen – ob es ihm nun im Ardennerwald oder auf einem Coulonschen Ball begegnet ist – in den Himmel zu erheben, wenn es ihm zuvor als vollkommen erschienen ist, nicht in jedem möglichen Betracht, aber doch in allen auf ihn wirkenden Dingen; in jeder Hinsicht vollkommen kann sie ihm erst einige Tage nach der zweiten Kristallisation erscheinen. Dann genügt einfach die Idee irgendeiner Vollkommenheit, und schon entdeckt er sie an seiner Geliebten.

Wir wissen, welche Rolle die *Schönheit* bei der Entstehung der Liebe spielt. Es darf nichts Häßliches im Wege stehen. Dann gelangt der Liebhaber bald dahin, seine Geliebte, so wie sie ist, schön zu finden, also ohne einen Vergleich mit *idealer Schönheit.*

Wenn ihm wahrhaftige Schönheit entgegenträte, würde sie ihm ein gewisses Maß von Glück verheißen, das ich mit dem Werte Eins bezeichnen möchte; aber der Anblick seiner Geliebten, wie sie immer beschaffen sein mag, verspricht ihm tausend solche Einheiten von Glück.

Vor der Geburt der Liebe dient die Schönheit als *Aushängeschild;* die Lobpreisungen, die dem geliebten Gegenstand gezollt werden, bereiten uns auf die Leidenschaft vor. Lebhafte Bewunderung führt bei der kleinsten Hoffnung zu Entscheidungen.

In der gepflegten, vielleicht auch in den ersten fünf Minuten der leidenschaftlichen Liebe schätzt eine Frau den Geliebten mehr nach seinem Wert in den Augen anderer Frauen ein als dem in ihren eigenen.

Daraus erklärt sich der Erfolg von Fürsten und Offizieren[1]. Die hübschesten Frauen des Hofes waren in den alternden Ludwig XIV. verliebt.

---

1 Wer in den Zügen des Prinzen die unbändige Keckheit, verbunden mit maßlosem Stolz und Gleichgültigkeit gegen fremdes Urteil erkannte, vermochte dennoch seiner Erscheinung jener Art Anmut nicht abzusprechen, die einem offenen

Man muß sich hüten, seiner Hoffnung unbedacht Raum zu geben, bevor man seines Eindrucks sicher ist. Das könnte eine Torheit sein, die die Liebe ein für allemal verhindert oder sich doch nicht ohne Einbuße an Eigenliebe wiedergutmachen läßt.

Ein *Einfaltspinsel* wirkt so wenig anziehend wie ein Lächeln, das jedem gilt. Deshalb ist in der großen Welt ein Anstrich von Frivolität notwendig. Sie kennzeichnet die eigentliche höhere Lebensart. Man verschmäht *billige* Erfolge. In der Liebe kränkt der gar zu leichte Sieg unseren Stolz; überhaupt schlägt der Mensch den Preis dessen, das sich ihm von selbst anbietet, nicht sehr hoch an.

ELFTES KAPITEL

Hat die Kristallisation einmal begonnen, so genießt man jede neue Schönheit, die man an der Geliebten entdeckt, mit Wonne.

Doch was ist Schönheit? Sie ist eine Verheißung, daß neue Freuden unsrer warten.

Die Lustempfindungen sind bei den Individuen verschiedenartig und oft gegensätzlich; daraus erklärt sich leicht, warum dem einen etwas als schön gilt, was dem anderen häßlich erscheint. (Beweiskräftiges Beispiel: Del Rosso und Lisio am 1. Januar 1820.)

Um das eigentliche Wesen der Schönheit zu begreifen, muß erst das Wesen des Wohlgefallens bei den verschiedenen Individuen untersucht werden. Del Rosso zum

---

Gesicht eignet, dessen Züge, von der Natur gebildet, wenn schon durch höfische Kunst verfeinert, so frei und ehrlich sind, daß ihnen sichtlich widerstrebt, die Regungen seines Herzens zu verbergen. Man hält einen solchen Ausdruck oft für männlichen Freimut; doch ist er nur die Folge des unbekümmerten Gleichmutes eines ausschweifenden Charakters, der sich des Vorranges bewußt ist, welchen ihm Geburt, Reichtum und andere auf keinerlei persönlichen Verdiensten beruhende Vorzüge sichern. W. Scott, »Ivanhoe«.

Beispiel findet Gefallen an einer Frau, die Anzüglichkeiten duldet und durch ihr Lächeln zu sehr kühnen Dingen ermutigt; einer Frau, die seine Phantasie ununterbrochen mit sinnlichen Vorstellungen nährt und gleichzeitig seine Liebenswürdigkeit anspricht und zur Entfaltung reizt.

Del Rosso versteht unter Liebe offensichtlich die sinnliche Liebe, Lisio hingegen die Leidenschaft. Selbstverständlich können sie unter Schönheit nicht dasselbe verstehen[1].

Wenn wir also feststellen, daß die Schönheit eine Verheißung ist, uns neue Freuden zu schenken, und daß die Empfindungen so verschieden wie die Menschen sind, muß die Kristallisation bei einem jeden die Färbung seines Begehrens annehmen.

Die Kristallisation an der Geliebten oder IHRE SCHÖNHEIT ist nichts anderes als die VÖLLIGE BEFRIEDIGUNG aller Wünsche, die ihr Anblick nach und nach in dem Manne hervorgerufen hat.

---

1 Mein Begriff von *Schönheit,* die Verheißung eines meiner Seele gemäßen Charakters, steht über der Anziehung der Sinne; diese Anziehung ist nur eine Teilerscheinung (1815).

ZWÖLFTES KAPITEL
WEITERES ÜBER DIE KRISTALLISATION

arum bereitet jede neue Schönheit, die man in seiner Geliebten entdeckt, soviel Wonne? Weil jede neue Schönheit einen unserer Wünsche befriedigt. Wünschen wir sie uns zärtlich, so ist sie zärtlich; wünschen wir sie uns danach stolz wie Corneilles Emilie, so hat sie auch bereits die Seele einer Römerin, obwohl beide Eigenschaften sich gar nicht miteinander vereinen lassen. Der beste Beweis dafür, daß die Liebe die stärkste Leidenschaft ist. In den übrigen müssen sich unsere Forderungen der nüchternen Wirklichkeit fügen; hier beugt sich die Wirklichkeit den Wünschen. Darum ist die Liebe diejenige Leidenschaft, in welcher unsere heftigsten Wünsche die größte Befriedigung finden.

Es gibt einige Grundbedingungen, die bei der glückhaften Befriedigung der einzelnen Wünsche entscheidend mitsprechen.

1. Wir betrachten die Geliebte als unser Eigentum, weil nur wir allein sie glücklich machen können.

2. Sie ist der Maßstab unseres Wertes. Diese Tatsache war besonders wichtig an den ritterlichen Höfen Franz' I. und Heinrichs II. und an dem prunkliebenden Hof Ludwigs XV. Unter einer vernunftgemäßen konstitutionellen Regierungsform geht den Frauen diese Art Einfluß verloren.

3. Je erhabener die Seele einer Frau veranlagt ist, desto himmlischere, dem Alltagsschmutz unerreichbare Freuden genießt ein romantisches Herz in ihren Armen.

Die meisten jungen Franzosen sind mit achtzehn Jahren Jünger J.-J. Rousseaus, ein sehr bedeutungsvoller Umstand.

Unter dem Einfluß eines so trügerischen Glücksstrebens muß man irregehen.

Von dem Augenblick an, da er liebt, sieht auch der klügste Mann kein Ding mehr, *wie es wirklich ist*. Er unterschätzt seinen eigenen Wert und überschätzt das geringste Entgegenkommen der geliebten Person. Seine Befürchtungen und Hoffnungen bekommen auf einmal etwas *Romantisches (Absonderliches)*. Er läßt keinen Zufall mehr gelten; er verliert den Sinn für die Wahrscheinlichkeit, wenn nur sein Glück gefördert wird, und nimmt irgendeine Einbildung für Wirklichkeit[1].

Daß wir den Verstand verloren haben, wird als bedrohliches Symptom sichtbar, wenn wir irgendeinen unentschiedenen Umstand für weiß, für unserer Liebe günstig ansehen und ihn kurz darauf, nachdem wir erkannt haben, daß er in Wirklichkeit schwarz ist, immer noch für verheißungsvoll halten.

Wenn dann die Seele eine Beute tödlicher Ungewißheiten geworden, wünscht sie sich sehnlich einen Freund; aber für einen Liebenden gibt es keinen Freund. Man wußte das bei Hofe. Hier liegt die Ursache zu der einzigen Art von Indiskretion, die eine feinfühlige Frau verzeihen könnte.

---

1 Man kann auch eine physische Entsprechung nachweisen, eine angehende Verrücktheit, Blutandrang nach dem Kopf, Störungen im Nervensystem und Hirnzentrum. Hier sei an die zeitweilige Angriffslust der Hirsche und die seelische Eigenart eines *Soprano* [Kastratensänger] erinnert. Im Jahre 1922 wird uns die Physiologie die physische Seite dieser Erscheinung in allen Einzelheiten darstellen können. Ich empfehle sie der Beachtung [des Physiologen] Edwards.

DREIZEHNTES KAPITEL
DER ERSTE SCHRITT,
DIE GROSSE WELT UND DAS UNGLÜCK

as Verblüffendste an der Liebesleidenschaft ist ihr erster Schritt, die närrische Verwandlung, die der Verstand des Menschen erleidet.
Die große Welt mit ihren rauschenden Festen begünstigt diesen *ersten Schritt* in der Liebe.

Er beginnt damit, die einfache Bewunderung (Nr. 1) in eine Sehnsucht (Nr. 2) zu verwandeln: Welche Wonne, sie zu küssen usw.

Ein rascher Walzer in einem von tausend Kerzen erleuchteten Saale versetzt ein junges Herz in einen Rausch, der seine Schüchternheit überwältigt, das Bewußtsein seiner Kraft erhöht und ihm endlich den *Mut zu lieben* gibt. Der Anblick eines liebenswürdigen Geschöpfes genügt hierzu nicht; im Gegenteil entmutigt außergewöhnliche Anmut zarte Gemüter; man muß nicht gleich finden, daß sie einen liebt, aber doch wie sie etwas von ihrer Hoheit nachläßt[1].

Wer wird so vermessen sein, sich in eine Königin zu verlieben, ohne daß sie ihn zuvor ermutigt[2].

Nichts begünstigt das Entstehen einer Liebe mehr, als wenn ein eintöniges Leben durch einige selten stattfindende und lang ersehnte Bälle unterbrochen wird; gute Mütter, die Töchter zu vergeben haben, wissen das zu nützen.

Die wirkliche große Welt, wie sie am französischen Königshofe[3] zu finden war und die es, glaube ich, seit

---

1 Hier liegt eine Möglichkeit zu Leidenschaften künstlichen Ursprungs; das eine wie das andere findet sich bei Benedikt und Beatrice (Shakespeare, »Viel Lärm um nichts«).
2 Siehe die Liebe Struensees in »Die nordischen Höfe« von Brown, 1819.
3 Vergleiche die Briefe der Frau von Deffand und von Fräulein von Lespinasse, die Erinnerungen von Besenval, Lauzun, Frau D'Epinay, das »Wörterbuch der

1780[1] nicht mehr gibt, war kein günstiger Boden für echte Liebe, weil sie das *Alleinsein* und die für das Wirken der Kristallisation unerläßliche Muße kaum jemals aufkommen ließ.

Aber das Hofleben bietet die Möglichkeit, eine große Zahl von *Feinheiten* zu lernen und zu üben, und die kleinste Andeutung kann zum Ausgangspunkt einer Bewunderung, einer Leidenschaft werden[2].

Wenn sich zu den Liebeswehen noch anderes Unglück gesellt (Kränkung unserer *Eitelkeit,* indem die Geliebte unseren berechtigten Stolz, unser Ehrgefühl, unsere persönliche Würde verletzt; oder Schädigung der Gesundheit, Geldschwierigkeiten, politische Verfolgungen und anderes), so wächst mit solchen Widerwärtigkeiten die Liebe nur scheinbar. Ist der Geist mit anderen Dingen beschäftigt, wird auch in der keimenden Liebe die Kristallisation, in der beglückten das Erwachen jener kleinen Zweifel aufgehalten. Die Süßigkeit der Liebe und ihre Tollheit kehrt erst zurück, wenn das Unglück überwunden ist.

Bei leichtfertigen oder stumpfen Menschen dagegen kann man beobachten, wie Unglücksfälle die Entstehung der Liebe begünstigen oder die entstandene, falls das Unglück älter ist, vorantreiben, weil sich die von den Widrigkeiten des Lebens abgestoßene Phantasie ausschließlich der Kristallisation überläßt.

Höflichkeitsformeln« der Frau von Genlis, die Erinnerungen von Dangeau und Horace Walpole.

1 Vielleicht noch am Petersburger Hof.

2 Man vergleiche Saint-Simon und »Werther«. So zart und wählerisch auch der einsam Lebende sein mag, so ist seine Seele doch unbefriedigt, und seine Gedanken verzehren sich zur Hälfte in der Abwehr der Gesellschaft. Charakterstärke übt auf viele echt weibliche Herzen einen verführerischen Zauber aus. Daraus erklärt sich der Erfolg ernster junger Offiziere. Die Frauen wissen auch sehr wohl einen Unterschied zu machen zwischen leidenschaftlichem Ungestüm, das sie durchaus verstehen, und Charakterstärke; die besten Frauen lassen sich jedoch bisweilen etwas vorgaukeln. Man darf dergleichen auch getrost tun, sobald man merkt, daß die Kristallisation eingesetzt hat.

VIERZEHNTES KAPITEL

ine andere Erfahrung, die man bestreiten wird, erwähne ich nur für jene Männer, die, ich möchte sagen, das Unglück genugsam ausgekostet haben, jahrelang leidenschaftlich und im Kampf gegen unüberwindliche Hindernisse zu lieben.

Der Anblick des auserlesen Schönen in der Natur oder in den Künsten weckt blitzschnell die Erinnerung an die Geliebte. So wie sich von allein der Zweig in dem Salzburger Schacht mit Diamanten überzieht, so geht alles, was auf der Welt schön und groß ist, in die Schönheit der Geliebten ein, und ein überwältigendes Glücksgefühl füllt sofort das Auge mit Tränen. Auf diese Weise heben Schönheitsliebe und eigentliche Liebe einander wechselweise.

Es gehört zu den Schmerzlichkeiten des Lebens, daß jenes glückliche Anschauen der Geliebten und die Unterhaltung mit ihr keine deutlichen Erinnerungsbilder in uns zurückläßt. Unsere Seele wird offenbar zu sehr aufgewühlt, als daß sie beachten könnte, wodurch und wie sie es wird. Sie ist nur noch Empfindung. Weil wir diese Wonne nicht durch einen Willensentschluß hervorrufen können, erneuert sie sich wahrscheinlich mit besonderer Kraft, sobald irgendein Gegenstand uns aus den unserer geliebten Frau geweihten Träumen herausreißt, und ruft sie uns durch einen neuen Anknüpfungspunkt[1] noch viel lebendiger vor Augen.

Ein alter langweiliger Architekt war jeden Abend in derselben Gesellschaft wie sie. Eines Tages sprach ich ganz *ungezwungen* und ohne zu überlegen, was ich ihr eigentlich sagen wollte[2], voll überschwenglichen Lobes von ihm, worauf sie sich über mich lustig machte. Ich besaß

1 Parfüme. – 2 Vgl. Anm. 2 auf S. 51.

nicht den Mut, ihr zu erklären: »Aber er sieht Euch doch jeden Abend.«

Jenes Gefühl ist so stark, daß es sich selbst auf eine mir feindselige Person überträgt, die beständig um meine Geliebte ist. Ich werde so heftig an Leonore erinnert, wenn ich jene erblicke, daß ich sie in diesem Augenblick nicht hassen kann, ob ich gleich Anlauf dazu nehme.

Man darf sagen, daß vermöge der Sonderbarkeit des Menschenherzens die geliebte Frau mehr Reiz hervorruft als sie selber hat. Das Bild der fernen Stadt, in der wir sie ein einziges Mal sahen[1], versetzt uns in einen tieferen und holderen Traum als ihre persönliche Gegenwart. So weit kommt es, wenn man nicht erhört wird.

Die Träumereien der Liebe lassen sich nicht festhalten. Ich habe die Erfahrung gemacht, daß ich einen guten Roman alle drei Jahre mit dem gleichen Vergnügen wieder lesen kann. Er erregt in mir Gefühle, die meiner besonderen augenblicklichen Stimmung entsprechen, oder er bietet, wenn ich nichts erwarte, meinen Gedanken Ablenkung. Ich höre auch mit Vergnügen dieselbe Musik wieder, ohne daß das Gedächtnis dabei bemüht zu werden braucht. Einzig und allein die Einbildungskraft wird beansprucht; darum verursacht eine Oper bei der zwanzigsten Vorstellung mehr Genuß, weil man dann die Musik besser versteht oder weil der Eindruck der ersten Aufführung wieder erweckt wird.

Neue Einblicke in das menschliche Herz, die mich ein Roman gewinnen läßt, erinnern mich sofort heftig daran, wie er früher auf mich wirkte, ich finde dergleichen am liebsten in einer Randbemerkung wieder. Aber ein solches Vergnügen beruht darin, daß ich mich in der Kenntnis des Menschlichen weiterbilde, und hat nichts mit der Traumstimmung zu tun, in welcher der eigentli-

---

1 Sie sprach: »In Elend sich vergangenen Glückes / Erinnern müssen ist der größte Schmerz.« Francesca, Dante [»Göttliche Komödie«, Inferno V].

che Genuß eines Romans besteht. Dieses Traumgefühl läßt sich nicht beschreiben. Das versuchen hieße es sogleich töten; denn man würde den Genuß durch den Verstand zerstücken, man würde ihn erst recht für künftige Fälle zerstören, weil nichts die Einbildungskraft mehr lähmt als das Wiederauftauchen dieser Erinnerung. Wenn ich eine Randbemerkung finde, die meine Empfindung festhält, welche ich bei der Lektüre von »Der alte Sterblich« vor drei Jahren in Florenz hatte, so beginne ich augenblicks über die Geschichte meines Lebens nachzudenken, mache mir deutlich, wie mein Glück sich mit den Zeiten gewendet hat, gerate mit einem Wort in tiefes Philosophieren, und schon sind mir die wehmütigen Empfindungen auf lange Zeit vertrieben.

Jeder große Dichter mit einer lebhaften Phantasie ist scheu, das heißt, er fürchtet die Menschen wegen der Störung und Unruhe, welche sie in seine zarten Traumbilder hineinbringen können. Er bangt um seine *Sammlung*. Die Menschen vertreiben ihn mit ihren groben Anliegen aus den Gärten der Armida, um ihn in einen stinkenden Sumpf zu stoßen, und sie können sich seine Beachtung allein dadurch verschaffen, daß sie ihn stören. Aber gerade durch die Gewohnheit, seine Seele mit erhabenen Träumen zu nähren, und durch seinen Abscheu vor dem Gemeinen steht der große Künstler der Liebe so nahe.

Je größer das Künstlertum eines Menschen, desto mehr sollte er sich hinter Titeln und Auszeichnungen zu verschanzen suchen.

FÜNFZEHNTES KAPITEL

In der heftigsten, aussichtslosesten Leidenschaft kommen Augenblicke, wo wir plötzlich nicht mehr zu lieben meinen; sie sind einer Süßwasserquelle mitten im Meer zu vergleichen. Man findet kaum noch Freude daran, seine Gedanken auf die Geliebte zu richten, und obwohl wegen ihrerUnnahbarkeit betrübt, spürt man es als ein noch größeres Unglück, daß man keinerlei Anteil mehr an den Dingen des Lebens nimmt. Einer trübseligen, mutlosen Niedergeschlagenheit folgt eine unzweifelhafte Erregung, die uns nun die ganze Welt in einem neuen, leidenschaftlichen, bedeutungsvollen Lichte zeigt.

Weil unser letzter Besuch bei der Geliebten uns in einen Zustand versetzt hat, den unsere Einbildungskraft schon einmal bis zur Neige ausgekostet hat. Sie behandelt uns etwa, nachdem sie eine Zeitlang kühl war, weniger schlecht und erweckt in genau derselben Stufenfolge und unter den gleichen äußeren Anzeichen eben die Hoffnung wie zu einer früheren Zeit; vielleicht weiß sie es selbst nicht einmal. Begegnet aber die schweifende Phantasie der Erinnerung und ihren traurigen Warnungen, so hört die Kristallisation[1] sogleich auf.

---

1 Man rät mir, dieses Wort möglichst zu vermeiden, oder wenn das meinem mangelnden literarischen Talente nicht möglich sei, des öfteren daran zu erinnern, daß ich unter *Kristallisation* ein bestimmtes Fieber der Einbildungskraft verstehe, das ein meistenteils durchschnittliches Geschöpf in etwas ganz anderes, in ein Wesen anderer Art verwandelt. Frauen gegenüber, deren Weg zum Glück über die Eitelkeit führt, muß der Mann, der dieses Fieber zu erregen sucht, seine Krawatte mit größtem Schick binden und andauernd tausend Kleinigkeiten berücksichtigen, so daß er sich nicht geben kann, wie er ist. Die Frauen der Gesellschaft halten sich an den Eindruck, ohne die Ursache zu kennen oder zu bemerken.

SECHZEHNTES KAPITEL

*In der Nähe von Perpignan, in einem kleinen
Hafen, dessen Namen mir entfallen ist, am 25.
Februar 1822*[1].

Heute abend spürte ich, daß vollendet gespielte Musik das Herz in denselben Zustand versetzt, in den es durch die Gegenwart der Geliebten versetzt wird; das heißt, sie gewährt gewißlich das höchste Glück auf Erden.

Wenn das bei allen Menschen so ist, kann uns nichts Besser zur Liebe stimmen.

Aber ich habe schon vergangenes Jahr in Neapel bemerkt, daß vollkommene Musik ebenso wie eine vollkommene Pantomime[2] mich auf die Dinge hinlenkt, die meine Phantasie beschäftigen, und mir die besten Einfälle eingibt; in Neapel zum Beispiel kam ich darauf, wie man die Griechen mit Waffen versorgen könne.

Nun, ich kann nicht leugnen, daß mir heute abend das Unglück widerfahren ist, *ein heftiger Verehrer der Mylady L. . . . zu werden.*

Wahrscheinlich hat die vollkommene Musik, welche ich nach zwei oder drei Monaten, trotz allabendlichen Besuches der Oper, zum erstenmal wieder beglückt in mich aufnahm, nur einfach ihre alte wohlbekannte Wirkung wieder auf mich ausgeübt, nämlich mich lebhaft über die nachsinnen zu lassen, die mein Herz erfüllt.

Am 4. März, acht Tage später.

Ich wage die vorangehende Bemerkung weder zu unterschlagen noch gutzuheißen. Als ich sie niederschrieb, war mein Herz zweifellos von ihr überzeugt. Wenn ich ihre Wahrheit heute bezweifle, so entsinne ich mich

---

1 Aus dem Tagebuch des Lisio Visconti.
2 »Othello« und »Die Vestalin«, Balletts des Viganô, aufgeführt von Pallerini und Mollinari.

wahrscheinlich nicht mehr recht an das, was ich damals feststellte.

Der Umgang mit Musik und ihren Traumgebilden macht für Liebe empfänglich. Eine süße, schwermütige Arie, sofern sie nicht zu dramatisch ist und die Aufmerksamkeit nicht auf die Handlung lenkt, sondern lediglich Liebesträume erweckt, erfüllt eine weiche, unglückliche Seele mit Wonne: zum Beispiel die Klarinettenpartie am Anfang des Quartetts in »Bianca und Faliero« [von Rossini] und das Rezitativ der Campores in der Mitte des Quartetts.

Der Liebhaber, der mit seiner Geliebten einig ist, genießt begeistert das berühmte Duett aus Rossinis »Armida und Rinaldo«, das die kleinen Zänkereien der glücklichen Liebe und die köstlichen Augenblicke, die der Versöhnung folgen, so wahr schildert. Der instrumentale Mittelsatz des Duetts, wo Rinaldo gerade fliehen will, spiegelt in erstaunlicher Weise den Kampf der Leidenschaft wider und wirkt auf mich geradezu körperlich ein, er ergreift das Herz buchstäblich. Ich wage nicht zu verraten, was ich bei einer solchen Gelegenheit empfinde; Bewohner des Nordens würden mich für verrückt halten.

SIEBZEHNTES KAPITEL
LIEBE ENTTHRONT DIE SCHÖNHEIT

Alberich lernt in der Theaterloge eine Frau kennen, die seine Geliebte an Schönheit weit übertrifft; das heißt, eine Frau, deren Äußeres, wenn ich die Sprache der Mathematik gebrauchen darf, drei Einheiten Glück verspricht anstatt zweien. (Ich setze hierbei das Maß des Glücks, das die vollendete Schönheit gewährt, mit der Zahl vier an.)

Wundert es uns, wenn er den Anblick seiner Geliebten

vorzieht, der ihm hundert Einheiten von Glück ver-
heißt? Selbst ihre kleinen Schönheitsfehler, eine Blatternarbe etwa, entzücken unseren Liebenden und versetzen
ihn in tiefe Träumereien, wenn er sie an einer fremden
Frau entdeckt, wieviel mehr bei der eigenen Geliebten.
Denn diese Blatternarbe hat bereits tausend Empfindungen in ihm hervorgerufen, und diese Empfindungen waren überaus köstlich, waren immer höchst bedeutsam,
und sie erwachen, wie sie nun auch beschaffen sein mögen, beim Anblick dieses Zeichens mit unerhörter Heftigkeit von neuem, sogar wenn eine andere Frau es an
sich hat.

Geht man so weit, eine *Häßliche* vorzuziehen, zu lieben,
dann bedeutet uns eben Häßlichkeit Schönheit[1]. Irgend
jemand liebte leidenschaftlich eine hagere blatternarbige
Frau. Der Tod entriß sie ihm. Drei Jahre später machte er
die Bekanntschaft zweier Frauen, deren eine schöner als
der Tag, die andere aber hager, blatternarbig und deshalb, wie man wohl sagen darf, ziemlich häßlich war. Ich
fand ihn acht Tage später entflammt für die Häßliche;
dieser Zeitraum hatte für ihn ausgereicht, ihre Häßlichkeit mit seinen Erinnerungen zuzudecken; und in leicht
verzeihlicher Koketterie versäumte die weniger Hübsche nicht, sein Blut ein wenig zu erhitzen, was in diesem
Falle auch angebracht war[2]. Ein anderer Mann lernt eine
Frau kennen und wird von ihrer Häßlichkeit abgestoßen;
da sie sich nichts anmaßt, läßt ihn ihr Gesichtsausdruck
bald die Mängel ihrer Erscheinung vergessen: er findet
sie liebenswürdig und findet, man könne sie auch lieben.

1 Die Schönheit ist lediglich *Verheißung* von Glück. Das Glück des Griechen ist
verschieden von dem Glück des Franzosen von 1822. Man betrachte einmal die
Augen der *Venus von Medici* und vergleiche sie mit den Augen der *Magdalena* von
Pordenone (bei Herrn von Sommariva).
2 Wer der Liebe einer Frau gewiß ist, stellt Betrachtungen an, ob sie mehr oder
weniger schön sei; sowie er an ihrer Zuneigung zweifeln muß, hat er keine Zeit,
über ihr Aussehen nachzusinnen.

Acht Tage später faßt er Hoffnung; acht Tage danach wird ihm diese wieder geraubt; nach einer weiteren Woche ist er toll.

ACHTZEHNTES KAPITEL

twas Ähnliches läßt sich im Theater am Verhalten des Publikums gegen seine Lieblingsschauspieler beobachten: die Zuschauer bemerken kaum, was diesen an wirklicher Schönheit oder Häßlichkeit eignet. Le Kain erweckte trotz seiner auffallenden Häßlichkeit ungeheure Leidenschaften; ebenso Garrick, und zwar aus mehreren Ursachen; vor allem aber, weil man eine wirkliche Schönheit in ihrem Antlitz, in ihren Gebärden gar nicht mehr sucht, sondern allein diejenigen erblickt, welche ihnen unsere Phantasie in dankbarer Erinnerung an genußreiche Stunden, die sie uns schenkten, seit je so oft verlieh. So bringt uns zum Beispiel ein Komiker bereits zum Lachen, wenn er die Bühne betritt.

Ein junges Mädchen, das man zum erstenmal ins Théâtre Français führt, mag wohl während der ersten Szenen von Le Kain abgestoßen werden; aber bald läßt er sie weinen oder zittern; und wer könnte ihm in der Rolle des Tankred [in Voltaires »Tankred«][1] oder Orosman [in Voltaires »Zaïre«] widerstehen? Und was ihr von seiner Häßlichkeit etwa noch bewußt ist, verschwindet unter der Begeisterung der Zuschauer und der nervösen Erregung, die diese auf ein junges Herz überträgt[2], sehr schnell. Von der Häßlichkeit bleibt nichts zurück als die

---

[1] So Frau von Staël in »Delphine«, wenn ich nicht irre: Künste der weniger hübschen Frauen.
[2] Eben dieser nervösen Sympathie möchte ich die gewaltige und unbegreifliche Wirkung der modernen Musik zuschreiben (Rossini 1821 in Dresden). Wenn sie nicht mehr in Mode ist, muß sie darum nicht schlechter sein, indessen erzeugt sie dann nicht mehr denselben Eindruck auf die empfänglichen jungen Mädchen-

Legende, und nicht einmal die; denn man konnte Frauen schwärmerisch über Le Kain sagen hören: »Wie schön er ist!«

Bedenken wir, daß *Schönheit* der Ausdruck von Würde oder, anders ausgedrückt, eines inneren Seelenadels ist und folglich außerhalb jeder Leidenschaft steht. Wir aber leben von der *Leidenschaft*. Die Schönheit erlaubt uns nur *Vermutungen* über eine Frau, noch dazu die Vermutung, daß sie kalt sein könne; der Anblick unserer Geliebten mit der Blatternarbe dagegen ist eine entzückende Wirklichkeit, die jede Vorstellung übertrifft.

NEUNZEHNTES KAPITEL
WEITERE UNTERLEGENHEIT DER SCHÖNHEIT

Geistig hochstehende, feinfühlige, aber zugleich scheue und argwöhnische Frauen, die am Tage nach einem gesellschaftlichen Ereignis tausendmal und mit ängstlicher Besorgnis wieder erwägen, was sie könnten gesagt oder erraten lassen haben – solche Frauen nehmen einen Mangel an Schönheit bei den Männern gern in Kauf und lassen sich dadurch kaum von der Liebe abhalten.

Aus dem gleichen Grunde bedeutet uns die größere oder geringere Schönheit der angebeteten Geliebten, die uns kalt behandelt, sehr wenig; die Kristallisation hängt kaum von ihrer Schönheit ab; und wenn ein Freund, der es gut meint, sagt, sie sei ja gar nicht schön, so pflichten wir ihm beinahe bei, und er glaubt, wunder was erreicht zu haben.

herzen. Vielleicht gefiel sie den jungen Leuten nur deshalb, weil sie deren eigene Gefühle ausdrückte. Frau von Sévigné (Brief vom 6. Mai 1672) sagt zu ihrer Tochter: »Lully hat mitsamt der königlichen Kapelle eine Höchstleistung erzielt; das schöne ›Miserere‹ wurde hier noch übertroffen; es ist ein ›Libera‹ darin, bei dem sich jedes Auge mit Tränen füllte.« Man kann an der Wahrheit dieses Eindruckes ebensowenig zweifeln wie über den Geist und Geschmack der Frau von Sévigné streiten. Die Musik Lullys, die sie damals bezauberte, verjagt uns heute; sie rief also einmal *Kristallbildung* hervor; heute vermag sie das nicht mehr.

Mein Freund, der brave Hauptmann Trab, schilderte mir heute abend, welchen Eindruck einst Mirabeau auf ihn machte.

Niemand, der diesen großen Mann sah, hatte eine unangenehme Empfindung, das heißt, niemand fand ihn häßlich. Hingerissen von seiner zündenden Rede, achtete man nur auf das, fand man nur Genuß, auf das zu achten, was in seinen Zügen *schön* wurde. Da er jedoch keine *schöne* Gesichtsbildung (verglichen mit dem Schönheitsbegriff der Plastik oder Malerei) hatte, achtet man allein auf das, was er an einer anderen *Schönheit*[1] gewann, der Schönheit des Ausdrucks.

In demselben Augenblick, da die Aufmerksamkeit ihr

1 Darauf kommt es heutzutage an. Indem man von längst vertrauten Mängeln der äußeren Erscheinung absieht, die der Einbildungskraft auch nichts mehr sagen, hält man sich an eines von folgenden drei Lockbildern: 1. Im Volke an das Ideal des Reichtums. 2. In der Gesellschaft an das Ideal der Eleganz, sei es in der Aufmachung oder im Geistigen. 3. Am Hofe an das Ideal, den Frauen zu gefallen; und zwar meistens an eine Mischung dieser drei Ideale. Das an das Ideal des Reichtums gebundene Glück vereinigt sich mit der Feinheit des Genießens, die aus dem Ideal der Eleganz entspringt, und beide zusammen kommen in der Liebe zur Geltung. Auf die eine oder andere Weise befaßt sich die Einbildungskraft immer mit etwas. So kommt es, daß man sich mit einem sehr häßlichen Menschen befassen kann, ohne seine Häßlichkeit zu beachten (der kleine Germain [ein Höfling] in den Memoiren Gramonts), und mit der Zeit wird seine Häßlichkeit zur Schönheit. In Wien wurde 1788 Frau Viganò, eine gefeierte Tänzerin, schwanger, und alsbald trugen die Damen kleine Bäuche *à la Viganò*. In anderer Hinsicht wiederum kann nichts abstoßender sein als eine überlebte Mode. Nur ein schlechter Geschmack verwechselt die Mode, welche lediglich vom Wechsel lebt, mit dem bleibend Schönen, wie es durch bestimmte Lebensformen und Klimata hervorgebracht wird. Ein im Zeitgeschmack gebautes Haus ist in zehn Jahren unmodern geworden. In zweihundert Jahren, wenn der Zeitgeschmack nicht mehr mitspricht, mißfällt es wahrscheinlich weniger. Verliebte tun sehr töricht, auf ihr gutes Äußeres Wert zu legen. Wenn man den geliebten Menschen vor sich sieht, hat man gewiß anderes im Sinn, als an seinen Anzug zu denken; man betrachtet den Geliebten, sagt Rousseau; aber man mustert ihn nicht. Wo dies geschieht, handelt es sich um die gepflegte Liebe und nicht mehr um die leidenschaftliche. Glänzendes Äußeres mißfällt uns beinahe an der Geliebten; man müßte sie schön finden, wo man sie lieber zärtlich und schmachtend wünscht. Das Äußere macht nur auf verliebte junge Mädchen Eindruck, die in der Obhut des Elternhauses der Leidenschaft oft nur mit den Augen frönen können. Bemerkung Leonores am 15. September 1820.

Auge vor allem Häßlichen schließt, wendet sie sich, um mit den Malern zu sprechen, begeistert den gefälligen Details zu, zum Beispiel auf *die Schönheit* seines vollen Haares; wenn er Hörner getragen hätte, würde man sie auch schön gefunden haben[1].

Das Auftreten einer hübschen Tänzerin ruft allabendlich bei den abgestumpften, phantasielosen Menschen, die den Balkon der Oper besetzen, gespannteste Aufmerksamkeit hervor. Mit ihren anmutigen, kecken und einzigartigen Bewegungen erweckt sie deren sinnliches Verlangen und erzeugt in ihnen wahrscheinlich die einzige Kristallisation, deren sie noch fähig sind. So mag auch eine Vettel, die auf der Straße kein Mensch, zumal kein Kenner anschaut, sich höchst begehrt machen, wenn sie oft auf der Bühne auftritt. Geoffroy sagte, das Theater sei der Piedestal der Weiber. Je berühmter und verlebter eine Tänzerin ist, desto höher steht sie im Kurs. Daher die Theaterweisheit: »Wer keine Aussicht mehr hat, sich zu verschenken, hat noch immer die Möglichkeit, sich zu verkaufen.« Solche Frauenzimmer eignen sich ein gut Teil der Glut ihrer Liebhaber an und neigen zur *zänkischen* Liebe.

Wie sollte man auch nicht edle, liebliche Empfindungen mit den Gesichtszügen einer Schauspielerin, die nicht gerade abstoßend wirkt, verbinden, wenn man jeden Abend zuschaut, wie sie zwei Stunden hindurch die erhabensten Gefühle ausdrückt, und wenn man nichts an-

---

1 Sei es wegen ihrer Glätte oder wegen ihrer Größe oder wegen ihrer Form; auf derlei Weise oder durch Gefühlsverbindung (man entsinne sich der schon erwähnten kleinen Blatternarbe) kann sich die liebende Frau an die Gebrechen ihres Liebhabers gewöhnen. Die russische Fürstin C . . . war durchaus zufrieden mit einem Manne, der zu guter Letzt keine Nase mehr hatte. Ihr Wissen um seine Entschlossenheit und die geladene Pistole, mit der er sich aus Verzweiflung über dies Unglück erschießen könnte, und die Hoffnung, daß er genesen könne, ja schon zu genesen beginne, von welcher sich ihr Mitleid mit seinem schauerlichen Los nährte, haben dieses Wunder zustande gebracht. Der arme Versehrte erweckt nicht einmal den Eindruck, als ob er sein Mißgeschick beklage. Berlin 1807

deres von ihr weiß? Finden wir endlich Zutritt zu ihr, so ruft uns ihr Anblick so angenehme Empfindungen wach, daß die sie umgebende Wirklichkeit, wie wenig anziehend sie manchmal auch sei, sich alsbald mit einem romantischen Zauber verklärt.

»Wenn ich in jungen Jahren als ein heftiger Bewunderer unserer langweiligen französischen Tragödie[1] das Glück hatte, mit Fräulein Olivier zu soupieren, war mein Herz stets von Ehrfurcht erfüllt, ich ertappte mich bei der Einbildung, mit einer Königin zu sprechen: und ich habe wahrhaftig in ihrer Nähe nie recht gewußt, ob ich in eine Königin oder in ein hübsches Ding verliebt war.«

ZWANZIGSTES KAPITEL

Vielleicht empfinden den Eindruck wahrer Schönheit die Männer am deutlichsten, die einer leidenschaftlichen Liebe nicht fähig sind; zumindest ist hier die stärkste Wirkung zu erwarten, die Frauen auf sie ausüben können. Ein Mann, der das Herzklopfen kennt, welches schon von weitem der weißseidene Hut der Geliebten erregt, ist ganz verwundert, daß ihn die Begegnung mit einer weltberühmten Schönheit kalt läßt. Die Begeisterung der anderen Menschen ärgert ihn sogar ein wenig.

Außergewöhnlich schöne Frauen erregen schon am zweiten Tag weniger Bewunderung. Das ist ein großer Nachteil: die Kristallisation wird entmutigt. Weil die Vorzüge solcher Frauen jedermann sichtbare Schaustücke sind, haben sie auf der Liste ihrer Anbeter so viele Dummköpfe, Fürsten, Millionäre und andere[2].

---

[1] Eine unartige, den Erinnerungen meines verstorbenen Freundes, des Barons Bothmer, entnommene Redensart. Durch die gleiche Kunst gefiel Feramorz der Lalla Rookh. Man lese die wunderbare Dichtung [Thomas Moores].

[2] Man sieht also, daß der Autor weder Fürst noch Millionär ist. Ich möchte diese Vorstellung bei meinem Leser nicht aufkommen lassen.

EINUNDZWANZIGSTES KAPITEL
AUF DEN ERSTEN BLICK

ine phantasiebegabte Seele, auch eine ganz einfältige[1], ist feinfühlig und *argwöhnisch*. Sie kann sogar unbewußt mißtrauisch sein, wenn sie nämlich schon viele Enttäuschungen im Leben erfahren hat. Darum lähmt alles Vorbereitete und Förmliche beim Bekanntwerden mit einem Mann die Einbildungskraft und erschwert eine mögliche Kristallisation. Dagegen erlebt die Liebe Triumphe, wenn die erste Begegnung romanhaft ist.

Sehr einfach: die Bewunderung, mit der uns das Außergewöhnliche auf lange Zeit erfüllt, ist schon die Hälfte des von der Kristallisation geforderten geistigen Vorgangs.

Ich führe hierzu den Anfang von Séraphines Liebschaften an (Lesages »Gil Blas«). Don Fernando erzählt seine Flucht vor den Häschern der Inquisition... »Nachdem ich in völliger Dunkelheit mehrere Gänge durcheilt hatte, indessen der Regen in Strömen goß, geriet ich an einen Saal, dessen Tür offen war; ich trat ein, und nachdem ich seine Pracht bestaunt hatte..., bemerkte ich an der einen Seite eine nur angelehnte Tür; ich öffnete sie und blickte in eine Flucht von Zimmern, davon nur das letzte erleuchtet war. Was soll ich tun? fragte ich mich... Ich kann nunmehr meiner Neugierde nicht widerstehen. Ich gehe weiter, durchschreite die Zimmer und komme an

---

1 Miß Ashton in Scotts »Braut von Lammermoor«. Ein Mensch, der ein Leben gelebt hat, erinnert sich an viele Beispiele von *Liebe* und braucht nur unter ihnen zu wählen. Wenn er aber davon schreiben will, weiß er nicht, wo anfangen. Die Besonderheiten der verschiedenen Gesellschaftskreise, in denen er gelebt hat, sind der Öffentlichkeit nicht bekannt, und es wären viele Seiten erforderlich, sie mit der nötigen Ausführlichkeit darzustellen. Deshalb zitiere ich allgemein bekannte Romane, aber ich habe keineswegs die Absicht, dem Leser meine Ansicht über reine Phantasiegebilde aufzudrängen, die meistens mehr auf gefällige Wirkung als auf Wahrheit ausgehen.

das, wo Licht war; eine Kerze brannte in einem goldenen Leuchter auf einem Marmortische... Alsbald, als ich meine Augen einem Bette zuwandte, dessen Vorhänge wegen der Hitze halb zurückgeschlagen waren, sah ich etwas, das meine Aufmerksamkeit aufs äußerste anzog: eine junge Frau, die trotz des Donnergrollens, das zu hören war, in tiefem Schlummer lag... Ich näherte mich ihr... ich war gebannt. Und wie ich mich an ihrem Anblick weide, erwacht sie.

Man stelle sich ihre Überraschung vor, mitten in der Nacht in ihrem Zimmer einen unbekannten Mann zu erblicken. Sie zitterte, als sie mich sah, und stieß einen Schrei aus... Ich suchte sie zu beruhigen und sagte niederkniend: ›Madame, fürchten Sie nichts!‹... Sie rief nach ihren Kammerjungfern... Etwas ermutigt durch die Gegenwart der kleinen Zofe, fragte sie mich hochmütig, wer ich sei usw.«

Eine solche erste Begegnung bleibt unvergeßlich. Welche Dummheit dagegen, wenn nach herkömmlichem Brauch das junge Mädchen mit ihrem »*Zukünftigen*« mit gesetzten Worten und in aller Form bekannt gemacht wird. Diese allgemein übliche Prostitution schlägt jedem Schamgefühl ins Gesicht.

»Heut nachmittag, am 17. Februar 1790«, schreibt Chamfort, »habe ich an einer sogenannten Familienfeier teilgenommen, das heißt: angesehene und ehrbare Menschen, eine ganze achtbare Gesellschaft wünschten dem Fräulein von Morille, einem jungen, schönen, klugen und tugendhaften Wesen, Glück, daß es den Vorzug genießen soll, die Gemahlin des Herrn R. zu werden, eines kränklichen, abstoßenden, ungezogenen und schwachsinnigen, aber reichen Greises. Sie bekam ihn heute bei der Unterzeichnung des Vertrages zum dritten Male zu Gesicht.

Wenn etwas die Schändlichkeit unseres Jahrhunderts

kennzeichnet, so ist es der Jubel bei einem derartigen Anlaß, das Lächerliche dieser Fröhlichkeit, wobei vorauszusehen ist, daß dieselbe Gesellschaft in ihrer grausamen Verlogenheit sich hochnäsig über den geringsten Fehltritt der armen jungen liebebedürftigen Frau entrüsten wird.«

Jede Förmlichkeit, ihrem Wesen nach eine gezwungene und von vornherein festgelegte Sache, bei der es darum geht, sich in einer *vorgeschriebenen Weise* zu betragen, lähmt die Phantasie und erzeugt gerade das Gegenteil dessen, was das Zeremonielle bezweckt: Lächerlichkeit. Daraus erklärt sich die magische Wirkung selbst der kleinsten spöttischen Bemerkung. Ein armes junges Mädchen, das angstvoll und schamhaft die förmliche Vorstellung ihres Zukünftigen über sich ergehen lassen muß, braucht nur an die Rolle zu denken, die sie eigentlich spielt; dann wird sie sicher alle Hoffnung fahrenlassen.

Nach den drei in der Kirche gesprochenen lateinischen Worten einem Manne ins Bett zu folgen, den man nur zweimal gesehen hat, ist entschieden schamloser, als sich willenlos einem Manne hinzugeben, den man zwei Jahre lang angebetet hat. Doch ich spreche in einer fremden Sprache.

Die meiste Schuld an den Schäden, an dem ganzen Unglück, das aus unseren modernen Ehen entspringt, trägt die katholische Lehre. Sie verwehrt den jungen Mädchen vor der Ehe jede Freiheit, und nach der Heirat, wenn sie enttäuscht sind, oder vielmehr, wenn man sie durch eine erzwungene Wahl betrogen hat, die Scheidung. Man stelle einen Vergleich mit Deutschland, dem Lande des guten Ehelebens an! Eine liebenswerte Fürstin (die Herzogin von Sa...) hat soeben regelrecht und in aller Ehrbarkeit das viertemal geheiratet, und sie hat nicht verfehlt, zu den Festlichkeiten ihre drei früheren Gemahle einzuladen, mit denen sie sich vortrefflich versteht. Das ist das Gegenbeispiel! Eine einzige Scheidung, die den Ehemann für seine Tyrannei bestraft, bewahrt tausend Frauen vor einer schlechten Ehe. Seltsam, Rom gehört zu den Ländern, wo man Ehescheidungen am häufigsten antrifft.

Die Liebe findet bei der ersten Begegnung im Gesichtsausdruck des Mannes gerne etwas, das zugleich Achtung einflößt und Mitgefühl erregt.

ZWEIUNDZWANZIGSTES KAPITEL
VOREINGENOMMENHEITEN

Feinsinnige Menschen sind außerordentlich empfänglich für etwas Neues und neigen zu Übereilungen; man kann das besonders an Menschen feststellen, in denen – ein höchst bejammernswertes Anzeichen – das heilige Feuer der Leidenschaft erloschen ist. Voreingenommenheiten findet man auch bei den Abiturienten, die eben ins Leben treten. Unter dem Gegensatz eines Zuviel und eines Zuwenig an Empfindung dem Leben gegenüber fehlt hier die nötige Unmittelbarkeit, um die Dinge richtig einzuschätzen und die ihnen angemessene echte Empfindung zu haben. Diese allzu feurigen oder entzündlichen, wenn man so sagen darf die Liebe vorausnehmenden Seelen geben sich aus, wo sie abwarten sollten.

Bevor die Empfindung, die selbsttätig aus dem Wesen eines Dings fließt, sie erreicht hat, noch ehe sie es richtig sehen, statten sie es von vornherein mit eingebildeten Reizen aus, deren unerschöpflicher Born in ihnen selbst liegt. Wenn sie dann diesen Dingen gegenüberstehen, sehen solche Menschen sie nicht, wie sie wirklich sind, sondern so, wie man sie sich zurechtgemacht, und meinen, eine Sache zu genießen, indes sie nur deren selbst erzeugtes Trugbild genießen. Aber eines Tages kann man es müde werden, alle Kosten selbst zu tragen; man entdeckt, daß das angebetete Wesen *den Ball nicht zurückspielt:* die Voreingenommenheit vergeht, und die eine Schlappe erleidende Eigenliebe wird nun ungerecht gegen das überschätzte Objekt.

DREIUNDZWANZIGSTES KAPITEL
DIE BLITZSCHLÄGE

Das Wort ist ein wenig lächerlich, aber die Tatsache besteht. Ich war dabei, wie die reizende, vornehme Wilhelmine die Berliner Stutzer zur Verzweiflung brachte, indem sie die Liebe geringschätzig behandelte und über dergleichen Torheiten spottete. Sie glänzte durch Jugend, Geist, Schönheit und jedwede Gabe; ein unermeßlicher Reichtum erlaubte ihr, alle ihre Vorzüge zu entfalten, und die Natur selbst bemühte sich offenbar, der Welt das Beispiel einer vollkommen Glücklichen und ihres Glückes Würdigen zu schenken. Sie war dreiundzwanzig Jahre alt. Am Hofe hatte sie bereits sehr hohe Huldigungen zurückgewiesen; ihre natürliche und untadelige Tugend wurde als ein Vorbild hingestellt. Die liebenswertesten Männer gaben es schon auf, ihr je zu gefallen, und machten sich höchstens Hoffnung auf ihre Freundschaft. Eines Abends geht sie auf den Ball des Prinzen Ferdinand und tanzt zehn Minuten mit einem jungen Hauptmann.

»Seit diesem Augenblick«, so schrieb sie später an eine Freundin[1], »war er der Herr meines Herzens und meiner selbst, und das in einem Maße, daß ich zutiefst hätte erschrecken müssen, wenn die Seligkeit, mit der ich Her-

1 Wörtlich übersetzt aus von Bothmers Erinnerungen.

mann entgegenblickte, mir noch Zeit zum Nachdenken über irgend etwas übriggelassen hätte. Mein Augenmerk richtete sich allein darauf, ob er mir auch genügend Aufmerksamkeit schenkte.

Heute finde ich meiner Schwäche gegenüber den einzigen Trost in der Vorstellung, daß eine höhere Macht mir mein Selbst und meine Vernunft geraubt hatte. Ich kann, wollte ich alles getreu wiedergeben, mit Worten nicht schildern, wie heftig die Verwirrung und der Aufruhr meines ganzen Wesens bei seinem bloßen Anblick war. Noch in der Erinnerung, wie schnell und unwiderstehlich es mich zu ihm hinzog, erröte ich. Wenn sein erstes Wort, als er endlich mit mir sprach, gewesen wäre: ›Beten Sie mich an?‹, wahrhaftig, ich hätte nicht die Kraft aufgebracht, anders als ›Ja‹ zu antworten. Nie hätte ich geglaubt, daß die Kraft eines Gefühls so plötzlich und überwältigend hervorbrechen könne. Einen Augenblick war ich nahe daran, mich für verzaubert zu halten.

Zu meinem Unglück weißt Du, meine liebe Freundin, und weiß alle Welt, wie sehr ich Hermann liebte. Nun, er war mir nach einer Viertelstunde so lieb, daß er mir niemals hätte teurer werden können. Ich sah seine Fehler und vergab sie ihm alle, wenn er mich nur liebte.

Kurz nachdem ich mit ihm getanzt hatte, ging der König fort; Hermann, der den persönlichen Diensten zugeteilt war, mußte ihm folgen. Mit ihm entschwand mir alles aus der Welt. Ich bin außerstande, Dir die trostlose Leere zu schildern, die mich umfing, sowie ich ihn nicht mehr sah. Nur ein zwingendes Verlangen behauptete sich daneben: allein zu sein.

Endlich durfte ich wegeilen. Kaum wußte ich mich in meinem Zimmer geborgen, als ich mir vornahm, diese Leidenschaft zu überwinden. Ich glaubte, es sei möglich. Ach, meine liebe Freundin, wie mußte ich an diesem

Abend und in der Folge die Lust bezahlen, mich einmal für tugendhaft gehalten zu haben.«

Wir lesen hier den getreuen Bericht einer Begebenheit, die zum Tagesgespräch geworden, denn nach ein oder zwei Monaten war die arme Wilhelmine so unglücklich, daß ihre Leidenschaft offenkundig wurde. Damit begann jene lange Verkettung von Mißgeschicken, durch die sie so früh und auf so tragische Weise zugrunde ging. Sie nahm Gift, oder ihr Geliebter hat ihr welches gegeben. Alles, was wir an diesem jungen Hauptmann rühmen können, ist, daß er vorzüglich tanzte. Er besaß viel Feuer, noch mehr Keckheit, eine große Gutherzigkeit und verkehrte mit der Halbwelt; im übrigen war er von niederem Adel, ganz arm und bei Hofe nicht eingeführt.

Den Zufällen des Lebens gegenüber ist kein Mißtrauen, vielmehr die Überwindung des Mißtrauens, das heißt Wagemut angebracht. Ein Weib, ungestillt von der Liebe, das im Unterbewußtsein durch den Anblick glücklicher Frauen beeindruckt wird, wendet sich in seiner Seele gegen die Lebensangst, und weil sie der traurige Ruhm der Unnahbarkeit nicht befriedigen kann, erschafft sie sich heimlich ein Wunschbild. Eines Tages begegnet sie einem Wesen, das diesem Ideale gleicht. Mit der Verwirrung, die es hervorruft, beginnt die Kristallisation, und das Herz räumt dem Herrn seines Schicksals auf ewig ein, was es seit langem erträumt hat[1].

Frauen, die einem solchen Unglück verfallen, haben zuviel Seelengröße, um jemals anders als mit Leidenschaft zu lieben. Sie wären gerettet, wenn sie sich zur Liebelei bequemen könnten.

Weil der Blitzschlag aus einem heimlichen Überdruß dessen kommt, was der Katechismus die Tugend nennt, sowie aus der Langeweile des Vollkommenen, möchte

1 Mehrere Gedanken sind Crébillon entnommen.

ich glaube, daß er meistens gerade solche trifft, die man gemeinhin Taugenichtse nennt. Ich bezweifle sehr, daß ein Cato jemals einen Blitzstrahl herausgefordert hat.

Was den Blitzschlag selten macht, ist dies: daß er nicht zustande kommt, sobald ein derart liebendes Herz seine Gefahr auch nur im mindesten vorausahnt.

Eine durch eigenes Unglück mißtrauisch gewordene Frau ist dieser seelischen Revolution nicht mehr fähig.

Nichts begünstigt den Blitzschlag mehr als das im voraus vernommene Lob, das andere Frauen dem zollen, der getroffen werden soll.

Eine Quelle ganz komischer Liebesabenteuer sind die falschen Blitzschläge. Eine gelangweilte, aber nicht gerade feinnervige Frau glaubt während eines ganzen Abends verliebt zu sein. Sie ist stolz, endlich einen dieser großen Seelenräusche zu erleben, nach welchen ihre Einbildungskraft dürstet. Anderntags weiß sie nicht, wohin sie sich verkriechen und wie sie dem unglückseligen Gegenstand entgehen soll, den sie gestern anbetete. Leute von Geist sehen dergleichen Blitzschläge voraus und wissen sie zu nützen.

Auch die sinnliche Liebe hat ihre Blitzschläge. So sah ich gestern, während ich bei der hübschesten und leichtfertigsten Frau Berlins im Wagen saß, wie sie plötzlich errötete. Der schöne Leutnant Findorff ging soeben vorüber. Sie verfiel in tiefe Nachdenklichkeit und Unruhe. Abends im Theater gestand sie mir, daß sie sich wie toll vorkomme, fiebere und ununterbrochen an Findorff denke, mit dem sie noch nie gesprochen habe. Wenn sie es wagen dürfte, sagte sie, würde sie nach ihm schicken. Diese hübsche Person verriet alle Zeichen der heftigsten Leidenschaft. Das dauerte noch den folgenden Tag; nach drei Tagen dachte sie nicht mehr an Findorff, der sich wie ein Tropf benahm. Einen Monat später war er ihr verhaßt.

VIERUNDZWANZIGSTES KAPITEL
STREIFZUG
DURCH EIN UNBEKANNTES LAND

ch rate den aus dem Norden stammenden Leuten, dieses Kapitel zu überschlagen. Es ist eine schwer verständliche Abhandlung über einige Erscheinungen am Orangenbaum, einem Gewächs, das nur in Italien und Spanien gedeiht und sich zur vollen Größe entfaltet. Um anderswo verstanden zu werden, hätte ich die Wirklichkeit *abschwächen* sollen.

Ich würde dieses Kapitel auslassen, wenn ich nur einen Augenblick die Absicht verfolgte, ein bloß ansprechendes Buch zu schreiben. Da mir aber der Himmel literarisches Talent versagt hat, bestrebe ich mich allein, mit aller wissenschaftlichen Umständlichkeit und mit ebensolcher Genauigkeit gewisse Tatsachen zu beschreiben, zu deren ungewolltem Beobachter mich ein längerer Aufenthalt im Land der Orangen gemacht hat. Friedrich der Große oder irgendwelcher andere bedeutende Mann aus dem Norden, der noch nie Gelegenheit hatte, Orangenbäume unter freiem Himmel zu beobachten, hätte sicherlich die folgenden Tatsachen abgestritten, und zwar mit Recht. Ich verstehe einen solchen Standpunkt durchaus und würdige seine Gründe!

Damit diese wirklich ernstgemeinte Erklärung nicht hochmütig anmutet, ergänze ich sie durch folgende Erläuterung.

Wir Schriftsteller schreiben auf gut Glück, jeder, was ihm als wahr erscheint, und jeder straft seinen Nächsten Lügen. Ich sehe in unseren Büchern nichts anderes als Lotterielose; sie haben wirklich keinen höheren Wert. Erst die Nachwelt bestimmt die Treffer, indem sie die einen vergißt und die anderen immer wieder druckt. Bis dahin hat keiner von uns, die das Wahre nach besten Kräften zu erfassen suchen, Veranlassung, über den anderen die Nase zu rümpfen, es sei denn mit herzhaftem Spott. In diesem Falle hat man stets recht, besonders wenn man schreibt wie Herr Courier gegen Del Furia.

Nach dieser Vorbemerkung will ich beherzt die Tatsachen behandeln, die, davon bin ich überzeugt, in Paris schwerlich beobachtet werden. Denn schließlich trifft man in Paris, das zweifellos allen anderen Städten vorzuziehen ist, doch keine Orangenbäume unter freiem Himmel an wie in Sorrent, und es geschah in Sorrent, der Heimat Tassos, das am Golf von Neapel, auf halber Höhe über dem Meere malerischer noch als Neapel selbst liegt, und wo kein »Miroir« gelesen wird, daß Lisio Visconti die folgende Erfahrung machen und aufzeichnen konnte:

Wenn man am Abend der geliebten Frau begegnen soll, wird uns vor lauter Spannung auf dieses große Glück die Wartezeit ganz unerträglich.

Ein zehrendes Fieber läßt uns zwanzig Beschäftigungen vornehmen und wieder aufgeben. Jeden Augenblick sieht man nach der Uhr und ist schon froh, wenn einmal zehn Minuten vergangen sind, ohne daß man nach ihr schaute. Endlich schlägt die ersehnte Stunde. Doch wenn man schließlich im Begriff ist, an die Tür zu klopfen, wünscht man auf einmal, die geliebte Frau sei nicht zu Hause; erst bei weiteren Überlegungen würden wir es bedauern. Mit einem Wort, die Spannung auf die Begegnung versetzt uns in einen mißlichen Zustand.

Dergleichen Dinge veranlassen wohlgesetzte Leute zu sagen, die Liebe raube den Verstand.

Weil nämlich eines Tages die Einbildungskraft aus ihren wonnigen Träumen, wo jedes Bild Glück spendet, jäh aufgestört und wir in die rauhe Wirklichkeit gestoßen werden.

Die empfindsame Seele weiß wohl, daß in dem Kampf, der sogleich beim Anblick der Geliebten beginnt, die geringste Versäumnis, der geringste Mangel an Aufmerksamkeit oder Mut sich durch eine Niederlage rächt, die auf lange Zeit die Phantasie vergiftet und, auch abgesehen von der Leidenschaft, wenn man ihr etwa zu entfliehen versuchte, die Eigenliebe erniedrigt. Man sagt sich: »Es fehlt mir an Geist, es fehlt mir an Mut!« Aber einem geliebten Wesen gegenüber besitzt man keinen Mut, oder man liebt es bereits minder.

Das Restchen Verstand, das man mit Mühe aus den Träumen der Kristallisation gerettet hat, reicht eben hin, um beim ersten Gespräch mit der geliebten Frau eine Menge Worte zu stottern, die keinen Sinn haben oder gerade das Gegenteil dessen besagen, was man meint; oder, was noch schlimmer ist, man übertreibt die eigenen Gefühlsäußerungen und macht sich in ihren Augen lächerlich. Irgendwie fühlt man, daß man nicht recht Herr seiner Zunge ist, und drückt sich deshalb unwillkürlich gewählter und gespreizter aus. Indessen wagt man auch nicht zu schweigen, weil man in der eintretenden Verlegenheit seine Träume erst recht nicht um die Geliebte zu spinnen vermag. Man sagt also voller Überzeugung eine Menge Dinge, die man selbst nicht glaubt und deren Wiederholung einen in Verlegenheit setzen würde; so verfängt man sich und versäumt die günstige Gelegenheit, um der Geliebten desto mehr zu verfallen. Als ich die Liebe zum ersten Male erlebte, brachte mich diese Verrücktheit meiner Empfindungen zu der Überzeugung, daß ich gar nicht liebte.

Ich begreife jetzt die Feigheit der Rekruten und wie sie vor lauter Angst sich blindlings ins heftigste Feuer stürzen. Die zahllosen Dummheiten, die ich während der beiden letzten Jahre in Worte faßte, nur um nicht

schweigen zu müssen, bringen mich zur Verzweiflung,
sobald ich daran denke.

Die Frauen sollten an dergleichen Merkmalen den Unterschied zwischen der leidenschaftlichen und der galanten Liebe, der feinfühligen und der prosaischen Seele erkennen[1].

In den entscheidenden Augenblicken gewinnt die eine soviel, als die andere verliert. Das prosaische Gemüt, dem Wärme gewöhnlich abgeht, holt gerade so viel aus sich heraus als nötig ist, während die arme gefühlvolle Seele unter dem Übermaß ihrer Empfindungen toll wird und obendrein ihre Tollheit zu verbergen sucht. Aber während sie alle Anstrengungen macht, ihre Gemütsregungen zu beherrschen, verliert sie die Kaltblütigkeit, die zur Wahrung ihres Vorteiles nötig wäre, und läßt sich irremachen, wo die prosaische Seele einen Schritt vorwärts kommt. Sobald die Leidenschaft die Lebensfrage stellt, sieht sich die zarte, stolze Seele vor dem geliebten Wesen von aller Beredsamkeit verlassen; ihr zu mißfallen droht als das schlimmste Übel. Ein gewöhnliches Geschöpf dagegen berechnet genau die Erfolgsaussichten, hält sich nicht erst bei den Vorstellungen einer peinlichen Abweisung auf und höhnt in dem Stolz auf seine eigene Gewöhnlichkeit über die zarte Seele, der es trotz ihres Geistes nicht gelingt, die einfachsten, erfolgversprechenden Dinge zu sagen. Eine empfindsame Seele vermag nichts mit Gewalt zu erobern und hat ihr Genügen an der Sympathie der geliebten Frau. Ist nun die geliebte Frau wirklich feinfühlig, so schwebt man dauernd in der Besorgnis, ihr seine Liebe zu sichtlich kundgetan zu haben. Wir erscheinen linkisch, wir erscheinen frostig, und wir würden als Lügner dastehen, wenn unsere Leidenschaft sich nicht durch gewisse andere Anzeichen offenbarte. Weil man aber Romane gelesen hat, meint

1 Ein Wort Leonores.

man, was man so lebhaft bis in die letzte Fiber fühlt, auch in Worte fassen zu müssen; in einem natürlichen Zustand dagegen würde uns nie etwas derart Peinvolles unterlaufen. Anstatt von dem zu sprechen, was uns vor einer Viertelstunde bewegte, anstatt des langen und breiten um die Sache herumzureden, würden wir in aller Einfalt genau das ausdrücken, was wir im Augenblick empfinden; aber nein, wir machen gewaltige Anstrengungen, um desto weniger zu erreichen, und weil die Überzeugungskraft des unmittelbaren Gefühles in unseren Worten fehlt und unsere Gedanken befangen sind, halten wir in diesem Zustand die lächerlichsten, beschämendsten Dinge für angebracht und sprechen sie sogar aus.

Wenn wir endlich nach einer wirren Stunde mit Mühe und Not soweit sind, uns aus dem Irrgarten der Einbildungen herauszufinden und die Gegenwart der Geliebten ganz natürlich zu genießen, ist meistens schon die Zeit des Abschiedes genaht.

Das alles mag übertrieben erscheinen. Aber ich habe noch mehr beobachtet: einer meiner Freunde liebte eine Frau abgöttisch; sie aber fühlte sich durch irgendeine Ungeschicklichkeit, hinter welche ich nie kommen konnte, beleidigt. Er wurde augenblicks dazu verurteilt, sie nur noch zweimal im Monat besuchen zu dürfen. Diese seltenen, heißersehnten Besuche machten ihn geradezu wahnsinnig, und es bedurfte, um das zu verbergen, der ganzen Charakterstärke eines Salviati.

Von vornherein beklemmt der Gedanke an den Ausgang des Besuches so sehr, daß eine rechte Freude gar nicht aufkommen kann. Man spricht viel, ohne eigentlich sprechen zu wollen, und sagt oft das Gegenteil dessen, das man denkt. Man beginnt Gedanken zu entwickeln und bricht, sobald einem bewußt wird, was man sagt, plötzlich ab, weil es lächerlich erscheinen muß. Man tut sich einen so gewaltigen Zwang an, daß man kalt erscheint. Die Liebe verhüllt sich in ihr Übermaß.

Mit der entfernten Geliebten dagegen führt die Phantasie die herrlichsten Gespräche; jetzt findet man den zärtlichsten, treffendsten Ausdruck für sein Gefühl. Zehn oder zwölf Tage lang traut man sich zu, so mit ihr zu sprechen; doch am Vorabend des Glückstages überfällt einen wieder das Fieber, und es nimmt zu, je näher der gefürchtete Augenblick heranrückt.

Beim Eintritt in den Salon klammert man sich, um keine unverantwortlichen Torheiten zu sagen oder zu begehen, an den Vorsatz, stumm zu bleiben und die Geliebte bloß anzuschauen, um wenigstens ihr Bild mit heimzunehmen. Aber kaum steht man vor ihr, so berauschen sich unsere Augen; man spürt wie ein Irrer den Trieb, Sonderlichkeiten anzustellen, man fühlt zwei Seelen in sich: die eine handelt und die andere verurteilt, was man tut. Man empfindet verworren, wie die Anspannung, mit der man seine Tollheit niederhält, das Blut etwas dämpft und einen das Ende des Besuches und das Unglück vergessen läßt, sie vierzehn Tage lang missen zu müssen.

Trifft der arme Liebhaber bei ihr irgendeinen langweiligen Kerl an, der eine fade Geschichte erzählt, so ist er in seiner unglaublichen Albernheit ganz hingerissen, gerade als fürchte er, etwas Kostbares zu versäumen. So vergeht die Stunde, die er sich so köstlich gedacht hatte, im Nu, und er spürt nur mit unsagbarer Bitternis an vielen Kleinigkeiten, wie er sich der Geliebten entfremdet hat. Er kommt inmitten einer Schar teilnahmsloser Gäste zu der Feststellung, daß er allein nicht darüber Bescheid weiß, was sie in den letzten Tagen alles beschäftigt hat. Endlich geht er, und indem er sich kühl verabschiedet, überkommt ihn das niederschmetternde Gefühl, daß er sie nun vierzehn Tage lang nicht mehr sehen wird.

Man kann gewiß sein, daß er weniger leiden würde, wenn er sie niemals wiedersähe. Ähnliches, ja noch Schlimmeres, geschah dem Herzog von Policastro, der alle sechs Monate hundert Meilen zurücklegte, um in Lecce seine angebetete, von einem Eifersüchtigen bewachte Geliebte nur eine Viertelstunde lang zu sehen.

Man erkennt hieran, daß der Wille nichts über die Liebe vermag: in seiner Verzweiflung über die Geliebte, über sich selbst – wie heftig wünscht man, gleichmütiger zu sein. Das einzige Ergebnis jenes Besuchs ist eine Neubelebung der Kristallisation.

Für Salviati war das Leben in vierzehntägige Abschnitte eingeteilt, deren Stimmung von den Abenden abhing, an denen er Frau... sehen durfte; so war er am 21. Mai selig vor Glück, am 2. Juni blieb er den ganzen Tag über nicht allein, weil er fürchtete, er werde sich eine Kugel durch den Kopf jagen.

An jenem Abend wurde mir deutlich, daß die Romanschreiber die Seele der Selbstmörder sehr schlecht schildern. »Ich bin zu Ende«, sagte Salviati ganz sachlich zu mir, »es verlangt mich nach diesem Glas Wasser.« Ich hinderte ihn nicht an seinem Vorhaben und sagte ihm Lebewohl; da begann er zu weinen.

Es wäre töricht, aus der Verwirrung, die man bei der Unterhaltung Liebender bemerkt, im einzelnen voreilige Schlüsse zu ziehen. Denn sie verraten ihre wahren Gefühle doch nur in unwillkürlichen Äußerungen; dann spricht das Herz selbst. Höchstens, daß man aus dem eigenen Ton, der durch alle Gesprächsthemen hindurchklingt, etwas folgern kann. Man darf freilich nicht vergessen, daß ein heftig erregtes Gemüt meistens keine Zeit findet, den Aufruhr in dem anderen zu erkennen, der den seinen erregt.

FÜNFUNDZWANZIGSTES KAPITEL
DER EINDRUCK

ch bewundere, mit welcher Feinheit und Sicherheit Frauen gewisse Einzeldinge zu beurteilen verstehen; aber einen Augenblick später heben sie einen Hohlkopf in den Himmel, lassen sich durch einen faden Schmeichler zu Tränen rühren und nehmen einen Wichtigtuer ernstlich für einen Charakter. Ich kann dergleichen Albernheit nicht begreifen. Es muß da irgendein allgemeines, mir unbekanntes Gesetz walten.

Sie entdecken *einen* Vorzug an einem Manne, sind begeistert von *einer* Eigenart, die großen Eindruck auf sie macht, und haben für nichts anderes mehr Augen. Mit jedem Nerv saugen sie diese Eigenschaft in sich ein und verlieren darüber die Fähigkeit, seine anderen zu erkennen.

Ich war zugegen, wie sehr bedeutende Männer mit geistreichen Frauen bekannt wurden; jedesmal bestimmte ein Gran Vorurteil die Wirkung des ersten Eindruckes.

Man erlaube mir, hier ein persönliches Erlebnis zu berichten. Der liebenswürdige Oberst L. B... sollte der Frau von Struve in Königsberg vorgestellt werden, einer außergewöhnlichen Dame. Wir fragten uns: *Farà colpo?* [Wird er Eindruck machen?] Man wettete. Ich nähere mich Frau von Struve und erzähle ihr, der Oberst würde seine Halsbinden zwei Tage hintereinander tragen; am zweiten Tag mache er nämlich Gascogner Wäsche [wende sie um]; sie werde auf seiner Binde die Querfalten sehen. Eine augenscheinliche Unwahrheit.

Kaum bin ich zu Ende, als man diesen wirklich reizenden Mann anmeldet. Der geringste Pariser Stutzer hätte größeren Eindruck gemacht. Man muß freilich in Betracht ziehen, daß Frau von Struve schon jemand gehörte; sie war eine anständige Frau, und von einer nur galanten Beziehung zwischen den beiden konnte darum keine Rede sein.

Und doch wären niemals zwei Menschen besser füreinander geschaffen gewesen. Man tadelte an Frau von Struve eine romantische Veranlagung, und eben ihre romanhaft verstiegene Tugend tat es L. B... an. Sie hat ihn in einen frühen Tod getrieben.

Frauen haben die besondere Gabe, auf unerklärbare Weise die leisesten Gefühlsregungen, die unmerklichsten Veränderungen des körperlichen Ausdrucks, die geringste eigennützige Regung zu erfühlen.

Sie besitzen ein Organ dafür, das uns abgeht; man sehe nur zu, wie sie einen Verwundeten pflegen.

Aber vielleicht besitzen sie eben deswegen keinen Blick für Geist und innere Haltung. Ich habe beobachtet, wie wirklich außergewöhnliche Frauen von einem geistreichen Manne entzückt waren – ich spreche nicht von mir – und in derselben Minute und beinahe mit demselben Wort den größten Dummkopf lobten. Das tat mir in der Seele weh, wie einem Kenner, der sieht, daß die schönsten Diamanten für Straß gehalten und die Strasse sogar vorgezogen werden, wenn sie größer sind.

Ich ziehe daraus den Schluß, daß man bei Frauen alles wagen muß. Wo ein General Lasalle scheiterte, hat ein fluchender bärtiger Hauptmann Erfolg[1]. Ein gut Teil männlicher Vorzüge bleibt den Frauen völlig verborgen.

Ich für mein Teil suche überall das Naturgesetz. Bei den Männern wird die Nervenkraft mit dem Gehirn verbraucht, bei den Frauen mit dem Herzen; deshalb sind sie auch viel empfindsamer. Die verantwortliche Arbeit, der unser Leben ausfüllende Beruf gewährt uns einen

1 Posen 1807.

Halt; Frauen vermag nichts zu trösten außer Zerstreuung.

Appiani, der die Tugend nur als Ausnahmefall zugibt und mit dem ich diesen Abend allerlei Gedanken nachhing, antwortete mir, als ich das vorliegende Kapitel entwickelte:

»Die Seelenstärke, die heldenhafte Aufopferung, mit welcher Eponina ihren Mann in der Erdhöhle am Leben erhielt und vor der Verzweiflung rettete, hätte sie bei einem friedlichen Zusammenleben in Rom darauf verwendet, ihren Geliebten vor ihm zu verbergen; starke Seelen brauchen Nahrung.«

SECHSUNDZWANZIGSTES KAPITEL
VON DER SCHAMHAFTIGKEIT

Auf Madagaskar lassen die Frauen unbesorgt sehen, was man bei uns ängstlich verbirgt. Aber sie würden vor Scham vergehen, wenn sie ihre Arme entblößen sollten. Offenbar ist dreiviertel des Schamgefühls anerzogen. Ja, Schamgefühl mag die einzige Forderung der Zivilisation sein, die ausschließlich Glück bringt.

Man hat beobachtet, wie die Raubvögel sich zum Trinken ein Versteck suchen, weil sie in dem Augenblick, wo sie den Kopf ins Wasser tauchen, ohne Schutz sind. Wenn ich bedenke, wie es in Otaiti[1] zugeht, finde ich eine ähnliche natürliche Erklärung für das Schamgefühl. Die Liebe ist das Wunder in unserer Zivilisation. Bei den wilden oder barbarischen Völkern begegnet man nur einer tierischen Liebe rohester Art.

---

1 Vergleiche die Reisen von Bougainville, Cook usw. Bei manchen Tieren erweckt das Weibchen in dem Augenblick, wo es sich ergibt, den Anschein, als sträube es sich. Die vergleichende Anatomie hat uns noch sehr wichtige Aufschlüsse über uns selbst zu geben.

Die Schamhaftigkeit aber erweitert die Liebe durch die Phantasie und schenkt ihr damit erst eigentlich das Leben.

Sie wird den jungen Mädchen frühzeitig von ihren Müttern eingepflanzt, und zwar mit höchster Sorgfalt, sozusagen aus weiblichem Verantwortungsgefühl. Die Frauen bedenken im voraus das Glück der Liebhaber, die ihre Töchter einmal finden sollen.

Einer zarten, schüchternen Frau bereitet es den höchsten Schmerz, wenn sie in Gegenwart eines Mannes etwas getan hat, worüber sie erröten muß. Ich bin überzeugt, eine nur einigermaßen stolze Frau würde lieber tausendmal sterben. Ein gewisses Entgegenkommen, das der geliebte Mann für Zärtlichkeit nimmt, kann lebhafte Freude erwecken[1]; wenn es jedoch irgendwie peinlich wirkt oder kein restlos begeistertes Echo findet, so wird die Seele von schrecklichen Zweifeln erfüllt. Eine hochstehende Frau kann sich darum gar nicht anders als sehr zurückhaltend benehmen. Ihr Einsatz steht in einem Mißverhältnis; für ein unbedeutendes Vergnügen, für den Genuß, ein wenig liebenswerter zu erscheinen, begibt sie sich in die Gefahr qualvoller Reue und bedrückender Scham, die ihr sogar den Wert des Geliebten herabsetzt. Ein fröhlich, ausgelassen, sorglos verlebter Abend ist mit solchem Preis teuer erkauft. Die Gegenwart des Geliebten, der, wie man glaubt, zu diesem Vergehen verleitet hat, wird nun auf Tage hinaus unerträglich. Wie kann man sich nur über das schamhafte Verhalten der Frauen wundern, wenn sie schon eine kleine Nachlässigkeit mit grausamer Schande büßen müssen.

Der Wert der Schamhaftigkeit steht unzweifelhaft fest: sie ist die Mutter der Liebe. Dem liegt ein ganz einfaches Gesetz unseres Gefühlslebens zugrunde. Die Seele kann

1 Zeigt ihre Liebe von einer neuen Seite.

ihren Begierden nicht nachgeben, wenn sie Schande fürchten muß; man unterdrückt das Begehren, denn Wünsche verleiten zum Tun.

Es ist begreiflich, daß die empfindliche und stolze Frau – beide Eigenschaften wirken vielfältig aufeinander zurück – eine gewisse Unnahbarkeit annehmen muß. Leute, die abgewiesen werden, nennen es Prüderie.

Der Vorwurf hat um so mehr eine scheinbare Berechtigung, als es sehr schwer ist, das richtige Maß zu halten; zumindest dürfte eine Frau mit wenig Geist und viel Stolz leicht auf die Ansicht verfallen, daß man die Schamhaftigkeit schwerlich übertreiben könne. So fühlt sich die Engländerin schon verletzt, wenn man in ihrer Gegenwart gewisse Kleidungsstücke bei Namen nennt. Sie hütet sich wohl, wenn sie auf dem Lande ist, abends vor aller Augen zusammen mit ihrem Manne den Salon zu verlassen; und, was noch mehr sagen will, sie glaubt bereits die Scham zu verletzen, wenn sie sich, außer vor ihrem Mann, ein wenig ausgelassen gibt[1]. Vielleicht ist eben wegen solcher überspitzten Rücksichtnahme den Engländern, sofern sie Geist haben, anzumerken, wie sehr sie ihr häusliches Glück langweilt. Die Schuld liegt an ihrem übertriebenen Stolz[2].

Dagegen fand ich, von Plymouth unversehens nach Cadix und Sevilla verschlagen, daß in Spanien die Hitze des Klimas und der Leidenschaften die notwendige Zurückhaltung außer acht läßt. Ich sah, wie man sich in aller Öffentlichkeit die zärtlichsten Liebkosungen erlaubte, was mich keineswegs angenehm berührte, sondern ganz gegenteilige Empfindungen weckte. Nichts wirkt peinlicher.

---

1 Siehe die ausgezeichnete Schilderung dieser unausstehlichen Angewohnheiten im Schluß von »Corinne«, wo Frau von Staël der Wahrheit immer noch geschmeichelt hat.

2 Die Bibel und die Aristokratie rächen sich unbarmherzig an Menschen, die sich ihnen völlig verschreiben.

Man muß wissen, daß die Gewalt dessen, was den Frauen als sogenannte Scham eingeflößt wurde, *unberechenbar* ist. Eine gewöhnliche Frau glaubt, sich zum Rang einer vornehmen zu erheben, wenn sie ihr Schamgefühl übertreibt.

Die Macht der Scham ist so groß, daß eine feinfühlige Frau sich dem Geliebten viel eher durch Handlungen verrät als durch Worte.

Die hübscheste, reichste, leichtfertigste Frau von Bologna erzählte mir gestern abend, daß ein Laffe von einem Franzosen, der sich hier aufhält und einen seltsamen Begriff von seiner Nation vermittelt, auf den Einfall kam, sich unter ihrem Bett zu verstecken. Er wollte wahrscheinlich seine zahllosen lächerlichen Erklärungen, mit denen er sie einen Monat lang verfolgte, nicht vergeblich abgegeben haben. Aber dieser große Mann besaß keine Überlegung; er hielt zwar aus, bis Frau M… ihr Kammermädchen entließ und sich zu Bett legte, brachte aber nicht die Geduld auf, die Dienstboten auch einschlafen zu lassen. Sie zog sofort die Klingel und ließ ihn unter dem Hohn und den Schlägen von fünf oder sechs Dienern schmählich hinausjagen. »Und wenn er zwei Stunden gewartet hätte?« fragte ich. – »Ich wäre in einer unglücklichen Lage gewesen: ›Wer zweifelt‹, hätte er sagen können, ›daß ich mit Ihrem Einverständnis hier bin[1]?‹«

Von dieser hübschen Frau ging ich zu einer zweiten, die ich unter meiner ganzen Bekanntschaft am meisten verehre. Ihr außergewöhnliches Feingefühl übertrifft noch, sofern dies möglich ist, ihre ergreifende Schönheit. Ich treffe sie allein an und erzähle ihr die Geschichte der Frau M… Wir unterhalten uns darüber. »Hören Sie«, spricht sie zu mir, »sollte der Mann, der diese Sache gewagt hat, der Frau schon vorher liebenswert erschienen sein, so

---

1 Man rät mir, diese Einzelheit auszulassen: »Wer derartige Dinge in meiner Gegenwart zu erzählen wagt, hält mich für eine lockere Frau.«

wird sie ihm vergeben und ihn von nun an lieben.« – Ich gestehe, daß ich wie vor den Kopf geschlagen war, als ich diesen unerwarteten Einblick in den Abgrund des menschlichen Herzens erhielt. Nach einem gewissen Schweigen antwortete ich: »Aber darf man, wenn man liebt, auch gewaltsam vorgehen?«

Dieses Kapitel würde weniger Unzulänglichkeiten enthalten, wenn es von einer Frau geschrieben wäre. Alles was von echt weiblich hochgemutem Stolze handelt, von der anerzogenen, von der übersteigerten Schamhaftigkeit, von gewissen *Feinheiten,* wobei es meistenteils auf ausschließlich *gefühlsmäßige Zusammenhänge*[1] ankommt, die beim Manne gar nicht in Erscheinung treten, *Feinheiten,* für die es oft keine natürliche Erklärung gibt: alle diese Dinge würden hier auch keine Erwähnung finden, wenn man nichts aufs Hörensagen wiedergeben dürfte.

In einer Anwandlung philosophischer Freimütigkeit machte mir einmal eine Frau Eröffnungen, die etwa folgendes besagen:

»Wenn ich jemals meine Freiheit opfere, müßte der Mann, dem ich den Vorzug gebe, vorerst meine Gefühle richtig einzuschätzen wissen und bedenken, wie geizig ich jederzeit selbst mit den unschuldigsten Gunstbezeigungen gewesen bin.« Aus Neigung zu einem Geliebten, mit dem sie vielleicht nie zusammenkommt, verhält sich eine solche Frau dem Mann gegenüber kalt, der eben mit ihr spricht. Das ist die erste Übertreibung der Scham, und zwar eine, die Achtung verdient; die zweite entspringt dem weiblichen Stolz; die dritte Wurzel der Übertreibung ist der Dünkel der Ehemänner.

1 Das Gefallen am Schmuck hängt im letzten mit der Scham zusammen. Durch ihren Putz bietet sich eine Frau mehr oder weniger an. Ebendeshalb ist er im Alter fehl am Platze. Eine Frau aus der Provinz bietet sich, wenn sie auf Pariser Schick aus ist, auf eine linkische, lachhafte Weise an. Die Provinzlerin, die nach Paris kommt, sollte sich kleiden, als wäre sie dreißig.

Es will mir scheinen, daß die Aussicht, jene Liebe zu erlangen, sich sogar in die Traumvorstellungen der tugendhaftesten Frauen einschleicht, und mit vollem Recht. Nicht lieben, wenn man vom Himmel ein zur Liebe geschaffenes Herz erhalten hat, heißt sich und andere eines großen Glückes berauben. Es ist dasselbe, als ob ein Orangenbaum nicht blühen wollte, weil er fürchtet, es sei sündig; und es muß hinzugefügt werden, daß ein für die Liebe geschaffenes Herz gar kein anderes Glück mit gleicher Seligkeit zu genießen vermag. Es findet schon bei seinem ersten Versuch in den vermeintlichen Vergnügungen der Gesellschaft eine unerträgliche Leere, es glaubt zuweilen, daß die Kunst, daß die Erhabenheit der Natur es ausfüllen könne, aber diese verkünden und steigern nur, sofern das noch möglich ist, die Liebe, und so wird es alsbald gewahr, daß sie ihm von einem Glück erzählen, dem es ja gerade entsagen wollte.

Nur eins finde ich an der Schamhaftigkeit zu tadeln: daß sie die Lüge leicht zu einer Gewohnheit werden läßt; in diesem einzigen Punkte verdienen die lockeren Frauen den Vorrang vor den zartbesaiteten. Eine Leichtfertige spricht: »Mein lieber Freund, in dem Augenblick, wo ich Gefallen an dir finde, will ich es dir sagen, und es soll mich mehr noch freuen als dich selbst, denn ich schätze dich überaus.«

Mit großer Genugtuung äußerte *Konstanze* nach dem Siege ihres Geliebten: »Wie macht es mich glücklich, daß ich während der ganzen acht Jahre, die ich mit meinem Mann in Unfrieden lebe, mich keinem hingab!«

Diese Freude hat etwas Unmittelbares, so lächerlich ich die Ansicht an sich finde.

Hier kann ich nicht umhin mitzuteilen, wie sich der Schmerz einer von ihrem Geliebten verlassenen Dame aus Sevilla äußerte. Ich erinnere nochmals daran, daß in der Liebe alles bedeutsam ist, und ich bitte insbesondere um Nachsicht wegen meiner Ausdrucksweise[1].

————————

Vom Standpunkt des Mannes aus betrachtet, möchte ich neun besondere Merkmale an der *Schamhaftigkeit* feststellen.

1. Da viel gegen wenig aufs Spiel gesetzt wird, gilt äußerste Zurückhaltung, ja oft Verstellung; man darf zum Beispiel nicht über Sachen lachen, die einen höchlich ergötzen. Denn man muß genügend Geist haben, stets sofort zu spüren, was hier das Schamgefühl fordert[2]. Im vertrauten Kreise sind viele Frauen in dieser Hinsicht nicht allzu geschämig, genauer gesagt, sie verlangen nicht, daß man ihnen etwas verschleiert und erst im Rausch und in der Ausgelassenheit unverblümter zu werden wagt[3].

Ist es vielleicht eine Wirkung der Scham und der tödlichen Langeweile, die sie vielen Frauen verursacht, daß die meisten an einem Manne nichts so sehr schätzen als Dreistigkeit? Oder halten sie Unverschämtheit für Charakterstärke?

2. Zweite Regel: Mein Geliebter schätzt mich wesentlich höher ein.

3. Die Macht der Gewohnheit behauptet sich selbst in den leidenschaftlichsten Augenblicken.

4. Die Schamhaftigkeit verschafft dem Liebhaber sehr schmeichelhafte Genüsse: sie läßt ihn kosten, welche Gebote man seinetwegen übertritt.

1 Vergleiche die Anmerkung 2 auf Seite 101
2 Man denke an den Ton der Geselligkeit in Genf, besonders in den *führenden* Familien. Notwendigkeit bei Hofe, jede Neigung zu Prüderie durch Spott in Schranken zu halten. Als Duclos Frau von Rochefort etwas vorflunkerte, meinte sie: »Haltet Ihr uns Frauen tatsächlich für so tugendhaft!« Es gibt nichts Langweiligeres auf der Welt als geheuchelte Schamhaftigkeit.
3 »Ach, mein lieber Fronsac, es liegen zwanzig Flaschen Champagner zwischen der Geschichte, die du uns vorhin aufgetischt hast, und der Sache, von der wir jetzt sprechen.«

5. Und den Frauen die *berauschendsten* Wonnen: da sie eine sehr mächtige Gewohnheit überwinden müssen, gerät ihr Herz in die höchste Erregung. Der Herzog von Valmont findet sich um Mitternacht in dem Schlafzimmer einer hübschen Frau ein; er erlebt das jede Woche, sie aber wahrscheinlich nur einmal in zwei Jahren. Das Außergewöhnliche im Verein mit der Scham muß darum den Frauen so unendlich tiefere Genüsse verschaffen[1].

6. Das Üble an der Schamhaftigkeit ist, daß sie fortdauernd zur Lüge verleitet.

7. Übertriebenes, allzu strenges Schamgefühl nimmt den zarten, ängstlichen Seelen[2] den Mut zur Liebe, gerade denen also, die dazu geschaffen sind, die Wonnen der Liebe zu gewähren und zu empfangen.

8. Bei empfindsamen Frauen, die noch selten einen Verehrer fanden, wird die Ungezwungenheit durch die Scham beeinträchtigt; deswegen lassen sie sich leicht von

1 Dies ist die Geschichte der melancholischen Gemütsart im Gegensatz zur sanguinischen. Man vergleiche eine sittsame Frau, meinetwegen mit der Krämertugend einer Nonne (sittsam, um hundertfältig im Paradies entschädigt zu werden), und einen abgebrühten Lebemann von vierzig Jahren. Obwohl der Valmont der »Liaisons dangereuses« [von Choderlos de Laclos] nicht durchaus als solcher anzusehen, ist die Präsidentin von Tourvel im Verlaufe des Romanes doch glücklicher als er: Und wenn der Verfasser, der soviel Geist beweist, noch mehr besessen hätte, würde der Grundgedanke seines Kunstwerkes noch gewonnen haben.

2 Die melancholische Gemütsart, die man das Temperament der Liebe nennen kann. Ich habe gefunden, daß die besten, recht für die Liebe geschaffenen Frauen aus Mangel an Geist die prosaischen Sanguiniker bevorzugten. *Geschichte Alfreds, Grande Chartreuse,* 1810.

Ich wüßte keinen Grund, der mich mehr bewegen könnte, in sogenannte schlechte Gesellschaft zu gehen.

(Hier versteigt sich der arme Visconti in die Wolken.

Im Grunde sind die Gemütsregungen und Leidenschaften bei allen Frauen gleich, nur die *Formen* der Leidenschaft sind verschieden! Es gibt Unterschiede, die im Reichtum begründet sind, in feinerer Geisteskultur, höherem Gedankenflug und vor allem und leider in einem empfindsameren Stolz.

Das gleiche Wort verletzt eine Fürstin, mißfällt jedoch nicht im mindesten der Sennerin in den Bergen. Aber in Zorn gbracht, verraten Fürstin wie Sennerin den gleichen Sturm der Leidenschaft.) (Einzige Anmerkungen des Herausgebers.)

Freundinnen beeinflussen, die sich diesen Fehler[1] nicht vorzuwerfen haben. Sie achten auf jede Kleinigkeit, anstatt blindlings der Natur zu folgen. Ihr feines Schamgefühl verleiht ihrem Tun etwas Gezwungenes; in dem Bemühen, natürlich zu sein, verlieren sie beinahe alle Natur; aber unter dieser Unbeholfenheit verbirgt sich eine himmlische Anmut.

Daß ihre Vertraulichkeit manchmal den Anschein von Zärtlichkeit annimmt, erklärt sich aus einer gewissen Koketterie dieser engelhaften Wesen, von der sie gar keine Ahnung haben. Ungern unterbrechen sie ihre Träumereien, um sich der Mühe einer Unterhaltung zu unterziehen, und anstatt einem Freunde etwas Angenehmes, Höfliches und nicht mehr als dies zu sagen, stützen sie sich lieber zärtlich auf seinen Arm[2].

9. Als Autorinnen erreichen sie selten das Erhabene, weil sie nie wagen, ganz offenherzig zu sein – etwas, was freilich noch ihre flüchtigste Zeile mit Anmut füllt. Offenherzigkeit ist für sie soviel, wie etwa ohne Brusttuch auszugehen. Dem Manne ist nichts selbstverständlicher, als beim Schreiben unbedingt seiner Einbildungskraft zu folgen, auch wenn er nicht weiß, wohin sie ihn führt.

Zusammenfassung

Es ist ein weitverbreiteter Irrtum, die Frauen als höhere, unbegreifliche Wesen zu betrachten, mit denen man sich überhaupt nicht vergleichen dürfe. Man vergißt zu leicht, daß diese unbeständigen Geschöpfe außer dem allgemeinen menschlichen Triebleben noch von zwei anderen eigenartigen Geboten beherrscht werden: nämlich vom weiblichen Stolz und vom Schamgefühl sowie jenen daraus entspringenden, oft ganz unbegreiflichen Verhaltungsweisen.

1 Ein Wort von M... – 2 Vol. Guarna.

SIEBENUNDZWANZIGSTES KAPITEL
DIE SPRACHE DER AUGEN

Sie ist die Hauptwaffe tugendlicher Koketterie. Mit einem Blick kann man alles sagen, und doch kann man ihn leugnen, denn er läßt sich nicht wörtlich auslegen.

Das erinnert mich an den Grafen G..., den Mirabeau Roms: als Vertreter dieses winzigen Staates hat er sich einen eigenartigen Vortrag in abgerissenen Worten angewöhnt, die alles und nichts besagen. Jedermann verstand ihn; weil aber niemand seine Darlegungen wörtlich zu wiederholen vermochte, war er unmöglich festzulegen. Der Kardinal Lante behauptete von ihm, er habe diese Fähigkeit von den Frauen gelernt, und ich füge hinzu, sogar von den besten. Diese weibliche List ist eine grausame, aber gerechtfertigte Rache an der Tyrannei der Männer.

ACHTUNDZWANZIGSTES KAPITEL
ÜBER DEN WEIBLICHEN STOLZ

Die Frauen hören ihr Leben lang zu, wie die Männer von sogenannten wichtigen Dingen sprechen, von großem Gelderwerb, von kriegerischen Erfolgen, von Menschen, die sie im Zweikampf getötet, von wilder oder gerechter Rache usw. Mit einer hochgemuten Seele begabte Frauen bekommen dabei das Gefühl, daß, da sie nicht mitsprechen können, sie auch eines beachtlichen Stolzes gar nicht fähig wären. Sie spüren in ihrer Brust ein Herz schlagen, das an Kraft und Adel seiner Regungen ihre ganze Umgebung überragt, und sehen zugleich, wie sich der geringste unter den Männern über sie erhaben dünkt. Sie erkennen, daß sich ihr Stolz nur an Kleinigkeiten erproben darf, an Dingen, die nur dem Gefühl etwas bedeuten und die kein Außenstehender zu beurteilen vermag. Gepeinigt von dem bitteren Gegensatz zwischen der Erbärmlichkeit ihrer Lage und dem hohen Flug ihrer Seele, versuchen sie, ihrem Stolz Achtung zu verschaffen durch feuriges Ungestüm oder unbeugsame Hartnäckigkeit, mit der sie auf ihrem Willen beharren. Vor der Hingabe bildet sich eine solche Frau, wenn sie den Geliebten erblickt, ein, daß er sie nur erobern wolle. Sein Verhalten, das, nach allem, doch nichts anderes als Liebe ausdrücken kann, weil er ja liebt, versetzt ihr Gemüt in Unruhe. Anstatt die Empfindungen des Mannes, dem sie den Vorzug gibt, freudig zu erwidern, leidet ihr Selbstgefühl unter seinem Anblick, und schließlich wird die zärtlichste Seele, sobald sie liebt – und wenn sich ihr Gefühl nicht auf einen einzigen richtet –, wie eine gewöhnliche Dirne nur noch von Eigenliebe gelenkt.

Eine hochherzige Frau opfert ihr Leben tausendfach für den Geliebten, aber sie überwirft sich auf immer mit ihm, wenn ihr Stolz verletzt wird, und sei es wegen einer offenen oder verschlossenen Tür. Das ist ihr Ehrenstandpunkt. Napoleon scheiterte, weil er ein Dorf nicht preisgeben wollte.

Ich habe einen solchen Streit einmal über ein Jahr dauern sehen. Eine vorzügliche Frau opferte lieber ihr ganzes Glück, als daß sie ihrem Geliebten erlaubt hätte, den geringsten Zweifel an ihrer Großherzigkeit zu hegen. Der Zufall führte die Versöhnung herbei, und zwar in einem Augenblick der Schwäche, die meine Freundin nicht überwinden konnte, als sie nämlich ihrem Geliebten, den sie vierzig Meilen entfernt glaubte, an einem Orte begegnete, wo sie ihn nicht vermutete. Sie vermochte ihre große Glückseligkeit nicht zu verbergen; der Geliebte war noch tiefer ergriffen als sie, es fiel gewissermaßen

eins vor dem anderen auf die Knie, und nie sah ich so
viele Tränen fließen; das tat die unerwartete Glücksver-
heißung. Weinen ist gesteigertes Lachen.

Der Herzog von Argyle gab ein beherzigenswertes Beispiel von Geistesgegenwart, als er bei seinem Zusammentreffen mit der Königin Karoline in Richmond einen
Wettstreit mit dem weiblichen Stolz vermied[1]. Je höher
gestimmt die Seele einer Frau, desto fürchterlicher ihre
Ausbrüche.

> ... wie der düsterste Himmel
> Verkündet den grausigen Sturm.
>
> Byron, »Don Juan«.

Entspringt dies daraus, daß eine Frau, je mehr sie sich
jahrelang an den überragenden Eigenschaften ihres Geliebten berauscht hat, in jenen grausamen Augenblicken,
wo die Zuneigung in ihr Gegenteil verkehrt scheint, sich
dafür zu rächen sucht, daß sie ihn stets den anderen Menschen überlegen weiß? Sie fürchtet, mit diesen auf gleiche Stufe gestellt zu werden.

Es ist lange her, daß ich die langweilige »Clarissa« [von
Richardson] las; wenn ich mich recht entsinne, schlägt
sie die Hand Lovelaces aus und gibt sich aus weiblichem
Stolz den Tod.

Lovelaces Schuld war groß; aber wenn sie ihn ein wenig
geliebt hätte, würde sich ihr Herz eines Vergehens er-
barmt haben, das aus Liebe begangen war.

Monime dagegen ist für mich ein rührendes Bild weiblichen Feingefühls. Wessen Herz wird nicht mit Freude erfüllt, wenn er eine Schauspielerin, die dieser Rolle gewachsen ist, also hört:

> Die schicksalsschwere Lieb', schon überwunden,
> ....

1 Scott, »Das Herz von Mid-Lothian«.

Hat mich, dank Eurer List, erneut gefunden.
Ich hab' es Euch gestanden, was bleibt noch
Zu tun? Bei Gott, wie gern vergäß' ich's doch;
Das Schandgeständnis, durch Euch abgezwungen,
Ach, bitter ist mir's in mein Herz gedrungen.
Nie seid Ihr nun mehr sicher meiner Treu;
Und wißt, daß mir das Grab selbst lieber sei
Als eines Gatten Bette, der mir angetan
So tiefe Schmach, und Vorteil sich gewann
Und schuf, daß ich vor Scham vergehen wollt'
Ob ein's Errötens, das ihm nicht gezollt.

Racine, »Mithridates«, IV. Akt.

Ich vermute, kommende Jahrhunderte werden sagen:
Das Vorzügliche an der Monarchie[1] lag darin, daß sie
dergleichen Charaktere und deren Widerspiegelung
durch große Künstler hervorbrachte.
Indessen finde ich auch schon in den Republiken des
Mittelalters ein merkwürdiges Beispiel von Zartsinn,
das meine Theorie vom Einfluß der Regierungsform auf
die Leidenschaften zu widerlegen scheint und das ich der
Ehrlichkeit wegen anführe.
Es handelt sich um die ergreifenden Verse Dantes:

»Ach, wenn du wieder drüben heimgekehrt
. . . .
Dann denk an mich, ich bin die Pia.
Siena war Wiege mir, Maremma Grab,
Und jener weiß es, der den Edelstein
Mit seinem Ring zur Trauung mir gegeben.«

Purgatorio, V. Gesang [Dante, »Göttliche Komödie«].

Die Frau, die so verhalten spricht, hatte im geheimen das
Schicksal der Desdemona erlitten und hätte ihren auf der

1 Monarchie ohne Verfassung und Kammern.

Erde zurückgelassenen Freunden das Verbrechen ihres Mannes mit einem einzigen Wort entdecken können.

Nello della Pietra gewann die Hand der Madonna Pia, der einzigen Erbin der Tolomei, des reichsten und edelsten Geschlechtes von Siena. Ihre Schönheit, die in ganz Toskana bewundert wurde, weckte im Herzen ihres Gemahls Eifersucht, die, durch erlogene Erzählungen und Verdächtigungen immer von neuem vergiftet, ihm einen schändlichen Plan eingab. Es läßt sich heute schwerlich feststellen, ob sein Weib vollkommen unschuldig war; Dante jedenfalls schildert sie uns so.

Ihr Gemahl brachte sie in die Maremma von Siena, heute noch wegen der *Malaria* gefürchtet. Nie brachte er es übers Herz, seinem unglücklichen Weibe den Grund zu verraten, aus dem er sie an diesen gefährlichen Ort verbannte. Sein Stolz verwehrte ihm Klage wie Anklage. Er lebte mit ihr einsam in einem verlassenen Turm, dessen Ruinen an der Meeresküste ich einmal aufsuchte; hier hüllte er sich in ein verachtungsvolles Schweigen, nie gab er Antwort auf die Fragen seiner jungen Gemahlin, nie erhörte er ihr Flehen. Kalt wartete er neben ihr darauf, daß die fiebergeschwängerte Luft ihre Wirkung tue. Die Ausdünstungen der Sümpfe brachten dieses Antlitz auch bald zum Welken, das schönste, sagt man, das in jenem Jahrhundert auf Erden zu finden war. Nach wenigen Monaten starb sie. Einige Chronisten dieser fernliegenden Zeit berichten, Nello habe ihr Ende mit dem Dolche beschleunigt: kurzum, sie starb in der Maremma auf eine schreckliche Weise; aber auf welche, das blieb selbst den Zeitgenossen ein Geheimnis. Nello della Pietra überlebte sie und verharrte den Rest seines Lebens in unverbrüchlichem Schweigen.

Man kann sich nichts Edleres, nichts Zartfühlenderes denken als die Art, in der sich die junge Pia an Dante wendet. Sie wünscht im Gedächtnis der Freunde weiterzuleben, welche sie so früh auf der Erde verlassen mußte; und doch läßt sie, da sie von sich und ihrem Gemahl spricht, nicht die Spur einer Klage über die unerhörte, nie mehr widerrufbare Grausamkeit verlauten und deutet bloß an, daß er um die Geschichte ihres Todes weiß.

Diese Vergeltung durch beharrlichen Stolz ist, glaube ich, nur in südlichen Ländern zu finden.

In Piemont wurde ich zum unfreiwilligen Zeugen eines ähnlichen Geschehnisses; nur waren mir damals die näheren Umstände unbekannt. Ich war mit fünfundzwanzig Dragonern in den Wäldern längs der Sesia zur Bekämpfung des Schmuggels eingesetzt. Als ich abends in diesem wilden, einsamen Landstrich anlangte, entdeckte ich hinter Bäumen versteckt die Ruinen eines alten Schlosses; ich hielt darauf zu; zu meinem großen Erstaunen war es bewohnt. Ich traf einen düster dreinschauenden Landedelmann an, einen Menschen von sechs Fuß Länge, etwa vierzig Jahre alt. Mißmutig überließ er mir zwei Zimmer, wo ich mit meinem Quartiermacher musizieren konnte. Einige Tage später entdeckten wir, daß unser Wirt eine Frau bewachte, die wir scherzhaft Kamilla nannten; von der schauerlichen Wahrheit hatten wir keine Ahnung. Sie starb nach sechs Wochen. Mich wandelte die trübselige Neugier an, sie in ihrem Sarge zu sehen; ich bestach den Mönch, der die Totenwache hielt, und unter dem Vorwand, daß er Weihwasser sprengen wolle, ließ er mich um Mitternacht in die Kapelle ein. Ich fand eines von jenen stolzen Gesichtern, die selbst im Todesschlummer noch schön sind. Sie hatte eine große Adlernase, deren edle, feine Linienführung ich nie vergessen werde. Ich verließ den schauerlichen Ort. Fünf Jahre später, als eine Abordnung meines Regimentes den Kaiser bei seiner Krönung zum König von Italien begleitete, ließ ich mir die vollständige Geschichte erzählen. Ich erfuhr, daß der eifersüchtige Gatte, Graf..., eines

Morgens am Bette seiner Frau eine englische Taschenuhr hängen fand, die einem jungen Manne aus der Stadt gehörte, in der sie wohnten. Am gleichen Tag brachte er sie nach der mitten in den Wäldern von Sesia gelegenen Schloßruine. Wie Nello della Pietra sprach er kein einziges Wort. Wenn sie ihn um irgend etwas bat, hielt er ihr kalt und stumm die englische Uhr, die er stets bei sich trug, vor die Augen. Auf diese Weise verbrachte er drei Jahre ganz allein mit ihr. Sie starb schließlich in der Blüte der Jahre aus lauter Verzweiflung. Ihr Gemahl versuchte den Eigentümer der Uhr mit dem Dolche niederzustechen, fehlte aber; er wandte sich nach Genua, schiffte sich ein, und nie hat man wieder von ihm gehört. Sein Besitz wurde aufgeteilt.

Wenn man in Gegenwart von Frauen mit ausgeprägt weiblichem Stolze Zurücksetzungen geduldig hinnimmt, ein Fall, den die soldatische Disziplin leicht ergeben kann, so kränkt man sie in der Seele; sie betrachten einen als Feigling und lassen sich sogar zu Beleidigungen hinreißen. Solche hochmütigen Charaktere ergeben sich gern Männern, die anderen gegenüber anmaßend auftreten. Das einzig Richtige, was man nach meiner Meinung tun muß, ist dies: ab und zu mit jemand anderem einen Streit vom Zaune brechen, um keinen mit der Geliebten zu bekommen.

Miß Cornel, die berühmte Londoner Schauspielerin, empfing eines Tages unerwartet den Besuch eines reichen Obersten, dem sie verpflichtet war. Sie befand sich in der Gesellschaft eines unbedeutenden, ihr nur zum Zeitvertreib dienenden Liebhabers. »Herr Soundso«, sagte sie ganz aufgeregt zu dem Oberst, »will sich das Pony ansehen, das ich verkaufen möchte.« – »Ich bin wegen einer ganz anderen Angelegenheit hier«, erwiderte stolz der kleine Liebhaber, der ihr schon langweilig geworden war. Auf diese Antwort hin begann sie ihn aufs neue glühend zu lieben[1]. Dergleichen Frauen teilen den Stolz ihres Geliebten, anders müßten sie ihren eigenen auf seine Kosten befriedigen.

Der Charakter des Herzogs von Lauzun (desjenigen von 1660[2]) hat für derartige Frauen etwas Verführerisches, vielleicht für außergewöhnliche Frauen überhaupt, falls sie bei der ersten Begegnung seinen Mangel an Anmut übersehen können. Für wahre Größe haben sie keinen Sinn; sie nehmen die Gelassenheit des Blickes, der alles durchdringt und sich von keinen Einzelheiten beirren läßt, für einen Ausdruck von Kälte. Habe ich nicht Frauen am Hofe zu Saint-Cloud behaupten hören, Napoleon sei trocken und prosaisch gewesen[3]?

Ein großer Mann gleicht einem Adler; je höher er sich aufschwingt, desto schwieriger ist er zu erkennen, und so muß er seine Größe mit der Einsamkeit seiner Seele bezahlen.

Weiblicher Stolz ist sehr empfindlich gegen etwas, das

1 Ich bin stets voller Bewunderung, wenn ich von Miß Cornel zurückkehre, der ich tiefe Erkenntnisse über die unverhüllte Leidenschaft verdanke. In der herrischen Art, womit sie ihre Umgebung behandelt, liegt nichts Despotisches; sie entspringt vielmehr daraus, daß diese Frau stets sofort und klar erfaßt, was getan werden muß.
Am Ende meines Besuches hat sie schon vergessen, daß sie zu Beginn voller Zorn gegen mich war. Sie erzählt mir ihr ganzes leidenschaftliches Verhältnis zu Mortimer. »Ich sehe ihn lieber in Gesellschaft als bei mir allein.« Eine wirklich große Frau kann nichts Besseres tun, als mutig allein *ihrer Natur* zu folgen und sich von keinem Grundsatz abhängig zu machen. »Als Schauspielerin bin ich glücklicher, als wenn ich die Gattin eines Pairs wäre.« Eine große Seele, deren Freundschaft ich mir erhalten, von der ich lernen will.
2 Hoheit und Ausdauer bei kleinen Dingen, aber eine leidenschaftliche Beflissenheit in den kleinen Dingen, hitziges, galliges Temperament. Seine Haltung der Frau von Monaco gegenüber (Saint-Simon); sein Abenteuer unter dem Bett der Frau von Montespan, als der König bei ihr war. Ohne seine Aufmerksamkeit in kleinen Dingen wäre dieser Charakter den Frauen unbegreiflich.
3 »Wenn Minna Toil eine traurige oder romantische Geschichte hörte, dann stieg ihr das Blut ins Gesicht, und man konnte sehen, welch warmes Herz sich hinter dem ernsthaften Ausdruck und dem zurückhaltenden Wesen verbarg, die sie gewöhnlich zur Schau trug.« W. Scott, »Der Seeräuber«.
Alltagsmenschen finden Charaktere wie Minna Toil, die gewöhnliche Begebenheiten keines Gefühlsaufwandes wert halten, kalt.

die Frauen *Mangel an Feingefühl* nennen. Ich glaube, man müßte diese Erscheinung dem an die Seite stellen, was die Könige als Majestätsverbrechen bezeichnen, ein Vergehen, das um so schwerer wiegt, wenn es unüberlegt begangen wird. Dem zärtlichsten Liebhaber kann Mangel an Zartgefühl vorgeworfen werden, wenn er nicht genügend Geist entwickelt oder, was viel trauriger ist, wenn er wagt, sich ganz der höchsten Liebeswonne, dem natürlichsten Glückszustand mit seiner Geliebten zu überlassen und zu überhören, was sie ihm sagt.

Von solchen Dingen läßt sich das wohlerzogene Herz nichts träumen; man muß sie erfahren haben, um sie für möglich zu halten, denn wir Männer sind durch den Umgang mit unseren Freunden an Geradheit und Offenheit gewöhnt.

Man muß sich immer wieder klarmachen, daß man es mit Wesen zu tun hat, die törichterweise ihre Charakterstärke unterschätzen oder, besser gesagt, gern dem Glauben zuneigen, daß man sie unterschätze.

Sollte der echte Stolz einer Frau nicht seine Befriedigung in der Kraft des Gefühls finden, das sie erweckt? Man neckte eine Hofdame der Gemahlin König Franz' I. wegen der Flatterhaftigkeit ihres Geliebten, der sie, sagte man, gar nicht liebe. Kurze Zeit danach verfiel dieser in eine Krankheit und kehrte als ein Stummer an den Hof zurück. Als man nach Verlauf von zwei Jahren eines Tages die Verwunderung äußerte, daß sie ihn immer noch liebe, sagte sie zu ihm: »Sprecht!« Und er sprach.

NEUNUNDZWANZIGSTES KAPITEL
FRAUENMUT

> *Laß dir gesagt sein, stolzer Templer, daß du im heißesten Schlachtgetümmel keinen größeren Todesmut beweist, als eine Frau, die aus Liebe oder Pflicht duldet.* W. Scott, »Ivanhoe«.

ch entsinne mich, folgenden Satz in einem Geschichtswerk gelesen zu haben: »Alle Männer verloren den Kopf; in solchen Augenblicken legen Frauen eine unzweifelhafte Überlegenheit an den Tag.«
Ihr Mut besitzt eine *Stütze,* die dem ihres Geliebten fehlt; sie finden ihm gegenüber ihr Selbstbewußtsein wieder und finden nun einen so großen Genuß daran, in der brennenden Gefahr den Mann, der sie so oft durch seine hochmütig zur Schau getragene Beschützerrolle gekränkt hat, an Festigkeit zu übertreffen, daß die Heftigkeit dieser Genugtuung sie von aller Furcht befreit, die in dem Augenblick den Mann überwältigt. Fände ein Mann in einer solchen Lage eine ähnliche Stütze, so wäre er jeder Gefahr gewachsen; denn die Furcht liegt nicht in ihr, sie liegt in uns.

Nicht, daß ich den Mut der Frauen herabwürdigen will; ich habe sie in manchen Fällen den tapfersten Männern überlegen befunden. Freilich muß es um die Liebe zu einem Manne gehen; denn wo sie ausschließlich für ihn fühlen, nehmen sie eine unmittelbare persönliche Gefahr, selbst die schrecklichste auf sich, als gälte es, eine Rose für ihn zu brechen[1].

Ich habe auch bei nichtliebenden Frauen eine ganz erstaunlich kaltblütige Unerschrockenheit festgestellt. Allerdings glaube ich, daß sie nur darum so tapfer sind,

---

1 Maria Stuart zu Leicester nach der ihr Schicksal entscheidenden Begegnung mit Elisabeth. Schiller.

weil sie die langwierigen Nachwehen von Verletzungen nicht kennen.

Was den sittlichen Mut, den höchsten überhaupt, anlangt, so gibt es nichts auf Erden, was bewundernswürdiger sein kann als die Kraft einer Frau, die ihre Liebe bezwingt. Alle daneben möglichen Beweise von Mut sind belanglos, wenn man sie mit einem der Natur so sehr widersprechenden, schmerzvollen Verhalten vergleicht. Vielleicht gewinnen sie die Stärke hierzu aus einer gewissen Opferwilligkeit, welche die Scham von ihnen fordert.

Zum Unglück für die Frauen geschehen die Beweise solchen Mutes stets im verborgenen und werden selten offenkundig.

Noch bedauerlicher ist, daß er sich immer gegen ihr eigenes Glück richtet: die Prinzessin von Cleve hätte besser getan, ihrem Gemahl nichts zu sagen und sich dem Herrn von Nemours hinzugeben.

Wahrscheinlich wehren sich die Frauen aus Stolz so entschieden, und weil sie annehmen, ihr Geliebter begehre sie nur aus Eitelkeit. Eine kleinliche, traurige Vorstellung: ein leidenschaftlich entflammter Mann, der frohen Herzens soviel lächerliche Situationen in Kauf nimmt, sollte seiner Eitelkeit gehorchen? Diese Frauen gleichen den Mönchen, die dem Teufel ein Schnippchen zu schlagen vermeinen und sich an dem Stolz auf ihr Bußgewand und ihre Kasteiungen schadlos halten.

Hätte die Prinzessin von Cleve jenes Alter noch erreicht, in welchem man sein Leben übersieht und der Triumph des Stolzes einem in seiner ganzen Kläglichkeit bewußt wird, ich glaube, sie hätte bereut und sie hätte gewünscht, wie Frau von Lafayette gelebt zu haben[1].

---

1 Es ist bekannt, daß diese Frau, wahrscheinlich zusammen mit Herrn von La Rochefoucauld, den Roman »Die Prinzessin von Cleve« schrieb und daß die beiden Verfasser die letzten zwanzig Jahre ihres Lebens in inniger Freundschaft verbunden blieben. Das ist eine echt italienische Liebe.

Ich lese die hundert Seiten meines Essays noch einmal durch. Von der wirklichen Liebe, der Liebe, die das ganze Herz bewegt, es sowohl mit überaus seligen als mit überaus verzweifelten, aber stets erhabenen Vorstellungen erfüllt und gegen alles andere völlig unempfindlich macht, davon habe ich freilich nur einen dürftigen Begriff vermittelt. Ich weiß nicht, wie ich in Worte fassen soll, was ich doch so gut erkenne; nie habe ich meinen Mangel an Talent peinvoller gespürt. Wie soll man jemand die Einfachheit des Tuns und Denkens nachfühlen lassen, den tiefen Ernst, das treu und rein jede Schattierung eines Gefühles widerspiegelnde Auge, und vor allem, ich wiederhole es, diese unbeschreibliche Gleichgültigkeit allem gegenüber, das sich nicht auf die geliebte Frau bezieht? Ein vom liebenden Menschen ausgesprochenes *Nein* oder *Ja* erlangt etwas *Hoheitsvolles,* das man sonst nirgends findet, nicht einmal bei demselben Menschen zu einer anderen Zeit. Diesen Morgen (am 3. August) kam ich um die neunte Stunde zu Pferd an dem herrlichen Englischen Garten des Marquis Zampieri vorbei, der auf den letzten Ausläufern jener von hohen Bäumen gekrönten Hügel liegt, an die sich Bologna anlehnt, und von wo man den herrlichsten Blick auf die reiche, grünende Lombardei, das schönste Land der Erde, genießt. In dem Lorbeerhain des Parkes Zampieri, der sich oberhalb des Weges erhebt und nach dem Wasserfall des Reno bei Casa-Lecchio hinzieht, entdeckte ich den Grafen Delfante; er stand traumversunken da, und obwohl wir den vorhergehenden Abend bis zwei Uhr nachts zusammen verbracht hatten, erwiderte er kaum meinen Gruß. Ich ritt zum Wasserfall und überquerte den Reno. Als ich schließlich nach mindestens drei Stunden wieder unter dem Hain des Parkes Zampieri vorbei kam, sah ich ihn immer noch stehen; er lehnte sich in genau derselben Haltung gegen eine hohe Pinie, die das

Lorbeergebüsch überragte. Vermutlich wird man einen
solchen Umstand sehr einfältig und nichtssagend finden.
Er kam mit Tränen in den Augen auf mich zu und bat
mich, sein stundenlanges Brüten niemandem zu verraten. Ich war erschüttert und erbot mich, sogleich umzu-
kehren und den Rest des Tages mit ihm auf dem Lande
zu verbringen. Nach zwei Stunden hatte er mir sein Herz
ausgeschüttet. Er hat ein überströmendes Herz; aber wie
kalt wirken diese Seiten beim Lesen, wenn ich sie mit
seinen eigenen Worten vergleiche.

Kurz und gut, er glaubt, *nicht wiedergeliebt* zu werden,
was meiner Meinung nach gar nicht zutrifft. Von dem
schönen Marmorantlitz der Gräfin Chigi, bei der wir den
gestrigen Abend verbrachten, läßt sich allerdings nichts
ablesen. Allenfalls verrät bisweilen ein schnelles, leichtes
Erröten, das sie nicht verbergen kann, eine Regung ihres
Herzens, in dem ein hoher weiblicher Stolz mit starken
Leidenschaften kämpft. Man sieht eine Röte ihren Ala-
basterhals und das überziehen, was man von den schönen, eines Canova würdigen Schultern erblickt. Sie versteht sich gut darauf, ihre schwarzen, schwermütigen
Augen der Beobachtung von Leuten zu entziehen, deren
Scharfblick sie fürchtet; aber ich sah in der letzten Nacht,
wie bei einer gewissen Bemerkung, die Delfante machte
und die ihr mißfiel, eine plötzliche Röte sie ganz überflu-
tete. Diese hochgestimmte Seele empfand ihn in dem
Augenblick nicht ganz ihrer würdig.

Sollte ich mich in meiner Vermutung über Delfantes
Glück täuschen, so halte ich ihn doch, wenn ich die Eitelkeit außer Betracht lasse, für glücklicher als mich, den
Unbeteiligten, der gleichwohl offensichtlich und auch
wirklich in einer sehr glücklichen Lage ist.

Bologna, 3. August 1818.

DREISSIGSTES KAPITEL
EIN SELTSAM
TRAURIGES SCHAUSPIEL

ie Frauen rächen in ihrem Stolze die Dummköpfe an den Geistreichen, die nüchternen, hartgesottenen Geschäftsmenschen an den edlen Seelen. Man muß gestehen, das ist ein ausgezeichneter Gewinn.
Kleinliche, hochmütige Rücksichten und die Forderungen der Gesellschaft haben schon das Unglück mancher Frau verursacht und sie der Eitelkeit ihrer Eltern zuliebe in eine abscheuliche Lage gebracht. Als einen ihr ganzes Unglück reichlich entschädigenden Trost hat ihnen das Schicksal nur das Glück vorbehalten, mit ganzer Leidenschaft zu lieben und geliebt zu werden; aber eines Tages nehmen sie den gleichen wahnwitzigen Hochmut ihrer Peiniger an, dessen Opfer sie geworden waren, und zwar um das einzige Glück, das ihnen blieb, zu vernichten, um ihr eigenes Unglück und das Schicksal dessen zu vollenden, der sie liebt. Eine Freundin, die, wie stadtbekannt, zehn Verhältnisse, und nicht immer eins nach dem anderen, hatte, macht ihnen ernstlich weis, sie seien vor aller Welt entehrt, wenn sie der Liebe nachgäben; indessen gestehen ihnen doch die guten Leute, die nie über ihr eigenes Maß hinausgehen, großzügig jedes Jahr einen Liebhaber zu, weil das in ihren Augen die Regel ist. So wird unsere Seele durch ein widersinniges Schauspiel im tiefsten verletzt: eine zarte, ungemein feinfühlige Frau, ein Engel an Reinheit, flieht, auf Anraten einer taktlosen Dirne, das einzige, unsagbare Glück, das ihr blüht, um in makellosem Gewande vor einen seit hundert Jahren als blind bekannten groben Esel von Richter zu treten, der mörderisch brüllt: »Ha, ihr Kleid ist schmutzig!«

EINUNDDREISSIGSTES KAPITEL
AUS SALVIATIS TAGEBUCH

Genie erweckt in uns allein die Frau. Properz,
II, 1.

Bologna, 29. April 1818.

us Verzweiflung über das Unglück, in das mich die Liebe gestürzt hat, verfluche ich mein Dasein. Ich hänge an nichts mehr. Das Wetter ist trüb, es regnet, Spätfrost hat die Natur zurückgeworfen, die nach einem langen Winter dem Frühling zudrängte.

Schiassetti, der Oberst auf Wartegeld, mein verständiger, gelassener Freund, war auf zwei Stunden bei mir. »Ihr solltet von der Liebe lassen.« – »Wie das? Gebt mir meine Leidenschaft für den Krieg zurück!« – »Es ist Euer großes Unglück, daß Ihr sie kennenlerntet.« – Ich gab ihm beinahe recht, so niedergeschlagen und mutlos fühlte ich mich, so sehr bedrückte mich heute die Schwermut. Wir suchten gemeinsam herauszubekommen, was ihre Freundin bewogen haben kann, mich bei ihr zu verleumden; wir endeten bei dem alten neapolitanischen Sprichwort: »Jenseits von Liebe und Jugend versteift sich die Frau auf ein Nichts.« Sicher ist, daß dieses grausame Weib auf mich *wütend* ist, das sagte ein Freund von ihr. Ich könnte mich fürchterlich an ihr rächen; gegen ihren Haß jedoch finde ich keine Möglichkeit der Verteidigung. Schiassetti geht. Ich laufe im Regen herum und weiß nicht, was geschehen soll. Meine Wohnung, dieses Zimmer, das ich in der ersten Zeit unserer Bekanntschaft bewohnte, damals, als ich sie jeden Abend sah, ertrage ich nicht mehr. Jeder Stich, jedes Möbelstück erinnert mich an das

Glück, das ich hier träumte und nun für immer verloren habe.

Ich irre in einem kalten Regen durch die Straßen; der Zufall, wenn ich es Zufall nennen darf, führt mich an ihrem Haus vorüber. Die Nacht sank herein, und ich heftete meine tränenerfüllten Augen auf das Fenster ihres Zimmers. Plötzlich wurde der Vorhang ein wenig verschoben, als ob jemand auf den Platz herunterschauen wollte, und sofort wieder fallen gelassen. Mein Herz krampfte sich zusammen. Ich konnte nicht mehr an mich halten; ich fliehe unter das Säulentor des Nachbarhauses. Tausend Empfindungen wogen in meiner Brust; ein Zufall kann jene Bewegung des Vorhanges bewirkt haben; wenn es aber ihre Hand war, die ihn lüpfte!

Es gibt zweierlei Mißgeschick auf der Welt: das der gehinderten Leidenschaft und das des *dead blank* [tödlicher Leere].

In meiner Liebe fühle ich, daß zwei Schritt vor mir ein unsagbares, alle meine Wünsche übersteigendes Glück steht und nur von einem Wort, von einem Lächeln abhängt.

Leidenschaftslos, trübselig dahinzuleben wie Schiassetti, kann ich niemals für Glück halten; ich beginne zu zweifeln, ob es für mich überhaupt so etwas gibt, und verfalle dem Spleen. Man sollte sich vor starken Leidenschaften bewahren und lediglich ein bißchen Neugierde und Eitelkeit haben.

Es ist zwei Uhr des Morgens. Um sechs Uhr sah ich die unmerkliche Bewegung des Vorhangs; ich machte Besuche; ich war im Theater; aber während des ganzen Abends hing ich schweigend, brütend der Frage nach: »Hat sie nach so viel und so grundlosem Zürnen – denn wie sollte ich sie kränken wollen, und was in aller Welt wird nicht durch den guten Willen entschuldigt? –, hat sie mir eine Spur Liebe bewahrt?«

Der arme Salviati, der diese Sätze in seinen Petrarca schrieb, starb kurze Zeit später; er war Schiassettis und mein vertrauter Freund gewesen. Wir kannten alle seine Gedanken, und auf ihn ist der ganze wehmütige Einschlag dieser Untersuchung zurückzuführen. Er war die leibhaftige Unbesonnenheit; im übrigen ist die Frau, derentwegen er so viele Torheiten beging, das reizendste Wesen gewesen, das ich kannte. Schiassetti sagte zu mir: »Glaubt Ihr denn, diese unglückselige Leidenschaft war für Salviati ohne Gewinn?« Seit langem stak er in den peinlichsten Geldverlegenheiten, die sich denken lassen. Dieses Mißgeschick, das ihn, nach einer glänzenden Jugend, zwang, mit einem sehr mäßigen Vermögen auszukommen, und ihn in jeder anderen Lage zur Verzweiflung gebracht haben würde, kam ihm kaum einmal in vierzehn Tagen zum Bewußtsein.

Sodann, bei einem Menschen seiner Anlage von besonderer Wichtigkeit, war diese Leidenschaft für ihn die erste und einzige Schule ernsten Nachdenkens. Das mag bei einem Manne sonderbar erscheinen, der am Hofe lebte, erklärt sich aber aus seiner unerhörten Mannhaftigkeit. Zum Beispiel nahm er den Tag von..., der ihn vor das Nichts stellte, hin, ohne mit der Wimper zu zukken; er wunderte sich nur, wie schon in Rußland [beim Rückzug], daß er dabei nichts Besonderes empfand; jedenfalls steht fest, daß er nie etwas so gefürchtet hat, daß es ihm auch nur zwei Tage des Nachdenkens wert erschien. Dieser unerschütterliche Mann rang nun seit zwei Jahren unausgesetzt um Mut; er wußte bisher gar nicht, was Gefahr ist.

Als er, zufolge seiner Unüberlegtheit und Zuversichtlichkeit[1], sich verurteilt fand, die geliebte Frau nur zweimal im Monat zu sehen, erlebten wir, wie er in ei-

1 Den als Harnisch deckt ein rein Bewußtsein. Dante, »Göttliche Komödie«, Inferno XXVIII.

nem Rausch der Freude nächtelange Gespräche mit der Entfernten führte, weil sie ihm mit jener vornehmen Offenheit begegnet war, die er an ihr so verehrte. Er war überzeugt, daß zwei Seelen wie Frau... und er nicht ihresgleichen hätten und daß sie sich mit einem einzigen Blicke verstünden. Er begriff nicht, wie sie schmähsüchtigen Nachreden den geringsten Glauben schenken mochte. Der Erfolg dieses schönen Vertrauens zu einer von Neidern umgebenen Frau war, daß sich ihre Tür vor ihm verschloß.

»Bei Frau...«, sagte ich zu ihm, »vergeßt Ihr ja Eure Grundsätze, und daß man auf Seelengröße nur im Notfall bauen soll.« – »Meint Ihr«, war seine Antwort, »daß auf der ganzen Welt ein zweites Herz besteht, das besser zu dem ihren paßte? Gewiß, ich büße meine Art von Leidenschaft, in der ich die erzürnte Leonore noch in den fernen Umrissen des Felsens von Poligny erkenne, mit dem Scheitern aller meiner Unternehmungen im täglichen Leben, ein Unglück, das aus meinem Mangel an Betriebsamkeit herrührt und aus den mit der Gewalt plötzlicher Eingebung über mich kommenden Torheiten.« – Man erkennt die Anzeichen des Wahnsinnes.

Für Salviati war das Leben in vierzehntägige Abschnitte eingeteilt, welche jeweils die Stimmung der letzten ihm gegönnten Begegnung annahmen. Doch bemerkte ich mehrfach, daß das Glück, einmal weniger kalt aufgenommen zu werden, viel geringere Wirkung hervorbrachte, als das Elend, das ihn nach einem ungnädigen Empfang überkam[1]. Auch ließ es Frau... ihm gegenüber manchmal an Offenheit fehlen. Das sind die zwei einzigen Aussetzungen, die ich ihm gegenüber nicht auszusprechen wagte. Abgesehen davon, daß sein Schmerz

1 Das ist eine Erscheinung, die ich bei der Liebe öfter zu erkennen glaube; nämlich die Neigung, aus unglücklichen Begebenheiten mehr Unglück zu saugen als Glück aus glücklichen.

ganz tief saß und er den Anstand hatte, nie, selbst nicht mit seinen vertrautesten Freunden davon zu sprechen, betrachtete er einen ungnädigen Empfang bei Leonore als einen Triumph niederer, ränkevoller Geister über die offenen, edelmütigen. Dann zweifelte er an Tugend und Ehre überhaupt. Er konnte seinen Freunden nur noch die traurigen Wahrheiten mitteilen, zu denen ihn seine Leidenschaft führte und denen allenfalls in philosophischer Hinsicht etwas abzugewinnen ist. Gebannt studierte ich dieses seltsame Herz; denn gemeinhin findet sich die Liebe aus Leidenschaft nur bei ein wenig weltfremden Menschen, wie den Deutschen[1]. Salviati aber gehörte ganz im Gegenteil zu den tatkräftigsten, geistvollsten Männern, die mir je begegneten.

Es kam mir vor, als ob er nach solchen frostigen Empfängen nur dann ruhiger wurde, wenn er Leonores Abweisung begründet fand. Sowie er glaubte, sie tue ihm unrecht, war er tief unglücklich. Ich hätte nie gedacht, daß Liebe so bar aller Eitelkeit sein könne.

Unaufhörlich stimmte er Loblieder auf die Liebe an. »Wenn eine irdische Macht zu mir spräche: Zerbrich dieses Uhrglas und Leonore ist wieder, was sie vor drei Jahren war, eine gleichgültige Freundin, wahrhaftig, ich glaube, was mir auch drohen möchte, ich brächte doch nie den Mut auf, es zu zerbrechen.« Als er diese Bemerkung machte, fand ich ihn so besessen, daß ich nicht wagte, die obenerwähnten Einwände zu erheben.

Er fuhr fort: »Wie Luthers Reformation im ausgehenden Mittelalter die Gesellschaft bis in ihre Grundfesten erschütterte und die Welt auf einer vernünftigen Grundlage wieder neu aufbaute, ganz ähnlich wird ein edler Charakter durch die Liebe wiedergeboren und gestählt.

Erst dann entwächst er den Kinderschuhen; ohne diese

1 Don Carlos, Saint-Preux, der Hippolyte und Bajazet Racines.

Revolution behielte er immer etwas Ungelenkes, Theatralisches. Erst seit ich liebe, habe ich Charakterstärke gewonnen, so gewiß unsere Erziehung auf der Kriegsschule lächerlich ist.

Wenn ich mich auch zu benehmen wußte, so war ich am Hofe Napoleons und in Moskau doch noch ein Kind. Ich erfüllte meine Pflicht, aber ich kannte die heldische Einfalt nicht, diese Frucht eines völligen und freiwilligen Opfers. Erst seit einem Jahr zum Beispiel begreift mein Herz die Schlichtheit der Römer bei Titus Livius. Zuvor fand ich sie im Vergleich zu unseren glanzvollen Offizieren kalt. Was jene für ihr Rom taten, das empfindet mein Herz für Leonore; wenn ich das Glück hätte, etwas für sie zu leisten, wäre mein erstes Verlangen, daß es verborgen bliebe. Das Verhalten eines Regulus, eines Decius war eine im voraus beschlossene Sache, es ließ keine Möglichkeit der Überraschung offen. Ich war, bevor ich liebte, klein, eben weil ich oft geneigt war, mich groß zu dünken; ich gab mir Kraft und kam mir wichtig vor.

Was verdankt unser Gemüt nicht der Liebe? Wenn die Spiele der frühen Jugend vorüber, verschließt sich das Herz in sich selbst. Der Tod oder Trennung nimmt uns unsere Jugendgefährten, man ist darauf angewiesen, mit fühllosen Genossen durch das Leben zu schreiten, den Ellbogen zu gebrauchen und stets seinem Vorteil oder der Eitelkeit zu folgen. Nach und nach verkümmert der zarte, edle Teil unserer Seele, weil ihm die Pflege fehlt, und mit kaum dreißig Jahren sieht sich der Mensch allen feineren, reineren Empfindungen abgestorben. Inmitten dieser unfruchtbaren Wüste läßt die Liebe die Quelle des Gefühls wieder aufbrechen, reicher, erquickender als selbst die unserer Jugend. Damals empfanden wir ein unbestimmtes, närrisches, schweifendes Sehnen[1]; keinerlei Aufopferung, kein beständiges, tiefes Streben; die

1 Mordaunt Merton im »Pirat« von W. Scott.

unbeschwerte Seele dürstete nach Neuem und verschmähte heute, was sie gestern vergötterte. Aber nichts ist gleich andachtsvoll, gleich geheimnisreich, gleich unbeirrbar zielbewußt wie die Kristallisation der Liebe. Vordem wollten die angenehmen Dinge uns nur gefallen, und nur vorübergehend; jetzt berührt uns alles tief, was mit dem geliebten Wesen zusammenhängt, und seien es die gleichgültigsten Dinge. Als ich in einer großen Stadt hundert Meilen von dem Wohnort Leonores entfernt war, fühlte ich mich befangen und zaghaft: an jeder Straßenecke fürchtete ich, Alviza, der Herzensfreundin von Frau…, zu begegnen, einer Freundin, die ich nicht einmal kannte. Alles bekam für mich ein geheimnisreiches, reizvolles Aussehen; mein Herz schlug höher, während ich mich mit einem alten Gelehrten unterhielt. Ich konnte nicht ohne Erröten den Namen eines Tores nennen hören, in dessen Nähe Leonores Freundin wohnte.

Selbst die Unerbittlichkeit der geliebten Frau hat einen unsagbaren Reiz, den man bei anderen Frauen noch in den verlockendsten Augenblicken nicht findet. Es ist wie mit den breiten Schatten auf Correggios Bildern; sie sind durchaus nicht wie bei anderen Malern nichtssagende Flächen, nur angebracht, um die hellen Töne zu erhöhen und die Figuren hervorzuheben, sondern sie enthalten wunderbare Feinheiten in sich und verlocken zu süßen Träumereien[1].

Jawohl, die Hälfte, und zwar die schönste Hälfte des Lebens bleibt dem Manne unbekannt, der noch nicht mit Leidenschaft geliebt hat.«

Salviati mußte seine ganze Geisteskraft aufbieten, um

---

1 Da ich gerade Correggio nenne, will ich erwähnen, daß man in der Tribuna, der Florenzer Gemäldesammlung, den Entwurf eines Engelskopfes mit dem Ausdruck glückstrahlender Liebe sehen kann, und in Parma die niedergeschlagenen Augen einer Liebenden auf einer Krönung der Madonna durch Jesus.

sich gegen den erfahrenen Schiassetti zu behaupten, der stets zu ihm sagte: »Wollt Ihr glücklich sein, so begnügt Euch mit einem Leben, das frei von Schmerzen ist und täglich ein Gran Glück enthält. Hütet Euch aber vor dem Glücksspiel der großen Leidenschaften!« – »Dann schenkt mir Eure Klugheit!« erwiderte Salviati.

Ich glaube, daß es Tage gab, da er dem Rat unseres klugen Obersten gern hätte folgen wollen; er rang ein wenig danach, er glaubte sogar zu überwinden; aber es ging über seine Kräfte; und welch eine Kraft wohnte in diesem Herzen!

Wenn er einen weißseidenen Hut, wie ihn Frau... trug, auf der Straße nur von weitem sah, begann sein Herz zu stocken, und er mußte sich an die Mauer lehnen. Das Glück einer Begegnung mit ihr befreite ihn selbst unter den betrüblichsten Umständen stets für einige freudige Stunden von dem Druck seines Jammers und seiner Grübeleien[1]. Überdies steht fest, daß in diesen zwei Jahren einer hochfliegenden, grenzenlosen Leidenschaft, bis zu seinem Tode[2], sein Charakter viele edle Eigenschaften angenommen hat und er dies auch wußte. Wenn er am Leben geblieben, wenn ihn die Verhältnisse ein wenig begünstigt, hätte er noch von sich reden gemacht. Vielleicht wäre er freilich auch wegen seiner Selbstlosigkeit auf dieser Erde unbeachtet geblieben.

1 Doch laß den Kummer kommen, / So sehr er mag. Wiegt er die Freuden auf, / Die mir in ihrem Anblick eine flücht'ge / Minute gibt? Shakespeare, »Romeo und Julia«, II, 6.
2 Wenige Tage vor seinem Ende dichtete er eine kurze Ode, in der das Gefühl trefflich zum Ausdruck kommt, das wir von ihm hatten.

Der letzte Tag. Anakreontisches Lied. An Elvira
Schau, wo des Flusses Welle / Den Myrtenstrauch benetzt, / Dort sei die Ruhestelle, / Drauf man das Mal mir setzt.
Des Sperlings Liebesgirren, / Der Nachtigall Gesang / Soll ineinanderschwirren / Am dunklen Myrtenhang.
Zu meiner Totenfeier, / Elvira, kommst du just / Und an der stummen Leier / Ruht deine weiße Brust.

Unglückliche! –
Und all das süße Träumen, all das Sehnen,
Daß diese Zwei ins Elend führen mußte!

Blond war er, schön und ritterlicher Art.
Die eine Braue aber war zerhauen.

Dante, »Göttliche Komödie«, Inf. V, Purg. III.

Die Turteltauben gleiten / Im Flug dann um den Stein, / In meiner Zither Saiten /
Baun sie ihr Nest hinein.
Und jedes Jahr am Tage, / Der mir dein Herze stahl, / Fährt mit erzürntem
Schlage / Der Blitz in jenes Mal.
Ein sterbendes Gemüte / Spricht leis von letztem Glück, / Läßt eine welke Blüte, /
Elvira, dir zurück.
So wird, was du dran habest / Vielleicht dir neu bewußt: / Als du dich einst mir
gabest, / Raubt' ich sie deiner Brust.
Nun ist ein Pfand der Schmerzen, / Was einst ein Bild vom Glück: / Ich leg's mit
wundem Herzen / An deine Brust zurück.
So mag dein Herz bekunden –/ Ist nicht das Herz zu hart – / Was einstmals dir
entwunden / Und nun erstattet ward. / S. Radael.

ZWEIUNDDREISSIGSTES KAPITEL
VOM SICHFINDEN

Das größte Glück, das die Liebe zu geben vermag, liegt im ersten Händedruck der geliebten
Frau.

Das Glück der Galanterie dagegen ist sachlicher
und eine mehr scherzhafte Angelegenheit.

In der leidenschaftlichen Liebe beruht das höchste Glück
weniger in der Vereinigung als in dem letzten Schritt
dazu.

Doch wie soll man eine Seligkeit schildern, die doch
keine Erinnerung zurückläßt?

Mortimer kam voller Bangnis von einer weiten Reise
zurück; die angebetete Jenny hatte seine Briefe nicht beantwortet. Nach London heimgekehrt, setzt er sich aufs
Pferd und besucht sie in ihrem Landhaus. Sie war gerade
in den Park gegangen, als er ankam; er eilt ihr nach, sein

Herz schlägt höher; er findet sie, sie gibt ihm die Hand und begrüßt ihn verwirrt; daran erkennt er, daß er geliebt wird. Wie er mit ihr durch den Park wandelt, bleibt Jennys Kleid an einem Akazienbusch hängen. In der Folge schien sich Mortimers Glück zu erfüllen, doch Jenny wurde ihm untreu. Sie sagte ihm ins Gesicht, sie habe ihn nie geliebt; er führte mir jedoch als Beweis ihrer Liebe an, wie sie ihn nach seiner Rückkehr vom Festland empfangen habe, ohne es genauer erklären zu können. Sobald er jedenfalls einen Akazienbusch sieht, fährt ihm ein Schreck durch die Glieder; das ist wirklich die einzige deutliche Erinnerung, die ihm von dem glücklichsten Augenblick seines Lebens geblieben ist[1].

Ein feinfühliger, offenherziger Mann, ein früherer Kavallerist, vertraute mir heute abend (während ein gewaltiger Sturm unser Boot auf dem Gardasee dahinjagte[2]) die Geschichte seiner Liebe an, die ich meinerseits der Öffentlichkeit nicht anvertrauen will, aus der ich aber mit gutem Grund entnehmen darf, daß der Zustand des Einswerdens der herrlichen Maienzeit vergleichbar ist, jenen köstlichen schicksalvollen Blütentagen, wo im Nu die schönsten Hoffnungen in ein Nichts zerfließen.

– – – – – – – –[3]

Man kann nicht hoch genug die *Natürlichkeit* rühmen. Sie ist in einer ernsten Leidenschaft von der Art Werthers, wo man nie weiß, wie sie ausgeht, die einzige be-

---

1 »Das Leben Haydns« 1814 [von Stendhal]. – 2 20. September 1811.
3 »Beim ersten Zank gab Frau Ivernetta dem armen Bariac den Laufpaß. Er war darüber verzweifelt, denn er liebte wirklich von Herzen; da stand ihm sein Freund Guillaume Balaon, dessen Leben wir aufzeichnen, hilfreich bei und tat dies so trefflich, daß er die gestrenge Frau Ivernetta beschwichtigen konnte. Man schloß Frieden, und die Versöhnung hatte solche Wonnen im Gefolge, daß Bariac seinem Freunde Balaon schwor, die erste Gunst, die er von seiner Geliebten erlangt habe, sei nicht halb so süß gewesen als diese wonnige Versöhnung. Die Rede machte Balaon ganz toll, er begehrte diese Lust, die ihm sein Freund geschildert hatte, auch zu erfahren usw.« Nivernais, »Das Leben einiger Troubadours«.

131

rechtigte Koketterie; auch ist sie ein Glücksumstand für die Tugend – zugleich die bessere Taktik. Ohne es zu merken, sagt der wirklich leidenschaftlich entflammte Mann bezaubernde Dinge; er spricht eine Sprache, die er selbst nicht versteht.

Wie unglücklich ist daneben der von der Unnatur auch nur ein wenig angekränkelte Mensch. Selbst wenn er liebt, selbst wenn er von Geist sprüht, büßt er doch das Beste seines Wertes ein. Überläßt man sich der Ziererei nur einen Augenblick, so überkommt einen sofort ein unbefriedigendes Gefühl.

Die ganze Kunst der Liebe beruht, wie mir scheint, darauf, daß man ausspricht, was der Zauber des Augenblicks fordert; in anderen Worten: daß man seinem Herzen folgt. Man wähne nicht, das sei leicht; der wahrhaft Liebende verliert, wenn ihm seine Freundin Dinge anvertraut, die ihn mit Glück erfüllen, die Kraft zu sprechen.

Er kommt dadurch um Wirkungen, welche seine Worte[1] hervorrufen könnten, und er tut freilich besser zu schweigen, als zur unrechten Zeit allzu zärtliche Dinge zu sagen. Was vor zehn Minuten angebracht war, ist es jetzt nicht mehr, sondern fehl am Platze. Jedesmal, wenn ich gegen diese Einsicht[2] verstieß und etwas sagte, was mir drei Minuten zuvor eingefallen und hübsch vorgekommen war, wies mich Leonore todsicher zurecht. Später, beim Weggehen, sagte ich mir: Sie hat recht; solche Dinge müssen eine feinfühlige Frau tief verletzen; es waren Mißtöne des Gefühles. Lieber nimmt sie etwas

---

1 Diese Schüchternheit ist bei einem geistvollen Manne das entscheidende Anzeichen, daß er leidenschaftlich liebt.

2 Wie gesagt, der Verfasser spricht öfters in der *ersten Person,* und zwar um etwas Abwechslung in die Erörterungen seines Essays zu bringen. Er ist durchaus nicht so anmaßend, die Leser mit seinen eigenen Empfindungen behelligen zu wollen. Er bemüht sich nur, was er bei anderen beobachtet hat, mit möglichster Abwechslung darzustellen.

Lauheit und Kälte in Kauf. Nichts auf der Welt fürchtet sie so wie etwas Falsches an ihrem Geliebten. Darum zerstört schon die Spur einer Unaufrichtigkeit, selbst die unschuldigste, ihr ganzes Glück und liefert sie dem Mißtrauen aus.

Anständige Frauen haben eine Scheu vor Heftigkeiten und Unberechenbarkeiten, die indessen zum Wesen der Leidenschaft gehören; aber auch wo kein Ungestüm ihr Schamgefühl verletzt, setzen sie sich zur Wehr.

Haben Eifersüchteleien oder Mißhelligkeiten eine Abkühlung herbeigeführt, so ist im allgemeinen ratsam, gewisse zur Liebe stimmende Gesprächsthemen aufzunehmen; und wenn man nach ein paar vorbereitenden Sätzen die Gelegenheit findet, ehrlich auszusprechen, was das Herz eingibt, erfüllt man die Geliebte mit tiefer Freude. Der Fehler der meisten Männer liegt darin, daß sie trachten, Dinge zu sagen, die sie für hübsch, geistreich, rührend halten, anstatt unbekümmert um gesellschaftlichen Zwang ganz offen, natürlich, unmittelbar auszudrücken, was sie augenblicklich fühlen. Wer diesen Mut aufbringt, findet sofort seinen Lohn in der Aussicht auf Versöhnung.

Gerade der ebenso rasche wie unwillkürliche Lohn für eine Freude, die man der Geliebten bereitet, stellt diese Leidenschaft hoch über alle anderen.

Besteht zwischen zwei Menschen völlige Natürlichkeit, so darf ihr Glück für gegründet gelten[1]. Zuneigung und einige andere Gesetze des Seelenlebens machen es einfach zum größten überhaupt möglichen Glück.

Es ist keineswegs leicht, den Sinn des Wortes *Natürlichkeit,* dieser unerläßlichen Voraussetzung für das Liebesglück, zu bestimmen.

Man bezeichnet das als *natürlich,* was von der gewohnten Art unseres Handelns nicht abweicht. Das bedeutet un-

1 Durch gegenseitige Erfüllung.

streitig, daß man die Geliebte nicht allein nie belügen, sondern ihr gegenüber auch kein Ding beschönigen und keinen Zug der reinen Wahrheit entstellen darf. Denn wenn man beschönigt, ist unsere Seele bei der Beschönigung und antwortet nicht mehr unmittelbar, wie eine Klaviertaste, dem Gefühl, das aus der Geliebten strömt. Sie bemerkt das alsbald an ich weiß nicht welchem Kältehauch, der sie anweht, und flüchtet sich ihrerseits in die Koketterie. Liegt hier nicht die Ursache, weswegen man eine Frau von zuwenig Geist nicht lieben kann? Weil man ihr gegenüber sich ungestraft verstellen darf. Und weil Verstellung leicht Gewohnheit wird, verliert man jede Natürlichkeit. Ist aber Liebe keine Liebe mehr, so sinkt sie zu einem alltäglichen Geschäft herab; nur mit dem Unterschied, daß man nicht Geld, sondern Genuß oder Einbildungen oder ein Gemisch von beidem einhandelt. Aber man wird schwerlich eine Spur Verachtung gegen die Frau unterdrücken können, mit der man diese Komödie ungestraft spielen darf, und man wird sie gewiß versetzen, sobald etwas Besseres auftaucht. Gewohnheit oder Gelöbnis mögen manchen davon abhalten. Aber ich spreche ja von jener aus der Tiefe des Herzens kommenden Neigung, die nach der höchsten Glückseligkeit dürstet.

Um auf das Wort *natürlich* zurückzukommen, so sind Natürlichkeit und Gewohnheit zweierlei Dinge. Es leuchtet ein, daß, wenn man die Worte in demselben Sinn gebraucht, *natürlich* zu sein für einen Menschen um so schwieriger werden müßte, je größer sein Feingefühl ist; denn die Gewohnheit hat geringen Einfluß auf sein Tun und Treiben, und er setzt sich in jedem Fall über sie hinweg. Die Lebensäußerungen eines kalten Gemütes sind dagegen stets von ein und derselben Art; nimm diesen Menschen heute, nimm ihn morgen, du faßt immer dieselbe hölzerne Hand.

Sowie ein feinnerviger Mensch mit seinem Herzen beteiligt ist, vermag er sein Tun nicht mehr im Geleise der Gewohnheit zu halten; wie sollte er auch einem Weg folgen, der seinem Gefühl nichts gibt?

Er spürt, welches Gewicht jedem seiner Worte von der Geliebten beigelegt wird, er ahnt, daß ein einziges Wort über sein Schicksal entscheiden kann. Und er sollte nicht versucht sein, mit Bedacht zu sprechen, oder er sollte sich nicht zumindest einbilden, daß er es täte? Im selben Augenblick ist die Offenheit auch schon verscheucht. Die Reinheit des Herzens darf man also nicht wollen, denn sie ist die Eigenschaft einer Seele, die über sich selbst nicht nachdenkt. Man ist, was man sein kann, aber man fühlt, was man ist.

Ich glaube, wir rühren damit an die höchstmögliche Natürlichkeit, die ein zartfühlendes Herz in der Liebe fordern darf.

Ein leidenschaftlich entflammter Mann braucht, als letzte Zuflucht in den Stürmen seines Herzens, sich nur das eiserne Gelübde abzunehmen, nie von der Wahrheit abzuweichen, stets unwandelbar seinem Herzen zu gehorchen; wird die Unterhaltung wärmer, nimmt man einander das Wort ab, so darf er auch glückliche Augenblicke der Natürlichkeit erhoffen; im übrigen gibt er sich nur in solchen Stunden ungezwungen, in denen die Tollheit seiner Liebe sich etwas beschwichtigt hat.

In Gegenwart der Geliebten behauptet sich die Natürlichkeit kaum noch in unseren *Bewegungen,* die uns doch in Fleisch und Blut sitzen. Wenn ich Leonore meinen Arm bot, wurde mir stets fast schwindelig, und ich mußte Obacht geben, daß ich nicht strauchelte. Sich nie mit Bewußtheit zu zieren ist alles, was man erreichen kann; die Einsicht, daß Mangel an Natürlichkeit der größte Nachteil ist, den man sich denken kann, und leicht die Ursache unseres tiefsten Unglücks wird, muß genügen.

Das Herz der geliebten Frau versteht das deine nicht mehr; jenes starke, unwillkürliche Überquellen eines offenen Herzens, das dem offenen Herzen antwortet, ist nicht mehr. Das bedeutet, alle Möglichkeiten zuzuschütten, wie man ihr näherkommen, ich hätte beinahe gesagt, wie man sie verführen kann; womit ich indes nicht in Abrede stellen will, daß eine der Liebe würdige Frau ihr Schicksal in dem treffenden Wahlspruch des Efeus erblicken darf, *der stirbt, wenn er sich nicht anschmiegt;* das ist Naturgesetz, aber, indem sie das Glück des geliebten Mannes erfüllt, zugleich ein entscheidender Schritt auf ihr eigenes Glück zu. Ich meine, eine kluge Frau darf ihrem Geliebten erst dann alles gewähren, wenn sie sich nicht mehr wehren kann, und der leiseste Verdacht gegen die Aufrichtigkeit seines Herzens gibt ihr sofort ihre Widerstandskraft zurück oder wenigstens soviel davon, daß sich ihr Fall um einen Tag hinauszögert[1].

Muß ich noch erklären, daß man alles dies nur auf die gepflegte Liebe zu übertragen braucht, um sie vollkommen lächerlich zu machen?

DREIUNDDREISSIGSTES KAPITEL

Stets einen leisen Zweifel beruhigen, darin liegt das allzeit durstige Verlangen, darin liegt das Glück des Lebens in der Liebe. Weil diese Furcht nie aufhört, können ihre Freuden nie abstumpfen. Tiefer Ernst ist ein Grundzug dieses Glücks.

---

1 Und ich hab' dies zum schmerzvollen Gedenken mit bitterer und süßer Wonne niedergeschrieben, ... um mir vor Augen zu halten, daß es nichts gibt, was fürder in diesem Leben mich erfüllen kann. 15. Januar 1819. Petrarca.

VIERUNDDREISSIGSTES KAPITEL
VERTRAUEN

Kein Übermut auf der Welt wird rascher bestraft als der, seine Liebesleidenschaft einem guten Freunde anzuvertrauen. Wenn deine Erzählung wahr ist, begreift er, daß du tausendmal herrlichere Freuden als er genießt und die seinen gering achtest.

Noch schlimmer ist das bei Frauen; denn deren Lebensglück hängt davon ab, ob sie Leidenschaften zu erwekken vermögen, und die Vertraute läßt gewöhnlich ihre Reize gleichfalls vor dem Liebhaber spielen.

Andererseits hat ein vom Liebesfieber Befallener nichts auf der Welt nötiger als einen Freund, mit dem er über die entsetzlichen Zweifel sprechen kann, die sich fortwährend seiner Seele bemächtigen, weil ja in dieser schrecklichen Leidenschaft *eine eingebildete Sache stets Wirklichkeit* ist.

»Ein großer Fehler von Salviatis Charakter«, schrieb dieser 1817, »– und gerade der gegenteilige von dem Napoleons – besteht darin, daß, wenn in einer Auseinandersetzung über die Aussichten einer Leidenschaft etwas überzeugend bewiesen wird, er nicht über sich vermag, diese Feststellung als gegeben hinzunehmen, und trotz allem und zu seinem eigenen Verderb sie immer wieder in Zweifel zieht.« Weil der Wunsch leicht zur Blindheit führt! Die Kristallisation, die von ihrem Streben nicht abläßt, ermutigt solches; bei der Liebe ist sie völlig dem Zwecke hörig, gegen den man sich stemmen müßte.

Eine Frau kann sich einer falschen oder auch einer teilnahmslosen Freundin anvertrauen.

Eine fünfunddreißigjährige Prinzessin[1], geplagt von Langeweile, getrieben von dem Verlangen, irgend etwas

1 Venedig 1819.

137

zu tun, zu intrigieren usw., unzufrieden wegen der Lauheit ihres Geliebten und gleichwohl ohne Aussicht auf eine neue Liebe, ratlos, wohin mit ihrem verzehrenden Lebensdrang, und ohne andere Zerstreuungen als Anfällen übler Laune, kann sehr wohl ihre Gelegenheit erspähen, das heißt Gefallen, ja einen Lebenszweck darin finden, eine wahre Leidenschaft zu zerstören, eine Leidenschaft, die jemand für eine andere zu empfinden sich erdreistet, indessen ihr eigener Geliebter neben ihr einschläft.

Das ist der einzige Fall, wo *Haß* Glück erzeugt, denn er gibt Beschäftigungen und Aufgaben.

Anfangs gibt die Freude, endlich ein Ziel zu haben, und, sobald das Vorhaben die Aufmerksamkeit der Gesellschaft erregt, auch der *Ansporn* des Erfolges diesem Tun seinen Reiz. Die Eifersucht gegen die Freundin hüllt sich in die Maske des Hasses gegen deren Geliebten; wie könnte man sonst einen Mann so glühend hassen, den man noch nie gesehen hat? Man hütet sich natürlich, seinen Neid zu zeigen, denn das hieße den Wert der anderen eingestehen, und bekanntlich gibt es Schmeichlerinnen, deren Geltung darauf beruht, daß sie der guten Freundin Lächerlichkeiten nachsagen.

Die verräterische Vertraute kann, während sie Taten von schändlicher Bosheit begeht, sich sehr wohl vormachen, sie sei lediglich von dem Wunsche beseelt, eine teure Freundschaft nicht zu verlieren. Die teilnahmslose Frau dagegen sagt sich, daß die Freundschaft in einem von der Liebe und ihren tödlichen Ängsten zerrissenen Herzen von selbst versiegt; neben der Liebe kann Freundschaft nur durch Mitwisserschaft erhalten werden; doch was kann dem Neid verhaßter sein als dergleichen anvertraute Geheimnisse?

Die einzigen Geheimnisse, die zwischen Frauen gerne ausgetauscht werden, müssen mit der freimütigen Erklärung beginnen: Meine liebe Freundin, hilf mir doch heute in diesem aberwitzigen, unversöhnlichen Kampf, zu dem uns die Voreingenommenheiten unserer Tyrannen zwingen; morgen will ich dir dasselbe tun[1].

Die andere Ausnahme ist eine wahre, schon in der Kindheit beschlossene Freundschaft, die seither nie von Eifersucht versehrt wurde.

_____

Geständnisse leidenschaftlicher Liebe sind nur bei in die Liebe verliebten Schülern und bei jungen Mädchen am Platze, die von der Neugierde und dem Verlangen nach Zärtlichkeit verzehrt werden. Vielleicht treibt diese schon ein Instinkt[2] und sagt ihnen, daß hier das große Thema ihres Lebens angerührt ist, mit dem sie sich nicht früh genug beschäftigen können.

Jedermann hat gewiß schon gesehen, wie gerne kleine dreijährige Mädchen den Anforderungen der Galanterie Genüge tun.

Die gepflegte Liebe erhitzt sich ebenso durch Geständnisse wie die leidenschaftliche unter ihnen erkaltet.

Geständnisse bringen nicht nur Gefahren, sondern haben auch gewisse Schwierigkeiten. In der Leidenschaft der Liebe ist das Unaussprechliche (für das die Sprache zu grob ist, um es in seinen Feinheiten wiederzugeben) gleichwohl vorhanden; aber da es sich um unwägbare Feinheiten handelt, kann man sich freilich in ihrer Deutung auch leicht täuschen.

1 Erinnerungen der Frau von Epinay: Geliotte [berühmter Opernsänger]. Prag, Klagenfurt, ganz Mähren usw. Die Frauen sind hier sehr witzig, die Männer große Jäger. Freundschaft zwischen den Frauen ist häufig anzutreffen. Als schöne Jahreszeit gilt der Winter: alle vierzehn Tage werden bei den Großgrundbesitzern der Provinz Jagdpartien veranstaltet. Einer der witzigsten sagte zu mir eines Tages, Karl V. habe rechtmäßig über ganz Italien geherrscht, und folglich sei es töricht, daß sich die Italiener auflehnten. Die Frau dieses guten Mannes las die Briefe des Fräulein von Lespinasse. Znaim 1816.
2 Eine große Frage! Ich vermute, daß neben unserer Erziehung, die mit dem achten oder zehnten Monat einsetzt, ein gewisser Instinkt mit im Spiele ist.

So beobachtet ein innerlich bewegter Betrachter
schlecht, er legt Beiläufigkeiten falsch aus.

Am klügsten verfährt, wer sich zu seinem eigenen Vertrauten macht. Schreibe am Abend das Gespräch, das du
soeben mit deiner Geliebten hattest – unter erdichteten
Namen, doch mit allen bezeichnenden Einzelheiten –,
mitsamt den dich bedrückenden Kümmernissen nieder.
In acht Tagen, wenn du vor Leidenschaft loderst, bist du
ein anderer Mensch: und wenn du dann deine Gedanken
überliest, wirst du den richtigen Fingerzeig schon finden.

Unter Männern, sobald mehr als zwei beisammen sind,
fordert die Höflichkeit, keinen Neid zu erregen und allein von der sinnlichen Liebe zu sprechen; man weiß, wie
die Feste der Männer ausgehen. Da werden die Sonette
des Baffo[1] vorgetragen und bereiten höchstes Vergnügen, weil jeder den Beifall und die an den Tag gelegte
Begeisterung seines Nachbarn, der freilich oft nur aus
Höflichkeit sich ausgelassen gibt, für bare Münze
nimmt. Die entzückenden Feinheiten Petrarcas oder
französischer Madrigale wären hier fehl am Platze.

---

1 Der venetianische Dialekt hat Ausdrucksmöglichkeiten für Sinnenliebe, die
Horaz, Properz, La Fontaine und alle anderen Dichter an Deutlichkeit tausendmal übertreffen. Herr Buratti aus Venedig ist augenblicklich der erste satirische
Dichter unseres trübseligen Europa. Er zeichnet sich besonders durch die Darstellung grotesker Realistik bei seinen Helden aus, wofür er wiederholt einge-
sperrt worden ist. Vergleiche »Elefanteïde«, »Uomo«, »Strefeïde«.

FÜNFUNDDREISSIGSTES KAPITEL
ÜBER DIE EIFERSUCHT

enn man liebt, fügt jeder neue Gegenstand, der vor das Auge, der ins Bewußtsein tritt, ob wir nun eingezwängt auf einer Tribüne sitzen und aufmerksam der Kammerdebatte folgen oder beim Ausheben einer Feldwache im feindlichen Feuer liegen, dem Bilde der Geliebten stets eine neue Vollkommenheit hinzu oder eröffnet eine neue herrliche Aussicht, die Liebe noch zu steigern.

Jede Regung der Einbildungskraft wird alsbald durch ein Wonnegefühl belohnt. Man darf sich nicht wundern, daß ein solcher Zustand außerordentlich verlockend ist. In dem Augenblick, da Eifersucht entsteht, hält zwar die Seele an dieser Gewohnheit fest, erzeugt aber eine entgegengesetzte Wirkung. Ein Vorzug, den du in die Krone des geliebten Wesens flichtst, das vielleicht schon einen anderen liebt, gewährt dir nun durchaus keine himmlische Erfreunis mehr, sondern stößt dir den Dolch ins Herz. Eine innere Stimme sagt dir: Diese herrlichen Wonnen genießt nun dein Nebenbuhler[1].

Und die Dinge, die dich erregen, ohne doch ihre frühere Wirkung hervorzubringen, ohne doch wie ehemals neue Aussicht auf Liebe zu eröffnen, verkünden dir jetzt einen neuen Erfolg des Rivalen.

Du begegnest einer hübschen, durch den Park galoppierenden Frau[2]; aber dein Nebenbuhler ist berühmt wegen seiner schönen Pferde, mit denen er zehn Meilen in fünfzig Minuten schafft.

In dieser Verfassung überfällt einen leicht die Raserei; man bedenkt nicht mehr, daß in der Liebe *Besitz nichts,*

---

1 Eine der Verrücktheiten der Liebe; den Gewinn, den du zu sehen glaubst, hat der andere gar nicht errungen.
2 Montagnola, 13. April 1819.

Gunst alles besagt. Man überschätzt das Glück des Nebenbuhlers, überschätzt die Freiheiten, die es ihm erlaubt, und man gerät völlig durcheinander, das heißt in
die tiefste, durch einen Rest Hoffnung erst recht verbit-
terte Verzweiflung.

Das einzige Heilmittel ist vielleicht, das Glück des Rivalen ganz aus der Nähe zu betrachten. Kann sein, du siehst
ihn im Salon in der Nähe der Frau friedlich nicken, die
dein Herz zum Stocken bringt, sobald du von weitem
nur einen Hut erblickst, der dem ihrigen ähnelt.

Willst du diesen Mann aufrütteln, so brauchst du nur
deine Eifersucht zu zeigen. Vielleicht erreichst du, ihm
den Wert der Frau begreiflich zu machen, die ihn dir vorzieht. Dann wird er die Liebe, die er erst jetzt zu ihr faßt,
dir verdanken.

Einem Nebenbuhler gegenüber gibt es keinen Mittel-
weg; entweder muß man ganz zwanglos mit ihm scherzen, oder man muß ihm Angst einjagen.

Weil die Eifersucht das schlimmste Übel der Welt ist, erscheint es einem als eine wohltuende Ablenkung, sein
Leben aufs Spiel zu setzen. Denn in diesem Falle sind unsere Sinne noch nicht völlig vergiftet und vernebelt
(durch den oben dargelegten Gedankengang); man kann
sich unter Umständen auch vorstellen, daß man seinen
Rivalen umbringt.

Nach dem Grundsatz, die Kräfte des Gegners niemals zu
stärken, mußt du deine Liebe vor deinem Nebenbuhler
verbergen und, scheinbar eitel und den Gedanken an
Liebe weit von dir weisend, ihm unter dem Siegel der
Verschwiegenheit, äußerst sachlich, mit ruhiger, einfäl-
tiger Miene sagen: »Lieber Herr, ich weiß nicht, wie die
Leute auf den Einfall kommen, mich mit der kleinen
Soundso in Verbindung zu bringen; man glaubt sogar,
sehr schmeichelhaft für mich, ich sei in sie verliebt. Wollt
Ihr sie haben? Ich trete sie Euch herzlich gerne ab; nur

darf ich mich dabei nicht gerade lächerlich machen. Nehmt sie in einem halben Jahr, falls sie Euch dann noch gefällt; aber augenblicklich verpflichtet mich die Ehre, die man, ich weiß selbst nicht warum, von dergleichen Sachen berührt glaubt, Euch zu meinem lebhaften Bedauern mitzuteilen, daß, wenn Ihr zufällig nicht, wie billig, warten könnt, bis die Reihe an Euch ist, einer von uns beiden sterben muß.«

Dein Nebenbuhler ist sehr wahrscheinlich nicht von derselben Leidenschaft besessen und möglicherweise ein sehr kluger Mann und überläßt dir, sobald er deinen Standpunkt begriffen hat, die fragliche Frau schleunigst, wenn sich ein einigermaßen anständiger Vorwand bietet. Eben deshalb mußt du deine Erklärung heiter vorbringen und die ganze Angelegenheit durchaus verschwiegen behandeln.

Der Schmerz der Eifersucht ist deshalb so bitter, weil die Eitelkeit sich gegen ihn sträubt; aber bei dem eben empfohlenen Verfahren kommt die Eitelkeit auf ihre Kosten. Du darfst dich für tapfer halten, wenn auch deine Liebenswürdigkeit bedauerlich verloren hat.

Will man dagegen die Sache nicht tragisch nehmen, so verreist man am besten und läßt sich vierzig Meilen entfernt mit einer Tänzerin ein, deren Reize verdienen, daß man die Reise unterbricht.

Wenn der Rivale einen nur durchschnittlichen Verstand hat, wird er dich für getröstet ansehen.

Meistens fährt man besser, wenn man, ohne mit der Wimper zu zucken, abwartet, bis der Rivale durch seine eigenen Dummheiten bei der Geliebten *verspielt*. Denn eine Frau von Geist wird, wenn es sich nicht etwa um eine große, aus einer Jugendliebe allmählich erwachsende Leidenschaft handelt, einen durchschnittlichen Menschen nicht lange lieben[1]. Im Falle unsere Eifersucht

1 »Die Prinzessin von Tarent«, Novelle von Scarron.

143

nach der Hingabe erweckt wird, ist sie nur bei offensichtlicher Gleichgültigkeit und wirklicher Untreue berechtigt; denn manche von dem noch geliebten Liebhaber beleidigte Frauen verbinden sich leicht mit dem Manne, auf den er eifersüchtig ist, und das Spiel wird dann zum Ernst[1].

Ich bin auf eine Anzahl Einzelheiten eingegangen, weil so viele Menschen im Zustande der Eifersucht den Kopf verlieren; alterprobte Ratschläge haben ihr Gutes, und da es im wesentlichen darauf ankommt, die Ruhe zu bewahren, darf man wohl einen philosophischen Ton anschlagen.

Da andere Menschen dich nur so lange in der Hand haben, als sie dir Hoffnungen auf Dinge geben oder nehmen können, deren Wert allein durch deine Leidenschaft bestimmt wird, so sind deinen Widersachern die Waffen mit einemmal aus der Hand geschlagen, wenn es dir gelingt, gleichgültig zu erscheinen.

Wer nichts anderes vorhat und einen Trost sucht, wird mit einigem Gewinn den »Othello« lesen; er lehrt uns, dem überzeugendsten Augenscheine zu mißtrauen. Mit Wonne vernimmt man die Zeilen:

> Dinge, leicht wie Luft,
> Sind für die Eifersucht Beweis, so stark
> Wie Bibelsprüche.

> »Othello«, III.

Ich habe ferner die Erfahrung gemacht, daß der großartige Anblick des Meeres Trost gewährt.

»Der Morgen zog ruhig und glänzend herauf und verlieh dem öden Gebirge, das man von der Burg aus landeinwärts liegen sah, einen heiteren Glanz; auf der anderen

1 Wie in »Der unverschämte Neugierige«, Novelle [aus »Don Quichotte«] von Cervantes.

Seite erstreckte sich das gewaltige, von tausend silbernen Wellen gekräuselte Meer in furchtgebietender und doch beruhigender Majestät bis zum Rande des Horizontes hin. Von solchen Bildern besänftigter Erhabenheit wird das aufgewühlte Menschenherz angezogen und unter ihrem heilsamen Einfluß zu guten, edlen Taten begeistert.«

W. Scott, »Die Braut von Lammermoor«.

Ich finde bei Salviati weiter aufgezeichnet: »20. Juli 1818. – Oft, und wahrscheinlich törichterweise, betrachte ich das ganze Leben mit demselben Gefühl, das einen Ehrbegierigen oder einen braven Vaterlandsverteidiger während einer Schlacht überfällt, wenn er den Reservepark zu bewachen oder einen anderen müßigen, gefahrlosen Auftrag hat. Ich würde mit vierzig Jahren bedauern, mein Leben ohne tiefe Leidenschaft vertan zu haben. Ich würde ein bitteres, niederdrückendes Mißbehagen empfinden, wenn ich zu spät entdeckte, daß ich töricht genug war, das Leben zu vergeuden, ohne es zu leben.

Gestern verbrachte ich bei der Frau, die ich liebe, drei Stunden mit einem Nebenbuhler zusammen, den ich für begünstigt halten soll. Natürlich waren es bittere Augenblicke für mich, wenn ihre schönen Augen auf ihm ruhten, und beim Abschied stritten in meinem Herzen tiefster Jammer und Hoffnung. Aber welche neuen Eindrücke, welche lebhaften Gedankengänge, welche raschen Schlußfolgerungen! Und mit welchem Stolz, welcher Wonne fühlte sich meine Liebe, trotzdem der Rivale Glück zu haben schien, über die seine erhaben. Ich sagte mir: Seine Wangen würden in schändlicher Furcht vor dem geringsten der Opfer erbleichen, das meine Liebe lächelnd, was sage ich, glückerfüllt darbrächte; zum Beispiel mit der Hand eins der beiden Lose aus dem Hut zu nehmen: Entweder *von ihr geliebt werden* oder *augenblicklich sterben;* und dieses Gefühl ist mir so selbstverständlich, daß es mich in keiner Weise hindert, liebenswürdig und unterhaltsam zu sein.

Wenn man mir dergleichen vor zwei Jahren erzählt hätte, würde ich gespottet haben.«

Ich lese in der Reise der Kapitäne Lewis und Clarke nach den Quellen des Missouri im Jahre 1806:

»Die *Ricaras* sind arm, aber gut und großmütig; wir verbrachten eine ziemliche Zeit in dreien ihrer Dörfer. Ihre Frauen sind weit schöner als die anderer uns bekannter Stämme; sie lassen außerdem ihre Liebhaber nicht gerne lange schmachten. Wir fanden einen neuen Beweis für die alte Wahrheit, daß man sich nur in der Welt umzusehen braucht, um zu begreifen, daß alles wandelbar ist. Bei den *Ricaras* ist es ein großes Vergehen, wenn eine Frau ihre Gunst ohne Einwilligung ihres Gatten oder Bruders verschenkt. Im übrigen aber sind die Brüder und Gatten sehr zufrieden, wenn sich eine Gelegenheit bietet, ihren Freunden diesen kleinen Gefallen zu tun.

Wir hatten einen Neger in unserer Mannschaft; der machte gewaltigen Eindruck bei einem Volke, das einen Menschen dieser Farbe überhaupt zum erstenmal sah. Bald war er der Günstling des schönen Geschlechts, und wir entdeckten, daß die Ehegatten nicht nur nicht eifersüchtig auf ihn, sondern sogar entzückt waren, wenn er zu Besuch kam. Das Köstliche ist dabei, daß in ihren kleinen Hütten alles offen geschieht[1].«

1 Man sollte in Philadelphia eine Akademie mit der Aufgabe gründen, Materialien zum Studium des Menschen im Urzustand zu sammeln, und nicht warten, bis alle merkwürdigen Naturvölker ausgerottet sind. Ich weiß wohl, daß dergleichen Akademien bestehen, aber sie haben offenbar die gleiche Zielsetzung wie unsere europäischen Akademien. (Abhandlung und Auseinandersetzung über den Tierkreis von Denderah in der Akademie der Wissenschaften zu Paris im Jahre 1821.) Wenn ich nicht irre, hat die Akademie von Massachusetts vorsichtshalber einen Geistlichen (Herrn Jarvis) beauftragt, Material über die Religion der Wilden zu sammeln. Der Priester konnte sich nicht versagen, einen gottlosen Franzosen namens Volney mit allen Mitteln zu widerlegen. Diesem Geistlichen zufolge haben die Wilden ganz bestimmte und sehr hohe Vorstellungen von der Gottheit usw. Wenn dieser ehrwürdige Akademiker in England wohnte, würde

SECHSUNDDREISSIGSTES KAPITEL
ÜBER DIE EIFERSUCHT
FORTSETZUNG

Die der Unbeständigkeit verdächtige Frau wendet sich von dir ab, weil du die Kristallisation gestört oder dich auf die Macht der Gewohnheit verlassen hast.

Sie verläßt dich, weil sie deiner zu gewiß ist. Du hast ihr die Furcht genommen, die kleinen Zweifel der glücklichen Liebe wollen nicht mehr aufkommen; beunruhige sie und hüte dich besonders vor abgeschmackten Beteuerungen.

In der langen Zeit, die du um sie gewesen bist, hast du sicherlich entdecken können, auf welche Frau der Stadt oder der Gesellschaft sie eifersüchtig ist, welche sie am meisten fürchtet. Mache dieser Frau den Hof; aber tu es nicht auffällig, versuch es ihr zu verbergen und verbirg es wirklich; vertrau darauf, daß gehässige Augen alles sehen, alles aufspüren. Die tiefe Abneigung, die du einige Monate gegen alle Frauen[1] verspürst, wird dir dein Vorhaben erleichtern. Vergegenwärtige dir immer wieder, daß du in deiner jetzigen Lage alles verdirbst, sobald du deine Leidenschaft erkennen läßt: lasse dich selten bei der geliebten Frau sehen, und trink in angenehmer Gesellschaft Champagner.

Um ein Bild von der Liebe deiner Geliebten zu gewinnen, mache dir folgendes klar.

ihm sein Bericht einen *Ehrensold* von drei- oder vierhundert Louis und die Förderung durch alle edlen Lords des Bezirkes einbringen. Aber in Amerika! Im übrigen erinnert mich die Lächerlichkeit dieser Akademie daran, daß die freien Amerikaner größten Wert darauf legen, schön gemalte Wappen auf den Täfelungen ihrer Wagen zu haben. Nur bekümmert es sie, daß wegen der geringen Kenntnisse ihrer Wagenmaler sich oft heraldische Fehler einschleichen.

1 Man vergleiche den von Diamanten überzogenen mit dem kahlen Zweig; der Unterschied wird die lebhaftesten Erinnerungen wecken.

1. Je mehr in einer Liebe die Wollust an Stelle des Gefühls Platz greift, das zuerst das Zusammenleben beherrschte, desto leichter finden Wankelmut und Untreue Eingang. Das wird besonders bei Liebesverhältnissen sichtbar, deren Kristallisation von der Begeisterung einer sechzehnjährigen Jugend zehrt.

2. Die Liebe zwischen zwei Liebenden ist fast nie von gleicher Art[1]. Die Leidenschaft hat ihren Pendelschlag, bei dem abwechselnd einer von beiden heißer liebt. Oft wird eine Liebesleidenschaft mit bloßer Galanterie oder aus Eitelkeit erwidert, wobei es meistens die Frau ist, die mit ganzer Glut liebt. Wie jedoch auch die Liebe bei einem Liebenden beschaffen sein mag, sobald er eifersüchtig ist, fordert er, daß der andere Teil den Ansprüchen leidenschaftlicher Liebe genüge; seine Eitelkeit gaukelt ihm vor, er spüre das Sehnen eines wirklich zärtlichen Herzens.

Schließlich macht der gepflegten Liebe nichts soviel Verdruß wie Leidenschaft beim *Partner*.

Manchmal kommt ein geistreicher Mann nur bis zu dem Punkt, in der Frau, der er den Hof macht, den Gedanken an Liebe zu erwecken und ihr Herz mit Sehnsucht zu erfüllen. Sie sieht den, der ihr diesen Genuß bereitet, gern bei sich, und er macht sich bereits Hoffnungen.

Eines schönen Tages begegnet diese Frau dem Manne, der sie empfinden läßt, was der andere nur nannte.

Ich weiß nicht, welche Wirkung die Eifersucht eines Mannes im Herzen der Frau hervorruft, die er liebt. Die Eifersucht eines langweiligen Liebhabers dürfte nur Abscheu einflößen, der sich bis zum Hasse steigern kann, wenn der beargwöhnte Teil liebenswerter ist als der eifersüchtige; denn man sieht nur den gerne eifersüchtig,

---

1 Beispiel: Alfieris Liebe zu jener großen Engländerin (Mylady Ligonier), die auch ein Verhältnis mit ihrem Diener hatte und Penelope auf so drollige Weise nacheiferte. Alfieri, Leben, 2.

auf den man selbst eifersüchtig werden könnte, sagte Frau von Coulanges.

Die Eifersucht eines, der gar keinen Grund dazu hat, weil er geliebt wird, verletzt jenen schwer zu befriedigenden und schwer zu erkennenden Stolz der Frauen. Gefallen an der Eifersucht finden Frauen, die ihre Ehre darein setzen, ihre Macht immer aufs neue zu beweisen.

Die Eifersucht kann auch als ein besonderer Liebesbeweis gefallen.

Das Schamgefühl der überfeinerten Frau wird durch Eifersucht gekränkt.

Eifersucht gefällt auch, wenn sie den Wert des Liebhabers beweist. *Ferrum amant.* [Sie lieben das Schwert.] Wohlgemerkt, der Mut wird geliebt, und nicht die Tapferkeit eines Turenne, die sehr wohl in einem kalten Herzen wohnen kann.

Aus dem Grundgesetz der Kristallisation folgt ohne weiteres, daß eine Frau dem betrogenen Liebhaber niemals die *Wahrheit* gestehen darf, wenn sie sich aus ihm noch etwas macht.

Unser Verlangen, den seligen Anblick jenes makellosen Bildes zu bewahren, das wir uns von dem Geschöpf unseres Herzens gemacht haben, kann zu dem verhängnisvollen *Geständnis* führen:

> Du wählst, um Tod und Höll' zu meiden,
> In frommem Trug zu leben und zu leiden.
>
> André Chénier.

In Frankreich geht eine Anekdote über Fräulein von Sommery um, die, von ihrem Geliebten auf frischer Tat ertappt, diese kühnlich abstritt und, als jener zu widersprechen wagte, erklärte: »Ah, jetzt sehe ich wohl, daß Ihr mich nicht mehr liebt; Ihr traut Euren Augen mehr als meinen Worten!«

Sich mit der angebeteten Geliebten, die eine Treulosigkeit begangen, wieder versöhnen heißt bereit sein, eine unaufhörlich wieder einsetzende Kristallisation mit Dolchstößen anzufallen. Die Liebe muß sterben, und unter gräßlichen Qualen erlebt dein Herz die ganze Stufenleiter der Todespein. Es ist das eine der unseligsten Verkettungen dieser Leidenschaft in unserem Leben: man müßte stark genug sein, sich nur als Freund zu versöhnen.

SIEBENUNDDREISSIGSTES KAPITEL
ROXANE

ifersucht ist bei den Frauen Argwohn; sie setzen ungleich mehr als wir aufs Spiel, sie bringen der Liebe größere Opfer, sie haben weniger Ablenkungen, und sie können sich vor allem schwieriger die Gewißheit verschaffen, ob der Geliebte es ehrlich meint. Eine Frau fühlt sich durch Eifersucht entwürdigt; sie setzt sich dem Verdacht aus, als ob sie dem Manne nachliefe; sie fürchtet den Spott ihres Geliebten, vor allem, daß er sich über ihr zärtliches Herz lustig machen könne, sie kommt auf grausame Gedanken, aber das Gesetz verwehrt ihr, die Nebenbuhlerin zu töten.

Bei den Frauen muß deshalb die Eifersucht ein noch unerträglicheres Übel sein, falls das möglich ist, als bei den Männern. Sie faßt alles in sich, was das menschliche Herz an ohnmächtiger Raserei und Selbstverachtung[1] ertragen kann, ohne zu brechen.

Ich kenne kein anderes Heilmittel gegen dieses grausame Leiden als den Tod dessen, der es hervorruft, oder dessen, den es befällt. Die französische Art der Eifersucht

---

1 Diese Verachtung ist meistens die eigentliche Ursache eines Selbstmords; man tötet sich, um seine Ehre zu retten.

kann man in der Geschichte der Frau de la Pommeraye in »Jacques der Fatalist« [von Diderot] studieren.

La Rochefoucauld sagt: »Man schämt sich, seine Eifersucht einzugestehen, und ist doch stolz, sie gefühlt zu haben und ihrer fähig zu sein[1].« Die armen Frauen wagen nicht einmal einzugestehen, daß sie an dieser grausamen Marter leiden, weil sie sich sonst lächerlich machen würden. Eine so schmerzhafte Wunde kann nie völlig heilen.

Wenn bei einer feurigen Einbildungskraft kühle Überlegung auch nur das geringste Gehör fände, wollte ich den armen, von der Eifersucht geplagten Frauen sagen: »Es besteht ein großer Unterschied zwischen der Untreue der Männer und der eurigen. Bei euch ist jene Tat teils *Wirklichkeit,* teils von *symbolischer Bedeutung.* Beim Mann will sie infolge seiner Erziehung auf der Kriegsschule gar nichts besagen. Bei den Frauen dagegen ist sie, da das Schamgefühl mitspielt, der entscheidende Beweis ihrer Ergebung. Den Männern wird sie als eine allgemein übliche schlechte Gewohnheit geradezu aufgezwungen. In der Jugend schon sorgt das Beispiel derjenigen, die man auf der Schule die *Großen* nennt, dafür, daß wir unseren ganzen Ehrgeiz und den eigentlichen Beweis unseres Wertes in der Zahl solcher Erfolge suchen. Eure Erziehung beeinflußt euch in umgekehrtem Sinne.«

Um klarzumachen, was mit einer *symbolischen Handlung* gemeint ist: Ich stürze in meinem Zorne einen Tisch auf die Füße meines Nachbars; das verursacht ihm höllische Schmerzen, läßt sich aber leicht wiedergutmachen – oder ich führe die Bewegung einer Ohrfeige aus.

Der Unterschied der Untreue bei beiden Geschlechtern

---

1 Maxime 495. Man wird, ohne daß ich es jedesmal anmerke, in meinem Versuch öfters Gedanken berühmter Schriftsteller gefunden haben. Ich will sozusagen Geschichte schreiben und setze dergleichen Gedanken als Ereignisse.

ist so erheblich, daß wohl eine leidenschaftlich liebende Frau eine Untreue vergeben kann, der Mann dagegen unmöglich.

Ein Kennzeichen, an dem sich der entscheidende Unterschied zwischen der leidenschaftlichen und der *ehrgeizigen* Liebe dartun läßt: die eine wird bei Frauen durch Untreue geradezu getötet, die andere dagegen verdoppelt. Stolze Frauen verbergen ihre Eifersucht unter Hochmut. Sie verbringen lange Abende ruhig und kalt mit dem Manne, den sie vergöttern, um dessen Verlust sie bangen und für den sie sich nicht begehrenswert genug halten. Das muß eine der schrecklichsten Martern sein, die es gibt; hier ist auch meistens die Wurzel unglücklicher Liebe verborgen. Um einer solchen unserer höchsten Achtung würdigen Frau Heilung zu bringen, bedarf es von seiten des Mannes eines außergewöhnlichen, entscheidenden Schrittes, wobei er vor allem den Anschein wahren muß, als ob er die Entwicklung der Dinge gar nicht bemerkte: zum Beispiel von heut auf morgen mit ihr eine große Reise anzutreten.

ACHTUNDDREISSIGSTES KAPITEL
DER STACHEL[1] DER EIGENLIEBE

In der Eitelkeit steckt ein gewisser Sporn: ich will nicht, daß mein Widersacher es mir zuvortut, und *eben an ihm messe ich meinen eigenen Wert.* Ich will ihn ausstechen. In dieser Absicht schießt man leicht über das Notwendige hinaus.

Manchmal versteigt man sich, um seine eigene Überspanntheit zu rechtfertigen, zu der Einbildung, daß der Mitbewerber uns zum Narren haben wolle.

---

1 Ich weiß, daß das Wort (pique) in diesem Sinne im Französischen nicht eigentlich gebräuchlich ist, aber ich finde kein besseres. Italienisch *puntiglio,* englisch *pique.*

Der *Stachel* ist eine *Krankheit des Ehrgefühls;* er ist häufiger in Monarchien, seltener in Ländern anzutreffen, wo man Handlungen nach dem Grade ihrer Nützlichkeit zu beurteilen gewohnt ist, wie zum Beispiel in den Vereinigten Staaten von Amerika.

Jedem Menschen, und dem Franzosen mehr als einem anderen, ist es ein unerträglicher Gedanke, für einen Esel zu gelten; indessen hat der Leichtsinn des französischen Charakters zur Zeit der alten Monarchie[1] verhindert, daß der *Stachel* in anderen Dingen als der Galanterie oder gepflegten Liebe großes Unheil anrichten konnte. Zu wirklichen Schandtaten hat der Ehrgeiz nur in solchen Monarchien geführt, wo die Menschen infolge des Klimas unberechenbar sind (Portugal, Piemont).

In Frankreich machen sich die Provinzler ein lächerliches Bild von dem zurecht, wie ein rechter Mann von Welt beschaffen ist, und dann legen sie sich auf die Lauer und sind sofort bei der Hand, wenn einer dagegen verstößt. So fühlen sie sich infolgedessen dauernd irgendwie beleidigt, und diese Unart gibt sogar ihrer Liebe einen lächerlichen Zug. Dies nächst dem Neide macht den Aufenthalt in Kleinstädten ganz unerträglich; man darf das nicht vergessen, wenn man die malerische Lage manch eines Ortes bewundert. Die kühnsten, edelsten Regungen werden hier durch die Berührung mit den niedrigsten Erscheinungen der Zivilisation gelähmt. Um sich vollends unausstehlich zu machen, sprechen diese Spießer fortwährend von der Verderbnis der großen Städte[1].

In der Liebe aus Leidenschaft darf es keinen *Stachel* ge-

---

1 Dreiviertel des hohen französischen Adels von 1778 wären in einem Lande, wo die Gesetze ohne Ansehen der Person angewandt werden, gerichtlich bestraft worden.
2 Weil vor lauter Neid sich einer zum Aufpasser des anderen macht, ist in der Provinz die eigentliche Liebe selten, die Ausschweifung häufig. Italien ist glücklicher daran.

ben. Denn der weibliche Stolz weiß: Wenn ich mich von meinem Liebhaber quälen lasse, wird er mich verachten und nicht mehr lieben, oder es kommt zur Eifersucht mit ihrer ganzen Raserei.

Die Eifersucht will den Gegenstand ihrer Befürchtung vernichten. Dem Ehrgeizigen liegt das ferne; er will vor allem, daß der Gegner Zeuge seines Triumphes werde.

Der Ehrsüchtige bedauert es, wenn sein Rivale aus dem Wettbewerb ausscheidet, denn dieser Mann könnte die Unverschämtheit haben, in seinem Herzen zu denken: Ich hätte ihn doch besiegt, wenn ich mich länger darum bemühte.

Vom *Stachel* getrieben, hat man kein bestimmtes Ziel im Auge, es handelt sich allein um den Sieg. Das kann man trefflich bei den Liebschaften der Kleinen von der Oper beobachten; sowie du ihre Rivalin aufgibst, läßt die vorgebliche Leidenschaft, die mit einem Sprung aus dem Fenster drohte, sofort nach.

Im Gegensatz zur wirklichen Leidenschaft kann die nur herausgeforderte Liebe in einem einzigen Augenblick schwinden. Es genügt bereits, daß der Gegner durch einen unmißverständlichen Schritt zu erkennen gibt, er verzichte auf den Kampf. Ich zögere indessen, diese Regel als feststehend zu behaupten, ich kenne nur ein einziges Beispiel dafür, und auch das läßt mir noch Zweifel übrig. Donna Diana heißt ein junges Mädchen von dreiundzwanzig Jahren, Tochter eines sehr reichen, sehr stolzen Einwohners von Sevilla. Sie ist unleugbar schön, und zwar von einer eigenartigen Schönheit; man sagt ihr außergewöhnlichen Geist und noch mehr Stolz nach. Sie liebte, wenigstens dem Anschein nach, leidenschaftlich einen jungen Offizier, den ihre Familie nicht wünschte. Der Offizier ging mit [General] Morillo nach Amerika; sie schrieben einander ununterbrochen. Eines Tages, als große Gesellschaft bei Donna Dianas Mutter war, verkündet ein Dummkopf die Nachricht vom Tode jenes liebenswerten jungen Mannes. Alle Augen heften sich auf Donna Diana, die weiter nichts sagt als: »*Schade, so jung!*« Wir hatten an dem Tage gerade ein Stück des alten Massinger gelesen, das tragisch endet, wobei die Heldin mit der gleichen scheinbaren Ruhe den Tod ihres Geliebten aufnimmt. Ich sah die Mutter trotz ihres Stolzes und ihrer Abneigung zittern; der Vater ging hinaus, um seine Freude zu verbergen. Während dieser Vorgänge, umgeben von bestürzten Gästen, die den taktlosen Erzähler mit Blicken verwiesen, bewahrte Donna Diana als einzige die Ruhe und fuhr in der Unterhaltung fort, als sei nichts geschehen.

Zwei Jahre später macht ihr ein sehr schöner junger Mann den Hof. Wieder und mit den gleichen Gründen, daß der Bewerber nicht von Adel sei, widersetzen sich die Eltern Donna Dianas heftig einer Heirat; sie erklärt jedoch, diese werde zustande kommen. Der Stachel der Eigenliebe des jungen Mädchens richtete sich gegen den Vater. Man verbietet dem jungen Manne das Haus. Man nimmt Donna Diana nicht mehr mit aufs Land, kaum noch in die Kirche; man verbaut ihr sorgfältig jede Möglichkeit, dem Geliebten zu begegnen. Verkleidet trifft er sie ab und zu einmal heimlich. Sie versteift sich immer mehr und schlägt die glänzendsten Anträge aus, selbst einen Titel und eine hohe Stellung am Hofe Ferdinands VII. Die ganze Stadt spricht über das Unglück der beiden Liebenden und ihre heldenhafte Standhaftigkeit. Endlich wird Donna Diana mündig; sie gibt ihrem Vater zu verstehen, daß sie das Recht beanspruche, über sich selbst zu bestimmen. Aller Auswege beraubt, beginnt die Familie nun mit den Heiratsverhandlungen; als diese schon halb abgeschlossen sind, erklärt der junge Mann, der sechs Jahre ausgeharrt hatte, in einer förmlichen Zusammenkunft der beiden Familien seinen Verzicht auf die Hand Donna Dianas[1].

Eine Viertelstunde später merkte man ihr nichts an. Sie sah getrost aus; war ihre Liebe nur Eigensinn gewesen? Oder war sie eine große Seele, die es unter der Würde fand, ihren Schmerz vor der Welt zu enthüllen?

Oft kann eine Leidenschaft nur dadurch zum Ziele kommen – ich darf nicht sagen zum Glück! –, daß sie den *Stachel* der Eigenliebe erweckt; dann erlangt der Mann offenbar alles, was er sich nur wünscht, und es wäre lächerlich und befremdlich, wenn er sich beklagen wollte; er kann sein unglückliches Verhängnis nicht eingestehen, und doch fühlt er sich unaufhörlich davon bedrückt; den Beweis liefern, wenn ich so sagen darf, die schmeichelhaftesten, zu den betörendsten Traumbildern verlockenden Situationen. In den zärtlichsten Augenblicken erhebt das Verhängnis sein gräßliches Antlitz, um den Liebenden aufzuschrecken und ihn plötzlich fühlen zu lassen, wie groß sein Glück wäre, wenn er von dem herrlichen, herzlosen Geschöpf, das er in seinen Armen hält, auch wirklich geliebt würde; und gleichzeitig wird ihm bewußt, daß dieses Glück unerreichbar ist. Nächst der Eifersucht ist das wahrscheinlich die grausamste Qual.

In irgendeiner großen Stadt[2] erinnert man sich noch, wie ein sanfter, ruhiger Mann in einer derartigen leidenschaftlichen Verfassung sich hinreißen ließ, seine Geliebte zu ermorden, die ihn nur ihrer Schwester zum Trotz geliebt hatte. Er lud sie eines Abends ein, mit ihm zusammen eine Lustfahrt aufs Meer zu machen. Das Boot hatte er besonders vorbereitet; auf offener See zieht

---

1 Es kommt jedes Jahr ein paarmal vor, daß Frauen auf solche schimpfliche Art verlassen werden, und ich verzeihe einer auf ihre Ehre achtenden Frau jeden Argwohn. – Mirabeau, »Briefe an Sophie«. In den despotischen Ländern hat die öffentliche Meinung nichts zu sagen: Das einzige, woran man sich halten kann, ist die Freundschaft des *Pascha*.

2 *Livorno 1819.*

er einen Riegel, der Kahn wird leck und versinkt auf Nimmerwiedersehen.

Ich kannte einen sechzigjährigen Mann, der sich in den Kopf gesetzt hatte, die launenhafteste, tollste, liebenswürdigste, skandalöseste Schauspielerin der Londoner Bühne, Miß Cornel, auszuhalten. »Bildet Ihr Euch etwa ein, daß sie Euch treu ist?« fragte man ihn. – »Nicht im entferntesten; allein sie wird mich noch lieben, und womöglich ganz toll.«

Und sie hat ihn tatsächlich ein ganzes Jahr lang geliebt, oft bis zur Sinnlosigkeit; während dreier Monate bot sie ihm sogar keinen Anlaß zu Vorwürfen. Er hatte einen in vieler Hinsicht widerlichen Streit gekränkter Eigenliebe zwischen seiner Geliebten und seiner Tochter herbeigeführt.

Der *Stachel* triumphiert in der galanten Liebe, er ist deren Verhängnis. An ihm läßt sich die gepflegte Liebe am besten von der Leidenschaft unterscheiden. Eine alte Kriegsregel, die man den jungen Leuten beim Eintritt ins Regiment beibringt, besagt: Wenn man einen Quartierschein in ein Haus bekommt, wo zwei Töchter sind, und man will die eine erobern, so muß man der anderen den Hof machen. Bei den meisten jungen Spanierinnen, die auf Abenteuer aus sind, genügt es, wenn man geliebt werden will, einfach treuherzig zu äußern, man empfinde nichts für die Herrin des Hauses. Ich habe diesen nützlichen Wink von dem liebenswürdigen General Lasalle bekommen. Es ist dies der gefährlichste Weg, eine Leidenschaft herauszufordern.

Nächst den aus Liebe geschlossenen Ehen sind die am glücklichsten, die durch den Geltungstrieb zusammengehalten werden. Viele Ehemänner sichern sich auf lange Zeit die Liebe ihrer Frau dadurch, daß sie sich zwei Monate nach der Hochzeit eine kleine Mätresse zulegen[1].

1 Vergleiche »Bekenntnisse eines Einsamen«, Erzählung von Mistreß Opie.

Man nötigt die Frau dadurch, immer nur an den einen Mann zu denken, und die Verbindung wird auf diese Weise unzerreißbar.

Wenn im Zeitalter und am Hofe Ludwigs XV. eine große Frau (Frau von Choiseul) ihren Gemahl[1] vergöttert hat, so war das nur möglich, weil er offenbar von ihrer Schwester, der Herzogin von Grammont, sehr angezogen wurde.

Selbst eine völlig verschmähte Geliebte versetzt uns in Unruhe und weckt in unserem Herzen alle Zeichen der Leidenschaft, sobald wir merken, daß sie einen anderen Mann vorzieht.

Der Mut des Italieners ist ein Wutanfall, der Mut des Deutschen ein Rausch, der Mut des Spaniers das Kind seines Stolzes. Wenn es ein Volk gäbe, bei welchem der Mut vorzüglich auf dem ehrgeizigen Wettbewerb zwischen den Soldaten einer jeden Kompanie, zwischen den Regimentern jeder Division beruhte, so gäbe es bei der Flucht, wenn dieser Rückhalt fehlt, kein Mittel, seine Armeen zum Stehen zu bringen. Der Gefahr ins Auge sehen, Gegenmaßnahmen ergreifen wollen wäre gegenüber solchen davonlaufenden Großmäulern das dümmste, was man tun könnte.

»Man braucht nur irgendwelche Beschreibung nachzulesen«, sagt einer der liebenswürdigsten französischen Philosophen[2], »um zu erfahren, daß das gewöhnliche Los der Kriegsgefangenen darin besteht, nicht nur lebendig gebraten und verzehrt, sondern zuvor neben einem brennenden Holzstoß an einen Pfahl gefesselt und stundenlang mit allen Künsten, die eine barbarische Grausamkeit ersinnen kann, gemartert zu werden. Man muß lesen, was die Reisenden, die Zeugen solcher kannibalischen Belustigungen waren, über diese schreckli-

1 Briefe der Frau du Deffand. Denkwürdigkeiten Lauzuns.
2 Volney, »Beschreibung der Vereinigten Staaten von Amerika«.

chen Vorgänge erzählen, und hauptsächlich über die Raserei der Weiber und Kinder und ihre wilde Begier, einander an Grausamkeit zu überbieten. Man muß hören, was sie über die heldische Standhaftigkeit, die unerschütterliche Kaltblütigkeit eines Gefangenen berichten, der nicht nur keine Spur von Schmerz verrät, sondern sogar seinen Henkern trotzt, sie mit verächtlichem Stolz, bitterem Hohn, beleidigendem Spott herausfordert; er besingt seine eigenen Taten, zählt die getöteten Blutsverwandten und Freunde seiner Zuhörer auf, beschreibt die Todesqualen im einzelnen, die er sie leiden ließ, und wirft allen, die ihn umringen, Feigheit, Zaghaftigkeit, Unfähigkeit beim Martern vor, bis ihn, während er lebendigen Leibes und bei vollem Bewußtsein von den wutschäumenden Feinden in Stücke gerissen und verschlungen wird, mit seiner Seele auch das letzte Schmähwort verläßt[1]. All das erscheint zivilisierten Völkern unglaublich, wird von unseren furchtlosen Grenadierhäuptlingen für ein Märchen genommen und sicherlich eines Tages von unseren Nachfahren in Zweifel gezogen werden.«

Dieser physiologische Sonderfall entspringt einem besonderen Seelenzustand des Gefangenen, der zwischen sich auf der einen Seite und seinen Henkern auf der anderen einen Wettstreit der Eigenliebe, der Eitelkeit ausficht, bei dem keiner nachgibt.

Unsere braven Militärärzte haben oft beobachtet, daß Verwundete, die in ihrer gewöhnlichen Verfassung des Geistes und der Sinne während bestimmter Operationen laut herausgeschrien hätten, im Gegenteil Ruhe und Seelengröße bewiesen, sobald sie auf besondere Weise darauf vorbereitet waren. Es kam darauf an, ihr Ehrgefühl

---

1 Ein Mensch, der solche Schauspiele gewöhnt ist und damit rechnen muß, einmal ihr Held zu werden, richtet sein Augenmerk allein auf diese Seelengröße, und dann wird das Schauspiel zum innigsten, stärksten passiven Genuß.

anzustacheln; man mußte erst behutsam, dann immer nachdrücklicher behaupten, sie seien nicht imstande, die Operation ohne einen Schrei auszuhalten.

NEUNUNDDREISSIGSTES KAPITEL
DIE ZÄNKISCHE LIEBE

Es gibt deren zwei Arten:
1. Die, in welcher der Zänkische liebt.
2. Die, in welcher er nicht liebt.
Ist einer der Liebenden in Vorzügen allzu überlegen, auf die sie beide Wert legen, so geht die Liebe bei dem anderen ein; denn früher oder später unterbindet die Furcht vor Verachtung ganz einfach die Kristallisation.

Nichts ist den Durchschnittsmenschen so verhaßt wie Überlegenheit des Geistes: Hier liegt der Ursprung des Hasses in unserer gegenwärtigen Gesellschaft; und wenn diese Tatsache nicht die fürchterlichsten Haßausbrüche zur Folge hat, so liegt es allein daran, daß die Menschen, die sich entgegenstehen, nicht gezwungen sind, zusammen zu leben.

Wie steht das nun bei der Liebe, wo alles, besonders von seiten des überlegenen Teils, unverhüllt geschieht und die Überlegenheit sich nicht hinter einer gesellschaftlichen Mauer verbirgt?

Um die Leidenschaft am Leben zu halten, muß der Unterlegene seinen Gefährten plagen, und wenn dieser nicht Fenster schließen sollte, ohne daß der andere sich beleidigt fühlt.

Der überlegene Teil lebt seinerseits in Selbsttäuschungen, und seine Liebe sieht sich nicht nur nicht bedroht, sondern der geliebte Mensch wird ihm durch seine Schwächen nur noch teurer.

Unmittelbar hinter die leidenschaftliche Liebe, die

gleichwertige Menschen einander schenken, ist, was die
Dauer anlangt, die *zänkische Liebe* einzuordnen, wo der
Streitsüchtige selbst gar nicht liebt. Man findet Beispiele
hierzu in den auf die Herzogin von Berry sich beziehen-
den Anekdoten (Erinnerungen von Duclos).

Diese Liebe kann, da sie sich natürlich auch in den uner-
quicklichen Alltäglichkeiten bemerkbar macht, wo die
nüchterne, selbstsüchtige Seite des Lebens zutage tritt,
und weil jene dem Menschen bis an das Grab folgen, sogar viel länger dauern als die leidenschaftliche Liebe.
Aber das ist eigentlich keine Liebe mehr, es ist stumpfe
Gewöhnung, Liebe zweiter Hand, die mit jener Leidenschaft nur einen fernen Schimmer und den sinnlichen
Genuß gemein hat. Einer solchen Gewöhnung verfallen
selbstverständlich nur unedle Seelen. Jeden Tag entwickelt sich ein kleines Drama: »Wird er mich aus-
schelten?« Mit der Frage befaßt sich die Einbildungskraft, wo die leidenschaftliche Liebe jeden Tag nach
einem neuen Beweis der Zärtlichkeit verlangt. Vergleiche die Anekdoten über Frau d'Houdetot und
Saint-Lambert[1].

Es kann vorkommen, daß der Stolz sich sträubt, ein der-
artiges Verhältnis hinzunehmen; dann wird er nach einigen stürmischen Monaten zum Totengräber der Liebe.
Aber man sieht die edle Leidenschaft lange Widerstand
leisten, bevor sie erlischt. Die kleinen Zänkereien der
glücklichen Liebe wiegen ein Herz, das trotz seiner Pei-
nigungen noch liebt, lange Zeit in Täuschungen. Zärtliche Versöhnung schafft oft einen erträglichen Über-
gangszustand. In der Annahme, daß ihn irgendein ge-
heimer Kummer, ein Vermögensverlust bedrücke, entschuldigt man den Mann, den man so sehr geliebt hat;
schließlich gewöhnt man sich daran, in Streit zu liegen.
Wo lassen sich tatsächlich außer der leidenschaftlichen

---

1 Ich glaube in den Erinnerungen der Frau von Epinay oder Marmontels.

Liebe, außer dem Spiel, außer im Besitze der Macht[1] täglich so viel neue Spannungen erleben, die ihnen an Erregung gleichkommen? Wenn der zänkische Teil stirbt, kann man beobachten, daß der überlebende, unterdrückte Teil untröstlich ist. Durch ein solches Verhältnis werden viele bürgerliche Ehen zusammengehalten; der Gescholtene denkt den ganzen Tag hindurch an sein Meistgeliebtes.

Es gibt eine grundlos zänkische Liebe. Ich führe hier aus einem Brief einer außergewöhnlich geistreichen Frau den Abschnitt 33 an:

»Immer aufs neue einen kleinen Zweifel beruhigen, das hält die leidenschaftliche Liebe ununterbrochen rege… Wenn die Beunruhigung nie aufhört, können auch ihre Freuden nicht abstumpfen.«

Bei barschen oder schlecht erzogenen oder von Natur heftigen Menschen äußern sich diese flüchtigen Befürchtungen, diese leisen Zweifel, die beruhigt sein wollen, in Zank.

Wenn die geliebte Person nicht über ein sehr ausgeprägtes Empfindungsvermögen als Frucht einer gediegenen Erziehung verfügt, so mag sie in einer derartigen Liebe viel Feuer, viel Reiz finden; und wenn man sieht, wie der *Wutentbrannte* unter seiner Aufwallung selbst am meisten leidet, fällt es auch einem wirklich feinfühligen Gemüt schwer, ihn deswegen nicht desto mehr zu lieben. Den Lord Mortimer dauerten nur die Leuchter, die ihm seine Geliebte an den Kopf warf. Wahrhaftig, wenn der Stolz solche Vorkommnisse in Kauf nimmt und verzeiht, muß man wohl glauben, daß sie die Langeweile, diesen großen Feind glücklicher Menschen, erbarmungslos zu vertreiben vermögen.

---

1 Was auch gewisse Heuchler von Ministern sagen mögen, so ist die Macht doch die höchste Lust. Ich glaube, sie wird allein von der Liebe übertroffen; nur ist die Liebe eine wonnige Krankheit, die man nicht wie ein Amt antreten kann.

Saint-Simon, der einzige Geschichtsschreiber, den Frankreich hatte, sagt:

»Nach zahlreichen Tändeleien verschoß sich die Herzogin von Berry unversehens in Rion, einen jüngeren Sohn aus dem Hause Aydie, Schwesterkind der Frau von Biron. Er besaß weder Schönheit noch Geist; er war ein derber Bursche, untersetzt, dickbäckig und blaß, und sah mit seinen vielen Finnen im Gesicht einem Geschwür nicht unähnlich. Er hatte schöne Zähne, aber er bildete sich deshalb nicht im Traume ein, daß er eine Leidenschaft einflößen könne, die im Handumdrehen sogar zügellos werden und anhalten sollte, ohne darum Liebeleien und Seitensprünge auszuschließen. Er besaß kein Vermögen, dagegen eine Menge Brüder und Schwestern, die erst recht nichts hatten. Herr von Pons und seine Frau, eine Hofdame der Herzogin von Berry, waren mit ihm verwandt und stammten aus derselben Provinz; sie hatten den jungen Mann, der Dragonerleutnant war, kommen lassen und wollten ihm weiterhelfen. Kaum eingetroffen, gefiel er bereits und wurde Herr des Luxembourg.

Herr von Lauzun, sein Großonkel, lachte sich ins Fäustchen; beglückt sah er sich in ihm wie zu Mademoiselles Zeiten ins Luxembourg wieder einziehen. Er gab ihm die nötigen Winke, und Rion, der sanft und von Natur höflich und ehrerbietig, überhaupt ein guter, anständiger Junge war, wurde sich bald der unwiderstehlichen Anziehungskraft bewußt, die er freilich nur auf die ausgefallene Phantasie dieser Fürstin ausübte. Ohne dies irgendwie zu mißbrauchen, machte er sich bei jedermann beliebt; seine Herzogin aber behandelte er, wie Herr von Lauzun Mademoiselle behandelt hatte. Bald war er mit den schönsten Spitzen, den kostbarsten Kleidern herausgeputzt, mit Gold, Geschmeide und Edelsteinen besät. Er machte sich kostbar, es gefiel ihm, die Eifersucht der

Herzogin zu wecken und selbst eifersüchtig zu erscheinen. Oft brachte er sie zum Weinen. Nach und nach unterjochte er sie derart, daß sie nichts, auch nicht die unbedeutendsten Dinge ohne seine Erlaubnis zu unternehmen wagte. Wenn sie sich zum Besuch der Oper hergerichtet hatte, ließ er sie zu Hause; ein andermal mußte sie gegen ihren Willen in die Oper gehen; er zwang sie, Frauen, die sie nicht ausstehen konnte oder auf die sie eifersüchtig war, Gutes zu tun, und Leuten, die ihr gefielen und auf die er eifersüchtig war, Übles. Sie besaß keinerlei Freiheit, nicht einmal in ihrem Putz. Es ergötzte ihn, ihre Frisur wieder aufzulösen oder sie die Kleider wechseln zu lassen, wenn sie eben fertig war, und dies so häufig, so unverhohlen, daß sie sich daran gewöhnte, schon am Abend seine Wünsche für ihre Kleidung und die Einteilung des folgenden Tages entgegenzunehmen. Am anderen Tag änderte er alles, und die Herzogin weinte nur noch mehr. Schließlich ging sie so weit, ihm durch vertraute Diener Botschaft zuzusenden, denn er wohnte fast vom ersten Tage an im Luxembourg; ihre Botschaften liefen während des Ankleidens mehrmals hin und her, nur um zu entscheiden, welches Band sie tragen sollte, und ebenso wegen des Kleides und des übrigen Schmuckes, und fast stets ließ er sie tragen, was sie gerade nicht wollte. Als sie ein paarmal wagte, in ganz geringfügigen Sachen sein Einverständnis zu umgehen, behandelte er sie wie eine Magd, und ihre Tränen flossen bisweilen tagelang.

Diese hochmütige Herzogin, die sich darin gefiel, einen maßlosen Stolz an den Tag zu legen und andere fühlen zu lassen, erniedrigte sich so weit, daß sie mit ihm und zweifelhaften Leuten Gelage hielt, sie, die nur Prinzen von Geblüt zu Tisch führen durften. Der Jesuit Riglet, der sie von klein auf erzogen hatte, wurde zu diesen heimlichen Gastereien zugezogen, ohne daß er sich geschämt oder die Herzogin sich behindert gefühlt hätte. Frau von Mouchy war ihre Vertraute bei allen diesen seltsamen Vorgängen; sie und Rion wählten die Teilnehmer und bestimmten die Tage. Die Dame versöhnte auch immer die Liebenden miteinander. Dieses Treiben war bekannt; der ganze Luxembourg wandte sich an Herrn von Rion, der seinerseits darauf bedacht war, mit jedermann auf gutem Fuß zu stehen, jedermann achtungsvoll zu begegnen, etwas, das er einzig seiner Herzogin sogar öffentlich versagte. Vor allen Leuten gab er ihr grobe Antworten, die die Anwesenden in Verlegenheit setzten und der Herzogin, die ihre unterwürfige, leidenschaftliche Zuneigung gar nicht zu verbergen suchte, die Röte ins Gesicht trieb.«

Rion war für die Langeweile der Herzogin das unfehlbare Heilmittel.

Eine berühmte Frau sagte einmal unvermittelt zum General Bonaparte, der damals noch der junge, ruhmbedeckte, die Freiheit nicht vergewaltigende Held war. »General, eine Frau kann nur Ihre Gemahlin oder Ihre Schwester sein!« Der Held verstand das Kompliment nicht; man hat sich dafür mit sauberen Schmähungen an ihm gerächt. Solche Frauen wollen von ihrem Liebhaber geringschätzig behandelt sein; sie lieben ihn nur, wenn er rücksichtslos ist.

NEUNUNDDREISSIGSTES KAPITEL
ZWEITER TEIL
HEILMITTEL GEGEN DIE LIEBE

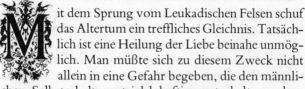Mit dem Sprung vom Leukadischen Felsen schuf das Altertum ein treffliches Gleichnis. Tatsächlich ist eine Heilung der Liebe beinahe unmöglich. Man müßte sich zu diesem Zweck nicht allein in eine Gefahr begeben, die den männlichen Selbsterhaltungstrieb[1] heftig anstachelt, sondern müßte auch, was viel schwieriger ist, die atemraubende, die ganze Geistesgegenwart beanspruchende Gefahr im Dauerzustand erhalten, damit uns im Laufe der Zeit der Gedanke an Selbsterhaltung zur Gewohnheit wird. Ich wüßte nichts Geeigneteres hierfür als eine sechzehntägige Sturmfahrt wie im »Don Juan«[2] oder den Schiffbruch des Herrn Cochelet bei den Mauren [1819]; andernfalls gewöhnt man sich schnell an die Gefahr und denkt, wenn man zwanzig Schritte vor dem Feind auf Vorposten steht, sogar mit noch größerem Entzücken erneut an die Geliebte.

Es wurde schon mehrfach wiederholt, daß ein wirklich liebender Mann nur über das *jauchzt,* um das *bangt,* was er sich im Geiste ausmalt, und es gibt nichts auf der Welt, was ihn nicht an seine Geliebte erinnern könnte. Nun nehmen uns Freuen und Bangen so stark in Anspruch, daß daneben alle anderen Beschäftigungen in den Hintergrund treten.

Ein Freund, der dem Liebeskranken Heilung bringen will, muß vorerst auf seiten der Frau stehen; aber die meisten Freunde, die mehr Eifer als Verstand besitzen, tun ausgerechnet das Gegenteil.

Das heiße ich jenes Ineinanderwirken verführerischer Il-

---

[1] Henri Morton im Clyde in Lebensgefahr. W. Scott »Der alte Sterblich«.
[2] Des gar zu eitlen Lord Byron.

lusionen, welche wir weiter vorn *Kristallisation* nannten[1], mit lächerlich unzulänglichen Kräften angreifen.

Der hilfebringende Freund muß sich vor Augen halten, daß, wenn der Liebende die unglaublichsten an den Tag kommenden Dinge in Kauf zu nehmen hat, falls er nicht auf alles verzichten will, was ihm das Leben lebenswert macht, er sie eben in Kauf nehmen und mit dem ganzen Aufgebot seines Verstandes die offensichtlichsten Laster, die krassesten Treulosigkeiten seiner Geliebten leugnen wird. Deshalb findet in der leidenschaftlichen Liebe nach kurzer Zeit alles seine Verzeihung.

Wenn ein verstandesmäßiges, kühles Gemüt Laster hinnehmen soll, darf es diese erst nach mehreren Monaten der Leidenschaft an der Geliebten bemerken[2].

Statt des geringsten Versuches, den Liebenden auf gewaltsame und sichtbare Weise abzulenken, soll der hilfreiche Freund bis zum Überdruß ihm von seiner Liebe und seiner Geliebten sprechen, dabei aber unter der Hand eine Anzahl kleine Vorkommnisse einflechten.

Allein auf Reisen gehen, ist kein Heilmittel[3], und nichts ruft uns das geliebte Wesen gebieterischer in den Sinn als ein Gegensatz. Mitten in den glänzendsten Salons von Paris, in Gesellschaft von Frauen, deren Liebreiz höchlich gerühmt wurde, habe ich meine arme, einsame, trauernde Geliebte in ihrem kleinen Hause fern in der Romangna besonders heftig geliebt[4].

Ich las von der kostbaren Pendeluhr des glänzenden Salons, in den ich verbannt war, die Stunde ab, in welcher sie zu Fuß durch den Regen geht, ihre Freundin zu besuchen. Indem ich sie zu vergessen suchte, mußte ich er-

---

1 Lediglich zur Vereinfachung; damit mag diese neugeprägte Bezeichnung ihre Rechtfertigung finden.

2 Mme Dornal und Serigny in den »Bekenntnissen des Grafen...« von Duclos. Vergleiche die Anmerkung 2 auf S. 69. Tod des Generals Abdallah in Bologna.

3 »Ich habe fast jeden Tag geweint.« (Kostbare Worte vom 10. Juni.)

4 Salviati.

kennen, daß Gegensätze Erinnerungen wecken, die zwar nicht so greifbar, aber dafür viel beseligender sind, als sie der Ort hervorruft, an dem man ihr gestern begegnete.

Wenn die Trennung Zweck haben soll, muß der hilfreiche Freund immer an der Seite des Liebenden bleiben und ihn drängen, sein Herz, seine Gedanken über seine Liebe auszuschütten, und er muß dafür sorgen, daß die Ergüsse infolge ihrer Länge, oder weil sie in unschicklichen Augenblicken erfolgen, langweilig werden und als Gemeinplätze wirken: so wenn er zum Beispiel nach einer fröhlichen Tafel bei gutem Wein weich und rührselig wird.

Eine Frau, die uns glücklich gemacht hat, zu vergessen, fällt wegen gewisser Augenblicke schwer, die unsere Einbildungskraft uns unermüdlich zurückruft und verklärt.

Ich spreche nicht über den Stolz, dieses grausame, stärkste Heilmittel, das jedoch nicht für zärtliche Seelen taugt.

Die ersten Szenen von Shakespeares »Romeo und Julia« machen einen unvergeßlichen Eindruck: Welch ein Unterschied zwischen dem Manne, der sich traurig sagen muß: »*Sie schwor zu lieben ab*«, und jenem anderen, der auf dem Gipfel seines Glückes ausruft: »*Doch laß den Kummer kommen!*«

NEUNUNDDREISSIGSTES KAPITEL
DRITTER TEIL

> *Ihre Leidenschaft wird erlöschen wie eine Leuchte, deren Flamme keine Nahrung hat.* W. Scott
> *»Die Braut von Lammermoor«.*

Der hilfsbereite Freund muß sich vor fruchtlosen Beweisführungen hüten, zum Beispiel darf er nicht von *Undankbarkeit* sprechen. Das hieße, dem Liebenden zu einem Triumph, zu einer neuen Erbauung verhelfen und also die Kristallisation wieder ins Leben rufen.

In der Liebe kann man von keiner Undankbarkeit sprechen; die erlebte Wonne entschädigt immer, und weit über die denkbar höchsten Opfer hinaus. Ich kenne kein anderes Unrecht als Mangel an Offenheit; man muß den Zustand seines Herzens ohne Voreingenommenheit beurteilen.

Falls der hilfreiche Freund die Liebe selbst angreift, antwortet der Liebende: »Verliebt sein, selbst wenn uns die Geliebte zürnt, ist, um mich Eurer Kaufmannssprache zu bedienen, nichts anderes, als ein Los in einer Lotterie zu besitzen, deren Glückstreffer tausendmal wertvoller sind, als was mir Eure kalte, von Eigennutz getriebene Welt zu bieten vermag. Man muß von großer, und zwar kindischer Eitelkeit getrieben sein, um sich glücklich zu fühlen, weil man in Gesellschaft etwas gilt. Ich tadle die Menschen nicht, die darauf ausgehen. Aber bei Leonore ging mir eine Welt auf, in der alles überirdisch, zart, edel ist. Das höchste, beinahe unvorstellbare Verdienst in Eurer Welt galt in unseren Gesprächen nur als etwas Gewöhnliches, Alltägliches. Laßt mich doch wenigstens träumen von dem Glück, mein Leben neben einem solchen Wesen zu leben. Obzwar ich sehe, daß ich einer Verleumdung zum Opfer gefallen bin und keinerlei

Hoffnung schöpfen darf, will ich dennoch ihr zuliebe auf meine Rache verzichten.«

Einhalt kann man der Liebe allein zum Beginn gebieten. Außer einer schnellen Abreise und den üblichen Zerstreuungen der Gesellschaft, wie im Falle der Gräfin Kalemberg, gibt es noch eine Anzahl kleiner Winkelzüge, die der hilfreiche Freund anwenden darf. Er mag zum Beispiel in deiner Gegenwart wie zufällig die Bemerkung fallen lassen, daß die Frau, die du liebst, für dich, abgesehen von dem strittigen Punkte, nicht die Höflichkeit und Achtung übrig habe, die sie einem Rivalen zollt. Die kleinsten Dinge genügen, denn in der Liebe nimmt alles *Bedeutung* an; zum Beispiel, wenn sie in ihre Loge geht und dir nicht den Arm reicht; solche von einem leidenschaftlichen Herzen tragisch genommenen Possen stimmen die Kräfte, welche die Kristallisation bewirken, herab, vergiften den Quell der Liebe und vermögen sie sogar zu zerstören.

Man kann der Frau, die unseren Freund schlecht behandelt, einen lächerlichen, nicht nachprüfbaren Körperfehler nachsagen: wenn der Liebende die Verleumdung nachprüfen könnte, sogar wenn er sie bestätigt fände, würde sie als hinderlich doch bald aus seiner Phantasie verbannt werden. Einzig Einbildung kann der Einbildung widerstehen; Heinrich III. wußte das wohl, als er die berühmte Herzogin von Montpensier verleumdete.

Man muß also, wenn man ein junges Mädchen vor der Liebe bewahren will, vor allem ihre Phantasie behüten. Und je weniger Mittelmäßigkeit ihrem Geiste anhaftet, je edler, je hochherziger ihre Seele, in einem Wort, je mehr sie unserer Achtung würdig ist, desto größere Gefahr läuft sie.

Für ein junges Wesen ist es immer gefährlich, wenn es zuläßt, daß sich seine Gedanken des öfteren und allzu gern mit derselben Person befassen. Wenn erst einmal Dankbarkeit, Bewunderung oder Neugierde sich in die Fäden der Erinnerung flechten, steht sie meistens schon vor dem Abgrund. Je größere Langeweile das tägliche Leben erfüllt, desto wirksamer werden die Gifte, genannt Dankbarkeit, Bewunderung, Neugierde. Dann ist eine rasche, starke Ablenkung vonnöten.

Aus dem gleichen Grunde ist ein wenig Forschheit und *Unbekümmertheit,* damit das Gift bei der ersten Begegnung unmerklich eindringt, ein fast unfehlbares Mittel, die Beachtung einer geistvollen Frau zu finden.

ZWEITES BUCH

VIERZIGSTES KAPITEL

Alle Liebesäußerungen nehmen ebenso wie jede Vorstellungsweise im Individuum die Färbung eines der sechs Temperamente an: des Sanguinikers oder Franzosen; Herr von Francueil (Erinnerungen der Frau von Epinay); des Cholerikers oder Spaniers; Lauzun (Peguilhen in den Erinnerungen Saint-Simons); des Melancholikers oder Deutschen; Don Carlos von Schiller; des Phlegmatikers oder Holländers; des Nervösen oder Voltaires; des Athleten oder Milons von Kroton[1].

Wenn der Einfluß des Temperaments im Ehrgeiz, im Geiz, in der Freundschaft usw. spürbar ist, wieviel mehr bei der Liebe, wo das Körperliche bestimmend mitspielt. Gehen wir davon aus, daß jede Liebe in einer der vier verschiedenen Abarten untergebracht werden kann, die wir beschrieben haben:

der leidenschaftlichen Liebe oder Julie d'Étange;

der gepflegten oder galanten Liebe;

der rein sinnlichen Liebe;

der Liebe aus Eitelkeit (eine Herzogin ist für einen Bürger nie älter als dreißig Jahre).

Man muß diese viererlei Art von Liebe mit den sechs verschiedenen Äußerungsweisen zusammenbringen, welche die sechs Temperamente der Einbildungskraft verleihen. Tiberius besaß nicht die tolle Phantasie Heinrichs VIII.

Wir gehen also nacheinander alle Kombinationen durch, die sich uns in den verschiedenen, von der Regierungsform oder dem Volkscharakter abhängigen Äußerungsweisen darbieten:

1. im asiatischen Despotismus, wie er in Konstantinopel anzutreffen ist;

1 Vergleiche Cabanis, »Die Beziehungen zwischen Körper und Seele«.

2. in der absoluten Monarchie wie bei Ludwig XIV.;

3. in der durch eine Verfassung getarnten Adelsherr-schaft oder zum Nutzen der Reichen vollkommen auf die biblische Sittenlehre gegründeten Regierung wie in England;

4. in der bündischen Republik oder der Regierung zum Besten aller wie in den Vereinigten Staaten von Amerika;

5. in der konstitutionellen Monarchie, oder...

6. in einem in Umwälzung begriffenen Staatswesen wie in Spanien, Portugal, Frankreich. Dieser Zustand erfüllt die Menschen eines Landes mit heftigen Leidenschaften, macht die Sitten vernünftiger, beseitigt Sinnlosigkeiten, eingebildete Tugenden, dumme Vorurteile[1], erzieht die Jugend zum Ernst, lehrt sie eitle Liebe verachten und sich nicht um bloße Artigkeit bemühen.

Ein solcher Zustand kann lange anhalten und auf die Lebensgewohnheiten einer ganzen Generation einwirken. In Frankreich begann es 1788, wurde 1802 unterbrochen und setzte 1815 von neuem ein, um Gott weiß wann abzuschließen.

Nach diesen allgemeinen Gesichtspunkten einer Betrachtung der *Liebe* müssen wir noch die Altersunterschiede und schließlich individuelle Besonderheiten berücksichtigen.

Man könnte also beispielsweise sagen:

Ich stellte bei dem Grafen Wolfstein in Dresden Liebe aus Eitelkeit fest, ein melancholisches Temperament, monarchistische Lebensauffassung, ein Alter von dreißig Jahren und... gewisse persönliche Eigenarten.

Diese Art, die Dinge zu betrachten, vereinfacht und erlaubt dem ein kühles Urteil, der sich ein Bild von einer so

---

1 Minister Rolands Schuhe ohne Bänder: »Oh, mein Herr, es ist alles verloren!« ruft Dumourier aus. [Episode aus Madame Rolands Memoiren.] In einer Sitzung schlägt der Vorsitzende im Beisein des Königs die Beine übereinander.

wesentlichen und schwierigen Erscheinung wie der Liebe machen will.

Wie nun der Mensch über seine eigene Physiologie fast nichts weiß, außer durch vergleichende Anatomie, so verhindern bei den Leidenschaften unsere Eitelkeit und eine Anzahl anderer Ursachen, daß wir über unsere inneren Vorgänge Klarheit gewinnen, es sei denn, wir beobachten die Schwächen anderer. Wenn mein Versuch zufällig einen Nutzen bringen sollte, dann den, daß er den Geist zu derartigen Vergleichen anregt. Und um in dieser Richtung zu ermutigen, will ich versuchen, einige allgemeine Wesenszüge der Liebe bei den verschiedenen Völkern aufzuzeigen.

Ich bitte um Entschuldigung, daß ich dabei wiederholt auf Italien zurückkomme; bei dem gegenwärtigen Zustand der Sitten in Europa ist es das einzige Land, wo das von mir beschriebene Gewächs in Freiheit gedeiht. In Frankreich sorgt die Eitelkeit, in Deutschland eine zum Totlachen anmaßende Philosophie, in England ein ängstlicher, krankhafter, bösartiger Hochmut dafür, daß es verstümmelt, erstickt oder verbogen wird[1].

---

1 Man wird nur allzu gut bemerken, daß diese Abhandlung aus bruchstückhaften Niederschriften Lisio Viscontis zusammengesetzt ist, die seine wechselnden Reiseeindrücke widerspiegeln. Alle erwähnten Vorkommnisse finden sich ausführlich in seinem Tagebuch vermerkt; vielleicht hätte ich sie ganz einfügen sollen, aber man würde sie sicher nicht recht schicklich finden. Die ältesten Aufzeichnungen tragen das Datum Berlin 1807, die letzten sind wenige Tage vor seinem Tod im Juni 1819 geschrieben. Etliche Angaben sind aus besonderen Rücksichten verändert worden; hierauf beschränken sich meine eigenen Eingriffe. Den Stil umzugestalten, hielt ich mich nicht für befugt. Dieses Buch ist an hundert verschiedenen Orten geschrieben worden, mag es an ebenso vielen gelesen werden.

EINUNDVIERZIGSTES KAPITEL
DIE VÖLKER IN IHREM
VERHÄLTNIS ZUR LIEBE FRANKREICH

Ich bemühe mich, meine Zuneigungen aus dem Spiel zu lassen und nur ein kühl denkender Philosoph zu sein.

Unter dem Einfluß der liebenswürdigen Franzosen, die nur Eitelkeit und körperliches Begehren kennen, sind die Französinnen nicht so vielseitig, weniger unternehmungslustig, weniger zu fürchten und vor allem weniger geliebt und weniger einflußreich als die Spanierinnen und Italienerinnen.

Die Macht einer Frau wird an dem Maße des Unglücks gemessen, das sie über ihren Geliebten verhängen kann; wenn man aber nur von der Eitelkeit lebt, ist wohl jede Frau angenehm nützlich, doch keine notwendig; der Reiz des Erfolges beruht im Erobern, nicht im Behaupten. Wo es um die körperliche Begierde geht, finden sich Dirnen, und darum sind diese in Frankreich entzückend, in Spanien dagegen sehr übel. In Frankreich vermögen Dirnen die Männer ebensogut glücklich zu machen wie achtbare Frauen, das heißt glücklich ohne eigentliche Liebe; eines aber stellt der Franzose immer über seine Geliebte: seine Eitelkeit.

Der junge Pariser hält seine Geliebte für eine Art Sklavin, die vor allem bestimmt ist, seine Eitelkeit zu befriedigen. Wenn sie den Anforderungen dieser alles beherrschenden Sucht nicht genügt, verläßt er sie und ist obendrein mit sich sehr zufrieden, wenn er seinen Freunden erzählen kann, auf welche überlegene Manier, mit welchem Schneid er sie versetzt hat.

Ein Franzose, der sein Volk gut kannte (Meilhan), sagt: »In Frankreich sind die großen Leidenschaften so selten wie die großen Männer.« Es mangelt der Sprache an

Wendungen, um auszudrücken, wie unmöglich für einen Franzosen die Rolle des verabschiedeten, verzweifelten Liebhabers ist, den eine ganze Stadt kennt. In Venedig oder Bologna ist das etwas Gewohntes.

Um echte Liebe in Paris zu finden, muß man schon zu den Klassen hinabsteigen, bei denen an Stelle der Erziehung und Eitelkeit der Kampf ums tägliche Brot besser für die Erhaltung der Kräfte sorgt.

Ein großes ungestilltes Begehren zeigen heißt sich selbst als *unterlegen* bekennen, in Frankreich eine Unmöglichkeit, es sei denn bei einfachen Leuten; man würde ja allen denkbaren Spöttereien eine Blöße bieten; daher die übertriebenen Lobsprüche über Dirnen im Munde junger Leute, die vor ihrem eigenen Herzen Angst haben. Die übersteigerte, blöde Besorgnis, irgendwie *unterlegen* zu erscheinen, ist der springende Punkt in der Unterhaltung der Provinzler. Geschah es doch jüngst, daß jemand von der Ermordung des Herzogs von Berry hörte und zur Antwort gab: »Ich wußte es schon[1].«

Im Mittelalter *stählte* die beständige Gefahr die Herzen, und darin liegt, wenn ich mich nicht täusche, eine andere Begründung für die hervorragenden Eigenschaften der Menschen des 16. Jahrhunderts. Eigenart, die bei uns selten, verlacht, nachteilig und oft nicht einmal echt ist, war ehemals etwas Alltägliches und Selbstverständliches. Länder, in denen die Gefahr noch manchmal ihre eiserne Faust zeigt, wie Korsika[2], Spanien, Italien, können noch große Männer hervorbringen. In einem Land-

---

1 Tatsächlich geschehen. Viele Leute sind trotz ihrer großen Neugierde gekränkt, wenn man ihnen etwas Neues berichtet: sie befürchten, dem Erzähler irgendwie nachzustehen.

2 Denkschrift von Réalier-Dumas. Korsika, das mit seinen hundertachtzigtausend Einwohnern nicht halb soviel wie die meisten französischen Departements zählt, brachte in letzter Zeit Sallicetti, Pozzo di Borgo, den General Sébastiani, Cervoni Abatucci, Lucien und Napoleon Bonaparte, Arena [Generäle und Politiker der Revolution und der Napoleonischen Zeit] hervor. Das D›epartement du Nord mit neunhunderttausend Einwohnern kann nicht im entfernten eine derar-

strich, wo eine glühende Hitze drei Monate des Jahres die Galle brät, fehlt der aufgespeicherten Kraft nur ein *Ziel;* in Paris, fürchte ich, fehlt diese *Kraft* selbst[1].

Viele unserer jungen Leute, so keck sie sich sonst in Montmirail oder im Bois de Boulogne geben, haben Furcht vor der Liebe und fliehen mit zwanzig Jahren vor lauter Zaghaftigkeit tatsächlich den Anblick eines jungen Mädchens, das ihnen gefällt. Wenn sie daran denken, was alles an *Schicklichkeit* von einem Liebhaber gemäß ihrer Romanlektüre verlangt wird, überläuft sie ein Schauer. Diese frostigen Herzen begreifen nicht, daß die Stürme der Leidenschaft, wenn sie das Meer zum Wogen bringen, zugleich auch die Segel des Schiffes schwellen und ihm die Kraft verleihen, es zu bezwingen.

Die Liebe ist eine köstliche Blume, aber man muß den Mut haben, sie vom Rande eines schauerlichen Abgrundes zu pflücken. Neben Lächerlichkeit droht der Liebe stets die verzweifelte Aussicht, von dem geliebten Wesen verstoßen zu werden, und dann bleibt für den Rest des Lebens nur mehr eine *unausfüllbare Lücke.*

Höchste Kultur wäre, die feinen Genüsse des neunzehnten Jahrhunderts unter immer neuen Gefahren zu su-

---

tige Liste aufweisen. Man muß bedenken, daß in Korsika jeder, der sein Haus verläßt, auf eine Flintenkugel gefaßt ist; auch hat sich der Korse dem Christentum keineswegs ganz unterworfen, sondern weiß sich zu verteidigen und Rache zu nehmen. So werden napoleonische Charaktere erzogen. Es besteht ein großer Unterschied zwischen so etwas und einem von Edelknaben und Kammerherren bevölkerten Palast oder einem Fénélon, der, sogar wenn er mit einem zwölfjährigen Knaben spricht, gezwungen ist, seiner *Durchlaucht* seine Ehrerbietung zu Füßen zu legen. Man schlage in den Werken dieses großen Schriftstellers nach.

1 Um in Paris auf der Höhe zu sein, gilt es, eine Million Kleinigkeiten zu beachten. Indessen stoße ich auf folgenden sehr beachtlichen Einwand. In Paris nehmen sich mehr Frauen der Liebe wegen das Leben als in allen Städten Italiens zusammen. Diese Tatsache macht mich stutzen; ich weiß nicht, wie ich sie im Augenblick erklären soll, aber ich gehe doch von meiner Ansicht nicht ab. Vielleicht nehmen die Franzosen heutzutage, wo das überzivilisierte Leben langweilig ist, das Sterben nicht sehr wichtig, oder vielmehr, sie jagen sich schon eine Kugel durch den Kopf, wenn ihre Eitelkeit durch irgendein Mißgeschick auch nur gekränkt wird.

chen[1]. Die Genüsse des zivilen Lebens müßten, wenn man sich immer wieder in Gefahr begibt, ins Unendliche gesteigert werden können. Ich meine dabei nicht allein die Gefahr des Soldaten. Ich wünsche eine solche fortwährende Gefahr in jeder Gestalt herbei, und zwar zum Nutzen der Lebensbehauptung, wie sie das Wesen des Mittelalters ausmachte. Die Gefahr, die unsere Zivilisation zuläßt und auch noch einschränkt, verträgt sich durchaus mit ausgesprochener Charakterschwäche.

Ich lese in O'Mearas »Stimme aus St. Helena« folgende Worte eines großen Mannes:

»Auftrag an Murat: Vernichtet diese sieben, acht feindlichen Regimenter, die da unten in der Ebene bei dem Kirchturm stehen; im Augenblick sprengte er wie ein Blitz davon, und alsbald wurden die feindlichen Regimenter, er mochte über noch so wenig Kavallerie verfügen, zersprengt, niedergemetzelt, vernichtet. Stellt diesen Mann auf sich selbst, und er zeigt sich als ein Schwachkopf ohne jede Urteilskraft. Ich begreife immer noch nicht, wie ein so tapferer Mann so unselbständig sein kann. Er war nur vor dem Gegner tüchtig und dann freilich der glänzendste, verwegenste Soldat ganz Europas.

Er war ein Held, ein Saladin, ein Richard Löwenherz auf dem Schlachtfeld: macht ihn zum König, übertragt ihm Staatsgeschäfte, und es bleibt nichts als ein Hasenfuß ohne Urteil und Entschlußkraft übrig. Murat und Ney waren die tapfersten Männer, die ich kannte.«

---

1 Ich bewundere die Lebensauffassung des Zeitalters Ludwigs XIV.: man vertauschte ohne Zögern in drei Tagen die Salons von Marly mit den Schlachtfeldern von Senef und Ramillies. Die Frauen, die Mütter, die Geliebten schwebten beständig in Ängsten. Vergleiche die Briefe der Frau von Sévigné. Das Vorhandensein der Gefahr machte sich in einer Kraft und Kühnheit des Ausdrucks bemerkbar, zu der uns heute der Mut fehlt; aber Herr von Lameth tötete auch den Geliebten seiner Frau. Wenn uns ein Walter Scott den Roman des Zeitalters Ludwigs XIV. schreiben wollte, würden wir Wunder erleben.

ZWEIUNDVIERZIGSTES KAPITEL
FRANKREICH
FORTSETZUNG

Ich erlaube mir noch ein wenig über Frankreich zu lästern. Der Leser braucht nicht zu befürchten, daß mein Spott ungerochen bleibt; wenn diese meine Untersuchung Leser findet, werden mir meine Schmähungen hundertfach zurückgezahlt werden; das nationale Ehrgefühl ist immer wach.

Frankreich wird in diesem Buche besonders berücksichtigt, weil Paris dank der Überlegenheit seiner Gesellschaft und seiner Literatur der Salon Europas ist und bleibt.

In Wien wie in London werden drei Viertel der Liebesbotschaften in Französisch geschrieben oder doch mit französischen Brocken und Zitaten gespickt[1], und Gott weiß in welchem Französisch.

An großen Leidenschaften hat Frankreich, wie mir scheinen will, aus zwei Ursachen nichts Ursprüngliches mehr aufzuweisen:

1. Wegen der echten Ehrauffassung oder dem Bestreben, es Bayard [dem »Ritter ohne Furcht und Tadel«] gleichzutun, um in der Gesellschaft Ansehen zu gewinnen und die Eitelkeit täglich neu zu befriedigen;

2. wegen der albernen Ehrauffassung oder dem Bestreben, es den Leuten von Lebensart, der großen Welt, den Parisern gleichzutun. Die Kunst, in einen Salon einzutreten, seine Abneigung gegen den Nebenbuhler durchblicken zu lassen, sich mit seiner Geliebten zu überwerfen usw.

---

[1] In England kommen sich ernsthafte Schriftsteller überlegen vor, wenn sie französische Worte einflechten, die aber nur in den englischen Grammatikbüchern französisch sind. Man vergleiche, was die Redakteure der »Edinburgh Review« schreiben; man vergleiche die Erinnerungen der Gräfin von Lichtenau, der Geliebten des Königs Friedrich Wilhelm II. von Preußen.

Das dumme Ehrgefühl kommt erstens, schon weil es im Denkbereich von Dummköpfen liegt, und zweitens weil es täglich, ja stündlich in Erscheinung zu treten vermag, unserer Eitelkeit weit mehr entgegen als echtes Ehrgefühl. Man kann beobachten, wie Leute von dummer Ehrbegier und ohne jede begründete Ehrauffassung in der Gesellschaft gern gesehen werden; das Gegenteil ist unmöglich.

Es gehört zum Stil der großen Gesellschaft:

1. Alle großen Angelegenheiten ironisch zu behandeln. Das ist begreiflich; früher ließen sich die Angehörigen der wirklich großen Gesellschaft von keiner Sache tiefer berühren, sie hatten nicht die Zeit dazu. Wenn man auf dem Lande lebt, ist das anders. Übrigens würde ein Franzose gegen seine Natur handeln, wenn er seine *Bewunderung*[1], das heißt seine Unterlegenheit, zu erkennen gäbe, und zwar nicht allein vor dem Gegenstand seiner Bewunderung, was noch zu verstehen wäre, sondern vor allem vor seinem Nachbar, weil dieser sich beikommen lassen könnte, über das Bewunderte zu spotten.

In Deutschland, in Italien, in Spanien äußert man seine Bewunderung treuherzig und froh; dort ist der Bewunderer stolz auf seine Begeisterung und bedauert den Unempfänglichen; ich sage nicht den Spötter, denn diese Rolle übernimmt niemand in Ländern, wo lediglich für lächerlich gilt, wenn jemand sein Glück nicht zu zimmern versteht, nicht aber die Nachahmung einer bestimmten Lebensart. In den südlichen Ländern führt die mißtrauische Besorgnis, in seiner Vergnügungslust beeinträchtigt zu werden, zu einer ausgesprochenen Vorliebe für Pracht und Feierlichkeit. Man denke an die Höfe von Madrid und Neapel; man denke an eine »Funzione«

---

1 Die modische Bewunderung eines Hume um 1775 oder eines Franklin um 1784 ist kein Einwand.

[kirchliche Zeremonie, auf die ein Fest folgt] in Cadix; so etwas grenzt schon an Raserei[1].

2. Ein Franzose, der auf sich allein angewiesen ist, hält sich für den unglücklichsten und lächerlichsten Menschen. Aber was ist Liebe ohne Alleinsein?

3. Ein leidenschaftlich entzündeter Mensch hat genug mit sich selbst zu tun; ein Mann, der beachtet sein will, merkt nur auf andere; das geht so weit, daß man vor 1789 in Frankreich persönlichen Schutz nur hatte, wenn man einer *Körperschaft,* zum Beispiel der Juristenzunft oder dem geistlichen Stande[2] angehörte und von deren Mitgliedern beschirmt wurde. Dein Glück hängt also unbedingt und notwendig von der Ansicht deiner Nächsten ab. Das galt für den Hof noch mehr als für Paris.

1 »Reise in Spanien« von Semple; er schreibt wahr, man kann bei ihm eine Darstellung der von weitem miterlebten Schlacht von Trafalgar finden, die einen unvergeßlichen Eindruck hinterläßt.

2 Briefwechsel Grimms, Januar 1783. »Der Graf von N..., Inhaber einer Hauptmannsstelle in der Garde des Königlichen Bruders, war, als er bei der Eröffnung des neuen Theaters keinen Platz auf dem Balkon fand, so unvorsichtig, einem ehrbaren Anwalt den seinen streitig zu machen. Dieser, Meister Pernot, wollte ihn nicht aufgeben. – Sie sitzen auf meinem Platz. – Es ist meiner. – Ja, wer sind Sie denn? – Ich bin Herr Sechsfranken... (soviel kostet der Platz). Es folgen heftige Worte, Beleidigungen, Ellbogenstöße. Graf N. ließ sich so weit hinreißen, den armen Advokaten einen Dieb zu nennen, und brachte es fertig, ihn durch den diensthabenden Polizisten verhaften und auf die Wache bringen zu lassen. Meister Pernot ließ sich mit vollkommener Würde abführen und war kaum wieder entlassen, als er bei einem Abgeordneten Klage einreichte. Die angesehene Gilde, deren Mitglied zu sein er die Ehre hatte, wollte unter keinen Umständen zulassen, daß er davon Abstand nahm. Die Sache kam vor Gericht zur Verhandlung. Graf N... wurde verurteilt, die Kosten zu tragen, sich bei dem Advokaten zu entschuldigen, ihm zweitausend Taler samt Zinsen als Abfindung zu zahlen, die, wenn der Kläger einverstanden sein sollte, den armen Gefangenen der Conciergerie zugute kommen würden; darüber hinaus wurde besagtem Grafen ausdrücklich verboten, sich je auf königliche Verordnungen zu berufen, um Vorstellungen zu stören usw. Die Angelegenheit wirbelte ziemlich viel Staub auf und berührte bedeutende Interessen: die ganze Zunft der Rechtsgelehrten hielt sich für beschimpft durch die Schmach, die man einem der Ihrigen zugefügt hatte usw. Graf N... suchte, um sein Abenteuer in Vergessenheit zu bringen, Lorbeeren auf dem Schlachtfeld von Saint-Roch zu ernten. Er hätte nichts Besseres tun können, meinte man, denn an seiner Fähigkeit, eine Festung einzunehmen, könne niemand mehr zweifeln.« Man denke sich an Stelle des Meisters Pernot einen stillen

Man kann sich leicht vorstellen, welchen Einfluß diese Lebensauffassung, die freilich täglich etwas an Stärke verliert, bei den Franzosen indessen noch ein ganzes Jahrhundert vorhalten wird, auf große Leidenschaften hat.

Ich glaube immer einen Menschen zu sehen, der sich zum Fenster hinausstürzt, aber dabei vor allem bedacht ist, in schöner Haltung auf dem Pflaster zu landen.

Der leidenschaftliche Mensch folgt sich selbst und nicht anderen, woraus in Frankreich sämtliche Lächerlichkeiten entspringen; und überdies werden in diesem Falle die anderen sogar beleidigt, was die Lächerlichkeit erhöht.

DREIUNDVIERZIGSTES KAPITEL
ITALIEN

D as Glück Italiens beruht darin, daß es sich der Eingebung des Augenblicks überläßt, ein Glück, das in gewisser Weise auch Deutschland und England besitzen.

Darüber hinaus ist Italien ein Land, wo der Gemeinnutz, auf dem die Tugend der mittelalterlichen Republiken[1] fußte, noch nicht durch die Ehre, das heißt

Philosophen. Notwendigkeit des Duells. Man findet etwas weiter, auf Seite 496, einen trefflich begründeten Brief Beaumarchais' erwähnt, in welchem dieser einem seiner Freunde die erbetene Benutzung einer freien Loge bei der »Figaro«-Aufführung abschlägt. Solange man glaubte, der Bescheid wäre einem Herzog geworden, gab es große Aufregungen, und man sagte, das werde weidlich Buße kosten. Als Beaumarchais erklärte, sein Brief sei an den Herrn Präsidenten von Paty gerichtet, lachte man nur noch darüber. Es ist ein großer Unterschied zwischen 1785 und 1822! Man versteht nicht mehr, was die Leute damals bewegte. Und doch verlangt man, daß jenes Trauerspiel, das einmal die Leute aufregen konnte, für uns recht sein soll!

1 G. Pecchio sagt in seinen feurigen Briefen an eine junge schöne Engländerin über das freie Spanien, das zwar kein unverändertes, aber ein immer noch lebendiges Mittelalter ist: »Die Spanier begehren nicht Ruhm, sondern Unabhängigkeit. Hätten sie nur um die Ehre gekämpft, so wäre der Krieg nach der Schlacht

eine im Interesse der Könige[1] entwickelte Anschauung, bei welcher die echte Ehrauffassung einer falschen zum Schild dient, ersetzt worden ist. Diese geht von der Frage aus: Welche Vorstellung macht sich ein anderer von meinem Glück? Aber das innerlich erlebte Glück läßt sich von der Eitelkeit nicht berühren, denn es ist unsichtbar[2]. Den Beweis liefert Frankreich, das von allen Ländern der Erde am wenigsten Neigungsehen hat[3].

Ein anderer Vorzug Italiens ist die reichliche Muße, die unter einem wundervollen Himmel empfänglich für Schönheit in jeder Gestalt macht. Ein sehr großes, freilich begreifliches Mißtrauen verlockt hier zur Absonderung und macht ein inniges Zusammenleben noch reizvoller; da man keine Romane, ja fast überhaupt keine Bücher liest, folgt man um so mehr den Eingebungen des Augenblicks; und die Musikleidenschaft erzeugt eine der Liebe außerordentlich verwandte Stimmung des Herzens.

Im Frankreich von 1775 gab es kein Mißtrauen; im Gegenteil herrschte der schöne Brauch, öffentlich zu leben

von Tudela [1808] zu Ende gewesen. Denn die Ehre ist seltsam beschaffen: sobald sie einmal versehrt ist, verliert sie alle Kraft zum Handeln... Die spanischen Kampftruppen, einmal geschlagen, hätten, wenn auch sie von dem Vorurteil der Ehre erfaßt (d. h. europäisch, modern) gewesen wären, sich aufgelöst, weil sie gedacht haben würden, mit der *Ehre* sei alles verloren, usw.«

1 Im Jahre 1620 fühlt sich ein Mann geehrt, wenn er unaufhörlich und untertänigst sagen darf: »*Der König, mein Herr.*« (Vergleiche die Erinnerungen von Noailles, Torcy und aller Gesandten Ludwigs XIV.) Ganz einfach: mit solchen Redensarten betont er den *Vorrang,* den er unter den Untertanen einnimmt. Der Rang, den ihm der König gab, hatte im Bewußtsein und in der Schätzung jener Menschen denselben Wert, den sich im alten Rom jemand in der Achtung seiner Mitbürger erst dann erwarb, wenn sie ihn am Trasimenischen See kämpfen sahen und auf dem Forum reden hörten. Man legt Bresche in den monarchischen Absolutismus, wenn man seinen *Dünkel* und seine vorgeschobenen Befestigungswerke, die er *Konventionenen* nennt, zerstört. Der Streit zwischen Shakespeare und Racine ist nur ein Ausdruck des Kampfes zwischen Ludwig XIV. und der Charte.

2 Man kann es nur aus seinen unwillkürlichen Handlungen folgern.

3 Miß O'Neil, Mrs. Couts und die meisten großen Schauspielerinnen in England geben die Bühne auf, um sich reich zu verheiraten.

und zu sterben; mehr noch, seit die Herzogin von Luxemburg hundert vertraute Freunde hatte, gab es keine eigentliche Vertraulichkeit und Freundschaft mehr.

Weil in Italien die Leidenschaft nichts allzu Seltenes ist, wird man durch sie auch nicht lächerlich[1], und man kann dort in den Salons ganz offen bestimmte Verhaltungsweisen bei der Liebe rühmen hören. Alle Leute kennen die Anzeichen und den Verlauf dieser Krankheit und beschäftigen sich gerne damit. Man sagt zu einem verabschiedeten Liebhaber: Ihr mögt nun sechs Wochen lang verzweifelt sein; aber dann müßt Ihr wieder genesen wie dieser und jener usw.

In Italien ist die öffentliche Meinung ein Kuppler der Leidenschaften. Das greifbare Vergnügen übt hier dieselbe Macht aus wie anderwärts die Gesellschaft; das erklärt sich sehr einfach: da die Gesellschaft einem Volke, das keine Zeit hat, Eitelkeiten nachzuhängen, und das seinem Zwingherrn nicht auffallen will, fast gar keine Vergnügungen bietet, hat sie auch wenig Bedeutung. Von der Langeweile geplagte Leute tadeln wohl die den Leidenschaften Ergebenen, doch sie werden ausgelacht. Südlich der Alpen ist die Gesellschaft ein Despot ohne Kerker.

In Paris, wo es Ehrensache ist, alle Angriffsflächen eines einmal vertretenen Standpunktes mit dem Degen oder mit Witz, wenn man welchen hat, zu verteidigen, fällt es ziemlich leicht, sich in die Ironie zu retten. Manche jungen Leute haben sich zu einer neuen Anschauung bekannt und wurden Schüler J.-J. Rousseaus und der Frau von Staël. Da nun die Ironie bereits Allgemeingut war, kam die Empfindsamkeit an die Reihe. Ein von Pezai [1741–97] würde, in unserer Zeit, wie Herr von Ar-

---

1 Galanterie muß man den Frauen zubilligen, aber Liebe macht sie etwas lächerlich, schrieb der treffliche Abbé Girard 1740 in Paris.

lincourt [1789–1856] schreiben; übrigens geht die Entwicklung seit 1789 in Richtung auf *Vorteil* oder persönliche Geltung statt auf *Ehre* oder öffentliches Ansehen, nach dem Vorbild der Parlamente wird jedes Ding des langen und breiten erörtert, selbst ein Witz. Die Nation wird verständig, die Galanterie verliert an Boden.

Als Franzose muß ich sagen, daß nicht etwa eine geringe Zahl von Riesenvermögen den Reichtum eines Landes ausmacht, sondern eine Vielheit mittleren Besitzes. Die Leidenschaften sind allerwärts rar; in Frankreich ist wenigstens die Galanterie besonders anmutig und fein und gewährt darum auch besonderes Glück. Diese große Nation, die erste auf der ganzen Welt[1], nimmt in der Liebe den Rang ein, den sie im Reich des Geistes hat. 1822 besitzen wir gewiß weder einen Moore noch einen Walter Scott, noch eine Crabbe, einen Byron, einen Monti, einen Pellico; aber es gibt bei uns doch mehr aufgeklärte, formschöne und auf der Höhe der Zeit stehende Geister als in England oder Italien. Darum stehen die Parlamentsreden unserer Abgeordneten, im Jahre 1822, so hoch über denen des englischen Parlamentes, und darum sind wir, wenn ein Liberaler aus England nach Frankreich kommt, so sehr überrascht, bei ihm mittelalterliche Anschauungen anzutreffen.

Ein römischer Künstler schrieb über Paris:

»Ich fühle mich hier ganz und gar unbehaglich; ich glaube, weil ich keine Möglichkeit finde, auf meine Weise zu lieben. Hier werden Gefühlsregungen, sowie sie nur entstehen, auch schon Tropfen für Tropfen wieder verbraucht, und zwar auf eine Weise, daß sie, wenigstens bei mir, schon an der Quelle versiegt. In Rom spart sich,

---

1 Als Beweis hierfür brauche ich nichts anderes als den *Neid* anzuführen. Vergleiche die »Edinburgh Review« von 1821; vergleiche auch die deutschen und italienischen literarischen Zeitschriften sowie den »Scimiatigre« von Alfieri.

188

weil der Alltag wenig belangvolle Ereignisse bietet und das äußere Leben erschlafft ist, die Empfänglichkeit des Gemütes für die Leidenschaften auf.«

VIERUNDVIERZIGSTES KAPITEL
ROM

In Rom[1] allein ist möglich, daß eine treffliche, einen eigenen Wagen besitzende Frau einer Bekannten ihr Herz einfach derart ausschüttet, wie ich es diesen Morgen erlebte. »Ach, meine Liebe, laß dich in keine Liebschaft mit Fabio Vitteleschi ein! Es wäre dir besser, die Zuneigung eines Straßenräubers zu gewinnen. In seiner sanften, gemessenen Art bringt er es fertig, dir das Herz mit dem Dolch zu durchbohren und dabei liebenswürdig lächelnd zu fragen: Tut es weh, mein Liebling?« Und das wurde in Gegenwart eines hübschen munteren fünfzehnjährigen Mädchens gesagt, der Tochter der Dame, welcher der Rat galt.

Wenn ein Mann aus dem Norden das Unglück hat, nicht gleich anfangs durch jene echt südliche Liebenswürdigkeit abgestoßen zu werden, die einfach die Entfaltung einer herrlichen Naturanlage ist und durch das Fehlen gesellschaftlichen Zwangs und sonstiger Ereignisse noch besonders gefördert wird, so sind ihm nach einjährigem Aufenthalt die Frauen aller anderen Länder unerträglich.

Er findet die Französinnen mit ihrem feinen Scharm[2] durchaus liebenswürdig, in den ersten drei Tagen sogar verführerisch, am entscheidenden vierten Tag aber langweilig, denn er entdeckt, daß diese ganze wohlbe-

---

[1] 30. September 1819.
[2] Nebenbei bemerkt ist der Verfasser unglücklicherweise nicht in Paris geboren, hat auch nur kurze Zeit dort gelebt. *(Anmerkung des Herausgebers [Stendhals]).*

rechnete, angelernte Anmut sich stets und für jedermann gleich bleibt.

Er findet, daß die deutschen Frauen, die im Gegensatz dazu sehr natürlich sind und sich so ganz ihrer Einbildungskraft überlassen, bei aller Natürlichkeit doch nichts haben als eine gewisse innere Armut, Fadheit und die Märchenbuch-Gefühlsseligkeit. Der Ausspruch des Grafen Almaviva [in »Figaros Hochzeit«] scheint in Deutschland entstanden zu sein: »Man ist eines schönen Tages ganz verwundert, Überdruß zu empfinden, wo man Glück erwartet.«

In Rom darf der Ausländer nicht vergessen, daß, wenn schon in Ländern, wo alles natürlich ist, nichts langweilig wird, das Böse zugleich viel schlechter ist als anderwärts. Um nur von den Männern[1] zu sprechen, so taucht hier in der Gesellschaft eine Art von Scheusalen auf, die sich woanders verkriechen müßten. Das sind in eins leidenschaftliche, scharfsinnige und feige Menschen. Ein widriges Geschick hat sie in die Nähe einer irgendwie ausgezeichneten Frau gebracht; mit einer wahnsinnigen Verliebtheit kosten sie das Unglück, einen Nebenbuhler bevorzugt zu sehen, bis zur Neige aus. Sie sind dazu bestimmt, das Widerspiel dieses glücklichen Liebhabers vorzustellen. Nichts entgeht ihrer Beobachtung, und jedermann weiß, daß ihnen nichts entgeht; aber sie lassen, allem Ehrgefühl zum Trotz, darum nicht nach, die Frau, deren Geliebten und sich selbst zu plagen, und niemand nimmt es ihnen übel, *»denn sie tun, was ihnen Vergnügen bereitet«*. Zum Äußersten getrieben, behandelt sie der Liebhaber eines Tages mit Fußtritten; am anderen Tag bitten sie ihn flehentlich um Entschuldigung und fangen von neuem an, die Frau, den Geliebten und sich selbst unaufhörlich, unaufhaltsam, zu martern. Man er-

---

1 Ach wie schlimm ist's bestellt mit der Kunst in unseren Zeiten. Zarte Knaben bereits sind gewöhnt, Geschenke entgegenzunehmen. Tibull I, 4.

schrickt, wenn man sich klarmacht, eine wie große Last von Unglück diese erniedrigten Seelen jeden Tag zu schleppen haben, und sie brauchten nur einen Grad weniger feige zu sein, um Giftmischer zu werden.

Auch dies gibt es nur in Italien, daß junge millionenreiche Stutzer, mit Wissen und vor den Augen einer ganzen Stadt, Tänzerinnen einer namhaften Bühne mit einem täglichen Aufwand von dreißig Sous großartig aushalten[1]. Die Brüder..., schöne, junge Menschen, stets auf der Jagd, stets zu Pferd, sind auf einen Ausländer eifersüchtig. Anstatt bei ihm vorzusprechen und Verwahrung einzulegen, streuen sie hinterrücks nachteilige Gerüchte über diesen armen Fremden unter die Leute. In Frankreich würde die öffentliche Meinung diese Menschen zwingen, ihre Nachreden zu beweisen oder dem Fremden Genugtuung zu geben. Hier bedeutet die öffentliche Meinung und eine allgemeine Verachtung gar nichts. Ein Reicher darf gewiß sein, daß er allezeit und allerorten gern gesehen wird. Ein Millionär, der seine Ehre verloren hat und in Paris von jedermann gemieden wird, kann geruhig nach Rom ziehen; er findet dort die seinem Vermögen genau *entsprechende* Beachtung.

---

1 Vergleiche hiermit den Brauch zur Zeit Ludwigs XIV, einem Fräulein Duthé, La Guerre und anderen Rang und Ehren mit vollen Händen zu spenden. Achtzig- oder hunderttausend Franken im Jahr waren nichts Außergewöhnliches; ein Mann von Ansehen hätte es unter seiner Würde gehalten, weniger zu geben.

FÜNFUNDVIERZIGSTES KAPITEL
ENGLAND

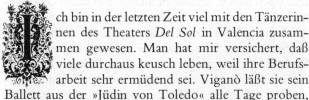ch bin in der letzten Zeit viel mit den Tänzerinnen des Theaters *Del Sol* in Valencia zusammen gewesen. Man hat mir versichert, daß viele durchaus keusch leben, weil ihre Berufsarbeit sehr ermüdend sei. Viganò läßt sie sein Ballett aus der »Jüdin von Toledo« alle Tage proben, und zwar von zehn Uhr morgens bis vier Uhr nachmittags und von zwölf bis drei Uhr nachts; außerdem müssen sie jeden Abend in zwei Balletten auftreten.

Das erinnert mich an Rousseau, der seinen Emil viel wandern heißt. Als ich heut nacht mit diesen niedlichen Tänzerinnen in der Kühle des Strandes einherwandelte, mußte ich daran denken, wie man in unseren schwermütigen, nebeligen Landstrichen nicht die entfernteste Ahnung hat von der himmlischen Wollust einer frischen Meeresbrise unter dem Himmel Valencias, wo die Sterne zum Greifen nahe herabfunkeln. Das allein schon lohnt, vierhundert Meilen zurückzulegen; das bewahrt uns auch davor, über Empfindungen zu grübeln. Ich kam zu der Einsicht, daß die Keuschheit meiner kleinen Tänzerinnen sehr gut erläutert, worauf der Männerstolz der Engländer abzielt, wenn er in einem zivilisierten Volke ganz allmählich Haremssitten einführen will. Es ist bekannt, daß nicht wenige der jungen, doch so schönen, rührend anzusehenden jungen Mädchen von England es an Geist ein wenig fehlen lassen. Trotz der Freiheit, die nur leider aus ihrer Insel verbannt wird, trotz der wunderbaren Eigenart ihres Nationalcharakters, vermißt man bei ihnen interessante und eigentümliche Gedanken. Oft ist weiter nichts Bemerkenswertes an ihnen als eine absonderliche Empfindsamkeit. Das erklärt sich damit, daß die Schamhaftigkeit der Frau in England der

Stolz des Ehemannes ist. Aber eine Sklavin mag noch so unterwürfig sein, so wird der Umgang mit ihr doch bald lästig. Daher das Bedürfnis bei den Männern, sich jeden Abend jämmerlich zu betrinken[1], anstatt wie in Italien die Abende bei der Geliebten zu verbringen. In England legen die gelangweilten reichen Leute, die sich in ihrem Heim angeödet fühlen, täglich vier oder fünf Meilen zu Fuß zurück, eine angeblich notwendige Leibesübung, als ob die Bestimmung der Menschen auf Erden das Laufen sei. Sie verbrauchen ihre Nervenkraft mit den Beinen statt mit dem Herzen. Und dabei wagen sie von Zartsinn gegen die Frauen zu sprechen und geringschätzig auf Spanien und Italien herabzusehen.

Dagegen kann niemand sich weniger rühren als die jungen Italiener; eine Anstrengung, die Gemütskräfte kostet, ist ihnen zuwider. Sie machen ab und zu einen Spaziergang über eine halbe Meile, um ihrer Gesundheit zu dienen; was die Frauen anlangt, so läuft eine Römerin während des ganzen Jahres nicht soviel herum wie eine junge Engländerin in einer Woche.

Mir scheint, daß der Hochmut des englischen Ehemannes der Eitelkeit seiner armen Frau außerordentlich zusetzt. Er redet ihr vor allem ein, daß man nie *gewöhnlich* sein dürfe; und die Mütter, die ihre Töchter abrichten, einen Mann zu fangen, nützen diesen Gedanken ausgezeichnet. Deshalb ist die *Mode* in dem vernünftigen England sehr viel abgeschmackter und verpflichtender als im leichtlebigen Frankreich; die *gepflegte Nachlässigkeit* ist in Bond Street erfunden worden. In England ist die Mode ein Gesetz, in Paris ist sie ein Vergnügen. Die Mode errichtet in London zwischen New Bond Street und Fenchurch Street eine ganz andere eherne Mauer als in Paris

---

1 Diese Gewohnheit nimmt in der besseren Gesellschaft, die hier wie überall französische Manieren hat, mählich ab; aber ich spreche von der großen Mehrheit.

zwischen der Chaussée-d'Antin und der Rue Saint-Martin. Die Ehemänner erlauben ihren Frauen diese aristokratische Narrheit gerne als eine Entschädigung für die ungeheure Trostlosigkeit, die sie ihnen zumuten. Die Stellung der Frauen in England, so wie sie durch den wortkargen Dünkel der Männer geworden ist, findet man in den Romanen der einst berühmten Miß Burney ausgezeichnet widergespiegelt. Weil es gewöhnlich ist, um ein Glas Wasser zu bitten, wenn man dürstet, ziehen die Heldinnen der Miß Burney vor, Durstes zu sterben. Um dem Vulgären aus dem Weg zu gehen, verfällt man in die widerlichste Unnatur.

Ich vergleiche die Berechnung eines zweiundzwanzigjährigen reichen Engländers mit dem tiefen Mißtrauen des gleichaltrigen jungen Italieners. Der Italiener ist aus Gründen seiner Sicherheit zum Argwohn gezwungen, aber er gibt ihn auf oder vergißt ihn doch, sobald er Vertrauen gewinnt, während man bemerken kann, wie sich gerade im vertrautesten Kreise die Berechnung und Überheblichkeit des jungen Engländers verdoppelt. Ich hörte, wie einer sagte: »Seit sieben Monaten spreche ich mit ihr nicht mehr über die Reise nach Brighton.« Es handelte sich um eine notwendige Ersparnis von achtzig Louis, und so sprach ein zweiundzwanzigjähriger Liebhaber von seiner angebeteten Geliebten, einer verheirateten Frau; trotz aller Leidenschaft verließ ihn doch nicht die *Klugheit,* und er besaß nicht einmal die Offenheit, seiner Geliebten zu sagen: »Ich gehe nicht nach Brighton, weil ich in Geldverlegenheit käme.«

Man muß bedenken, daß das Schicksal eines Giannone, eines Pellico und hundert anderer den Italiener zum Mißtrauen zwingt, indessen der junge englische *Stutzer* zu seiner Klugheit nur durch eine krankhafte Empfindlichkeit seiner Eitelkeit getrieben wird. Ein Franzose, der sich stets den Eingebungen des Augenblicks überläßt, sagt der Geliebten alles. Er ist es so gewohnt; anders würde er sich nicht wohl fühlen, und er weiß, daß ohne eine gewisse Ungezwungenheit keine Anmut bestehen kann.

Unter Qualen und mit einer Träne im Auge habe ich es über mich vermocht, all das eben Gesagte niederzuschreiben; aber der ich gewiß keinem Könige schmeicheln würde, warum sollte ich ein Land anders beurteilen, als es sich mir darstellt, was *freilich* absurd erscheinen mag, weil ausgerechnet dieses Land der liebenswürdigsten Frau das Leben geschenkt hat, die ich kenne?

Das wäre höfische Kriecherei in einer anderen Form. Ich darf glücklicherweise hinzufügen, daß inmitten dieser Sitten, unter so vielen, durch den Dünkel der Männer geistig unterjochten Engländerinnen doch auch echte Selbständigkeit vorkommt und daß eine Familie sich nur gegen jene auf Einführung von Haremssitten abzielenden Übergriffe zu verwahren braucht, um die anziehendsten Charaktere hervorzubringen. Wie nichtssagend ist doch das Wort *anziehend,* wie unzureichend trotz seiner Ableitung, um das wiederzugeben, was ich sagen will! Für die sanfte Imogen [in Shakespeares »Cymbeline«], die rührende Ophelia [im »Hamlet«] findet man in England mühelos Vorbilder; aber diese Vorbilder genießen durchaus nicht die große Verehrung, die der echten *vollkommenen* Engländerin einmütig gezollt wird, welche alle Ansprüche des Herkommens erfüllt und einem Ehemann den Genuß eines krankhaften aristokratischen Hochmutes und ein sterbenslangweiliges Glück gewährleistet[1].

---

1 Vergleiche Richardson. Die Sitten der Familie Harlowe [in »Clarissa Harlowe«] sind, in modernem Gewande, in England allgemein; ihre Dienstboten dürfen sich mehr erlauben als sie selbst.

In den langen Fluchten von fünfzehn oder zwanzig äußerst kühlen und ziemlich dunklen Räumen, wo die Italienerinnen nachlässig auf ganz niedrigen Sofas ruhend ihr Leben verbringen, hören sie sechs Stunden hintereinander den Gesprächen über Liebe und Musik zu. Verborgen in ihren Theaterlogen, lauschen sie am Abend vier volle Stunden der Musik oder der Liebe.

So ist neben dem Klima die spanische und italienische Lebensweise der Musik und der Liebe ebenso förderlich, wie ihr die englische hinderlich ist.

Ich tadle weder, noch lobe ich; ich stelle fest.

SECHSUNDVIERZIGSTES KAPITEL
ENGLAND
FORTSETZUNG

Ich liebe England außerordentlich, habe es aber zu flüchtig kennengelernt, um ein eigenes Urteil zu gewinnen. Ich stütze mich auf Beobachtungen eines Freundes.

Die gegenwärtige Lage in Irland (1822) führt, zum zwanzigstenmal in zwei Jahrhunderten[1] jenen eigenartigen, mutige Entschlüsse zeitigenden und alles andere als langweiligen Zustand einer Gesellschaft herbei, wo die Leute eben noch ausgelassen miteinander lachen und bereits zwei Stunden später einander auf dem Schlachtfeld gegenübertreten können. Nichts spricht eine zu empfindsamen Leidenschaften veranlagte Seele kräftiger und unmittelbarer an als *Natürlichkeit*. Nichts steht dieser ferner als die beiden großen englischen Laster, *Cant* und *Bashfulness* (moralische Heuchelei und krankhaft besorgter Dünkel. Man denke an die »Reise in Italien« [1813] von Eustace. Wenn dieser Reisende das Land auch recht schlecht schildert, so gibt er doch dafür

1 Spensers in Irland lebendig verbranntes Kind! [1598].

einen sehr deutlichen Eindruck von seinem eigenen Charakter; und dieser Charakter ist, ähnlich wie der des Dichters Beattie (vergleiche seine von einem nahen Freund erzählte Lebensgeschichte) unglücklicherweise in England ziemlich verbreitet. Den trotz seiner Stellung ehrenwerten Priester findet man in den Briefen des Erzbischofs von Landaff[1].)

Man sollte meinen, daß Irland, während zweier Jahrhunderte unter der feigen, grausamen Gewaltherrschaft Englands blutend, schon unglücklich genug sein müsse; aber dazu taucht im Geistesleben Irlands eine schreckenerregende Erscheinung auf: DER PRIESTER...

Seit zweihundert Jahren ist Irland ungefähr ebenso schlecht regiert wie Sizilien. Eine auf 500 Druckseiten mit Gründlichkeit durchgeführte Vergleichung dieser beiden Inseln würde die ganze Welt empören und weitverbreitete Theorien über den Haufen stoßen. Gewiß ist jedenfalls, daß das glücklichere von beiden Ländern, die gleicherweise von Narren, und zwar zum Nutzen einer Minderheit, regiert werden, Sizilien ist. Seine Herrscher haben ihm wenigstens die *Liebe* und die Sinnlichkeit gelassen; sie hätten sie ihm vielleicht auch geraubt wie das übrige; aber Gott sei Dank gibt es in Sizilien nicht viel von jenem Gesetz und Verwaltung genannten Übel[2].

Es sind alte Leute und Priester, die die Gesetze machen und zur Durchführung bringen, wie sich leicht an dem possierlichen Eifer erkennen läßt, mit der die Sinnlichkeit auf den britischen Inseln unterdrückt wird. Das Volk dürfte hier zu seinen Herren wie Diogenes zu Alex-

---

1 Das Gesicht einer bestimmten Klasse von Engländern, wie sie in diesen drei Werken in Erscheinung tritt, anders als mit Schmähungen zu entlarven, scheint mir nicht möglich zu sein. Satanic School.
2 Ich nenne, 1822, jede Regierung, die nicht zwei Kammern hat, ein *moralisches* Übel; Ausnahmen bestehen nur, wenn das Staatsoberhaupt sich durch Rechtlichkeit auszeichnet, ein Wunder, das in Sachsen und Neapel vorkommt.

ander sagen: »Behaltet Eure Sinekuren, aber geht mir ein wenig aus der Sonne[1]!«

Kraft der Gesetze, Verfügungen, Gegenverfügungen und Strafen hat die Regierung die Kartoffeln in Irland eingeführt, und die Bevölkerung Irlands ist weit zahlreicher als die von Sizilien. Das heißt, man hat erreicht, daß einige Millionen entwürdigte, stumpfsinnige, von Arbeit und Elend ausgemergelte Bauern vierzig oder fünfzig Jahre lang in dem Moorland des alten Erin ein elendes Leben hinfristen und dafür den Zehnten abführen. Das lohnt schon die Mühe. In der heidnischen Religion hätten diese armen Teufel sich wenigstens glücklich gefühlt; aber das darf nicht sein. Es muß auch der heilige Patrick verehrt werden.

In Irland gibt es nur Bauern, die noch elender sind als die Wilden. Aber an Stelle von hunderttausend, die ein natürliches Auskommen fänden, sind es acht Millionen[2], aus denen fünfhundert *Absentees* [fern von ihren Gütern lebende Besitzer] in London und Paris ihren Reichtum heraussaugen.

Unvergleichlich höher entwickelt ist die gesellschaftliche Lage in Schottland[3], wo die Verwaltung in vielfacher Hinsicht gut ist (Seltenheit von Verbrechen, Lektüre, keine Bischöfe usw.). Die zärtlichen Leiden-

---

1 Man hörte bei dem Prozß der verstorbenen Königin von England von einer merkwürdigen Liste der Pairs samt den Summen, die sie und ihre Familien vom Staat beziehen. Lord Lauderdale und seine Familie zum Beispiel 36 000 Louis. Das Töpfchen Bier, das der ärmere Engländer zu seinem kümmerlichen Lebensunterhalt nötig hat, kostet einen Sou Steuer zugunsten des edlen Pairs. Und was dabei wesentlich ist, sie wissen das alle beide. Seitdem haben weder der Lord noch der Bauer die nötige Ruhe, an Liebe zu denken; sie rüsten sich zum Kampfe, der eine in aller Öffentlichkeit und voller Übermut, der andere heimlich und mit Ingrimm. (Miliz und Weiße Burschen [Angehörige einer ländlichen Geheimgesellschaft]).

2 Plunkett Craig, »Das Leben Currans«.

3 Kulturstand des Bauern Robert Burns und seiner Familie; Bauernverein, wo zwei Sous für die Sitzung erhoben werden; Fragen, die man dort erörtert. Vergleiche Burns' Briefe.

schaften haben deshalb viel mehr Entfaltungsmöglichkeit, und wir dürfen uns darum von den trüben Eindrükken nunmehr heiteren zuwenden.

Bei den schottischen Frauen läßt sich eine gewisse tiefe Schwermut nicht leugnen. Diese Schwermut wirkt besonders verführerisch auf Bällen, wo sie einen eigenartigen Reiz über den Eifer und die große Hingebung breitet, mit welcher sie ihre Volkstänze tanzen. Edinburg hat noch einen anderen Vorzug, nämlich der schmutzigen Macht des Goldes Widerstand zu leisten. Diese Stadt ist sowohl in diesem Betracht als auch durch ihre einzigartig wildromantisch schöne Lage der vollendete Gegensatz zu London. Wie Rom erscheint Edinburg als der gegebene Aufenthaltsort für ein beschauliches Leben. Das ruhelose Durcheinander und der hastige Trubel des Geschäftslebens mit seiner Jagd nach Gewinn und seinen Lästigkeiten ist in London. Edinburg zahlt, wie mir scheint, seinen Tribut an die Hölle nur mit einem kleinen Anflug von Pedanterie. Die Zeit, als Maria Stuart in dem alten Holyrood weilte, wo man Riccio in ihren Armen ermordete, war für die Liebe günstiger – alle Frauen werden mir dabei zustimmen – als die, da man des langen und breiten und selbst in ihrer Gegenwart darüber streitet, ob der neptunischen Theorie oder der vulkanischen des… der Vorrang gebühre. Ich ziehe ein Gespräch über die neue vom Könige den Garden verliehene Uniform oder über die dem Sir B. Bloomfield entgangene Pairschaft, die ganz London beschäftigte, als ich mich dort aufhielt, einer Diskussion vor, die entscheiden will, ob Werner die Natur der Gesteine besser erkannt hat oder…

Auf den entsetzlichen schottischen Sonntag, neben dem der Londoner geradezu ein Vergnügen ist, will ich nicht eingehen. Dieser Tag, der dem Himmel die Ehre geben soll, ist die trefflichste Nachahmung der Hölle, die ich je auf Erden sah. »Wir wollen nicht so schnell gehen«, sagte ein Schotte auf dem Heimweg aus der Kirche zu seinem Freund, einem Franzosen, »es könnte aussehen, als fänden wir Freude am Spazieren[1].«

Am wenigsten Heuchelei (*Cant;* siehe das »New Monthly Magazine« vom Januar 1822, das – in einem Lande, wo man sich als *Citizen* aufspielt – gegen Mozart und »Figaros Hochzeit« loszieht. Aber freilich kauft die Aristokratie in allen Ländern die literarischen Zeitschriften und die Literatur und bestimmt die Kritik; seit vier Jahren hat die englische ein Bündnis mit den Bischöfen geschlossen) – am wenigsten Heuchelei herrscht, wie mir scheinen will, unter diesen drei Ländern in Irland; man begegnet hier im Gegenteil einer freimütigen und sehr anziehenden Lebhaftigkeit. In Schottland gilt strenges Feiertagsgebot; aber am Montag wird mit Frohsinn und einer in London unbekannten Ausgelassenheit getanzt. Die Liebe spielt in der Bauernschaft Schottlands eine große Rolle. Die allmächtige Phantasie hat dieses Land im 16. Jahrhundert dem französischen Einfluß geöffnet.

Der Krebsschaden der englischen Gesellschaft, der in einem bestimmten Zeitraum viel mehr Trübsal verbreitet als die Fron und ihre Folgen, ja selbst als der Krieg bis aufs Messer zwischen reich und arm, läßt sich in dem einen Satz zusammenfassen, den mir jemand diesen Herbst vor dem schönen Standbild eines Bischofs sagte: »In unserer Gesellschaft wagt sich niemand aus sich heraus, vor Furcht, sich bloßzustellen.«

Daraus mag man ersehen, welches Ansinnen, unter dem Namen der *Schamhaftigkeit,* dergleichen Männer ihren Frauen und ihren Geliebten stellen.

1 Dasselbe in Amerika. In Schottland Titelsucht.

SIEBENUNDVIERZIGSTES KAPITEL
SPANIEN

Andalusien gehört zu den schönsten Landschaften, die sich die Sinnenlust zur Bleibe wünschen kann. Ich weiß drei oder vier Anekdoten, die erhärten könnten, wie meine Gedanken über die drei oder vier verschiedenen Narrheiten, aus deren Zusammenwirken die Liebe entsteht, sich in Spanien bewahrheiten; man empfiehlt mir aber, das französische Feingefühl damit zu verschonen. Ich wandte vergeblich ein, daß ich zwar in französischer Sprache, aber darum noch keine *französischen Bücher* schreibe. Gott behüte mich davor, mit den heute gepriesenen Schriftstellern etwas gemein zu haben.

Als die Mauren Andalusien aufgeben mußten, hinterließen sie ihre Baukunst und viele ihrer Sitten. Ich bin außerstande, von diesen letzten in der Sprache der Frau von Sévigné zu reden, aber ich möchte wenigstens von der maurischen Architektur so viel sagen, daß sie sich zur Regel macht, jedes Haus mit einem kleinen, von einer anmutigen schlanken Säulenhalle eingefaßten Garten zu versehen. Hier herrscht unter den Säulengängen, während in der unerträglichen Sommerhitze das Thermometer wochenlang auf dreißig Grad Reaumur bleibt, eine köstliche Schattenkühle. Mitten in dem kleinen Garten ist stets ein Springbrunnen, dessen eintöniges und wohltuendes Plätschern allein die wunderbare Stille unterbricht. Das Marmorbecken wird von einem Dutzend Orangen- und Lorbeerbäumen eingefaßt. Ein dichtes Leinen überdeckt wie ein Zelt das ganze Gärtchen, schützt es vor den Sonnenstrahlen und läßt nur den leichten Luftzug ein, der mittags aus den Bergen herabweht.

Hier leben die entzückenden Andalusierinnen und empfangen in ihrer lebhaften und bestrickenden Art ihre Gäste. Ein einfaches schwarzes, mit schwarzen Fransen besetztes Seidenkleid, unter dem ein entzückender Fuß hervorsieht, blasse Haut, Augen, in denen sich die ganze Stufenleiter der Leidenschaften, von den zärtlichsten bis zu den feurigsten, nacheinander widerspiegelt: so sehen die himmlischen Geschöpfe aus, von denen ich leider mehr nicht berichten darf.

Ich betrachte das spanische Volk als noch lebendes Mittelalter.

Eine Menge nichtiger Lebensweisheiten (in denen seine Nachbarn einen kindischen Ruhm suchen) sind ihm unbekannt; aber es ist gründlich in den wesentlichen bewandert, und es hat Charakter und Geist genug, ihnen bis in die letzten Folgerungen zu gehorchen. Der spanische Charakter stellt ein treffliches Gegenstück zum französischen dar; streng, heftig, nicht sehr elegant, erfüllt von wildem Stolz, unbekümmert um andere, das ist genau der Gegensatz des fünfzehnten zum achtzehnten Jahrhundert.

Spanien nötigt mich zu einer Vergleichung: das einzige Volk, das Napoleon zu widerstehen wußte, scheint mir von dem dummen Ehrgefühl und allem, was an Albernheit in Ehrensachen möglich ist, völlig frei zu sein.

Anstatt schöne Waffendienstordnungen zu erlassen, alle halben Jahre neue Uniformen einzuführen und große Sporen zu tragen, hat es für alles ein *no importa* [Was geht mich das an?][1].

---

1 Vergleiche die herrlichen Briefe [»Sechs Monate in Spanien«, 1822] von Pecchio. Italien ist gesegnet mit Menschen diesen Schlages; aber anstatt hervorzutreten, verhalten sie sich dort still: das Land der unbekannten Tugend!

ACHTUNDVIERZIGSTES KAPITEL
ÜBER DIE DEUTSCHE LIEBE

Wenn der Italiener, stets zwischen Liebe und Haß hin und her pendelnd, von der Leidenschaft lebt, der Franzose von der Eitelkeit, so leben die guten, einfältigen Nachfahren der Germanen von der Einbildungskraft. Kaum haben sie die unvermeidlichen Lebensnotwendigkeiten erledigt, so sieht man mit Erstaunen, wie sie sich auf das werfen, was sie ihre Philosophie nennen; das ist eine Art sanfte, liebenswürdige und vor allem harmlose Narrheit. Ich führe hier, nicht ganz aus dem Gedächtnis, sondern an Hand flüchtiger Notizen, ein Werk an, das, obwohl im entgegengesetzten Sinne gemeint, unseren Militärgeist in seinen Auswüchsen, sogar unter dem Beifall des Autors enthüllt: ich meine die im Jahre 1809 erschienene »Reise durch Österreich« von Cadet-Gassicourt. Was würde der edle, hochherzige Desaix gesagt haben, wenn er gesehen hätte, wie das reine Heldentum von 1795 zu diesem verruchten Egoismus geführt hat.

Zwei Freunde nehmen in derselben Batterie an der Schlacht von Talavera teil, der eine als Batteriechef, der andere als Leutnant. Eine Kugel kommt geflogen und wirft den Hauptmann nieder. »Gut«, sagte der Leutnant erfreut, »Franz ist tot: jetzt bin ich der Batteriechef!« – »Noch nicht ganz!« ruft Franz und erhebt sich. Er war von der Kugel nur betäubt worden. Der Leutnant war genau wie der Hauptmann der beste Bursche von der Welt, durchaus nicht bös, nur ein bißchen vernagelt und maßlos begeistert für den Kaiser. Aber der Übereifer und die rasende Selbstsucht, die jener Mann hervorzurufen wußte, indem er sie mit dem Namen des Ruhmes verklärte, ließ alle Menschlichkeit vergessen.

Vor dem Hintergrund des fragwürdigen Schauspiels,

das Männer bieten, die sich bei den Paraden in Schönbrunn um einen Blick ihres Herrn und einen Adelstitel
reißen, beschreibt der Apotheker des Kaisers Cadet de
Gassicourt die deutsche Liebe:
»Es gibt nichts Gefälligeres, Süßeres als eine Österrei-
cherin. Bei ihr ist die Liebe ein Kult, und wenn sie Zuneigung zu einem Franzosen faßt, betet sie ihn mit allen
Fasern ihres Wesens an.
Leichtsinnige und launische Frauen gibt es überall, aber
im allgemeinen sind die Wienerinnen treu und gar nicht
kokett; wenn ich sage, sie sind treu, so meine ich dem
Geliebten ihrer Wahl, denn die armen Ehemänner sind in
Wien, was sie überall sind.«

7. Juni 1809.
Die schönste Frau Wiens hat sich die Huldigungen des
mir befreundeten M..., eines dem Kaiserlichen Hauptquartier zugeteilten Hauptmanns gefallen lassen. Er ist
ein ruhiger, gebildeter junger Mann; aber weder durch
Gestalt noch durch Kopf hervorragend.
Vor einiger Zeit rief seine Freundin unter unseren eleganten Stabsoffizieren, die sich die Zeit damit vertrieben,
alle Winkel Wiens auszukundschaften, eine große Aufregung hervor. Es sollte darauf ankommen, wer am meisten wagt? Alle zulässigen Kriegslisten werden versucht,
das Haus der Schönen ist von den Hübschesten und
Reichsten förmlich belagert. Die Junker, die stattlichen
Obersten, die Generäle von der Garde, selbst Fürsten
vergeudeten ihre Zeit unter den Fenstern der Schönen
und ihr Geld an deren Dienerschaft. Und alle erhielten
einen höflichen Korb. Diese Fürsten waren von Paris
oder Mailand her nicht an Abfuhren gewöhnt. Als ich
darüber lachte, daß sie diese netten Männer abwies,
meinte sie: Aber, mein Gott, wissen die Herren denn
nicht, daß ich Herrn M... liebe?

Hier eine seltsame, gewiß unschickliche Geschichte:
»Als wir in Schönbrunn lagen, fiel mir auf, daß zwei
junge Leute aus dem Gefolge des Kaisers niemand in ihrer Wiener Wohnung empfingen. Wir zogen sie öfters
wegen ihrer Heimlichkeit auf. Eines Tages erklärte mir
der eine: Vor Ihnen mache ich kein Geheimnis daraus;
eine junge Frau aus der Stadt hat sich mir völlig ergeben,
unter der Bedingung, daß sie meine Wohnung nie zu
verlassen braucht und ich niemand, wer es auch sei, ohne
ihre Zustimmung empfange. – Ich wurde neugierig, berichtet der Reisende, diese freiwillige Einsiedlerin ken-
nenzulernen und nahm, indem ich meine Eigenschaft als
Arzt, so wie es im Orient üblich ist, als schicklichen
Vorwand benützte, eine Einladung zu einem Frühstück
bei meinem Freunde an. Ich traf eine sehr verliebte Frau
an, die sich vorzüglich um den Haushalt kümmerte und
obwohl die Jahreszeit zu Ausflügen verlockte, gar kein
Verlangen trug, auszugehen; übrigens war sie überzeugt, ihr Geliebter werde sie mit nach Frankreich nehmen.
Der andere junge Mann, den man nie in seiner Stadt-
wohnung antraf, machte mir bald danach ein ähnliches
Geständnis. Ich bekam auch seine Schöne zu sehen; wie
die erste war sie blond, sehr hübsch und wohlgebaut.
Die eine war achtzehn Jahre alt und die Tochter eines
sehr vermögenden Teppichhändlers; die andere, welche
etwa vierundzwanzig Jahre zählen mochte, war die Frau
eines österreichischen Offiziers, der den Feldzug in der
Armee des Erzherzogs Johann mitgemacht hatte. Diese
zweite ging in ihrer Liebe bis zu einem Punkte, den wir
in unserem Lande der Eitelkeit als Heroismus ansehen
müssen. Nicht allein, daß ihr der Geliebte untreu war, er
war sogar gezwungen, ihr ein äußerst peinliches Geständnis abzulegen. Sie pflegte ihn mit wahrhafter Aufopferung, fühlte sich durch die Gefährlichkeit der

Krankheit, die ihren Geliebten bedrohte, noch mehr an ihn gebunden und liebte ihn darum vielleicht desto mehr.

Man wird verstehen, daß ich als Ausländer und Eindringling die Liebe der oberen Klassen nicht beobachten konnte, da sich die führende Gesellschaft von Wien bei unserem Vorrücken auf ungarischen Boden zurückzog; doch sah ich immerhin genug, um gewiß zu sein, daß hier keine Pariser Liebe herrscht.

Dieses Gefühl wird von den Deutschen als eine Tugend, als eine göttliche Schickung, als irgend etwas Mystisches angesehen. Es ist nicht hitzig, ungestüm, eifersüchtig, tyrannisch wie bei den Italienerinnen; es geht in die Tiefe und erinnert an den Illuminismus. Zwischen hier und England besteht ein gewaltiger Unterschied.

Vor einigen Jahren lauerte ein Leipziger Schneider in einem Anfall von Eifersucht seinem Nebenbuhler in den öffentlichen Anlagen auf und erdolchte ihn. Man verurteilte ihn zum Tode durch Enthauptung. Die Moralisten der Stadt erörterten mit der angeborenen Gutmütigkeit und Weichherzigkeit der Deutschen (die ihre Schwäche ist) das Urteil unter sich, fanden es zu hart und erbarmten sich, einen Vergleich zwischen dem Schneider und Sultan Orosman [in Voltaires »Zaïre«] ziehend, seiner Sache. Man konnte indessen den Richterspruch nicht rückgängig machen. Aber am Tage der Hinrichtung taten sich alle jungen Mädchen Leipzigs, weiß gekleidet und mit Rosenkränzen im Haar, zusammen und streuten dem Schneider Blumen auf den Weg zum Blutgerüst.

Niemand fand diese Handlung sonderbar; indessen könnte man in einem Land, das sich als Land der Denker ausgibt, sagen, damit werde der Mord gewissermaßen verherrlicht. Aber es war nur eine feierliche Handlung, und Zeremonienhaftes wirkt in Deutschland nie lächerlich. Man denke an die Zeremonien an den kleinen Fürstenhöfen, über die wir uns totlachen möchten und die doch in Meiningen oder Köthen höchste Bewunderung finden. In den sechs Leibjägern, die vor ihrem mit einem Karnevalsorden herausgeputzten Fürstlein vorbeimarschieren, glaubt man die Krieger Hermanns im Anmarsch gegen die Legionen des Varus zu sehen.

Unterschied der Deutschen gegenüber allen anderen Völkern: sie erhitzen sich beim Denken, anstatt dabei Beruhigung zu finden. Ein anderer Zug: sie zeigen für ihr Leben gern Charakterstärke.

Die Hofluft, die gewöhnlich der Entstehung der Liebe so förderlich ist, wirkt in Deutschland erstickend. Man kann sich keine Vorstellung von der Flut sinnloser Kleinigkeiten und Kleinlichkeiten machen, von denen ein deutscher Fürstenhof[1], selbst einer der angeseheneren, verzehrt wird (München, 1825).

Wenn wir mit unserem Regimentsstab in eine deutsche Stadt einzogen, hatten die ansässigen Damen im Verlauf von vierzehn Tagen ihre Wahl getroffen. Aber diese Wahl hatte Bestand; und ich hörte sagen, durch die Franzosen seien viele bisher unerschütterliche Tugenden zu Fall gekommen.«

- - - - - - - - - - - - - - -

Die jungen Deutschen, denen ich in Göttingen, Dresden, Königsberg usw. begegnete, sind unter dem Einfluß sogenannter philosophischer Richtungen herangewachsen, die man eigentlich als dunkle, schlecht geschriebene Dichtungen ansehen muß, aber in sittlichem Betracht etwas Außerordentliches, erhaben Reines haben. Ich bekam den Eindruck, daß sie sich nicht die republikanische Gesinnung des Mittelalters, nicht das Mißtrauen und die Bereitschaft zum Dolchstoß wie die Italiener bewahrt haben, sondern eine starke Anlage von Begeisterungsfä-

1 Vergleiche die »Erinnerungen der Markgräfin von Bayreuth« und »Zwanzig Jahre in Berlin« von Thiébault.

higkeit und Gewissenhaftigkeit. So kommt es, daß sie alle zehn Jahre einen neuen großen Mann haben, der die anderen in den Schatten stellt (Kant, Schelling, Fichte usw.[1]).

Luther hat einst die sittlichen Kräfte mächtig aufgerüttelt, und die Deutschen haben dreißig Jahre lang gekämpft, um ihrem Gewissen folgen zu dürfen. Eine schöne, höchst achtbare Losung, welcher seltsame Glaube sich auch damit verbinden mag; und achtbar, meine ich, sogar für einen Künstler. Welch ein Kampf spielte sich in der Seele des Sand ab zwischen dem dritten Gebot der Bibel: »Du sollst nicht töten«, und dem, was er als das Wohl des Vaterlandes bezeichnete.

Eine mystische Schwärmerei für die Frauen und die Liebe erwähnt schon Tacitus, falls dieser Schriftsteller nicht bloß eine Satire auf Rom[2] geschrieben hat.

Man braucht keine fünfzig Meilen in Deutschland gereist zu sein, um in diesem uneinigen, zerrissenen Volke als Grundzug eine eher sanfte, milde als heftige, ungebärdige Begeisterungsfähigkeit zu erkennen.

Wem diese Anlage nicht deutlich genug geworden ist, der mag drei oder vier Romane von August Lafontaine lesen, den Luise, die schöne Königin von Preußen, zum Magdeburger Domherrn gemacht hat, als Lohn dafür, daß er das *Leben in der Stille*[3] so trefflich schilderte.

Einen neuen Beweis für diese allen Deutschen gemein-

1 Man denke an ihre Begeisterung im Jahre 1821 für die Tragödie »Triumph des Kreuzes« [richtig: »Das Kreuz an der Ostsee« von Zacharias Werner], das den »Wilhelm Tell« in Vergessenheit geraten ließ.

2 Ich hatte das Glück und lernte einen Mann von sehr lebhaftem Geist kennen, der das Wissen von zehn deutschen Gelehrten besaß und zugleich seine Beobachtungen klar und treffend in Worte zu fassen verstand. Wenn Herr F...je gedruckt werden sollte, wird uns das Mittelalter in einem neuen Licht erscheinen, und wir werden ihm näherkommen.

3 Titel eines Romanes von August Lafontaine. Das *Leben in der Stille* ist ein anderer Hauptzug des deutschen Wesens; es entspricht dem *farniente* [Nichtstun] des Italieners und fordert das russische *droski* [Fahren] und das englische *horseback* [Reiten] zu einer physiologischen Kritik heraus.

same Anlage sehe ich in dem österreichischen Gesetzbuch, welches bei fast allen Vergehen das Eingeständnis der Schuld zur Voraussetzung der Strafe macht. Dieses Gesetzbuch ist auf ein Volk zugeschnitten, in dem Verbrechen selten vorkommen und meistens viel mehr eine Anwandlung von Tollheit in einem schwachen Menschen als Ausfluß eines kühnen, vorsätzlichen, beständig mit der Gesellschaft in Fehde liegenden Willens sind; das genaue Gegenteil ist in Italien angebracht, wo man dieses Gesetzbuch einzuführen versucht; damit begehen anständig denkende Männer einen Fehler.

Ich habe erlebt, wie deutsche Richter in Italien in Verzweiflung gerieten, wenn sie Todesurteile oder entsprechende Kerkerhaft verhängen sollten, ohne daß ein Eingeständnis der Schuld vorlag.

NEUNUNDVIERZIGSTES KAPITEL
EIN TAG IN FLORENZ

Florenz, 12. Februar 1819.

Heute abend lernte ich in einer Loge einen Mann kennen, der irgendein Anliegen bei einem fünfzigjährigen Beamten vorzubringen hatte. Seine erste Frage war: »Wer ist seine Geliebte? *Chi avvicina adesso?*« Hier sind alle derartigen Verhältnisse in der Öffentlichkeit bekannt; sie unterliegen eigenen Gesetzen, es wird eine bestimmte Verhaltungsweise erwartet, die auch ohne ausgesprochene gegenseitige Bindung gewisse Rechte anerkennt; andernfalls ist man ein *porco*.

»Was gibt es Neues?« fragte gestern einer meiner Freunde, der aus Volterra kam. Nach einem kräftigen Stoßseufzer über Napoleon und die Engländer fährt er mit größter Anteilnahme fort: »Die Vitteleschi hat einen neuen Liebhaber: der arme Gherardesca ist ganz verzweifelt.« – »Wen hat sie vorgezogen?« – »Montegalli, den hübschen Offizier mit dem Bärtchen, der die Prinzessin Colonna hatte. Sie können ihn dort im Parterre unter ihrer Loge wie versteinert stehen sehen; denn ihr Mann will ihn in seinem Hause nicht dulden. Da wandelt nun der arme Gherardesca trübselig am Eingang herum und zählt von ferne die Blicke, die die Ungetreue seinem Nachfolger zuwirft. Er hat sich recht verändert und sieht ganz verzweifelt aus; seine Freunde haben vergebens versucht, ihn nach Paris und London zu schicken. Er würde, sagt er, schon bei dem Gedanken sterben, Florenz zu verlassen.«

Jedes Jahr gibt es in der oberen Gesellschaft zwanzig solche Fälle von Verzweiflung; ich habe erlebt, daß manch eine drei oder vier Jahre anhielt. Diese armen Teufel kennen keine Scham und vertrauen sich aller Welt an. Im übrigen pflegt man hier wenig Geselligkeit, und wer liebt, gibt sie fast ganz auf. Man muß jedoch keineswegs glauben, daß auch in Italien die großen Leidenschaften sehr verbreitet sind; aber leicht entzündliche, von den tausend kleinen Sorgen der Eitelkeit noch nicht verkümmerte Herzen finden hier jedenfalls köstliche Wonnen, selbst bei einer mittelmäßigen Liebschaft. Ich habe zum Beispiel beobachtet, wie flüchtige Liebeleien zu einem Aufschwung, zu einem Rausch führten, wie ihn auf der Breite von Paris[1] nicht einmal eine wahnsinnige Leidenschaft hervorzurufen vermag.

Ich bemerkte heute abend, daß es im Italienischen für tausend besondere Liebesumstände eigene Worte gibt, die auf französisch unmögliche Umschreibungen verlangten; zum Beispiel für die jähe Wendung, wenn man vom Parterre aus in die Loge der begehrten Frau äugelt

1 In demselben Paris, das der Welt Voltaire, Molière und soviel geistig hervorragende Männer geschenkt hat; aber man kann nicht alles zugleich besitzen, und es würde von wenig Geist zeugen, wenn man sich darüber grämen wollte.

und ihr Mann oder der Bediente an die Brüstung der Loge vortritt. – Folgende sind die wesentlichsten Charaktereigenschaften dieses Volkes:

1. Eine im Gefolge tiefer Leidenschaft entstandene Spannung *kann nicht* schnell gelöst werden; darin besteht der eigentlich kennzeichnende Unterschied zwischen Franzosen und Italienern. Man muß Obacht geben, wie ein Italiener in die Postkutsche steigt oder wie er bezahlt; hier kommt es auf die *furia francese* [den französischen Elan] an; deshalb erscheint ein ganz gewöhnlicher Franzose, wenn er nicht gerade ein geistreicher Narr wie Démasure ist, einer Italienerin immer wie ein höheres Wesen. (Der Geliebte der Prinzessin D... in Rom.)

2. Jedermann macht daher seine Liebschaften keineswegs heimlich ab wie in Frankreich; der Ehemann ist der beste Freund des Liebhabers.

3. Niemand liest.

4. Es gibt keine Geselligkeit. Ein Mann, der mit dem Glück zufrieden ist, das man täglich bei einer zweistündigen Unterhaltung auf dem Jahrmarkt der Eitelkeit in irgendwelchen Zirkeln erlangt, gilt nicht viel. Das Wort *causerie* [Plauderei] läßt sich nicht ins Italienische übersetzen. Man spricht dort, wenn man unter dem Zwange seiner Leidenschaft etwas zu sagen hat, aber selten nur, um über alles mögliche schön zu reden.

5. In Italien gibt es nichts *Lächerliches*.

In Frankreich sucht einer wie der andere dem gleichen Vorbild nachzueifern, und jeder hat das Recht, zu urteilen, wieweit der andere es erreicht[1]. Begegnet man in Italien solch einem sonderlichen Betragen, so weiß man nie, ob der Betreffende es zu seinem eigenen Vergnügen an den Tag legt oder vielleicht mir eines bereiten will. Was im römischen Sprachgebrauch, in der römischen

---

1 In dem Maße, als diese französische Gewohnheit im Schwinden ist, werden uns Molières Helden fremder.

Lebensart gesucht wird, kann in dem nur fünfzig Meilen
entfernten Florenz für fein gelten oder gar nicht verstanden werden. Französisch spricht man in Lyon wie in
Nantes. Das Venezianische, das Neapolitanische, das
Genuesische, das Piemontesische sind beinahe verschiedene Sprachen und werden doch von Menschen gesprochen, die nur in einer einzigen allgemeingültigen Sprache drucken lassen, nämlich der in Rom gesprochenen.
Man kann sich schwerlich etwas so Ungereimtes vorstellen wie eine Komödie, die in Mailand spielt und deren Personen römisch sprechen. Die italienische, mehr
noch zum Singen als zum Sprechen geschaffene Sprache
kann sich mit dem Französischen an Klarheit nicht messen, übertrifft es aber an Musikalität.

In Italien nötigt die Furcht vor dem Statthalter und seinen Spionen, ans eigene *Wohl* zu denken; es gibt da gar
kein dummes Ehrgefühl[1]. An dessen Stelle tritt ein gewisser Haß gegen die Gesellschaft, den man *pettegolismo*
[Lästergift] nennt.

Schließlich heißt jemand der Lächerlichkeit preisgeben
sich einen Todfeind machen, was in einem Lande, wo die
Macht und die Pflicht der Regierung sich darauf beschränkt, die Steuern einzutreiben und nur offensichtli-
che Vergehen zu bestrafen, eine ziemlich gefährliche Sache ist.

6. Der Kirchturm-Patriotismus.

Der edle Stolz, der uns treibt, nach der Achtung unserer
Mitbürger zu streben und uns mit ihnen zusammenzu-
schließen, wurde um 1550 durch die eifersüchtige Gewaltherrschaft der kleinen Fürsten in Italien von allen edlen Zielen abgedrängt und hat ein barbarisches Produkt
erzeugt, eine Art *Kaliban,* ein aus Wut und Dummheit
zusammengesetztes Untier, den *Patriotismus d'anticham-*

---

1 Alle Verstöße der bürgerlichen Schicht Frankreichs gegen diese Ehre sind *lach-
haft.* Siehe die »Kleinstadt« von Picard.

bre, wie ihn Turgot aus Anlaß von [de Belloys] »Belagerung von Calais« (das war sozusagen der Scibesche »Bauer-Soldat« jener Zeit) nannte. Ich sah dies Unwesen die geistreichsten Leute zum Tier erniedrigen. Zum Beispiel macht sich ein Fremder selbst bei hübschen Frauen mißliebig, wenn ihm beikommt, Schwächen an einem Maler oder Dichter ihrer Stadt festzustellen; man sagt ihm sehr offen und ernstlich, er brauche nicht zu ihnen zu kommen, wenn er sie verachten wolle, und man weist ihn bei dieser Gelegenheit auf ein Wort Ludwigs XIV. über Versailles hin.

In Florenz sagt man *unser* Benvenuti wie in Brescia *unser* Arrici. Sie sprechen das Wort *unser* mit einer betonten und dabei recht komischen Salbung aus, etwa wie der »Miroir« mit Inbrunst von der nationalen Musik und von Herrn Monsigny als dem Musiker Europas spricht.

Um diesen tüchtigen Patrioten nicht ins Gesicht zu lachen, muß man sich vor Augen halten, daß die grausige Politik der Päpste[1] die Kämpfe des Mittelalters noch verschärft hatte und infolgedessen jede Stadt ihre Nachbarschaft tödlich haßte und der Name der einen in der anderen stets als Inbegriff irgendeines großen Fehlers gebraucht wurde. Die Päpste haben verstanden, dies schöne Land zur Heimat des Hasses zu machen.

Dieser Kirchturmpatriotismus ist die große moralische Eiterbeule Italiens, eine Fieberpest, deren tödliche Wirkung noch lange vorhalten wird, wenn es einmal das Joch seiner lächerlichen winzigen Fürsten abgeschüttelt hat. Eine Erscheinungsweise dieses Patriotismus ist der unerbittliche Haß auf alles Ausländische. So erklären sie die Deutschen für Dummköpfe und geraten in Wut, wenn man ihnen sagt: »Was hat Italien im 18. Jahrhun-

1 Vergleiche die ausgezeichnete, lesenswerte »Kirchengeschichte« von de Potter.

dert der Katharina II. oder Friedrich dem Großen
Gleichwertiges an die Seite zu stellen? Wo habt ihr, die
ihr bei eurem Klima am ehesten Schatten brauchen
könnt, einen Park, der sich auch nur annähernd mit einem deutschen Park vergleichen ließe?«
7. Im Gegensatz zu den Engländern und Franzosen haben die Italiener keinerlei vorgefaßte politische Meinung; man weiß dort den Vers Lafontaines aus dem
Kopf:

Euer Feind ist euer Herr.

Daß sich ein Adel auf den Klerus und die Bibelgesell-
schaften stützt, belachen sie als einen Taschenspieler-
trick. Dagegen müßte ein Italiener sich mindestens ein
Vierteljahr lang in Frankreich aufhalten, bis er begriffe,
daß ein Tuchhändler ein *Ultra* sein kann.
8. Als letzten Charakterzug führe ich die Unduldsamkeit
bei der Unterhaltung und das In-Zorn-Geraten an, sobald sie ihren Gegner nicht mit Beweisgründen bedienen
können. Dann erbleichen sie. Das ist eine Erscheinungs-
form gesteigerter Empfindlichkeit, aber keine liebenswerte; man kann sie nur in dem Falle billigen, daß sie
wirklich gerechtfertigt ist.
Ich wollte auch die ewige Liebe kennenlernen; nach
mancherlei Schwierigkeiten ist es mir gelungen, diesen
Abend mit dem Ritter C... und seiner Geliebten, mit der
er seit vierundfünfzig Jahren vereint ist, bekannt gemacht zu werden. Gerührt kam ich aus der Loge dieser
liebenswürdigen alten Leute zurück; sie besaßen die
Kunst, glücklich zu sein, von der so viele junge Menschen keine Ahnung haben.
Vor zwei Monaten besuchte ich Herrn R..., der mich
freundlich aufnahm, weil ich ihm einige Hefte der »Mi-
nerva« mitbrachte. Er befand sich mit Frau D..., der er
seit vierunddreißig Jahren, wie man sagt, *avvicina* [den

Hof macht], auf seinem Landhause. Sie ist noch schön, aber der Schatten einer tiefen Schwermut liegt über dieser Gemeinschaft; man führt es auf den Verlust eines Sohnes zurück, den ihr Mann früher vergiftet hat.

Hier heißt den Hof machen nicht wie in Paris, seine Geliebte jede Woche eine Viertelstunde sehen und in der übrigen Zeit einen Blick oder einen Händedruck erhaschen; der Liebhaber, der glückliche Liebhaber verbringt jeden Abend vier bis fünf Stunden bei der geliebten Frau. Er erzählt ihr von seinen Händeln, seinem Park, seinen Jagdzügen, seiner Beförderung usw. Es besteht eine rückhaltlose, sehr zärtliche Vertraulichkeit, er spricht sie in Gegenwart des Gatten und allenthalben mit du an.

Ein junger und, wie er zugab, sehr ehrgeiziger Mann dieses Landes, der in eine hohe Stellung nach Wien, nämlich zu nichts Geringerem als zum Gesandten berufen wurde, vermochte die Trennung nicht zu verwinden. Nach sechs Monaten dankte er ab und kehrte zurück, um in der Loge seiner Freundin wieder glücklich zu werden.

Dieser stetige Umgang miteinander wäre in Frankreich lästig, wo man genötigt ist, in Gesellschaft eine gewisse Verstellung anzunehmen, und wo einem die Geliebte mit Recht vorhält: »Herr Dingskirchen, Ihr seid heute abend garstig: *Ihr sagt kein Wort!*« In Italien pflegt man der geliebten Frau alles zu sagen, was einem durch den Kopf geht, man denkt geradezu laut. Es besteht eine gewisse Wechselwirkung von Vertraulichkeit und Offenheit, die ihrerseits wieder Offenheit hervorruft, wie es anders gar nicht möglich ist. Aber es ist auch ein großer Nachteil dabei; man kann beobachten, daß eine solcherart gepflegte Liebe den Sinn für alles übrige verkümmern läßt und jeden anderen Lebensinhalt schal werden läßt. Eine derartige Liebe ist der beste Ersatz für Leidenschaft.

Unsere Pariser, die immer noch nicht zu begreifen vermögen, *wie jemand ein Perser sein kann,* wissen nicht, was sie dazu sagen sollen, und erheben ein Geschrei über solche unanständige Sitten. Ich bin hier nur Historiker, aber ich behalte mir vor, ihnen eines Tages mit triftigen Gründen zu beweisen, daß in bezug auf Sittlichkeit Paris sich in Wirklichkeit nicht mit Bologna messen kann. Ohne den Stachel eines Zweifels halten sich unsere armen Tröpfe immer nur an ihren Drei-Sous-Katechismus.

12. Juli 1821. – In Bologna gibt es in der Gesellschaft keine Gehässigkeiten. In Paris wird die Rolle des betrogenen Ehemannes verabscheuenswürdig gefunden; hier (in Bologna) will das nichts besagen; es gibt keine betrogenen Ehemänner. Die Sitten sind also die gleichen, nur Gehässigkeiten fehlen. Der huldigende Ritter einer Frau ist stets der Freund des Gatten, und diese durch gegenseitige Verpflichtungen befestigte Freundschaft überlebt oft andere Interessen. Die meisten derartigen Liebschaften dauern fünf bis sechs Jahre, öfters auch lebenslang. Schließlich geht man, wenn man einander nichts Angenehmes mehr zu sagen hat, auseinander, und einen Monat nach dem Bruch ist aller Groll verschwunden.

Januar 1822. – Die alte Mode des dienenden Ritters, die zusammen mit dem spanischen Stolz und den spanischen Sitten durch Philipp II. nach Italien kam, ist in den großen Städten verschwunden. Ich kenne als einzige Ausnahme nur Kalabrien, wo der älteste Bruder immer Priester wird, den jüngeren verheiratet und sich zum Ritter und damit zum Liebhaber seiner Schwägerin macht.

Napoleon hat die Zügellosigkeiten in Oberitalien und sogar hier (in Neapel) beseitigt.

Die hübschen Frauen der jüngeren Generation beschämen mit ihren Sitten die Mütter; sie ziehen die leidenschaftliche Liebe vor. Die bloße Sinnenliebe ist selten geworden[1].

FÜNFZIGSTES KAPITEL
DIE LIEBE IN DEN VEREINIGTEN STAATEN

Frei ist eine Regierungsform, die ihren Bürgern keinen Schaden, sondern im Gegenteil Sicherheit und Ruhe bringt. Freilich ist von hier bis zum Glück noch ein weiter Weg; der Mensch muß ihn selbst zurücklegen, denn das müßte schon eine sehr erbärmliche Seele sein, die sich mit dem Genuß von Sicherheit und Ruhe zufriedengibt. Wir in Europa bringen diese Dinge durcheinander. Weil wir an Regierungen gewöhnt sind, die uns ausnützen, meinen wir, von ihnen befreit sein, wäre schon das höchste Glück; darin gleichen wir dem Kranken, den ein schmerzhaftes Übel plagt. Das Beispiel Amerikas lehrt das Gegenteil. Dort erfüllt die Regierung ihre Aufgabe ausgezeichnet und bringt niemandem Nachteil. Aber als ob das Schicksal unsere ganze Weisheit irremachen und verwerfen oder besser noch ihr vorwerfen wollte, nicht alle Wesenheiten der Menschennatur zu kennen – so weit sind wir wegen des unseligen Zustandes Europas seit Jahrhunderten von wahrhafter Erkenntnis entfernt –, müssen wir sehen, wie die Amerikaner, da sie kein aus der Regierungsform herrührendes Elend kennen, sich offenbar selbst herabwürdigen. Man sagt, daß bei diesen Menschen die Quelle der Empfindungsfähigkeit versiegt. Sie sind gerecht, sie sind vernünftig, aber sie sind durchaus nicht glücklich.
Darf man sich diese ganze Unseligkeit durch die Bibel, das heißt durch die lächerlichen sittlichen Vorschriften

---

Um 1780 galt der Grundsatz: Viele gewinnen, / Einen minnen, / Durch Wechsel ergötzt. Reise Sherlocks.

und Gebote erklären, welche verdrehte Köpfe aus jener Sammlung von Dichtungen und Liedern ableiten? Die Wirkung erscheint mir im Vergleich mit der Ursache zu bedeutend.

Herr von Volney erzählt, wie er bei einem braven Amerikaner auf dem Lande, einem begüterten Manne mit erwachsenen Kindern, zu Tische saß und ein junger Bursche ins Zimmer trat. »Guten Tag, William«, sagte das Familienhaupt. »Setzt Euch! Soviel ich sehe, geht es Euch gut.« Der Reisende fragte, wer der junge Mann sei. »Es ist mein zweiter Sohn.« – »Und wo kommt er her?« – »Aus Kanton.«

Größeren Eindruck machte die Rückkehr eines Sohnes vom Ende der Welt nicht.

Alles Augenmerk scheint darauf gerichtet zu sein, das Leben nach Vernunftregeln einzurichten und allen Unannehmlichkeiten vorzubeugen. Kommt endlich der Zeitpunkt, da man die Frucht der vielen und wohlbedachten Vorsorgen ernten will, dann ist meistens nicht mehr genug Lebenskraft da, sie zu genießen.

Man kann auch sagen, Penns Nachkommen haben nie den Vers vernommen, der ihren Fall ausspricht:

Et propter vitam vivendi perdere causas[1].

Sobald der Winter beginnt, der hier wie in Rußland die freudenreiche Jahreszeit ist, veranstalten die jungen Leute beiderlei Geschlechts tage- und nächtelange Schlittenfahrten; sie fahren ausgelassen und ohne jede Aufsicht fünfzehn bis zwanzig Meilen weit; und niemals geschieht etwas Unziemliches.

Es gibt bei der Jugend eine rein körperliche Lustigkeit, die mit dem Drange des Blutes nachläßt und im Alter von fünfundzwanzig Jahren schon vorbei ist: ich betrachte sie nicht als genußbringende Leidenschaft. In den Vereinigten Staaten ist die *Vernunft* derart *eingefleischt*,

1 [Aus Sorge fürs Leben den Sinn verfehlen.]

daß dadurch die Kristallisation zur Unmöglichkeit geworden.

Ich bestaune dieses Glück, bin aber nicht neidisch darauf; es kommt mir vor wie das Glück von andersartigen, geringeren Geschöpfen. Von Florida und Mittelamerika[1] verspreche ich mir weit Besseres.

Meine Meinung über Nordamerika wird durch den vollständigen Mangel an Künstlern und Schriftstellern bestätigt. Die Vereinigten Staaten haben uns noch keine Tragödie, kein Gemälde, kein Leben Washingtons beschert.

EINUNDFÜNFZIGSTES KAPITEL
DIE LIEBE IN DER PROVENCE
BIS ZUR EROBERUNG TOULOUSES
DURCH DIE NORDISCHEN BARBAREN
IM JAHRE 1328

In der Provence hat die Liebe von 1100 bis 1328 eine einzigartige Form gefunden. Es waren Gesetze für die Liebesbeziehungen der beiden Geschlechter festgelegt, die ebenso streng, ebenso peinlich eingehalten wurden wie heute die *Gesetze der Ehre*. Die Liebesgebote sahen zunächst einmal von den heiligen Rechten der Ehemänner völlig ab. Heuchelei galt nicht. Diese Gesetze müssen viel Glück gestiftet haben, weil sie die menschliche Natur nahmen, wie sie ist.

Es gab eine gültige Form, zu erklären, daß man in eine Frau verliebt sei, und eine ebensolche, daß man von ihr als Liebhaber angenommen werde. Wenn er ihr monatelang

1 Vergleiche die Sitten auf den Azoren: Die Liebe zu Gott und die andere Liebe sind dort überall mit im Spiele. Das von den Jesuiten gelehrte Christentum zeigt sich hier der menschlichen Natur gegenüber viel weniger feindlich als der englische Protestantismus; und ein Tag der Freude unter sieben ist viel für den Landmann, der die sechs anderen ununterbrochen arbeitet.

den Hof in einer bestimmten Weise gemacht hatte, wurde ihm erlaubt, ihr die Hand zu küssen. Die Gesellschaft gefiel sich während ihrer Frühzeit in Förmlichkeiten und Feierlichkeiten, die damals noch ein Beweis von Kultur waren; heute freilich sind sie sterbenslangweilig.

Das spiegelt sich in der Sprache der Provenzalen wider, in der künstlichen Verflechtung ihrer Reime, im Gebrauch ihrer männlichen und weiblichen Wörter zur Bezeichnung derselben Sache, endlich in der erstaunlichen Zahl ihrer Dichter. Denn alles, was *Form* ist in der Gesellschaft und heute so albern anmutet, besaß damals noch seinen ganzen ersten frischen Zauber.

Nachdem man die Hand einer Frau geküßt hat, steigt man nach Verdienst Stufe um Stufe empor, ohne daß einem etwas erlassen wird. Man muß dabei bedenken, daß, wenn die Ehemänner auch außer Betracht bleiben, andererseits die statthafte Annäherung des Liebhabers bei dem haltmacht, was wir als Geschenk zärtlichster Freundschaft durch Menschen verschiedenen Geschlechts bezeichnen möchten[1]. Aber nach Monaten oder Jahren der Bewährung, wenn eine Frau des Charakters und der Zuverlässigkeit eines Mannes ganz sicher ist und dieser Mann mit ihr alle Freiheiten, die die zärtlichste Freundschaft gewähren kann, vollständig ausgekostet hat, muß diese Freundschaft die Tugend doch in große Gefahr bringen.

Ich sprach von Vorrechten, damit ist gemeint, daß eine Frau mehrere Verehrer haben durfte, auf den letzten, höchsten Stufen aber nur einen. Wahrscheinlich kommen die anderen nicht weit über die Stufen der *Freundschaft* hinaus, die ihnen erlaubt, ihre Hand zu küssen und sie täglich zu sehen. Alles, was von dieser einzigartigen Kultur übriggeblieben ist, steht in ihren Versen, in Ver-

---

1 In den Lebenserinnerungen Chabanons, von ihm selbst aufgezeichnet. Die Stockschläge an die Zimmerdecke.

sen, die auf eine außerordentlich seltsame, eigenwillige Weise gereimt sind; man darf sich darum nicht wundern, wenn die Vorstellungen, die wir aus den Balladen der Troubadours gewinnen, ungenau und unzureichend sind. Man fand sogar einen Ehevertrag in Versen. Nach der Besetzung, im Jahre 1328, befahlen die Päpste wiederholt als eine Maßnahme gegen die Ketzerei, alles, was in der Landessprache aufgezeichnet war, zu verbrennen. Mit italienischer Schlauheit wurde das Latein für die einzige Sprache erklärt, die eines derart geistreichen Menschenschlages würdig sei. Es wäre nutzbringend, wenn man diese Maßnahme im Jahre 1822 erneuern könnte.

Auf den ersten Blick scheint soviel Öffentlichkeit und Förmlichkeit bei der Liebe mit wahrer Leidenschaft nicht vereinbar. Wenn die Dame zu ihrem Verehrer sagte: »Macht Euch auf und besucht mir zuliebe das Grab unseres lieben Herrn Jesus Christus in Jerusalem! Bleibt drei Jahre dort und kehrt danach zurück!« – so machte sich der Liebhaber alsbald auf. Auch nur einen Augenblick zu zögern, hätte ihn mit der gleichen Schmach bedeckt wie heutzutage eine Lässigkeit im Standpunkt der Ehre. Die Sprache jener Menschen besaß eine außerordentliche Feinheit, leiseste Gefühlsregungen festzuhalten. Ein anderer Beweis dafür, daß jene Sitten auf dem Wege zu einer echten, hochentwickelten Kultur waren, liegt darin, daß sie, kaum den Schrecknissen des Mittelalters und des Lehnswesens, wo Gewalt alles galt, entronnen, dennoch das schwache Geschlecht weniger unterjochten, als dies heute *erlaubterweise* geschieht; wir lernen die armen schwachen Geschöpfe, die in der Liebe so sehr viel zu verlieren haben und deren Reize so sehr bald verblühen, als Herrinnen über das Geschick der Männer kennen, die sich ihnen nähern. Eine dreijährige Verbannung nach Palästina, der Tausch eines heiteren gesitteten Lebens gegen den Fanatismus und die Be-

221

schwerden eines Kreuzzuges würde für jeden andern als einen geläuterten Christen eine sehr qualvolle Sklaverei sein. Was kann heute in Paris eine Frau über ihren Liebhaber verhängen, der sie ehrlos verlassen hat?

Ich finde hierauf nur eine einzige Antwort: In Paris hat eine Frau, die auf sich hält, keinen Liebhaber. Man sieht, die Klugheit behält recht, wenn sie den Frauen von heute dringend abrät, sich der Leidenschaft in der Liebe zu überlassen. Aber rät ihnen nicht eine weitere Klugheit, die ich nicht im entferntesten gutheißen will, sich durch die fleischliche Liebe zu rächen? Mit unserer Heuchelei und unserer Entsagung[1] haben wir uns nicht nur kein Verdienst um die Tugend erworben – man widerstrebt nicht ungestraft der Natur –, sondern nur erreicht, daß weniger und unendlich weniger edle Begeisterung auf Erden besteht.

Ein Liebhaber, der nach zehnjähriger Zusammengehörigkeit seine arme Geliebte verläßt, weil er entdeckt, daß sie zweiunddreißig Jahre alt geworden ist, hätte in der lieblichen Provence seine Ehre verloren; ihm wäre kein anderer Ausweg geblieben, als sich in die Einsamkeit eines Klosters zu vergraben. Ein keineswegs edelmütiger, sondern bloß kluger Mann mußte deshalb bedacht sein, nicht mehr Leidenschaft vorzuspielen, als er tatsächlich hatte.

Wir sehen das alles hinein, denn es sind sehr wenig Denkmale auf uns gekommen, die genaue Vorstellungen vermitteln...

Man muß die Sitten als ein Ganzes an Hand einiger besonderer Tatsachen beurteilen. Bekannt ist die Geschichte von dem Dichter, der seine Dame gekränkt hatte. Nachdem er zwei Jahre schier verzweifelt war, ließ sie sich endlich herbei, auf seine zahlreichen Botschaften zu antworten, und ließ ihm sagen, wenn er sich einen *Fin-*

1 Das asketische Prinzip Jeremias Benthams.

222

gernagel ausreißen und ihn durch fünfzig treuliebende Ritter übersenden würde, könnte sie ihm vielleicht verzeihen. Der Dichter nahm unverweilt die schmerzhafte Operation vor. Fünfzig bei ihren Damen wohlangeschriebene Ritter überbrachten mit allem erdenklichen Gepränge diesen Nagel der beleidigten Schönen. Das gab eine ebenso großartige Feierlichkeit, wie wenn ein Prinz von Geblüt in eine Stadt des Königreiches einzieht. Der Liebhaber folgte in Büßerkleidung seinem Nagel von weitem. Nachdem sich die ganze Zeremonie vor der Dame abgewickelt hatte, geruhte sie, dem Büßer zu verzeihen; er wurde aller Wonnen seines früheren Glücks wieder teilhaftig. Die Geschichte berichtet, daß beide noch viele glückliche Jahre zusammen verlebt hätten. Ganz gewiß mußte sich in zwei Jahren des Elends erweisen, ob die Leidenschaft echt war, und sie hätten diese, wenn sie nicht schon mächtig geflammt hätte, wahrscheinlich angezündet.

Zwanzig Geschichten, die ich anführen könnte, offenbaren immer wieder einen auf den Grundsätzen der Gerechtigkeit ruhenden anmutigen und geistreichen Minnedienst zwischen den beiden Geschlechtern; ich sage Minnedienst, denn die leidenschaftliche Liebe ist in allen Zeiten eine eher auffallende als häufige Ausnahme und beugt sich keinem Gebot. Was man aber regeln und die Vernunft entscheiden lassen kann, war in der Provence auf Gerechtigkeit und Gleichberechtigung der beiden Geschlechter aufgebaut, was ich vor allem deshalb bewundere, weil dadurch Unglück, soweit als überhaupt möglich, verhütet wurde. Die absolute Monarchie unter Ludwig XV. dagegen hat der Bosheit und Gemeinheit den Weg in die gleichen Beziehungen geöffnet[1].

1 Man muß den liebenswürdigen General Laclos gehört haben, Neapel 1802. Wem dies Glück nicht beschieden war, der mag zu den neun sehr drollig geschriebenen Bänden »Privatleben des Marschalls Richelieu« greifen.

Obgleich das schöne, durch den Reim verkünstelte Provenzalisch[1] mit der Fülle seiner Feinheiten wahrscheinlich nicht die Volkssprache war, ist doch die Gesittung der Oberschicht auf die unteren Klassen übergegangen, die in der Provence jener Zeit schon fast alle Roheit abgelegt hatten, weil sie in beträchtlichem Wohlstand lebten. Sie genossen die erste Blüte eines glücklichen, ertragreichen Handels. Die Bewohner der Mittelmeerküsten hatten eben (im 9. Jahrhundert) die Erfahrung gemacht, daß es weniger mühsam und fast genauso ergötzlich ist, sein Glück im Handel mit einigen Barken auf diesem Meere zu suchen, als im Gefolge irgendeines kleinen Lehnsherrn die Reisenden auf der nächsten Landstraße zu plündern. Bald darauf lernten die Provenzalen des 10. Jahrhunderts von den Arabern, daß es noch angenehmere Wonnen gibt, als die Gesetze zu übertreten, zu rauben und zu raufen.

Man muß das Mittelmeer als den Ausgangsort der europäischen Kultur ansehen. Die glücklichen Ufer dieses schönen, vom Klima begünstigten Meeres waren ferner gesegnet durch die glücklichen Anlagen seiner Bewohner, die keine trübseligen Glaubenslehren und Gebote kannten.Die ungewöhnlich heitere Natur der Provenzalen hatte damals das Christentum ohne Nachteile über sich ergehen lassen.

Wir sehen dieselben Wirkungen aus den gleichen Ursachen deutlich in den italienischen Städten wiederkehren, deren Geschichte besser überliefert ist und die überdies so glücklich waren, uns einen Dante, Petrarca und ihre Malerei zu schenken.

Die Provenzalen haben uns kein großes, der »Göttlichen Komödie« vergleichbares Dichtwerk hinterlassen, in dem sich die Sitten ihres Zeitalters mit allen Einzelheiten

---

1 In Narbonne als eine Mischung aus dem Lateinischen und dem Arabischen entstanden.

widerspiegelten. Sie besaßen, will mir scheinen, weniger Leidenschaft und mehr Frohsinn als die Italiener. Diese wohltuende Lebensauffassung hatten sie von ihren Nachbarn, den spanischen Mauren übernommen. Auf den Schlössern der glücklichen Provence herrschte die Liebe mit ihren Freuden, Festen und Vergnügungen.

Hast du einmal das *Finale* einer schönen komischen Oper von Rossini gehört? Alles auf der Bühne ist Frohsinn, Schönheit, vollendete Pracht. Wir sind den schlechten Seiten der menschlichen Natur meilenweit entrückt. Die Oper ist aus, der Vorhang fällt, die Zuschauer gehen nach Hause, der Kronleuchter schwebt in die Höhe, die Lampen verlöschen. Der Qualm der glimmenden Dochte erfüllt das Haus, der Vorhang geht wieder halb in die Höhe, man sieht schmutzige, schlecht gekleidete Kerle über die Bühne eilen; sie sind häßlich anzusehen bei ihrer Arbeit, und doch nehmen sie den Platz der jungen Mädchen ein, die ihn vor einem Augenblick noch mit ihrer Anmut erfüllten.

Die gleiche Wirkung hatte für das Königreich Provence die Einnahme Toulouses durch das Heer der Kreuzfahrer. An die Stelle von Liebe, Anmut und Fröhlichkeit waren nun die Barbaren des Nordens und die Dominikaner getreten. Ich will diese Blätter nicht mit haarsträubenden Erzählungen von dem Greuel der Inquisition in ihrem ersten Eifer besudeln. Die Barbaren aber waren unsere Väter; sie mordeten und plünderten alles; sie zerstörten, was sie nicht mitnehmen konnten, aus Lust am Zerstören; eine wilde Raserei gegen alles, was nach Kultur aussah, erfüllte sie; zudem verstanden sie kein Wort jener schönen Sprache des Südens, was ihre Wut verdoppelte. In ihrem großen Aberglauben meinten sie, das Himmelreich in den Fußtapfen des schrecklichen Heiligen Dominikus zu erlangen, wenn sie die Provenzalen umbrachten. Für diese war alles zu Ende: die Liebe, der

Frohsinn, die Dichtkunst; keine zwanzig Jahre nach der Eroberung (1335) waren sie beinahe genau solche Barbaren, beinahe ebenso roh wie die Franzosen, wie unsere Väter geworden[1].

Von woher stammte die reizvolle Kultur dieses Erdenwinkels, die zwei Jahrhunderte lang das Glück ihrer oberen Gesellschaftsklassen ausmachte? Wahrscheinlich von den spanischen Mauren.

ZWEIUNDFÜNFZIGSTES KAPITEL
DIE PROVENCE
IM ZWÖLFTEN JAHRHUNDERT

Ich will eine Anekdote aus einer provenzalischen Handschrift übertragen. Die Begebenheit, die sie berichtet, trug sich um das Jahr 1180 zu, die Geschichte selbst wurde um 1250[2] aufgezeichnet; ihr Stil verrät alle Feinheiten jener Blüte. Ich nehme mir die Freiheit, Wort für Wort zu übersetzen, ohne die Glätte unserer gegenwärtigen Sprache anzustreben.

Herr Raymond von Roussillon war ein tapferer Edelmann, wie jedermann weiß, und hatte zur Frau Madonna Margareta, die schönste Dame, die es zu jener Zeit gab, und über die Maßen ausgezeichnet in allen guten Tugenden, allen Gaben und höfischem Wesen. Es begab sich nun, daß Wilhelm von Cabstaing, der Sohn eines armen Ritters auf Burg Cabstaing, an den Hof des Herrn Raymond von Roussillon kam, vor diesen trat und ihn fragte, ob er geneigt sei, ihn als Knappen an seinem Hofe zu behalten. Herr Raymond, der ihn schön und wohlanstän-

1 Vergleiche »Die Zustände unter der Militärherrschaft in Rußland«, wahrheitsgetreuer Bericht des Generals Sir Robert Wilson.
2 Die Handschrift befindet sich in der Laurentiana. Raynouard bringt sie im 5. Band seiner »Troubadours«, Seite 201; sein Text enthält Fehler. Auch hat er die Troubadours überschätzt und zuwenig gekannt.

dig fand, bot ihm das Willkommen und hieß ihn an seinem Hofe bleiben. Also blieb Wilhelm bei ihm und betrug sich so artig, daß er von groß und klein geliebt wurde; und er zeichnete sich derart aus, daß Herr Raymond beschloß, ihn zum Leibpagen Madonna Margaretas, seiner Frau, zu machen; und also geschah es. Von nun an befleißigte sich Wilhelm, dessen noch mehr wert zu sein, sowohl in Worten als in Taten. Aber wie das einmal bei der Liebe zu geschehen pflegt, wollte diese gerade von Madonna Margareta Besitz ergreifen und ihr Herz in Flammen setzen. Wilhelms Tun, seine Reden, seine Erscheinung gefielen ihr so wohl, daß sie sich nicht enthalten konnte, eines Tages zu ihm zu sagen: »Sag mir doch, Wilhelm, wenn dir eine Frau ihre Liebe zu verstehen gäbe, würdest du wohl wagen, sie zu lieben?« Wilhelm, der wohl merkte, was gemeint war, antwortete ganz unbefangen: »Ja, ich würde es wohl tun, Herrin, aber nur, wenn ihre Andeutung die Wahrheit sagt.« – »Beim Heiligen Johann«, rief die Dame, »Ihr habt trefflich geantwortet wie ein ganzer Mann; doch jetzt will ich dich auf die Probe stellen, ob du zu verstehen und zu unterscheiden vermagst, wann diese Andeutung die Wahrheit spricht und wann nicht.«

Als Wilhelm diese Worte vernommen hatte, entgegnete er: »Herrin, es geschehe, wie Euch beliebt.«

Er wurde nachdenklich, und alsbald überzog ihn Amor mit Krieg; und Gedanken, wie sie Amor den Seinen sendet, drangen in das Innere seines Herzens, und von dieser Zeit an wurde er ein Diener der Minne und begann, anmutig heitere Verschen und Tanzlieder und Singlieder[1] zu finden[2], womit er alle erfreute, am meisten aber die, für die er sang. Amor jedoch, der seine Gefolgsleute belohnt, wann es ihm gefällt, wollte Wilhelm den verdienten Preis schenken; und nun überfiel er die Dame so hef-

1 Er erfand sowohl Weisen als Worte. – 2 Dichten.

tig mit Liebessehnsucht, daß sie Tag und Nacht an die Vorzüge und den Heldenmut, womit Wilhelm so reichlich geziert war, denken mußte und keine Ruhe mehr fand.

Eines Tages begab es sich, daß die Herrin Wilhelm zu sich rief und sagte: »Wilhelm, nun sag mir doch, hast du bis zu dieser Stunde bei meinem Spiel erkannt, ob es echt gemeint war oder nicht?« Wilhelm antwortete: »Madonna, so wahr mir Gott helfe, von dem Augenblick an, da ich in Euren Dienst trat, hatte in meinem Herzen kein anderer Gedanke Raum, als daß Ihr die Herrlichste seid, die je geboren ward, und die Vollkommenste in Wirklichkeit wie auch in Eurem Spiele.« Und die Dame antwortete: »Wilhelm, ich sage dir, so wahr mir Gott helfe, daß du dich nicht in mir täuschen sollst und deine Gedanken nicht unbelohnt und nicht vergessen sein sollen.« Und sie breitete die Arme aus und umfing ihn zärtlich in der Kammer, in der sie beisammen weilten, und so begann ihre Minne[1]. Aber es blieb nicht aus, daß die Lästermäuler, die Gottes Zorn strafe, über ihre Liebe zu reden und zu tuscheln begannen wegen der von Wilhelm gedichteten Lieder, und sie sagten, er habe sein Herz an Frau Margareta verschenkt, und redeten des langen und breiten, bis die Sache Herrn Raymond zu Ohren kam. Da wurde der sehr bekümmert und gar traurig, einmal, weil er seinen überaus geliebten Junker und Gefährten verlieren sollte, und mehr noch wegen des Schandfleckes auf seiner Frau.

Eines Tages begab es sich, daß Wilhelm mit einem einzigen Knappen auf die Sperberbeize ausgeritten war; Herr Raymond fragte nach ihm, und ein Knecht antwortete, daß er auf die Sperberbeize gezogen sei, und gab auch den Ort an, der ihm bekannt war. Alsbald versah sich Raymond heimlich mit Waffen und ließ sein Roß brin-

1 A far all'amore.

gen und begab sich ganz allein auf den Weg zu jenem Ort, wo sich Wilhelm aufhielt. So lange ritt er zu, bis er ihn fand. Als Wilhelm ihn kommen sah, verwunderte er sich sehr, und alsbald überkam ihn eine finstere Ahnung, und er ging ihm entgegen und sagte: »Seid hier willkommen, Herr! Warum seid Ihr so allein?« Herr Raymond entgegnete: »Weil ich Euch, Wilhelm, suche, um an Eurer Ergötzung teilzunehmen. Habt Ihr nichts erlegt?« – »Ich habe nichts erjagt, Herr, denn ich habe nichts ausgemacht; und wer wenig aufstöbert, wird kaum etwas erlegen, sagt das Sprichwort.« – »Lassen wir das Plaudern sein«, sprach Herr Raymond, »aber sagt mir bei der Treue, die Ihr mir schuldet, die Wahrheit über alle Dinge, die ich Euch fragen will.« – »Bei Gott, Herr«, antwortete Wilhelm, »was zu beantworten geht, will ich Euch gern beantworten.« – »Ich bin nicht auf Spitzfindigkeiten aus«, sagte da Herr Raymond, »aber Ihr müßt mir klipp und klar auf alles antworten, was ich Euch frage.« – »Herr«, sagte Wilhelm, »soviel Euch auch zu fragen beliebt, ich werde Euch stets mit der Wahrheit bedienen.« Und Herr Raymond fragte: »Wilhelm, bei Gott und allem, was Euch heilig ist, habt Ihr eine Geliebte, für die Ihr singt und an die Euch Amor bindet?« Wilhelm antwortete: »Herr, wie sollte ich wohl singen, wenn mich nicht Amor antriebe? Vernehmt die Wahrheit, Herr: Amor hat mich ganz in seiner Gewalt.« Raymond antwortete: »Ich muß es wohl glauben, denn anders vermöchtet Ihr nicht so schön zu singen; aber ich will gerne wissen, wer Eure Dame ist.« – »Ach Herr«, sprach Wilhelm, »bedenkt doch bei Gott, was Ihr mich fragt. Ihr wißt genau, daß man den Namen seiner Dame nicht nennen darf und daß Bernhard von Ventadour sagt:

In einem bin ich schlau genug:
Fragt jemand, wie mein Liebchen heißt,
So sag' ich eine Lüge dreist.
Denn solch Betragen wär' nicht klug,
Nein, es zeugt' von kind'schem Sinne
Des, dem Glück verlieh die Minne;
Wenn er sein Herz ausschüttet einem Mann,
Der ihm nicht Hilf' noch Dienst gewähren kann.«

Herr Raymond antwortete: »Aber ich gebe Euch mein
Wort, daß ich Euch nach Kräften beistehen werde.« Und
Raymond setzte ihm so lange zu, bis Wilhelm antwortete: »Herr, Ihr mögt wissen, daß ich zu der Schwester
Donna Margaretas, Eurer Frau, eine Liebe hege und daß
ich meine, sie werde erwidert. Jetzt, da Ihr dies wißt,
bitte ich Euch, mir beizustehen oder doch wenigstens
nichts in den Weg zu legen.« – »Nehmt meine Hand und
mein Wort«, sprach Raymond, »denn ich schwöre Euch
und stehe dafür ein, daß ich Euch zuliebe alles aufbieten
werde, was in meiner Macht steht.« Und also gab er sein
Wort, und als er es gegeben hatte, sagte Raymond: »Ich
möchte, daß wir auf ihr Schloß reiten, denn es liegt na-
hebei.« – »Und ich bitte Euch darum«, antwortete Wilhelm, »bei Gott!« Und also begaben sie sich auf den Weg
zum Schloß Liet. Und als sie ins Schloß kamen, wurden
sie wohl aufgenommen von *En*[1] Robert von Tarascon,
der mit Frau Agnes, der Schwester Frau Margaretas,
verheiratet war, und von Frau Agnes selbst. Und Herr
Raymond nahm Frau Agnes bei der Hand und führte sie
in die Kammer, und sie setzten sich auf das Lager. Und
Herr Raymond sprach: »Jetzt sagt mir, liebe Schwägerin, in aller Treue, die Ihr mir schuldet, liebt Ihr jemand
von ganzem Herzen?« Und sie sprach: »Ja, Herr.« –
»Und wen?« fragte er. – »Oh, das kann ich Euch nicht

1 *En,* eine Anrede bei den Provenzalen, die wir mit Herr (sire) übersetzen.

sagen«, entgegnete sie, »aber wovon schwatzt Ihr da?«
Er setzte ihr so lange zu, bis sie endlich gestand, daß sie
Wilhelm von Cabstaing liebe. Sie sagte dies, weil sie bemerkt hatte, daß Wilhelm traurig und nachdenklich war,
und sie wohl wußte, wie sehr er ihre Schwester liebte;
und fürchtete zugleich, daß Raymond Schlimmes gegen
Wilhelm im Schilde führen möchte. Diese Antwort versetzte Raymond in große Freude. Agnes aber berichtete
alles ihrem Eheherrn, und der antwortete, daß sie recht
getan habe, und gestand ihr die Freiheit zu, alles zu tun
oder zu sagen, was Wilhelm retten könne. Agnes versäumte nichts. Sie rief Wilhelm allein zu sich in ihre
Kammer und verweilte dort so lange mit ihm, daß Raymond meinte, sie gewähre ihm Zärtlichkeiten; und das
alles behagte ihm, und er begann zu glauben, es sei nicht
wahr, was man ihm über Wilhelm berichtet hatte, und
wäre ein haltloses Gerücht. Agnes und Wilhelm kamen
aus der Kammer zurück; das Abendmahl war gerichtet,
und sie genossen es mit großer Fröhlichkeit. Aber nach
dem Essen richtete Agnes das Lager für die beiden Gäste
dicht an ihrer Kammertür her, und so geschickt spielten
die Dame und Wilhelm einander zu, daß Raymond
glaubte, jener schlafe mit ihr.
Und am anderen Morgen speisten sie auf dem Schlosse
in aller Fröhlichkeit, und danach nahmen sie mit ritterlichen Ehrenbezeigungen Abschied und zogen weiter und
kamen zurück nach Roussillon. Und sobald es Raymond
möglich war, trennte er sich von Wilhelm und ging zu
seiner Frau und erzählte ihr, was er von Wilhelm und ihrer Schwester in Erfahrung gebracht hatte, und darob
ward seine Frau während der ganzen Nacht von einer
tiefen Traurigkeit befallen. Und am anderen Morgen
ließ sie Wilhelm rufen und empfing ihn ungnädig und
hieß ihn einen falschen, treulosen Freund. Und Wilhelm
flehte sie um Gnade als ein Mann, der unschuldig an dem

ist, dessen sie ihn beschuldigte, und erzählte ihr alles, was geschehen war, Wort für Wort. Und Margareta berief ihre Schwester zu sich und erfuhr durch sie treulich, daß Wilhelm nichts Unrechtes getan hatte. Und darum hieß und bat sie ihn, er möchte doch ein Lied dichten und darin kundtun, daß er außer ihr keine Frau liebe; und darauf dichtete er jenes Lied, das beginnt:

> Das wundersame Sinnen,
> Das Liebe mir erregt.

Und als Raymond von Roussillon das Lied hörte, das Wilhelm für seine Frau gedichtet hatte, bestellte er ihn an einen Ort, weitab vom Schlosse, um ihn zur Rechenschaft zu ziehen, und er schlug ihm den Kopf ab und tat ihn in einen Weidsack; dann trennte er ihm das Herz aus der Brust und legte es zu dem Kopf. Er begab sich zurück zum Schlosse, und er ließ das Herz braten und seiner Frau bei Tische vorsetzen, und er ließ es sie verzehren, ohne daß sie darum wußte. Als sie es aber gegessen hatte, erhob sich Raymond und sagte seiner Frau, was sie eben verzehrt habe, sei das Herz des Herrn Wilhelm von Cabstaing gewesen, und zeigte ihr dessen Haupt und fragte sie, ob das Herz ihr gemundet habe. Und sie verstand, was er sagte, und sah und erkannte das Haupt des Herrn Wilhelm. Da antwortete sie ihm und sagte, das Herz sei gut und köstlich gewesen, daß nimmermehr andere Speise oder Trank in ihrem Munde den Wohlgeschmack tilgen solle, den Herrn Wilhelms Herz hinterlassen habe. Da drang Raymond mit dem Schwert auf sie ein. Sie aber entfloh, stürzte sich von einem Altan in die Tiefe und zerschmetterte sich den Schädel.

Das wurde ruchbar in ganz Katalonien und allen Ländern des Königs von Aragon. König Alphons und alle seine Barone empfanden großen Schmerz und tiefe Trauer über den Tod des Herrn Wilhelm und der Dame, die Raymond gleichfalls schmählich in den Tod getrieben. Sie bekriegten ihn mit Feuer und Schwert. Als König Alphons von Aragon Raymonds Burg erobert hatte, ließ er Wilhelm und seine Dame in einem Grabmal neben der Kirche des Marktfleckens Perpignac beisetzen. Für ihre Seelen aber beteten alle wahrhaft liebenden Herren und alle wahrhaft liebenden Damen zu Gott. Der König von Aragon nahm Raymond gefangen, ließ ihn im Kerker umkommen und verschenkte alle seine Besitztümer an Wilhelms Anverwandte und an die Anverwandten der Dame, die seinetwegen den Tod erlitten hatte.

DREIUNDFÜNFZIGSTES KAPITEL
ARABIEN

Das Urbild und die Heimat wahrer Liebe ist in den schwärzlichen Zelten der arabischen Beduinen zu suchen. Hier hat, wie nur irgendwo, die Einsamkeit und ein günstiges Klima die edelste Leidenschaft des menschlichen Herzens gedeihen lassen, jene, die ihr Glück erfüllt, indem sie es gleichermaßen empfängt und schenkt.

Damit die Liebe alles, was sie dem menschlichen Herzen sein kann, hervorbringt, muß zwischen der Geliebten und ihrem Liebhaber soweit als möglich Gleichberechtigung erreicht werden. Diese Gleichberechtigung kennt man in unserem kläglichen Abendlande nicht: eine verlassene Frau ist hier unglücklich oder entehrt. Unter dem Zeltdach des Arabers aber *kann* die Treue nicht gebrochen werden. Dieses Vergehen würde augenblicks Verachtung und Tod zur Folge haben.

Freigebigkeit ist bei diesem Volke so hoch angesehen, daß erlaubt ist zu *stehlen,* um zu schenken. Des weiteren sind dort Gefahren etwas Alltägliches, und das ganze Leben verrinnt sozusagen in einer leidenschaftlich gelieb-

233

ten Einsamkeit. Selbst wenn die Araber einander treffen, sprechen sie wenig.

Nichts verändert sich bei den Wüstenbewohnern; alles ist dort ewig und unerschütterlich. Ihre eigenartigen Sitten, von denen ich, da ich selbst sie nicht kenne, nur eine schwache Andeutung geben kann, haben sich wahrscheinlich seit Homers Zeit[1] erhalten. Beschrieben wurden sie zum erstenmal um das Jahr 600 unserer Zeitrechnung, zwei Jahrhunderte vor Karl dem Großen.

Folglich sind wir dem Morgenland gegenüber die Barbaren gewesen, als wir es durch unsere Kreuzzüge[2] zerstörten. Auch verdanken wir manches Edle unserer Sitten den Kreuzzügen und den spanischen Mauren.

Daß man die Araber überhaupt mit uns zu vergleichen wagt, nötigt unsere phantasielosen Zeitgenossen zu einem stolzen Lächeln. Unsere Künste seien doch den ihren weit überlegen und unsere Gesetze offenbar noch viel mehr; aber ich hege Zweifel, ob wir ihnen in der Kunst des häuslichen Glückes überlegen sind: Aufrichtigkeit und Einfalt hat uns stets gefehlt. Der Unehrliche ist in seiner Familie sehr unglücklich. Er fühlt sich in ihr nicht sicher: immer im Unrecht, lebt er immer in Angst.

Den ältesten geschichtlichen Denkmälern zufolge zerfallen die Araber seit Urzeiten in eine große Zahl unabhängiger, in der Wüste umherziehender Stämme. Je nachdem diese Stämme ihre unmittelbaren Lebensbedürfnisse mehr oder weniger mühelos befriedigen können, haben sie mehr oder weniger entfaltete Sitten. Die Freigebigkeit ist überall die gleiche; aber entsprechend dem Reichtume äußert sie sich durch das Geschenk eines zum Lebensunterhalt nötigen Ziegenviertels oder durch ein Geschenk von hundert Kamelen, wenn das wegen ir-

1 900 v. Chr. – 2 1095.

gendeiner verwandtschaftlichen oder gastfreundlichen Beziehung geboten erscheint.

Das heldische Jahrhundert des Arabers, in dem sein hochherziges Gemüt ohne jede schöngeistige Künstlichkeit oder Übersteigerung des Gefühls ganz rein in Erscheinung tritt, war das der Zeit Mohammeds vorausgehende, das dem 5. Jahrhundert unserer Zeitrechnung entspricht, der Gründung Venedigs und der Herrschaft Chlodwigs. Wir brauchen, um unseren Dünkel zu dämpfen, nur die Liebeslieder, die von den Arabern auf uns gekommen sind, und die edle in »Tausend und eine Nacht« sich widerspiegelnde Gesittung mit den widerlichen Greueltaten zu vergleichen, die bei Gregor von Tours, dem Geschichtsschreiber Chlodwigs, oder bei Eginhard, dem Geschichtsschreiber Karls des Großen, Seite um Seite mit Blut füllen.

Mohammed war ein *Puritaner,* er wollte die Freuden des Lebens, die niemand schädlich sind, ausmerzen; er hat die Liebe in den Ländern, die den Islam annahmen, ertötet[1]; darum ist seine Lehre in Arabien, ihrer Heimat, auch weniger verwirklicht worden als in den übrigen mohammedanischen Ländern.

Die Franzosen haben aus Ägypten vier Foliobände, betitelt »Das Buch der Lieder«, mitgebracht. Diese Bände enthalten:

1. Die Lebensbeschreibungen der Dichter, die die Lieder geschaffen haben.

2. Die Lieder selbst. Der Dichter besingt darin alles, was ihn bewegt, er preist, nachdem er seine Geliebte verherrlicht hat, sein pfeilschnelles Roß und seinen Bogen. Diese Lieder waren oft die Liebesbriefe des Verfassers; sie übermittelten der Geliebten ein getreues Echo der Gefühle, die sein Herz bewegten. Sie erzählen bisweilen

---

1 Konstantinopler Sitten. Die sicherste Weise, die Liebesleidenschaft zu töten, ist, durch Willfährigkeit jeder Kristallbildung zuvorzukommen.

von kalten Nächten, in denen man aus dem Bogen und den Pfeilen ein Feuer machen mußte. Die Araber sind ein Volk, das keine Häuser hat.

3. Die Lebensbeschreibungen der Musiker, die diese Lieder vertont haben.

4. Schließlich die Schlüssel der musikalischen Notierungen; diese Notierungen sind für uns Hieroglyphen; diese Musik wird uns immer unverständlich bleiben, sie spricht uns überdies auch nicht an.

Es gibt noch eine andere Sammlung, betitelt: »Lebensbeschreibung von Arabern, die an der Liebe starben«.

Diese merkwürdigen Bücher sind außerordentlich wenig bekannt; und die paar Gelehrten, die sie lesen können, haben durch ihr Studium, durch die akademische Lebensweise ihr Herz vertrocknen lassen. Um tiefer in diese Denkmäler einzudringen, die uns durch ihr Alter und die eigenartige Schönheit der enthüllten Sitten fesseln, muß man etlichen geschichtlichen Tatsachen nachgehen.

Zu allen Zeiten und bereits vor Mohammed zogen die Araber nach Mekka, um die *Kaaba* oder das Haus Abrahams zu umwandeln. Ich sah in London eine sehr genaue Nachbildung der Heiligen Stadt. Es sind sieben- bis achthundert mitten in eine von der Sonne versengte Sandwüste hingestreute Häuser mit platten Dächern. An dem einen Ende der Stadt entdeckt man einen gewaltigen, nahezu quadratischen Bau; dieses Bauwerk zieht sich um die Kaaba herum; es wird von einem fortlaufenden Säulengang gebildet, der unter der arabischen Sonne unentbehrlich ist, wenn der heilige Umgang stattfinden soll. Der Säulengang spielt in der Geschichte der arabischen Sitten und Dichtung eine bedeutende Rolle; anscheinend war es jahrhundertelang der einzige Ort, wo Männer und Frauen einander begegneten. Bunt durcheinandergemischt, langsam einherschreitend und heilige Lieder

chorartig absingend, vollzog man den Umgang um die
Kaaba. Das ist ein Weg von dreiviertel Stunden; die Um-
züge werden täglich mehrmals wiederholt; und das war
der heilige Ritus, zu dem sich Männer und Frauen aus allen Enden der Wüste zusammenfanden. Unter dem Säulengang der Kaaba sind die arabischen Sitten zur Entfaltung gekommen. Bald entbrannte ein Streit zwischen
Vätern und Liebhabern; und bald gestand der Araber
durch Liebeslieder dem jungen vom Vater oder den
Brüdern streng bewachten Mädchen, an deren Seite er
am heiligen Umzug teilnahm, seine Leidenschaft. Ein
hochherziger, gefühlsstarker Wesenszug war diesem
Volke schon durch sein Lagerleben eigen; die Liebe aber,
will mir scheinen, nahm ihren Ausgang von der Kaaba;
sie ist auch der Ursprungsort ihrer Literatur. In dieser
kam anfangs die Leidenschaft mit aller Schlichtheit und
Kraft zum Ausdruck, die der Dichter empfand. Später
war der Dichter, anstatt davon zu schwärmen, wie
er seine Freundin erringen wolle, mehr darauf bedacht, schöne Verse zu schreiben; so entstanden die
Künsteleien, welche die Mauren mit zu den Spaniern
brachten und die heute noch die Bücher dieses Volkes
verhunzen[1].

Einen sprechenden Beweis für die Hochachtung der
Araber dem schwachen Geschlechte gegenüber sehe ich
in der Form, durch die sie die Ehescheidung vollziehen.
Die Frau bricht in Abwesenheit des Mannes, von dem sie
sich scheiden will, das Zelt ab und baut es wieder auf,
wobei sie darauf achtet, daß der Eingang auf die entgegengesetzte Seite kommt. Diese einfache sinnbildliche
Handlung trennt die beiden Gatten für immer.

---

1 Es gibt eine große Zahl von arabischen Handschriften in Paris. Die aus der späteren Zeit enthalten viel Künsteleien, ahmen aber nie die Griechen oder Römer
nach; darum werden sie von unseren Gelehrten vernachlässigt.

Fragmente

Auszugsweise übersetzt nach einer arabischen Sammlung, betitelt

Der Divan der Liebe

Gesammelt von Ebn Abi Hadglat (Handschriften der Königlichen
[National-] Bibliothek Nr. 1461 und 1462)

Mohammed, der Sohn des Djaâfar Elahuâzadi, erzählt,
daß Djamil auf den Tod krank darniederlag und sich an-
schickte, seinen Geist aufzugeben, als ihn Elâbas, der
Sohn des Sohail, aufsuchte. »O du Sohn Sohails«, sprach
Djamil zu ihm, »was hältst du von einem Manne, der
niemals Wein trank, sich nie auf unerlaubte Weise berei-
cherte, nie einem lebenden Geschöpf, das zu töten Gott
verbietet, ohne Grund den Tod gab und bezeugt, daß es
keinen anderen Gott gibt außer Gott, dessen Prophet
Mohammed ist?« – »Ich meine«, antwortete Ben Sohail,
»dieser Mann wird erlöst werden und das Paradies erlangen; doch wer ist der Mann, von dem du sprichst?« –
»Ich bin es«, entgegnete Djamil. – »Ich hatte nicht gedacht, daß du es mit dem Islam so genau nimmst«, sagte
darauf Ben Sohail, »denn du hast doch zwanzig Jahre
lang der Bothaina den Hof gemacht und sie mit deinen
Versen verherrlicht.« – »Dieser Tag heute«, antwortete
Djamil, »ist für mich der erste in der anderen Welt und
der letzte auf dieser, und die Gnade unseres Meisters
Mohammed soll sich am Tage des Gerichts von mir abwenden, wenn ich je die Hand in sträflicher Absicht nach
Bothaina ausgestreckt habe.«

Dieser Djamil und Bothaina, seine Geliebte, gehörten
beide dem Stamme der Benu-Azra an, der unter allen
arabischen Völkerschaften berühmt ist ob der Liebe. Ihre
Liebesfähigkeit ist sogar sprichwörtlich geworden, und
Gott hat kein lebendes Wesen geschaffen, das so zärtlich
in der Liebe sein könnte wie sie.

Sahid, der Sohn des Agba, fragte eines Tages einen Araber: »Aus welchem Volke stammst du?« – »Ich gehöre einem Volk an, bei dem man stirbt, wenn man liebt«, antwortete der Araber. – »Du bist vom Stamme der Azra?« versetzte Sahid. – »Ja, beim Herrn der Kaaba!« gab der Araber zur Antwort. – »Wie kommt es doch, daß ihr zu solcher Liebe fähig seid?« fragte Sahid weiter. – »Unsere Frauen sind schön und unsere jungen Männer sind keusch!« erwiderte der Araber.

Jemand fragte einmal Aruâ-Ben-Hezam[1]: »Ist es wirklich wahr, was man von Euch berichtet, daß Euch unter allen liebenden Menschen das zärtlichste Herz zu eigen ist?« – »Ja, bei Gott, das ist wahr«, antwortete Aruâ, »und ich kannte in meinem Stamme dreißig junge Leute, die der Tod dahingerafft hat und die von keiner anderen Krankheit befallen waren als der Liebe.«

Ein Araber von den Benu-Fazârat sprach eines Tages zu einem anderen Araber von den Benu-Azra: »Bei euch Benu-Azras meint man, an der Liebe zu sterben, sei ein süßer, edler Tod; aber es liegt eine offenbare Schwäche und eine Dummheit darin; und die ihr für Menschen mit einem reichen Herzen haltet, sind wahnhafte, marklose Geschöpfe.« – »Du würdest nicht so sprechen«, gab ihm der Araber vom Stamme der Azra zur Antwort, »wenn du erlebt hättest, wie die großen schwarzen Augen unserer Frauen Blitze durch den Schleier ihrer langen Wimpern senden und wenn du sie lächeln und ihre Zähne zwischen den braunen Lippen schimmern sehen hättest!«

Abu el Hassan, Ali Sohn Abdallas, Elzaguni erzählt das Folgende: Ein Muselmann liebte ein Christenmädchen so sehr, daß er fast den Verstand darüber verlor. Einmal mußte er zusammen mit einem Freunde, dem er seine

---

1 Dieser Aruâ-Ben-Hezam war vom Stamme *Azra,* wie besonders erwähnt werden muß. Er ist berühmt als Dichter, aber noch berühmter als einer von den zahlreichen Märtyrern der Liebe, die die Araber aufzuweisen haben.

Liebe entdeckt hatte, eine Reise in ein fremdes Land tun.
Indem sich seine Geschäfte in jenem Lande hinzogen,
überfiel ihn eine tödliche Krankheit, und er sprach
darum zu seinem Freunde: »Meine letzte Stunde naht,
auf dieser Erde sehe ich die nicht wieder, der meine Liebe
gehört, und ich fürchte, wenn ich als Muselmann sterbe,
treffe ich sie auch im anderen Leben nicht an.« Er wurde
Christ und starb. Sein Freund kam zu der jungen Christin
zurück und traf sie krank an. Sie sprach zu ihm: »Ich
sehe ich meinen Freund in dieser Welt nicht wieder, aber ich
will mich in der anderen mit ihm vereinigen: so bekenne
ich denn, daß es keinen anderen Gott gibt außer Gott,
und daß Mohammed Gottes Prophet ist.« Darüber starb
sie. Die Barmherzigkeit Gottes stehe ihr bei.*[1]

Eltemini erzählt, es habe in dem Stamme der Tagleb-
Araber ein sehr reizendes Christenmädchen gegeben,
das einen jungen Muselmann liebte. Sie bot ihm ihr
Vermögen an und alles, was sie an Kostbarkeiten besaß,
ohne daß sie seine Liebe erringen konnte. Als sie schließlich alle Hoffnung fahrenlassen mußte, gab sie einem
Künstler hundert Denare, damit er ihr ein Bildnis des
jungen Mannes, den sie liebte, anfertige. Der Künstler
schuf dieses Bildnis, und als es das junge Mädchen erhalten hatte, stellte sie es an einem Ort auf und ging täglich
dahin. Dort umarmte sie das Bildnis und ließ sich dann
daneben nieder und verbrachte den Rest des Tages mit
Weinen. Wenn der Abend nahte, verneigte sie sich vor
dem Standbild und ging heim. Sie tat das lange Zeit. Da
mußte der Jüngling sterben; sie begehrte den Toten zu
sehen und schloß ihn in ihre Arme, danach kehrte sie zu
ihrem Bildnis zurück, verbeugte sich vor ihm, umarmte

---

1 Diese Proben sind verschiedenen Teilen der erwähnten Sammlung entnommen. Die drei mit einem Sternchen gekennzeichneten stehen im letzten Kapitel,
das eine sehr kurz gefaßte Lebensbeschreibung einer ziemlich großen Zahl arabi-
scher Märtyrer der Liebe enthält.

es wie gewöhnlich und bettete sich neben ihm auf die Erde. Als der Morgen kam, fand man sie tot, ihre Hand ruhte auf einigen Zeilen, die sie geschrieben hatte, bevor sie starb.*

Ueddah aus dem Lande Yemen war wegen seiner Schönheit berühmt unter den Arabern. Er und Om el Bonain, die Tochter des Abd el Aziz und der Meruan, liebten sich, da sie noch Kinder waren, schon so sehr, daß keines ertrug, auch nur einen Augenblick vom anderen getrennt zu sein. Als Om el Bonain die Frau Ualid ben Abd el Maleks wurde, kam Ueddah von Sinnen. Nachdem er lange Zeit in einem Zustand von Geistesabwesenheit und tiefem Schmerz verbracht hatte, begab er sich nach Syrien und strich unaufhörlich um das Gehöft Ualids, des Sohnes Maleks, herum, zunächst ohne alle Aussicht, an sein Ziel zu kommen. Endlich begegnete er einer jungen Magd, und es gelang ihm, sie durch Beharrlichkeit und Artigkeit für sich zu gewinnen. Als er glaubte, ihr trauen zu dürfen, fragte er sie, ob sie Om el Bonain kenne. – »Gewiß, denn sie ist meine Herrin«, erwiderte die junge Magd. – »Nun wohl«, versetzte Ueddah, »deine Herrin ist meine Base, und wenn du ihr Botschaft von mir bringen willst, wirst du sie gewiß erfreuen.« – »Ich werde sie gerne überbringen«, antwortete die junge Magd. Und danach eilte sie rasch zu Om el Bonain, um ihr die Botschaft von Ueddah zu überbringen. » Bedenke, was du sagst!« rief diese aus. »Wie? Ueddah lebt?« – »Gewiß«, sagte die junge Magd. – »Lauf und sag ihm«, fuhr nun Om el Bonain fort, »er möchte nicht fortgehen, bis ich ihm einen Boten sende.« Sie traf darauf ihre Anstalten, um Ueddah bei sich einzulassen, und verbarg ihn in einer Truhe. Wenn sie sich sicher glaubte, ließ sie ihn herauskommen und war mit ihm beisammen und verbarg ihn wieder in der Truhe, wenn jemand kam und ihn hätte entdecken können.

Eines Tages trug es sich zu, daß man Ualid eine Perle
brachte. Da sprach er zu einem seiner Knechte: »Nimm
diese Perle und bring sie zu Om el Bonain!« Der Knecht
nahm die Perle und brachte sie Om el Bonain. Er ließ
sich aber nicht anmelden und trat bei ihr in einem Augenblick ein, da sie mit Ueddah zusammen war, derart,
daß er einen Blick in Om el Bonains Gemach werfen
konnte, ohne daß diese es gewahr wurde. Der Knecht
Ualids entledigte sich seines Auftrags und bat Om el
Bonain um eine Kleinigkeit für das Überbringen des
Kleinods. Sie schlug es ihm ab und verwies ihn streng.
Erbost ging der Knecht davon, lief zu Ualid, berichtete
ihm, was er gesehen hatte, und beschrieb ihm die Truhe,
in welche er Ueddah hatte verschwinden sehen. »Du
lügst, mutterloser Sklave! Du lügst!« schrie Ualid. Und
er stürzte wild zu Om el Bonain. In dem Gemach waren
mehrere Truhen; er setzte sich auf die, in welcher Ueddah steckte und die ihm der Sklave bezeichnet hatte, und
sagte zu Om el Bonain: »Überlaß mir eine dieser Truhen.« – »Sie gehören dir alle wie ich selbst«, antwortete
Om el Bonain. – »Nun gut!« fuhr Ualid fort, »ich
möchte die, auf der ich sitze.« – »In dieser befinden sich
Sachen, die einer Frau unentbehrlich sind.« – »Diese Sachen will ich gar nicht haben, sondern diese Truhe«, fuhr
Ualid fort. – »Sie gehört dir«, entgegnete sie. Alsbald
ließ Ualid die Truhe wegbringen und zwei Sklaven holen, denen er anbefahl, eine Grube tief in die Erde zu gra-
ben, bis sie auf Wasser stießen. Dann hielt er seinen
Mund an die Truhe und rief: »Man hat mir von dir erzählt. Hat man mir die Wahrheit berichtet, so will ich jede
Spur von dir tilgen, jede Kunde von dir zunichte machen. Wenn man mich falsch unterrichtet hat, so begehe
ich kein Unrecht, die Truhe einzugraben: es ist nur in die
Erde versenktes Holz.« Danach ließ er die Truhe in die
Grube versenken und diese mit der ausgeworfenen Erde

und den Steinen wieder füllen. Von der Zeit an hörte Om el Bonain nicht auf, diesen Ort zu besuchen und so lange zu weinen, bis man sie eines Tages mit zur Erde gewandtem Gesicht leblos hingesunken auffand.*

VIERUNDFÜNFZIGSTES KAPITEL
ÜBER DIE ERZIEHUNG DER FRAUEN

Die heute bei jungen Mädchen anzutreffende Erziehung ist ein Ergebnis des Zufalls und alberner Vorurteile; sie läßt die Fülle glänzender Fähigkeiten ungenutzt, durch die sie sich selbst wie auch uns glücklich machen könnten. Aber welcher Mann ist so verständig, daß er nicht schon einmal in seinem Leben ausgerufen hätte:

> Ist's nicht genug, wenn eine Frau
> Soviel an Witz und Bildung hat, daß sie mit Fleiß
> Die Hose von dem Wams zu unterscheiden weiß.
> Molière, »Die gelehrten Frauen«, II, 7.

In Paris wird das höchste Lob für ein junges heiratsfähiges Mädchen in dem Satz zusammengefaßt: Sie hat die sanfte Gemütsart eines Schäfchens, und nichts macht größeren Eindruck auf einen dummen Freier. Zwei Jahre später sieht man ihn mit seiner Frau zusammen bei trübem Wetter frühstücken, die Mütze auf dem Kopf und von drei tüchtigen Lakaien bedient.

Es ist bekannt, daß 1818 in den Vereinigten Staaten ein Gesetz erlassen wurde, das denjenigen zu vierunddreißig Stockschlägen verurteilt, der einem virginischen Neger das Lesen beibringen wollte[1]. Man kann sich kein folgerichtigeres, überlegteres Gesetz denken!

Waren denn die Vereinigten Staaten selbst ihrem Mut-

---

1 Zu meinem Bedauern finde ich in der italienischen Handschrift keine genaue Quellenangabe; ich wünschte, es erwiese sich als unwahr.

terlande von größerem Nutzen, als sie dessen Sklaven waren oder seitdem sie ihm gleichberechtigt sind? Wenn die Arbeit eines freien Menschen zwei- oder dreimal so hoch bewertet wird wie dieselbe Arbeit, in der Sklaverei verrichtet, warum soll für den Geist dieses Menschen nicht das gleiche gelten?

Wenn es nach uns ginge, erhielten die jungen Mädchen die Erziehung von Sklavinnen; den Beweis erbringt die Tatsache, daß sie nur über das belehrt werden, was wir ihnen zubilligen.

Das bißchen Bildung, das sie leider Gottes immer noch erhaschen, brauchen sie ja doch gegen uns, sagen gewisse Ehemänner. – Zweifellos hatte auch Napoleon recht, der Nationalgarde keine Waffen zu geben, und ebenso hatten die Ultras recht, den wechselseitigen Unterricht zu bekämpfen. Bewaffnet einen Menschen und fahrt fort, ihn zu unterdrücken, und ihr werdet sehen, daß er schlecht genug ist, seine Waffen, sobald er kann, gegen euch selbst zu kehren.

Auch wenn wir das Recht hätten, die jungen Mädchen gleich Schwachsinnigen mit *Ave Marias* und schlüpfrigen Liedern zu erziehen, wie in den Klöstern um 1770, wären doch noch einige gelinde Einwürfe vorzubringen:

1. Im Falle der Gatte stirbt, sind sie berufen, der verwaisten Familie vorzustehen.

2. Als Mütter lassen sie den männlichen Sprößlingen, den künftigen Herren, die erste Erziehung angedeihen, die, welche den Charakter prägt und die Seele lehrt, *das Glück mehr auf diesem als jenem Wege zu suchen,* was sich bereits im Alter von vier oder fünf Jahren entscheidet.

3. Unseren Vorurteilen zum Trotz ist das Verhalten der Lebensgefährtin in den kleinen häuslichen Dingen, von denen unser Wohlbehagen abhängt, von großem Ein-

fluß, weil das Glück, wo Leidenschaft fehlt, von der Bewahrung vor alltäglichen Widerwärtigkeiten abhängt; nicht etwa, daß wir ihr den geringsten Einfluß einräumen wollten, aber sie tut zwanzig Jahre lang ununterbrochen dieselben Dinge; und wer besitzt die Widerstandskraft des Römers, sich einem Einfluß zu entziehen, der ein ganzes Leben lang ununterbrochen auf ihn wirkt? Die Welt ist voller Ehemänner, die sich gängeln lassen; aber das geschieht aus Schwäche und nicht aus dem Gefühl der Gleichberechtigung. Weil sie sich wohl oder übel fügen müssen, droht ihnen auch stets, daß ihre Zugeständnisse mißbraucht werden, und bisweilen ist auch erforderlich, sie zu mißbrauchen, um überhaupt bestehen zu können.

4. Endlich liegt in den Jahren der Liebe, jener Spanne also, die sich in den südlichen Ländern oft auf nur zwölf oder fünfzehn Jahre, freilich die schönsten unseres Lebens, beschränkt, unser Glück vollkommen in der Hand der Frau. Ein im unrechten Augenblick gezeigter Hochmut kann uns für immer unglücklich machen, und wie sollte einem auf den Thron erhobenen Sklaven nicht glücken, seine Macht zu mißbrauchen? In diesem Zusammenhang gehört die falsche Empfindlichkeit und der weibliche Stolz. Man erhebe hier nicht die unnütze Einwendung: die Männer seien *Despoten,* und man wisse doch, wie Despoten die bestgemeinten Ratschläge ausnützen. Der Mann, der zu allem fähig sei, finde nur an bestimmten Ratschlägen Gefallen, solchen nämlich, die ihm seine Macht zu vergrößern helfen. Wo ersteht unseren armen jungen Mädchen ein Quiroga und ein Riego, um den Tyrannen, die sie knechten und, um besser knechten zu können, entwürdigen, jene heilsamen Lehren zu erteilen, welche mit Huldigungen und Ordensbändern belohnt werden müßten, statt mit dem Galgen, wie Porlier geschah? [Es handelt sich um drei spanische

Politiker und Soldaten, von denen zwei 1815 und 1823 hingerichtet wurden.]

Ein solcher Wandel braucht Jahrhunderte, woran der verhängnisvolle Umstand die Schuld trägt, daß alle Erfahrungen notwendigerweise zunächst einmal unbefriedigend sind. Bildet den Geist eines jungen Mädchens zur Klarheit, arbeitet an ihrem Charakter, laßt ihr endlich eine gute Erziehung im wahren Sinne des Wortes angedeihen: sowie sie früher oder später ihre Überlegenheit über ihre Umgebung entdeckt, wird sie zur Hofmeisterin, das heißt zum unausstehlichsten, unbrauchbarsten Wesen, das auf Erden bestehen kann. Da wird keiner sein, der nicht lieber sein Leben an der Seite einer Magd als einer schulmeisterlichen Frau verbringen möchte.

Pflanze einen jungen Baum mitten in einen dichten Wald, wo ihm seine Nachbarn Luft und Sonne wegnehmen, und seine Blätter werden welken; er nimmt eine hochschießend lächerliche Gestalt an, *die nicht in seiner Natur* liegt. Man muß einen ganzen Wald auf einmal anpflanzen. Welche Frau brüstet sich etwa damit, daß sie lesen kann?

Die Schulfüchse erzählen uns seit zweitausend Jahren, daß die Frauen einen lebhafteren, die Männer einen gediegeneren Geist hätten, daß die Frauen mehr Feinheit der Gedanken und die Männer mehr Eindringlichkeit besäßen. Ein Pariser Gaffer, der einst im Park von Versailles spazierenging, schloß aus dem, was er sah, daß die Bäume zugestutzt wüchsen.

Ich will zugeben, daß die jungen Mädchen weniger Körperkraft haben als die Knaben: das läßt Rückschlüsse auf den Geist zu, denn man weiß doch, daß Voltaire und d'Alembert im Austeilen von Hieben die ersten Männer ihres Jahrhunderts waren. Man weiß auch, daß ein zehnjähriges Mädchen zwanzigmal mehr Verschlagenheit besitzt als ein gleichaltriges Bübchen. Weshalb soll sie mit zwanzig Jahren auf einmal schwachsinnig, linkisch, furchtsam vor einer Spinne sein, der Gassenjunge aber ein geistvoller Kopf?

Die Frauen wissen nicht nur, was wir sie wissen lassen wollen, sondern auch, was sie die Lebenserfahrung lehrt. Deshalb ist es von großem Nachteil für sie, in einer sehr reichen Familie aufzuwachsen; anstatt Menschen zu begegnen, die sich ihnen gegenüber *natürlich* geben, sind sie von Kammerzofen oder Gesellschafterinnen umgeben, die der Reichtum schon verdorben und verkümmert hat[1]. Es gibt nichts Dümmeres als einen Prinzen.

Junge Mädchen, die ihre Sklaverei erkennen, halten die Augen früh offen; sie sehen alles, doch sind sie noch zu unerfahren, um es richtig zu sehen. In Frankreich besitzt eine Frau von dreißig Jahren nicht die Erfahrungen, die ein fünfzehnjähriger Knabe hat; eine Fünfzigjährige nur den Verstand eines Mannes von fünfundzwanzig. Man bedenke, daß Frau von Sévigné die albernsten Handlungen Ludwigs XIV. bewunderte. Man bedenke das kindische Geschwätz der Frau von Epinay.

Die Frauen sollen ihre Kinder nähren und besorgen. — Ich erhebe Einspruch gegen den ersten Satz, ich stimme dem zweiten zu. — *Sie sollen sich mehr um ihre Küche kümmern.* — Eben darum finden sie nicht die Zeit, dieselben Kenntnisse sich anzueignen wie ein kleiner fünfzehnjähriger Junge; die Männer müssen Richter, Bankiers, Rechtsanwälte, Kaufleute, Ärzte, Priester usw. sein. Und dennoch finden sie Zeit, die Kammerreden Fox' und die »Lusiaden« von Camoëns zu lesen.

In Peking [Paris] ist der Staatsanwalt, der morgens zum Justizpalast eilt und einen Vorwand ersinnt – und das in allen Ehren –, um einen armen Schriftsteller, der dem Unterstaatssekretär mißfällt, bei dem der Beamte abends

1 Erinnerungen der Frau von Staal, Collés, Duclos', der Markgräfin von Bayreuth.

zuvor die Ehre zu speisen hatte, ins Gefängnis zu bringen und zu ruinieren, sicherlich ebensosehr beschäftigt wie seine Frau, die sich um die Küche kümmern muß, die Strümpfe ihres Töchterchens strickt, seinen Tanz- oder Klavierstunden beiwohnt, den Besuch des Kirchspiel-Vikars empfängt, der ihr die »Tageszeitung« bringt, und danach sich einen Hut in der Rue de Richelieu aussucht und einen Gang durch die Tuilerien macht.

Bei seiner edlen Beschäftigung findet jener Beamte noch Zeit, an den Spaziergang zu denken, den seine Frau durch die Tuilerien macht, und wenn er sich mit der Macht, die das Weltall lenkt, ebensogut stünde wie mit der, die den Staat regiert, würde er ein Gesuch an den Himmel richten, den Frauen, zu ihrem eigenen Besten, acht oder zehn Stunden Schlaf mehr zuzugestehen. Im gegenwärtigen Zustand der Gesellschaft ist die Muße, die für den Mann die Quelle allen Glücks und Genusses ist, nicht nur kein Vorteil für die Frauen, sondern sie ist eine von den unseligen Freiheiten, die eben jener würdige Beamte gern aus der Welt schaffen möchte.

FÜNFUNDFÜNFZIGSTES KAPITEL
EINWENDUNGEN GEGEN DIE ERZIEHUNG DER FRAUEN
ABER DIE FRAUEN SIND ÜBERHÄUFT MIT
DEN KLEINEN HAUSARBEITEN

ein Oberst, Herr S..., hat vier nach den besten Grundsätzen erzogene Töchter, das heißt, sie sind den ganzen Tag in Tätigkeit. Wenn ich zu Besuch komme, singen sie Rossini, von dem ich ihnen Noten aus Neapel mitbrachte; außerdem lesen sie die Bibel in der Bearbeitung Royaumonts; sie lernen das Dümmste aus der Geschichte, ich meine die Jahreszahlen und die Verschen von Le Ragois; sie sind in der Geographie gut beschlagen, fertigen wunderbare Stickereien an, und ich schätze, daß jedes dieser netten kleinen Mädchen mit seiner Arbeit täglich acht Sous verdienen könnte. Das Jahr mit dreihundert Tagen gerechnet, ergibt das vierhundertundachtzig Franken, also weniger als man einem ihrer Lehrer gibt. Um vierhundertachtzig Franken jährlich also vertrödeln sie ein für allemal die Zeit, die in der Entwicklung des Menschen der Ausbildung des Verstandes dienen soll.

Wenn die Frauen an den zehn oder zwölf guten Büchern, die jedes Jahr in Europa erscheinen, Geschmack fänden, würden sie sich bald nicht mehr um ihre Kinder kümmern. – Das ist genauso, als ob wir, um die Brandung aufzuhalten, Bäume auf dem Meeresstrand anpflanzen wollten. Nicht in jedem Sinne ist die Erziehung allmächtig. Überdies erhebt man seit vierhundert Jahren die gleichen Einwendungen gegen alle Fortschritte in der Erziehung. Nicht nur, daß eine Pariserin im Jahre 1820 mehr Einfluß hat als 1720, in der Zeit des Lawschen Systems und der Regentschaft, sondern die Tochter des reichsten Generalsteuerpächters hatte damals eine weniger gute Erziehung als die Tochter des unbedeutendsten Anwaltes heute. Werden die Pflichten des Haushalts darum weniger gut erfüllt? Gewiß nicht. Und weshalb? Weil Not, Krankheit, Scham, Instinkt dafür sorgen, daß sie erfüllt werden. Ebensogut dürfte man von einem Offizier, der in der Liebenswürdigkeit zu weit geht, sagen, daß er das Reiten verlerne; man überlegt sich nicht, daß er ja bereits, als er sich diese Freiheit zum erstenmal herausnahm, den Arm hätte brechen müssen.

Die Ausbildung des Geistes bringt bei beiden Geschlechtern dieselben guten oder schlechten Wirkungen hervor. Eitelkeit wird uns nie verlassen, selbst wenn wir gar keinen Grund zu ihr haben: man denke nur an die Kleinstädte. Drum wollen wir von ihr nur verlangen, daß sie sich auf ein wirkliches Verdienst, ein nützliches oder annehmliches Verdienst um die Gesellschaft berufen soll.

Die nicht ganz Vernagelten geben unter dem in Frankreich alles durchdringenden Einfluß der Revolution nach zwanzig Jahren allmählich zu, daß die Frauen auch etwas leisten können; aber sie sollen sich nur mit Sachen abgeben, die ihrem Geschlecht zukommen: Blumen ziehen, Herbarien anlegen, Zeisige züchten; man nennt so etwas harmlose Vergnügungen.

1. Diese unschuldigen Vergnügungen sind immerhin dem Müßiggang vorzuziehen. Überlassen wir sie den weiblichen Dummköpfen, wie wir ja auch den männlichen den Ruhm überlassen, Glückwunschgedichte zum Geburtstag des Hausherrn abzufassen. Oder soll man wirklich der Madame Roland oder Mrs. Hutchinson[1] zumuten, ihre Zeit mit der Aufzucht einer kleinen bengalischen Rose zu vergeuden?

Das ganze Geschwätz läuft darauf hinaus, daß man von seinem Sklaven sagen können will: »Er ist dumm genug, um nicht gefährlich zu werden.«

Und infolge einer gewissen *Wechselwirkung,* eines Naturgesetzes, dessen Wirksamkeit gewöhnlichen Augen entgeht, tun die Mängel der Lebensgefährtin deinem Glück keinen großen Abbruch, wenn man bedenkt, was sie dir für Unheil bringen könnte. Mir freilich wäre lieber, wenn mich meine Frau in einem plötzlichen Wutanfall einmal im Jahre zu erstechen versuchte, als daß sie mir jeden Abend mit Mißmut begegnete.

Schließlich ist unter Menschen, die miteinander leben, das Glück ansteckend.

Wenn deine Freundin, während du auf dem Marsfeld

---

1 Man lese nur die Erinnerungen dieser beiden bewundernswerten Frauen. Ich könnte noch andere Namen anführen, aber sie sind der Öffentlichkeit nicht bekannt, und außerdem soll man noch wirkendes Verdienst nicht ans Tageslicht zerren.

oder im Abgeordnetenhaus bist, den Vormittag damit verbringt, eine Rose nach dem schönen Werk von Redouté zu malen oder einen Band Shakespeare zu lesen, geht sie in beiden Fällen einem harmlosen Vergnügen nach; allein mit den Gedanken, die ihr die Rose eingibt, wird sie dich bei deiner Heimkehr bald langweilen, und sie wird überdies darauf brennen, am Abend in der Gesellschaft etwas lebensvollere Eindrücke zu gewinnen. Wenn sie Shakespeare mit Andacht gelesen hat, hat sie sich dagegen ebenso angestrengt wie du, ist ebenso angeregt und wird bei einem Spaziergang an deiner Seite durch das Wäldchen von Vincennes glücklicher sein, als wenn sie auf der Abendgesellschaft die gefeiertste Frau wäre. Die Freuden der großen Welt bedeuten nichts für glückliche Frauen.

Dummköpfe sind geschworene Feinde der weiblichen Ausbildung. Heute widmen sie ihre Zeit noch den Frauen, machen ihnen den Hof und sind darum gerne gesehen; was wird aber aus ihnen werden, falls die Frauen einmal keinen Geschmack mehr am Boston finden? Wenn wir anderen aus Amerika oder Ostindien sonnengebräunt und mit einer Sprache, die noch nach einem halben Jahr ein wenig rauh wirkt, zurückkehren, wissen sie unseren Erzählungen nichts Besseres als die Redensart entgegenzusetzen: »Wir haben dafür den Beifall der Frauen. Während du in Neuyork warst, ist eine andere Farbe für die offenen Wagen aufgekommen; heute ist Negerfarben Mode.« Und wir hören aufmerksam zu, denn so etwas zu wissen, ist wichtig. Wie manche hübsche Frau übersieht uns, wenn unser Wagen von keinem guten Geschmack zeugt.

Dieselben Tröpfe, die kraft der Vorzüge ihres Geschlechts mehr als die Frauen zu verstehen meinen, hätten völlig ausgespielt, wenn die Frauen auf den Einfall kämen, irgend etwas zu lernen. Ein Trottel von dreißig

Jahren sagt sich, wenn er im Schloß eines seiner Freunde zwölfjährige Mädchen trifft: »In zehn Jahren werde ich mir hier bei ihnen die Zeit vertreiben.« Man kann sich vorstellen, wie er sich entsetzt haben würde, falls er sie beim Studium nützlicher Dinge angetroffen hätte.

Gewiß erregt nicht die Gesellschaft und die Unterhaltung eines Mannweibes, wohl aber die einer kenntnisreichen Frau, die ihren Geist ausgebildet hat, ohne doch die Anmut ihres Geschlechtes aufzugeben, bei den ausgezeichneten Männern ihres Jahrhunderts stets Bewunderung, wo nicht Begeisterung.

Die Frauen würden Rivalen statt Gefährten der Männer sein.
– Ja, in dem Augenblick, wo ihr die Liebe durch ein Gesetz abschafft. Bis dieses schöne Verbot kommt, wird die Liebe ihre Reize und Wirkungen nur verdoppeln; das ist das Ganze. Das Feld, auf dem sich die *Kristallisation* abspielt, wird weiträumiger; der Mann kann nun seinen ganzen Gedankenreichtum vor der geliebten Frau entfalten, die ganze Schöpfung wird vor ihren Augen neue Reize gewinnen, und weil die Gedanken stets etwelche Feinheiten des Charakters widerspiegeln, lernt sich ein Paar tiefer verstehen und begeht weniger Torheiten; die Liebe ist nicht mehr so blind und richtet weniger Unheil an.

Der Wunsch zu gefallen entzieht das Schamgefühl, den Zartsinn und alle weiblichen Reize stets der erzieherischen Einwirkung. Ebensogut könnte man auf den Gedanken kommen, die Nachtigallen ließen sich im Frühling das Singen verbieten.

Die weibliche Anmut ist nicht durch Unwissenheit bedingt. Das lehren die würdevollen Ehehälften unserer Landpächter und die Frauen der großen Kaufleute in England. Die zur Schau getragene *Schulweisheit* (denn ich nenne Schulweisheit den Versuch, mir ohne jede Veranlassung von einem Kleid bei Leroy oder von einer

Romanze Romagnesis zu sprechen, ebenso wie die Beflissenheit, bei einer Unterhaltung über unsere menschenfreundlichen [gegenrevolutionären, 1816 die Provinz bearbeitenden] Missionare etwas über Fra Paolo und das Konzil zu Trient anzubringen), die peinliche Achtsamkeit auf die Kleidung und das vorgeschriebene Betragen, die Sucht, eine genau abgewogene Phrase über Rossini anzubringen, tut der Anmut der Pariserinnen Abbruch. Aber sind trotz der schrecklichen Verheerungen durch diese ansteckende Krankheit die Frauen in Paris nicht die anmutigsten von ganz Frankreich? Sind ihre trefflichen, geistreichen Einfälle etwa ein Werk des Zufalls? Nun, vielleicht lernen sie solche Einfälle aus Büchern. Ich schlage ihnen gewiß nicht vor, Grotius und Pufendorf zu lesen, seitdem wir Tracys Kommentar zu Montesquieu besitzen.

Das Feingefühl der Frauen schult sich in jener gefahrdrohenden Lage, in die sie sich frühzeitig gedrängt sehen, nämlich unter dem Zwang, ihr Leben inmitten erbitterter und reizender Feindinnen zu verbringen.

Es mag in Frankreich etwa fünfzigtausend Frauen geben, die durch ihre Vermögensumstände aller Sorge enthoben sind. Aber ohne Arbeit gibt es kein Glück (die Leidenschaften selbst stacheln zur Tätigkeit an, und zwar zu anstrengender Arbeit, die den ganzen Menschen in Anspruch nimmt).

Eine Frau mit vier Kindern und zehntausend Pfund Rente *arbeitet,* wenn sie Strümpfe strickt oder ein Kleid für ihr Töchterchen anfertigt. Aber man kann unmöglich behaupten, daß eine Frau, die einen eigenen Wagen besitzt, arbeitet, wenn sie eine Stickerei oder Näherei vornimmt. Außer einem Fünkchen Eitelkeit treibt sie gewiß nichts dazu an; sie arbeitet nicht.

Also ist ihr Glück schwer bedroht.

Und was noch mehr besagt, das Glück ihres Gebieters;

denn eine Frau, deren Herz zwei Monate lang von nichts anderem erfüllt wird als von ihrer Stickerei, könnte vielleicht auf den vermessenen Gedanken kommen, daß die galante Liebe oder die Liebe aus Eitelkeit oder sogar die rein körperliche Liebe, verglichen mit ihrem gewohnten Zustand, ein sehr großes Glück wäre.

Eine Frau soll nicht von sich reden machen. – Darauf muß ich wiederum entgegnen: Welche Frau ist denn ins Gerede gekommen, weil sie zu lesen versteht?

Und was hindert die Frauen, solange sie auf die Wende ihres Schicksals warten, das Studium, mit dem sie sich gewöhnlich beschäftigen und das sie tagtäglich wirklich beglückt, geheimzuhalten? Ich will ihnen beiläufig ein Geheimnis anvertrauen. Sowie man sich ein Ziel gesetzt hat, zum Beispiel sich eine deutliche Kenntnis von der Verschwörung des Fiesko zu Genua im Jahre 1547 zu verschaffen, gewinnt man dem langweiligsten Werke einen Reiz ab. Es hat damit dieselbe Bewandtnis wie bei Liebenden das Zusammentreffen mit einer belanglosen Person, die soeben bei der Geliebten gewesen ist. Und diese Anteilnahme steigert sich Monate hindurch, bis man von der Verschwörung des Fiesko genug hat.

Die wahren Tugenden einer Frau werden im Krankenzimmer erprobt. – Aber wollt ihr euch denn vermessen, von der göttlichen Güte zu verlangen, daß sie die Zahl der Kranken verdoppelt, um unseren Frauen genug Beschäftigung zu geben? Das hieße, sich auf den Ausnahmefall berufen.

Im übrigen meine ich, daß eine Frau täglich ebenso drei bis vier Mußestunden haben soll, wie ja kluge Männer auch auf ihre Mußestunden halten.

Eine junge Mutter, deren Sohn von den Röteln befallen ist, kann, selbst wenn sie es wollte, kein Vergnügen an der Lektüre von Volneys »Reise in Syrien« finden, ebensowenig wie es ihrem Mann, einem reichen Bankier, im

Augenblick des Bankerotts Freude macht, den Gedanken des Malthus nachzugehen.

Das einzige Merkmal, durch das sich reiche Frauen über den Durchschnitt erheben können, ist geistige Überlegenheit. Darum haben sie ganz selbstverständlich auch eine andere Art des Empfindens[1].

Wollt ihr die Frauen zu Schriftstellern machen? – So gewiß, als ihr die Absicht äußert, eure Tochter in der Oper auftreten zu lassen, wenn ihr ihr einen Gesangslehrer bestellt. Ich bin der Ansicht, daß eine Frau auf alle Fälle, wie Frau von Staal (Delaunay) tat, nur Werke schreiben soll, die man erst nach ihrem Tode veröffentlicht. Etwas drucken lassen bedeutet für eine Frau unter fünfzig Jahren ihr Glück in eine fürchterliche Gefahr bringen. Wenn sie so glücklich ist, einen Geliebten zu besitzen, macht sie damit den ersten Schritt, ihn zu verlieren.

Ich lasse nur eine Ausnahme gelten: daß eine Frau Bücher schreibt, um ihre Familie zu versorgen oder weiterzubringen. In diesem Falle soll sie sich bei einem Gespräch über ihre Arbeiten immer hinter den Gelderwerb verschanzen und zum Beispiel zu einem Schwadronführer sagen: »Euer Beruf bringt Euch jährlich viertausend Franken ein; ich meinerseits habe mit meinen zwei Übersetzungen aus dem Englischen im letzten Jahr dreitausendfünfhundert Franken zur Ausbildung meiner beiden Söhne beigesteuert.«

Abgesehen hiervon, sollte eine Frau bei der Drucklegung so wie Baron Holbach oder Frau von Lafayette verfahren; deren beste Freunde erfuhren gar nichts davon. Nur für eine *Dirne* hat die Veröffentlichung eines Buches keine Unannehmlichkeiten; das Publikum, dem es

---

1 Ich erinnere daran, daß Mistreß Hutchinson es verschmähte, zugunsten der Familie ihres vergötterten Mannes etliche Königsmörder an die Minister des eidbrüchigen Karl II. zu verraten.

beliebt, sie wegen ihres Standes zu verachten, will sie ihres Talentes wegen gleich in den Himmel heben und tut sich dabei geradezu Schaden.

Unter den Männern mit sechstausend Pfund Rente gibt es in Frankreich viele, die ein großes Genügen an der Literatur finden, ohne je an eine eigene Veröffentlichung zu denken; ein Buch zu lesen bedeutet ihnen den höchsten Genuß. Nach zehn Jahren zeigt sich, daß sie ihren Geist bereichert haben, und niemand wird leugnen, daß im allgemeinen, je mehr Geist man gewinnt, desto weniger mit dem Glück unserer Nächsten unvereinbare Leidenschaften bestehenbleiben[1]. Meiner Meinung nach kann auch nicht mehr bestritten werden, daß die Sprößlinge einer Frau, die Gibbon und Schiller liest, höhere geistige Anlagen besitzen werden als die Kinder einer Frau, die ihren Rosenkranz herunterleiert und Frau von Genlis liest.

Ein junger Rechtsanwalt, ein Kaufmann, ein Arzt, ein Ingenieur, alle können ohne eigentliche Erziehung ins Leben gestellt werden, sie erfahren eine solche täglich, indem sie ihren Beruf ausfüllen. Aber welche Möglichkeiten haben ihre Frauen, um schätzenswerte, notwendige Eigenschaften zu gewinnen? In der Zurückgezogenheit ihres Haushaltes bleibt ihnen das große Buch des Lebens und seiner Erfordernisse verschlossen. Sie vertun ja, wenn sie die Ausgaben mit ihrer Köchin durchgesprochen haben, immer wieder nur ihre drei Louis, die sie jeden Montag von ihrem Manne erhalten.

Ich darf die Herren Gebieter darauf aufmerksam machen: der geringste Mann kann, wenn er zwanzig Jahre alt ist und rote Wangen hat, einer unerfahrenen Frau gefährlich werden, die nur ihren Trieben überlassen ist; auf

---

1 Das läßt mich viel von der unter freien Verhältnissen heranwachsenden Generation erwarten. Ich hoffe auch, daß die Ehemänner, die dieses Kapitel lesen, einmal drei Tage lang den Despoten in sich bezwingen.

eine geistige Frau wird er gerade soviel Eindruck machen wie ein schöner Lakai.

Das Spaßige an der üblichen Erziehung ist, daß man den jungen Mädchen nichts anderes beibringt, als was sie schnellstens wieder vergessen müssen, sobald sie verheiratet sind. Man wendet sechs Jahre lang täglich vier Stunden auf, um gut Harfe spielen zu lernen; um ordentliche Miniaturen oder Aquarelle malen zu lernen, braucht man etwa halb soviel Zeit. Die meisten jungen Mädchen bringen es nicht einmal zu einer erträglichen Leistung; hier bewahrheitet sich das Sprichwort: Dilettant meint Ignorant[1].

Aber nehmen wir ein begabtes junges Mädchen an; wenn sie drei Jahre verheiratet ist, nimmt sie ihre Harfe oder ihren Farbkasten kaum einmal im Monat zur Hand; die so viel Mühe erfordernden Fertigkeiten sind ihr langweilig geworden, es sei denn, daß sie zufällig künstlerische Veranlagung hat, was jedoch selten ist und sich schwerlich mit den häuslichen Aufgaben verträgt.

Man schützt die Schicklichkeit nur als eine leere Ausrede vor und lehrt die jungen Mädchen nichts, was ihnen in den Verhältnissen, die sie im Leben vorfinden, das Zurechtfinden erleichtert; man tut Schlimmeres, man verheimlicht, man leugnet diese Verhältnisse vor ihnen, damit zu deren Macht noch hinzutritt: 1. die Wirkung der Überraschung; 2. die Wirkung des Mißtrauens, das auf die gesamte Erziehung als auf etwas Trügerisches zurückfällt[2]. Ich bin der Meinung, daß zur richtigen Erziehung eines jungen Mädchens auch gehört, mit ihr über die Liebe zu sprechen. Wer wagt ernstlich zu behaupten, daß bei unseren gegenwärtigen Sitten die jungen sech-

---

1 Das Gegenteil gilt in Italien, wo die schönsten Stimmen bei den Dilettanten, außerhalb des Theaters, anzutreffen sind.
2 Eine Erziehung, wie sie Frau von Epinay genossen hat. Erinnerungen.

zehnjährigen Mädchen nichts von der Liebe wüßten? Und von wem beziehen sie jene Vorstellungen, die von so großer Tragweite und so schwierig zu vermitteln sind? Man denke daran, wie sich Julie d'Étanges beklagt, daß sie ihre Kentnisse der Chaillot, einer Kammerzofe, verdankt. Wir sollten Rousseau dankbar sein, daß er gewagt hat, in einem Jahrhundert verlogener Sittsamkeit so wahrheitsgetreu zu schildern.

Da nun die übliche Erziehung der Frauen höchstwahrscheinlich die lächerlichste Albernheit des modernen Europa vorstellt, taugen die Frauen, gerade herausgesagt, um so mehr, je weniger sie von ihr genossen haben[1]. Vielleicht sind eben darum die Frauen in Italien und in Spanien den Männern so überlegen, und ich behaupte, auch den Frauen der anderen Länder.

SECHSUNDFÜNFZIGSTES KAPITEL
FORTSETZUNG

In Frankreich beziehen wir unsere ganze Weisheit über die Frauen aus dem Drei-Sous-Katechismus; und was das Spaßige dabei ist: viele Leute, die die Autorität dieses Buches nicht anerkennen, wenn sie ein Geschäft um fünfzig Franken abschließen, befolgen es buchstäblich und stumpfsinnig bei einer Angelegenheit, der unter den auf Äußerlichkeiten sich gründenden Verhältnissen des 19. Jahrhunderts wahrscheinlich eine sehr große Bedeutung für ihr Glück zukommt.

Scheidungen sind nicht zulässig, weil die Ehe ein *Mysterium* ist; und was für ein Mysterium! Das Sinnbild der Vereinigung Jesu Christi mit seiner Kirche. Und wie stünde es mit diesem Mysterium, wenn der Name der

---

1 Die Erziehung zum bloßen Anstand nehme ich aus; man besucht lieber einen Salon der Rue Verte als der Rue Saint-Martin.

Kirche männlichen Geschlechtes wäre[1]? Aber lassen wir anfechtbare Vorurteile[2]. Betrachten wir lediglich jenes eigenartige Schauspiel, wie die Axt der Lächerlichkeit schon an die Wurzel des Baumes gelegt ist und doch das Laub fortgrünt. Doch zurück zu den Tatsachen und ihren Folgen:

Bei beiden Geschlechtern ist das Schicksal des hohen Alters davon abhängig, wie man seine Jugend angewandt hat; das bewahrheitet sich vor allem bei den Frauen. Wie wird die Frau von fünfundvierzig Jahren in der Gesellschaft eingeschätzt? Sehr kritisch und meistens weit unter ihrem wahren Wert; mit zwanzig Jahren schmeichelt man ihr, wenn sie vierzig ist, kümmert sich kein Mensch mehr um sie.

Eine fünfundvierzigjährige Frau hat nur noch durch ihre Kinder oder durch ihren Geliebten Geltung.

Eine Mutter, die sich in den Künsten auszeichnet, vermag ihr Talent allein in dem sehr seltenen Falle in ihrem Sohn zu entwickeln, wo diesem die Natur die gleiche Anlage mitgegeben hat. Eine Mutter von geistiger Bildung vermittelt ihrem jungen Sohne nicht allein eine

1 Du bist Petrus, und auf diesen Fels / Will ich meine Kirche bauen. Siehe de Potter, »Kirchengeschichte«.

2 Die Religion ist eine Beziehung zwischen dem einzelnen Menschen und dem Göttlichen. Mit welchem Recht stellst du dich zwischen meinen Gott und mich? Ich brauche einen von Staats wegen eingesetzten Anwalt nur in Angelegenheiten, die ich selbst nicht erledigen kann.

Warum bezahlt der Franzose seinen Priester nicht, wie er seinen Bäcker bezahlt? Wenn wir in Paris gutes Brot haben, so deshalb, weil der Staat noch nicht darauf verfallen ist, die kostenlose Belieferung mit Brot einzuführen und die Bäcker der Staatskasse aufzuhalsen.

In den Vereinigten Staaten bezahlt jeder selbst seinen Priester. Diese Herren sind darum genötigt, sich verdient zu machen, und mein Nachbar kommt nicht auf den Gedanken, mich damit zu beglücken, daß er mir seinen Priester aufdrängt. [Briefe Birkbecks.]

Was aber, wenn ich die Überzeugung meiner Vorfahren teile, daß der Priester der engste Verbündete meiner Frau ist? Darum wird es, wenn nicht ein Luther kommt, 1850 in Frankreich keinen Katholizismus mehr geben. Vor diese Religion konnte sich im Jahre 1820 nur Herr Grégoire stellen; man weiß, wie mit ihm verfahren wurde.

Vorstellung von allen anmutigen Geistesgaben, sondern auch von allen dem Manne in der Gesellschaft nützlichen Fähigkeiten, und er kann dann wählen. Die Kulturlosigkeit der Türken ist größtenteils auf die geistige Stumpfheit der schönen Georgierinnen zurückzuführen. Die jungen in Paris aufwachsenden Leute verdanken ihren Müttern die unleugbare Überlegenheit, die sie mit sechzehn Jahren über die gleichaltrigen Provinzler haben. Zwischen sechzehn und zwanzig Jahren wendet sich dann das Blatt.

Die Erfinder des Blitzableiters, des Buchdrucks, der Webkunst steuern täglich etwas zu unserem Glück bei, und ebenso verhält es sich mit den Montesquieu, Racine, Lafontaine. Nun, die Zahl der Begabungen eines Volkes steht in einem festen Verhältnis zur Zahl der Menschen mit wirklicher Bildung[1], und wer will mir beweisen, daß mein Schuster nicht das Zeug dazu hätte, wie Corneille zu schreiben: freilich, es fehlt ihm die erforderliche Erziehung, um seine Empfindungen zu formen und dem Publikum mitteilen zu können.

Das heute übliche System der Erziehung junger Mädchen läßt alle *als Frauen* geborenen Begabungen für das Gemeinwohl verlorengehen; sobald diesen aber der Zufall eine Möglichkeit der Entfaltung bietet, bringen sie höchste Leistungen hervor. Man denke in unserer Zeit an eine Katharina II., die keine andere Schule durchgemacht hat als die Gefahr und das Bett; eine Madame Roland, eine Alessandra Mari, die in Arezzo ein Regiment auf die Beine stellte und gegen die Franzosen führte; eine Königin Caroline von Neapel, die die Pest des Liberalismus besser aufzuhalten verstand als unsere Castlereagh und unsere P... [Pfaffen]. Wo die Überlegenheit der Frau ihre Grenzen hat, mag man in dem Kapitel über die Schamhaftigkeit, Artikel 9, nachlesen. Was hätte aus

1 Man denke an die Generäle von 1795.

Miß Edgeworth werden können, hätte die einer jungen Engländerin auferlegte Rücksichtnahme sie, als sie an die Öffentlichkeit trat, nicht gezwungen, den Roman zur Kanzel zu machen[1].

Wo ist der Mann, der, sei's in der Liebe oder in der Ehe, so glücklich ist, seine Gedanken, wie sie sich ihm aufdrängen, der Frau mitteilen zu können, mit der er sein Leben verbindet! Er findet ein gutes Herz, das seine Kümmernisse teilt, aber er ist stets gezwungen, seinen Gedankenreichtum in kleiner Münze anzubieten, wenn er verstanden sein will, und es wäre lächerlich, ein vernünftiges Echo von einem Geiste zu erwarten, dem man auf diese Weise entgegenkommen muß, damit er die Dinge begreift. Die nach der Auffassung der heute gültigen Erziehung vollkommene Frau läßt ihren Lebensgefährten in den Schwierigkeiten des Lebens allein und kommt bald in die Verlegenheit, ihn zu langweilen.

Welchen ausgezeichneten Ratgeber findet ein Mann in seiner Frau, wenn diese zu denken vermag! Und zwar einen Ratgeber, dessen Interessen in allen Dingen, mit Ausnahme eines einzigen, das sich aber nur in der Jugendzeit bemerkbar macht, völlig mit den seinen übereinstimmen.

Ein besonders schönes Vorrecht des Geistes ist die Hochachtung, die er im Alter genießt. Man denke an Voltaires Ankunft in Paris [1778]. Sie stellte die Königliche Majestät in den Schatten. Was aber die armen Frauen anlangt, so bleibt, wenn sie den Glanz der Jugendlichkeit nicht mehr haben, ihr einziges, klägliches Glück, daß sie

1 In Anbetracht der Künste liegt hier ein großer Nachteil der vernunftgemäßen Regierungsform und zugleich das einzige vertretbare Lob für die Monarchie eines Ludwigs XIV. Man bedenke die literarische Unfruchtbarkeit Amerikas. Nicht eine einzige Romanze, die sich mit denen des Robert Burns oder der Spanier des 13. Jahrhunderts messen könnte.
Man vergleiche die wunderbaren Romanzen der Neu-Griechen, die der Spanier und der Dänen im 13. Jahrhundert, und besser noch die arabische Dichtung des 7. Jahrhunderts.

sich Illusionen über die Rolle machen dürfen, die sie in der Gesellschaft spielen.

Was von dem Reiz der Jugend übrigbleibt, wirkt lächerlich, und es wäre für die Frauen heutzutage ein Glück, wenn sie mit fünfzig Jahren stürben. Echte Sittlichkeit weiß, je mehr Geist sie besitzt, desto deutlicher, daß Rechttun der einzige Weg zum Glück ist. Genie ist eine Macht, aber es ist mehr noch eine Fackel, mit der man die große Kunst, glücklich zu sein, auffinden soll.

In dem Leben der meisten Männer gibt es eine Zeit, da sie große Dinge zu verrichten bereit sind, eine Zeit, wo ihnen nichts unmöglich erscheint. Durch die Verständnislosigkeit der Frauen wird dem männlichen Geschlecht diese herrliche Gelegenheit meist verbaut. Heutzutage bewirkt die Liebe, daß sich jemand mehr oder weniger vorteilhaft zu Pferde hält oder daß er sich einen guten Schneider sucht.

Ich habe nicht die Zeit, kritische Einwände abzuwehren. Wenn ich zu bestimmen hätte, würde ich den jungen Mädchen soweit als möglich dieselbe Erziehung angedeihen lassen wie den Knaben. Da ich aber in diesem Buch nicht die Absicht habe, auf Kleinigkeiten einzugehen, wird man mir auszuführen erlassen, worin das Falsche der männlichen Erziehung gegenwärtig besteht. (Man unterweist nicht in den zwei Grundwissenschaften der Logik und der Moral.) Nehmen wir diese Erziehung also, wie sie ist, so meine ich, daß es immerhin besser sei, sie auf die jungen Mädchen zu übertragen, als diese nur in der Musik, im Aquarellieren und im Sticken zu unterrichten.

Darum sollen die jungen Mädchen lesen, schreiben und rechnen durch wechselseitige Unterweisung in Kreisschulen lernen, wo die Anwesenheit eines jeden Mannes, mit Ausnahme der Professoren, verpönt ist. Aus einer gemeinsamen Erziehung der Kinder entspringt der große Vorteil, daß sie, wie beschränkt auch die Lehrer sein mögen, ja ihnen zum Trotz, von ihren kleinen Kameraden lernen, wie es in der Welt zugeht und wie man sich behauptet. Ein vernünftiger Lehrer wird ihnen bei ihren kleinen Streitigkeiten und Freundschaften verständig helfen und auf diese Weise einen besseren Ausgangspunkt für seine sittliche Unterweisung gewinnen als durch die Geschichte vom *Goldenen Kalb*[1].

Ohne Zweifel wird der wechselseitige Unterricht, wenn noch einige Jahre hin sind, auf alles angewandt werden, das man einander wechselweise beibringen kann; doch um bei dem gegenwärtigen Zustand zu bleiben, so wünschte ich, daß die jungen Mädchen ebenso Latein trieben wie die Knaben. Latein ist gut, weil es erzieht, mit der Langeweile fertigzuwerden. Neben Latein Geschichte, Mathematik, Kenntnis der nützlichen Kultur- und Heilpflanzen, danach Logik und Ethik usw. Tanz, Musik und Zeichnen können schon mit fünf Jahren anfangen.

Mit sechzehn Jahren darf ein junges Mädchen daran denken, einen Mann zu suchen, und soll durch ihre Mutter richtige Vorstellungen von der Liebe[2], der Ehe, der zweifelhaften Redlichkeit der Männer erhalten.

---

1 Mein liebes Kind, dein Herr Vater ist voller Liebe zu dir; darum gibt er mir jeden Monat vierzig Franken, damit ich dir Rechnen und Zeichnen beibringe, in einem Wort, dich auf das Leben vorbereite. Wenn du frierst, weil du kein Mäntelchen hast, wird es deinen Vater jammern. Es dauert ihn, weil er dich liebt usw. usw. Aber wenn du einmal achtzehn Jahre bist, mußt du das nötige Geld selbst verdienen, um diesen Mantel zu kaufen. Dein Herr Vater hat, sagt man, fünfundzwanzigtausend Pfund Rente, aber ihr seid vier Kinder; also wirst du wohl auf den Wagen verzichten müssen, den du jetzt bei deinem Herrn Vater benützen kannst usw.
2 Gestern abend hörte ich von zwei reizenden kleinen vierjährigen Mädchen, während ich sie schaukelte, sehr drastische Liebeslieder. Die Kammermädchen lehren sie solche Liedchen, und ihre Mutter sagt ihnen, die Worte *Liebe* und *Geliebter* hätten nichts zu bedeuten.

SECHSUNDFÜNFZIGSTES KAPITEL
ZWEITER TEIL
ÜBER DIE EHE

In der Ehe ist Treue der Frauen, wenn sie nicht auf Liebe beruht, offenbar etwas Widernatürliches[1].

Man hat versucht, dieses naturwidrige Verhalten durch Höllendrohungen und religiöse Beeinflußung zu erzwingen. Das Beispiel Spaniens und Italiens zeigt, wie weit man damit kommt.

In Frankreich hat man gemeint, durch die öffentliche Meinung den einzig widerstandsfähigen Damm zu errichten; aber man hat sich bös verrechnet. Es ist albern, einem jungen Mädchen zu sagen: »Du hast dem erwählten Gatten treu zu sein« und sie danach zur Heirat mit einem langweiligen Alten zu zwingen[2].

Aber die jungen Mädchen wollen ja so gerne heiraten. – Weil die Sklaverei, in der sie durch die unsinnigen Grundsätze

1 Vielmehr gewiß. Wenn man liebt, schmeckt einem kein anderes Wasser als das der heißgeliebten Quelle: Treue ist also eine ganz natürliche Sache. In einer Ehe ohne Liebe wird das Wasser dieser Quelle längstens in zwei Jahren bitter. Aber es liegt nun doch in unserer Natur zu dürsten. Die Sitte kann zwar die Natur bezwingen, aber nur indem sie sie sofort unterdrückt. Ein Beispiel: die Hindu-Witwe, die den Scheiterhaufen (21. Oktober 1821) nach dem Tode ihres alten Gatten, den sie haßte, besteigt; in Europa das junge Mädchen, das ihr kleines Kind, dem sie eben das Leben geschenkt hat, auf barbarische Weise umbringt. Wenn die hohen Klostermauern nicht wären, würden die Nonnen entfliehen.

2 Alles, selbst Belanglosigkeiten sind in unserer Frauenerziehung lächerlich. Zum Beispiel übersandte das Ministerium im Jahre 1820, als dieselben Edlen am Ruder waren, die die Ehescheidung abschafften, der Stadt Laon ein Standbild der Gabrielle d'Estrées. Das Denkmal sollte öffentlich aufgestellt werden, wahrscheinlich um den jungen Mädchen Liebe zu den Bourbonen einzuimpfen und sie zu bewegen, gegen liebenswürdige Könige nötigenfalls nicht spröde zu sein und jenen berühmten Geschlechtern ein paar Sprößlinge zu schenken.

Dagegen verweigert das nämliche Ministerium der Stadt Laon die Büste des Marschalls Serrurier, eines braven Mannes, der freilich nicht galant, vielmehr so ungehobelt war, seine Laufbahn als einfacher Soldat zu beginnen. (Rede des General Foy im »Courrier« vom 17. Juni 1820. Dulaure in seiner bekannten »Geschichte von Paris«, Kapitel: »Liebschaften Heinrichs IV.«)

der üblichen Erziehung im Hause ihrer Mütter gehalten werden, vor Langeweile nicht zu ertragen ist; außerdem sind sie nicht aufgeklärt worden, und schließlich folgen sie der Stimme der Natur. Es gibt nur ein Mittel, die Treue der verheirateten Frauen zu sichern: nämlich den jungen Mädchen ihre Freiheit und den Verheirateten die Möglichkeit der Scheidung zu geben.

Eine Frau opfert in der ersten Ehe stets die schönste Zeit ihrer Jugend und gibt mit ihrer Scheidung nur Dummköpfen Gelegenheit, etwas gegen sie einzuwenden.

Junge Frauen, die ihre Liebhaber oft wechseln, brauchen sich nicht scheiden zu lassen. Frauen, die ihre Liebhaber oft gewechselt haben, vermeinen, in einem gewissen Alter ihren Ruf wiederherstellen zu können – und in Frankreich gelingt ihnen das stets –, indem sie sich Fehltritten gegenüber, die sie selbst nicht mehr begehen können, äußerst streng zeigen. Verlangt dagegen irgendeine arme tugendhafte und ehrlich liebende junge Frau die Ehescheidung, so muß sie sich von Frauen beschimpfen lassen, die fünfzig Männer hatten.

SIEBENUNDFÜNFZIGSTES KAPITEL
DIE SOGENANNTE TUGEND

Der Ehrenname Tugend, meine ich, gebührt einer Haltung, welche beschwerliche Taten zum Nutzen anderer auf sich nimmt.

Simon der Säulenheilige, der zweiundzwanzig Jahre auf der Spitze einer Säule stand und sich geißelte, ist in meinen Augen in keiner Weise tugendhaft; ich gestehe das ein, mag auch dadurch dieses Buch in den Geruch der Leichtfertigkeit kommen.

Ich hege keine höhere Achtung gegen einen Kartäuser, der nur Fisch ißt und sich nur jeden Donnerstag zu reden erlaubt. Ich bekenne, daß ich den General Carnot viel

höher schätze, der in vorgerücktem Alter lieber das harte
Los der Verbannung in einer kleinen Stadt des Nordens
[Magdeburg] auf sich nimmt als eine Gemeinheit be-
geht.

Mein ganz offenes Geständnis, hoffe ich, wird genügen,
damit man den Rest dieses Kapitels überspringt.

Heute (7. Mai 1819) an einem Festtag in Pesaro, ließ ich
mir, weil ich verpflichtet war, die Frühmesse zu besuchen, ein Meßbuch geben und fand darin folgenden [la-
teinischen] Satz:

Johanna, die Tochter Alfons' V., Königs von Lusitanien,
war von der Flamme göttlicher Liebe so heftig ent-
brannt, daß sie, alle vergänglichen Dinge verabscheu-
end, schon in ihrer Jugend nur das Himmelreich zu erlangen begehrte.

Die Tugend, wie sie im »Genie des Christentums« [von
Chateaubriand] mit schönen Worten so eindringlich ge-
priesen wird, läuft also darauf hinaus, daß man, aus
Angst, sich den Magen zu verderben, keine Trüffeln essen soll. Das ist eine sehr verständliche Überlegung,
wenn man an die Hölle glaubt, freilich auch eine Überlegung, die ganz nüchtern auf den persönlichen Nutzen
zielt. Die *philosophische* Tugend, aus welcher sich die
Rückkehr des Regulus nach Karthago so trefflich erklären läßt und die während unserer Revolution[1] verwandte Taten gezeitigt hat, beruht dagegen auf der
Hochherzigkeit der Seele.

Frau von Tourvel [in den »Liaisons dangereuses« von
Laclos] hat Valmont einzig widerstanden, um nicht im
Jenseits in einem siedenden Ölkessel brennen zu müssen. Es ist mir unbegreiflich, daß der Gedanke, der Rivale
eines siedenden Ölkessels zu sein, Valmont nicht be-

---

1 Erinnerungen der Madame Roland. Herr Grangeneuve, der sich um acht Uhr
in eine bestimmte Straße begibt, um sich von dem Kapuziner Chabot ermorden
zu lassen. Man glaubte durch seinen Tod der Freiheit zu nützen.

wogen hat, ihr voller Verachtung den Rücken zu kehren.

Wieviel tiefer berührt uns nicht Julie d'Étange [in Rousseaus »Neuer Héloïse«], die an ihre Schwüre und Wolmars Glück denkt?

Was ich über Frau von Tourvel sagte, läßt sich auch von der großen Tugend der Mistreß Hutchinson sagen. Welch eine Seele hat der Puritanismus hier der Liebe vorenthalten!

Es ist eine der spaßigsten Verdrehtheiten der Welt, daß die Menschen stets meinen, sie verstünden etwas, was sie freilich zu verstehen nötig hätten. Seht nur zu, wie sie über Politik, diese so schwierige Kunst, reden; hört sie über Ehe und Sittlichkeit sprechen.

ACHTUNDFÜNFZIGSTES KAPITEL
STAND DER EHE HEUTE IN EUROPA

Bisher haben wir die Frage der Ehe nur theoretisch[1] behandelt; betrachten wir jetzt die Tatsachen.

In welchem Land der Erde sind die Ehen am glücklichsten? Unzweifelhaft im protestantischen Deutschland.

Ich entnehme dem Tagebuch des Hauptmanns Salviati folgendes Stück, ohne ein Wort zu ändern:

Halberstadt, den 23. Juni 1807.
Herr von Bülow indessen ist ganz und gar verliebt in Fräulein von Feltheim; er ist immer und überall um sie, unterhält sich ununterbrochen mit ihr und bleibt oft mit

---

1 Der Verfasser hat in der italienischen Übersetzung der »Ideologie« [1815] des Herrn von Tracy ein Kapitel mit dem Titel »Dell'Amore« gelesen. Es enthält Gedankengänge von ganz anderem philosophischem Gewicht als alles, was hier vorgebracht wird.

ihr zehn Schritte hinter uns zurück. Diese Bevorzugung erregt Anstoß, stört die Geselligkeit und gälte an den Ufern der Seine als höchst unschicklich. Die Deutschen denken viel weniger als wir daran, was in der Gesellschaft störend sein könnte, und die Unschicklichkeit ist beinahe nur ein Übel auf Gegenseitigkeit. Seit fünf Jahren macht Herr von Bülow Minna den Hof, die er des Krieges wegen nicht heiraten konnte. Alle Jungfrauen der Gesellschaft haben vor aller Welt ihren Liebhaber; aber auch unter den Deutschen aus der Bekanntschaft meines Freundes von Mermann ist kein einziger, der nicht aus Liebe geheiratet hätte; nämlich:

Mermann, sein Bruder Georg, Herr von Vogt, Herr von Lazing usw. Er nannte mir noch ein Dutzend.

Die offene, leidenschaftliche Art, in der alle diese Liebhaber ihrer Geliebten den Hof machen, gälte in Frankreich als höchst unschicklich, lächerlich und unhöflich.

Mermann sagte mir heute abend auf dem Heimweg vom »Grünen Jäger«, er glaube, daß unter allen Frauen seiner sehr zahlreichen Verwandtschaft keine einzige sei, die ihren Ehemann betrogen habe. Gesetzt den Fall, er täusche sich zur Hälfte, so ist das immer noch ein einzigartiges Land.

Einen etwas bedenklichen Vorschlag, den er seiner Schwägerin, Frau von Münichow, machte – ihr Geschlecht ist mangels männlicher Erben am Aussterben, so daß die sehr beträchtlichen Güter an den Landesherrn zurückfallen werden –, nahm diese eisig auf: »Sprecht mir nie wieder davon!«

Er erzählte verblümt einiges davon der engelhaften Philippine (die in Scheidung mit ihrem Manne liegt, der sie einfach an den Regenten verkaufen wollte); eine ungeheuchelte Entrüstung, die sich milde ausdrückte, wo sie hätte heftig sein mögen: »Habt Ihr denn überhaupt keine

Achtung mehr vor unserem Geschlecht? Ich will zu Eurer Ehre annehmen, daß Ihr scherzt.«

Bei einer Fahrt auf den Brocken lehnte sich diese wahrhaft schöne Frau schlafend oder sich schlafend stellend an seine Schulter. Ein Schwanken des Wagens drängt sie ein wenig an ihn, er faßt sie bei der Taille, aber sie rückt in die andere Ecke des Wagens; er meint nicht, daß sie nicht zu verführen sei, aber er glaubt, sie würde sich am Tage nach ihrem Fall töten. Sicher ist jedenfalls, daß er sie leidenschaftlich liebte, daß er wiedergeliebt wurde, daß sie sich ununterbrochen sahen und daß doch kein Makel auf sie fällt; aber die Halberstädter Sonne ist matt, die Verhältnisse sind eng und diese beiden Leute ziemlich kühl. Selbst bei ihren leidenschaftlichsten Gesprächen waren Kant und Klopstock zugegen.

Mermann erzählte mir, daß ein verheirateter Mann, dem Ehebruch nachgewiesen wird, von den Braunschweiger Gerichten bis zu zehn Jahren Gefängnis verurteilt werden kann. Das Gesetz ist außer Kraft getreten, beweist indessen, daß man in derartigen Dingen ganz und gar nicht zu scherzen geneigt ist. Als ein galanter Abenteurer zu gelten bedeutet hier keineswegs wie in Frankreich einen Vorzug; dort dürfte man diesen Ruhm einem verheirateten Manne kaum offen absprechen, ohne ihn zu beleidigen.

Wollte etwa irgend jemand zu meinem Oberst oder zu Ch… sagen, sie hätten seit ihrer Heirat keine anderen Frauen gehabt, der käme wohl schlecht an.

Vor etlichen Jahren gestand in Braunschweig eine Frau in einer religiösen Einkehr ihrem Manne, der zum Hofe gehörte, daß sie ihn sechs Jahre hindurch hintergangen habe. Der Mann, ein ebensolcher Narr wie seine Frau, trug die Sache dem Herzog vor. Der Liebhaber wurde gezwungen, aus allen seinen Ämtern auszuscheiden und das Land innerhalb vierundzwanzig Stunden zu verlassen, widrigenfalls der Herzog die Gesetze gegen ihn anwenden würde.

Halberstadt, den 7. Juli 1807.

Hier werden die Ehemänner nicht betrogen, das ist wahr; aber, ihr Götter, was sind das für Frauen! Steinbilder, kaum belebte Wesen. Vor der Heirat sind sie sehr anmutig, flink wie Gazellen, und ihre lebhaften gefühlvollen Augen verstehen alle Anzeichen der Liebe. Denn sie sind auf der Jagd nach dem Gatten. Kaum haben sie diesen gefunden, so sind sie wirklich nichts anderes mehr als, in ununterbrochener Anbetung des Erzeugers, Gebärerinnen. Es ergibt sich, daß in einer Familie mit vier oder fünf Kindern immer eines krank ist, denn die Hälfte der Kinder stirbt vor dem siebenten Jahr, und sowie eines der Kleinen krank ist, geht nach Landesbrauch die Mutter nicht aus dem Hause. Ich bemerkte, daß die Frauen ein unsagbares Vergnügen daran finden, von ihren Kindern liebkost zu werden. Nach und nach verlieren sie jeden Gedankenflug. Es ist wie in Philadelphia. Junge Mädchen von ausgelassener, unschuldiger Fröhlichkeit werden in weniger als einem Jahr die langweiligsten Frauen. Um ein letztes über die Ehe im protestantischen Deutschland zu sagen, so ist die Mitgift der Frau infolge des Lehnsrechtes gleich Null. Fräulein von Diesdorff, die Tochter eines Mannes, der vierzigtausend Pfund Rente bezieht, wird etwa zweitausend Taler Mitgift erhalten (siebentausendfünfhundert Franken).

Herrn von Mermanns Frau hatte viertausend Taler mitgebracht.

Die Entschädigung für die Mitgift ist der Dünkel der Hoffähigkeit. – Man könnte, sagte mir Mermann, in der Bürgerschaft Partien mit hundert- oder hundertfünfzigtausend Talern (sechshunderttausend Franken anstatt fünfzehn) finden. Aber man darf dann nicht mehr bei Hofe erscheinen, man ist von jeder Gesellschaft, in der ein Prinz oder eine Prinzessin verkehrt, ausgeschlossen. *»Das ist schrecklich!«* waren seine Worte, und sie kamen aus dem Herzen.

Eine deutsche Frau mit einem Herzen wie Phi…, mit ihrem Geist, ihrer edlen, feinen Erscheinung, dem Feuer, das sie mit achtzehn Jahren besessen haben muß (sie ist nun siebenundzwanzig), sittsam und nach der Landessitte natürlich, desgleichen mit dem nötigen kleinen Maß von Religion versehen, vermag ihren Mann zweifellos sehr glücklich zu machen. Doch wie soll sie sich zwischen albernen Müttern so erhalten?

»Aber er war ja verheiratet!« gab sie mir diesen Morgen zur Antwort, als ich das vier Jahre dauernde Stillschweigen Lord Oswalds, des Geliebten Corinnas, tadelte. Sie war bis drei Uhr nachts aufgeblieben, um »Corinne« zu lesen; dieser Roman hat sie aufs tiefste bewegt, und nun entgegnet sie mir in ihrer rührenden Treuherzigkeit: *»Aber er war ja verheiratet!«*

Phi… hat so viel Natürlichkeit und angeborenes Feingefühl, daß sie in diesem Lande der Natürlichkeit sogar engherzigen Schwachköpfen prüde vorkommt. Deren Scherze verursachen ihr Herzweh, sie macht kein Hehl daraus.

Wenn sie in rechter Gesellschaft ist, lacht sie bei den ausgelassensten Späßen wie toll. Sie war es, die mir die berühmt gewordene Geschichte von der sechzehnjährigen Prinzessin erzählte, die den Offizier ihrer Wache des öfteren in ihr Gemach kommen ließ.

Die Schweiz

Ich kenne kaum glücklichere Familien als die des *Oberlandes,* eines nahe Bern gelegenen Gebietes in der Schweiz, und es ist allgemein bekannt (1816), daß dort die jungen Mädchen die Nächte vom Sonnabend zum Sonntag mit ihrem Geliebten zusammen verbringen. Die Dummköpfe, die in der Welt Bescheid wissen, weil sie eine Reise von Paris nach Saint-Cloud gemacht haben, werden ein Geschrei erheben; glücklicherweise finde ich bei einem Schweizer Schriftsteller[1] bestätigt, was ich selbst während vier Monaten beobachtete.

»Ein braver Bauer beklagte sich über Verwüstungen in seinem Weinberg; ich fragte ihn, weshalb er keinen Hund halte. – ›Meine Töchter würden nie heiraten.‹ Ich verstand seine Antwort nicht; er erzählte mir, er habe einen so bösen Hund gehabt, daß kein Bursche mehr wagte, bei ihren Fenstern einzusteigen.

Ein anderer Bauer, der Dorfschulze, erzählte mir zum Ruhme seiner Frau, daß es in ihrer Mädchenzeit keine gab, die mehr *Kiltgeher* oder *Wächter* (junge Männer, die die Nacht bei ihr verbrachten) gehabt hätte.

Ein allgemein geschätzter Oberst war bei einer Fahrt durchs Gebirge einmal genötigt, die Nacht über in einem ganz entlegenen malerischen Tale zu bleiben. Er blieb bei der höchsten Amtsperson des Tales, einem reichen, wohlberufenen Manne. Beim Eintreten bemerkte der Fremde ein sechzehnjähriges Mädchen, ein Muster von Anmut, Frische und Einfalt; es war die Tochter des Hausherrn. Am gleichen Abend war ein ländliches Tanzfest; der Fremde machte dem jungen Mädchen, das wirklich eine auffallende Schönheit war, den Hof. Endlich faßte er sich ein Herz und wagte sie zu fragen, ob er nicht mir ihr *aufbleiben* könne. – ›Nein‹, antwortete das junge Mädchen, ›ich schlafe mit meinem Bäslein; aber ich will dafür zu Euch kommen.‹ Man kann sich die Erregung vorstellen, die diese Antwort hervorrief. Das Abendbrot wurde eingenommen, der Gast erhebt sich, das junge Mädchen ergreift den Leuchter und folgt ihm

1 In den »Principes philosophiques« des Obersten Weiß.

in sein Zimmer; er glaubt, das Glück schon zu fassen.
›Nein‹, sagt sie ganz offenherzig; ›ich muß erst meine
Mutter um Erlaubnis fragen.‹ Er war wie vom Donner
gerührt. Sie geht; er faßt wieder Mut und schleicht bis an
den Holzverschlag der guten Leute; er hört das Mädchen
ihre Mutter schmeichelnd um die ersehnte Erlaubnis bitten; sie erhält sie endlich. ›Nicht wahr, Alter‹, sagt die
Mutter zu ihrem Gemahl, der schon zu Bett gegangen
war, ›du bist einverstanden, daß Trineli die Nacht beim
Herrn Oberst bleibt?‹ – ›Herzlich gern‹, antwortete der
Vater; ›ich glaube, einem solchen Mann würde ich sogar
meine Frau anvertrauen.‹ – ›Gut, dann geh nur‹, sagte die
Mutter zum Trineli; ›aber sei brav und zieh den Rock
nicht aus!‹ Bei Tagesanbruch stand Trineli jungfräulich,
von dem Fremden unangetastet auf; sie brachte das Bett
in Ordnung, trug Kaffee und Sahne für ihren Wächter
auf, und nachdem sie auf dem Bettrand sitzend mit ihm
gefrühstückt hatte, schnitt sie ein kleines Stückchen aus
ihrem *Brustlatz* heraus. ›Nimm‹, sagte sie zu ihm, ›und
bewahre dies als Andenken an eine glückliche Nacht! Ich
werde sie nie vergessen. Warum bist du auch ein
Oberst?‹ Und als sie ihm einen letzten Kuß gegeben hatte, eilte sie fort. Er bekam sie nicht wieder zu sehen[1].«
Das ist, ohne daß ich dafür eintreten will, der Gegenpol
zu unseren französischen Sitten.
Wenn ich Gesetzgeber wäre, würde ich vorschlagen, daß
man in Frankreich Tanzabende einführte, wie sie in
Deutschland Sitte sind. Dreimal in der Woche besuchen
die jungen Mädchen mit ihren Müttern einen Ball, der
um sieben Uhr beginnt, um Mitternacht endet und als
ganzen Aufwand eine Geige und einige Wassergläser er-

---

1 Ich bin froh, solche ungewöhnlichen Tatsachen, wie ich sie selbst beobachtet
habe, mit den Worten eines anderen wiederzugeben. Ohne Herrn Weiß hätte ich
diesen hervorstechenden Zug der Sitten nicht anzuführen gewagt. Andere für
Valencia und Wien ähnlich charakteristische habe ich weggelassen.

fordert. In einem Nebenzimmer spielen die Mütter, die vielleicht ein wenig zu streng über die glückliche Erziehung ihrer Töchter wachen, Boston; in einem dritten finden die Väter ihre Zeitungen und sprechen über Politik. Zwischen zwölf und ein Uhr finden sich die Familienglieder wieder zusammen und gehen heim. Die jungen Mädchen lernten so die jungen Männer kennen; Dünkel und daraus entstehende Schwatzhaftigkeit würde ihnen sehr bald verhaßt sein; schließlich *erwählten sie sich einen Gatten.* Einige junge Mädchen würden unglücklich lieben, aber die Zahl der betrogenen Gatten und der schlechten Ehen würde sich bedeutend vermindern. Dann wäre es auch nicht mehr sinnlos, wenn man versuchte, Untreue durch Schimpf zu ahnden. Das Gesetz würde den jungen Frauen erklären: »Ihr habt Euren Eheherrn selbst ausgesucht; nun seid ihm auch treu!« Dann würde ich auch ein gerichtliches Verfahren und die Bestrafung dessen für berechtigt halten, was die Engländer *strafbaren Umgang* nennen. Die Gerichtshöfe dürften dem Verführer, zugunsten der Strafanstalten und Krankenhäuser, eine Buße in Höhe von zwei Dritteln seines Vermögens und einige Jahre Gefängnis auferlegen.

Eine Frau könnte wegen Ehebruchs von einem Schwurgericht belangt werden. Dieses müßte zuvor den Nachweis haben, daß der Lebenswandel des Ehegatten untadelig gewesen ist.

Die der Schuld überführte Frau könnte zu lebenslänglichem Gefängnis verurteilt werden. Wenn der Ehemann länger als zwei Jahre abwesend war, dürfte die Frau nur mit einigen Jahren Gefängnis bestraft werden. Die öffentliche Sittlichkeit würde bald von diesen Gesetzen beeinflußt und sogar bedeutend gehoben werden[1].

---

1 Der »Examiner«, eine englische Zeitung, bemerkt in einem Bericht über den Prozeß der Königin [gegen ihren Gemahl Georg IV.] (Nr. 662 vom 3. September 1820): »Wir huldigen einer sexuellen Moral, durch welche Tausende von Frauen

Dann wären der Adel und der Klerus, die dem züchtigen Zeitalter der Frau von Montespan oder Frau Dubarry so bitterlich nachtrauern, gezwungen, die Ehescheidung zuzulassen[1].

In einem Dorfe bei Paris müßte ein Elysium für die unglücklichen Frauen sein, eine Zufluchtsstätte, die bei Strafe der Galeeren kein anderer Mann als der Arzt und Seelsorger betreten dürfte. Eine Frau, die geschieden werden will, würde vorerst gehalten sein, sich in die Haft dieses Elysiums zu begeben; hier müßte sie zwei Jahre weilen, ohne ein einziges Mal auszugehen. Sie dürfte schreiben, aber keine Antwort empfangen.

Ein Gericht, aus Großwürdenträgern und einigen Richtern zusammengesetzt, würde das Verfahren im Namen der Frau durchführen und die vom Ehemann an die Anstalt abzuführenden Kosten bestimmen. Eine Frau, die mit ihrem Antrag vor dem Gerichtshof unterläge, wäre gehalten, den Rest ihres Lebens in dem Elysium zu verbringen. Die Regierung würde der Verwaltung der An-

zu käuflichen Dirnen werden, zu Dirnen, die doch der sittsamen Frau verächtlich sind, indes die ehrbaren Eheherren sich die Freiheit des Umgangs mit diesen Frauenzimmern herausnehmen, ohne daß man mehr als ein entschuldbares Vergehen dabei findet.« – Es bedeutet im Lande des *Cant* großen Mut, über dergleichen die Wahrheit zu sagen, so alltäglich und offenkundig sie auch sei; das ist um so verdienstlicher bei einer armseligen Tageszeitung, die nur bestehen kann, wenn sie im Sold von reichen Leuten steht, die als den einzigen Schirm ihrer Interessen ihre Bischöfe und die Bibel ansehen.

1 Frau von Sévigné schrieb am 23. Dezember 1671 an ihre Tochter: »Ich weiß nicht, ob Ihr erfahren habt, daß Villarceaux, als er beim König wegen eines Amtes für seinen Sohn vorsprach, eine schickliche Gelegenheit zu der Mitteilung fand, daß sich gewisse Leute seiner Nichte (Fräulein von Rouxel) gegenüber zu äußern bemüßigt fühlten, Seine Majestät habe Absichten auf sie; und daß, wenn es sich so verhalten sollte, er, Villarceaux, ihn ersuche, sich seiner zu bedienen, weil diese Sache in seinen Händen besser aufgehoben sei als in anderen, und daß er sich mit Erfolg verwenden werde. Der König begann zu lachen und sagte: ›Villarceaux, wir sind zu alt, Ihr und ich, um auf fünfzehnjährige Mädchen auszugehen.‹ Als galanter Mann sagte er ihm das im Scherz und erzählte später die Szene den Damen.« Erinnerungen Lauzuns, Besenvals, der Frau von Epinay usw. Ich bitte, mich nicht in Grund und Boden zu verdammen, bevor man diese Erinnerungen gelesen hat.

stalt zweitausend Franken für jede Aufgenommene zuschießen. Bevor jemand ins Elysium aufgenommen würde, müßte er eine Stiftung von mindestens zwanzigtausend Franken machen. Die Hausordnung wäre von äußerster Strenge.

Nach zwei Jahren einer völligen Abgeschiedenheit von der Welt dürfte sich eine geschiedene Frau wieder verheiraten.

Da wir gerade auf diesen Punkt kommen, so sollten die Kammern untersuchen, ob man, um einen Wettbewerb der Leistung bei den jungen Mädchen zu entfachen, nicht festsetzen könnte, daß den Knaben vom väterlichen Erbe ein doppelt so großer Anteil wie den Schwestern zufällt. Nur die Mädchen, die keine Gelegenheit zur Heirat fänden, bekämen den gleichen Anteil wie die männlichen Erben. Man kann beiläufig feststellen, daß dieses System nach und nach den allzu häufigen Mißbrauch der Standesheirat verhindern würde. Eine mögliche Ehescheidung würde ja die größte Niedertracht um ihren Gewinn bringen.

An verschiedenen Orten Frankreichs, in armen Dörfern, sollten dreißig Stifte für alte Jungfern eingerichtet werden. Die Regierung müßte diesen Anstalten ein gewisses Ansehen geben, um den armen Mädchen, die dort ihr Leben beschließen, einen Trost zu bieten. Man sollte ihnen allen Glanz und Würde verleihen.

Aber lassen wir diese Hirngespinste!

NEUNUNDFÜNFZIGSTES KAPITEL
WERTHER UND DON JUAN

nter jungen Leuten führt, wenn man über einen armen Verliebten recht gespottet und dieser das Feld geräumt hat, die Unterhaltung gewöhnlich auf die Frage, ob es richtiger sei, die Frauen wie der Don Juan Mozarts oder wie Werther zu nehmen. Der Gegensatz würde noch schärfer sein, wenn ich Saint-Preux gesagt hätte, aber dieser ist ein so seichter Charakter, daß ich allen gefühlvollen Seelen unrecht täte, ihn als ihr Urbild hinzustellen.

Der Charakter eines Don Juan setzt eine große Zahl vorzüglicher, von der Welt geschätzter Gaben voraus: eine bewundernswerte Unerschrockenheit, Erfindungsgeist, Feuer, Kaltblütigkeit, Unterhaltsamkeit usw.

Die Don Juans sind zeitweise reizlos und haben ein sehr trauriges Alter; aber die meisten von diesen Männern werden nicht alt.

Verliebte spielen abends im Salon eine gar traurige Rolle, weil man bei Frauen nur ankommt und Eindruck macht, wenn man, sie zu gewinnen, ebenso überlegt vorgeht wie beim Billardspiel. Da nun ein Verliebter, wes Geistes Kind er auch sei, das große Anliegen seines Herzens nicht verbergen kann, bietet er freilich dem Spott eine Blöße; aber beim Erwachen am Morgen überläßt er sich keineswegs dem Kummer, bis ihn Kränkung und Bosheit wieder aufscheuchen, sondern er denkt an die Geliebte und baut sich glückselige Luftschlösser auf.

Wertherische Liebe macht die Seele für alle Künste empfänglich, für alle innigen romantischen Eindrücke, für Mondschein, Waldweben, für malerische Schönheiten, kurz für die Empfindung und Einwirkung des *Schönen,* in welcher Gestalt es auch begegne, und sei es im ärmsten

Gewande. Sie läßt sogar ohne Besitz glücklich werden[1]. Solche Seelen lassen sich nicht abstumpfen wie Meilhan, Besenval und andere, sondern werden vom Übermaß ihrer Empfindungen toll wie Rousseau. Mit einer gewissen Seelengröße begabte Frauen, die über die erste Jugend hinaus sind und spüren, wo und wie tief die Liebe sitzt, entrinnen meistens den Don Juans, denen mehr an der Zahl als am Wert ihrer Eroberungen gelegen ist. Man wird bemerken, daß für Don Juans Triumph, zum Nachteil seiner Wertschätzung bei zarten Seelen, die Öffentlichkeit eine ebenso notwendige Voraussetzung ist wie die Heimlichkeit für den Werthers. Die meisten Männer, die sich ausschließlich mit Frauen beschäftigen, sind in großem Wohlstande geboren, das heißt, sie sind auf Grund ihrer Erziehung und durch frühe Gewöhnung an ihre Umwelt selbstsüchtig, abgebrüht geworden[2].

Die wahren Don Juans gehen sogar so weit, die Frauen als ihre Feinde anzusehen und sich an jedem Unglück zu weiden, das sie trifft.

Dagegen verriet uns der liebenswerte Herzog von Pignatelli in München die wahre Kunst, auch ohne Liebes-

1 Im ersten Band der »Neuen Héloïse« und in allen Bänden, wenn Saint-Preux auch nur ein Fünkchen Charakterstärke gezeigt hätte; aber er war ein richtiger Dichter, ein Schwätzer ohne Entschlußkraft, der nur das Herz hatte, hochtrabende Reden zu halten, und sonst ein ganz reizloser Mann war. Derartige Menschen haben den großen Vorzug, daß sie den weiblichen Stolz nicht verletzen und ihre Freundin nie mit einer *Überraschung* bedrohen. Man muß das Wort in seiner vollen Bedeutung nehmen; vielleicht liegt hier das Geheimnis des Erfolges unbedeutender Männer bei hervorragenden Frauen. Indessen ist Liebe nur in dem Maße eine Leidenschaft, als sie die Eigenliebe verdrängt. Frauen, die wie L... ihren Stolz befriedigen wollen, empfinden denn doch nicht die ganze Liebe. Ohne es zu ahnen, stehen sie mit den von ihnen verachteten prosaischen Männern auf einer Stufe, die in der Liebe nur Liebe mit Eitelkeit verbinden wollen. Und die Frauen selbst wünschen, die Liebe mit Stolz zu verbinden; aber da flieht die Liebe errötend; sie ist selbst der stolzeste aller Tyrannen und will entweder alles oder nichts sein.

2 Man lese eine Seite bei André Chénier nach; oder halte, was schwieriger ist, die Augen in der Welt recht offen. »Im allgemeinen sind die sogenannten Patrizier weniger fähig, etwas zu lieben, als andere Menschen«, sagt Kaiser Marc Aurel. [»Selbstbetrachtungen«]

leidenschaft das Glück der Sinne zu erlangen. »Daß mir
eine Frau gefällt«, sagte er eines Abends zu mir, »werde
ich gewahr, wenn ich ihr ganz unverhofft gegenüber-
stehe und nicht weiß, was ich sagen soll.« Seine Eigenliebe ist weit entfernt, darüber zu erröten oder diesen Zustand der Befangenheit zu unterdrücken, er hütet ihn
vielmehr als den Ursprung seines Glückes. Bei diesem
liebenswerten jungen Manne war die gepflegte Liebe
gänzlich frei von zehrender Eitelkeit; es war eine leichte-
re, aber reine, ungemischte Sonderart wahrer Liebe; und
er achtete die Frauen schlechthin als reizende Geschöpfe,
gegen die wir oft unrecht handeln (25. Februar 1820).
Wie man sein Temperament, das heißt sein Gemüt nicht
selbst wählt, so spielt man auch nie eine unangemessene
Rolle. J.-J. Rousseau und der Herzog von Richelieu hätten mit all ihrem Geiste anstellen können, was sie wollten, sie würden doch ihren Eindruck auf die Frauen nicht
geändert haben. Ich glaube gern, daß der Herzog niemals
solche Augenblicke hatte, wie sie Rousseau im Park von
La Chevrette bei Frau von Houdetot, in Venedig bei der
Musik der *Scuole* und in Turin zu Füßen der Frau Bazile
genoß. Er brauchte dafür auch nicht über die Lächerlichkeit zu erröten, der sich Rousseau bei Frau von Larnage
aussetzte und die er bis an sein Lebensende nicht ver-
schmerzte.
Die Rolle eines Saint-Preux ist wohltuender, sie füllt das
ganze Dasein aus; doch sei zugegeben, daß die eines Don
Juan entschieden glanzvoller ist. Wenn Saint-Preux nach
einem halben Leben als ein Einsamer, Zurückgezogener,
Nachdenkender seine Ansichten ändert, findet er sich auf
dem letzten Platze des Welttheaters sitzen, wogegen
Don Juan alle Männer stolz überragt und vielleicht noch
einmal einer liebevollen Frau gefallen mag, der er seinen
Hang zur Zügellosigkeit ernstlich opfert.
Aus den bisher entwickelten Gründen halten beide ein-

ander anscheinend die Waage. Weil jedoch Don Juan die Liebe zu einer alltäglichen Angelegenheit erniedrigt, schätze ich Werther für glücklicher. Anstatt wie Werther eine Wirklichkeit seinen Wünschen anzupassen, hat Don Juan Wünsche, die von der nüchternen Wirklichkeit ebenso ungenügend befriedigt werden wie der Ehrgeiz, die Habsucht und alle anderen Leidenschaften. Anstatt sich den Zauberträumen der Kristallisation hinzugeben, überdenkt er wie ein General den Einsatz seiner Unternehmungen[1] und tötet kurz gesagt die Liebe, wo allgemein angenommen wird, daß er sie mehr als jeder andere genieße.

Das eben Vorgebrachte kann meines Erachtens nicht widerlegt werden. Eine andere Begründung aber – sie ist es wenigstens in meinen Augen –, die dank einer Tücke der Vorsehung von den Menschen verzeihlicherweise nicht verstanden wird, ist, wie mir scheint, darin zu suchen, daß Rechttun, unglückliche Zufälle ausgenommen, der sicherste Weg zum Glück ist, und die Werther sind keine Schurken[2].

Um als Verbrecher glücklich zu sein, darf man wahrlich kein Gewissen haben. Ich weiß nicht, ob ein solches Geschöpf bestehen mag[3]; ich bin jedenfalls keinem begegnet, und ich möchte wetten, daß das Abenteuer mit Madame Michelin [sie starb, nachdem er sie verführt und

1 Vergleiche Lovelace [in Richardsons »Clarissa«] mit Tom Jones [in Fieldings »Tom Jones«].

2 Vergleiche das »Privatleben des Herzogs Richelieu«. Warum stürzt der Mörder in dem Augenblick, da er einen Menschen tötet, nicht tot zu den Füßen seines Opfers nieder? Warum gibt es Krankheiten? Und wenn es schon Krankheiten gibt, warum kommt dann ein Troistaillons nicht an der Kolik um? Warum regierte Heinrich IV. nur vierundzwanzig Jahre und Ludwig XV. neunundfünfzig? Warum steht die Lebensdauer eines jeden Menschen nicht in einem gerechten Verhältnis zur Größe seiner Tugend? Und andere *abscheuliche* Fragen, die zu stellen die englischen Philosophen für unsinnig halten, auf die anders als mit Geschimpfe und *Cant* zu antworten aber sehr verdienstlich wäre.

3 Man denke, nach Suetons Überlieferung, an Nero nach der Ermordung seiner Mutter; und von welch maßloser Schmeichelei war er doch umgarnt!

wieder verlassen hatte] den Schlaf des Herzogs von Richelieu gestört hat.

Man müßte ja, was doch unmöglich, überhaupt kein Mitgefühl empfinden und imstande sein, das ganze Menschengeschlecht auszurotten[1].

Menschen, die die Liebe nur aus Romanen kennengelernt haben, werden einen natürlichen Widerwillen empfinden, wenn sie dieses Lob der Tugend in der Liebe lesen. Denn nach den Kunstregeln des Romans ist die Schilderung tugendhafter Liebe notwendig langweilig und uninteressant. Das Gefühl der Tugend scheint demnach schon von ferne das der Liebe aufzuheben, und das Wort *tugendhafte Liebe* bedeutet dasselbe wie marklose Liebe. Aber all das entspringt aus einem *Mangel* der Gestaltung, die die Leidenschaft, wie sie in Wirklichkeit beschaffen ist, gar nicht erfaßt[2].

Man möge mir hier gestatten, das Bild meines vertrautesten Freundes zu zeichnen.

Don Juan verleugnet alle Pflichten, die ihn an andere Menschen binden könnten. Auf dem großen Marktplatz des Lebens ist er ein betrügerischer Kaufmann, der stets nimmt und nie bezahlt. Der Gedanke an Gegenseitigkeit erregt ihm denselben Widerwillen wie das Wasser dem Wasserscheuen; eben deswegen ist der Stolz auf seine Herkunft bezeichnend für den Charakter des Don Juan. Mit dem Gedanken des gleichen Rechtes für alle wird sein Gedanke von Recht zerstört, oder vielmehr, da Don Juan berühmtes Blut in den Adern hat, können ihn solche gemeine Ideen niemals berühren; und ich glaube

---

1 Grausamkeit ist nichts anderes als ins Gegenteil verkehrtes Mitgefühl. *Gewalt* ist nächst der Liebe deshalb das höchste Glück, weil sie sich in dem Glauben wiegt, sie könne auch *das Gefühl zwingen*.

2 Wenn man einem Betrachter die Empfindung der Tugend in Verbindung mit der Liebe schildert, wird man gewahr, daß man ein von zwei Empfindungen zerrissenes Herz dargestellt hat. In den Romanen ist die Tugend nur gut, wenn sie Opfer bringt: Julie d'Étange.

gern, daß der Träger eines geschichtlichen Namens eher als ein anderer fähig ist, eine Stadt abzubrennen, um sich ein Ei zu kochen[1]. Man muß ihm das zugute halten; er ist derart von seiner Selbstliebe erfüllt, daß ihm der Gedanke, Unheil anzurichten, gar nicht kommt, und er nur mehr sich allein in der Schöpfung genießen oder leiden sieht. Im Feuer der Jugend, während die Leidenschaft in seinem Herzen nachzittert und das Mißtrauen gegen andere verdrängt, gefällt sich der von seinem Erleben und seinem offenbaren Glück geschwellte Don Juan darin, allein an sich selbst zu denken und andere Männer sich ihren Aufgaben opfern zu lassen; er bedünkt sich, die große Lebenskunst gefunden zu haben. Aber mitten in seinem Siegeslauf und kaum dreißig Jahre alt, bemerkt er mit Erstaunen, daß sich ihm das Leben versagt, es überkommt ihn eine zunehmende Abscheu gegen das, was bisher sein ganzes Vergnügen war. Don Juan sagte mir einmal in Thorn in einer bitteren Anwandlung: »Es gibt keine zwanzig Frauentypen, und hat man einmal zwei oder drei von jeder Art gehabt, so beginnt man überdrüssig zu werden.« Ich antwortete: »Die Einbildungskraft vermag uns immer wieder vor dem Überdruß zu bewahren. Jede Frau erweckt in uns eine andere Teilnahme, und überdies will auch dieselbe Frau, wenn sie uns der Zufall zwei oder drei Jahre früher oder später über den Weg führt und der Zufall fügt, daß wir sie lie-

---

1 Siehe bei Saint-Simon die vorzeitige Niederkunft der Herzogin von Burgund; siehe Frau von Motteville an vielen Stellen. Jene Fürstin war erstaunt, daß andere Frauen ebenfalls wie sie fünf Finger an der Hand hatten; dieser Herzog Gaston von Orléans, der Bruder Ludwigs XIII., fand es ganz selbstverständlich, daß seine Günstlinge zu seiner Belustigung das Blutgerüst bestiegen. Man bedenke, wie solche Herren, im Jahre 1820, ein Ausnahmegesetz zur Vorlage bringen, das neue Robespierres in Frankreich großziehen würde, usw.; man denke an Neapel im Jahre 1799. (Ich lasse diese im Jahre 1820 geschriebene Anmerkung stehen. Ein Verzeichnis des Hochadels von 1778 mit Anmerkungen über seinen sittlichen Wandel, von General Laclos angefertigt, sah ich in Neapel bei dem Marquis Berio; ein Schriftstück von mehr als dreihundert reichlich anstößigen Seiten.)

ben, auf eine unterschiedliche Weise geliebt sein. Aber bei Euch fordert eine zärtliche Frau, selbst wenn sie Euch liebt, durch ihr Verlangen nach Erwiderung nur Euren Hochmut heraus. Eure Art, Frauen zu besitzen, ertötet jede andere Lebensfreude, diejenige Werthers verhundertfacht sie.«

Dieses Drama führt zu einem traurigen Ende. Man sieht den alternden Don Juan die Dinge anklagen, an denen er sich übersättigt hat, aber nie sich selbst. Wir beobachten, wie er, von dem fressenden Gift gepeinigt, sich bald hierhin, bald dahin wendet und fortwährend etwas Neues versucht. Aber welcher Glanz ihm auch nachstrahle, für ihn gibt es nur noch einen Tausch der Qualen zwischen einem ergebenen oder einem ungebärdigen Überdruß: diese einzige Wahl bleibt ihm.

Endlich entdeckt er die traurige Wahrheit über sich selbst; von da an ist es seine ganze Wollust, seine Macht fühlen zu lassen und ungescheut Böses aus Lust am Bösen zu tun. Das ist denn gewöhnlich die Endstufe seines Schicksals; kein Dichter hat gewagt, hiervon ein getreues Abbild zu malen; ein treffendes Gemälde würde nur Schrecken erregen.

Aber man darf hoffen, daß ein höher veranlagter Mensch diese verhängnisvolle Bahn verlassen wird, denn dem Charakter des Don Juan liegt ein Widerspruch zugrunde. Ich habe ihm viel Geistesgaben zugesprochen, und viel Geist läßt eines Tages am Rande des Weges zum Ruhm doch die Tugend entdecken[1].

La Rochefoucauld, der sich doch wohl in der Eigenliebe auskannte und im praktischen Leben nichts weniger als ein unerfahrener Bücherwurm[2] war, sagt (»Maximen«

1 Der Charakter eines hochbegabten jungen Menschen von 1822 wird ziemlich treffend durch den braven Bothwell in W. Scotts »Der alte Sterblich« verkörpert.
2 Man denke an die Erinnerungen Kard. v. Retz und die üble Lage, in die er den Weihbischof im Parlament zwischen zwei Türen brachte.

267): »Der Genuß der Liebe besteht im Lieben, und man wird glücklicher durch die Leidenschaft, von der man ergriffen ist, als von der, die man erweckt.«

Don Juans Glück ist eitel; es gründet sich wohl auf Voraussetzungen, die er mit viel Aufwand an Geist und Tatkraft erst schuf; aber er muß erleben, daß der unbedeutendste General, der eine Schlacht gewinnt, wie der einfältigste Präfekt, der einem Departement vorsteht, höhere Freuden genießt als er; wohingegen das Glück des Herzogs von Nemours, da ihm die Prinzessin von Cleve ihre Liebe gesteht, sogar das Glücksgefühl Napoleons bei Marengo, wie ich glaube, übertrifft.

Die Liebe Don Juans ist eine dem Jagdfieber vergleichbare Leidenschaft. Es ist ein Tatendurst, der nach wechselnden und seine Geschicklichkeit immer von neuem auf die Probe stellenden Zielen verlangt.

Die Werthersche Liebe ist dem Gefühlszustand eines Schülers vergleichbar, der eine Tragödie abfaßt, nur ist sie tausendmal stärker; sie setzt ihm ein neues Lebensziel, dem alles sich unterordnet, das alles in anderem Lichte erscheinen läßt. Die leidenschaftliche Liebe macht, daß der Mensch die Natur in ihren erhabensten Erscheinungen als etwas ganz Neues entdeckt. Er wundert sich, nie zuvor das einzigartige Schauspiel genossen zu haben, das sich jetzt vor seiner Seele abspielt. Alles erscheint neugeboren, alles ist voll Leben, alles erweckt leidenschaftliche Anteilnahme[1].

Ein Verliebter erblickt die geliebte Frau in der Horizontlinie einer jeden Landschaft, durch die er kommt, und während er hundert Meilen zurücklegt, um sie einen Augenblick zu sehen, erzählt ihm jeder Baum, jeder Fels in seiner Sprache von ihr und weiß etwas Neues von ihr zu verkünden. Dieses erregende Zauberspiel ist Don

---

1 Volterra 1819. Das herunterhängende Geißblatt.

Juan fremd, er will nur die äußeren Dinge, schätzt sie nur nach dem Vorteil, den sie ihm bringen, nach dem Reiz, den sie sich durch einige neue Kunstgriffe abgewinnen lassen.

Die Werthersche Liebe gewährt einzigartige Freuden. Wenn nach ein oder zwei Jahren der Geliebte mit der Geliebten sozusagen nur noch eine Seele hat – eine seltsame Sache, die unabhängig vom Liebeserfolg ist, ja sich sogar mit der Unerreichbarkeit der Geliebten abfindet –, fragt sich Werther, was immer er tun oder treiben mag: »Was würde sie sagen, wenn sie bei mir wäre? Was würde ich zu ihr beim Anblick von *Casa-Lecchio* [in Süditalien] sagen?« Er spricht mit ihr, er hört ihre Antworten, er lacht über die Scherze, die sie vorbringt. Hundert Meilen von ihr entfernt, beklemmt von ihrem Zorn, ertappt er sich bei der Feststellung: »Leonore war diesen Abend recht lustig.« – »Mein Gott«, spricht er mit Seufzen, wenn er sich ermuntert, »es gibt Verrückte im Bedlam [Irrenhaus], die weniger verrückt sind als ich!«

»Aber Ihr verdrießt mich!« rief einer meiner Freunde, dem ich diese Beobachtung vorlas. »Ihr stellt dem Don Juan immer den leidenschaftlichen Menschen gegenüber. Darum dreht es sich hier nicht. Ihr hättet recht, wenn es einem freistünde, sich eine beliebige Leidenschaft einzuimpfen. Was soll man aber tun, wenn sie fehlt?« – Gepflegte Liebe ohne Scheußlichkeiten. Scheußlichkeiten kommen stets aus einer kleinen Seele, die nötig hat, sich Geltung zu verschaffen.

Doch weiter! Ein Don Juan findet sich schwerlich bereit, die Wahrheit der soeben geschilderten Seelenverfassung einzugestehen. Abgesehen davon, daß er sie weder erkennen noch fühlen kann, kränkt sie seine Eitelkeit. Der Irrtum seines Lebens ist, daß er meint, in vierzehn Tagen erobern zu müssen, was ein schüchterner Liebhaber kaum nach einem halben Jahr erreichen kann. Er pocht

auf seinen Erfolg, den er auf Kosten jenes armen Teufels
erringt, der weder das nötige Feuer hat, um einer zärtlichen Frau bei dem Geständnis seiner einfältigen Neigung zu gefallen, noch den zur Rolle eines Don Juan er-
forderlichen Geist. Er will nicht sehen, daß das von ihm
sogar bei derselben Frau Erreichte doch nicht dieselbe
Sache ist.

Ein kluger Mann ist allzeit auf der Hut.
Aus gutem Grund: denn oft entlarvt als falsch und
    schlecht
Sich Minne: es verliere darum nicht den Mut,
Den seine Dame lange schmachten läßt, der Knecht,
Des Leben offen, lauter, treulich und gerecht.
Bis endlich sich die dunklen Schleier heben
Von seinem Glück, um das er sehnlich bangte.
Je mehr du gabst, je mehr wird dir gegeben.
Der Liebe Lohn macht wett, was sie verlangte.

Nivernais, »Der Troubadour Guillaume de la Tour«.

Zum Unterschied von der Liebe eines Don Juan kann die
wirkliche Leidenschaft mit einem einsamen, steilen,
mühsamen Weg verglichen werden, der wohl in einem
lieblichen Hain beginnt, sich aber bald zwischen steilen
Felsen hinzieht, deren Anblick für ein nüchternes Auge
keinen Reiz hat. Nach und nach führt der Weg ins Hoch-
gebirge, mitten durch dunkle Wälder, deren gewaltige
Bäume mit ihren dichten, himmelanstrebenden Kronen
das Tageslicht abhalten und eine in Gefahren unerprobte
Seele mit Schrecken erfüllen.
Wenn man dann mühevoll gleichsam in einem endlosen
Labyrinth umhergeirrt ist, dessen unzählige Windungen
unserer Eigenliebe schwer zu schaffen machen, biegt
man plötzlich in einen Seitenweg ein und sieht sich in
eine neue Welt versetzt, in das köstliche Tal von Kasch-

mir aus [Thomas Moores] »Lalla-Rookh«. Wie soll Don Juan, der sich nie auf diesen Weg begibt oder ihm höchstens einige Schritte folgt, sich ein Urteil über die Aussichten verschaffen, die am Ziel der Wallfahrt winken?

Seht Ihr nicht den Vorzug des Wechsels:

Nach neuem dürst' ich. Ist die Welt schon leer?

Gut, Ihr verschmäht Treu und Glauben. Was bietet die Unbeständigkeit dafür? Etwa Genuß?
Aber der Genuß, den man sich bei einer hübschen Frau verschafft, die man vierzehn Tage begehrt und ein Vierteljahr behält, ist *ein anderer* als die Wonne, die einen bei einer Geliebten erwartet, nach der man drei Jahre schmachtet und die man zehn Jahre sein eigen nennt.
Ich sage nicht *stets,* weil man entgegnen wird, daß sich beim Altern unsere Organe verändern, sich die Liebesfähigkeit verliert; ich meinesteils glaube nicht daran. Wenn eine Geliebte unser inniger Freund geworden ist, gewährt sie als neue Freuden die Altersfreuden. Sie gleicht einer Blume, die in der ersten Blütezeit rosenfarbig ist und sich später, wenn der Frühling vorüber, in eine köstliche Frucht verwandelt[1].
Eine drei Jahre lang umworbene Geliebte ist Geliebte im wahren Sinne des Wortes; man nähert sich ihr nur zagend, und das möchte ich den Don Juans zu bedenken geben: der Mann, der bangt, langweilt sich nicht. Die Freuden der Liebe stehen jeweils in einem bestimmten Verhältnis zur Furcht.
Das Verhängnis, das aus der Unbeständigkeit folgt, ist die Langeweile; das Verhängnis der leidenschaftlichen

1 Erinnerungen Collés: seine Frau.

Liebe ist die Verzweiflung und der Tod. Die Verzweiflungstaten der Liebe sind bekannt; sie machen von sich reden. Niemand aber beachtet die alten, abgebrühten, vor Langeweile sterbenden Wüstlinge, deren es in Paris so viele gibt.
»Die Liebe bringt mehr Menschen ums Leben als die Langeweile.« – Das glaub' ich schon, die Langeweile untergräbt alles, sogar den Mut zum Sterben.
Manche Charaktere sind nun einmal so veranlagt, daß sie Freude allein im Wechsel finden. Aber ein Mann, der den Champagner weit über den Bordeaux erhebt, sagt eigentlich nur mit mehr oder weniger Beredsamkeit: »Ich bevorzuge den Champagner.«
Jeder Wein hat seine Propheten, und sie haben allesamt recht, nur müßten sie sich selbst richtig kennen und auf das Glück zustreben, das sich für ihre Leibesbeschaffenheit und ihre Lebensweise am besten eignet[1].
Die Partei der Unbeständigen hat freilich einen schlechten Stand, weil sich auch alle Dummköpfe aus Mangel an Ausdauer auf ihre Seite schlagen.
Aber schließlich entdeckt jeder Mensch, wenn er sich der Mühe der Selbstprüfung unterzieht, sein *hohes Ideal;* nur der Versuch, unseren Nächsten dazu zu bekehren, will mir immer ein wenig lächerlich vorkommen.

---

[1] Die Physiologen, die die Organe erforscht haben, mußten uns lehren: Unstimmigkeiten in den gesellschaftlichen Verhältnissen führen zu Spannungen, zu Mißtrauen und Unheil.

VERSTREUTE GEDANKEN

ch fasse unter diesem Titel [Fragments divers], den ich am liebsten noch schlichter wählen möchte, eine zwanglose Auswahl aus dreihundert oder vierhundert auf Spielkarten flüchtig hingeworfenen Notizen zusammen. Oft bestand die Urschrift, wie man in Ermangelung einer treffenderen Bezeichnung wohl sagen muß, aus mit Blei beschriebenen Blättern von verschiedener Größe, die Lisio mit Leim zusammengeklebt hatte, um der Mühe des Abschreibens enthoben zu sein. Er erklärte mir einmal, keine seiner Notizen erscheine ihm nach einer Stunde noch der Mühe wert, abgeschrieben zu werden. Ich merke diesen Umstand in der Hoffnung an, daß dadurch gewisse Wiederholungen entschuldigt werden.

1   In der Einsamkeit kann man alles erlangen, ausgenommen Charakter.

2   Im Jahre 1821 sind Haß, Liebe und Geiz die drei häufigsten und neben dem Spiel fast die einzigen Leidenschaften in Rom.
Die Römer erscheinen bei der ersten Begegnung *bösartig*; sie sind aber nur höchst mißtrauisch, und ihre Phantasie ist durch den kleinsten Funken zu entzünden.
Wenn sie *grundlos* auf Schlechtigkeiten verfallen, gleichen sie dem angstverzehrten Manne, der sich dadurch Mut einflößt, daß er sein Gewehr abschießt.

3   Wollte ich meine Überzeugung aussprechen, wonach der hervorstechende Charakterzug der Pariser die *Gutmütigkeit* ist, so müßte ich wagen, sie sehr zu beleidigen.
»Ich will gar nicht gut sein.«

4   Ein Kennzeichen keimender Liebe ist, daß alle Freu-

den und alle Leiden, die anderen Leidenschaften entspringen, und alles andere menschliche Begehren uns von Stund an nicht mehr kümmern.

5 Prüderie ist eine besondere Art von Geiz, und zwar die schlimmste, die es geben kann.

6 Einen festen Charakter erwerben heißt viele und gründliche Erfahrungen über die Unzulänglichkeiten und Verhängnisse des Lebens gewinnen. Danach beharrt man entweder bei seinem Begehren, oder man erstrebt überhaupt nichts mehr.

7 Die Liebe, der man in der oberen Gesellschaft begegnet, ist Wettkampf, ist Spiel.

8 Nichts zerstört eine galante Liebe so sicher wie Anwandlungen von Leidenschaft beim Partner. Contessina L…, Forli 1819.

9 Ein großer Fehler der Frauen, welcher jeden Mann, der diesen Namen noch verdient, ungemein abstößt: sie machen das Publikum, das sich in Gefühlsdingen nie von niedrigen Gedanken freihalten kann, zum obersten Richter über ihr Leben; und zwar tun dies selbst die wertvollsten Frauen, oft ohne es zu merken, ja sogar indem sie das Gegenteil glauben und sagen. Brescia 1819.

10 *Prosaisch* ist eine neue Wortprägung, die ich früher lächerlich fand, denn es gibt ja nichts, was noch nüchterner wäre als unsere Poesie; wenn etwas im Frankreich der letzten fünfzig Jahre Wärme verbreitet hat, war es gewiß die Prosa.
Aber seitdem die Contessina L… das Wort gebraucht, wende ich es gerne an.

Seine Erläuterung findet es im »Don Quichotte«, nämlich in dem *vollendeten Gegensatz zwischen dem Ritter und seinem Knappen*. Der Gebieter groß und bleich; der Knappe dick und gesund; der eine voller Heldentum und höfischem Wesen, der andere ganz Selbstsucht und Unterwürfigkeit. Der eine stets erfüllt von schwärmerischen, rührseligen Phantasien, der andere ein Beispiel von Lebensklugheit, ein Quell trefflicher Spruchweisheiten. Der eine nährt seine Seele mit heroischen, kühnen Vorstellungen; der andere verfolgt irgendeinen klugen Plan und versäumt dabei nicht, die Eigenart all der kleinen schändlichen, eigennützigen Regungen des menschlichen Herzens sorgsam in Rechnung zu stellen.

Der erste baut sich in dem Augenblick, da ihm die Augen bei den *schlechten Erfahrungen* aufgehen, die er mit seinen überlebten Anschauungen macht, schon wieder neue Luftschlösser auf.

Man muß einen prosaischen Ehemann haben und sich einen romantischen Liebhaber zulegen.

Marlborough hatte eine *prosaische* Seele; Heinrich IV., der mit fünfundfünfzig Jahren in eine junge Prinzessin verliebt war, die sein Alter keineswegs übersah, besaß ein romantisches Herz[1].

Im Adel gibt es weniger prosaische Seelen als im dritten Stand.

Es ist der Nachteil des Gelderwerbs, daß er prosaisch macht.

11   Nichts ist so spannend wie die Leidenschaft, weil in ihr alles überraschend geschieht und der Handelnde zugleich Opfer ist; nichts so fad wie die gepflegte Liebe, wo

---

1 Dulaure, »Geschichte von Paris«. Stummer Auftritt im Zimmer der Königin am Abend nach der Flucht der Prinzessin von Condé; die Minister sind an die Wand zurückgewichen, der König schreitet mit großen Schritten auf und ab.

wie bei irgendeinem nüchternen Geschäft alles voller Berechnung steckt.

12 Man verabschiedet den Geliebten am Ende seines Besuches stets herzlicher, als man sich vornahm. L..., 2. November 1813.

13 Auf einen Menschen, der sich erst emporarbeiten mußte, macht der Rang eines anderen immer großen Eindruck. Man denke an Rousseau, der sich in alle *hohen* Frauen verliebte, denen er begegnete, und vor Freude weinte, weil der Herzog von L..., einer der fadesten Höflinge seiner Zeit, sich herabließ, von seinem Spazierweg abzubiegen, um Herrn Coindet, einem Freund Rousseaus, das Geleit zu geben. L..., 3. Mai 1820.

14 Ravenna, den 23. Januar 1820.
Hier werden die Frauen nur durch das Leben erzogen; eine Mutter tut sich keinen Zwang vor ihren zwölf- bis fünfzehnjährigen Töchtern an, wenn sie aus Liebe verzweifelt ist oder auf dem Gipfel der Wonne schwebt. Man bedenke, daß in diesem günstigen Klima sich viele Frauen bis ins fünfundvierzigste Jahr vorzüglich halten und die meisten bereits mit achtzehn Jahren verheiratet sind.
Die Valchiusa sagte gestern über Lampugnani: »Ach, der war recht für mich geschaffen! Er verstand zu lieben usw.« und setzte diese Unterhaltung mit einer Freundin in Gegenwart ihrer Tochter fort, eines sehr geweckten Mädchens von etwa vierzehn, fünfzehn Jahren, die auch bei den gefühlsseligen Spaziergängen mit jenem Liebhaber zugegen war.
Bisweilen empfangen die jungen Mädchen hierbei ausgezeichnete Lehren für ihr Betragen. Zum Beispiel entwickelte Frau Guarnacci ihren zwei Töchtern und zwei

Herren, welche sie zum erstenmal in ihrem Leben besuchten, während einer halben Stunde und unter Hinweis auf Beispiele aus ihrer Bekanntschaft (die Cercara in Ungarn) ausführlich ihre Ansicht, in welchem Augenblick es geboten sei, den Geliebten, der sich schlecht benimmt, durch Untreue zu strafen.

15 Statt sich wie Rousseau mit einem Überschwang an Empfindungen herumzuquälen, malt der Sanguiniker, der richtige Franzose (Oberst Mathis), wenn er eine Verabredung für morgen abend sieben Uhr hat, sich bis zu dem seligen Augenblick alles in rosigen Farben aus. Solche Menschen sind für die leidenschaftliche Liebe ganz unempfänglich; denn diese würde sie in ihrem wohligen Behagen nur stören. Ich darf sogar sagen, daß sie dergleichen Aufregungen als Unheil empfinden; zumindest wäre ihnen ihre Befangenheit sehr unangenehm.

16 Die meisten Weltmänner getrauen sich – aus Eitelkeit, aus Argwohn, aus Furcht vor einem Mißgeschick – eine Frau erst nach ihrer Hingabe zu lieben.

17 Sehr empfindsame Herzen bedürfen des Entgegenkommens einer Frau, um Mut zur Kristallisation zu fassen.

18 Eine Frau glaubt aus dem ersten besten Dummkopf die Stimme der Öffentlichkeit zu vernehmen, oder aus der nächsten falschen Freundin, die sich als deren echte Vertreterin aufspielt.

19 Es ist eine wonnige Freude, eine Frau in den Armen zu halten, die uns viel Böses angetan, die lange Zeit unsere erbitterte Feindin gewesen und imstande ist, es wie-

der zu werden. Das Glück der französischen Offiziere 1812 in Spanien.

20 Man braucht Einsamkeit, um sich seinem Herzen hingeben, um lieben zu können, aber man muß in der Gesellschaft zu Hause sein, wenn man Erfolg haben will.

21 Alle Anmerkungen der Franzosen über die Liebe sind gut formuliert, scharfsinnig und frei von Übertreibung, aber sie treffen nur Äußerlichkeiten, sagte der liebenswürdige Kardinal Lante.

22 Die *Entwicklung der Leidenschaft* in Goldonis Komödie »Die Verliebten« ist ausgezeichnet klar und trefflich; Stil und Denkweise jedoch rufen durch ihre widerlichen Gemeinheiten unsere Empörung hervor; sie ist gerade das Gegenteil einer französischen Komödie.

23 Jugend von 1822. Wer ernstliche Hingabe, tätige Bereitschaft fordert, fordert Aufopferung der Gegenwart für die Zukunft; nichts vermag der Seele einen gleichen Aufschwung zu geben wie der Wille und die Fähigkeit zu solchen Opfern. Ich verspreche mir vom Jahr 1832 mehr Aussicht auf große Leidenschaften, als sie das Jahr 1772 geboten hat.

24 Ein cholerisches Temperament ist wahrscheinlich, wenn es sich nicht zu abstoßend gebärdet, von allen Gemütsarten dasjenige, das die Phantasie der Frauen am ehesten zu erregen und beschäftigen vermag. Wenn dem Choleriker nicht günstige Umstände zu Hilfe kommen, wie dem Lauzun bei Saint-Simon (Erinnerungen), ist es schwierig mit ihm auszukommen. Wird dieser Charakter aber erst einmal von einer Frau begriffen, so muß er

eine unwiderstehliche Anziehungskraft ausüben. Ja, sogar der wilde Schwärmer Balfour (»Old Mortality« von W. Scott). Er ist für sie das Gegenstück alles Prosaischen.

25 In der Liebe bezweifelt man oft, was man am festesten glaubt. (La Rochefoucauld, »Maximen« 355.) In allen anderen Leidenschaften zweifelt man nicht mehr an etwas, das seine Probe einmal bestanden hat.

26 Der Vers ist als eine Gedächtnishilfe erfunden worden. Später hat man ihn beibehalten aus gesteigertem Vergnügen an der Überwindung von Schwierigkeiten. In der dramatischen Kunst heute noch an ihm festhalten ist ein Überrest von Barbarei. Ein Beispiel: die Dienstordnung für Kavallerie, in Verse gesetzt durch von Bonnay.

27 Indes jener eifersüchtige Verehrer sich verzehrt vor Mißmut, Geiz, Haß und giftigen, fruchtlosen Leidenschaften, verbringe ich eine glückliche Nacht und träume von ihr, die mich aus Argwohn schlecht behandelt.

28 Nur ein großer Mensch hat Mut zum einfachen Stil. Gerade weil Rousseau an die »Neue Héloïse« zuviel Rhetorik gewendet hat, kann man sie mit dreißig Jahren nicht mehr lesen.

29 Der größte Vorwurf, den wir uns machen können, besteht gewiß darin, daß wir die Ideen von Ehre und Gerechtigkeit, die von Zeit zu Zeit in unserem Herzen sprießen, uns entgleiten lassen, als wären es flüchtige, traumgeborene Phantome. Sand. Brief aus Jena, März 1819.

30   Eine achtbare Frau befindet sich auf dem Lande; sie
hält sich eine Stunde lang bei ihrem Gärtner im Treib-
haus auf. Leute, denen sie ein Dorn im Auge, verdächtig-
ten sie, mit dem Gärtner ein Verhältnis zu haben.
Was soll sie entgegnen? Die Sache an sich wäre denkbar.
Die Frau könnte sagen: »Mein Charakter, meine ganze
Lebensführung zeugt für mich.« Aber dergleichen
Dinge sind nicht sichtbar, weder für Böswillige, die
nichts sehen wollen, noch für Dumme, die nichts sehen
können. Salviati. Rom, den 23. Juli 1819.

31   Ich habe erlebt, wie ein Mann merkt, daß sein Nebenbuhler geliebt wird, indes dieser vor lauter Leidenschaft es gar nicht gewahr wird.

32   Je sterblicher ein Mann verliebt ist, desto größere
Überwindung kostet es ihn, die Hand der geliebten Frau
zu fassen und ihren Zorn zu wagen.

33   Eine lächerliche, aber im Unterschied zur Rous-
seauschen von wahrer Leidenschaft beseelte Rhetorik:
Erinnerungen des Herrn von Maubreuil, Brief Sands.

34   *Seiner Natur treu bleiben!*
Ich habe heute abend den Triumph der Selbsttreue an einem jungen Mädchen beobachtet, die mir freilich einen
großen Charakter zu haben scheint. Sie ist offenkundig
in einen ihrer Vettern verliebt und sich selbst über den
Zustand ihres Herzens ganz klar. Dieser Vetter liebt sie;
da sie ihm aber sehr gesetzt begegnet, glaubt er ihr nicht
zu gefallen und läßt sich von dem Entgegenkommen be-
tören, das ihm Clara, eine junge Witwe und Freundin
Melanies, zeigt. Ich nehme an, daß er sie heiraten wird.
Melanie merkt es und leidet, was nur ein stolzes und
gleichwohl von heftiger Leidenschaft erfülltes Herz lei-

den kann. Sie brauchte ihr Verhalten nur um weniges zu ändern; aber sie würde es als eine Erniedrigung von unabsehbarer Tragweite für ihr ganzes Leben betrachten, wenn sie ihr *Wesen* auch nur einen Augenblick verleugnete. Mailand.

35   Sappho kannte von der Liebe nur die Raserei der Sinne oder den durch die Kristallisation verfeinerten fleischlichen Genuß. Anakreon suchte in der Liebe die Ergötzung der Sinne und des Geistes. Das Altertum besaß zuwenig Sicherheit, um Muße zu einer leidenschaftliche Liebe zu gewähren.

36   Diese Tatsache läßt mich über die Leute etwas lächeln, die Homer über Tasso erhaben finden. Leidenschaftliche Liebe gab es auch zur Zeit Homers und nicht weit von Griechenland entfernt [in Arabien].

37   Wenn du, zärtliche Frau, dich überzeugen willst, ob der angebetete Mann dich leidenschaftlich liebt, so erforsche seine frühe Jugend. Jeder außergewöhnliche Mann war einmal, nämlich bei seinem Eintritt ins Leben, ein lächerlicher Schwärmer oder ein Unglücksvogel. Ein Mann von lustiger, schmeichlerischer, leicht zufriedenzustellender Gemütsart vermag nicht mit jener Leidenschaft zu lieben, deren dein Herz bedarf.
Ich nenne allein das Leidenschaft, was in langen Heimsuchungen sich bewährt, und zwar solchen, die unsere Romane zu schildern sich hüten, weil sie sie zu schildern *nicht vermögen.*

38   Ein fester Entschluß verwandelt das größte Übel mit einem Schlag in einen erträglichen Zustand. Am Abend einer verlorenen Schlacht holt ein Reiter fliehend das Letzte aus seinem erschöpften Pferde heraus; da ver-

nimmt er den Hufschlag eines Reitertrupps, der ihn verfolgt. Plötzlich hält er ein, springt, entschlossen sich zu wehren, vom Pferd und macht sein Gewehr und die Pistolen schußfertig. In diesem Augenblick denkt er nicht an den Tod, sondern sieht das Kreuz der Ehrenlegion winken.

39   Ein Grundzug englischen Wesens. Um 1730, als wir schon einen Voltaire und Fontenelle hatten, wurde in England eine Maschine zum Reinigen des gedroschenen Kornes von der Spreu erfunden; es geschah das durch ein Rad, das einen Luftstrom zum Fortblasen der Spreu erzeugte. Aber nun behaupteten die Bauern dieses *bibelgläubigen* Landes, es sei ruchlos, sich vom Willen der göttlichen Vorsehung unabhängig zu machen und einen solchen künstlichen Wind hervorzubringen, anstatt den Himmel durch ein inbrünstiges Gebet um den zum Worfeln des Getreides günstigen Wind zu bitten und den vom Gotte Israels bestimmten Augenblick abzuwarten. Man muß damit die französischen Bauern vergleichen[1].

40   Unzweifelhaft begeht der Mann, der sich zu einer leidenschaftlichen Liebe hinreißen läßt, eine Torheit. Bisweilen wird ihr indessen mit allzu kräftigen Mitteln vorgebeugt. Die jungen Amerikanerinnen in den Vereinigten Staaten sind derart von einem vernunftgemäßen Denken erfüllt, werden so von ihm bestimmt, daß die

1 Über den gegenwärtigen Zustand der englischen Sitten unterrichtet das »Leben des Herrn Beattie«, dargestellt von einem vertrauten Freunde. Man kann sich da an der großen Gemeinheit Beatties erbauen, der von einer alten Marquise zehn Guineen für die Verleumdung Humes annimmt. Die besorgte Aristokratie steckt sich hinter Bischöfe mit 200000 Pfund Rente und bezahlt *sogenannte liberale* Schriftsteller mit Geld oder Gunst, damit sie einen Chénier beschimpfen. (»Edinburgh Review«, 1821.) Alles ist vom widerlichsten *Cant* verseucht. Alles, was nicht auf Schilderung grober, zweckhafter Gesinnungen abzielt, ist hier verpönt; es ist unmöglich gemacht, auf englisch eine einzige unbekümmerte Seite zu schreiben.

Liebe, diese Blüte unsres Lebens, bei der dortigen Jugend wegfällt. Man kann in Boston getrost ein junges Mädchen mit einem hübschen Besucher allein lassen und darf gewiß sein, daß sie sich nur für das Vermögen ihres Zukünftigen interessiert.

41   In Frankreich sind die Männer, die ihre Frau verloren haben, traurig, die Witwen dagegen froh und zufrieden. Die Frauen haben sogar ein Sprichwort für diesen glückseligen Zustand. Also bedeutet die Ehe nicht für jeden dasselbe.

42   Von Liebesglück erfüllte Menschen haben ein ganz verinnerlichtes Wesen, was für einen Franzosen soviel heißt wie ein tieftrauriges. Dresden 1813.

43   Je allgemeineres Wohlgefallen einer erregt, ein desto seichteres ist es.

44   Der Nachahmungstrieb der frühesten Jugend bewirkt, daß wir die Leidenschaften unserer Eltern übernehmen, selbst wenn diese Leidenschaften unser Leben vergiften werden. (Der Stolz Leonores.)

45   Die achtenswerteste Quelle *weiblichen Stolzes* ist die Furcht, sich in den Augen des Liebhabers durch irgendwelche übereilten Schritte oder durch irgendwelche unweiblich erscheinenden Handlungen herabzusetzen.

46   Wahre Liebe macht den Gedanken an den Tod zu etwas Gewöhnlichem, Erträglichem, des Schreckens Barem, zu einem einfachen Gleichnis oder zu einem Preis, den man für gewisse Dinge gerne bezahlt.

47   Wie oft habe ich nicht bei einem Wagstück ausgeru-

fen: »Daß mir doch jemand eine Pistolenkugel durch den Kopf jagte, ich wollte ihm vor meinem Verscheiden, falls mir Zeit bliebe, noch Dank sagen.« Gegen ein geliebtes Wesen tapfer sein heißt es weniger lieben. S., Februar 1825.

48 »Ich werde nie mehr recht lieben«, erklärte mir eine junge Frau. »Mirabeau und seine Briefe an Sophie haben mir die großen Geister zum Abscheu gemacht. Diese unseligen Briefe haben auf mich gewirkt, als hätte ich sie selbst erhalten.« – Erprobe, was man in den Romanen nie erfährt, daß nämlich zwei Jahre Ausdauer bis zur Ergebung dir das Herz der Geliebten sichern.

49 *Lächerlichkeit* verscheucht die Liebe. In Italien gibt es nichts Lächerliches; was in Venedig guter Ton ist, gilt in Neapel für abgeschmackt; das heißt aber: nichts gilt für abgeschmackt. Infolgedessen wird nichts abgelehnt, was Vergnügen macht. Damit ist der dumme Ehrbegriff zu Fall gebracht und alles nur halb so wild.

50 Kinder herrschen durch Tränen, undwenn man diese nicht beachtet, tun sie sich absichtlich weh. Junge Frauen *quälen* ihr Selbstgefühl.

51 Es ist eine allgemeine, aber eben deshalb nicht ernst genommene Erfahrung, daß empfindungsfähige Seelen immer seltener, nur anempfindende immer alltäglicher werden.

52 *Weiblicher Stolz*
    Bologna, den 18. April, 2 Uhr morgens. Soeben erlebte ich davon ein treffendes Beispiel; aber ich schätze, daß fünfzehn Seiten erforderlich würden, um ihn richtig zu zeichnen; viel lieber möchte ich die nötigen

Schlußfolgerungen aus meiner unbezweifelbaren Beobachtung ziehen, wenn ich mich nur getraute. Doch es ist eine Einsicht, die sich nicht übertragen läßt. Allzu viele kleine Umstände müßten berücksichtigt werden. Dieser Stolz ist das Gegenteil der französischen Eitelkeit. Soweit ich mich entsinne, ist das einzige Werk, das etwas Ähnliches andeutet, der Teil der Erinnerungen der Madame Roland, wo sie die kleinen Beobachtungen wiedergibt, welche sie als Mädchen angestellt hat.

53   In Frankreich ist ein junger Mann für die meisten Frauen so lange ohne Wert, bis sie einen Gecken aus ihm gemacht haben. Erst dann vermag er ihrer Eitelkeit zu schmeicheln.   (Duclos)

54   Zilietti sagte in später Nachtstunde bei der liebenswerten Marchesina R... zu mir: »Ich mag heute nicht ins San Michele (ein Gasthaus) essen gehen. Ich habe dort gestern Witze erzählt und war im Gespräch mit Cl... ausgelassen. Das könnte die Aufmerksamkeit auf mich lenken.«
Nun darf man nicht meinen, Zilietti sei dumm oder furchtsam. Er ist ein kluger und für dieses gesegnete Land sehr reicher Mann.

55   Was man an Amerika bewundern muß, ist die Regierungsform, nicht die Gesellschaft. Überall gilt das Regiment für ein Übel. In Boston sind die Rollen vertauscht, und die Regierung spielt den Heuchler, um bei der Gesellschaft nicht anzuecken.

56   Wenn die jungen Italienerinnen lieben, überlassen sie sich völlig dem natürlichen Gefühl. Höchstens, daß ihnen ein paar handfeste Lebenserfahrungen, die sie an den Türen erlauschten, zu Hilfe kommen.

Als ob das Glück wolle, daß alles hier auf Bewahrung der *Natürlichkeit* hinwirke, lesen sie keine Romane, weil sie nämlich keine haben. In Genf und Frankreich dagegen läßt man sich mit sechzehn Jahren in Liebschaften ein, um einen Roman zu erleben, und bei jeder Begebenheit und fast bei jeder Träne fragt man sich: »Verhalte ich mich auch wie Julie d'Étange?«

57 Der Mann der jungen Frau, die von ihrem Geliebten angebetet wird, ihn schlecht behandelt und ihm kaum einen Handkuß erlaubt, hat allenfalls einen rohen sinnlichen Genuß, wo jener die köstlichsten Freuden, den Rausch des höchsten Glückes findet, das es auf Erden gibt.

58 Die Gesetzmäßigkeiten der *Einbildungskraft* sind noch so wenig erforscht, daß ich mir die folgende Betrachtung erlauben darf, die sich indes auch als irrig erweisen kann.
Ich glaube zwei Arten von Einbildungskraft zu unterscheiden:
1. Die feurige, stürmische, triebhafte, unmittelbar zur Tat drängende Einbildungskraft, wie die Fabios, die sich selbst versengt und verzehrt, wenn man sie auch nur einen Tag aufhält. Ungeduld ist ihr hervorstechendes Merkmal; was ihr unerreichbar ist, macht sie wütend. Sie bemerkt alle äußeren Erscheinungen, entzündet sich aber lediglich an ihnen, paßt sie ihrem eigenen Wesen an und deutet sie zugunsten ihrer Leidenschaft.
2. Die Einbildungskraft, die sich langsam, nach und nach erhitzt, jedoch nach einiger Zeit die äußeren Erscheinungen nicht mehr beachtet und so weit geht, daß sie sich nur noch mit ihrer Leidenschaft befaßt und allein von ihr lebt. Die zweite Art von Einbildungskraft verträgt sich sehr wohl mit einer gewissen Langsamkeit, ja sogar Be-

schränktheit des Denkens. Sie kommt der Beständigkeit zugute und eignet vielen armen jungen Mädchen in Deutschland, die an der Liebe und an der Schwindsucht sterben. Dieser traurigen, jenseits des Rheines so häufigen Erscheinung begegnet man niemals in Italien.

59 Gewohnheit des Vorstellungslebens. Ein Franzose ist *wirklich* gekränkt, wenn in einem einzigen Akt einer Tragödie die Szene achtmal wechselt. Der Genuß am »Macbeth« ist einem solchen Menschen versagt; er tröstet sich damit, daß er Shakespeare *ablehnt*.

60 In Frankreich ist in allem, was die Frau anlangt, die Provinz um vierzig Jahre hinter Paris zurück. In Corbeil erklärte mir eine verheiratete Frau, sie erlaube sich nur gewisse Teile aus den Erinnerungen Lauzuns zu lesen. Eine solche Dummheit entwaffnet mich, ich weiß kein Wort darauf zu erwidern; ausgerechnet hier verzichtet man auf dieses Buch.
Mangel an Natürlichkeit ist ein häufiger Fehler bei den Frauen der Provinz. Ihre Bewegungen sind gesucht und geziert. Die Tonangebenden einer Stadt sind noch schlimmer als die übrigen.

61 Goethe und alle anderen Deutschen von Genie schätzen das Geld als das, was es ist. Man darf um sein Einkommen nur so lange sorgen, bis man sechstausend Franken Rente hat, dann nicht mehr. Der Dummkopf seinerseits begreift die Überlegenheit im Fühlen und Denken eines Goethe nicht; er fühlt sein Leben lang nur mit dem Geld und denkt an das Geld. Und es hat den Anschein, als ob auf Erden die prosaischen Geister kraft ihres doppelten Stimmrechtes die edlen an die Wand drükken wollen.

62 In Europa nährt sich die Begierde von der Unterdrückung; in Amerika verkümmert sie unter der Freiheit.

63 Eine gewisse Diskutiersucht hat die Jugend überfallen und der Liebe abtrünnig gemacht. Während man erörtert, ob Napoleon Frankreich Nutzen gebracht hat, läßt man die der Liebe bestimmten Jahre entschwinden. Selbst jene, die sich jugendlich gebärden, versäumen über der Sorgfalt für ihre Krawatte, für ihre Sporen, für ihr kriegerisches Aussehen, über der Beschäftigung mit sich selbst, das junge Mädchen zu beachten, das so anmutig vorbeihuscht und wegen seiner geringen Mittel nicht öfter als einmal in der Woche ausgehen kann.

64 Ich habe das Kapitel »Prüderie« und noch etliche andere ausgelassen.
Nun freut mich, in den Erinnerungen des Horace Walpole folgende Stelle zu entdecken:
DIE BEIDEN ELISABETH. Vergleichen wir einmal die Töchter zweier grimmiger Männer und halten wir die Herrin eines Kulturvolkes gegen die Beherrscherin eines barbarischen Volkes. Beide hießen Elisabeth. Die Tochter Peters (von Rußland) hatte absolute Gewalt, aber sie war nachsichtig gegen Nebenbuhlerinnen und meinte, die Persönlichkeit einer Kaiserin besitze für die Untertanen, die sie der Ehre ihres Umganges würdige, genug Anziehungskraft. Elisabeth von England konnte Maria Stuart weder ihre Ansprüche noch ihre Schönheit vergeben, sondern setzte sie schändlicherweise (wie Georg IV. Napoleon) gefangen, als sie sich ihrem Schutz anvertraute, und opferte sie, ohne durch die Staatsnotwendigkeit noch durch das Gesetz gerechtfertigt zu sein, ihrer großen und gleichwohl kleinlichen Eifersucht. Da brüstet sich nun diese Elisabeth mit ihrer Keuschheit und wen-

det gleichzeitig alle koketten Künste auf, um in einem nicht mehr schicklichen Alter Bewunderung zu finden, weist Liebhaber ab, die sie erst ermutigt hat, und stillt weder ihre eigene Begierde noch den Ehrgeiz jener. Wer wird nicht die ehrliche, offenherzige barbarische Kaiserin vorziehen?

Erinnerungen Lord Oxfords

65 Vertraulichster Umgang vermag die *Kristallisation* zu unterbinden. Ein reizendes Mädchen von sechzehn Jahren verliebte sich in einen hübschen Jungen gleichen Alters, der nicht verfehlte, jeden Abend mit Einbruch der Finsternis[1] an ihrem Fenster vorüberzuwandeln. Die Mutter lud ihn ein, acht Tage mit aufs Land zu kommen. Das Gegenmittel war kühn, ich gebe es zu, aber das junge Mädchen hatte ein romantisches Gemüt, und der hübsche Junge war ein wenig seicht; nach drei Tagen bereits verachtete sie ihn.

66   Bologna, den 17. April 1817.
Ave Maria (die Dämmerstunde) ist in Italien die Stunde der Zärtlichkeit, der Seelenfreuden und der Schwermut: Empfindungen, die durch den Klang jener schönen Glocken noch verstärkt werden.
Wonnige Stunden, die einem erst in der Erinnerung bewußt werden.

67 Die erste Liebe eines jungen in die Welt eintretenden Mannes ist gewöhnlich voller Ehrbegier. Selten entscheidet er sich für ein sanftes, liebenswertes, unschuldiges junges Mädchen. Wie könnte er da zittern, anbeten, die Gegenwart einer Gottheit spüren? Der Jüngling hat den Drang, ein Wesen zu lieben, dessen Eigenschaften ihn über sich selbst erheben. Erst wenn das Leben sich abwärts wendet, kommt der Zweifel an allem Erhabe-

1 Beim *Ave Maria*.

nen, und wehmutsvoll genügt man sich an der Einfalt und Unschuld. Die wahre Liebe, die an nichts außerhalb ihrer denkt, liegt zwischen diesen beiden Gegensätzen.

68 Große Seelen sind nicht leicht zu erkennen, sie halten sich zurück; gewöhnlich bemerkt man nur eine gewisse Eigenheit. Es gibt mehr große Seelen, als man glaubt.

69 Was bedeutet doch der erste Händedruck der geliebten Frau! Die einzige Wonne, welche sich damit vergleichen läßt, ist der Machtrausch; eine Wonne, die Minister und Könige zu verachten vorgeben. Dieses Glück hat auch seine *Kristallisation,* nur daß sie eine mehr nüchterne, überlegende Einbildungskraft verlangt. Man stelle sich einen Menschen vor, den Napoleon vor einer Viertelstunde zum Minister ernannt hat.

70 Die Natur hat dem Norden die Kraft, dem Süden den Witz gegeben, erklärte mir der berühmte Johannes von Müller 1808 in Kassel.

71 Die Ansicht, daß »vor seinem Kammerdiener keiner ein Held« sei, ist ganz falsch, oder besser gesagt, nur so lange zutreffend, als man an gespreizte Helden wie Hippolyte in Racines »Phädra« und *monarchische* Zustände denkt. [General] Desaix zum Beispiel wäre auch für seinen Kammerdiener (ich weiß nicht, ob er überhaupt einen hatte) ein Held gewesen, und für diesen mehr noch als für jeden anderen. Turenne und Fénelon wären, ohne ihre feine Lebensart und ohne den Zwang, die unerläßliche Komödie mitzumachen, ebenfalls Desaixe gewesen.

72 Eine Gotteslästerung. Ich als Holländer erlaube mir

zu sagen: die Franzosen haben weder an der Unterhaltung noch am Theater einen reinen Genuß; anstatt Zeitvertreib und völlige Entspannung ist es für sie eine Anstrengung. Unter den Strapazen, die zum Tode der Frau von Staël führten, zählt man die Konversation während ihres letzten Winters[1]. W.

73 Der Grad der Spannung, mit der die Gehörnerven auf jeden Ton horchen, erklärt hinreichend die sinnliche Seite des Genusses an der Musik.

74 Galante Frauen leiden darunter, daß sie selbst von sich und alle Menschen von ihnen denken, sie verfehlen ihr Leben.

75 Wird beim Rückzug der Armee ein italienischer Soldat auf eine drohende Gefahr aufmerksam gemacht, so bedankt er sich und geht ihr klug aus dem Wege. Weise einen französischen Soldaten wohlmeinend auf dieselbe Gefahr hin, und er glaubt, du traust ihm nichts zu, fühlt sich in seinem Stolz *verletzt* und setzt sich ihr erst recht aus. Wenn er kann, spottet er noch über dich. Gyat 1812.

76 Jeder fruchtbare Gedanke, der sich mit einfachen Worten darlegen läßt, wird in Frankreich unfehlbar verworfen. Nie hätte sich der *wechselseitige Unterricht* durchgesetzt, wenn ihn ein Franzose erfunden hätte. In Italien verhält es sich genau umgekehrt.

77 Empfindest du nur die mindeste Leidenschaft für eine Frau und ist deine Einbildungskraft nicht ganz erloschen, so ist es um deinen Schlaf geschehen, wenn sie eines Abends in ihrem Ungeschick dir zärtlich und überra-

1 Marmontels Erinnerungen: Gespräch mit Montesquieu.

schend erklärt: »Ach ja, kommt morgen mittag, es wird niemand bei mir sein.« Du kannst an nichts anderes mehr denken, der Vormittag vergeht qualvoll; endlich schlägt die Stunde, und dir ist, als ob jeder Glockenschlag deinen Leib durchbohre.

78 Wenn man in der Liebe das Geld miteinander *teilt,* erhöht man die Liebe; wenn man welches *schenkt, untergräbt* man sie.
Man überwindet den gegenwärtigen Übelstand und für alle Zukunft die böse Furcht vor Mangel, oder aber man ruft *Politik* ins Leben und das Bewußtsein der Zweiheit; man zerstört die Gleichgestimmtheit.

79   Messe in den Tuilerien 1811.
Die Feierlichkeiten bei Hofe, die entblößten Busen, von den Frauen zur Schau getragen wie die Uniformen von den Offizieren, ohne daß die Häufung der Reize etwa besonderen Eindruck macht, erinnern unwillkürlich an die Atmosphäre der Szenen bei Aretino.
Man entdeckt, wie alle Welt aus *Gewinnsucht* um die Gunst eines Mannes buhlt; man sieht die Menschen ohne sittliche Überzeugung und vor allem ohne Leidenschaft mittun. Dies im Beisein halb entblößter Frauen, denen die Bosheit und ein hämisches Lächeln für alles, was nicht persönlichen, mit barem Genuß bezahlten Vorteil bringt, im Gesicht geschrieben steht, erweckt die Vorstellung von Bagno-Szenen, wo keine Bedenklichkeit der Tugend, keine innere Rechtfertigung der selbstgenügsamen Seele mehr mitspricht.
Und doch sah ich, wie inmitten alles dessen das Gefühl der Vereinsamung zärtliche Herzen zur Liebe bereitet hat.

80 Wenn das Herz von falscher Scham erfüllt ist und sie

zu überwinden sucht, kann es nicht zugleich genießen. Der Genuß ist ein Luxus; um ihn auszukosten, bedarf es der Sicherheit, das heißt der Gewißheit, daß man keine Gefahr läuft.

81 Ein Kennzeichen der Liebe, das eine selbstsüchtige Frau nicht vortäuschen kann: Bereitet ihr die Versöhnung reine Freude? Oder hat sie nur den Vorteil im Auge, der sich daraus ziehen läßt?

82 Die armen Menschen, die in den *Trappistenorden* eintreten, sind Unglückliche, denen der letzte Mut zum Selbstmord fehlt. Ich nehme natürlich die Vorsteher aus, die den Genuß haben, Vorgesetzte zu sein.

83 Die Schönheit der Italienerin kennzulernen, bezahlt man sehr teuer: man wird unempfindlich gegen andere Frauen. Außerhalb Italiens hält man sich lieber an ein Gespräch mit Männern.

84 Die Lebensweisheit der Italiener will unsere Daseinsfreude fördern, wobei die Einbildungskraft eine Rolle spielt. (Vergleiche eine Lesart über den Tod des berühmten Komödienspielers Pertica am 24. Dezember 1821.) Zur englischen Lebensauffassung, der es nur darauf ankommt, genug Geld zusammenzuraffen und anzuhäufen, um einem gewissen Aufwand zu genügen, gehört dagegen eine ununterbrochene pedantische Genauigkeit, welche Gewohnheit die Einbildungskraft lähmt. Doch muß bemerkt werden, daß sie gleichzeitig dem *Pflichtbewußtsein* große Stärke verleiht.

85 Die maßlose Überschätzung des Geldes, der große, hervorstechende Fehler der Engländer und Italiener, macht sich in Frankreich weniger bemerkbar und wird

in Deutschland durchaus in den gebührenden Schranken gehalten.

86 Weil die Französsinnen das Glück *wahrer* Leidenschaft gar nicht kennen, fällt ihnen auch nicht schwer, im Haushalt, im *Alltag* des Lebens ihr inneres Genügen zu finden. Compiègne.

87 »Redet mir nicht von Ehrstreben als einem Mittel gegen Kummer«, sagte Kamensky. »Die ganze Zeit, als ich Abend für Abend zwei Meilen im Galopp zurücklegte, um die Prinzessin in Kolich zu sehen, stand ich in engster Verbindung mit einem Herrscher, den ich sehr schätzte und in dessen Hand mein ganzes Glück, die Befriedigung aller meiner Wünsche lag.« Wilna 1812.

88 Vorbildliche Lebensart und Schick in der Kleidung, große Gutherzigkeit, kein Geistesflug, Berücksichtigung von hundert alltäglichen Kleinigkeiten, Unvermögen, länger als drei Tage bei derselben Sache zu bleiben: welch ein auffälliger Gegensatz zu der puritanischen Strenge, der biblischen Hartherzigkeit, der unbeirrbaren Rechtlichkeit, der krankhaft besorgten Eigenliebe, dem allgemeinen *Cant.* Und doch sind das die zwei größten Völker der Erde!

89 Wenn es unter den Fürstinnen eine Kaiserin Katharina II. gegeben hat, warum soll es dann im Bürgertum nicht eine Frau Samuel Bernard oder Lagrange geben?

90 Alviza bezeichnet es als einen unentschuldbaren Mangel an Taktgefühl, wenn man wagt, der angebeteten Frau, die mit Zärtlichkeit in den Augen schwört, daß sie einen nie lieben könne, seine Liebe brieflich zu erklären.

91   Es war dem größten Philosophen der Franzosen nicht gegönnt, in der Einsamkeit des Hochgebirges, in irgendwelchem entlegenen Zufluchtsort zu leben und sein Buch von dort auf Paris abzuschleudern, ohne selbst es aufzusuchen. Weil man Helvetius als einen so einfachen, ehrlichen Mann befand, konnten die moschusduftenden gespreizten Suard, Marmontel, Diderot sich nicht vorstellen, daß er ein großer Philosoph sei. Mit voller Überzeugung verachten sie seine tiefen Einsichten. Diese waren erstens zu einfach, in Frankreich eine unverzeihliche Sünde; zum zweiten haftete dem Mann, nicht dem Buch, eine Schwäche an: er legte größten Wert darauf, das zu erringen, was man in Frankreich Ruhm nennt, und wollte unter seinen Zeitgenossen ebenso gefeiert sein wie Balzac, Voiture, Fontenelle.

Rousseau hatte zuviel Empfindlichkeit und zuwenig Vernunft, Buffon machte sich zu wichtig mit seinem Botanischen Garten, Voltaire war ein zu großer Kindskopf, um den Grundgedanken des Helvetius beurteilen zu können.

Diesem Philosophen unterlief die kleine Ungeschicklichkeit, sein Grundprinzip *Interesse* zu nennen, anstatt es mit dem gefälligen Wort *Lust*[1] zu bezeichnen; aber was soll man von dem gesunden Verstand einer ganzen Gelehrtenwelt halten, die sich durch ein so kleines Versehen irreführen läßt?

Ein Mann von durchschnittlichem Verstand, wie zum Beispiel Prinz Eugen von Savoyen, wäre, in die Lage des Regulus versetzt, ruhig in Rom geblieben, wo er sogar über die Dummheit des Senates von Karthago hätte spotten können; Regulus kehrte dorthin zurück. Prinz

1 Grimmig jagt die Löwin den Wolf, der Wolf wieder die Ziege; / Den blühenden Klee sucht die naschhafte Ziege / ... Jedeines treibt seine Gier. Vergil, »Elogen« II.

Eugen wäre seinem *Interesse* ebenso gefolgt wie Regulus dem seinen.

Bei fast allen Lebensvorgängen findet eine hochherzige Seele die Möglichkeit, etwas zu tun, was ein gewöhnlicher Geist sich gar nicht vorstellen kann. In demselben Augenblick, da die Möglichkeit dieser Handlung in einer hochherzigen Seele auftaucht, ist es schon ihr *Interesse,* sie auszuführen.

Wenn sie diese sich ihr anbietende Tat nicht verrichtete, müßte sie sich selbst verachten; sie würde unglücklich werden. Unsere Aufgaben richten sich nach unseren Geisteskräften. Helvetius' Grundprinzip bewahrheitet sich noch in den tollsten Verstiegenheiten der Liebe, sogar beim Selbstmord. Es wäre gegen die Natur, es ist nicht vorstellbar, daß der Mensch nicht stets, und in welcher Lage man ihn auch betrachte, tun sollte, was ihm, im Bereich des Möglichen, die höchste Lust gewährt.

92 Einen festen Charakter haben heißt soviel, wie sich unter dem Einfluß anderer Charaktere bewähren; diese anderen sind also notwendig.

93 *Die Liebe im Altertum*
Von den römischen Damen sind uns keine Liebesbriefe überliefert. Petronius hat zwar ein reizendes Buch geschrieben, schildert aber nur Ausschweifungen.

Über die *Liebe* der Römer besitzen wir, außer durch Dido [in der »Aeneis«][1] und die zweite Ekloge des Vergil, keine trefflicheren Zeugnisse als die Schriften der drei großen Dichter Ovid, Tibull und Properz.

Nun, die Elegien Parnys oder der Brief der Héloïse an Abélard, von Colardeau, sind recht unvollständige und verschwommene Schilderungen, wenn man sie neben

---

1 Vergleiche den *Blick* der Dido auf der herrlichen Skizze Guérins im Luxembourg.

gewisse Briefe aus der »Neuen Héloïse«, die Briefe der Portugiesischen Nonne, des Fräuleins von Lespinasse, der Sophie Mirabeaus, Werthers usw. hält.

Die Versdichtung mit ihren unerläßlichen Vergleichen, ihrer vom Dichter nicht geglaubten Mythologie, ihrer Würde im Stile Ludwigs XIV. und all ihrem Aufwand an sogenanntem poetischem Schmuck steht sogar noch unter der Prosa, sobald es sich darum handelt, eine deutliche, klare Vorstellung von den Regungen des Herzens zu vermitteln; denn bei diesem Stoff fesselt nur Klarheit.

Tibull, Ovid und Properz besaßen mehr Geschmack als unsere Dichter. Sie schilderten die Liebe genauso, wie sie bei den stolzen römischen Bürgern war; noch lebten sie unter Augustus, der, nachdem er den Tempel des Janus geschlossen hatte, die Bürger in treue Anhänger der Monarchie umzuwandeln versuchte.

Die Gebieterinnen dieser drei großen Dichter waren leichte, nicht zur Treue geschaffene käufliche Frauen; bei diesen suchten sie allein den sinnlichen Genuß, und ich möchte annehmen, daß sie nicht eine Spur von den hehren Empfindungen[1] besaßen, die dreizehnhundert Jahre später das Herz der zärtlichen Héloïse höher schlagen ließen.

Ich übernehme die folgende Stelle von einem ausgezeichneten Literaturfreund[2], der besser als ich in der lateinischen Dichtung bewandert ist.

»Das glänzende Genie Ovids, die Einbildungskraft des Properz, das empfindsame Herz Tibulls schufen selbstverständlich Dichtungen unterschiedlichen Gehalts, aber die Frauen liebten sie auf die gleiche Weise und ziemlich denselben Schlag. Sie begehren, sie erobern, es erstehen

---

1 Alles Schöne auf Erden wird zu einem Bestandteil der Schönheit unserer Geliebten, und wir sind bereit, allem nachzutrachten, was es nur Schönes in der Welt gibt.
2 Ginguené, »Geschichte der Literatur in Italien«.

ihnen erfolgreiche Nebenbuhler, sie werden eifersüchtig, sie verzanken und versöhnen sich; sie werden ihrerseits untreu, erlangen Verzeihung und finden in ein Glück zurück, das alsbald durch die Wiederkehr derselben Zwischenfällle gestört wird.

Corinna ist verheiratet. Ovid lehrt sie zunächst, durch welche Schliche sie ihren Mann hintergehen kann, welche Zeichen sie sich in seiner und aller Welt Gegenwart geben wollen, um einander zu verständigen. Dann kommt es zum Liebesspiel; bald zu Zank und, was man von einem so feinen Mann wie Ovid nicht erwartet, zu Beschimpfungen und Schlägen; darauf Entschuldigungen, Tränen, Verzeihung. Manchmal wendet er sich an Untergebene, an Dienstboten, an den Hausmeister seiner Freundin, damit der ihm nachts die Tür öffne, an ein verrufenes altes Weib, das sie verlocken und überreden soll, sich für Geld hinzugeben, an einen alten Eunuchen, der sie bewacht, an eine junge Sklavin, die Briefchen mit Einladungen zu einem Stelldichein überbringen soll. Das Stelldichein wird verweigert; er flucht auf seine Briefchen, die einen so schlechten Erfolg haben. Dann glückt es ihm besser, und er fleht die Morgenröte an auszubleiben, damit sein Glück nicht ende.

Bald macht er sich Vorwürfe wegen seiner häufigen Untreue, wegen seines Gefallens an jeder Frau. Kurz danach bricht auch Corinna die Treue; er vermag die Vorstellung nicht zu ertragen, daß er sie Künste gelehrt hat, die sie nun bei einem anderen anwendet. Corinna ihrerseits ist eifersüchtig; sie entpuppt sich als eine mehr zornmütige denn zärtliche Frau; sie beschuldigt ihn der Liebe zu einer jungen Sklavin. Er schwört ihr, es sei nichts daran, und schreibt an diese Sklavin; und alles, was Corinna erboste, wird nun zur Wahrheit. Woher mochte sie es wissen? Welche Anzeichen haben es verraten? Er begehrt von der jungen Sklavin eine neue Zusammenkunft. Er droht, wenn sie sich weigere, Corinna alles zu gestehen. Er scherzt mit einem Freunde über seine beiden Liebschaften, über die Leiden und Freuden, die sie ihm verursachen. Kurz darauf beherrscht ihn Corinna allein. Sie ist sein ein und alles. Er besingt seinen Triumph, als ob es seine erste Eroberung sei. Nach verschiedenen Vorfällen, die wir aus mehr als einem Grunde dem Ovid überlassen müssen, und anderen, die der Länge wegen nicht wiedergegeben werden können, stellt sich heraus, daß Corinnas Gatte zu nachsichtig geworden ist. Er ist nicht mehr eifersüchtig; das mißfällt dem Liebhaber, und er droht ihm, seine Frau aufzugeben, wenn er nicht wieder eifersüchtig würde. Der Ehemann willfährt ihm allzugut; er läßt Corinna so gut bewachen, daß Ovid nicht zu ihr kommen kann. Er beklagt sich über diese Bewachung, an der er selbst schuld ist, aber er nimmt sich vor, sie zu überlisten; zum Unglück ist er nicht der einzige, dem das gelingt. Die Treulosigkeiten Corinnas wiederholen und vermehren sich; ihre Liebeshändel werden so bekannt, daß Ovid als einzige Gunst von ihr begehrt, sie möchte ihn doch etwas achtsamer betrügen und möchte etwas weniger offensichtlich zeigen, was sie sei. So war die Lebensführung Ovids und seiner Geliebten, so verhielt es sich mit ihrer Liebe.

Properzens erste und letzte Liebe war Cynthia. Sowie er glücklich ist, wird er eifersüchtig. Cynthia liebt Schmuck besonders; er bittet sie, sich vor Verschwendung zu hüten, Freude an der Schlichtheit zu finden. Er selbst ist mehr als einer Art von Ausschweifung verfallen. Cynthia erwartet ihn; er kommt erst am Morgen zu ihr, von einer Schmauserei, weinselig. Er findet sie schlafend; es dauert lange, bis sie von seinem Lärm, von seinen Liebkosungen wach wird; endlich schlägt sie die Augen auf und macht ihm berechtigte Vorwürfe. Ein Freund will ihn von Cynthia abbringen; er antwortet diesem Freund mit einem Lobgesang auf ihre Schönheit, auf ihre Gaben. Er kommt in Gefahr, sie zu verlieren. Sie geht mit einem Militär durch; sie will dem Heere folgen; sie nimmt alles in Kauf, um bei ihrem Krieger bleiben zu können. Properz wird keineswegs heftig, er weint nur, er wünscht, sie möchte ihr Glück finden. Er geht nicht mehr aus dem Haus, das sie verlassen hat; er knüpft mit fremden Menschen an, die sie gesehen haben, und findet kein Ende, sie über Cynthia auszufragen. Von soviel Liebe wird sie gerührt. Sie verläßt den Krieger und bleibt bei ihrem Dichter. Er schickt Danksagungen zu Apollo und den Musen empor; sein Glück überwältigt ihn. Aber bald wird es durch neue Anfälle von Eifersucht getrübt, durch Entfremdung und Trennung gestört. Fern von Cynthia denkt er doch nur an sie. Ihre frühere Untreue erweckt in ihm Furcht vor einer neuen. Der Tod hat keinen Schrecken mehr für ihn, nur Cynthia zu verlieren fürchtet er; wenn er sicher sein dürfte, daß sie ihm die Treue hält, will er klaglos ins Grab steigen.

Nach einem neuen Treubruch meint er seine Liebe überwunden zu haben, aber bald liegt er wieder in Banden. Er zeichnet ein hinreißendes Bild seiner Geliebten, ihrer Schönheit, der Eleganz ihrer Kleidung, ihrer Begabung für Gesang, Dichtkunst, Tanz; und alles vermehrt, rechtfertigt seine Liebe. Aber Cynthia, ebenso verderbt wie begehrenswert, bringt sich durch derart skandalöse Liebschaften um die Achtung der ganzen Stadt, daß Properz ohne Schande sie nicht mehr lieben kann. Er errötet, aber er kann sich nicht von ihr lösen. Er bleibt ihr Geliebter, ihr Gatte; ein für allemal liebt er nur Cynthia. Sie trennen sich noch einmal und finden wieder zusammen. Cynthia ist eifersüchtig, er beruhigt sie. Nie könnte er eine andere Frau lieben. In Wahrheit ist es freilich nicht eine einzige Frau, die er liebt, es sind alle Frauen. Er bekommt nie genug, seine Begierde ist nicht zu stillen. Um

ihn zur Selbstbesinnung zu bringen, muß sich Cynthia
wiederum von ihm abwenden. Seine Klagen sind dies-
mal so bewegt, als ob er selbst nie untreu gewesen wäre.
Er möchte fliehen. Er sucht Ablenkung in Ausschweifungen. Er betrinkt sich wie üblich. Er tut, als sei ihm
eine Schar Liebesgötter begegnet und führe ihn zurück
zu Cynthias Füßen. Ihre Aussöhnung hat neue Stürme
im Gefolge. Bei einem ihrer Gelage stürzt sie, vom
Weine erhitzt wie er selbst, den Tisch um und wirft ihm
die Trinkbecher an den Kopf; er findet das reizend. Neue
Treulosigkeiten zwingen ihn endlich, seine Fessel zu zer-
reißen. Er will wegziehen, eine Reise durch Griechenland unternehmen; er entwirft einen Reiseplan, aber er
gibt seinen Vorsatz wieder auf, und zwar um sich einem
neuen Schimpf ausgesetzt zu sehen. Cynthia läßt es nicht
genug sein, ihn zu betrügen, sie macht ihn zum Gespött
seiner Nebenbuhler. Aber da überfällt sie eine tödliche
Krankheit. Noch zuletzt hält sie ihm seine Treulosigkeit,
seine Launen vor und daß er sie in ihrer letzten Stunde so
allein lasse, und sie schwört, daß sie ihm gegen allen Anschein stets treu gewesen sei. So verhält es sich mit Properz und seiner Geliebten und ihren Streichen. Das ist in
wenig Worten die Geschichte ihrer Liebe. An diese Frau
also mußte sich ein Herz wie das Properzens liebend verschenken.

Ovid und Properz waren oft untreu, aber nie treulos. Sie
sind zwei unentwegt lockere Vögel, die bald hier, bald
dort ihr Glück versuchen, jedoch sich stets wieder an dieselbe Leine nehmen lassen. Corinna und Cynthia haben
alle Frauen als Nebenbuhlerinnen, nicht irgendeine besondere. Die Muse dieser beiden Dichter ist treu geblieben, auch wo es ihre Liebe nicht war, und kein anderer
Name als Corinna und Cynthia kommt in ihren Versen
vor. Tibull, der Liebende, der sehr feinsinnige Dichter,
weniger erregbar, weniger heftig in seinen Neigungen

als jene, besaß nicht die gleiche Beständigkeit. Drei Schöne sind nacheinander der Gegenstand seiner Liebe und seiner Verse geworden. Delia ist die erste, bekannteste, auch die am meisten geliebte. Tibull verlor sein Vermögen, aber es blieb ihm das Land und Delia; wenn sie im Frieden der Felder sein eigen, wenn er einmal sterbend Delias Hand in der seinen halten kann, wenn sie einmal weinend seinem Leichenbegängnis folgen wird, hat er weiter keinen Wunsch. Delia wird von einem eifersüchtigen Gatten bewacht; Tibull dringt trotz ihres Argus und der dreifachen Riegel in ihr Gefängnis ein. In ihren Armen vergißt er alle seine Leiden. Er wird krank, seine Gedanken sind allein bei Delia. Er beschwört sie, immer sein eigen zu bleiben, *das Geld zu verachten,* niemandem zu gewähren, was er bei ihr genossen hat. Aber Delia folgt seinem Rat nicht. Er glaubte ihre Untreue ertragen zu können, aber er bricht darüber zusammen und bittet Delia und Venus um Gnade. Er sucht im Weine ein Heilmittel und findet es nicht; er vermag weder seinen Kummer zu lindern noch von seiner Liebe zu genesen. Er wendet sich an Delias gleicherweise betrogenen Gatten; er verrät ihm alle Listen, deren sie sich bedient, um ihre Liebhaber anzulocken und zu empfangen. Wenn der Gatte dies nicht zu hindern wisse, so möge er es ihm gestehen: Er, Tibull, werde jene schon verjagen, und Delia, die sie beide so tief kränkt, vor allen Schlingen bewahren. Er beruhigt sich wieder, er kehrt zu ihr zurück, er erinnert sich an Delias Mutter, die diese Liebe begünstigte; das Andenken dieser guten Frau öffnet sein Herz wieder für zärtliche Empfindungen, und alle Schuld Delias ist vergessen. Aber bald lädt sie schwerere auf sich. Sie verkauft sich für Geld und Geschenke; sie gibt sich einem andern, anderen hin. Tibull zerreißt endlich seine schändliche Fessel und trennt sich auf immer von ihr.

Jetzt wird er der Nemesis hörig, ohne mehr Glück zu finden; diese liebt nur das Geld und macht sich wenig aus den Versen und Huldigungen eines Genies. Nemesis ist eine habgierige Frau, die sich dem Meistbietenden gibt. Er verflucht ihre Habsucht, aber er liebt sie und kann ohne ihre Liebe nicht leben. Er versucht sie durch rührende Vorstellungen zu erweichen. Sie hat ihre jüngere Schwester verloren; er weint am Grabe und vertraut ihrer stummen Seele seinen Kummer an. Die Schatten der Schwester werden erzürnt sein über die Tränen, die Nemesis hervorruft. Sie soll doch den Zorn der Toten nicht mißachten. Das Bild ihrer betrübten Schwester wird den Schlaf ihrer Nächte stören... Aber diese jammervolle Beschwörung lockt Nemesis nur Tränen ab. Um diesen Preis will er sein Glück auch nicht erringen. Neera ist seine dritte Geliebte. Lange Zeit genießt er ihre Liebe; er verlangt nicht mehr von den Göttern, als mit ihr zu leben und zu sterben. Aber sie verzieht und bleibt fern; er denkt nur noch an sie, er fleht die Götter nur noch um sie an; im Traum erscheint ihm Apollo und verkündet, Neera habe sich von ihm gewandt. Er sträubt sich, dem Traume zu glauben; er würde dieses Unglück nicht überdauern, und doch tritt es ein. Neera ist untreu; wiederum ist er verlassen. Und so war der Charakter, war das Schicksal Tibulls, so lautet der dreifache, der reichlich traurige Roman seiner Liebschaften.

Über allem liegt bei ihm eine sanfte Melancholie, die, ein besonderer Reiz, selbst der Lust einen Hauch von Träumerei und Traurigkeit verleiht. Wenn je ein antiker Dichter die Liebe mit etwas Geistigem verbunden hat, so war es Tibull; aber die Feinheiten des Gefühles, die er so trefflich gestaltet, *sind nur in ihm,* er denkt so wenig wie die beiden anderen Dichter daran, sie bei seinen Geliebten zu suchen oder zu erwecken. Deren Anmut, deren Schönheit ist alles, was ihn entflammt; ihre Gunst, was er begehrt oder beklagt; ihre Untreue, ihre Käuflichkeit, ihr Verlust, was ihn quält. Unter allen Frauen, die durch die Verse der drei großen Dichter berühmt wurden, erscheint Cynthia als die liebenswerteste. Der Zauber künstlerischer Gaben verbindet sich bei ihr mit allen anderen; sie pflegt den Gesang, die Dichtkunst. Aber mit allen diesen Talenten, die bei Kurtisanen von Rang nicht selten waren, stand sie doch nicht höher als diese: Wollust, Gold und Wein beherrschen sie nicht minder; und Properz, der lediglich ein- oder zweimal ihren Geschmack in den Künsten preist, ist deshalb in seiner Leidenschaft zu ihr nicht minder von einer ganz anderen Gewalt bezwungen.«

Diese großen Dichter sind zweifellos zu den feinsten, empfänglichsten Geistern ihrer Zeit zu zählen; gleichwohl sehen wir, wen sie liebten und wie sie liebten. Man muß hier literarische Beurteilungen beiseite lassen. Ich suchte nur Anschauungsmaterial für jenes Zeitalter; in zweitausend Jahren wird ein Roman Ducray-Duminils Zeugnis von unseren Sitten ablegen.

94   Eine meiner großen Kümmernisse ist, daß ich das Venedig von 1760 nicht habe sehen können[1]. Anscheinend hat damals eine Folge glücklicher Zufälle während einer kurzen Zeit die politischen Einrichtungen mit den trefflichsten, auf das Glück der Menschen abzielenden Anschauungen in Einklang gebracht. Gepflegte Sinnlichkeit erlaubte jedermann, sein Glück zu finden. Es gab keine inneren Kämpfe und keine Verbrechen. Heiterkeit sprach aus jedem Gesicht, niemand war bestrebt, besonders reich zu erscheinen, und Heuchelei brachte keinen Vorteil. Ich stelle mir vor, daß dies das völlige Gegenstück zu dem London von 1822 sein dürfte.

1 Italienische Reise des Präsidenten von Brosses, Reisen Eustaces, Sharps, Smolletts.

95 Wenn man an Stelle des Mangels an persönlicher Sicherheit die wohlbegründete Angst vor Geldmangel setzt, wird man finden, daß die Vereinigten Staaten von Amerika hinsichtlich der Leidenschaft, deren Beschreibung wir hier versuchen, viel Ähnlichkeit mit der Antike haben.

Dabei fällt mir ein, daß ich bei den mehr oder weniger unvollständigen Zeugnissen über Liebesleidenschaft, die uns aus der Antike überliefert sind, die *Liebe Medeas* in den »Argonautika« [Epos des Apollonios von Rhodos] vergessen habe. Vergil hat sie in seiner Dido widergespiegelt. Man vergleiche jene Liebe mit der Art, die in unseren modernen Romanen vorkommt, zum Beispiel mit [Abbé Prévosts] »Dekan von Killerine«.

96 Ein Römer empfindet die Schönheit in der Natur und in den Künsten mit einer erstaunlichen Kraft, Tiefe und Sicherheit; wenn er aber darzulegen versucht, was er so entschieden fühlt, muß man lächeln.

Das erklärt sich vielleicht damit, daß ihm die Empfindung von der Natur eingegeben wird, sein Urteil aber sich aus den Staatsverhältnissen ableitet.

Man wird leicht gewahr, weshalb außerhalb Italiens die schönen Künste nicht mehr als ein lächerlicher Versuch sind; man urteilt dort zwar besser, aber die Öffentlichkeit nimmt keinen Anteil daran.

97   London, 20. November 1821.

Ein sehr sachlicher Mann, der gestern aus Madras zurückkam, erzählte mir in einem zweistündigen Gespräch, was ich jetzt auf zwanzig Zeilen zusammendränge.

Jenes *Düstere,* das aus einer unerklärlichen Ursache über dem englischen Charakter liegt, wurzelt so tief in ihrem Herzen, daß am Ende der Welt, in Madras, ein Engländer, der sich ein paar freie Tage verschaffen kann, schleunig das reiche, blühende Madras verläßt, um sich in der kleinen französischen Stadt Pondichéry aufzuheitern, die ohne Reichtum und fast ohne Handel unter der väterlichen Verwaltung des Herrn Dupuy gedeiht. In Madras trinkt man Burgunder zu sechsunddreißig Franken die Flasche; in Pondichéry sind die Franzosen so arm, daß in den vornehmsten Gesellschaften die Erfrischungen in großen Gläsern mit Wasser bestehen. Aber man lacht dort.

Augenblicklich besteht in England mehr Freiheit als in Preußen. Das Klima ist dasselbe wie in Königsberg, Berlin, Warschau, in Städten also, die keineswegs durch Trübseligkeit hervorstechen. Die Klasse der Arbeiter lebt dort weniger gesichert; sie trinken genauso wenig Wein wie in England und sind viel schlechter gekleidet.

Auch die Aristokratie von Venedig und Wien ist nicht trübselig.

Ich finde nur einen Unterschied: In den fröhlichen Ländern liest man wenig in der Bibel und ist man liebenswürdiger. Ich bitte um Entschuldigung, wenn ich so oft auf etwas hinweise, das mir Argwohn erregt. Zwanzig Erscheinungen von der Beweiskraft der eben angeführten unterdrücke ich.

98   Ich machte soeben auf einem schönen Schloß in der Nähe von Paris die Bekanntschaft eines sehr hübschen, sehr geistreichen, sehr vermögenden jungen Mannes von etwa zwanzig Jahren; der Zufall ließ ihn dort lange Zeit fast ausschließlich in Gesellschaft eines jungen Mädchens leben, das sehr schön, talentvoll, von vornehmer Gesinnung und außerdem sehr reich war. Wer würde hier nicht eine Leidenschaft erwarten? Nichts weniger als das; die Verbildung war bei den beiden hübschen Ge-

schöpfen so groß, daß jedes nur mit sich selbst und dem Eindruck beschäftigt war, den es hervorrufen möchte.

99   Ich gebe zu, daß nach einer großen Tat [dem Widerstand der Spanier gegen Napoleon] ein wilder Stolz dieses Volk in alle Fehler und Torheiten hat verfallen lassen, die wir bemerken. Das ist aber gerade, was mich abhält, die Lobsprüche zurückzunehmen, die ich diesem Überbleibsel des Mittelalters schon einmal spendete.
Die hübscheste Frau von Narbonne ist eine junge Spanierin von knapp zwanzig Jahren, die dort mit ihrem Manne, ebenfalls Spanier und pensionierter Offizier, sehr zurückgezogen lebt. Dieser Offizier war vor einiger Zeit gezwungen, einem Laffen eine Ohrfeige zu geben. Am anderen Morgen sieht der Laffe die junge Spanierin auf dem Kampfplatz erscheinen. Eine Flut von erregten Worten: »Aber das ist doch wirklich unglaublich! Wie konntet Ihr die Sache Eurer Frau erzählen? Jetzt kommt Madame, um unseren Zweikampf zu verhindern!« – »*Ich komme, um Euch zu begraben*«, entgegnete die junge Spanierin.
Glücklich der Mann, der seiner Frau alles sagen kann. Der Erfolg machte seine kühne Offenheit nicht zuschanden. Ein solches Verhalten hätte man sich in England kaum erlauben dürfen. Daß doch falscher Anstand das bißchen Glück, das man hienieden findet, auch noch schmälert!

100   Der liebenswürdige Donézan sagte gestern: »In meiner Jugend und lange noch in einem späteren Leben – denn ich war 1789 fünfzig Jahre alt – puderten die Damen ihr Haar.
Ich muß gestehen, daß mich eine ungepuderte Frau abstößt; sie macht vorerst immer den Eindruck einer Kammerfrau, die keine Zeit zu ihrer Toilette hatte.«

Hier liegt der einzige Einwand gegen Shakespeare und für die drei Einheiten.

Wenn die jungen Leute nichts anderes als La Harpe lesen, kann der Geschmack an den großen Puderfrisuren, wie sie die Königin Marie-Antoinette einst trug, noch etliche Jahre anhalten. Ich kenne sogar Leute, die Correggio und Michelangelo nicht mögen, und Herr Donézan war gewiß ein Mann von großem Geist.

101 Kalt, tapfer, berechnend, mißtrauisch, streitsüchtig, stets auf der Hut, von jemand hingerissen zu sein, der sich heimlich darüber lustig machen könnte, ohne jede Spur von Begeisterung, ein bißchen eifersüchtig auf Menschen, die unter Napoleon große Ereignisse miterlebten: so war die Jugend jener Zeit, mehr achtens- als liebenswert. Sie hob die Regierung in den Sattel, zum Nachteil der linken Mitte. Diese jugendliche Eigenart war selbst unter den Rekruten anzutreffen, von denen jeder nur wünschte, seine Zeit abzuschrauben.

Alle Erziehung, sie sei mit Fleiß oder durch Zufall erteilt, bereitet die Menschen auf einen bestimmten Lebensabschnitt vor. Im Jahrhundert Ludwigs XV. sah man den besten Zeitpunkt für erzieherische Einwirkung auf seine Zöglinge im fünfundzwanzigsten Lebensjahre[1].

Mit vierzig werden die jungen Leute unserer Zeit auf der Höhe sein: sie werden Mißtrauen und falsche Erwartungen ablegen und Ungezwungenheit und Heiterkeit erwerben.

102 *Zwiegespräch eines rechtschaffenen Mannes mit einem Akademiker*

»In einer solchen Auseinandersetzung hilft sich der Akademiker immer damit, daß er Nebensächlichkeiten, be-

---

1 Als Herr von Francueil zu sehr gepudert war. Erinnerungen der Frau von Epinay.

langlose Irrtümer aufgreift; aber die Folgerichtigkeit und Selbstverständlichkeit der Dinge leugnet er oder überhört sie; zum Beispiel daß Nero ein grausamer Herrscher gewesen ist oder Karl II. ein meineidiger. Aber wie soll man dergleichen Tatsachen beweisen oder, wenn man sie nachweist, nicht die allgemeine Diskussion aufhalten und den Faden verlieren?

Diese Art zu diskutieren habe ich stets zwischen Menschen gefunden, von denen der eine nichts erstrebt als Wahrheit und Fortschreiten in der Wahrheit, der andere aber den Beifall seines Herrn oder seiner Partei und den Ruhm eines glänzenden Vortrags. Und ich habe die Erfahrung gemacht, daß es für einen rechtschaffenen Mann eine große Torheit und Zeitverschwendung ist, wenn er sich in ein Gespräch mit besagten Akademikern einläßt.« (Humoristische Schriften des Guy Allard de Voiron)

103   Von der Kunst, glücklich zu werden, ist nur ein winziger Teil exaktes Wissen, gleichsam die Leiter, auf der zuversichtlich jedes Jahrhundert eine Sprosse weitersteigt: nämlich jener Teil, der durch die Regierungsform bestimmt wird. (Und auch das ist nur eine Theorie, denn ich finde die Venezianer von 1770 glücklicher als die gegenwärtigen Bewohner Philadelphias.)

Übrigens verhält es sich mit der Kunst, glücklich zu sein, wie mit der Poesie; trotzdem alle Dinge verbessert worden sind, besaß Homer vor zweitausendsiebenhundert Jahren mehr Talent als Lord Byron.

Wenn ich Plutarch aufmerksam nachlese, meine ich zu erkennen, daß man in Sizilien zu Dions Zeit [um 350 v. Chr.], obwohl es damals weder Druckereien noch Eispunsch gab, glücklicher lebte, als wir heute zu leben verstehn.

Ich möchte lieber ein Araber des 5. Jahrhunderts als ein Franzose des neunzehnten sein.

104   Man geht nicht einer Illusion wegen ins Theater, die dauernd neu erzeugt wird, um wieder zu schwinden, sondern um seinem Nachbarn oder, wenn man unglücklicherweise keinen Nachbarn hat, wenigstens sich selbst zu beweisen, daß man seinen La Harpe gelesen hat und ein gebildeter Mensch ist. Die Jugend verschafft sich das Vergnügen eines alten Schulmeisters.

105   Eine Frau gehört Rechtens dem Manne, der sie und den sie *mehr als das Leben* liebt.

106   Zwischen völlig gleichartigen Menschen kann keine Kristallisation aufkommen; der gefährlichste Wettstreit entsteht zwischen ganz gegensätzlich veranlagten.

107   In einer hochentwickelten Gesellschaft ist die *Liebe aus Leidenschaft* etwas genauso Natürliches wie die nur sinnliche Liebe bei den Wilden.   Métilde

108   Ohne gewisse Schwankungen macht der Besitz einer geliebten Frau nicht glücklich, ja wird er sogar unhaltbar. L…, 7. Oktober.

109   Woraus entspringt die Unduldsamkeit der Stoiker? Aus derselben Quelle wie bei den übertriebenen Frömmlern. Sie sind unzufrieden, weil sie die Natur unterdrücken, weil sie entbehren und dulden. Wenn sie sich ehrlich über den Haß klar werden wollten, den sie gegen jene hegen, die sich zu einer weniger strengen Moral bekennen, müßten sie zugeben, daß er aus dem heimlichen Neid auf ein Glück entspringt, das sie niemand gönnen und sich selbst versagen, *ohne* des Lohnes *sicher zu sein,* der sie für ihr Opfer entschädigen soll.   Diderot

110   Frauen, die immer gekränkt sind, sollten sich fragen, ob sie sich mit einer solchen Lebensart *wirklich* auf dem Weg zum Glück *glauben*. Fehlt nicht eigentlich im Herzen einer Spröden ein wenig Mut, und ist nicht ein wenig niedere Rachsucht dabei? Man denke an die schlechte Laune der Madame Deshoulières in ihren letzten Tagen. (Eine Bemerkung Lemonteys.)

111   Nichts ist nachsichtiger, weil auch nichts glücklicher macht, als Aufrichtigkeit. Aber Mistreß Hutchinson selbst übte keine Nachsicht.

112   An dieses Glück kommt das einer hübschen, leichtfertigen, jungen Frau fast heran, die nichts bereut. In Messina wurde schlecht über die Gräfin Vicenzella gesprochen. »Was wollt ihr denn?« sagte sie. »Ich bin jung, frei, reich und vielleicht nicht häßlich. Ich wünschte, alle Frauen Messinas besäßen ebensoviel.« Diese reizende Frau, die mir nichts weiter als Freundschaft entgegenbrachte, ist die gleiche, die mich mit der zarten Poesie des Abbé Melli bekannt machte, köstlichen, wiewohl durch Mythologien etwas verunstalteten Gedichten in sizilianischer Mundart.   Delfante

113   Die Pariser vermögen sich nur drei Tage lang mit derselben Sache zu befassen; darnach mag man ihnen von Napoleons Tod oder Bérangers Verurteilung zu zwei Monaten Gefängnis erzählen: eines berührt sie so wenig wie das andere, und mindestens gilt für taktlos, noch am vierten Tag darüber zu sprechen. Muß jede große Stadt so sein, oder hängt dies mit der Leichtfertigkeit und Oberflächlichkeit der Pariser zusammen? Dank seinem aristokratischen Dünkel und seiner krankhaften Betulichkeit ist London nur ein Haufen von Einsiedlern. Es ist keine Hauptstadt. Wien stellt nur eine Oligarchie

von zweihundert Familien mit hundertfünfzigtausend Handwerkern und Lakaien vor, die in ihren Diensten stehen. Das ist auch keine Hauptstadt mehr. Neapel und Paris sind die beiden einzigen.

Auszug aus Birkbecks Reisen

114 Wenn es einen Zeitpunkt geben könnte, in welchem das Gefängnis zu ertragen wäre, müßte es nach der landläufigen Meinung jedermanns jener sein, wo nach mehrjähriger Haft den armen Gefangenen nur noch ein oder zwei Monate vom Augenblick der Freilassung trennen. Aber die *Kristallisation* fügt es anders. Der letzte Monat ist qualvoller als die letzten drei Jahre. Herr von Hotelans hat festgestellt, daß im Gefängnis zu Melun verschiedene Gefangene, die lange in Haft waren, vor Ungeduld *starben,* als der Tag ihrer Entlassung auf wenige Monate herangerückt war.

115 Ich kann mir nicht versagen, hier einen Brief zu übersetzen, den eine junge Deutsche in schlechtem Englisch geschrieben hat: Er mag beweisen, daß es eine beständige Liebe gibt und nicht jeder Mann von Genie ein Mirabeau ist. Der große Dichter Klopstock galt in Hamburg als ein liebenswerter Mensch. Folgendes schrieb seine junge Frau an eine vertraute Freundin:
Ich war zwei Stunden mit ihm bekannt, als ich den Rest des Abends in einer anderen Gesellschaft verbringen mußte, aber noch nie war mir diese so langweilig gewesen. Ich mochte nicht sprechen, ich mochte nicht spielen, ich hatte nur noch Klopstock vor Augen. Ich sah ihn am nächsten Tag und am darauffolgenden, und wir wurden echte Freunde. Aber am vierten Tag reiste er ab. Eine bittere Stunde, eine Abschiedsstunde! Er schrieb mir schon bald, und wir begannen einen lebhaften Briefwechsel. Ich hielt meine Liebe wirklich nur für Freundschaft. Mit

meinen Freundinnen sprach ich von nichts anderem als Klopstock und zeigte ihnen seine Briefe. Sie verlachten mich und sagten, ich sei verliebt. Ich gab den Spott zurück und sagte, sie müßten recht wenig Platz für Freundschaft im Herzen haben, daß sie sich keine Freundschaft mit einem Manne wie mit ihresgleichen vorstellen könnten. Das ging so acht Monate hin, derweilen meine Freundinnen aus Klopstocks Briefen dieselbe Liebe lasen wie aus mir. Ich spürte es ebenfalls, wollte es jedoch nicht wahrhaben. Schließlich bekannte Klopstock seine Liebe offen; aber ich schrak als vor einem Irrtum zurück. Ich antwortete ihm, daß es nicht Liebe, sondern Freundschaft sei, was ich für ihn empfände; wir kennten einander noch zuwenig, um zu lieben (als ob Liebe mehr Zeit benötigte denn Freundschaft). Das war meine ehrliche Meinung, die ich aufrechterhielt, bis Klopstock wieder nach Hamburg kam. Das geschah ein Jahr nach unserem ersten Kennenlernen. Wir sahen uns, wir waren Freunde, wir schätzten uns; und schon nach kurzer Zeit konnte ich Klopstock sagen, daß ich ihn liebe. Aber wir mußten uns noch einmal trennen und zwei Jahre mit der Heirat warten. Meine Mutter wollte nicht, daß ich einen Fremden heirate; ich hätte zwar ohne ihre Einwilligung heiraten können, weil ich durch den Tod meines Vaters ein von ihr unabhängiges Vermögen besaß; aber das war mir ein schrecklicher Gedanke, den ich, Gott sei Dank, im Gebet überwand! Nunmehr sie Klopstock kennt, liebt sie ihn wie den eigenen Sohn und dankt dem Himmel, daß sie nicht bei ihrer Ablehnung geblieben. Wir heirateten, und ich bin die glücklichste Frau auf Erden. In kurzem werden es vier Jahre, daß ich so glücklich bin...

Briefwechsel Richardsons

116   Rechtmäßig sind allzeit nur durch echte Leidenschaft geknüpfte Bindungen.   M...

117   Um bei aller Freiheit der Sitten glücklich zu sein, muß man jene Aufrichtigkeit des Charakters haben, die man in Deutschland, in Italien antrifft, aber nie in Frankreich.

Herzogin von C...

118   In ihrer Hoffart versagen die Türken ihren Weibern alles, was einer Kristallbildung Nahrung geben kann. Seit drei Monaten lebe ich unter einem Volk [den Engländern], wo es die Oberschicht aus Hochmut bald ebendahin gebracht hat.

Die Männer nennen *Scham,* was ein durch die Aristokratie verrückt gemachter Stolz ist. Wer wagt wohl, gegen dieses Schamgefühl zu verstoßen? Darum haben Männer von Geist, wie die Athener, eine ausgesprochene Vorliebe für Hetären, das heißt, sie nehmen ihre Zuflucht zu Frauen, die ein offenkundiger Makel allen *schamhaften* Getues enthebt.

»Fox' Leben«

119   Ich habe beobachtet, wie, im Falle die Liebe durch einen allzuleichten Sieg sich nicht entwickeln konnte, bei zärtlichen Gemütern die Kristallisation sich nachträglich zu bilden sucht. Sie sagt lächelnd: »Nein, lieben tu ich dich nicht.«

120   Die gegenwärtige Erziehung der Frauen, diese tolle Mischung von frommen Übungen und recht irdischen Liedern [»Wie hüpft mein Herz vor Wonne« aus der »Diebischen Elster« Rossinis] ist mehr als irgend etwas anderes dazu angetan, das Glück zu verbauen. Diese Erziehung füllt die Köpfe mit Unvernunft. Frau von R..., die sich vor dem Tod fürchtete, starb, weil sie es lustig fand, die Arznei zum Fenster hinauszuwerfen. Solche arme Frauen halten Unsinn für Frohsinn, weil dieser oft sinnlos erscheint. Es ist wie beim Deutschen, der seine Lebhaftigkeit dadurch beweist, daß er durchs Fenster springt.

121 Das Gewöhnliche erstickt die Einbildungskraft und verursacht mir sofort tödliche Langeweile. Die entzückende Gräfin K... zeigte mir diesen Abend die Briefe ihres Liebhabers, die ich plump finde.

Forli, 17. März. Henri
Die Einbildungskraft war nicht eigentlich erloschen; sie war nur geflüchtet, weil ihr widerstrebte, die Grobschlächtigkeit jenes gewöhnlichen Liebhabers sich vorzustellen.

122 *Übersinnliche Träumereien*

Belgirate, den 26. Oktober 1816.
Sobald echte Leidenschaft auf die geringsten Hindernisse stößt, erzeugt sie mit aller Wahrscheinlichkeit mehr Unglück als Glück. Dieser Gedanke mag bei einer zarten Seele nicht zutreffen, aber er hat volle Geltung bei der Mehrzahl der Menschen, besonders bei den kalten Philosophen, die im Punkte Leidenschaften fast nur von Neugierde und Eigenliebe leben.
Ich sagte dies gestern abend, als wir auf der östlichen Terrasse der Isola Bella in der Nähe der großen Pinie spazierengingen, zu der jungen Gräfin Fulvia. Sie antwortete: »Das Unglück hat einen viel stärkeren Einfluß auf das menschliche Dasein als die Freude.«
»Die erste Forderung an alles, was uns Genuß zu schenken verspricht, ist eine starke Wirkung.
Könnte man, da das Leben selbst nur aus Empfindungen besteht, nicht sagen, das alle Lebewesen gleicherweise Beherrschende sei der Drang, sich die stärksten erreichbaren Empfindungen zu verschaffen? Die Menschen des Nordens haben wenig Lebensdrang, wie an der Langsamkeit ihrer Bewegungen ersichtlich. Das *süße Nichtstun* der Italiener besteht in der Lust, gemächlich auf einem Diwan ruhend seine Gemütsbewegungen auszukosten, ein unmögliches Vergnügen, wenn man den

ganzen Tag zu Pferd oder in der Troika verbringt wie der Engländer und der Russe. Diese Menschen würden auf einem Diwan vor Langeweile sterben. In ihrer Seele gibt es nichts zu betrachten.

Die Liebe gewährt die höchsten möglichen Gefühle; Beweis hierfür ist, daß in dem Augenblick des *Entflammens* wie die Physiologen sagen würden – das Herz jene *Verschmelzung von Gefühlen* hervorbringt, die den Philosophen Helvetius, Buffon und anderen so unsinnig vorkommt. Luizina stürzte unlängst, wie Ihr wißt, in den See, als sie mit den Augen ein von irgendeinem Lorbeerbusch der Isola Madre (Borromäische Insel) losgelöstes Blatt verfolgte. Die arme Frau gestand mir, daß ihr Geliebter eines Tages während der Unterhaltung einen Lorbeerzweig in den See entblättert und dabei gesagt hatte: Eure Grausamkeit und die Verleumdungen Eurer Freundin hindern mich, mein Leben zu nützen und irgend etwas Rühmliches zu erreichen.

Ein Herz, das im Gefolge irgendeiner großen Leidenschaft Ehrgeiz, Spiel, Liebe, Eifersucht, Krieg usw. Todesangst und tiefstes Elend kennengelernt hat, *verschmäht* aus unbegreiflichen Gründen das Glück eines geruhigen, wunschgerechten Lebens: ein schönes Schloß in einer malerischen Gegend, ein großes Vermögen, eine gute Frau, drei hübsche Kinder, liebenswerte Freunde die Fülle. Das ist nur eine dürftige Aufzählung dessen, was unser Gastgeber, General C…, besitzt, und doch wißt Ihr, daß er gesagt hat, es zöge ihn, fort nach Neapel zu gehen und den Befehl über eine Freischar zu übernehmen. Ein zur Leidenschaft geschaffenes Herz spürt vor allem die *Langeweile* jenes glücklichen Lebens und wahrscheinlich außerdem, daß es ihm nur alltägliche Gedanken eingibt. ›Ich wollte‹, würde C… sagen, ›ich hätte das Fieber der großen Leidenschaften nie kennengelernt und könnte mir an dem anscheinenden Glück

genügen, dem man täglich so dumme Lobsprüche zollt und auf die ich, um den Überdruß vollständig zu machen, auch noch liebenswürdig antworten muß.‹ – Ich als Philosoph füge hinzu: Willst du den tausendsten Beweis dafür, daß wir von keinem guten Wesen erschaffen wurden? Diesen: die *Freude* hat wahrscheinlich nicht halb soviel Einfluß auf unser Sein als der *Schmerz* ...[1]« Die junge Gräfin unterbrach mich: »Es gibt wenig seelische Leiden in unserem Leben, die uns nicht teuer geworden sind durch die *Gefühlsregungen,* die sie erwecken; wenn die Seele einen Zug Großherzigkeit enthält, verhundertfacht sich jene Wonne. Der 1815 zum Tode verurteilte und durch einen Zufall gerettete Mann zum Beispiel (Herr L.) darf, da er beherzt zum Richtplatz geschritten ist, sich diesen Augenblick zehnmal des Monats ins Bewußtsein rufen; der Feigling, der weinend und schreiend in den Tod geht (der Zöllner Morris, den man ins Wasser wirft, in Scotts »Rob Roy«), kann, wenn er zufällig doch davonkommt, an diese Begebenheit allenfalls insofern gern zurückdenken, als *sein Leben gerettet wurde,* aber nicht etwa, weil er große Gemütskräfte entdeckt hätte, die ihn für alle Zeit jeglicher Furcht überhöben.«
Ich: »Die Liebe, selbst die unglückliche, beschert einer fühlenden Seele, für die *eingebildete Dinge Wirklichkeiten sind,* in dieser Hinsicht reiche Genüsse; sie erzeugt erhabene Bilder von Glück und Schönheit in ihr und in dem geliebten Wesen. Wie oft hörte Salviati nicht Leonore mit bezauberndem Lächeln sagen, wie Fräulein Mars in den ›Erlogenen Geheimnissen‹ [des Marivaux]: ›Nun ja, ich liebe Sie!‹ Aber das sind Trugbilder, die ein weiser Mann nie hat.«
Fulvia, die Augen zum Himmel aufhebend: »Ja, für Euch

---

1 Vergleiche die Analyse des *asketischen Prinzips* bei Bentham, »Abhandlung über die Gesetzgebung«.
Es bereitet einem guten Wesen *Freude,* wenn man sich Leiden auferlegt.

und für mich ist, wenn unsere Verehrung für den geliebten Gegenstand erst einmal ins Ungemessene gestiegen,
die Liebe das allerhöchste Glück, auch die unglückliche.«
(Fulvia ist dreiundzwanzig Jahre alt; sie ist die gefeiertste
Schönheit von... Ihre Augen waren göttlich, als sie so
sprach und zu dem schönen Nachthimmel der Borromä-
ischen Inseln aufsah; die Sterne schienen ihr Antwort zu
geben. Ich sah zu Boden und fand keine philosophischen
Argumente mehr gegen sie. Sie fuhr fort:) »Aber alles,
was die Welt das Glück nennt, ist nicht der Mühe wert.
Ich glaube, Verachtung allein kommt gegen unsere Leidenschaft auf; keine allzu heftige Verachtung, denn das
wäre quälend, sondern so eine wie ihr Männer sie habt,
wenn ihr zum Beispiel sehen müßt, wie der Gegenstand
eurer Anbetung einem groben, prosaischen Mann zu-
neigt, oder den verlockenden, kostbaren Luxus, den sie
bei ihrer Freundin findet, euch vorzieht.«

123   Wollen heißt Mut haben und sich einer Schwierigkeit aussetzen; sich derart vorwagen heißt das Glück versuchen, also spielen. Es gibt Soldaten, die ohne dieses
Spiel nicht leben können; das macht sie im Familienleben
so unausstehlich.

124   Der General Teulié sagte heute abend zu mir, er
habe erkannt, was ihn so schroff und abscheulich uner-
quicklich mache, wenn gezierte Frauen zugegen sind;
daß er nämlich nachträglich tief beschämt sei, seine heißen Empfindungen vor dergleichen Geschöpfen preis-
gegeben zu haben. (Wenn er nicht aus vollem Herzen
sprechen konnte – und sei es über Hanswurst-Streiche –,
hatte er nichts zu sagen. Ich bemerkte überdies, daß er
niemals eine hergebrachte Redensart oder den vorgeschriebenen Tonfall gebrauchte. Er war deshalb in den

Augen affektierter Frauen wirklich lächerlich verschroben. Der Himmel hatte ihn nicht zum Stutzer geschaffen.)

125   Am Hofe ist der Unglaube verpönt, weil er den Interessen der Fürsten als schädlich gilt; Unglaube ist auch in Gegenwart junger Mädchen verpönt, wie leicht könnte er sie abhalten zu heiraten. Man wird zugeben, wenn es einen Gott gibt, muß es ihm sehr wohlgefällig sein, aus solchen Beweggründen verehrt zu werden.

126   In der Seele eines großen Malers oder eines großen Dichters ist die Liebe göttlich, weil sie den Wert und den Genuß der Kunst verhundertfacht, deren Schönheiten das tägliche Brot seiner Seele sind. Welche großen Künstler wissen oft weder von sich selbst noch von ihrem Genie! Oft glauben sie für ihr hohes Ziel unbegabt zu sein, weil sie nicht die Zustimmung der Eunuchen des Serails, der La Harpe usw. [der modischen Kritiker] finden. Für diese Menschen ist sogar unglückliche Liebe ein Glück.

127   Das Bild der ersten Liebe rührt immer und überall. Warum? Weil es in allen Ständen, in allen Ländern, bei allen Charakteren fast das gleiche ist. Folglich ist die erste Liebe nicht die leidenschaftlichste.

128   Vernunft! Vernunft! wird immer dem armen Liebenden zugerufen. Im Jahre 1760, in dem entscheidenden Stadium des Siebenjährigen Krieges, schrieb Grimm: »… Es steht außer Zweifel, daß der König von Preußen diesen Krieg hätte vermeiden können, wenn er auf Schlesien verzichtete. Er hätte sehr gut daran getan. Wieviel Unheil hätte er verhütet! Was bedeutet denn der

Besitz einer Provinz für das Glück eines Königs? Und war der Große Kurfürst nicht ein sehr glücklicher, sehr geachteter Herr, ohne Schlesien zu besitzen? So müßte ein König sich verhalten, der gesunden Menschenverstand hat; und ich verstehe nicht, warum ein solcher König sich die Mißachtung der ganzen Welt zuziehen sollte, während Friedrich sich mit unsterblichem Ruhm bedeckt, weil er dem *Verlangen,* Schlesien zu behaupten, alles andere aufopferte.

Der Sohn Cromwells hat zweifellos das klügste getan, was ein Mann tun kann; er hat ein friedliches Leben im verborgenen der Unruhe und Gefahr vorgezogen, ein düsteres, hitziges und stolzes Volk zu lenken. Dieser weise Mann wurde von den Zeitgenossen und der Nachwelt verachtet, sein Vater dagegen ist ein großer Mann in den Augen der Völker geblieben.

Die schöne Büßerin ist ein hervorragendes Thema des spanischen Theaters[1]; im Englischen und Französischen der Otway und Colardeau wurde es ziemlich entstellt. Calista ist von einem Manne Gewalt geschehen, den sie anbetete und den ein aufbrausender Hochmut zwar abstoßend, den aber seine Talente, sein Geist, sein anmutiges Aussehen schließlich doch verführerisch machten. Lothario wäre auch gar zu liebenswert gewesen, wenn er seine sträflichen Gelüste hätte bezähmen können; überdies trennte eine schreckliche Erbfeindschaft seine Sippe von der seiner Geliebten. Diese Sippen standen an der Spitze zweier Parteien, in die während des ganzen schrecklichen Mittelalters eine spanische Stadt gespalten war. Sciolto, Calistens Vater, ist das Haupt der Partei, die eben die Oberhand hat; er weiß, daß Lothario in seiner Ruchlosigkeit versucht hat, seine Tochter zu verführen. Die schwache Calista vergeht nun unter den Qualen

1 Vergleiche die spanischen und dänischen Romanzen aus dem 13. Jahrhundert; für französischen Geschmack sind sie vielleicht etwas einfältig und derb.

ihrer Schande und ihrer Leidenschaft. Da gelingt es ihrem Vater, seinem Feind die Führung einer Kriegsflotte übertragen zu lassen, die mit fernem Ziel zu einer gefährlichen Unternehmung ausläuft, bei welcher Lothario aller Wahrscheinlichkeit nach umkommen muß. In Colardeaus Tragödie bringt der Vater diese Nachricht seiner Tochter. In den folgenden Worten verrät sich Calistas Leidenschaft:

O Gott
Er geht!... Ihr habt's befohlen!... Wie mocht' er sich
entschließen?

Man beachte die Gefährlichkeit ihrer Lage; ein Wort mehr, und Sciolto merkt die Liebe seiner Tochter zu Lothario. Der betroffene Vater ruft:

Was hör' ich? Oder irr' ich? Wohin gehn deine
Wünsche?

Darauf antwortet Calista, die sich wieder gefaßt hat:

Nicht die Verbannung will ich, sondern seinen Tod.
Mög er zugrunde gehn!

Mit diesen Worten beseitigt Calista den erwachten Verdacht ihres Vaters, und sogar ohne Verstellung, denn sie drückt ihr wahres Gefühl aus. Das Dasein eines Mannes, den sie liebt und der ihr eine Schmach anzutun vermochte, mußte ihr Leben vergiften, und wenn er am Ende der Welt lebte; sein Tod allein konnte ihr Ruhe verschaffen, sofern es für unglücklich Liebende Ruhe gibt... Bald danach ereilt Lothario der Tod, und Calista hatte das Glück zu sterben. Viel Tränen, viel Geschrei um eine Nichtigkeit! sagen die kalten Naturen, die sich den Namen eines Philosophen beilegen. Ein kühner Draufgänger mißbraucht die Schwäche, die eine Frau für ihn hat: das ist doch kein Grund zum Jammern, zum mindesten kein Grund, Calistas Kummer zu teilen. Sie mag sich darüber trösten, daß sie mit ihrem Geliebten geschlafen hat, und sie ist nicht die erste wertvolle Frau, die sich ebenso mit diesem Unglück abfinden mußte[1].« Richard Cromwell, der König von Preußen und Calista konnten, wie der Himmel ihre Seelen geschaffen hat, Ruhe und Glück nur finden, indem sie so handelten. Das Verhalten der letzten zwei ist außerordentlich unvernünftig, und doch achtet man von den dreien allein diese. Sagan 1813.

129   Treue nach der Erhörung läßt sich nur erwarten, sofern man sie – trotz grausamer Zweifel, Eifersüchte und Lächerlichkeiten – schon vor der Hingabe besaß.

130   Wenn eine Frau aus Verzweiflung über den Tod ihres Geliebten, der eben im Felde gefallen ist, sich offensichtlich anschickt, ihm nachzufolgen, ist zuerst zu prüfen, ob dieser Entschluß auch der einzig richtige ist, und dann, im Falle der Verneinung, muß beim *Selbsterhaltungstrieb,* diesem uralten menschlichen Wesenszug, angesetzt werden. Hat diese Frau einen Feind, so kann man ihr etwa einreden, dieser habe einen Haftbefehl gegen sie erwirkt. Wenn diese Lüge ihr Todesverlangen nicht steigert, wird sie daran denken, wie sie sich verbergen und dem Gefängnis entgehen kann. Sie wird drei Wochen lang von Versteck zu Versteck fliehen; sie wird verhaftet werden und drei Tage später entwischen. Dann wird man ihr nahelegen, unter falschem Namen Zuflucht in einer sehr entfernten Stadt zu suchen, möglichst in einer von ganz anderem Charakter als die Stadt ihrer Verzweiflung. Aber wer wird das Opfer bringen, ein so unglückliches und sogar zur Freundschaft unfähiges Wesen zu trösten? Warschau 1808.

131   Die weisen Akademiker lesen die Sitten eines Volkes aus seiner Sprache heraus. Italien ist das Land, in dem man das Wort *Liebe* am seltensten ausspricht, sondern

1 Grimm.

stets *amicizia* [Freundschaft] und *avvicinar* sagt (*amicizia* für Liebe und *avvicinar* für erfolgreiches Hofieren).

132 Das Wörterbuch der Tonkunst ist noch nicht geschrieben, nicht einmal begonnen; nur durch Zufall entdeckt man, mit welchen musikalischen Phrasen ausgedrückt wird: *ich bin zornig,* oder *ich liebe dich,* und die entsprechenden Variationen. Der Maestro findet diese Phrasen nur, wenn sie seinem Herzen von leidenschaftlichem Erleben oder der Erinnerung daran eingegeben werden. Die Leute, die das Feuer ihrer Jugend beim Studieren verbrauchen, anstatt etwas zu erleben, können darum keine Künstler werden; der Zusammenhang ist leicht einzusehen.

133 Die Macht der Frauen geht in Frankreich viel zu weit, die Macht der Frau ist viel zu begrenzt.

134 Einen größeren Vorzug könnte die blühende Phantasie der Generation, welche mitten unter uns aufwächst und sich anschickt, das Leben, die öffentliche Meinung, die Macht in die Hand zu bekommen, nicht andichten, als in der einen Tatsache enthalten ist, die offenkundig zutage liegt: Sie hat nichts *fortzusetzen,* diese Generation, sie kann alles *neu schaffen.* Napoleons großes Verdienst ist, daß er *reinen Tisch schuf.*

135 Ich wollte, ich könnte einiges mehr über den *Trost* sagen. Niemand versteht recht zu trösten.
Größter Grundsatz, daß man eine *Kristallisation* herbeizuführen sucht, die sich auf etwas von der Ursache unserer Leiden völlig Verschiedenes richtet:
Man muß den Mut haben und ein wenig eindringlich nachdenken, und man wird ein verborgenes Prinzip entdecken.

Wenn man das IX. Kapitel von Villermés Werk über die Gefängnisse (Paris 1820) um Rat fragt, erfährt man, daß die Gefangenen »untereinander heiraten« (wie es in der Gefängnissprache heißt). Auch die Frauen heiraten einander, und in ihren Verbindungen herrscht im allgemeinen große Treue, was man von den Männern nicht sagen kann und was zweifellos eine Wirkung des Schamgefühls ist.

»Im Saint-Lazare«, sagt Villermé, »brachte sich im Oktober 1818 eine Frau mehrere Messerstiche bei, als sie merkte, daß eine Neueingelieferte ihr vorgezogen wurde.

Gewöhnlich ist es die Jüngere, die am festesten an der anderen hängt.«

136 Lebhaftigkeit, Leichtfertigkeit, übertriebene und unausgesetzt mit dem Eindruck, den man auf andere macht, beschäftigte Ehrempfindlichkeit: drei hervorstechende Merkmale des Typs, der Europa 1808 aufrüttelte.

Die echten Italiener sind jene, die noch etwas Wildheit und Blutdurst haben: die Bewohner der Romagna, die Kalabreser und unter den Kultivierten die Brescianer, die Piemontesen und die Korsen.

Der Florentiner Bürger ist ein größeres Schaf als der Pariser. Die Spitzelei unter Leopold hat ihn für alle Zeiten entwürdigt. Siehe den Brief Couriers über den Bibliothekar Furia und den Kammerherrn Puccini.

137 Ich muß lachen, wenn ich sehe, wie rechtschaffene Leute sich nie vertragen können, einander die schlimmsten Dinge nachsagen und vor allem sie voneinander denken. Leben heißt das Leben fühlen, heißt starke Eindrücke empfangen. Weil bei jedem Individuum das Maß dieser Kraft verschieden, ist, was auf den einen Mann zu

heftig wirkt, gerade das, was ein anderer als Anreiz braucht. Zum Beispiel das Erlebnis, im feindlichen Feuer auszuhalten, das Erlebnis, bei der Verfolgung der Parther in Rußland zu versinken; Ähnliches in den Tragödien Shakespeares, Racines usw. Orcha, 13. August 1813.

138 Erstens wirkt die Lust nicht halb so nachhaltig wie der Schmerz, und zweitens – abgesehen von dem Mißverhältnis hinsichtlich der Stärke der Gemütserregung – wird das *Mitgefühl* durch die Schilderung des Glücks nicht halb so angesprochen wie von der Darstellung des Elends. Darum können Dichter das Unglück nie zu stark malen; sie haben sich nur vor einer Klippe zu hüten, nämlich vor Dingen, die *Abscheu* einflößen. Aber auch hier wird die *Wertschätzung* des Erlebens von der Monarchie oder der Republik bestimmt. Ein Ludwig XIV. verhundertfachte die Zahl der unzulässigen Stoffe (Dichtungen Crabbes).
Die Tatsache, daß eine Monarchie wie die Ludwigs XIV. mitsamt dem Hofadel besteht, läßt bereits jede Einfachheit in den Künsten als unfein erscheinen. Die vornehme Gesellschaft fühlt sich durch dergleichen Werke verletzt. Diese Empfindung ist durchaus begründet und muß also berücksichtigt werden.
Was hat doch der empfindsame Racine aus der dem Altertum heiligen Freundschaft zwischen Orest und Pylades gemacht! Orest duzt Pylades, und Pylades antwortet *Gebieter*. Und da verlangt man, Racine für unseren erschütterndsten Dichter zu halten! Wen ein solches Beispiel nicht überzeugt, dem soll man von anderen Dingen sprechen.

139 »Sobald die Hoffnung auf Rache erwacht, beginnt man von neuem zu hassen... Ich habe den Gedanken,

mich zu retten und die meinem Freunde geschworene Treue zu brechen, erst in den letzten Wochen meiner Gefangenschaft gefaßt.« (Zwei Geständnisse, die heute abend ein zur guten Gesellschaft gehöriger Mörder machte, als er uns seine ganze Geschichte erzählte). Faenza 1817.

140 Ganz Europa zusammen könnte kein einziges unserer trefflichen französischen Bücher schreiben: zum Beispiel die »Persischen Briefe« Montesquieus.

141 Ich nenne *Lust* jeden Eindruck, den unsere Seele lieber erfahren als nicht erfahren möchte[1].

Ich nenne *Leid* jeden Eindruck, den unsere Seele lieber nicht erfahren als erfahren möchte.

Begehre ich lieber auszuweichen, als das zu empfinden, was eben auf mich einwirkt, so ist dies zweifellos etwas *Schmerzliches*. Also ist Liebesverlangen kein Leid, denn der Liebende verläßt, um seinen Träumereien nachzuhängen, die angenehmste Gesellschaft.

Körperliche Lust nimmt mit der Zeit ab. Schmerzen nehmen zu.

Seelische Freuden nehmen mit der Zeit ab oder zu, entsprechend der Leidenschaft. Zum Beispiel liebt man nach sechsmonatigem Studium der Astronomie die Astronomie erst richtig; nach einem Jahr des Geizes liebt man das Geld über alles.

Seelenschmerzen lindert die Zeit. »Wieviel wirklich trauernde Witwen finden mit der Zeit Trost!« Mylady Waldegrave bei Horace Walpole [Erinnerungen].

Gesetzt den Fall, ein Mann ist im Zustande der Gleichgültigkeit, und es begegnet ihm etwas Freudiges.

Gesetzt den Fall, ein anderer Mann befindet sich im Zustand heftiger Schmerzen, und diese setzen plötzlich aus.

1 Maupertuis.

Ist die Lust, die dieser empfindet, von der gleichen Beschaffenheit wie bei dem ersten? Verri sagt *ja,* ich möchte *nein* sagen.

Die Lust hat ihren Ursprung nicht im Aufhören des Schmerzes.

Jemand hatte lange Zeit sechstausend Pfund Rente; er gewinnt fünfhunderttausend Franken in der Lotterie. Dieser Mann ist gar nicht fähig, Dinge zu begehren, die man nur durch ein großes Vermögen erlangen kann. (Nebenbei bemerkt, zu den Nachteilen von Paris gehört, daß man dort jene Fähigkeit leicht verliert.)

Man hat eine Maschine zum Beschneiden der Gänsefedern erfunden; ich hab' mir heute morgen eine gekauft, und sie macht mir, der beim Zurechtschneiden seiner Schreibfedern die Geduld verliert, großes Vergnügen; aber ich war deshalb gestern nicht unglücklich, als ich die Maschine noch nicht kannte. Oder war Petrarca etwa unglücklich, weil er keinen Kaffee getrunken hat?

Es ist unnötig, das Glück zu definieren; jedermann kennt es: das Glück des Zwölfjährigen über das erste im Fluge erlegte Rebhuhn, das des Siebzehnjährigen, der gesund und heil aus einer Schlacht zurückkommt.

Die Lust, die nur das Aufhören eines Schmerzes ist, vergeht sehr schnell, und nach ein paar Jahren erinnert man sich nicht einmal gerne daran. Ein Freund von mir wurde in der Schlacht an der Moskwa durch einen Granatsplitter an der Hüfte verwundet; nach ein paar Tagen drohte Wundfieber. Rasch wurden Herr Béclar, Herr Larrey und noch einige tüchtige Chirurgen herbeigerufen. Man beriet den Fall mit dem Ergebnis, daß man meinem Freunde sagen durfte, es sei kein Wundfieber. Ich merkte in diesem Augenblick, welches Glück ihn erfüllte; es war groß, aber doch kein reines. Im innersten Herzen glaubte er nicht, das Fieber schon überwunden zu haben; er machte Einwände gegen den Befund der

Chirurgen, er zweifelte, ob er sich wirklich auf sie verlassen dürfe. Er rechnete immer noch ein wenig mit der Möglichkeit des Wundfiebers. Wenn man ihn heute nach acht Jahren an jene Konsultation erinnert, überkommt ihn ein schmerzliches Gefühl: Er sieht sich unversehens an ein Mißgeschick seines Lebens erinnert.

Die durch das Aufhören des Schmerzes erzeugte Lust besteht

1. darin, über alle Befürchtungen obzusiegen, die man sich unentwegt machte;

2. alle Freiheiten zurückzugewinnen, die einem benommen waren.

Die durch einen Gewinn von fünfhunderttausend Franken hervorgerufene Freude besteht in der Aussicht auf all die neuen, unerhörten Genüsse, die man sich verschaffen kann.

Doch besteht eine sonderliche Ausnahme: man muß in Rechnung stellen, ob dieser Mensch von dem Wunschverlangen nach großem Besitz über die Maßen oder nur mäßig beherrscht wird. Hat er zuwenig davon, ist er beschränkt, so wird ihn ein Gefühl der Unentschlossenheit zwei oder drei Tage lang verfolgen.

Hat er ein großes Vermögen schon oft erträumt, so hat er den Genuß durch zu starke Einbildungen bereits vorweggenommen.

Dieses Unglück kommt in der leidenschaftlichen Liebe nicht vor.

Eine entflammte Seele stellt sich nicht die letzte Gunst, sondern die nächste vor. So denkt man zum Beispiel bei einer Geliebten, die uns zurückhaltend behandelt, an einen Händedruck. Weiter versteigt sich die Phantasie einfach nicht; treibt man sie darüber hinaus, so verflüchtigt sie sich alsbald aus Furcht, die Angebetete zu entwürdigen.

Hat die Lust sich ausgetobt, so müssen wir selbstverständlich in eine gewisse Gleichgültigkeit zurücksinken; aber sie ist hinterher eine andere als vorher. Dieser zweite Zustand unterscheidet sich von dem ersten dadurch, daß wir nicht mehr imstande wären, den Genuß, den wir soeben hatten, mit derselben Wonne aufs neue zu kosten. Die Organe, mit denen wir ihn aufnehmen, sind ermattet, und die Einbildungskraft hat nicht mehr den vorigen Drang, unseren nunmehr gestillten Wünschen verlokkende Bilder vorzumalen.

Wenn man uns aber mitten aus der Lust herausreißt, entsteht Leid.

142   Die Veranlagung zur sinnlichen Liebe und selbst zum sinnlichen Genuß ist bei den beiden Geschlechtern durchaus nicht die gleiche. Im Gegensatz zu den Männern sind fast alle Frauen wenigstens für eine Art von Liebe empfänglich. Eine Frau wartet, seitdem sie mit fünfzehn Jahren verstohlen den ersten Roman las, im stillen darauf, daß einmal die große Liebe kommt. In einer großen Leidenschaft möchte sie ihren Wert erproben. Diese Erwartung steigert sich, wenn sie mit zwanzig Jahren die ersten Lebenstorheiten überwunden hat, indessen die Männer mit kaum dreißig Jahren die Liebe bereits für etwas Unmögliches und Lachhaftes halten.

143   Von unserem sechsten Lebensjahr an sind wir gewöhnt, das Glück auf denselben Wegen zu suchen wie unsere Eltern. Aus dem Stolz ihrer Mutter ist das Unglück der jungen Gräfin Nella entsprungen, und diese liebenswerte Frau vergilt es mit demselben verrückten Stolz. Venedig 1819.

144   *Romantik*
Man schreibt mir aus Paris, daß (in der Ausstellung 1822) tausend Bilder mit Motiven aus der Heiligen Schrift zu

sehen seien, gemalt von Malern, die nicht an sie glauben, bewundert, beurteilt von Leuten, die nicht an sie glauben, und schließlich von ebenso ungläubigen Menschen gekauft.

Und da fragt man, weshalb die Kunst im Abstieg ist.

Ein Künstler, der nicht an seine eigene Aussage glaubt, fürchtet beständig, überspitzt und lächerlich zu wirken. Wie soll er etwas *Großes* schaffen, wenn ihn nichts dazu antreibt? Brief aus Rom, Juni 1822.

145   Einer der größten Dichter, die in letzter Zeit bekannt wurden, ist meiner Meinung nach der im Elend verstorbene schottische Bauer Robert Burns. Als Zolleinnehmer hatte er eine jährliche Besoldung von siebzig Louisdors für sich, seine Frau und seine vier Kinder. Man muß zugeben, daß der Tyrann Napoleon seinem Feind Chénier gegenüber vergleichsweise viel großzügiger war. Burns hatte nichts von der englischen Prüderie. Er besaß – ohne Ruhm und Würden – den Geist eines Römers. Ich habe hier nicht Raum, von seiner Liebschaft mit Mary Campbell und ihrem traurigen Ende zu erzählen. Ich will allein anmerken, daß Edinburg auf demselben Breitengrad wie Moskau liegt, was nicht ganz in meine Lehre vom Einfluß des Klimas paßt.

»Eine der ersten Einsichten, die Burns, als er zum erstenmal nach Edinburg kam, gewann, war die, daß wenig Unterschied zwischen den ländlichen Menschen und der gebildeten Gesellschaft zu erkennen sei; denn er fand bei den ersten, obwohl sie wenig Umgangsform und keine wissenschaftliche Bildung haben, viel Scharfsinn und Auffassungsgabe. Eine vollendet gebildete Frau jedoch war für ihn ein beinahe neues Wesen, von dem er bisher eine ganz falsche Vorstellung hatte.« London, am 1. November 1821.

146   Liebe bezahlt sich als einzige Leidenschaft mit einer Münze, die sie selbst prägt.

147   Schmeicheleien, kleinen dreijährigen Mädchen gesagt, sind das beste Mittel, in ihnen die schädlichste Eitelkeit zu wecken. Hübsch sein wird ihnen zur vorzüglichsten Tugend, zum größten Vorteil auf der Welt. Ein hübsches Kleid tragen heißt auch hübsch sein.
Solche albernen Lobsprüche sind nur bei Kleinbürgern üblich; sie sind bei vornehmen Leuten als zu billig verpönt.

148   Loretto, den 11. September 1811.
Soeben komme ich von der Besichtigung eines vorzüglichen Bataillons von Einheimischen, des Restes von viertausend Männern, die 1809 nach Wien marschiert waren. Ich schritt mit dem Obersten die Glieder ab und ließ mir von einer Anzahl Soldaten ihre Geschichte erzählen. Hier war noch etwas von der Tugend der mittelalterlichen Republiken, die von den Spaniern[1], von den Pfaffen[2], von zwei Jahrhunderten einer schändlichen, grausamen Unterdrückung, die dieses Land heimgesucht haben, jetzt mehr oder weniger zerstört ist.
Die blendende, ebenso großartige als unvernünftige ritterliche *Ehre* ist ein fremdländisches Gewächs, das erst vor wenig Jahren hierher verpflanzt wurde.
1740 war davon noch keine Spur vorhanden. Vergleiche de Brosses. Die Offiziere von Montenotte und Rivoli

---

1 Um 1580 waren die Spanier, außer Landes, bloße Sendboten des Despotismus oder Gitarrespieler unter den Fenstern schöner Italienerinnen. Die Spanier marschierten damals in Italien ein, wie man heutzutage nach Paris reist; und im übrigen hatten sie keinen höheren Ehrgeiz, als dem König, *ihrem Herrn Gebieter,* zum Siege zu verhelfen. Sie haben Italien verloren, und dadurch verloren, daß sie es erniedrigten. 1626 war der große Dichter Calderón als Soldat in Mailand.
2 Vergleiche das »Leben des heiligen Karl Borromäus«, der Mailand verwandelte und erniedrigte. Er sorgte dafür, daß die Fechtböden leer und die Kirchen voll wurden. Merveilles tötete Castiglione 1533.

waren zu oft genötigt gewesen, ihre wahre Tüchtigkeit
vor ihren Kameraden zu beweisen, als daß sie eine Ehre
nachzuäffen brauchten, die in den Feldlagern, aus welchen die Soldaten 1796 zurückkamen, kaum bekannt
war und ihnen gewiß wunderlich erschienen wäre.
Es gab 1796 weder eine Ehrenlegion noch Schwärmerei
für einen einzigen, aber viel Schlichtheit und Tugend in
der Art Desaix'. Die *Ehre* ist also in Italien durch Männer
eingeführt worden, die allzu vernünftig und allzu tugendhaft waren, um sich auszuzeichnen. Man weiß,
welch ein Unterschied besteht zwischen den Soldaten
von 96, die in einem Jahr zwanzig Schlachten schlugen
und oft nicht einmal ordentliche Stiefel und Uniformen
hatten, und den feinen Regimentern von Fontenoy, die
vor den Engländern höflich den Hut lüfteten und sagten:
»*Meine Herren, schießt zuerst!*«

149   Ich möchte beinahe glauben, daß man den Wert einer Lebensauffassung nach dem beurteilen sollte, der sie
vertritt. Zum Beispiel hob Richard Löwenherz untadeli-
ges Heldentum und ritterliche Tugend auf den Thron,
und doch war er ein lächerlicher König.

150   Öffentliche Meinung von 1822. Ein dreißigjähri-
ger Mann verführt ein fünfzehnjähriges Mädchen: das
junge Mädchen gilt für entehrt.

151   Nach zehn Jahren begegnete ich der Gräfin Ottavia
wieder. Sie weinte sehr, als sie mich sah; ich erinnerte sie
an Oginski. »Ich kann nie wieder lieben«, sagte sie. Ich
antwortete ihr mit dem Dichter: »Wie sehr verwandelt,
wie verdüstert, doch wie erhaben auch war nun ihr Wesen!«

152   So wie das öffentliche Leben Englands sich in der

Zeit von 1688 bis 1730 herausgebildet hat, so wird sich das von Frankreich zwischen 1815 und 1880 formen. Nichts wird an Schönheit, Gerechtigkeit, Glück dem geistigen Frankreich um 1900 gleichen. Gegenwärtig bedeutet es nichts. Was in der Rue de Belle-Chasse eine Gemeinheit ist, gilt in der Rue du Mont-Blanc als Heldentat, und bei all diesen falschen Bewertungen retten sich Leute, die eigentlich verachtet zu werden verdienen, bald auf die eine, bald auf die andere Seite. Wir hatten die Freiheit der Presse als eine Möglichkeit, letztlich jedem seine Wahrheit vor Augen zu halten, und wenn diese Wahrheit mit der öffentlichen Meinung übereinstimmte, setzte sie sich durch. Man nimmt uns dieses Mittel [Beschränkung der Pressefreiheit 1822], wodurch die Bildung einer sittlichen Haltung um einiges verzögert wird.

153   Der Abbé Rousseau war (1784) ein armer Jüngling, der von früh bis spät von einem Stadtviertel ins andere lief, um seine Geschichts- und Geographiestunden zu geben. In eine seiner Schülerinnen verliebt wie Abélard in Héloïse, wie Sant-Preux in Julie; zweifellos nicht so glücklich, aber doch nahe daran; ebenso leidenschaftlich wie der zweite, aber mit einem ehrlicheren, zarteren und vor allem tapferen Herzen, opferte er sich offensichtlich dem Gegenstand seiner Liebe. Das Folgende schrieb er, bevor er sich eine Kugel durch den Kopf jagte; er hatte in einer Wirtschaft des Palais Royal zu Mittag gegessen, ohne sich die geringste Unruhe oder Verstörung anmerken zu lassen. Wir entnehmen den kurzen Brief, der denkwürdig genug ist, um überliefert zu werden, dem Protokoll, das die Polizei an Ort und Stelle aufnahm:
»Der unüberbrückbare Gegensatz zwischen dem Adel meines Herzens und meiner niedrigen Herkunft, eine

gleichermaßen heftige wie aussichtslose Liebe zu einem anbetungswürdigen Mädchen[1], die Furcht, sie in Schande zu bringen, der Zwang, zwischen Verbrechen und Tod zu wählen, das alles hat mich bewogen, aus dem Leben zu scheiden. Ich war zur Tugend bestimmt; ich komme in Versuchung, eine Schandtat zu begehen; ich ziehe den Tod vor.«   Grimm.

Ein Bewunderung fordernder Selbstmord, der der Geisteshaltung von 1880 freilich nur absonderlich vorkommen wird.

154 Man mag sagen, was man will, in den schönen Künsten kommen die Franzosen nie über das *Hübsche* hinaus.
Das Komische, das vom Zuschauer *Laune,* beim Schauspieler *sprühenden Geist* verlangt, die entzückenden Possen Palombas, die Casaccia in Neapel aufführt, sind in Paris undenkbar; Hübschheiten und immer wieder nur Hübschheiten, die wahrhaftig manchmal auch noch als Erhabenheiten hingestellt werden.
Man gebe zu, daß ich nicht blind auf die Ehre meiner Nation ausgehe.

155 »Wir schätzen den begabten Künstler«, sagen die Franzosen, und sie sprechen die Wahrheit; »aber wir verlangen als einen wesentlichen Bestandteil der Schönheit, daß sie von einem Maler gestaltet sei, der während der ganzen Zeit des Schaffens ununterbrochen auf einem Beine steht.« In der dramatischen Kunst sind es die Verse!

156 In Amerika viel weniger *Neid* als in Frankreich, und viel weniger Geist.

1 Es scheint sich um Fräulein Gromaire, die Tochter eines Sekretärs beim römischen Hofe, gehandelt zu haben.

157 Die Despotie eines Philipp II. hat seit 1530 die Menschen so entwürdigt und lastet immer noch so über diesem irdischen Paradies, daß die armen italienischen Dichter noch nicht den Mut gefaßt haben, den Roman ihres Landes zu *finden*. Nimmt man sich die *Natur* zum Vorbild, so kann es eigentlich nichts Einfacheres geben; man muß nur unbeirrt nachzubilden wagen, was das Leben dem Auge zeigt. Man nehme den Kardinal Consalvi, der 1822 das Libretto einer komischen Oper drei Stunden lang scharf durchhechelte und beunruhigt dem Maestro vorhielt: »Aber Ihr bringt mir zu oft dieses Wort *cozzar, cozzar* [mit Hörnern stoßen].«

158 Héloïse spricht über Liebe; ein Hohlkopf spricht von seiner Liebe. Fühlt niemand, daß diese zwei Dinge kaum den Namen gemeinsam haben? Sie verhalten sich zueinander wie die Konzertleidenschaft zur Musikleidenschaft. Auf der einen Seite das Verlangen nach eitlem Beifall, den dir dein Harfenspiel vor einer glänzenden Gesellschaft verspricht, auf der anderen Seite die tiefe Versunkenheit in einsame, innige, ängstlich gehütete Träumereien.

159 Wenn man von der geliebten Frau kommt, mißfällt einem der Anblick jeder anderen Frau und bereitet den Augen geradezu Schmerzen. Ich weiß den Grund.

160 Antwort auf einen Einwand.
Wirkliche Natürlichkeit und Vertrautheit gibt es nur in der leidenschaftlichen Liebe; denn bei jeder anderen bleibt die Möglichkeit eines erfolgreicheren Nebenbuhlers bestehen.

161 Das geistige Bewußtsein eines Mannes, der, um sich vom Leben zu befreien, Gift nimmt, ist bereits abge-

storben; verwundert über das, was er tut, und das, was ihn erwartet, denkt er auf nichts mehr. Selten einmal eine Ausnahme.

162 Ein alter Schiffskapitän, nämlich mein Onkel, dem ich das vorliegende Manuskript widme, findet über die Maßen lächerlich, wie ich ernsthaft einer so eitlen Sache wie der Liebe ganze sechshundert Seiten widmen könne. Diese eitle Sache ist indessen die einzige Macht, von der sich starke Herzen bestimmen lassen.
Was hielt 1814 im Walde von Fontainebleau Herrn von Maubreuil ab, Napoleon zu ermorden? Der verachtungsvolle Blick einer hübschen Frau, die gerade ins chinesische Bad ging[1]. Wie anders wäre die Weltgeschichte gelaufen, wenn Napoleon und sein Sohn 1814 den Tod gefunden hätten.

163 Ich entnehme die folgenden Zeilen einem auf französisch geschriebenen Brief, den ich in Znaim erhielt, und bemerke dazu, daß in jener ganzen Provinz kein einziger Mann die geistvolle Frau zu verstehen imstande war, die mir schrieb: »... Der Zufall vermag viel in der Liebe. Wenn ich ein Jahr lang nichts Englisches gelesen habe, entzückt mich der erste beste englische Roman, der mir in die Hände fällt. Wer gewohnt ist, einen prosaischen, das heißt einen allen Feinheiten gegenüber schwerfälligen und unsicheren Menschen zu lieben, der nur die Leidenschaft zu den groben Dingen des Lebens kennt: die Liebe zum Geld, den Stolz auf schöne Pferde, die sinnliche Begierde usw., mag leicht gewisse Handlungen eines unbändigen, feurigen Gemütes von lebhafter Phantasie anstößig finden, das doch nur Liebe fühlt, darüber alles andere vergißt und unaufhaltsam, ungestüm etwas unternimmt, wo ein anderes sich bestimmen

1 Memoiren Maubreuils.

ließe und nie aus eigenem handeln würde. Hierüber befremdet sein als über eine Verletzung dessen, was wir vergangenes Jahr in Zittau den weiblichen Stolz nannten: Darf das ein rechter Mann? Bei dem zweiten spürt man dieses *Befremden* wohl, ein Gefühl, das man beim ersten nicht kannte – und da jener erste unvermutet gefallen ist, blieb er gleichsam vollkommen –, ein Gefühl, das eine hochgestimmte, von jener erst im Gefolge häufiger Liebschaften auftretenden Leichtfertigkeit unverdorbene Seele leicht für Beleidigung halten kann.«

164 Gottfried Rudel von Blaye, ein vornehmer Edelmann, Fürst von Blaye, vernahm von den aus Antiochia zurückkehrenden Pilgern so viel Gutes und Edelmütiges über die Gräfin von Tripolis, daß er sich in sie, die er nie gesehen hatte, verliebte und viele schöne Lieder mit trefflichen Weisen und rührenden Worten auf sie dichtete. Und weil ihn verlangte, sie zu sehen, nahm er das Kreuz und zog übers Meer, sie aufzusuchen. Und es geschah, daß ihn auf dem Zuge eine sehr schwere Krankheit befiel, derart, daß die bei ihm waren fürchteten, er möchte sterben. Doch gelang es, ihn halbtot nach Tripolis und in eine Herberge zu bringen. Man gab der Gräfin Botschaft hiervon, und sie kam an sein Lager und schloß ihn in ihre Arme. Er wußte, daß es die Gräfin war; und er kam so weit zu sich, daß er sie sehen und ihre Worte vernehmen konnte, und er lobte Gott und dankte für die Barmherzigkeit, daß er ihn so lange am Leben erhalten, bis seine Augen sie sahen. Und also starb er in den Armen der Gräfin, und sie ließ ihn mit allen Ehren im Hause der Templer zu Tripolis beisetzen. Und noch am gleichen Tag nahm sie aus Schmerz über seinen Tod den Schleier[1].

1 Aus einer provenzalischen Handschrift des 13. Jahrhunderts übertragen.

165   Hier ein merkwürdiger Beweis für die als Kristallisation bezeichnete Verrücktheit, den ich in den Erinnerungen der Mistreß Hutchinson gefunden:
».. . Er erzählte Herrn Hutchinson die Geschichte eines
vornehmen Mannes, der sich kurz zuvor auf einige Zeit
in Richmond niedergelassen hatte und dort alle Welt, mit
der er in Berührung kam, schmerzlich bewegt fand von
dem Tod einer Dame, die daselbst gelebt hatte. Da er sie
so beklagen hörte, ließ er sich alles über sie erzählen und
war von den Schilderungen so angerührt, daß ihm bald
weder etwas anderes gefallen noch er überhaupt etwas
anderes hören wollte. Eine tiefe Schwermut überfiel ihn;
oft trieb es ihn auf eine Anhöhe, wo noch Fußeindrücke
von ihr erhalten waren. Dort lag er tagelang schmerz-
bewegt und küßte diese Abdrücke, bis zuletzt der Tod in
wenigen Monaten seiner Verzweiflung ein Ende bereitete. Diese Geschichte ist verbürgt.«

166   Lisio Visconti war nichts weniger als ein eifriger
Leser. Doch stützt sich dieser Versuch neben den Erfah-
rungen, die er selbst auf seinem Lebensweg machte,
noch auf die Lebenserinnerungen von fünfzehn oder
zwanzig berühmten Menschen. Für den Fall, daß ein Le-
ser diese Nebensache zufällig der Beachtung wert hält,
seien hier die Bücher aufgeführt, aus welchen Lisio seine
Reflexionen und Schlußfolgerungen gezogen hat:
»Das Leben Benvenuto Cellinis«, von ihm selbst er-
zählt.
Die Novellen Cervantes' und Scarrons.
»Manon Lescaut« und »Der Dekan von Killerine« von
Abbé Prévost.
»Die lateinischen Briefe der Héloïse an Abélard«.
»Tom Jones« [von Henry Fielding].
»Die Briefe der Portugiesischen Nonne«.
Zwei oder drei Romane von August Lafontaine.

»Die Geschichte Toskanas« von Pignotti.
»Werther«.
Brantôme.
Die Memoiren Carlo Gozzis (Venedig 1760); nur die 80 Seiten über seine Liebschaften.
Die Memoiren von Lauzun, Saint-Simon, Frau d'Epinay, Frau von Staal, Marmontel, Besenval, Madame Roland, Duclos, Horace Walpole, Evelyn, Mistreß Hutchinson.
Die Briefe des Fräuleins von Lespinasse.

167   Eine von den höchsten Persönlichkeiten aus jener Zeit, einer der hervorragendsten Kirchen- und Staatsmänner, erzählte uns heute abend (1. Januar 1822) bei Frau von M... von den Gefahren, die ihn während der Schreckenszeit bedroht hatten:
Ich hatte das Unglück, eines der bekanntesten Mitglieder der Konstituierenden Versammlung zu sein; ich befand mich in Paris und hielt mich, so gut es ging, im Verborgenen, solange noch einige Hoffnung für die gute Sache bestand. Als schließlich die Gefahr wuchs und das Ausland nichts Entscheidendes für uns tat, entschloß ich mich, Paris zu verlassen; aber ich mußte es ohne Paß versuchen. Da alle Welt nach Koblenz ging, kam ich auf den Gedanken, den Weg nach Calais zu wählen. Aber mein Bild war in den anderthalb Jahren so allgemein bekanntgeworden, daß ich auf der letzten Posthalterei erkannt wurde; indes ließ man mich weiterfahren. Ich konnte, wie man sich denken wird, in meiner Herberge in Calais kein Auge zutun, was mein Glück war, denn in der vierten Morgenstunde hörte ich deutlich meinen Namen nennen. Ich erhebe mich schnell und bemerke trotz der Dunkelheit sehr wohl, wie man bewaffneten Nationalgardisten das große Tor öffnet und wie sie in den Hof der Herberge eindringen. Glücklicherweise regnete es in

Strömen; es war ein sehr dunkler, außerordentlich stürmischer Wintermorgen. Die Dunkelheit und das Fauchen des Windes ermöglichten mir, durch den hinteren Hof und den Pferdestall zu entwischen. Da stand ich nun sieben Uhr morgens ohne alle Hilfe auf der Straße.

Ich mußte annehmen, daß man mich verfolgen werde. Ohne recht zu wissen, was ich tun sollte, ging ich an den Hafen und auf die Mole. Ich gestehe, daß ich ein wenig den Kopf verloren hatte: ich sah überall nur die Guillotine.

Ein Paketboot lief gerade bei ziemlich schwerer See aus und war schon zwanzig Klafter vom Hafendamm entfernt. Auf einmal hörte ich Rufe von See her, als ob man mich meine. Ich sehe ein kleines Boot herankommen. – »Kommt nun endlich, Herr! Man wartet auf Euch.« Ich steige mechanisch in das Boot. Ein Mann flüsterte mir ins Ohr: »Wie ich Euch so verzweiflungsvoll auf der Mole laufen sah, dachte ich, Ihr könntet wohl einer der unglücklichen Flüchtlinge sein. Ich erklärte, Ihr wäret mein Freund, den ich erwartet habe; stellt Euch seekrank und versteckt Euch in einem dunklen Winkel der Kajüte.« –

»Oh, welch ein schöner Zug!« rief die Herrin des Hauses, die bei der langen, wohlberechneten Erzählung von den Gefahren des Abbés kaum zu atmen gewagt hatte und zu Tränen gerührt war. »Wie müßt Ihr doch diesem edelmütigen Fremden zu Dank verpflichtet sein! Wie hieß er?«

»Ich kenne seinen Namen nicht«, antwortete der Abbé ein wenig verwirrt.

Einen Augenblick herrschte Grabesstille im Salon.

168 *Vater und Sohn*
        Zwiegespräch aus dem Jahre 1787
Der Vater (Minister der...): Ich beglückwünsche dich,

mein Sohn. Es darf dir schmeicheln, von dem Herzog...
eingeladen zu sein. Das bedeutet für einen Mann deines
Alters eine Auszeichnung. Versäume nicht, um sechs
Uhr pünktlich im Palast zu erscheinen.

Der Sohn: Werdet Ihr auch dort speisen?

Der Vater: Der Herzog..., aufmerksam gegen unsere
Familie wie immer, hat, da er dich zum erstenmal ein-
lädt, geruht, mich mit einzuladen.

Der Sohn, ein wohlerzogener, vornehm denkender junger Mann, versäumt nicht, um sechs Uhr im Palast zu
sein. Um sieben beginnt die Tafel. Der Sohn hat seinen
Platz dem Vater gegenüber. Jeder Gast hatte ein nacktes
Weib neben sich. Etwa zwanzig Lakaien in großer Livree
bedienten[1].

169   London, August 1817.

In meinem ganzen Leben bin ich noch nie derart von
Schönheit angerührt und eingeschüchtert worden wie
heute abend in dem Konzert, das Frau Pasta gab.

Sie war, während sie sang, von einem dreifachen Kranz
junger Mädchen von derartiger Schönheit, von derart
reiner, himmlischer Schönheit umgeben, daß ich mich
bewogen fühlte, die Augen vor lauter Ehrfurcht nieder-
zuschlagen, wo ich hätte bewundern und genießen können. Das ist mir noch in keinem Lande widerfahren,
nicht einmal in meinem geliebten Italien.

170   Eins ist der Kunst in Frankreich schlechterdings
versagt, nämlich begeisterter Schwung. Ein hingerisse-
ner Mann erschiene dort lächerlich: *er sieht zu hingerissen*
aus. Man sollte einmal einen Venezianer die *Satiren* Bu-
rattis vortragen sehen.

---

1 *Vom 27. Dezember 1819 bis zum 3. Juni 1820, Mailand.* [Stendhals eigene An-
gabe über seine Arbeit an dem Buch.]

[171]   In Valencia in Spanien lebten zwei Freundinnen, sehr ehrbare Frauen aus gutem Hause. Die eine davon wurde von einem französischen Offizier umworben, der sie leidenschaftlich liebte, derart, daß er nach einer Schlacht das Ehrenkreuz schwimmen ließ und bei ihr im Standquartier blieb, anstatt sich im Hauptquartier beim Kommandierenden General zu melden.

Endlich fand er Gegenliebe. Nachdem sie ihm sieben Monate lang Tag um Tag mit gleich abweisender Kälte begegnet war, erklärte sie ihm eines Abends: »Lieber Joseph, ich bin die Deine.« Blieb als Hindernis ihr Gatte, ein außerordentlich kluger, aber unsagbar eifersüchtiger Mann. Mit diesem mußte ich als Freund des Liebenden die ganze Geschichte Polens von Rulhière durchnehmen, die er nicht kannte. So vergingen drei Monate, ohne daß er hinters Licht zu führen war. An Festtagen verständigte man sich durch Zeichen, in welcher Kirche man zur Messe gehen werde.

Eines Tages fand ich meinen Freund finsterer als gewöhnlich; folgendes war geschehen. Doña Inezillas Busenfreundin war gefährlich erkrankt. Sie bat nun ihren Mann, eine Nacht bei der Kranken bleiben zu dürfen, was ihr mit der Maßgabe zugestanden wurde, daß der Gatte den Tag noch bestimmen werde. Eines Abends führte er Doña Inezilla zu ihrer Freundin und kam, während sie scherzten, gleichsam unabsichtlich auf den Einfall, er könne doch sehr gut auf dem Sofa in dem kleinen, mit seiner offenen Tür an das Schlafzimmer anstoßenden Gemach schlafen. Elf Tage hintereinander hatte sich der französische Offizier jeden Abend zwei Stunden unter dem Bette der Kranken versteckt. Weiter brauche ich nichts zu erzählen.

Ich glaube nicht, daß die Eitelkeit einer Französin erlaubte, in der Freundschaft so weit zu gehen.

ANHANG

MINNEGERICHTE

In Frankreich bestanden zwischen 1150 und 1200 Minnegerichtshöfe. Ich gebe wieder, was davon erwiesen ist. Wahrscheinlich gehen diese Liebesgerichte auf eine wesentlich frühere Zeit zurück.

Die den Minnegerichtshof bildenden Damen gaben ihr Urteil sowohl über allgemeine Rechtsfragen ab, zum Beispiel: Ist Minne zwischen Verheirateten möglich? – als auch über Einzelfälle, die Liebende zur Entscheidung vorlegten[1].

Wenn ich die sittliche Wirksamkeit dieser Rechtsprechung richtig verstehe, dürfte sie derjenigen gleichzustellen sein, die das von Ludwig XIV. für *Ehrensachen* eingesetzte Marschallgericht für Frankreich hätte haben können, wenn die öffentliche Meinung diese Einrichtung gefördert hätte.

André, der Kaplan des Königs von Frankreich, führt in seinen Schriften um 1170 die *Minnegerichtshöfe* an:

der Damen der Gascogne,

Ermengards, der Vizegräfin von Narbonne (1144 bis 1194),

der Königin Eleonore,

der Gräfin von Flandern,

der Gräfin von Champagne (1174).

André erwähnt neun von der Gräfin von Champagne gefällte Urteile.

Er zitiert zwei von der Gräfin von Flandern gefällte Urteile.

Johann von Nostradamus sagt im »Leben der Provenzalischen Dichter«:

»Die Tenzonen waren Streitgedichte über die Liebe, in

---

1 André le Chapelain [Andreas Capellanus], Nostradamus, Raynouard, Crescimbeni, D'Arétin.

denen sich die dichtenden Ritter und Damen wechselseitig über irgendein schönes und schwieriges Liebesproblem äußerten; und wo sie sich nicht einigen konnten, sandten sie ihre Lieder, um eine Entscheidung herbeizuführen, den erlauchten Damen zu, die den öffentlichen Minnegerichten in Signe, in Pierrefeu, in Romanin oder anderwärts vorsaßen und Urteilssprüche darüber fällten, die man *Liebessprüche* (LOUS ARRESTS D'AMOURS) nannte.«

Hier die Namen einiger Damen, die den Minnehöfen von Pierrefeu und Signe vorsaßen:

Stephanette, Herrin von Baulx, Tochter des Grafen von Provence,

Adalazie, Vizegräfin von Avignon,

Adalète, Herrin von Ongle,

Hermyssende, Herrin von Posquières,

Bertrane, Herrin von Urgon,

Mabille, Herrin von Yères,

die Gräfin von Dye,

Rostangue, Herrin von Pierrefeu,

Bertrane, Herrin von Signe,

Jausserande von Claustral (Nostradamus).

Wahrscheinlich trat dasselbe Minnegericht bald im Schlosse zu Pierrefeu, bald in dem zu Signe zusammen. Diese beiden Orte sind benachbart und liegen etwa gleichweit von Toulon und Brignoles entfernt.

Im »Leben Bertrands von Alamanon« sagt Nostradamus:

»Dieser Troubadour war verliebt in Phanette oder Estephanette von Romanin aus dem Hause der Gantelmes und Herrin desselben Ortes, die zu ihrer Zeit offenen und freien Minnegerichtshof auf ihrem in der Nähe der Stadt Saint-Remy in der Provence gelegenen Schlosse Romanin hielt. Sie war die Tante der von dem Dichter Petrarca viel gepriesenen Laurette von Avignon aus dem Hause der Sado.«

In dem Abschnitt über Laurette erfährt man, daß die von Petrarca verherrlichte Laurette von Sade um das Jahr 1341 in Avignon lebte und durch Phanette von Gantelmes, ihre Tante, die Herrin von Romanin, ausgebildet worden war; daß beide, nach dem, was der Mönch von den goldenen Inseln aufgezeichnet hat, vortreffliche Lieder in jeglicher Art des provenzalischen Tonmaßes dichteten und in ihren Werken große Beweise ihrer Gelehrsamkeit ablegten… Es ist wahr (sagt der Mönch), daß die in der Poesie ganz hervorragende Phanette oder Estephanette Verzückungen oder göttliche Eingebungen hatte, welche Verzückungen für eine echte Gabe Gottes geachtet wurden. Sie waren umgeben von zahlreichen erlauchten und edlen Damen[1] der Provence, die zu jener Zeit, da der päpstliche Hof in Avignon residierte, sich dem Studium der schönen Künste gewidmet hatten und jedermann bekannt waren, und so hielten sie offenes Minnegericht und entschieden alle Streitfälle in Liebesdingen, die ihnen vorgetragen oder zugesandt wurden…

»Guillen und Pierre Balbz und Loys des Lascaris, Grafen von Vintimille, Tende und der Brigue, Männer von hohem Ansehen, hörten, als sie zu jener Zeit nach Avignon kamen, um dem Papste namens Innocent VI. aufzuwarten, die Entscheidungen und Urteilssprüche, die diese Damen in Minnesachen fällten; sie wurden von Bewunderung erfüllt und von der Schönheit und den Kenntnissen der Damen so entzückt, daß die Liebe sie übermannte.«

1 Jehanne, Herrin von Baulx; Huguette von Forcalquier, Herrin von Trects; Briande von Agoult, Gräfin von la Lune; Mabile von Villeneufve, Herrin von Vence; Béatrix von Agoult, Herrin von Sault; Ysoarde von Roquefeuilh, Herrin von Ansoys; Anne, Vizegräfin von Tallard; Blanche von Flassans, genannt Blankaflour; Doulce von Monstiers, Herrin von Clumane; Antonette von Cadenet, Herrin von Lambesc; Magdalene von Sallon, Herrin genannten Ortes; Rixende von Puyverd, Herrin von Trans. (Nostradamus.)

Die Troubadours nannten oft am Schluß ihrer Streitlieder die Damen, die über die auszutragende Streitfrage richten sollten.

Ein Spruch des Gerichtes der Damen von Gascogne beginnt:

»Das in Gascogne zusammengetretene Gericht der Damen hat unter Beistimmung *des gesamten Minnegerichtes* folgenden fortgeltenden Beschluß gefaßt usw.«

Die Gräfin von Champagne sagt in ihrem Spruch von 1174:

»Dieser Rechtsspruch, den wir nach bestem Wissen fällen, stützt sich auf das Gutachten einer sehr großen Zahl von Damen...«

In einem anderen Gerichtsspruch liest man:

»Der Ritter zeigte den Trug, der ihm widerfahren, und alle näheren Umstände der Gräfin von Champagne an und ersuchte sie ergebenst, dieses Vergehen dem Rechtsspruch der Gräfin von Champagne und der anderen Damen zu unterwerfen.

Die Gräfin berief sechzig Damen zu sich und fällte folgendes Urteil usw.«

Der Kaplan Andreas, dem wir diese Mitteilungen verdanken, berichtet auch, daß durch ein aus zahlreichen Damen und Rittern zusammengesetztes Gericht eine Sammlung von Minnegeboten veröffentlicht wurde.

André hat uns ferner die Eingabe überliefert, die an die Gräfin von Champagne gerichtet wurde, als sie die Frage: »Ist echte Minne zwischen Ehegatten möglich?« verneinend entschied.

Aber welche Strafe wurde denn verwirkt, wenn man sich den Entscheidungen der Minnegerichte entzog?

Wir erfahren, daß der Gerichtshof von Gascogne festsetzte, welche seiner Entscheidungen als geltendes Gesetz zu betrachten sei, und daß Damen, welche sich ihm nicht unterwerfen wollten, die Feindschaft einer jeden ehrbaren Frau auf sich zögen.

In welchem Maße fanden die Sprüche der Minnegerichtshöfe allgemeine Billigung?

War sich ihnen zu entziehen ebenso schmachvoll, wie heute in einer Ehrensache zurückzuweichen?

Ich finde bei Andreas und Nostradamus nichts, was mir diese Frage beantwortet.

Zwei Troubadours, Simon Doria und Lanfranc Cigalla, warfen die Frage auf: »Wer verdient mehr geliebt zu werden: der Liebe freiwillig gibt oder der sie trotz inneren Widerstrebens gibt, als ob es freiwillig wäre?«

Die Frage wurde den Damen des Minnegerichtshofes zu Pierrefeu und zu Signe unterbreitet; weil aber die beiden Troubadours mit dem Urteil nicht einverstanden waren, wandten sie sich an das Oberste Minnegericht der Damen zu Romanin[1].

In der Abfassung entsprechen die Urteile den richterlichen Entscheidungen jener Zeit.

Wie nun auch der Leser über die Bedeutung denken mag, die die Minnegerichte bei ihren Zeitgenossen erreicht haben, so bitte ich doch einmal damit zu vergleichen, um welche Dinge sich heute, im Jahr 1822, die Unterhaltung der angesehensten oder reichsten Frauen von Toulon und Marseille dreht.

Waren die Damen von 1174 nicht frohgemuter, geistvoller, glücklicher als die von 1822?

Fast alle Sprüche der Minnegerichte leiten ihre Begründung aus den Satzungen des Minnerechts ab.

Diese Sammlung der Minnegebote findet man vollständig in dem Werk des Kaplans Andreas.

Sie enthalten folgende einunddreißig Punkte:

---

1 Nostradamus.

Minnerecht im zwölften Jahrhundert

I *Causa conjugii ab amore non est excusatio recta.*
Ehe schützt vor Minne nicht.

II *Qui non celat, amare non potest.*
Wer nicht schweigen, kann auch nicht lieben.

III *Nemo duplici potest amore ligari.*
Zwiefacher Minne kann niemand huldigen.

IV *Semper amorem crescere vel minui constat.*
Minne allezeit auf- und abwogt.

V *Non est sapidum, quod amans ab invito sumit coamante.*
Der Minne abgezwungen, ist sündig und nicht gut.

VI *Masculus non solet nisi in plena pubertate amare.*
Der bärt'ge Mann erst pflege der Minne.

VII *Biennalis viduitas pro amante defuncto superstiti praescribitur amanti.*
Zwei Jahre Treue über das Grab bist du der Minne
schuldig.

VIII *Nemo sine rationis excessu suo debet amore privari.*
Recht auf Minne schmälere niemand sonder triftigen
Grund.

IX *Amare nemo potest, nisi qui amoris suasione compellitur.*
Nur wer auf Minne traut, Minne schaut.

X *Amor semper consuevit ab avaritia domiciliis exsulare.*
Geiz treibt die Minne aus dem Haus.

XI *Non decet amare, quarum pudor est nuptias affectare.*
Wessen man sich als Gatten schämt, man auch nicht minnen soll.

XII *Verus amans alterius nisi sui coamantis ex affectu non cupit amplexus.*
Außer Liebchens Zärtlichkeit ein rechter Liebster nichts begehrt.

XIII *Amor raro consuevit durare vulgatus.*
Ausposaunte Minne hat schwerlich Dauer.

XIV *Facilis perceptio contemptibilem reddit amorem, difficilis eum carum facit haberi.*
Leicht erlangte Minne verliert den Wert; Mühsal und Schwierigkeit machen sie teuer.

XV *Omnis consuevit amans in coamantis aspectu pallescere.*
Die minnen, schauen einander mit Erblassen.

XVI *In repentina coamantis visione cor contremescit amantis.*
Liebchens Anblick, unverhofft, bringt das Herz zum Beben.

XVII *Novus amor veterem compellit abire.*
Junge Minne heißt alte scheiden.

XVIII *Probitas sola quemcumque dignum facit amore.*
Bewährung macht der Minne würdig.

XIV *Si amor minuatur, cito deficit et raro convalescit.*
Darbende Minne verkümmert rasch, wächst selten wieder.

XX *Amorosus semper est timorosus.*
Ein Verliebter ist allzeit voll Furcht.

XXI *Ex vera zelotypia affectus semper crescit amandi.*
Wahre Eifersucht stärkt die Minne.

XXII *De coamante suspicione percepta zelus et affectus crescit amandi.*
Argwohn zeugt Eifersucht, steigert die Leidenschaft.

XXIII *Minus dormit et edit, quem amoris cogitatio vexat.*
Wen Minne heimsucht, braucht wenig Essen und Schlaf.

XXIV *Quilibet amantis actus in coamantis cogitatione finitur.*
All Tun und Treiben Liebender hat sein Ziel im Gedenken des Liebsten.

XXV *Verus amans nil bonum credit nisi quod cogitat coamanti placere.*
Wahrer Minne nichts gefällt, das nicht den Liebsten ergötzt.

XXVI *Amor nil posset amori denegare.*
Minne versagt der Minne nichts.

XXVII *Amans coamantis solatiis satiari non potest.*
Ein Lieb sich nimmer des andern ersättigt.

XXVIII *Modica praesumptio cogit amantem de coamante suspicari sinistra.*
Klein Arg in der Minne zeugt groß Wahn.

XXIX *Non solet amare, quem nimia voluptatis abundantia vexat.*
Übermaß der Lust tut der Minne Abbruch.

xxx *Verus amans assidua sine intermissione coamantis ima-*
ginatione detinetur.
Wahre Minne schaut ihr Liebstes Tag und Nacht.

xxxi *Unam feminam nil prohibet a duobus amari et a duabus*
mulieribus unum.
Nichts verwehrt einer Frau die Minne zweier Männer
und dem Manne die zweier Frauen.

Hier der Spruch eines Minnegerichts:
Frage: »Ist echte Minne zwischen Ehegatten mög-
lich?«
Urteil der Gräfin von Champagne: »Wir entscheiden und
bestimmen folgendermaßen, daß die Gerechtsame der
Liebe nicht auf zwei verheiratete Personen anwendbar.
Denn Liebende gewähren einander alles wahrhaft wechselseitig und freiwillig und nicht durch die Pflicht bewogen, die zwischen Eheleuten besteht, nämlich einander
zu Willen zu sein und keiner sich dem andern zu wei-
gern...
Vorliegendes Urteil, das wir nach bestem Wissen und
Gewissen und auf Grund des Gutachtens vieler anderer
Damen abgefaßt, diene Euch als beständige und unver-
brüchliche Wahrheit. Also gegeben im Jahre 1174, am
dritten Tag der Kalenden des Mai, siebente Einberu-
fung[1].«

---

1 Utrum inter conjugatos amor possit habere locum?
Dicimus enim et stabilito tenore firmamus, amorem non posse suas inter duos
jugales extendere vires, nam amantes sibi invicem gratis omnia largiuntur, nul-
lius necessitatis ratione cogente; jugales vero mutuis tenentur ex debito volun-
tatibus obœdire et in nullo se ipsos sibi invicem denegare...
Hoc igitur nostrum judicium cum nimia moderatione prolatum et aliarum quam
plurimarum dominarum consilio roboratum, pro indubitabili vobis sit ac veritate
constanti.
Ab anno MCLXXIV tertio calend. maii. indictione VII.
Dieses Urteil entspricht dem ersten Gebot des Minnerechts: Causa conjugii ab
amore non est excusatio recta.

EINIGE ANGABEN
ÜBER DEN KAPLAN ANDREAS

Andreas scheint seine Aufzeichnungen um 1176 gemacht zu haben.

Man hat in der Nationalbibliothek eine Handschrift von seinem Werk gefunden, die vormals in Baluzes Besitz war. Der [lateinische] Haupt-Titel lautet: »Also beginnen die Kapitel des Buches über die Kunst und das Tadelhafte in der Liebe.«

Folgt eine Kapitelüberschrift.

Darnach der zweite Titel:

»Hier beginnt das Buch über die Kunst der Liebe und über Tadelnswertes in der Liebe, vom Magister Andreas, dem Kaplan am französischen Königshofe, gesammelt und herausgegeben für seinen in Amors Gefolgsschar schmachtenden Freund Walther, in welchem Buch also eine Frau jedweden Standes und Ranges von einem Mann jedweder Art und Ranges gar klüglich für die Minne eingenommen wird; und schließlich handelt der Anhang dieses Werkes von dem, was nicht gutgeheißen werden kann in der Liebe.«

Crescimbeni erwähnt in seiner »Lebensbeschreibung provenzalischer Dichter« in dem Abschnitt »Percivalle Doria« eine Handschrift aus der Bibliothek des Florentiners Nicolo Bargiacchi und führt etliche Stellen daraus an. Diese Handschrift ist eine Übersetzung von Kaplan Andreas' Traktat. Die Akademie von Crusca hat sie als eines der Werke benutzt, denen sie die Belege für ihr Wörterbuch entnahm.

Von dem lateinischen Original waren mehrere Ausgaben vorhanden. Friedrich Otto Menettenius führt in den »Miscellanea Lipsiensia nova«, Lipsiae 1751, Band VIII, 1. Teil, S. 545 ff. eine sehr alte Ausgabe ohne Jahreszahl und Druckort an, die er in die Frühzeit des Buchdruckes rechnet: »Andreas', des Papstes Innozenz IV. Kaplans, Traktat über die Liebe und die Heilung der Liebe...«

Eine zweite Ausgabe von 1610 trägt folgenden Titel: »*Erotica seu amatoria* Andreæ capellani regii vetustissimi scriptoris ad venerandum suum amicum Gualterum scripta, nunquam ante hac edita, sed sæpius a multis desiderata; nunc tandem fide diversorum mss. codicum in publicum emissa a Dethmaro Mulhero, Dorpmundæ, typis Westhovianis, anno Una Caste et Vere a Manda.«

Eine dritte Ausgabe trägt den Vermerk: »Tremoniæ, typis Westhovianis, anno 1614.«

Andreas wählt bei der Behandlung seines Gegenstandes folgenden Gang:

1. Was Liebe sei und woher ihr Name.
2. Was Liebe wirke.
3. Zwischen welchen Menschen Liebe möglich.
4. Auf welche Weise Liebe gewonnen, bewahrt, vermehrt, vermindert und zum Erlöschen gebracht werde.
5. An welchen Anzeichen die Gegenliebe zu erkennen und was eines tun muß, wenn das andere die Treue bricht.

Jede dieser Fragen wird in mehreren Abschnitten behandelt.

Andreas läßt den Liebenden und die Dame abwechselnd sprechen. Diese macht Einwendungen, und jener versucht sie mit mehr oder weniger scharfsinnigen Gründen zu überzeugen. Hier eine Stelle, wo der Verfasser dem Liebenden folgende Worte in den Mund legt:

... Wenn dich etwa die Dunkelheit meiner Rede beirren sollte, so will ich dir ihren Sinn auslegen.

Von alters her unterscheidet man vier Stufen der Liebe: Die erste besteht in gewährter Hoffnung,

die zweite im erlaubten Kuß,
die dritte im Genusse des Körpers,
die vierte in der Hingabe mit Leib und Seele.

[Ende der Ausgabe von Stendhals Hand]

VOM VERSAGEN

Im Reich der Liebe wimmelt es von unseligen Zufällen«, sagt Frau von Sévigné, wo sie das Mißgeschick ihres Sohnes bei der berühmten Champmeslé berichtet.

Montaigne findet sich vortrefflich mit einer so heiklen Sache ab.

»Ich hege außerdem die Vermutung, daß dieses lächerliche Nestelbinden [impotent machender Zauber], von dem sich alle Welt so bedroht fühlt, daß man von nichts anderem spricht, einfach eine Wirkung der Angst ist; denn ich habe Beweise durch jemand, für den ich bürge wie für mich selbst und der außer jedem Verdacht der Impotenz oder des Aberglaubens steht. Dieser, dem ein Gefährte erzählt hatte, wie er einmal in einem Augenblick kläglich versagt habe, wo er es am wenigsten wünschte, wurde nämlich, als er in die gleiche Lage kam, in seiner Einbildung von den Angstvorstellungen jener Erzählung so heftig überfallen, daß ihm das gleiche Mißgeschick begegnete. Und das widerfuhr ihm seitdem des öfteren, da jedesmal die böse Erinnerung an sein Unvermögen ihn hemmte und überwältigte. Er fand ein gewisses Mittel gegen diese Peinlichkeit durch eine andere Peinlichkeit. Derart, daß er diese seine Schwäche zum voraus eingestand und ankündigte, wodurch sein Herz erleichtert und seine Schuldigkeit in Anbetracht des zu erwartenden Übels verringert wurde, und dies ihm nun seltener einen Streich spielte...

Wessen jemand einmal fähig war, dessen wird er nie wieder unfähig, es sei denn aus wirklicher Entkräftung. Ein solches Unglück ist nur bei Unternehmungen zu befürchten, die unsere Seele mit übermäßigem Verlangen oder übermäßiger Furcht aufpeitschen... Ich kenne Leute, die gut fanden, ihren Körper deshalb zuvor woanders halb zu befriedigen... Ein von mehreren verschiedenen Regungen getriebener Angreifer verliert leicht die Gewalt über sich... Die Frau, die mit einem Mann schlafen geht, sagte Pythagoras' Schwiegertochter, müsse zusammen mit ihrem Rock die Scham ablegen und mit ihm wieder anziehen.«

Diese Frau hat recht, was die Galanterie anlangt, in bezug auf die Liebe hat sie unrecht.

Ein schneller Sieg, wenn man die Eitelkeit außer acht läßt, ist eigentlich für keinen Mann schmeichelhaft:

1. Es sei denn, daß er nicht Zeit gehabt, diese Frau überhaupt zu ersehnen und seine Einbildungskraft mit ihr zu beschäftigen, das heißt, es sei denn, daß er sie im ersten Augenblick des Begehrens schon besitzt. Das wäre der Fall größtmöglichen Sinnengenusses; denn die ganze Seele überläßt sich hemmungslos dem Anblick der Schönheit.

2. Oder es sei denn, daß es sich um eine Frau ohne jeden Belang handelt, ein hübsches Kammermädchen zum Beispiel, eine jener Frauen, die man gerade so lang begehrt, als man sie sieht. Sobald ein Körnchen Leidenschaft ins Herz dringt, ist auch ein Körnchen möglichen *Versagens* darin.

3. Oder es sei, daß der Liebhaber seine Geliebte auf eine so unvermutete Weise gewinnt, daß ihm keine Zeit zur Besinnung bleibt.

4. Oder sei es, daß von seiten der Frau eine maßlose, aufopfernde, vom Mann nicht in gleichem Maße erwiderte Liebe besteht.

Je sterblicher ein Mann verliebt ist, desto mehr Überwindung kostet es ihn, bis er wagt, das Wesen vertraulich zu berühren, vielleicht zu kränken, das ihm göttlich erscheint und ihm höchste Liebe, höchste Ehrfurcht einflößt.

Diese Furcht, Folge einer sehr zarten Zuneigung – in der *galanten Liebe* eine falsche Scham, die aus einem übertriebenen Verlangen zu gefallen und aus Mangel an Mut entspringt –, erzeugt ein höchst quälendes Gefühl, das man nicht zu überwinden vermag und das einen erröten macht. Wenn nun die Liebe von ihrer Schamhaftigkeit und von deren Überwindung in Anspruch genommen wird, kann sie nicht zugleich der Lust nachgehen; denn bevor man an Genuß denken darf, der ein Luxus ist, muß man sich notwendigerweise die *Gewißheit* verschaffen, keine Gefahr zu laufen.

Es gibt Menschen, die wie Rousseau sogar bei Dirnen von falscher Scham gepackt werden; sie gehen nicht wieder zu ihnen, denn solche Mädchen hat man nur einmal, und dieses eine Mal ist widerlich.

Um zu begreifen, daß der erste Triumph, von der befriedigten Eitelkeit abgesehen, meistens eine mühevolle Anstrengung ist, muß man zwischen dem Reiz des Abenteuers und dem seligen Augenblick, der ihm folgt, unterscheiden; man ist stets zufrieden:

1. endlich so weit gekommen zu sein, wie man brennend begehrte, sich seines Glücks von nun an sicher zu fühlen und jene bittere, qualvolle Zeit überwunden zu haben, die voller Zweifel über die Liebe der Geliebten war;

2. daß es so gut gelang und man einer Niederlage entging; dieser Umstand bewirkt, daß die *leidenschaftliche Liebe* zu keiner reinen Freude kommt; man weiß nicht, was man tut, man hat nur die Gewißheit, daß man liebt. In der *gepflegten Liebe* hingegen, die nie den Kopf verliert, gleicht jener Augenblick der Rückkehr von einer Reise. Man mustert einander, und wenn die Liebe sehr eitel ist, mustert man einander heimlich.

3. Die niederen Instinkte laben sich an dem errungenen Sieg.

Vorausgesetzt, du empfindest einen Funken Leidenschaft für eine Frau und bist nicht ganz phantasielos, und diese Frau spielt dir eines Abends den Streich, daß sie zärtlich andeutet: »Kommt morgen mittag. Es wird niemand da sein«, so wirst du vor nervöser Aufregung die ganze Nacht nicht schlafen. Auf tausend Arten malst du dir das Glück aus, das dich erwartet. Der Vormittag wird zur Qual. Endlich schlägt die Stunde, und es ist, als ob jeder Glockenschlag dir einen Stich gibt. Mit Herzklopfen machst du dich auf den Weg und findest kaum die Kraft, den Fuß voranzusetzen. Du siehst die geliebte Frau hinter dem Vorhang stehen; du faßt Mut und gehst hinauf... und erlebst das *Fiasko deiner Träume*.

Herr Rapture, ein Künstler, ein äußerst reizbarer und etwas beschränkter Mensch, erzählte mir in Messina, daß er nicht allein die ersten Male, sondern bei jedem Zusammensein Schiffbruch erlitten habe. Dabei halte ich ihn für einen Mann wie jeden andern; wenigstens weiß ich, daß er zwei reizende Geliebte hat.

Der ausgesprochene Sanguiniker (der echte Franzose, der wie der Oberst Mathis allem eine gute Seite abgewinnt) malt sich, anstatt wegen einer Verabredung auf morgen mittag in einen Aufruhr der Gefühle zu verfallen, bis zum glücklichen Augenblick alles in rosigen Farben aus. Ohne die Aussicht auf das Rendezvous hätte sich unser Sanguiniker wohl ein bißchen gelangweilt.

Man denke an die Analyse der Liebe bei Helvetius; ich möchte wetten, daß es sich um seine eigenen Gefühle handelt, aber er spricht für die Mehrzahl der Männer. Leute wie er sind einer *leidenschaftlichen Liebe* gar nicht fähig; sie würde ihre Gemütsruhe stören. Ich glaube, sie würden den Brand der Leidenschaft als ein Unglück empfinden; zumindest kämen sie sich wegen der damit verbundenen Blödigkeit gedemütigt vor.

Dem Sanguiniker wird höchstenfalls so etwas wie ein *Versagen* des Mutes widerfahren: wenn er nämlich von einer Messalina erwartet wird und in dem Augenblick, da er ihr Bett besteigt, daran denkt, vor welcher gewaltigen Kennerin er sich bewähren soll.

Ein schüchterner melancholischer Mensch erreicht nach Montaignes Meinung manchmal den Sanguiniker, nämlich im Champagnerrausch, wofern er ihn nicht mit Vorsatz sucht. Sein Trost mag sein, daß jene von ihm beneideten, bestechenden und erfolgreichen Leute, mit denen er sich nicht messen kann, niemals weder seine eigenen himmlischen Erhebungen noch seine Abstürze erleben und daß die schönen Künste, die aus den Befangenheiten der Liebe Nahrung ziehen, ewig versiegelte Bücher für jene bleiben. Ein Mann, der weiter nichts als das übliche Glück begehrt, wie es ein Duclos leicht findet, ist nie unglücklich und infolgedessen auch unempfänglich für die Kunst.

Das athletische Temperament lernt jene Art von Unglück nur in der Erschöpfung, das heißt der körperlichen Schwäche kennen, im Gegensatz zum nervösen und melancholischen Temperament, die dafür geradezu geschaffen zu sein scheinen.

Wenn sie sich bei einer anderen Frau ermattet haben, gelingt es den armen Melancholikern bisweilen, ihre Phantasie ein wenig zu zügeln und dann bei der leidenschaftlich geliebten Frau eine weniger klägliche Rolle zu spielen.

Was folgt aus alldem? Daß eine kluge Frau ihre erste Hingabe nicht voraus verspricht. – Es muß ein überraschendes Glück sein.

Heute abend unterhielten wir uns, fünf ansehnliche junge Leute von fünfundzwanzig bis dreißig Jahren, im Stabe des Generals Michaud über das *Fiasko*. Es fand sich, daß wir allesamt, mit Ausnahme eines Laffen, der wahrscheinlich die Wahrheit verschwieg, bei der Geliebten, die wir am höchsten schätzten, zuerst einmal *versagt* hatten. Freilich kannte wahrscheinlich keiner von uns, was Delfante die *Liebesleidenschaft* nennt.

Der Gedanke, daß jenes Mißgeschick außerordentlich häufig vorkommt, nimmt ihm die Bedenklichkeit.
Ich kannte einen hübschen dreiundzwanzigjährigen Leutnant bei den Husaren, der, wie mir scheint aus einem Übermaß von Liebe, in den ersten drei Nächten, die er bei einer schon ein halbes Jahr angebeteten Geliebten verbringen durfte – sie hatte ihn, da sie um einen anderen im Kriege gefallenen Geliebten trauerte, sehr abweisend behandelt –, nichts anderes vermochte, als sie zu umarmen und vor Freude zu weinen. Weder er noch sie waren deswegen enttäuscht.
Der in der ganzen Armee bekannte Intendant H. Mondor erlitt bei der jungen verführerischen Komtesse Koller drei Tage hintereinander *Fiasko*.
Aber der König des *Fiaskos* ist der stattliche schöne Oberst Horse: der drei Monate lang bei der schelmischen, reizvollen N... V... *Fiasko* machte und schließlich verzichten mußte, ohne sie je besessen zu haben.

ERNESTINE
ODER
DIE ENTSTEHUNG EINER LIEBE

VORBEMERKUNG

Eine erfahrene, geistreiche Frau behauptete einmal, die Liebe würde nicht so schnell zustande kommen, als man glaubt. »Es will mir scheinen«, sagte sie, »daß man bei der Entstehung der Liebe sieben ganz deutlich unterscheidbare Zeitabschnitte bemerken kann.« Und um ihre Worte zu erhärten, erzählte sie die folgende Geschichte. Man befand sich auf dem Lande, es regnete in Strömen, und so hörte man recht gerne zu.

In einem ganz unbeschriebenen Herzen, in einem jungen Mädchen, das inmitten weiter Fluren auf einem einsamen Schlosse wohnt, erweckt bereits eine geringe Überraschung nachhaltiges Interesse. Zum Beispiel ein junger Jäger, den sie unverhofft im Walde nahe beim Schloß bemerkt.
Mit einer solchen einfältigen Begebenheit fing das Unglück Ernestines von S... an. Das Schloß, das sie mit ihrem alten Onkel, dem Grafen von S..., allein bewohnte, war im Mittelalter nicht weit von den Ufern des Drac auf einem der gewaltigen Felsen errichtet, die den Lauf dieses Bergstromes einzwängen, und beherrscht einen der schönsten Landstriche in der Dauphiné. Ernestine fand, daß der durch einen Zufall in ihren Gesichtskreis geratende junge Jäger etwas Edles an sich habe. Sein Bild kam ihr mehrmals in den Sinn. Denn wovon möchte man wohl auch in einem solchen uralten Bau träumen? – Sie lebte hier von einem gewissen Aufwand umgeben und verfügte über ein zahlreiches Hausgesinde. Doch wurde seit zwanzig Jahren, da der Herr und das Gesinde alt geworden waren, alles stets zur gleichen Stunde verrichtet. Nie wurde ein Wort gewechselt, als um etwas zu rügen, sich wegen irgendeiner einfältigen Sache aufzu-

regen. An einem Frühlingsabend, als der Tag zur Neige ging, stand Ernestine am Fenster. Sie sah auf den kleinen See und den jenseits liegenden Wald hinaus. Die außerordentliche Schönheit der Landschaft mochte sie zu irgendwelcher Träumerei verleiten. Da bemerkte sie auf einmal wieder den jungen Jäger, den sie ein paar Tage zuvor gesehen hatte. Er befand sich in dem Wäldchen jenseits des Sees. In der Hand trug er einen Blumenstrauß; er stand stille, als ob er nach ihr herblicke. Sie sah, wie er den Strauß küßte und ihn sodann mit einer gewissen zärtlichen Achtsamkeit in der Höhlung einer hohen Eiche am Ufer des Sees niederlegte.

Welche Gedanken erweckt doch diese einfache Handlung! Und welch ein brennendes Interesse, weil sie von den gleichförmigen Eindrücken sich abhebt, die bis zu diesem Augenblick Ernestinens Leben erfüllten. Ein neues Dasein beginnt für sie: soll sie es wagen und nach dem Strauß sehen? »Mein Gott, welche Torheit!« sagt sie für sich und fährt zusammen. »Und wenn der junge Jäger in dem Augenblick, wo ich an die Eiche komme, aus dem nächsten Gebüsch hervortritt! Welche Schande! Was würde er von mir denken?« Der schöne Baum war indessen schon lange das gewohnte Ziel ihrer einsamen Spaziergänge gewesen. Oft hatte sie sich auf seine riesigen Wurzeln gesetzt, die aus dem Rasenplatz aufragen und rings um den Stamm natürliche, von breitem Laubwerk überdachte Sitze bilden.

In der Nacht konnte Ernestine kaum ein Auge zutun. Anderntags steigt sie bereits fünf Uhr früh, als kaum die Morgenröte anbricht, auf die höchste Spitze des Schlosses. Ihre Augen suchen die hohe Eiche jenseits des Sees. Kaum hat sie sie erkannt, als sie regungslos, fast ohne zu atmen, verweilt. Ein von Leidenschaften erregtes Glücksgefühl tritt an Stelle der gegenstandslosen, in sich ruhenden Zufriedenheit der ersten Jugend.

Zehn Tage vergehen, Ernestine zählt die Tage! Nur ein einziges Mal erblickte sie den jungen Jäger; er ging auf den geliebten Baum zu und legte einen Strauß, den er trug, wie das erstemal nieder. – Der alte Graf von S… bemerkt, daß Ernestine ihre Zeit damit verbringt, einen Taubenschlag zu besorgen, den er in den Giebel des Schlosses eingebaut hat; hinter einem Fensterchen mit geschlossenem Laden sitzend, vermag sie den Wald über dem See in seiner ganzen Ausdehnung zu überblicken. Sie ist sicher, daß ihr Unbekannter sie nicht bemerken kann, und denkt nun ungehindert an ihn. Eine Vorstellung überfällt und quält sie besonders. Wenn er zu der Überzeugung gelangt, daß man seinen Strauß nicht beachtet, könnte er daraus folgern, man verschmähe seine Huldigung, die offenbar eine bloße Artigkeit ist; und wenn er das Herz auf dem rechten Fleck hat, werde er dann nie mehr erscheinen. Vier weitere Tage vergingen, aber mit welcher Langsamkeit! Am fünften Tage konnte das junge Mädchen, als es zufällig an der hohen Eiche vorüberkam, der Versuchung nicht widerstehen, einen Blick in die kleine Höhlung zu werfen, in die sie ihn die Sträuße hatte legen sehen. Sie war mit ihrer Erzieherin und hatte nichts zu befürchten. Ernestine erwartete, nur verwelkte Blumen zu finden; zu ihrer unaussprechlichen Freude bemerkte sie einen aus den seltensten und schönsten Blumen gebundenen Strauß. Er ist auffallend frisch, nicht ein Blatt ist welk. Kaum hat sie all das mit einem verstohlenen Blick und ohne ihre Erzieherin aus dem Gesicht zu verlieren bemerkt, als sie mit der Leichtigkeit einer Gazelle das ganze Gehölz hundert Schritte im Umkreis durchstreift. Sie entdeckt niemand. Sicher, daß sie nicht beobachtet werde, kehrt sie zur hohen Eiche zurück und getraut sich, den herrlichen Strauß mit Entzükken zu betrachten. O Himmel, da ist kaum sichtbar ein kleiner Zettel an der Schleife des Straußes befestigt.

»Was habt Ihr, liebe Ernestine?« sagt die Erzieherin, von dem leichten Schrei geängstigt, den diese Entdeckung dem Mädchen entriß. – »Nichts, liebe Freundin, ein Rebhuhn ist vor meinen Füßen aufgestoben.« Seit fünfzehn Jahren hatte Ernestine nicht mehr daran gedacht zu lügen. Sie nähert sich sachte dem reizenden Strauß; sie beugt den Kopf vor, und mit feuerroten Wangen liest sie das Zettelchen, ohne daß sie wagt, es zu berühren: »Seit einem Monat bringe ich jeden Morgen einen Strauß. Wird dieser Glück haben und bemerkt werden?«

Alles an diesem Briefchen ist entzückend. Die englische Schrift, mit der diese Worte geschrieben sind, hat eine äußerst gefällige Form. Seitdem sie vor vier Jahren Paris und das modernste Kloster in der Vorstadt Saint-Germain verließ, hat Ernestine nichts ebenso Hübsches gesehen. Auf einmal wird sie über und über rot. Sie gesellt sich wieder zu ihrer Gouvernante und dringt darauf, ins Schloß zurückzukehren. Um schneller dahin zu gelangen, schlägt sie, statt ins Tälchen hinabzugehen und den gewohnten Umweg um den See zu machen, den Pfad zu der kleinen Brücke ein, der geradeaus zum Schlosse führt. Sie wird nachdenklich. Sie nimmt sich vor, nicht mehr auf diese Seite zu kommen; denn schließlich wird ihr klar, daß jemand gewagt hat, so etwas wie ein Briefchen an sie zu richten. »Indessen war es nicht verschlossen«, sagt sie ganz leise zu sich. Von diesem Augenblick an ist ihr Leben von einer schrecklichen Bangnis beunruhigt. Warum doch! Darf sie ihren geliebten Baum nicht einmal aus der Ferne betrachten? Ihr Pflichtbewußtsein sträubt sich dagegen. »Wenn ich zum anderen Ufer des Sees hinübergehe«, sagt sie zu sich, »kann ich auf kein Versprechen bauen, das ich mir selbst gebe.« Als sie um acht Uhr hörte, wie der Pförtner das Gatter der kleinen Brücke verschloß, ein Geräusch, das ihr alle

Möglichkeit benahm, fiel ihr ein großer Stein vom Herzen; nun konnte sie nicht mehr gegen ihre Pflicht verstoßen, selbst wenn sie ihrer Schwachheit erliegen sollte.

Am folgenden Tag vermochte sie sich nicht aus einem dumpfen Brüten zu reißen. Sie sieht niedergeschlagen und bleich aus. Ihrem Onkel fällt das auf. Er läßt die Pferde vor die alte Berline spannen, man macht eine Fahrt durch die Umgegend und kommt bis an die Zufahrtsstraße zu dem Schloß der Frau Dayssin, das drei Meilen weiter liegt. Auf der Rückfahrt befiehlt der Graf von S..., bei dem kleinen Gehölz auf der anderen Seite des Sees zu halten. Die Berline fährt über den Anger weiter; er aber möchte die riesige Eiche aufsuchen, die er nie anders als den *Zeitgenossen Karls des Großen* nennt. »Der große Kaiser kann sie gesehen haben«, sagt er, »als er unser Bergland überquerte, um in die Lombardei zu ziehen und den König Desiderius zu unterwerfen.« Und die Vorstellung einer derart langen Lebensdauer scheint den fast achtzigjährigen Greis zu verjüngen. Ernestine vermag den Gedankenflügen ihres Onkels nicht zu folgen. Ihre Wangen glühen. So findet sie sich also doch bei der alten Eiche wieder. Sie hat sich vorgenommen, nicht in das kleine Versteck zu schauen. Doch einem inneren Triebe folgend und ohne sich dessen bewußt zu werden, wenden sich ihre Augen hin. Sie sieht den Strauß und erbleicht. Er ist aus dunkelfarbigen Rosen zusammengestellt. – »Ich bin ganz unglücklich, ich muß auf immer scheiden. Die ich liebe, geruht nicht, meine Huldigung zu beachten.« – Diese Worte stehen auf einem an dem Strauß befestigten Zettel. Ernestine hat sie gelesen, noch bevor sie Zeit fand, es sich zu verbieten. Sie fühlt sich so schwach, daß sie sich an den Baum lehnen muß, und alsbald zerfließt sie in Tränen. Am Abend sagt sie sich: »Er wird auf immer fortgehen, und ich werde ihn nicht mehr sehen!«

Am anderen Tag, als sie mit ihrem Onkel auf der Platanenallee längs des Sees wandelt, sieht sie in der hellichten Augustsonne am anderen Ufer den jungen Mann auf die hohe Eiche zugehen. Er nimmt seinen Strauß, wirft ihn in den See und verschwindet. Ernestine bildet sich ein, seine Bewegungen haben von Unmut gezeugt; bald zweifelt sie nicht mehr daran. Sie wundert sich, wie sie überhaupt nur einen Augenblick daran zweifeln konnte: es ist klar, er sieht sich verschmäht und will wegbleiben; nie wird sie ihn wiedersehen.

An diesem Tag fühlte man sich im Schloß, wo sie die einzige Quelle allen Frohsinnes war, sehr beunruhigt. Der Onkel verkündet, sie sei sehr unpäßlich. Totenblässe und eine gewisse Gespanntheit der Züge verstören das kindliche Gesicht, in dem sich noch unlängst die friedlichen Empfindungen der ersten Jugend widerspiegelten. Am Abend, zur Stunde des Spazierganges, wehrt sie nicht ab, als der Onkel sie zu dem Anger auf die andere Seite des Sees mitnimmt. Mit düsteren Augen und kaum verhaltenen Tränen blickt sie im Vorbeigehen in das kleine, drei Fuß über dem Boden befindliche Versteck, fest überzeugt, daß sie nichts vorfinde. Sie hat den Strauß zu gut ins Wasser fliegen sehen. Doch welche Überraschung! Sie entdeckt einen neuen. – »Seid so freundlich und nehmt aus Erbarmen mit meiner schrecklichen Traurigkeit die weiße Rose an.« Während sie diese unerwarteten Worte nochmals überflog, entnahm ihre Hand, ohne daß es ihr bewußt wurde, die weiße Rose, die mitten im Strauß stak. – »Er muß doch sehr unglücklich sein«, sagte sie vor sich hin. – In diesem Augenblick ruft ihr Onkel; sie folgt ihm, aber jetzt ist sie auf einmal glücklich. Sie nimmt die weiße Rose unter ihr Batisttüchlein, und der Batist ist so zart, daß sie während des weiteren Spazierganges die Farbe der Rose durch das dünne Gewebe hindurch erkennen kann. Ihr Taschentuch hielt sie derart, daß die kostbare Rose nicht welken konnte.

Kaum heimgekehrt, springt sie eilig die steile Stiege hinauf, die in ihr kleines Türmchen bei dem Vorsprung des Schlosses führt. Endlich kann sie wagen, diese anbetungswürdige Rose unbesorgt zu betrachten und ihre Blicke daran zu weiden, indessen süße Tränen ihren Augen entquellen.

Was wollen diese Tränen besagen? Ernestine weiß es nicht. Wenn sie das Gefühl enträtseln könnte, das jene Tränen zum Fließen bringt, hätte sie auch das Herz, die Rose zu opfern, die sie nun mit soviel Sorgfalt in einem Kristallglas auf ihr Mahagonitischchen stellt. Doch wird der Leser, falls er das Unglück haben sollte, schon älter als zwanzig Jahre zu sein, erraten, daß diese Tränen von keinem Schmerz herrühren, sondern die unmittelbare Wirkung einer unverhofften Aussicht auf ein großes Glück sind. Sie wollen sagen: »*Wie süß ist es, geliebt zu werden!*« – Das geschieht in einem Augenblick, wo Ernestines Empfindung in der Betroffenheit über das erste Wonnegefühl ihres Lebens betäubt wird, daß sie nämlich unrecht getan habe, die Blume anzunehmen. Nur ist sie noch nicht soweit gelangt, diesen Widerspruch zu erkennen und zu bereuen.

Wir, die wir uns weniger Täuschungen hingeben, erkennen die dritte Stufe in der Entstehung der Liebe: das Auftauchen der Hoffnung. Ernestine weiß nicht, daß ihr Herz, während sie die Rose betrachtet, zu sich spricht: »Jetzt hab' ich die Gewißheit, daß er mich liebt.«

Aber ist es denn möglich, daß Ernestine anfängt zu lieben? Setzt sie sich damit nicht über die Gebote des einfachsten Menschenverstandes hinweg? Wie! Sie hat diesen Mann, der ihr jetzt heiße Tränen entlockt, nicht öfter als dreimal gesehen. Und dann hat sie ihn nur über den

See hinweg, auf die große Entfernung von vielleicht fünfhundert Schritt, gesehen. Mehr noch: wenn er ihr ohne Flinte und Jagdrock begegnete, würde sie ihn vielleicht gar nicht erkennen. Sie weiß seinen Namen nicht, nicht, was er ist, und dennoch vergehen ihre Tage damit, daß sie leidenschaftliche Empfindungen nährt, die ich nur unvollständig wiedergeben kann; denn es fehlt mir an Raum, um einen ganzen Roman zu schreiben. Diese Empfindungen sind Variationen über ein und denselben Gedanken: »Welch Glück, geliebt zu sein!« Oder sie erheben jene andere ebenso bedeutsame Frage: »Darf ich mich in dem Glauben wiegen, wirklich geliebt zu werden? Sagt er etwa nur im Scherz, daß er mich liebt?« Obwohl sie ein Schloß besitzt, das von Lesdiguières erbaut wurde, und obwohl sie der Familie eines der wakkersten Genossen jenes berühmten Kronfeldherrn angehört, ist Ernestine gar nicht auf die andere Einwendung gekommen: »Vielleicht ist er der Sohn eines Bauern aus der Nachbarschaft.« Wie kam das? Sie lebte sehr einsam.

Gewiß, Ernestine war weit davon entfernt, die Natur der Gefühle zu erkennen, die ihr Herz bewegten. Wenn sie hätte voraussehen können, wohin diese sie führen sollten, hätte sie noch eine Möglichkeit gehabt, sich deren Gewalt zu entwinden. Eine junge Deutsche, eine Engländerin, eine Italienerin hätte gemerkt, daß es die Liebe ist; weil aber unsere weise Erziehung auf dem Standpunkt steht, den jungen Mädchen die Tatsache der Liebe zu unterschlagen, wurde Ernestine von dem, was in ihrem Herzen vorging, nur unerklärlich beunruhigt. Hätte sie gründlicher darüber nachgedacht, würde sie bloß das einfache Gefühl einer Freundlichkeit festgestellt haben. Sie hatte die eine Rose nur darum genommen, weil sie befürchtete, ihren neuen Freund, wenn sie anders täte, zu betrüben und zu verlieren. »Und außerdem«, würde sie sich nach wiederholter Überlegung gesagt haben, »darf man es nie an Artigkeit fehlen lassen.«

Ernestinens Herz wird von den heftigsten Gefühlen bestürmt. Vier Tage lang, die der jungen Einsiedlerin wie vier Jahrhunderte vorkommen, ist sie von einer unbeschreiblichen Furcht befallen; sie verläßt das Schloß nicht. Am fünften Tag fordert sie der Onkel, der sich immer mehr über ihre Gesundheit beunruhigt, auf, ihn in das Wäldchen zu begleiten. Sie sieht sich vor dem Schicksalsbaum stehen; sie liest auf dem kleinen im Strauß verborgenen Zettelchen: »Wenn Ihr geneigt seid, diese bunte Kamelie anzunehmen, bin ich am Sonntag in Eurer Dorfkirche.«

In der Kirche sah Ernestine einen äußerst schlicht gekleideten Mann von etwa fünfunddreißig Jahren. Sie bemerkte, daß er nicht einmal einen Orden trug. Er las, und indem er sein Stundenbuch auf eine bestimmte Weise hielt, konnte er seine Augen fast ununterbrochen ihr zuwenden. Das bedeutet, daß Ernestine während des ganzen Gottesdienstes außerstande war, irgendeinen Gedanken zu fassen. Sie ließ, als sie aus dem altertümlichen Herrschaftsgestühl trat, ihr Stundenbuch fallen und war beim Aufheben nahe daran, selbst hinzufallen. Sie wurde sehr rot wegen ihres Ungeschicks. »Er hat mich so linkisch gefunden«, sagte sie sogleich zu sich, »daß er sich schämen wird, mir seine Aufmerksamkeit zu schenken.« Und tatsächlich sah sie von dem Augenblick an, wo der kleine Unfall geschah, den Fremden nicht mehr. Vergebens hielt sie sich, nachdem sie in den Wagen eingestiegen war, damit auf, eine Anzahl Geldstücke an die kleinen Dorfjungen zu verteilen; sie konnte unter den Gruppen der Bauern und Bäuerinnen, die vor der Kirche schwatzten, den nicht entdecken, den sie während der Messe nicht zu betrachten gewagt. Ernestine, die bisher die Wahrhaftigkeit selbst war, behauptete, ihr Taschentuch vergessen zu haben. Ein Bedienter ging in die Kirche zurück, suchte das Tuch lange Zeit in dem Gestühl der Herrschaft und konnte es nicht finden. Aber die durch diese kleine List hervorgerufene Verzögerung war nutzlos; sie sah den Jäger nicht mehr. »Natürlich«, sprach sie zu sich, »Fräulein von C… sagte mir einmal, daß ich nicht hübsch sei und in den Augen etwas Herrisches, Abstoßendes habe; es fehlte mir nur noch Ungeschicklichkeit; er denkt sicherlich gering von mir.«

Trübe Gedanken erfüllten ihr Herz während der zwei oder drei Besuche, die ihr Onkel vor der Rückfahrt ins Schloß noch abstattete.

Kaum heimgekehrt, gegen vier Uhr, eilte sie der Platanenallee am Seeufer zu. Das Gatter nach der Straße hin war verschlossen, weil Sonntag war. Glücklicherweise sah sie einen Gärtner. Sie rief ihn und bat ihn, das Boot flottzumachen und auf die andere Seite des Sees überzusetzen. Sie ging hundert Schritt vor der hohen Eiche an Land. Das Boot ruderte weiter und hielt sich zu ihrer Beruhigung immer in der Nähe. Die unteren, fast waagerechten Äste der gewaltigen Eiche reichten beinahe bis an den See. Mit festen Schritten und einer Art finster entschlossener Kaltblütigkeit schritt sie auf den Baum zu, gerade, als ob sie in den Tod ginge. Sie war überzeugt, in dem Versteck nichts zu finden; wirklich sah sie allein eine verwelkte Blume, die zu dem gestrigen Strauß gehört hatte. – »Wenn er zufrieden mit mir gewesen wäre, hätte er nicht versäumt, sich durch einen Strauß zu bedanken.«

Sie ließ sich ins Schloß zurückrudern, eilte die Treppe hoch und brach, als sie in ihrem Gemach war und sich vor Überraschung sicher wußte, in Tränen aus. »Fräulein C… hat ganz recht«, sagte sie für sich, »um mich hübsch zu finden, muß man fünfhundert Schritt entfernt sein. Weil in diesem freigesinnten Lande mein Onkel niemand anders zu Gesicht bekommt als Bauern und Pfarrer, werden wohl meine Manieren irgendwelche Ungeschliffenheiten angenommen haben, vielleicht sogar Derbheiten. Ich habe in meinen Augen einen herrischen, abstoßenden Zug.« – Sie geht an ihren Spiegel, um diese Augen zu betrachten; sie findet sie von einem tiefen, in Tränen schwimmenden Blau. – »Im gegenwärtigen Augenblick«, so meint sie, »kann ich dieses herrische Aussehen nicht haben, deswegen ich niemandem gefalle.«

Es läutete zum Essen; mit vieler Mühe trocknete sie ihre Tränen. Endlich kam sie ins Gesellschaftszimmer. Sie fand hier Herrn Villars vor, einen alten Botaniker, der sich jedes Jahr einstellte, um bei Herrn von S... eine Zeitlang zu weilen, zum großen Kummer von dessen zur Verwalterin aufgestiegener Bonne, die während dieser Zeit ihren Platz an der Tafel des Herrn Grafen aufgeben mußte. Alles verlief sehr günstig, bis der Champagner kam. Man stellte den Kühleimer neben Ernestine. Das Eis war schon ganz zerschmolzen. Sie rief einen Bedienten und sagte zu ihm: »Bringt frisches Wasser und tut Eis hinein, schnell!« – »Das war ein klein wenig befehlshaberisch gesprochen, was dir sehr gut steht«, sagte lachend der gute Großonkel. Bei dem Wort *befehlshaberisch* stiegen Ernestine die Tränen so heftig in die Augen, daß sie es nicht verbergen konnte. Sie war genötigt, das Zimmer zu verlassen, und als sie die Tür schloß, hörte man, wie ein Schluchzen sie erstickte. Die Alten blieben verdutzt sitzen.

Zwei Tage später kam sie an der hohen Eiche vorüber. Sie trat näher und blickte in das Versteck, gleichsam um den Fleck wiederzusehen, der sie so glücklich gemacht hatte. Wie groß war ihre Überraschung, als sie zwei Sträuße darin fand! Sie nahm sie mitsamt den kleinen Papierchen, hüllte sie in ihr Taschentuch und lief ins

Schloß zurück, ohne daran zu denken, ob der Unbekannte etwa verborgen im Gehölz nicht ihr Treiben könne beobachten, eine Vorstellung, die sie bisher noch nie außer acht gelassen hatte. Ganz atemlos und unfähig weiterzulaufen, hielt sie in der Mitte des Weges ein. Kaum zu Atem gekommen, fing sie wieder mit größter Hast zu laufen an. Endlich fand sie sich in ihrem kleinen Zimmer. Sie nahm die Sträuße aus dem Taschentuch und begann, ohne die kleinen Zettel zu lesen, ihre Sträuße mit Ungestüm zu küssen, eine Aufwallung, die sie, wenn sie sich dabei hätte beobachten können, erröten gemacht hätte. »Oh, nie will ich herrisch erscheinen«, sagte sie vor sich hin, »ich werde mich bessern.«

Nachdem sie endlich den schönen, aus den seltensten Blumen zusammengestellten Sträußen ihre ganze Zärtlichkeit genugsam erwiesen hatte, las sie die Briefchen. (Ein Mann würde damit begonnen haben.) Der erste, der mit Sonntag, fünf Uhr, datiert war, besagte: »Ich mußte mir das Vergnügen versagen, Euch nach dem Gottesdienst zu sehen; ich wäre nicht allein gewesen, und ich fürchtete, daß man meinen Augen die Liebe ansehen werde, mit der ich für Euch brenne.« – Sie las die Worte *»Liebe, mit der ich für Euch brenne«* dreimal, danach erhob sie sich, um vor ihrem Ankleidespiegel zu prüfen, ob sie ein herrisches Aussehen habe. Sie las weiter: *»mit der ich für Euch brenne.* Wenn Euer Herz frei ist, so habt die Gewogenheit, dies Briefchen zu vernichten, es könnte uns bloßstellen.«

Der zweite Brief war vom Montag, mit Blei und sogar ziemlich schlecht geschrieben; aber Ernestine befand sich nicht mehr in dem Stadium, wo die hübsche englische Handschrift ihres Unbekannten ihre ganze Augenweide war; sie wurde von Gewichtigerem bewegt, als daß sie auf solche Nebensachen hätte achten können. »Ich bin hierhergekommen und fühlte mich schon glücklich, weil jemand mir von Euch erzählt hatte. Man sagte mir, daß Ihr gestern über den See gefahren seid. Ich sehe nun, daß Ihr Euch nicht herbeigelassen habt, den Brief anzunehmen, den ich hier ließ. Damit ist mein Los entschieden. Ihr liebt, aber nicht mich. Es war in meinem Alter Wahnsinn, meine Zuneigung einem Mädchen wie Euch zuzuwenden. Lebt wohl für immer! Ich will dem Unglück, Euch allzulange mit einer in Euren Augen wahrscheinlich lächerlichen Leidenschaft verfolgt zu haben, nicht das andre hinzufügen, daß ich Euch lästig falle.» – »*Mit einer Leidenschaft!*« spricht Ernestine und hebt die Augen zum Himmel empor. Dieser Augenblick war wonnig. Das junge, durch Schönheit ausgezeichnete, in seiner Jugendblüte stehende Mädchen brach in Entzükken aus: »Er hält mich seiner Liebe wert. O mein Gott! Wie bin ich glücklich!« Sie fiel vor einer anmutigen, von einem ihrer Vorfahren aus Italien mitgebrachten Madonna von Carlo Dolci auf die Knie. – »O ja! Ich will gut und recht sein!« rief sie mit Tränen in den Augen aus. »Mein Gott, habe nur die Gnade, mir meine Fehler anzuzeigen, damit ich mich bessern kann; jetzt vermag ich alles.«

Sie erhob sich aufs neue und las den Brief zwanzigmal. Der zweite besonders stürzte sie in einen Glückstaumel. Sofort entdeckte sie eine Wahrheit, die schon längst in ihrem Herzen feststand: daß sie nämlich nie zu einem Manne unter vierzig Jahren Zuneigung empfinden könnte. (Der Unbekannte sprach von seinem Alter.) Sie erinnerte sich, daß er ihr in der Kirche, weil sein Haar etwas licht war, den Eindruck eines Vier- oder Fünfunddreißigjährigen machte. Aber sie konnte es nicht genau sagen, sie hatte ja kaum gewagt, ihn anzublicken! Und sie war so verwirrt! In der Nacht schloß Ernestine kein Auge. Noch nie in ihrem ganzen Leben hatte sie geahnt, daß ein solches Glück möglich sei. Einmal stand sie auf und schrieb auf englisch in ihr Stundenbuch: »*Nie herrisch sein*. Ich tue dies Gelübde am 30. September 18...«

In dieser Nacht befestigte sie sich immer mehr in der Gewißheit, daß man unmöglich einen Mann unter vierzig Jahren lieben könne. Bei dem dauernden Nachsinnen über die guten Eigenschaften ihres Unbekannten kam ihr der Gedanke, daß er außer dem Vorzug, vierzig Jahre alt zu sein, möglicherweise auch noch den der Armut habe. Er war in der Kirche so schlicht gekleidet, daß er zweifellos arm sein mußte. Nichts konnte ihrer Freude über diese Entdeckung gleichkommen. »Er wird nie das dumme, läppische Gehabe unserer Freunde, der Herren Soundso, haben, mit dem sie zu Sankt Hubertus auftreten, meinem Onkel die Aufwartung machen, seine Rehböcke schießen und von den Heldentaten ihrer Jugend erzählen, ohne darum gebeten zu sein.

Ist es möglich, großer Gott! Sollte er arm sein? In diesem Falle wäre mein Glück vollkommen!« Sie stand ein zweites Mal auf, um die Kerze ihres Nachtleuchters anzuzünden und den Überschlag ihres Vermögens hervorzusuchen, den einmal ein Vetter in eins ihrer Bücher eingetragen hatte. Sie errechnete einen Betrag von siebzehntausend Pfund Rente im Falle ihrer Verheiratung und für später einmal vierzig- oder fünfzigtausend. Wie sie über diese Ziffer nachsann, schlug es vier Uhr. Sie fuhr zusammen: »Vielleicht dämmert es schon, so daß ich meinen geliebten Baum sehen kann.« Sie öffnete die Läden. Wirklich erkannte sie die hohe Eiche mit ihrem düsteren Wipfel, doch nur dank dem Mondenschein, denn die ersten Strahlen des jungen Morgens ließen noch lange auf sich warten.

Früh beim Ankleiden sagte sie vor sich hin: »Es schickt sich nicht, daß die Freundin eines Mannes von vierzig Jahren sich wie ein Kind anzieht.« Und eine ganze

Stunde kramte sie aus ihren Schränken ein Kleid, einen Hut, einen Gürtel hervor, die eine so wunderliche Zusammenstellung ergaben, daß, als sie im Eßzimmer erschien, ihr Onkel, ihre Erzieherin und der alte Botaniker ein schallendes Gelächter nicht unterdrücken konnten. »Komm doch näher«, sagte der greise Graf von S..., ein alter Ritter vom heiligen Ludwig, verwundet bei Quiberon. »Komm her, meine Ernestine. Du bist angezogen, als wolltest du dich heute zu einer Frau von vierzig Jahren herausputzen.« Bei diesen Worten errötete sie, und ein strahlendes Glück spiegelte sich im Antlitz des jungen Mädchens wider. »Gott sei mir gnädig!« sagte der gute Onkel am Ende des Mahles, »das gilt sicher eine Wette; ist es nicht wahr, lieber Herr, hatte Ernestine diesen Morgen nicht völlig das Gehaben einer dreißigjährigen Frau? Sie besitzt überhaupt eine etwas altkluge Art, zu den Dienstboten zu sprechen, die mich, weil sie so komisch ist, entzückt; ich habe sie zwei- oder dreimal auf die Probe gestellt, um mich zu vergewissern.« Diese Bemerkung verdoppelte Ernestines Glück, wenn man das von einer Seligkeit sagen kann, die bereits ihren Gipfel erreicht hat.

Nur mit Mühe vermochte sie sich nach Tische von der Gesellschaft loszulösen. Ihr Onkel und der pflanzenkundige Freund wurden nicht müde, sie mit ihrer ältlichen Aufmachung zu necken. Sie ging in ihr Zimmer und sah zur Eiche hinüber. Zum erstenmal nach zwanzig Stunden zog jetzt ein Wolkenschatten über ihr Glück, ohne daß sie sich Rechenschaft über diesen jähen Wechsel geben konnte. Was ihre Wonne dämpfte, der sie sich von jenem Augenblick an überlassen hatte, als sie, von Verzweiflung erfüllt, die Sträuße in dem Baum fand, war jetzt die Frage, die sie sich stellte: »Wie muß ich mich gegen meinen Freund verhalten, damit er mir seine Verehrung bewahrt? Ein Mann mit so viel Geist, der dazu den

Vorzug hat, vierzig Jahre zu zählen, wird sehr streng denken. Seine Hochachtung für mich wird sofort schwinden, wenn ich einen falschen Schritt tue.«

Als Ernestine dies Selbstgespräch führte, in einer Verfassung, die für ernsthafte Überlegungen eines jungen Mädchens vor dem Ankleidespiegel besonders geeignet war, bemerkte sie mit Erschrecken und Überraschung, daß an ihrem Gürtel sich ein goldner Haken mit kleinen Ketten befand, an denen Fingerhut, Schere und ihr kleines Nadelbüchschen hingen, entzückende Kostbarkeiten, die sie noch unlängst nicht oft genug bewundern konnte und die ihr der Onkel an ihrem Namenstag vor kaum vierzehn Tagen geschenkt hatte. Sie betrachtete dieses Wertstück deshalb mit Schrecken und tat es mit großer Hast beiseite, weil sie sich entsann, wie ihre Bonne erzählt hatte, es habe achthundertundfünfzig Franken gekostet und sei beim ersten Juwelier von Paris – er hieß Laurençot – gekauft. »Was soll mein Freund von mir denken, er, der sich durch Armut auszeichnet, wenn er bei mir ein Schmuckstück von so unglaublichem Preis sähe? Wie widersinnig, haushälterische Neigungen auf eine solche Weise zu betonen! Denn das wollen doch diese Schere, dieses Büchschen, dieser Fingerhut sagen, die man beständig bei sich führt. Und die gute Haushälterin denkt nicht daran, daß ein solches Wertstück jedes Jahr die Zinsen seines Preises verzehrt.« Sie begann sogleich ernsthaft nachzurechnen und fand, daß das Schmuckstück jährlich auf hundertfünfzig Franken zu stehen komme.

Diese schöne hauswirtschaftliche Überlegung, die Ernestine der sehr eingehenden Unterrichtung durch einen politischen Verschwörer verdankte, der sich einige Jahre im Schlosse ihres Onkels verborgen gehalten hatte – diese Überlegung verlagerte aber lediglich die Schwierigkeit. Wenn sie ein Wertstück von so unglaublichem

Preis in ihre Kommode einschloß, war sie genötigt, die andere verfängliche Frage aufzuwerfen: Was muß man tun, um die Verehrung eines geistig so hochstehenden Mannes nicht zu verlieren?

Ernestines Grübeleien (die der Leser wahrscheinlich schon als einfach die fünfte Stufe in der Entwicklung der Liebe erkannt hat) könnten uns zu sehr großen Abschweifungen verleiten. Dieses junge Mädchen besaß klaren, scharfen und wie die Luft ihrer Berge so lebhaften Verstand. Ihr Onkel, der einst Geist besaß und ihn bei den zwei oder drei Dingen immer noch bewies, die ihn seit jeher interessierten – ihr Onkel hatte beobachtet, daß sie ohne weiteres alle aus einer Idee entspringenden Folgerungen zu übersehen vermochte. Der gute Alte pflegte, wenn er gut gelaunt war – und die Erzieherin wußte, wann diese Laune drauflossteuerte –, er pflegte, sage ich, seine Ernestine mit ihrem »*militärischen Scharfblick*«, wie er es nannte, aufzuziehen. Wahrscheinlich hat ihr gerade diese Fähigkeit später, als sie in der Gesellschaft auftrat und auffiel, zu einer so glänzenden Rolle verholfen. In der Zeit jedoch, von der hier die Rede ist, verheddertte sich Ernestine mit ihren Beweisführungen vollständig. Zwanzigmal war sie entschlossen, nicht mehr in die Nähe des Baumes zu gehen: »Eine einzige Unbesonnenheit«, sagte sie sich, »die nach Backfischstreichen aussieht, kann mir die Schätzung meines Freundes verscherzen.« Aber trotz der spitzfindigsten Beweisgründe, auf die sie ihre ganze Geisteskraft verwandte, gelang ihr nicht mehr die schwere Kunst, ihre Leidenschaften durch den Verstand zu beherrschen. Die Liebe, von der das arme Kind in seinem Unterbewußtsein getrieben wurde, durchkreuzte alle ihre Überlegungen und überredete sie nur zu bald – glücklicherweise –, sich zu dem Schicksalsbaum zu begeben. Nach wiederholtem Zaudern war sie mit ihrer Kammerfrau gegen ein Uhr dort.

Sie trennte sich von dieser und ging strahlend vor Freude zu dem Baum hin, die arme Kleine. Sie schien über den Rasen nicht zu laufen, sondern zu fliegen. Der alte Botaniker, der an dem Spaziergang teilnahm, machte, als sie von ihnen forteilte, die Kammerfrau darauf aufmerksam.

Die ganze Glückseligkeit Ernestines verflog in einem einzigen Augenblick. Nicht etwa, daß sie keinen Strauß in der Baumhöhlung gefunden hätte; er war wunderschön und ganz frisch, was ihr zunächst lebhafte Freude bereitete. Es konnte also nicht lange her sein, daß ihr Freund genau an derselben Stelle gestanden wie sie. Sie sah sich um nach den Spuren seiner Tritte auf dem Rasen. Des weiteren entzückte sie, daß an Stelle eines einfachen beschriebenen Zettels ein Brief dalag, und zwar ein langer Brief. Sie überflog ihn bis zur Unterschrift, denn sie verlangte schnell seinen Rufnamen zu wissen. Sie las, und da entfiel der Brief samt dem Strauß ihren Händen. Ein Todeschauer überlief sie. Sie hatte am Ende des Briefes den Namen Philipp Astézan gelesen. Nun aber war Herr Astézan auf dem Schlosse des Herrn von S... bekannt als der Liebhaber der Frau Dayssin, einer sehr reichen, sehr eleganten Pariserin, die jedes Jahr die Provinz in Aufruhr versetzte, indem sie sich erdreistete, vier Monate mit einem Manne auf ihrem Schlosse zu verbringen, mit dem sie nicht verheiratet war. Um den Schmerz voll zu machen, war sie Witwe, jung, hübsch und konnte Herrn Astèzan heiraten. Alle diese betrüblichen Tatsachen, die so, wie wir sie erzählen, auf Wahrheit beruhen, traten jedoch in den Unterhaltungen jener armseligen Käuze stark verzerrt zutage, die, wenn sie bisweilen auf den alten Edelsitz von Ernestines Großonkel zu Besuch kamen, ohne Nachsicht über alle jugendlichen Irrungen herzogen. Niemals wurde in wenigen Sekunden ein so reines, jauchzendes Glück – es war das erste in Ernestines

Leben – verwandelt in einen so schmerzlichen, hoffnungslosen Jammer. »Der Grausame! Er wollte sein Spiel mit mir treiben«, sagte sie sich. »Er wollte bei seinen Jagdgängen ein Ziel haben und den Kopf eines kleinen Mädchens verdrehen, vielleicht absichtlich und zu Madame Dayssins Ergötzen. Und ich dachte daran, ihn zu heiraten! Welche Kinderei! Welche vollkommene Demütigung!« Während sie noch diesen jammervollen Gedanken nachhing, sank Ernestine ohnmächtig neben dem schicksalhaften Baum nieder, nach welchem sie drei Monate lang so oft ausgeschaut hatte. Etwa eine halbe Stunde später fanden die Kammerfrau und der alte Botaniker sie hier reglos liegen. Um das Unglück voll zu machen, bemerkte Ernestine, als man sie wieder zum Bewußtsein gebracht hatte, zu ihren Füßen den Brief Astézans mit der Unterschriftseite nach oben so daliegen, daß man ihn lesen konnte. Blitzschnell sprang sie auf und setzte ihren Fuß auf den Brief.

Sie gab eine Erklärung für ihren Unfall und konnte den verhängnisvollen Brief aufheben. Eine ganze Weile hatte sie keine Möglichkeit, ihn zu lesen, denn die Erzieherin nötigte sie zum Sitzen und wich nicht von ihrer Seite. Der Botaniker rief einen auf den Feldern beschäftigten Arbeiter herbei und beauftragte ihn, den Wagen aus dem Schloß herzuschicken. Ernestine tat, um sich an den Erörterungen über ihren Unfall nicht beteiligen zu müssen, als ob sie nicht sprechen könne; sie nahm einen schrecklichen Kopfschmerz zum Vorwand und drückte das Taschentuch vor ihre Augen. Der Wagen kam. Als sie darin untergebracht und nun erst recht sich selbst überlassen war – die ganze Zeit, die der Wagen zur Fahrt ins Schloß brauchte –, wurde ihre Seele von einem unbeschreiblichen Schmerz zerrissen und bis auf den Grund aufgewühlt. Das Schrecklichste an ihrem Zustand war der Zwang, sich selbst verachten zu müssen. Der verhängnisvolle Brief, den sie durch ihr Taschentuch fühlte, brannte sie in der Hand. Es wurde Nacht, während man ins Schloß zurückfuhr; sie durfte nun ihre Augen aufschlagen, ohne daß man sie beobachten konnte. Der Anblick der funkelnden Sterne in dieser schönen südfranzösischen Nacht tröstete sie ein wenig. Sie suchte sich über die Folgen dieses Tumultes ihrer Leidenschaft klarzuwerden, aber in der Einfalt ihrer Jugend war sie außerstande, sich Rechenschaft abzulegen. Beim ersten Zusichkommen nach zwei Stunden des wildesten Seelenschmerzes faßte Ernestine einen mutigen Entschluß: »Ich will diesen Brief, von dem ich nur die Unterschrift gesehen habe, nicht lesen; ich verbrenne ihn«, sagte sie zu sich, als sie im Schloß war. Nun konnte sie wenigstens vor ihrer Entschlossenheit wieder Achtung haben; denn die Liebe, wiewohl anscheinend überwunden, verwand doch nicht, Partei zu ergreifen und ihr leise zuzuflüstern, daß dieser Brief vielleicht auf befriedigende Weise die Beziehungen des Herrn Astézan zu Madame Dayssin aufklären könnte.

Sobald Ernestine in den Salon kam, warf sie den Brief ins Feuer. Am anderen Tage begann sie morgens acht Uhr Klavier zu üben, was sie seit zwei Monaten sehr vernachlässigt hatte. Sie nahm wieder die von Petitot herausgegebene Sammlung »Denkwürdigkeiten aus der französischen Geschichte« vor und begann lange Auszüge aus den Erinnerungen Montlucs des Blutigen anzufertigen. Sie brachte es dahin, daß ihr der alte Botaniker einen Kursus in der Naturgeschichte vorschlug. Nach vierzehn Tagen konnte sich der brave, an Einfalt seinen Pflanzen gleichende Mann gar nicht beruhigen über den staunenswerten Fleiß, den er bei seiner Schülerin entdeckte; er war völlig überrascht davon. Ihr jedoch blieb alles gleichgültig; alle ihre Gedanken mündeten in Verzweiflung. Der Onkel war höchst beunruhigt: Ernestine magerte sichtlich ab. Als sie zufällig eine kleine Erkältung bekam, sah sie der gute Greis, der sich nicht wie die meisten seines Alters darauf beschränkte, nur Anteil an den Dingen des Lebens zu nehmen, die ihn selbst betrafen, schon an der Lunge erkrankt. Ernestine glaubte es selbst, und sie verdankte dieser Vorstellung die einzigen erträglichen Augenblicke, die sie in dieser Zeit hatte; die Hoffnung, bald zu sterben, ermöglichte ihr, das Leben ohne Ungeduld zu ertragen.

Während eines ganzen langen Monats hatte sie keine anderen als schmerzliche Empfindungen, und diese um so tiefer, als sie aus ihrer Selbstverachtung entsprangen. Weil ihr nichts mehr am Leben gelegen war, gewährte es ihr auch keinen Trost, sich zu sagen, daß niemand auf der Welt ahnen könne, was in ihrem Herzen vorgegangen, und daß der grausame Mann, der ihr Herz so sehr besaß, wahrscheinlich nicht den hundertsten Teil dessen erraten habe, was sie für ihn fühlte. Trotz ihres Elends mangelte es ihr nicht an Mut; es fiel ihr nicht schwer, zwei Briefe ungelesen ins Feuer zu werfen, in deren Adresse sie die unselige englische Hand erkannte.

Sie hatte sich geschworen, nie wieder nach der Wiese jenseits des Sees zu schauen. Im Salon wandte sie keinen Blick zu den Fenstern, die nach jener Seite hinausgingen. Eines Tages – es mochten etwa sechs Wochen vergangen sein, daß sie den Namen Philipp Astézan las – kam ihr Naturgeschichtslehrer, der gute Herr Villars, auf den Einfall, sie über Wasserpflanzen zu unterrichten. Er stieg mit ihr ins Boot und ließ sich an das Ende des Sees rudern, wo das Tälchen beginnt. Als Ernestine den Fuß ins Boot setzte, gab ihr ein unwillkürlicher Seitenblick die Beruhigung, daß sich niemand bei der hohen Eiche aufhielt. Sie konnte schwerlich bemerken, daß ein Teil der Baumrinde von einem helleren Grau war als das übrige. Als sie nach dem Unterricht zwei Stunden später wieder

an der hohen Eiche vorüberkam, stellte sie erschaudernd
fest, daß, was ihr als zur Baumrinde gehörig erschienen, der Jagdrock Philipps von Astézan war, der seit
zwei Stunden reglos auf einer Wurzel der Eiche sitzend
verharrt hatte, als wäre er tot. Indem sie diesen Vergleich
noch bei sich anstellte, bediente sich ihr Geist schon der
Worte: *als wäre er tot;* es durchfuhr sie. »Wenn er tot
wäre, ist es doch nicht mehr ganz ungehörig, daß ich
mich so sehr mit ihm befasse.« Diese Vorstellung gab ihr
auf ein paar Minuten den Vorwand, sich beim Anblick
der geliebten Person ihrer überwallenden Liebe zu überlassen.

Jene Entdeckung verwirrte sie sehr. Am Abend des folgenden Tages bat sich ein Pastor aus der Nachbarschaft,
der zu Besuch auf dem Schlosse war, beim Grafen von
S... den »Ratgeber« zu leihen aus. Während der alte
Kammerdiener aus der Bibliothek den Packen der Zeitung vom laufenden Monat holte, sagte der Graf: »Aber
Pastor, Ihr seid dieses Jahr gar nicht neugierig, es ist das
erstemal, daß Ihr mich um den ›Ratgeber‹ fragt!« – »Herr
Graf«, erwiderte der Pfarrer, »Madame Dayssin, meine
Nachbarin, hat ihn mir geliehen, solange sie hier war;
aber sie ist vor vierzehn Tagen abgereist.«

Diese belanglosen Worte riefen einen solchen Aufruhr in
Ernestine hervor, daß sie fürchtete, in Ohnmacht zu sin-
ken. Sie spürte, wie ihr Herz bei den Worten des Pfarrers
zusammenzuckte, was sie als tiefe Demütigung empfand. »Ach«, sagte sie zu sich, »so gut ist es mir gelungen,
ihn zu vergessen!«

An diesem Abend kam sie zum erstenmal seit langer Zeit
ein Lächeln an. »Dennoch«, sagte sie sich, »ist er auf dem
Land geblieben, hundertfünfzig Meilen von Paris entfernt, er hat Madame Dayssin allein abreisen lassen.«
Sein regloses Verharren auf den Eichwurzeln kam ihr in
den Sinn, und sie duldete, daß ihre Gedanken dabei ver-

weilten. Ihr ganzes Glück bestand seit einem Monat darin, daß sie sich überredete, lungenkrank zu sein; am nächsten Tag überraschte sie sich bei der Überlegung, daß die Abende, da der Schnee schon die Gipfel der Berge zu bedecken beginne, bereits recht kühl seien; sie bedachte, daß es klug wäre, wärmere Kleider anzuziehen. Eine andere hätte diese Vorsorge wohl auch getroffen, Ernestine dachte erst nach den Worten des Pfarrers daran.

Der Sankt-Hubertus-Tag nahte und damit das einzige große Festessen, welches während eines ganzen Jahres auf dem Schlosse veranstaltet wurde. Man schaffte Ernestines Klavier in den Salon hinunter. Als sie tags darauf den Deckel hochschlug, fand sie auf den Tasten ein Stück Papier, das die folgenden Worte enthielt:

»Schreit um Gottes willen nicht auf, wenn Ihr mich bemerkt!«

Die Worte waren so kurz, daß sie sie gelesen hatte, bevor sie noch die Hand des Schreibers erkannte: die Schrift war verstellt: Wenn Ernestine nicht zufällig oder durch die Bergluft der Dauphiné ein starkes Herz besessen hätte, würde sie sich sicherlich schon auf die Worte des Pfarrers von der Abreise der Madame Dayssin hin in ihr Zimmer eingeschlossen haben und erst nach dem Feste wieder erschienen sein.

Am übernächsten Tage fand der große jährliche Sankt-Hubertus-Schmaus statt. Bei Tische machte Ernestine, ihrem Onkel gegenübersitzend, die Gastgeberin. Sie hatte sich mit viel Eleganz gekleidet. Die Tafel stellte eine ziemlich vollständige Versammlung der Pastoren und Gemeindevorsteher aus der Umgegend vor, ferner waren fünf oder sechs Laffen aus der Provinz dabei, die nur von sich und ihren Heldentaten im Kriege, auf der Jagd und sogar in der Liebe sprachen und vor allem von dem Alter ihrer Ahnen. Aber noch nie war ihr Ärger so

groß gewesen, daß sie gar keinen Eindruck auf die Erbin
des Schlosses machten. Die Totenblässe im Verein mit
der Schönheit ihrer Gesichtsbildung gab ihr beinahe einen Zug von Verachtung. Die Gecken, die mit ihr ins
Gespräch zu kommen suchten, wagten nur schüchtern
ein paar Worte. Sie machte jedoch keine Miene, darauf
einzugehen.
Zunächst verlief das Festmahl, ohne daß ihr etwas Un-
gewöhnliches auffiel. Sie wollte schon aufatmen, als sie
gegen Ende des Schmauses aufblickte und den Augen eines gegenübersitzenden Bauern in reifem Alter begegnete, welcher der Knecht eines Gemeindeältesten von den
Ufern des Drac zu sein schien. Sie spürte dieselbe eigenartige Erregung in der Brust, die schon die Worte des
Pfarrers hervorgerufen hatten; indessen war sie ihrer Sache nicht sicher. Dieser Bauer glich Philipp in keiner
Weise. Sie wagte ihn ein zweites Mal zu betrachten; nun
hatte sie keinen Zweifel mehr, daß er es war. Er hatte sich
verkleidet, um mit Fleiß recht unansehnlich zu erscheinen.
Es wird Zeit, etwas über Philipp Astézan zu sagen; denn
sein Verhalten hier ist typisch für einen Verliebten, und
ich glaube, wir finden in seiner Geschichte die Theorie
von den sieben Phasen der Liebe bestätigt. Als er vor
etwa fünf Monaten mit Madame Dayssin aufs Schloß
Lafrey gekommen war, gebrauchte einer von den Pastoren, die sie, um dem Klerus zu schmeicheln, bei sich empfing, einen ganz allerliebsten Ausspruch. Philipp, erstaunt, etwas so Geistreiches aus dem Munde eines solchen Menschen zu hören, fragte ihn, wer dieses einzigartige Wort geprägt habe. »Die Nichte des Grafen von
S…«, antwortete der Pfarrer, »ein Mädchen, das einmal
sehr reich wird, dem man aber eine sehr schlechte Erziehung angedeihen läßt. Es vergeht kein Jahr, wo sie nicht
aus Paris eine Kiste mit Büchern bekommt. Ich fürchte,

daß es mit ihr ein böses Ende nehmen und daß sie nicht einmal zum Heiraten kommen wird. Wer möchte sich eine solche Frau aufhalsen?« usw.

Philipp fragte weiter, und der Pfarrer konnte nicht umhin, der seltenen Schönheit Ernestines wegen, die ihr gewiß noch zum Verderb werde, sein Bedauern auszusprechen. Er beschrieb die Gleichförmigkeit des Lebens, das man im Schloß des Grafen führte, so getreu, daß Madame Dayssin ausrief: »Oh, macht's gnädig, Herr Pfarrer, und hört auf! Ihr verleidet mir sonst noch Eure schönen Berge.« – »Wie sollte man ein Land nicht mehr lieben können, dem man soviel Gutes getan hat«, erwiderte der Geistliche. »Und das Geld, das uns Madame geschenkt hat, damit wir die dritte Glocke für unsere Kirche kaufen können, gibt die Gewißheit...« Philipp hörte nicht mehr hin, er dachte über Ernestine nach und was in dem Herzen eines jungen Mädchens vorgehen müsse, welches auf ein Schloß verbannt ist, das sogar einem Landpfarrer langweilig vorkommt. »Ich muß ihr eine Freude bereiten«, sagte er zu sich selbst, »ich will ihr auf eine romanhafte Weise den Hof machen; das wird das arme Kind auf andere Gedanken bringen.« Am folgenden Tag jagte er auf der Seite des gräflichen Schlosses; er sah das durch den See vom Schloß getrennte Wäldchen liegen. Er kam auf den Gedanken, Ernestine seine Huldigung durch einen Strauß darzubringen; wir wissen bereits, was mit den Sträußen und den Briefchen geschah. Wenn er in der Nähe der hohen Eiche auf der Jagd war, legte er die Blumen selbst nieder, an den anderen Tagen schickte er seinen Diener. Philipp tat dies alles aus Menschenfreundlichkeit. Er hatte nicht einmal das Verlangen, Ernestine zu sehen. Es wäre zu umständlich und zu langweilig gewesen, sich bei ihrem Onkel einführen zu lassen. Als Philipp Ernestine in der Kirche sah, war sein erster Gedanke, daß er wohl zu alt wäre, um einem jungen Mädchen von achtzehn oder zwanzig Jahren zu gefallen. Er war betroffen von der Schönheit ihrer Gesichtszüge und besonders von einer gewissen edlen Einfalt, die über ihrer Erscheinung ruhte. »Es liegt etwas Aufrichtiges in ihrem Wesen«, sagte er zu sich; einen Augenblick danach erschien sie ihm reizend. Als er sah, wie sie beim Verlassen des Herrschaftsgestühles ihr Stundenbuch fallen ließ und es dann mit einer so liebenswerten Ungeschicklichkeit aufhob, träumte er von Liebe, denn er hoffte bereits. Er blieb in der Kirche, als sie hinausging. Er trug gewisse Bedenken wegen einer Tatsache, die für einen, der sich zu verlieben beginnt, nicht gerade erfreulich sein kann: er war fünfunddreißig Jahre alt, und seine Haare begannen sich zu lichten, was ihm wohl nach Doktor Gall zu einer schönen Stirn verhalf, aber ihn dafür gewiß noch um drei oder vier Jahre älter machte. »Wenn nicht schon beim ersten Anblick alles verloren war, weil ich so alt bin«, sagte er sich, »so wird sie an meinem Verstand zweifeln, weil er sein Alter vergessen konnte.«

Er trat an ein kleines gotisches Fenster, das auf den Kirchplatz ging; er sah Ernestine in den Wagen steigen, er entdeckte eine entzückende Figur, reizende Füße. Sie teilte Almosen aus, und es schien ihm, als ob ihre Augen jemanden suchten. »Weshalb nur«, sagt er zu sich, »schweifen ihre Augen umher, während sie die kleinen Geldstücke am Wagen verteilt? Habe ich doch ihr Interesse erregt?«

Er sah Ernestine einem Bedienten einen Auftrag erteilen; während der ganzen Zeit berauschte er sich an ihrer Schönheit. Er sah sie erröten, seine Augen ruhten ganz nahe auf ihr: der Wagen war keine zehn Schritt von dem kleinen Kirchenfenster entfernt. Er sah den Diener in die Kirche zurückkommen und irgend etwas in dem Herrschaftsgestühl suchen. Als sich der Diener entfernt hatte, versicherte sich Philipp, daß Ernestines Augen ganz deutlich über die Schar, die sie umgab, hinwegschauten und folglich jemanden suchten; aber dieser Jemand konnte doch wohl nicht Philipp Astézan sein, der – wer weiß – in den Augen dieses jungen Mädchens vielleicht fünfzig, sechzig Jahre haben mochte? Sollte sie bei ihrem Alter, bei ihrem Vermögen keinen Freier unter den Krautjunkern in der Nachbarschaft haben?– »Doch habe ich niemand während der Messe entdeckt.«

Als der Wagen des Grafen abgefahren war, stieg Astézan zu Pferd, nahm einen Umweg durch den Wald, um eine Begegnung zu vermeiden, und begab sich schnell auf den Anger. Zu seiner unsagbaren Freude vermochte er bei der hohen Eiche zu sein, bevor noch Ernestine den Strauß und das Briefchen gesehen hatte, das er am Morgen hinbringen lassen. Er nahm den Strauß weg, zog sich in den Wald zurück, band sein Pferd an einen Baum und wandelte umher. Er war sehr bewegt; da kam ihm der Gedanke, sich in dem dichten Gebüsch einer bewachsenen Bodenerhebung, hundert Schritt vom See entfernt, zu verbergen. Von diesem Schlupfwinkel aus, der ihn für jedermann unsichtbar machte, vermochte er dank einer Waldblöße die hohe Eiche und den See zu beobachten.

Wie groß war sein Entzücken, als er bald darauf den kleinen Kahn Ernestines auf dem kristallenen Gewässer, das ein sanfter Südwind bewegte, näher kommen sah! Dies war die Entscheidung; das Bild des Sees und das Bild Ernestines, die ihm vorhin in der Kirche so schön erschienen war, prägten sich tief in sein Herz ein. Von diesem Augenblick an hatte Ernestine etwas, was sie in seinen Augen über alle anderen Frauen erhob, und es brauchte nur noch die Hoffnung hinzuzukommen, um sie rasend zu lieben. Er sah, wie sie hastig auf den Baum zuging; er bemerkte ihren Kummer, keinen Strauß vorzufinden. Diese Sekunden waren so köstlich, so eindrucksvoll, daß Philipp, als Ernestine weggelaufen war, fürchtete, er

habe sich getäuscht, wenn er meine, daß ein Kummer aus
ihr gesprochen, weil sie keinen Strauß in der Höhlung
des Baumes fand. Das Schicksal seiner Liebe hing von
diesem Umstand ab. Er sagte sich: »Sie sah schon betrübt aus, als sie aus dem Kahn ausstieg und auch als sie
zu dem Baum ging.« – »Aber«, entgegnete die Hoffnung
in ihm, »in der Kirche sah sie nicht betrübt aus; sie
strahlte dort im Gegenteil von Frische, Schönheit, Jugend, und sie war ein wenig verwirrt; eine angeregte
Stimmung sprach aus ihren Augen.«
Als Philipp Astézan Ernestine, die an der Platanenstraße
auf der anderen Seite des Sees ausgestiegen war, nicht
mehr erblicken konnte und sein Versteck verließ, war er
ein ganz anderer Mann, als da er es aufgesucht hatte. Im
Galopp in das Schloß der Madame Dayssin zurückja-
gend, beherrschten ihn zwei Gedanken: »War sie darüber betrübt, daß sie keinen Strauß in dem Baume fand?
Rührt diese Betrübnis nicht ganz einfach aus gekränkter
Eitelkeit her?« Diese näherliegende Annahme bemäch-
tigte sich ganz und gar seiner Überlegungen und gab
ihm Gedanken ein, die sich ein Mann von fünfunddreißig Jahren machen muß. Er wurde sehr ernst. Er traf viel
Gesellschaft bei Madame Dayssin an; diese zog ihn im
Verlauf des Abends wegen seines gesetzten, auf sein Äußeres bedachten Wesens auf. Er könne, erklärte sie, nie
an einem Spiegel vorbeigehen, ohne sich zu beaugen-
scheinigen. »Diese moderne Angewohnheit der jungen
Leute ist mir ein Greuel«, sagte Madame Dayssin. »Die
steht Euch auch gar nicht. Trachtet sie abzulegen, oder
ich spiele Euch einen Streich und lasse alle Spiegel ent-
fernen.« Philipp war betroffen; er wußte nicht, wie er
seine Zerstreutheit verbergen sollte. Im übrigen traf zu,
daß er die Spiegel befragte, ob er alt aussähe.
Am anderen Tag nahm er seinen Posten auf dem erwähnten Hügelchen wieder ein, von dem aus man den

412

See sehr gut übersah. Er baute sich mit einem vorzüglichen Fernrohr bewaffnet auf und verließ seinen Ausguck erst *bei Einbruch der Dunkelheit,* wie man auf dem Lande sagt.

Den darauffolgenden Tag nahm er sich ein Buch mit. Allein, er wäre in Verlegenheit gewesen, zu sagen, was auf den Blättern stand, die er gelesen. Hätte er aber kein Buch bei sich gehabt, so hätte er sich eines herbeigewünscht. Endlich sah er zu seiner unsagbaren Freude Ernestine gegen drei Uhr langsam auf die Platanenstraße am Ufer des Sees zugehen; er sah sie, einen großen italienischen Strohhut auf dem Kopf, der Straße folgen. Sie ging zu dem Schicksalsbaum; sie sah niedergeschlagen aus. Mit Hilfe seines Fernrohrs verschaffte er sich völlige Gewißheit über ihr niedergeschlagenes Wesen. Er sah, wie sie die zwei Sträuße, die er am Morgen niedergelegt hatte, an sich nahm, in ihr Taschentuch wickelte und mit Windeseile fortlief und verschwand. Dieses ganz natürliche Verhalten eroberte sein Herz vollends. Doch geschah alles so lebhaft, so rasch, daß er gar nicht Zeit fand, festzustellen, ob Ernestine ihren betrübten Ausdruck behielt oder jetzt vor Freude strahlte. Was sollte er von ihrem Benehmen denken? Zeigt sie etwa die zwei Sträuße ihrer Erzieherin? Desfalls wäre Ernestine noch ein Kind, und er ein größeres Kind als sie, wenn er sich unter diesen Umständen mit einem kleinen Mädchen befassen wollte.

»Glücklicherweise«, sagte er sich, »weiß sie meinen Namen nicht; ich allein weiß um meine Narrheit, und ich habe mir schon ganz andere verzeihen müssen.«

Philipp verließ sein Versteck ziemlich ernüchtert und machte sich in Gedanken versunken auf, sein Pferd zu holen, das er, eine halbe Meile entfernt, bei einem Bauern eingestellt hatte. »Ich muß gestehen, daß ich immer noch ein großer Narr bin!« gestand er sich, als er im Schloßhof der Madame Dayssin absaß. Als er in den Salon trat, sah er starr, fremd, eisig aus. Er liebte nicht mehr.

Am folgenden Tag kam Philipp sich reichlich alt vor, als er sein Halstuch umband. Er hatte nicht die geringste Neigung, drei Meilen zurückzulegen und sich ins Gestrüpp zu kauern, um einen Baum im Auge zu behalten; aber er hatte auch kein Verlangen, woanders hinzugehen. »Das ist doch lächerlich«, sagte er sich. Wohl, aber in wessen Augen lächerlich? Überdies soll man dem Glück nie aus dem Weg gehen. Er machte sich daran, einen wohlüberlegten Brief zu schreiben, in dem er als ein anderer Lindor seinen Namen und Art kundtat. Dieser so wohlbedachte Brief hatte, wie man sich entsinnt, das Unglück, verbrannt zu werden, bevor ihn jemand las. Die Worte, bei denen unser Held während des Schreibens am wenigsten nachdachte, die Unterschrift *Philipp Astézan,* errangen allein die Ehre, gelesen zu weren. Den allerschönsten Vernunftgründen zum Trotz befand sich unser verständiger Mann gleichwohl in dem Augenblick, wo sein Name so heftige Wirkung tat, in seinem üblichen Schlupfwinkel. Er sah, wie Ernestine in Ohnmacht fiel, als sie den Brief geöffnet hatte; seine Verwunderung war grenzenlos.

Einen Tag später mußte er sich eingestehen, daß er verliebt sei; seine Handlungen bewiesen es. Er ging Tag für Tag in das kleine Gehölz, wo ihn so heftige Empfindungen bestürmt hatten. Da Madame Dayssin bald nach Paris zurückkehren mußte, ließ sich Philipp einen Brief schreiben und erklärte, er müsse die Dauphiné verlassen und vierzehn Tage bei seinem kranken Onkel in Burgund verbringen. Er nahm Extrapost und richtete es so ein, daß er auf einem anderen Weg zurückkehrend nur einen einzigen Tag dem Wäldchen fernblieb. Er fand zwei Meilen vom Schlosse des Grafen von S… entfernt, auf der Madame Dayssins Schloß entgegengesetzten

Seite, in dem entlegenen Crossey ein Unterkommen und begab sich von dort jeden Tag an das Ufer des kleinen Sees. Er ging dreiunddreißig Tage hin, ohne Ernestine zu erblicken. Sie erschien nicht mehr in der Kirche; man las die Messe im Schloß. Er machte sich verkleidet in der Nähe zu schaffen und hatte zweimal das Glück, Ernestine zu sehen. Nichts erschien ihm vergleichbar dem edlen und zugleich natürlichen Ausdruck ihres Wesens. Er sagte sich: »Nie könnte ich einer solchen Frau überdrüssig werden.« Was Astézan am meisten betroffen machte, war Ernestines völlige Blässe und ein gewisser Leidenszug an ihr. Ich könnte wie Richardson zehn Bände vollschreiben, wenn ich mir vornähme, alle Weisen festzuhalten, auf die ein Mann, dem es weder an Empfindung noch an Erfahrung mangelt, sich den Ohnmachtsanfall und die Niedergeschlagenheit Ernestines deutet. Endlich entschloß er sich, bei ihr selbst Klarheit zu suchen und deshalb in das Schloß vorzudringen. Die Schüchternheit – schüchtern mit fünfunddreißig Jahren!– hinderte ihn lange Zeit daran. Er traf seine Maßnahmen mit allem erdenkbaren Scharfsinn, doch wäre ohne den Zufall, der einem belanglosen Menschen die Mitteilung von Madame Dayssins Abreise in den Mund legte, alle Findigkeit Philipps vergeblich gewesen, oder er hätte zumindest die Liebe Ernestines nur an ihrem Zorn erfahren. Wahrscheinlich hätte er sich dann diesen Zorn mit ihrer Verwunderung erklärt, sich von einem Manne seines Alters geliebt zu sehen. Philipp hätte sich einfach für verschmäht gehalten und hätte, um diese peinliche Empfindung zu betäuben, Zuflucht zum Spiel oder hinter die Kulissen der Oper genommen und wäre noch selbstsüchtiger geworden, hätte sich noch mehr in dem Gedanken verhärtet, daß für ihn die Jugend zu Ende sei.
Ein *Halbjunker,* wie man in diesen Gegenden sagt, Bürgermeister einer Berggemeinde und Gefährte Philipps

bei der Gemsenjagd, fand sich bereit, ihn als seinen ver-
kleideten Knecht zu dem großen Festessen ins Schloß
von S… mitzunehmen, wo er nun von Ernestine erkannt
wurde.

Ernestine, die spürte, daß sie auffallend rot wurde,
durchfuhr ein erschreckender Gedanke: »Er könnte
glauben, daß ich ihn als den ersten besten liebe, ohne ihn
zu kennen; er wird mich wegen meiner Kindlichkeit verachten, nach Paris abreisen und sich wieder zu seiner
Madame Dayssin begeben.« Diese schmerzliche Vorstellung gab ihr den Mut, aufzustehen und sich auf ihr
Zimmer zurückzuziehen. Sie war zwei Minuten dort, als
sie die Tür des Vorzimmers aufgehen hörte. Sie glaubte,
es sei ihre Erzieherin, erhob sich und sann auf einen
Vorwand, sie wieder wegzuschicken. Wie sie an die Tür
ihres Zimmers tritt, geht diese auf: Philipp liegt ihr zu
Füßen.

»Verzeiht mir in Gottes Namen diesen Schritt«, spricht
er zu ihr, »ich bin seit zwei Monaten völlig verzweifelt;
wollt Ihr mich zum Gemahl nehmen?«

Diesen Augenblick empfand Ernestine mit aller Wonne.
»Er hält um meine Hand an«, sagte sie sich, »ich brauche
Madame Dayssin nicht mehr zu fürchten.« Sie suchte
eine passende Antwort und hätte wahrscheinlich trotz
übermenschlicher Anstrengung keine gefunden. Zwei
Monate der Verzweiflung waren vergessen; sie fühlte
sich auf dem Gipfel der Seligkeit. Zum Glück hörte man
die Tür des Vorzimmers sich öffnen. »Ihr bringt mich in
Verruf«, sagte Ernestine. – »Verratet nichts!« rief Philipp
mit verhaltener Stimme und zwängte sich mit großer
Gewandtheit zwischen die Wand und Ernestines schönes, weiß- und rosafarbenes Bett. Es war die über das
Wohlsein ihres Augensterns höchst beunruhigte Erzieherin, und der Zustand, in dem sie Ernestine vorfand,
war angetan, ihre Besorgnis noch zu vermehren. Die

Frau war nicht leicht wegzuschicken. Solange sie zugegen blieb, fand Ernestine Zeit, ihr Glück zu fassen und ihre Besonnenheit zurückzugewinnen. Sie erteilte Philipp, als er sich nach dem Abzug der Gouvernante wieder hervorzukommen getraute, eine stolze Antwort.

Ernestine war in den Augen ihres Geliebten so schön, der Ausdruck ihres Gesichts so streng, daß Philipp beim ersten Wort ihrer Entgegnung meinte, alles, was er sich bisher zurechtgedacht hatte, sei nur eine Einbildung, und er werde nicht geliebt. Seine Miene verwandelte sich mit einem Schlag und zeigte nur mehr das Aussehen eines verzweifelten Mannes. Ernestine, die von seinem trostlosen Anblick bis in den Grund ihrer Seele getroffen war, hatte indessen die Kraft, ihn fortzuschicken. Aus dieser einzigen Begegnung blieb ihr bloß im Gedächtnis, daß sie, als er sie anflehte, um ihre Hand anhalten zu dürfen, ihm antwortete, seine Angelegenheiten wie seine Neigungen müßten ihn doch nach Paris weisen. Er stieß daraufhin hervor, daß sein einziges Anliegen in der Welt sei, Ernestines Herz zu verdienen; daß er zu ihren Füßen schwur, die Dauphiné niemals zu verlassen, solange sie hier sei, und nie in seinem Leben wieder das Schloß zu betreten, auf dem er gewesen, bevor er sie kennenlernte.

Ernestine war nahezu überglücklich. Am nächsten Tag ging sie zu Fuß nach der hohen Eiche, freilich unter dem Geleit der Erzieherin und des alten Botanikers. Sie versäumte nicht, dort einen Strauß zu finden und vor allem ein Briefchen. Im Verlauf von acht Tagen hatte Astézan sie beinahe dahin gebracht, auf seine Briefe zu antworten. In der folgenden Woche erfuhr sie, daß Madame Dayssin aus Paris in die Dauphiné zurückgekehrt sei; eine tiefe Unruhe erfüllte Ernestinens Herz. Die Klatschbasen des benachbarten Dorfes, die durch diesen Umstand und ohne es zu wissen, das Schicksal in Ernestinens Leben spielten, und die zum Schwatzen zu bringen sie keine Gelegenheit vorübergehen ließ, erzählten ihr endlich, daß Madame Dayssin zornschnaubend und eifersüchtig ihren Liebhaber Philipp Astézan gesucht habe, der, wie man sagt, mit der Absicht in der Provinz geblieben sei, Klausner zu werden. Um sich auf die strenge Ordensregel vorzubereiten, habe er sich in die Einsamkeit von Crossey zurückgezogen. Madame Dayssin, setzte man hinzu, sei verzweifelt.

Ernestine wußte ein paar Tage später, daß es Madame Dayssin nicht gelungen war, Philipp wiederzusehen, und daß sie wuterfüllt nach Paris zurückgefahren sei. So sehr Ernestine darauf wartete, sich diese angenehme Gewißheit bestätigen zu lassen, so verzweifelt war Philipp. Er liebte sie leidenschaftlich und glaubte nicht im mindesten, wiedergeliebt zu werden. Er folgte ihr einigemal auf ihren Gängen nach, wurde aber so abgefertigt, daß er denken mußte, er habe durch sein Vorgehen den Stolz seiner jungen Geliebten verletzt. Zweimal fuhr er nach Paris.

Zweimal, als er zwanzig Meilen hinter sich hatte, kehrte er in seine Hütte unter den Felsen von Crossey zurück. Nachdem er sich Hoffnungen hingegeben, die sich nunmehr als unbegründet erwiesen, suchte er die Liebe zu überwinden und fand doch alle anderen Freuden des Lebens schal.

Ernestine, glücklicher, fühlte sich geliebt und liebte. Die Liebe war die Herrin ihrer Seele, die wir die sieben Stadien nacheinander durchleben sahen, welche die Unbekümmertheit von der Leidenschaft trennen. Die Leute freilich bemerken dabei weiter nichts als lediglich eine Veränderung, deren eigentliche Natur ihnen ein Rätsel bleibt.

Was Philipp Astézan anlangt, so lassen wir ihn zur Strafe dafür, daß er eine alte Freundin beim Herannahen der

Zeit aufgab, die man bei den Frauen als das Altern bezeichnet, zum Opfer eines der schrecklichsten Zustände werden, die die menschliche Seele überfallen können. Er wurde von Ernestine geliebt, aber er konnte ihre Hand nicht gewinnen. Man verheiratete sie im nächsten Jahr mit einem Generalleutnant, einem alten, sehr reichen Ritter vieler Orden.

Zur Textgestalt

Die vorliegende Übertragung folgt der ersten und einzigen von Stendhal selbst besorgten Fassung. Sie stützt sich dabei auf die kritische Ausgabe »Stendhal, De l'Amour. Texte établi et annoté par Daniel Muller et Pierre Jourda. 2 Bde. Paris 1926«, welche auch die zweite, 1853 von Colomb herausgegebene Auflage und die Ergebnisse der Stendhalforschung berücksichtigt. Um jede subjektive Veränderung auszuschließen, hielten wir es, im Unterschiede zu allen bisherigen deutschen Ausgaben, für notwendig, den Text samt den Anmerkungen Stendhals *vollständig* zu bieten.

An *Ergänzungen* zu dem Komplex »De l'amour« haben wir dagegen nur wirklich wesentliche Stücke aufgenommen: Neben dem ersten Vorwort, einem Zitat, das Stendhal 1833 der Restauflage mitgegeben hatte, durfte das (möglicherweise unvollendete) Vorwort zu der geplanten zweiten Auflage, als eine letzte Stellungnahme des Autors zu seinem Buche, nicht fehlen. Wichtige Teile von zwei früheren Entwürfen zu einem Vorwort sind in unserer Einführung zitiert. Das Werk selbst wurde nur um die Nummer 171 der »Verstreuten Gedanken« erweitert. Bei anderen Stücken, die Colomb und die späteren Herausgeber stets anhängten oder einschoben – durchweg wurden auch Teile des Buches umgestellt –, beschränken wir uns auf das Kapitel »Vom Versagen«, das, ursprünglich zum Manuskript gehörig, bei der Drucklegung von Stendhal zurückgezogen wurde, und auf »Ernestine«. Diese rein episch gehaltene Studie aus dem Jahre 1825 entwickelt den psychologischen Verlauf einer Kristallisation viel anschaulicher als die gemeinhin abgedruckte, aber dem gleichnamigen Kapitel nichts Wesentliches hinzufügende Studie »Der Salzburger Zweig«.

Die zitierten Verse der Troubadours entnahmen wir der Übersetzung von Friedrich Diez, die aus Dantes »Divina Commedia« der deutschen Ausgabe von Karl Voßler, die Übertragung der Montaigne-Stelle verdanken wir Arthur Franz, die des italienischen Gedichtes »Der letzte Tag« Rudolf Großmann.

Das folgende Verzeichnis der Autoren und Schriften, die Stendhal häufiger als Quellen genutzt hat, stellt die von ihm meist nur unvollständig angeführten Titel in der Originalfassung und mit dem Erscheinungsjahr zusammen. Das Sachregister gestattet, den Stoffen, Themen und Betrachtungsweisen des Werkes durch die Kapitel wie durch die »Verstreuten Gedanken« hindurch gesondert nachzugehen.

Häufiger angeführte Autoren und Schriften

Abaelard, Peter, 1079–1142: »Lettres d'Abailard et d'Héloïse«, 1782 (lateinisch 1718).

Alfieri, Vittorio, 1749–1803: »La vita di Vittorio Alfieri da Asti scritta da esso«, 1812.

Besenval, Pierre Victor de, 1722–91: »Mémoires«, 1808.

Birckbeck, Morris: »Notes on a journey through France«, 1815; »Notes on a journey in America«, 1818; »Letters from Illinois«, 1818.

Brantôme, Pierre de, 1535–1614: »Mémoires«, 1665–66.

Brosses, Charles de, 1709–77: »Lettres familières écrites d'Italie en 1739 et 1740«, 1799.

Byron, George Lord, 1788–1824: »The Corsair«, 1814; »Don Juan«, 1819–24.

Cabanis, Pierre Jean George, 1757–1808: »Traité du physique et du moral de l'homme«, 1788–1802.

Cellini, Benvenuto, 1500–71: »Vita di Benvenuto Cellini«, 1728.

Cervantes Saavedra, Miguel de, 1547–1616: »Don Quijote«, 1605 und 1616; »Noveals ejemplares«, 1613.

Chabanon, Michel Paul de, 1730–92: »Tableau de quelques circonstances de ma vie«, 1775.

Chamfort, Nicolas Sébastian de, 1741–94: »Pensées, maximes, anecdotes, dialogues«, 1803.

Collé, Charles, 1709–83: »Journal historique«, 1807.

Dangeau, Philippe de, 1638–1720: »Abrégé des Mémoires, ou journal du marquis de Dangeau«, 1817.

Dante Alighieri, 1265–1321: »Divina Commedia«, erstmals gedruckt 1472–75.

Destutt de Tracy, Antoine Louis Claude, 1754–1836: »Élements d'Ideologie«, 1805–15; »Commentaire sur l'esprit des lois de Montesquieu«, 1819.

Diderot, Denis, 1713–84: »Jacques la Fataliste«, 1792; »Ses Œuvres« (mit Correspondance), 1821.

Duclos, Charles Pinot, 1704–72: »Mémoires sur les mœurs du 18. siècle«, 1749; »Mémoires secrets sur le règne de Louis XIV, la Régence et le règne de Louis XV«, 1791.

Du Deffand, Marie, 1697–1780: »Correspondance«, 1809; »Lettres à Walpole«, 1810.

Epinay, Louise d', 1726–83: »Mémoires et Correspondance«, 1818.

Evelyn, John, 1620–1706: »Memoirs illustratives of the life and writings of John Evelyn comprising his diary from 1641 to 1705«, 1818.

Fielding, Henry, 1705–54: »Tom Jones«, 1749.

Goethe, Johann Wolfgang von, 1749–1832: »Die Leiden des jungen Werthers«, 1774.

Gozzi, Carlo, 1720–1806: »Memorie inutili«, 1797.

Gramont, Philibert de, 1621–1707: »Mémoires du Comte de Gramont« (von Antoine Hamilton), 1713.

Grimm, Friedrich Melchior von, 1723–1807: »Correspondance littéraire, philosophique et critique«, 1812–13.

Helvetius, Claude Adrien, 1715–71: »De l'Esprit«, 1758.

Hutchinson, John, 1616–64: »Memoirs of the life of Colonel Hutchinson« (by Lucy Hutchinson), 1806.

Laclos, Pierre Choderlos de, 1741–1803: »Les Liaisons dangereuses«, 1796.

Lafayette, Marie Madelaine, 1634–92: »La Princesse de Clèves«, 1678.

Lafontaine, August Heinrich, 1758–1831: »Raffael oder das stille Leben«, 1809.

La Rochefoucauld, François, 1613–80: »Maximes et Réflexions morales«, 1665.

Lauzun, Antoine Nomparede Caumont, Herzog von, 1632–1723: »Mémoires de M. le duc de Lauzun«, 1821.

Lesage, Alain René, 1668–1747: »Histoire de Gil Blas de Santillane«, 1715–35.

Lespinasse, Julie Jeanne Eleonore de, 1732–76: »Lettres de Mlle de Lespinasse, écrites de 1773–76«, 1812; »Nouvelles lettres de Mlle de Lespinasse«, 1820.

Lettres Portugaises (Briefe der Portugiesischen Nonne Marianna Alcoforado, 1640–1723), 1669.

Lichtenau, Wilhelmine Gräfin von, 1753–1820: »Apologie der Gräfin Lichtenau von ihr selbst entworfen«, 1808.

Marmontel, Jean François, 1723–99: »Mémoires«, 1800.

Mirabeau, Honoré Gabriel Riquetti, Graf, 1749–91: »Lettres originales de Mirabeau«, 1792; »Lettres inédites de Mirabeau, mémoires et extraits de mémoires«, 1806.

Montaigne, Michel Eyquem de, 1533–92: »Essais«, 1571–80.

Montesquieu, Charles de, 1689–1775: »Lettres Persanes«, 1721; »L'Esprit des lois«, 1748.

Montpensier, Anne Marie Louise de, 1627–93: »Mémoires« (mit »Les Amours de Mademoiselle et de M. de Lauzun«), 1746.

Moore, Thomas, 1779–1825: »Lalla-Rookh«, 1817.

Motteville, Françoise Bertrane de, 1681–89: »Mémoires«, 1723.

Noailles, Adrien Maurice de, 1678–1766: »Mémoires«, 1777.

Pignotti: »Storia della Toscana«, 1813.

Prévost d'Exiles, Antoine François, 1697–1763: »Histoire du chevalier

Des Grieux et de Manon Lescaut«, 1731; »Le Doyen de Killerine«, 1736.

Raynouard, François Just Marie, 1761–1836: »Choix de poésies originales des troubadours«, 1816–21.

Retz, Jean François Paul, Cardinal de, 1613–79: »Mémoires«, 1717.

Richardson, Samuel, 1689–1761: »Pamela, or Virtue Rewarded«, 1740–41: »Clarissa Harlowe«, 1747–48.

Richelieu, Louis François Armand de, 1696–1788: »Mémoires du maréchal de Richelieu«, 1790; »Vie privée du Maréchal Richelieu«, 1790.

Roland, Jeanne Manon de, 1754–93: »Mémoires«, 1795.

Rousseau, Jean-Jacques, 1712–78: »La Nouvelle Héloïse«, 1761; »Confessions«, 1781–88.

Saint-Simon, Louis de, 1675–1755: »Mémoires du Duc de Saint-Simon (sur le règne de Louis XIV et la Régence)«, 1762.

Sand, Karl Ludwig, 1795–1820: »Karl Ludwig Sand, dargestellt durch seine Tagebücher und Briefe«, 1821.

Scarron, Paul, 1610–60: »Le roman comique«, 1651–57; »Les nouvelles tragicomiques«, 1661.

Scott, Walter, 1771–1832: »Old Mortality«, 1816; »Rob Roy«, 1818; »The Heart of Midlothian«, 1818; »The Bride of Lammermoor«, 1818; »Ivanhoe«, 1820; »The Pirate«, 1822.

Sénac de Meilhan, Gabriel, 1736–1803: »Portraits et Caractères des personnages distingues de la fin du XVIII siècle«, 1813.

Sévigné, Marie de, 1626–96: »Lettres de Mad. de Sévigné, de sa famille et des ses amis«, 1818.

Sherlock: »Nouvelles lettres d'un voyageur anglais«, 1780.

Staal-Delaunay, Marguerite Jeanne de, 1684–1750: »Mémoires«, 1755.

Staël-Holstein, Anne Louise Germaine, 1766–1817: »Delphine«, 1803; »Corinne«, 1807.

Walpole, Horace 1717–97; »Works«, 1798; »Private Correspondence of Horace Walpole«, 1820.

Wilhelmine, Markgräfin von Bayreuth, 1709–1758: »Denkwürdigkeiten aus dem Leben der Prinzessin Friederike Sophie Wilhelmine von 1706–1792«, 1810.

Sachregister

Die geradstehenden Ziffern bedeuten die Seitenzahlen,
die *kursiv* gesetzten die Nummern der »Verstreuten Gedanken«

Antike *35, 36, 93, 95*
Arten der Liebe 41 ff.
Augensprache 108
Blitzschläge 86 ff.
Charakter und Temperament 175 ff., 277 ff., *1, 6, 10, 15, 20, 24, 27, 29, 34, 37, 38, 43, 44, 51, 58, 61, 68, 102, 109, 111, 123, 124, 137, 157, 158, 163*
Deutschland 203 ff., 267 ff., *58, 61, 85*
Divan der Liebe 238 ff.
Don Juan 277 ff.
Ehe 258 ff., 267 ff., *105, 116*
Eifersucht 141 ff., 147 ff., 150 ff.
Eigenliebe, Eitelkeit 41 ff., 152 ff., 160 ff., *13, 16, 43, 50, 53, 75, 98, 104, 147, 158*
Eindruck 97 ff.
England 192 ff., 196 ff., *39, 64, 84, 88, 118, 145*
Entstehung der Liebe s. Kristallisation
Erster Blick 82 ff.
Erster Schritt 68 ff.
Erziehung, weibliche 243 ff., 248 ff., 258 ff., *14, 120, 147*
Fiasko s. Versagen
Frankreich 175 ff., 182 ff., *3, 15, 21, 22, 23, 41, 53, 59, 60, 63, 72, 75, 76, 86, 88, 98, 101, 113, 134, 154, 155, 170*
Frauenmut 117 ff.
Galante Liebe s. gepflegte Liebe
Gesellschaftliche Faktoren, allgemein 175 ff., 185 ff., *103, 128, 149,* s
auch polit. u. soz. Verhältnisse, öffentl. Meinung, Erziehung (weibliche), Ehe
Griechen s. Antike
Heilmittel der Liebe 166 ff., 169 ff., *65, 87, 135*
Hoffnung 48 ff.
Irland 196 ff.
Italien 185 ff., 189 ff., 209 ff., *2, 14, 22, 49, 54, 56, 58, 66, 75, 76, 83, 84, 94, 96, 131, 136, 148*
Kristallisation 44–75, *4, 17, 57, 65, 69, 106, 114, 115, 119, 121, 139, 165*
Künste s. Literatur und Künste
Liebe, gepflegte 41 ff., *8, 11, 78, 81, 158*
Liebe, leidenschaftliche besonders 41 ff., 68 ff., 86 ff., 90 ff., 122 ff.,

425

130 ff., 277 ff., *8, 11, 25, 31, 32, 37, 46, 47, 57, 67, 78, 81, 127, 146, 153, 158, 159, 160, 164, 171*
Liebesschmerzen 68 ff., 122 ff.
Literarische Quellen s. Quellen
Literatur, Künste, Musik, allgemein *22, 26, 28, 33, 73, 100, 126, 132, 140, 144, 154, 155, 157, 170*
Minnegerichte 363 ff.
Musik und Liebe 74 ff., *73, 126, 132,* s. auch Literatur, Künste, Musik
Natürlichkeit 130 ff., *34, 56, 60, 160*
Öffentliche Meinung 121 ff., *9, 18, 30, 49, 74, 140, 152*
Österreich 204 ff.
Politische und soziale Verhältnisse 175 ff., *7, 23, 55, 62, 63, 71, 79, 89, 94, 96, 100, 101, 103, 107, 125, 134, 136, 138, 148, 152, 157, 168*
Provence 219 ff., 226 ff.
Psychologische Grundanschauungen *91, 122, 128, 130, 141, 162*
Quellen, literarische 422, *166*
Römer s. Antike
Salzburger Zweig s. Kristallisation
Schamhaftigkeit 99 ff., *5, 12, 64, 80, 90, 110, 112, 118*
Schönheit 62 ff., 66 ff., 75 ff., *169*
Schottland 198 f.
Sichfinden 130 ff., 137 ff., *19, 42, 48, 108, 129, 160*
Sieben Stufen s. Kristallisation
Soziale Verhältnisse s. politische Verhältnisse
Spanien 201 ff., *99, 171*
Stolz, weiblicher 108 ff., *34, 44, 45, 52, 143, 163*
Temperament s. Charakter
Theorie, psychologische *91, 122, 128, 130, 141, 162*
Troubadours 219 ff., 226 ff., 363 ff.
Tugend, sogenannte 265 ff.
Unterbrechungen der Kristallisation 73 ff.
Unterschied bei den Geschlechtern 55 ff., 58 ff., *142*
Vereinigte Staaten von Nordamerika 217 ff., *40, 55, 62, 95, 156*
Versagen 375 ff.
Vertrauen 137 ff.
Volkscharakter in der Liebe, allgemein 175 ff., *70, 85, 97, 113, 117, 118*
Voreingenommenheiten 85
Werther 277 ff.
Zänkische Liebe 160 ff.

INHALT

Zur Einführung · Von Dr. Walter Hoyer	9
Vorwort der ersten Ausgabe	31
Vorwort für die geplante zweite Auflage	32

ERSTES BUCH

Erstes Kapitel · Liebe	41
Zweites Kapitel · Die Entstehung der Liebe	44
Drittes Kapitel · Über die Hoffnung	48
Viertes Kapitel	51
Fünftes Kapitel	52
Sechstes Kapitel · Der Salzburger Zweig	53
Siebentes Kapitel · Unterschiede in der Entwicklung der Liebe bei den Geschlechtern	55
Achtes Kapitel	58
Neuntes Kapitel	61
Zehntes Kapitel	62
Elftes Kapitel	64
Zwölftes Kapitel · Weiteres über die Kristallisation	66
Dreizehntes Kapitel · Der erste Schritt, die große Welt und das Unglück	68
Vierzehntes Kapitel	70
Fünfzehntes Kapitel	73
Sechzehntes Kapitel	74
Siebzehntes Kapitel · Liebe entthront die Schönheit	75
Achtzehntes Kapitel	77
Neunzehntes Kapitel · Weitere Unterlegenheit der Schönheit	78
Zwanzigstes Kapitel	81
Einundzwanzigstes Kapitel · Auf den ersten Blick	82
Zweiundzwanzigstes Kapitel · Voreingenommenheiten	85
Dreiundzwanzigstes Kapitel · Die Blitzschläge	86
Vierundzwanzigstes Kapitel · Streifzug durch ein unbekanntes Land	90
Fünfundzwanzigstes Kapitel · Der Eindruck	97
Sechsundzwanzigstes Kapitel · Von der Schamhaftigkeit	99
Siebenundzwanzigstes Kapitel · Die Sprache der Augen	108
Achtundzwanzigstes Kapitel · Über den weiblichen Stolz	108
Neunundzwanzigstes Kapitel · Frauenmut	117
Dreißigstes Kapitel · Ein seltsam trauriges Schauspiel	121
Einunddreißigstes Kapitel · Aus Salviatis Tagebuch	122
Zweiunddreißigstes Kapitel · Vom Sichfinden	130

Dreiunddreißigstes Kapitel	136
Vierunddreißigstes Kapitel · Vertrauen	137
Fünfunddreißigstes Kapitel · Über die Eifersucht	141
Sechsunddreißigstes Kapitel · Über die Eifersucht (Fortsetzung) .	147
Siebenunddreißigstes Kapitel · Roxane	150
Achtunddreißigstes Kapitel · Der Stachel der Eigenliebe	152
Neunundreißigstes Kapitel · Die zänkische Liebe	160
Neunundreißigstes Kapitel (Zweiter Teil) · Heilmittel gegen	
die Liebe	166
Neunundreißigstes Kapitel (Dritter Teil)	169

ZWEITES BUCH

Vierzigstes Kapitel	175
Einundvierzigstes Kapitel · Die Völker in ihrem Verhältnis	
zur Liebe. Frankreich	178
Zweiundvierzigstes Kapitel · Frankreich (Fortsetzung)	182
Dreiundvierzigstes Kapitel · Italien	185
Vierundvierzigstes Kapitel · Rom	189
Fünfundvierzigstes Kapitel · England	192
Sechsundvierzigstes Kapitel · England (Fortsetzung)	196
Siebenundvierzigstes Kapitel · Spanien	201
Achtundvierzigstes Kapitel · Über die deutsche Liebe	203
Neunundvierzigstes Kapitel · Ein Tag in Florenz	209
Fünfzigstes Kapitel · Die Liebe in den Vereinigten Staaten	217
Einundfünfzigstes Kapitel · Die Liebe in der Provence bis zur	
Eroberung Toulouses durch die nordischen Barbaren im	
Jahre 1328	219
Zweiundfünfzigstes Kapitel · Die Provence im zwölften	
Jahrhundert	226
Dreiundfünfzigstes Kapitel · Arabien	233
Vierundfünfzigstes Kapitel · Über die Erziehung der Frauen ...	243
Fünfundfünfzigstes Kapitel · Einwendungen gegen die	
Erziehung der Frauen	248
Sechsundfünfzigstes Kapitel · Fortsetzung	258
Sechsundfünfzigstes Kapitel (Zweiter Teil) · Über die Ehe	264
Siebenundfünfzigstes Kapitel · Die sogenannte Tugend	265
Achtundfünfzigstes Kapitel · Stand der Ehe heute in Europa ...	267
Neunundfünfzigstes Kapitel · Werther und Don Juan	277

VERSTREUTE GEDANKEN

Verstreute Gedanken 291

ANHANG

Minnegerichte 363
Einige Angaben über den Kaplan Andreas 372

ERGÄNZUNGEN

Vom Versagen 377
Ernestine oder *Die Entstehung einer Liebe* 383

BEIGABEN DES HERAUSGEBERS

Zur Textgestalt 420
Häufiger angeführte Autoren und Schriften 422
Sachregister 425